Largo invierno en París

Largo invierno en París

Juan Vilches

Barcelona • Madrid • Bogotá • Buenos Aires • Caracas • México D.F. • Miami • Montevideo • Santiago de Chile

1.ª edición: abril 2017

© Juan Vilches, 2017
  Autor representado por AMV Agencia Literaria
© Ediciones B, S. A., 2017
  Consell de Cent, 425-427 - 08009 Barcelona (España)
  www.edicionesb.com

Printed in Spain
ISBN: 978-84-666-6150-8
DL B 4535-2017

Impreso por Unigraf, S. L.
Avda. Cámara de la Industria, 38
Pol. Ind. Arroyomolinos n.º 1,
28938 - Móstoles (Madrid)

Para Marga y el pequeño Arturo

Solo queríamos arrancar de toda esta confusión algunas pepitas de alegría y embriagarnos con su brillo para desafiar a un futuro sin ilusiones.

SIMONE DE BEAUVOIR

En todos los períodos en los que está presente la muerte se reafirma el instinto de vida. Se reafirma bajo los bombardeos porque la vida se ve amenazada, porque el peligro merodea, porque el miedo está en todas partes.

PATRICK BUISSON

Milán, domingo 29 de abril de 1945

Clara profetizó que moriría por amor. Pero nunca llegó a imaginar que sería de una forma tan espeluznante y cruel. Asesinada a tiros junto a su amante, ultrajada y vejada después de muerta, en una macabra ceremonia de brutalidad y depravación. Para mayor escarnio, ahora se disponían a colgar su cadáver cabeza abajo de la marquesina de una gasolinera, como si fuera un cerdo el día de la matanza.

El maltrecho cuerpo fue izado de los tobillos con unas cuerdas, y durante unos segundos se balanceó en el aire como si aún conservara un soplo de vida. Con los brazos caídos, y el rostro sucio y ensangrentado, su aspecto resultaba estremecedor. La falda se abatió sobre su torso y su cara, dejando las piernas al descubierto.

—¡No lleva bragas! ¡No lleva bragas!

Gritó el gentío alborozado. El espectáculo estaba servido.

Unas pocas horas antes, a eso de las tres de la madrugada, un destartalado camión de mudanzas había llegado a la piazzale Loreto de Milán. Sin el menor reparo, descargó sobre el asfalto su macabro cargamento. Dieciocho cuerpos acribillados a balazos. Entre ellos, el del líder fascista Benito Mussolini y su joven amante Clara Petacci, treinta años más joven que él. Los dejaron junto a una gasolinera en ruinas, en el mismo lugar en el que ocho meses antes habían fusilado a quince partisanos. Era la hora de la venganza.

A partir de las ocho de la mañana, la radio empezó a difundir la noticia de la ejecución de Mussolini, y que su cadáver se encontraba expuesto en la gasolinera de la plaza de los Quince Mártires, el nuevo nombre de la piazzale Loreto. Custodiaban los cuerpos el pequeño grupo de partisanos que había participado en el fusilamiento. No tardaron en formarse riadas de personas que empezaron a encaminarse hacia el lugar como si se tratara de una romería. La mayoría eran simples domingueros bien vestidos a los que les había sorprendido la noticia mientras se dirigían a misa.

Todos querían ver al dictador muerto. Algunos, por placer; otros, por venganza; muchos, por morbo; y la inmensa mayoría, para hacerse perdonar su reciente pasado fascista. Traidores y conversos de última hora, que meses atrás cantaban emocionados el *Giovinezza* brazo en alto y aplaudían a rabiar los discursos de su amado Duce. Como siempre suele ocurrir, estos eran los peores.

A las nueve de la mañana, la plaza ya estaba abarrotada de gente. Al principio, el público se limitaba a observar los cadáveres con curiosidad, a dar vueltas a su alrededor, como si se tratara de una atracción de feria. Nadie se atrevía a más. Los partisanos que custodiaban los cadáveres solo se limitaban a fanfarronear de su hazaña.

De repente, un hombre avanzó hacia los ejecutados, sin que los partisanos lo detuvieran, y pegó una descomunal patada a la cabeza de Mussolini. Varios dientes saltaron por los aires y un ojo quedó desprendido sobre la mejilla. Como si aquel gesto fuera una señal, la multitud se abalanzó enloquecida sobre los muertos, presa de una histeria colectiva. Sin ningún respeto al enemigo caído, sobre los cadáveres empezaron a llover patadas, golpes, cuchilladas, escupitajos. Incluso los propios partisanos se unieron a la fiesta. El odio contenido acababa de estallar.

Una mujer empuñó una pistola y disparó cinco veces al pecho del dictador.

—Una bala por cada uno de mis hijos muertos en la guerra —exclamó rabiosa.

Otra se levantó la falda y se agachó sobre la cara de Claretta Petacci. Un líquido humeante y amarillento empezó a derramarse sobre los ojos y la boca del cadáver.

—¡Mira qué guapa está la Ricitos ahora! —gruñó satisfecha.

La idea causó furor, y otras mujeres no tardaron en imitarla. Odiaban a Clara Petacci tanto como al Duce.

Un anciano lanzó a Mussolini excrementos de perro a la cara.

—¡Venga, hijo de puta! ¡Da un discurso ahora!

Unos jóvenes apartaron al viejo de un empujón y se liaron a patadas y culatazos con la maltrecha cabeza del dictador. Cuando terminaron, Mussolini quedó irreconocible. Tenía el cráneo aplastado al igual que un globo sin aire.

—¡Y ahora te vamos a castrar como a un cerdo! —gritó un hombre enarbolando unas gruesas tijeras de pescadero.

Por mucho que lo intentó, no consiguió bajarle los pantalones.

Los americanos acababan de entrar en Milán y algunos oficiales contemplaban la escena sobrecogidos. No podían soportar tanta brutalidad. Sin la menor dilación se quejaron a los jefes de los partisanos. Aquella macabra fiesta era indigna de unos vencedores. O terminaba de inmediato, o la vergüenza caería sobre toda Italia.

Dirigidos por sus superiores, los partisanos que custodiaban los cuerpos intentaron aplacar los ánimos del populacho. Pero fue imposible. No consiguieron dispersar a los congregados ni con disparos al aire ni con las mangueras de los bomberos.

Para solaz de la concurrencia, unos hombres empezaron a manipular los destrozados cuerpos de Mussolini y la Petacci. Fingían que se besaban, que se acariciaban, que adoptaban posturas obscenas... Pero solo podían ver el espectáculo los que se encontraban en la primera fila. Para remediarlo, un grandullón con pinta de matarife comenzó a gritar:

—¿A quién queréis ver ahora?

—¡A Mussolini! ¡A Mussolini!

El hombre cogió de las axilas al dictador y lo levantó en vilo. Arreciaron los insultos y los abucheos. Luego lo dejó caer al suelo.

—¿Y ahora?

—¡A la Petacci! ¡A la Petacci!

Alzó el frágil cuerpo de la mujer, y las injurias y las burlas se elevaron por toda la plaza.

La masa siguió coreando, uno a uno, los nombres de los ejecutados. Zerbino, Pavolini, Bombacci... El grandullón levantaba un muerto tras otro, cumpliendo los deseos de la turba. Tenía todo el cuerpo empapado de sangre ajena, como si se hubiera bañado en una piscina.

El gentío comenzó a inquietarse. Solo podían disfrutar de la pavorosa escena los que estaban cerca de los cuerpos. Enseguida surgieron las protestas:

—¡No se ve nada!

—¡Súbelos más alto!

—¡Queremos verlos!

Los partisanos no tardaron en encontrar una solución. Un bombero lanzó una soga por encima de una viga de la marquesina de la gasolinera y ataron el otro extremo a los tobillos de Mussolini. Varios hombres tiraron de la cuerda y poco a poco se alzó el cuerpo del dictador cabeza abajo. Un alarido de júbilo se expandió por la plaza. Ahora se le podía ver desde cualquier rincón.

El segundo cuerpo en ser izado fue el de Clara Petacci. La falda no tardó en desplomarse sobre su rostro.

—¡No lleva bragas! ¡No lleva bragas!

La muchedumbre deliraba con tanta barbarie. Querían sangre, querían ensañamiento. Y lo estaban teniendo a raudales.

A unos metros de la gasolinera, un partisano bravucón

presumía de sus hazañas ante un grupo de periodistas extranjeros.

—¡Pues claro que no lleva bragas esa zorra! No hemos dejado que se las pusiera —comentaba jactancioso.

—¿Cómo fueron los hechos? —preguntó uno de los corresponsales.

—Hace dos días detuvimos a Mussolini y a su puta en una carretera, camuflados en un camión de soldados alemanes que huían hacia su país. Los encerramos en la casa de un campesino hasta ayer por la tarde. A eso de las cuatro, fuimos a por ellos. A él lo encontramos sentado en la cama. Al vernos se puso pálido y empezó a temblar. Ella estaba dormida. Se había pasado la noche llorando, la muy zorra.

El partisano cogió el cigarrillo que portaba detrás de la oreja y lo encendió. Soltó una bocanada de humo y siguió regodeándose con su historia. Era su minuto de gloria y no lo quería desaprovechar.

—Para que no nos dieran problemas, les dijimos que éramos amigos y que los íbamos a rescatar. Se lo creyeron, los muy incautos. —Soltó una carcajada que dejó al aire sus dientes amarillentos—. Se vistieron a toda velocidad, pero ella no encontraba las bragas entre las sábanas. Le dijimos que no se preocupara, y que se diera prisa. ¡Qué ilusa! Los llevamos en coche hasta una tapia cercana, y allí los matamos como a perros. Él, como siempre, un cobarde muerto de miedo. En cambio, ella... ¡madre mía! ¡Qué coraje! Salió valiente la muy perra. Cuando vio que era una trampa y que los íbamos a matar, se abrazó al cerdo para protegerle con su cuerpo de las balas. Se pegó a él con tanta fuerza que no los podíamos separar. Al final decidimos disparar a los dos al mismo tiempo.

Escupió al suelo y se rascó la entrepierna.

—Sí señor, una mujer valiente y guapa. ¡Muy guapa! La noche anterior la espiamos mientras se aseaba. ¡Vaya tetas! Como dos melones. —El partisano hizo un gesto obsceno con las manos.

Mientras tanto, la turba seguía contemplando, entre burlas y comentarios soeces, el cuerpo desnudo de la Petacci. Una mujer se subió a una escalera con la intención de cubrirle las piernas. El gentío se lo impidió, entre insultos y abucheos. Por poco la linchan.

Entonces un sacerdote llamado don Pollarolo no lo soportó más y se abrió paso entre la multitud.

—¡Esto no se debe ver! ¡Madre del Cielo! ¡Esto es inhumano! —rezongaba el cura de malhumor mientras avanzaba con paso firme.

A pesar de la sotana, se subió con agilidad a las vigas de la gasolinera y gateó hasta el cuerpo de Clara Petacci. Colocó la falda en su sitio, y la ciñó a los muslos con un grueso cinturón de cuero negro. Un murmullo de reproche se propagó por la plaza.

—¡Vaya, el curita nos ha jodido el invento! —refunfuñó el partisano charlatán.

Como don Pollarolo era capellán de la guerrilla, nadie se atrevió a tocarlo.

Un camión cargado de partisanos arribó a la plaza. Traían un nuevo prisionero. En este caso, vivo. Un dirigente fascista que habían apresado a las afueras de la ciudad cuando trataba de huir. Lo bajaron del camión a culatazos y le obligaron a contemplar de cerca a sus antiguos camaradas. Al verlos destrozados, cubiertos de sangre y colgados de los tobillos, el hombre palideció en el acto y se orinó en los pantalones. Le temblaban tanto las piernas que no podía mantenerse de pie. Acababa de comprender que no tenía salvación. Había llegado su hora. Iba a ser salvajemente asesinado.

La muchedumbre le empezó a insultar, a lanzarle piedras y a mofarse de sus miedos. A empujones le obligaron a saludar a los muertos, uno a uno, con el brazo en alto. Cuando llegó al último, una mujer se le acercó por la espalda, apoyó el cañón de su pistola en la cabeza del fascista y apretó el gatillo. La detonación retumbó por toda la plaza y los sesos del individuo saltaron por los aires. El hombre se desplomó sin vida sobre el asfalto. La sangre manaba de su cabeza a borbotones. Estallaron las carcajadas y los gritos de júbilo. Minutos después, el tipo se balanceaba cabeza abajo al final de una soga, al igual que sus antiguos camaradas.

Uno de los corresponsales le preguntó al partisano fanfarrón:

—Cuando detuvieron a Mussolini y la Petacci, ¿por qué los dejaron dormir juntos?

—*Oh, Mamma mia!* Era su última noche en este mundo. No podíamos hacerles esa faena. Al fin y al cabo, todos somos italianos.

DANIELA

«No hay mayor pesadilla que
el arrepentimiento»

Informe n.º 59 (APIS)

París, 5 de noviembre de 1943

Excmo. Sr.:

En respuesta a su último requerimiento de información, le comunico que la vida cotidiana en Francia no ha sufrido variación en los últimos meses. Continúan las cartillas de racionamiento y las tiendas carecen de mercancías. Escasea la leche, salvo para los niños, y las raciones de carne y pescado son ridículas. No hay café, ni azúcar, ni mantequilla. Ni tabaco, zapatos o abrigos de piel. Si se quiere conseguir alguno de estos productos, hay que acudir al mercado negro y pagar una fortuna.

Por la ciudad no circulan coches particulares, ni motos, ni autobuses, y los parisinos se ven obligados a desplazarse en metro (que es el único medio de transporte público) o en bicicleta. Solo unos pocos privilegiados pueden utilizar su propio automóvil, con un permiso especial que expiden las autoridades de ocupación. Los alemanes han requisado todo lo que les puede ser útil en el frente ruso.

A pesar de lo anterior, la popularidad del jefe del Estado, el mariscal Pétain, se mantiene intacta. Los franceses lo ven como un venerable padre protector, y están convencidos de que sin él la ocupación sería mucho peor. Continúa residiendo en Vichy junto a su primer ministro Pierre Laval y el resto del Gobierno. El mariscal sigue con su política de amistad con los alemanes, cosa que no parece inquietar a ningún francés, salvo a los miembros de la Resistencia.

Todas las noches, el general De Gaulle habla por la BBC desde su exilio en Londres y califica de traidores a Pétain y Laval por colaborar con los invasores. Y dice que, cuando los Aliados reconquisten Francia, ambos serán juzgados y ejecutados. ¡Pobre mariscal! Con lo que él se ha sacrificado por Francia...

En París, desde la redada del Velódromo de Invierno, se siguen produciendo detenciones de judíos, que luego son enviados a campos de concentración de Alemania. Los gendarmes franceses colaboran activamente con los soldados alemanes en esta desagradable misión. En ocasiones, incluso participan con entusiasmo. Algunos parisinos parecen ser más antisemitas que los propios nazis.

La Resistencia apenas actúa en París. De vez en cuando introduce periódicos clandestinos en los buzones o lanza octavillas subversivas en las estaciones del metro. Y de tarde en tarde asesina a algún soldado alemán en alguna callejuela de mala muerte.

A la espera de las órdenes de Su Excelencia.

¡Quien como Dios!

S-212

Cuando el comandante Lozano, jefe del servicio de inteligencia, terminó de leer el informe que acababa de llegar de París, le puso el sello de «secreto» con tinta roja y lo guardó dentro de un sobre. Acto seguido se levantó de su butaca y se dirigió, con el documento bajo el brazo, al despacho del capitán de navío Luis Carrero Blanco, subsecretario de la Presidencia del Gobierno.

A su jefe le gustaba conocer de inmediato todos los informes de la red APIS, el servicio de espionaje más desconocido y eficaz del Nuevo Régimen.

1

Noviembre, 1943

París ya no era una fiesta. La Ciudad de la Luz se había convertido en la ciudad de las sombras. Desde hacía más de tres años, las tropas alemanas desfilaban todos los días por los Campos Elíseos. Desde hacía más de tres años, la esvástica ondeaba victoriosa en lo alto de la Torre Eiffel. Desde hacía más de tres años, París vivía en un largo y frío invierno que parecía no tener fin.

En sus calles y bulevares, antes alegres y bulliciosos, ahora abundaban los uniformes alemanes, los controles de la policía, las redadas de la Gestapo. Una ciudad silenciosa, sin apenas vehículos, en la que tan solo se oía el retumbar de las botas claveteadas de los invasores. La gente apenas salía a la calle, escondida tras las cortinas, preocupada de su supervivencia. Intentaba pasar desapercibida, vivir al margen de la guerra, como si la ocupación no fuera con ellos.

Solo las clases privilegiadas y los colaboracionistas —los conocidos *collabos*—, parecían disfrutar de la ocupación como si nada hubiese ocurrido. Vivían en la opulencia, no conocían el hambre, no conocían las cartillas de racionamiento. No les faltaba de nada, ni siquiera diversión por las noches en los innumerables cabarets y *music halls* que proliferaban por toda la ciudad. Para ellos, París seguía siendo una fiesta.

Aquella tarde diluviaba sobre la ciudad, una ciudad de almas dormidas, que de forma pasiva y sin apenas resistencia había sucumbido al poder del invasor. La lluvia azotaba con violencia sus calles y sus plazas, como si el agua pretendiera lavar la humillación y los pecados de la derrota sufrida.

Daniela de Beaumont avanzaba con cuidado por la explanada del Museo del Louvre, esquivando los oscuros charcos que moteaban su camino. No podía permitir que se estropearan sus zapatos, unos auténticos Chantal de tacón alto. Los conservaba como oro en paño. Ya no se podía conseguir un calzado de esa calidad en el París de la ocupación.

Atravesó el passage Richelieu, húmedo y oscuro como una tumba, y desembocó en la rue de Rivoli. Cruzó la calle y buscó protección bajo sus elegantes arcadas. Cerró el paraguas, lo sacudió un poco y siguió su camino. Se dirigía al hotel Ritz, en la place Vendôme, y aún le quedaba un buen trecho por recorrer. Sin aflojar el paso, miró la hora en su reloj de pulsera. Faltaban pocos minutos para las cinco de la tarde. Llegaba con retraso a la cita con su jefa. Y Gabrielle Chantal jamás perdonaba la falta de puntualidad de los demás.

Pasó por delante del emblemático hotel Albany. En otros tiempos, siempre concurrido y animado. Ahora solo era una sombra de su pasado. Al igual que los demás hoteles importantes de la ciudad, había sido requisado por los alemanes. Una placa de bronce anunciaba en letras góticas su nuevo destino: la sede del Estado Mayor de las SS.

En esos instantes, un grupo de oficiales salía por la puerta giratoria del hotel en animada charla. Llevaban uniformes negros y botas lustrosas, y en las gorras y en las solapas lucían desafiantes calaveras plateadas. Parecían pregonar la muerte a distancia.

Al ver a Daniela, los SS enmudecieron y la siguieron con la mirada. La belleza de la joven no pasaba desapercibida. A su escultural cuerpo se añadía un rostro ovalado y perfecto, ojos verdes, nariz elegante, y mirada viva e inteligente. El cabello azabache, peinado a lo *garçon*, le daba un aire travieso y juvenil, en contraste con unos labios sensuales y jugosos, que incitaban al pecado y a la perdición.

A pesar de las lascivas miradas de los SS, Daniela ni se inmutó. Con absoluta indiferencia, apretó el paso y continuó su camino.

Las lujosas tiendas de la rue de Rivoli, tan concurridas en tiempos pasados, apenas tenían clientes. Sus elevados precios solo eran accesibles a los altos mandos alemanes y a los gerifaltes del mercado negro. El resto de los parisinos no podía permitirse caprichos ni gastos innecesarios. Desde hacía tiempo su única preocupación era sobrevivir, vadear el temporal y encontrar algo de comida en los desabastecidos mercados.

Daniela avanzaba con paso rápido, absorta en sus pensamientos. No lo vio llegar hasta que ya lo tuvo casi encima. Frente a ella, como surgido de la nada, apareció un hombre mayor, de pelo canoso y barba descuidada. Un saco de piel y huesos que caminaba con paso vacilante y mirada perdida. Llevaba un sombrero raído y un abrigo negro que le llegaba hasta los tobillos. Era un hombre gris. Todo en él era gris. La piel, la ropa, la tristeza.

El único color que destacaba en su maltrecho cuerpo era la humillante estrella amarilla que lucía sobre el pecho con la palabra «*Juif*» bordada en negro. Un judío. La raza maldita. Desde mayo de 1942, todos los judíos franceses mayores de seis años tenían la obligación de llevar la estrella de David cosida en sus ropas. Para los nuevos amos de París, era la forma más sencilla de detectar a los apestados.

A Daniela le sorprendió ver a un judío en el mejor barrio de la ciudad, rodeado de gendarmes franceses y soldados alemanes por todos lados. Nadie, en su sano juicio, se hubiera atrevido a tanto. Salvo que pretendiera suicidarse. Desde la redada del Velódromo de Invierno, ocurrida el año anterior, en la que miles de judíos fueron detenidos, muy pocos se dejaban ver bajo la luz del sol. La mayoría había huido de París. Y los pocos que aún permanecían se escondían en sótanos y buhardillas.

Dos soldados de las SS salían en esos momentos de un café y se fijaron en el anciano. De un salto, el más bravucón se situó frente al hombre y le apuntó con un dedo amenazador.

—¡Tú, judío! ¿Qué haces caminando por la acera? ¿No sabes que los cerdos como tú lo tenéis prohibido?

Y sin más lo expulsó de la acera con un fuerte empujón. El hombre perdió el equilibrio y cayó sobre la calzada como un fardo de patatas. Tumbado boca arriba sobre los adoquines, intentaba ponerse de pie sin conseguirlo.

—¡Parece una cucaracha panza arriba! —se burló el SS.

Ningún transeúnte hizo amago de ayudar al viejo. Ni siquiera se atrevían a mirar. No querían involucrarse. Temían salir malparados. En la ciudad de las almas dormidas no había lugar para la compasión.

Una niña de unos doce años, que caminaba por la calle con su padre, se detuvo en seco y señaló al hombre con la mano.

—¡Papá, mira! ¡Haz algo! ¡Ayuda a ese señor!

—No, hija, ese hombre no es un señor. Es un judío.

El antisemitismo no era patrimonio exclusivo de los nazis. Desde hacía mucho tiempo también imperaba con virulencia en la sociedad gala.

Al principio de la ocupación, las leyes antisemitas solo afectaban a los judíos extranjeros. Con el paso del tiempo, también se aplicaron a los judíos franceses, que perdieron su nacionalidad. Tanto unos como otros acabaron en los campos de exterminio.

Daniela no soportó más la indolencia de los transeúntes.

—¡Malditos cobardes! —masculló enfurecida.

Sin pensárselo dos veces, salió de las arcadas, se acercó al hombre y se arrodilló a su lado.

—¿Se encuentra bien, señor? Déjeme que le ayude.

El viejo la miró sorprendido y rechazó cualquier tipo de auxilio. No quería comprometerla. Daniela insistió dos o tres veces más. A duras penas, consiguió que el hombre aceptara la mano que le ofrecía. Le ayudó a ponerse en pie.

—Gracias, señorita, muchas gracias —agradeció el hombre con voz temblorosa.

El anciano tomó las manos de la desconocida entre las suyas y se las besó con humildad. Metió la mano en el bolsillo del abrigo y le entregó una arrugada tarjeta de visita. Se despidió y con paso vacilante se alejó calle abajo, pero no por la acera, sino por la calzada, bajo la incesante lluvia. No quería más problemas.

Al leer la tarjeta, Daniela no tardó en identificar al anciano. Acababa de ayudar a uno de los mejores cirujanos de la ciudad. Por desgracia, no ejercía desde la ocupación por culpa de las leyes antisemitas. Después de haber sido una persona rica e influyente, de reconocido prestigio y relevancia social, ahora se veía obligado a mendigar por las calles como cualquier pordiosero.

—Pobre hombre —musitó Daniela al verlo marchar.

La joven volvió a los soportales empapada de agua. Los dos SS no se entretuvieron en incomodarla. Ya habían tenido suficiente diversión.

Daniela siguió su camino. Una larga cola, que bordeaba toda una manzana, se había formado delante de una panadería. Una de las imágenes más habituales del París alemán. En esos instantes el dueño de la tienda se asomó al escaparate y colgó un pequeño cartel: NO QUEDA PAN. Al difundirse la noticia entre los afectados, se armó un pequeño revuelo y se masculló alguna que otra maldición dedicada a los *boches* —asnos—, nombre despectivo con el que se designaba a los alemanes.

La joven entró en una pequeña farmacia que olía a madera y desinfectante. Las paredes estaban cubiertas de anaqueles en los que se alineaban centenares de frascos etiquetados con nombres exóticos. Esperó a que el mancebo despachara a una anciana. Cuando le llegó su turno, preguntó por el farmacéutico. Segundos después, apareció un señor mayor ataviado con una bata blanca. Al ver a Daniela, le hizo una señal para que le acompañara a la rebotica.

El mancebo levantó la tapa de madera del mostrador y Daniela siguió al boticario. Una vez lejos de miradas curiosas, el hombre se subió a una pequeña escalera y tomó un frasco de porcelana que escondía en la balda más alta de la estantería. Se bajó, lo depositó sobre una mesa de mármol y lo destapó. De su interior extrajo una pequeña caja de cartón y se la dio a Daniela.

—No he conseguido más. La semana que viene lo intentaré de nuevo.

Daniela guardó la cajita dentro del bolso y le entregó al boticario un buen fajo de billetes.

—Volveré dentro de siete días —dijo Daniela antes de abandonar el local.

Una vez en la calle, y sin dirigir la vista atrás, aceleró la marcha. No quería tener ningún contratiempo. Dentro del bolso llevaba la joya más preciada de su jefa. Una caja de ampollas de Sedol. Un potente y adictivo sedante derivado de la morfina, que Gabrielle Chantal se inyectaba cada noche desde hacía años.

La venta de drogas estaba prohibida en París, como en el resto de Europa, y solo se podían adquirir en el mercado negro. El farmacéutico disponía de buenos contactos y la conseguía en Suiza. Luego la introducía ilegalmente en Francia y se la vendía a la famosa modista Gabrielle Chantal a un precio desorbitado. Pero eso era lo de menos. A la diseñadora el dinero no le importaba.

Daniela se cruzó con dos señoras muy elegantes que enseguida la reconocieron. Antes de la guerra, había sido una modelo muy cotizada de la Casa Chantal, fotografiada en cientos de revistas de moda. Como todas las maniquíes de Gabrielle, no solo tenía una cara preciosa y un cuerpo espectacular, sino que también poseía una elegancia natural muy difícil de encontrar. Marca inconfundible de la Casa. Eso era precisamente lo que buscaba *mademoiselle* Chantal en sus chicas. Elegancia. Ante todo, elegancia. Por encima incluso de la belleza. Como decía la diseñadora con frecuencia: «Yo elijo a mis maniquíes no por ser guapas, sino por la forma en que llevan mis vestidos.»

Por eso las modelos de Chantal siempre procedían de la vieja aristocracia francesa, como Daniela, hija de un ilustre conde del valle del Loira. La diseñadora no se conformaba con cualquier chica, por muy hermosa que fuera. Si no tenía clase, no tenía estilo. Y si no tenía estilo, no le valía.

Daniela había sido una de las modelos más famosas de la Casa Chantal. Pero su brillante y prometedora carrera se truncó en 1939 al estallar la guerra entre Francia y Alemania. Nada más conocerse la noticia, Chantal tomó una drástica decisión: se retiró del mundo de la moda y cerró sus tiendas. La noticia fue un bombazo a nivel mundial. Nadie entendía tan extraño comportamiento. Las revistas especializadas no se lo podían creer. ¿Qué había impulsado a Gabrielle Chantal, la reina indiscutible de la alta costura, a dejar su profesión de la noche a la mañana? Ella se limitó a dar una lacónica explicación: «En tiempos de guerra, ¿a quién le interesa la moda?»

Una justificación que nadie creyó. Años atrás, al estallar la Gran Guerra en 1914, Chantal no cerró ni la sombrerería de París ni la boutique de Deauville, sus dos primeras tiendas. Es más, en plena contienda incluso abrió otra *maison de couture* en Biarritz.

Por eso nadie comprendía que en 1939, en pleno apogeo de su gloria, abandonara su profesión y cerrara sus tiendas, dando carpetazo a más de veinticinco años de agotador trabajo para hacerse un hueco en un mundo dominado por los hombres. La decisión de Gabrielle no solo causó sorpresa, sino también indignación y un grave conflicto social. Chantal despidió de golpe a cuatro mil empleadas. Y se mantuvo inflexible ante las airadas protestas de los sindicatos. Solo permaneció abierta la tienda de la rue Cambon de París, la más emblemática. Como había dejado la profesión, allí ya no se vendían vestidos, sino tan solo perfumes y accesorios. Nada más.

Daniela se vio afectada por el cierre de la Casa Chantal. Se encontró de repente sin trabajo. Lo más sensato hubiese sido regresar a la lujosa mansión de su familia. Pero no podía. Sus padres, viejos aristócratas de ideas trasnochadas, no le dirigían la palabra. No le perdonaban que se hubiese fugado a París para convertirse en modelo. Para ellos, una maniquí era poco menos que una fulana de lujo.

Al ser despedida, Daniela se encontró sola y sin trabajo. Al final aceptó casarse con su novio, un exiliado español que vivía en París. A los pocos meses de la boda, el hombre se alistó en el Ejército francés y fue enviado al frente, en donde cayó prisionero al poco de comenzar el ataque alemán.

Durante los primeros años de la ocupación, Daniela sobrevivió como pudo. Hasta que un buen día, no hacía mucho, se encontró por casualidad con Gabrielle Chantal en la puerta de la Ópera Garnier. Se tragó su orgullo, se acercó a su antigua jefa, le contó sus penas y le solicitó un empleo. La modista aceptó. Necesitaba una especie de secretaria, alguien que se ocupara de sus asuntos cotidianos. Y Daniela tenía clase, era de confianza y durante años había sido una de sus modelos preferidas.

En realidad, Gabrielle no buscaba una secretaria, sino una confidente, una amiga, alguien cercano que le hiciera compañía y le diese un poco de calor en los fríos y largos días de invierno. A Chantal, la valiente triunfadora, la dura mujer hecha a sí misma, solo le aterraba una cosa en la vida: la soledad. No soportaba sentirse sola. Un trauma que arrastraba desde su más tierna infancia, desde que su padre la abandonó junto a sus hermanas en un mísero orfelinato de monjas de Aubazine.

Daniela llevaba poco tiempo en su nuevo empleo de secretaria. Un trabajo que nunca había ejercido antes. En realidad, no parecía muy complicado. Con la ocupación alemana, la vida social de Gabrielle se había reducido de forma drástica. Nunca olvidaría la conversación que mantuvo con la diseñadora el primer día:

—Le agradezco mucho la oportunidad que me da, *mademoiselle*. Espero no defraudarla.

—Es un trabajo muy fácil. No tienes que preocuparte de nada.

—¿En qué consiste exactamente?

—En aguantarme.

Y en eso Gabrielle Chantal no se equivocaba.

2

Daniela de Beaumont continuó por la rue de Rivoli hasta llegar a la rue de Castiglione. Al fondo pudo vislumbrar, por fin, su destino, la place Vendôme, con su famosa columna de bronce coronada por una estatua de Napoleón disfrazado de emperador romano. Antes de abandonar la protección de las arcadas, miró al cielo y abrió el paraguas. Se ajustó los guantes y alzó el cuello de piel de conejo de su gabardina, un original diseño de Gabrielle Chantal, que había causado sorpresa y admiración años atrás. Con paso firme, cruzó la calle y se dirigió al Ritz, el hotel más suntuoso de París, y tal vez del mundo entero.

Los alemanes, nada más ocupar la ciudad, requisaron el Ritz para alojamiento de sus altos mandos. No obstante, se permitió, como excepción, que algunos clientes distinguidos siguieran viviendo allí, como Gabrielle Chantal o la viuda del fundador del hotel, el suizo Cesar Ritz.

En plena contienda europea, el Ritz se había convertido en un islote de ostentación ajeno a la guerra y a las restricciones, que conservaba todo el lujo y el *glamour* de épocas pasadas. Con un servicio compuesto casi en exclusiva por personal suizo, los huéspedes no sufrían ni las carencias ni las calamidades que se vivían fuera de sus muros. Tan solo la proliferación de uniformes del Tercer Reich anunciaba un cambio de clientela.

Una patrulla de soldados alemanes vigilaba la puerta del hotel. Al ver a Daniela, un centinela le dio el alto.

—*Ausweis!*

La joven se mordió el labio inferior. No lo comprendía. Todos los días acudía al Ritz, todos los días hacían guardia los mismos soldados, y todos los días le pedían que se identificara. Con tan escasa imaginación, pensó Daniela, resultaba difícil imaginar que esa gente fuera la dueña de media Europa.

Abrió el bolso con cuidado de que no se viera el Sedol, rebuscó entre sus cosas y le entregó al centinela la cédula de identificación. En ese mismo instante apareció un sargento con cara de cochino enfadado. Era el jefe de la guardia. Nada más verlo, los soldados palidecieron y se pusieron firmes como estatuas de mármol. De un zarpazo el sargento le arrebató al soldado la documentación de Daniela.

La joven nunca había visto al suboficial. Quizá fuera nuevo en la plaza. Daniela lo miró sin poder disimular su desagrado. Nunca había visto un ser tan grotesco. Parecía un cerdo con un gorrillo en la testa.

El sargento empezó a examinar el *Ausweis* sin prisas, recreándose en la tardanza. Comprobó al trasluz la autenticidad del papel. Luego comparó con detenimiento la foto del *Ausweis* con el rostro de la joven. La miraba con descaro, la desnudaba con la vista. Por último la observó de arriba abajo, con desesperante lentitud, devorándola con los ojos. Daniela le sostuvo la mirada en todo momento sin achantarse lo más mínimo. No tenía la menor duda de lo que en esos momentos pasaba por la cabeza del *boche*. Sin la menor duda, la confundía con una fulana cara, de las muchas que pululaban por el Ritz.

—¿Adónde se dirige? —preguntó el sargento con gesto intimidatorio.

—A la suite de *mademoiselle* Chantal.

El rostro del sargento adquirió la palidez de la cera. Se había confundido. Aquella joven no era una prostituta, sino una visita de Gabrielle Chantal, la modista más famosa del mundo. Una mujer que gozaba del respeto y la protección del Tercer Reich.

El sargento dio un taconazo y saludó con marcialidad, como si estuviera en presencia de un mariscal de campo.

—Adelante, señorita —balbuceó aterrado por su metedura de pata; temía que Daniela denunciase a sus jefes su falta de respeto—. Por favor, antes de subir a la habitación, sea usted tan amable de identificarse en conserjería.

Daniela no se molestó en contestar. Recuperó el *Ausweis* y lo dejó caer dentro del bolso. Acto seguido, y con la cabeza bien alta, se dirigió a la puerta del hotel.

—Buenas tardes, señorita Beaumont. —El portero saludó a Daniela alzando un poco su sombrero—. El hotel está hoy muy concurrido.

—¿Qué ha pasado?

—Se ha celebrado un almuerzo en honor de *monsieur* Laval. Acaba de terminar hace cinco minutos.

Daniela enseguida se percató del enorme cartel que habían colocado sobre una chimenea con la foto de Pierre Laval, presidente del Gobierno de la Francia colaboracionista de Vichy. Bajo su imagen aparecía una de sus frases más famosas: «Deseo de corazón la victoria de Alemania porque de lo contrario el comunismo se extenderá por toda Europa.»

En el armisticio firmado en 1940 entre Alemania y Francia se acordó que el Ejército alemán ocuparía solo el norte de Francia y la costa atlántica. El resto del territorio quedaría bajo la autoridad exclusiva del Gobierno francés, lo que se conocía como la Francia de Vichy o del mariscal Pétain, partidaria de la colaboración con los alemanes. Una línea de demarcación separaría ambas zonas. En la Francia «ocupada», el poder correspondía, en teoría, a las autoridades francesas, pero en la práctica, al Ejército alemán. En la Francia «no ocupada» el poder lo ejercía, en exclusiva, el Gobierno colaboracionista del mariscal Pétain. Esta división del territorio se diluyó a partir de noviembre de 1942, tras la invasión aliada del norte de África, momento que aprovechó el Ejército alemán para extenderse también por la Francia «no ocupada», que quedó bajo su mando.

El vestíbulo del Ritz se encontraba abarrotado de invitados. No solo abundaban los oficiales alemanes, sino también políticos y empresarios franceses, fieles partidarios de la amistad y la colaboración con los ocupantes.

En esos momentos, Laval salía del comedor en compañía de su yerno, René de Chambrun. Daniela saludó a este último con un leve gesto. Le conocía muy bien. Era el abogado personal de Gabrielle Chantal.

Los oficiales alemanes charlaban y reían como si no hubiera guerra. Se los veía felices y relajados. Y no era para menos. Un destino en París era un sueño maravilloso, al alcance tan solo de unos pocos privilegiados. Buen vino, guapas mujeres y constante diversión. Nada que ver con el frío y la miseria del frente ruso.

Daniela se acercó al mostrador de recepción y esperó a que unos militares alemanes entregaran sus pistolas. Dentro del hotel no se permitía portar armas, y todos los oficiales debían depositarlas en unos casilleros instalados en el vestíbulo.

Cuando le llegó su turno, la joven se dirigió al alemán que controlaba las visitas.

—Buenas tardes, sargento.

—Buenas tardes, señorita —contestó el hombre en un impecable francés.

Conocía muy bien a Daniela. Todos los días acudía al Ritz. Sin necesidad de preguntar nada, el alemán apuntó en un libro el nombre de Daniela, su dirección, la hora de llegada y la habitación a la que se dirigía. Los alemanes, siempre tan meticulosos, llevaban un registro exhaustivo de todas las visitas que recibía cada uno de los clientes del Ritz.

—Puede subir, señorita. La están esperando.

Daniela tomó el ascensor y se dirigió a la habitación de Gabrielle, situada al final de un largo y recargado corredor. Al pasar por delante de la suite real, la puerta se abrió y dejó ver su interior. Un individuo corpulento, de ojos grises y cabellos dorados, se despedía en esos momentos de dos generales de aviación. A pesar de su aspecto varonil, su imagen no podía ser más grotesca. Llevaba redecilla en el pelo, maquillaje en la cara y esmalte encarnado en las uñas. Vestía un batín de terciopelo azul, y sobre el pecho lucía un enorme broche de rubíes y diamantes. A través de la puerta entreabierta, Daniela pudo apreciar varios lienzos apoyados contra la pared de la habitación.

La joven enseguida reconoció al tipo del batín. Era el mariscal Hermann Göring, lugarteniente de Hitler y comandante supremo de la Luftwaffe, famoso por su obesidad, por su adicción a la cocaína y por su desmesurada afición a las obras de arte expoliadas a los judíos. Cada vez que visitaba París, arramblaba con todo lo que se le ponía por delante.

Daniela continuó su camino hasta llegar a la suite de Gabrielle. En la puerta figuraba una placa con los números de las habitaciones: 227-228. Llamó y enseguida apareció ante sus ojos una doncella.

—Buenas tardes, Germaine —saludó Daniela.

Solo con ver la cara de la doncella, ya se dio cuenta de que el horno no estaba para bollos.

—Buenas tar...

La doncella no pudo terminar la frase. Una voz ronca y enérgica rugió desde el fondo del salón:

—¡Germaine! ¡Di a Daniela que entre de una maldita vez!

La pobre mujer dio un respingo y parpadeó nerviosa. A pesar de los años que llevaba con Gabrielle Chantal, sus gritos aún le alteraban los nervios.

—Perdón, perdón... Apúrese, señorita. *Mademoiselle* Chantal la espera.

Del pequeño vestíbulo partían tres puertas de color marfil con molduras en oro viejo. A la izquierda, la que comunicaba con las habitaciones del servicio; a la derecha, la que conducía al baño y al dormitorio principal; y de frente, la doble puerta que daba al salón. No era una suite tan amplia como la que tenía Gabrielle antes de la guerra, y que ahora disfrutaba un general alemán, pero no estaba nada mal. Eso sí, sus vistas no eran tan espectaculares. Los balcones no daban a la place Vendôme, como la anterior, sino a los magnolios de la rue Cambon. En el fondo Gabrielle casi prefería la nueva orientación. De ese modo se ahorraba contemplar desde las ventanas la boutique de Schiaparelli, su eterna enemiga, la excéntrica modista italiana adorada por los surrealistas.

Daniela entró en el salón y allí estaba su jefa, Gabrielle Chantal. Se encontraba de pie, de espaldas a la puerta, con un cigarrillo en la mano. Miraba a la calle a través del cristal de los balcones y zapateaba nerviosa con el pie derecho.

—¡Llegas tarde, Beaumont! —gruñó sin girar la cabeza; cuando se enfadaba, llamaba a Daniela por el apellido.

—Lo siento, *mademoiselle*. El metro ha estado media hora detenido en mitad de un túnel.

Gabrielle se dio la vuelta y lanzó a su empleada una mirada furibunda.

—¡Excusas, excusas! ¡Siempre con excusas!

La diseñadora debía de estar muy enfadada porque no se había arreglado para salir a la calle. Llevaba unos pantalones anchos de talle alto y una camiseta de rayas blancas y azules. Una ropa cómoda que utilizaba con frecuencia en la intimidad, y que había puesto de moda años atrás, inspirada en los uniformes de los marineros del *Cutty Sark*, el lujoso yate del duque de Westminster, uno de sus amantes más famosos.

—¿Has visto lo que dice esta gentuza? —Gabrielle cogió de una mesa una revista suiza y la agitó por encima de su cabeza—. ¡Solo saben publicar mentiras y más mentiras!

Lanzó el ejemplar contra la chimenea de mármol y sus hojas se desparramaron por la alfombra. Daniela se fijó en la portada. Aparecía una foto de su jefa con el titular: «¿Dónde está Gabrielle Chantal?»

—¿Has visto lo que se atreven a decir?

—*Mademoiselle*, aún no he leído esa revista.

La diseñadora miró a Daniela como si hubiese cometido un sacrilegio.

—¡Pues mal hecho! Debes leer todo lo que atañe a mi persona. ¡Es tu trabajo! ¡Para eso te pago!

—Lo siento. No volverá a ocurrir.

—Eso espero por tu bien. Y a todo esto, ¿qué diablos haces ahí de pie? ¡Siéntate de una maldita vez!

Daniela obedeció sin rechistar. Su jefa era insoportable y de buena gana la hubiera mandado a paseo, pero necesitaba el dinero. Tragó saliva y se dispuso a aguantar.

Gabrielle siguió de pie. Sus ojos echaban chispas, le temblaban las manos y resoplaba sin cesar. Parecía un animal salvaje a punto de saltar sobre su presa.

—¿Sabes lo que se atreven a decir esos farsantes? —Y sin esperar respuesta, añadió—: ¡Que estoy acabada! Que hace cuatro años dejé mi oficio porque se me acabó la imaginación. ¡Alimañas carroñeras!

Abrió el balcón, lanzó el cigarrillo a la calle y encendió otro.

—¡Esto no quedará así, no señor! —Gabrielle miró a Daniela y dio un par de palmadas en el aire, como si tratara de ahuyentar a una mosca—. ¿Qué diablos haces ahí parada? ¡Vamos, niña, muévete! ¡Haz algo! ¡Esto se merece una carta de rectificación! ¡Toma nota! *Allez, allez!*

Daniela abrió el bolso y extrajo una pequeña agenda. Con aire aplicado, fingió que tomaba nota, aunque, en realidad, no apuntaba nada. No le gustaba trabajar en balde y conocía muy bien a la diseñadora. Sabía que su jefa, cuando terminara el maremoto, cuando finalizaran sus gruñidos y sus imprecaciones, se olvidaría del tema y no haría nada. Después de la tempestad, siempre venía la calma.

—¿Comprendes por qué me niego a conceder entrevistas? Estas ratas son capaces de cambiar mis palabras y hacerme quedar como una estúpida. ¡Son unos miserables!

Gabrielle comenzó a pasear por la sala con el gesto contraído. Caminaba descalza, y un mechón de cabello le caía sobre la cara, dándole un aspecto salvaje y juvenil. Acababa de cumplir sesenta años, pero no aparentaba más de cuarenta. El pelo negro tizón, la piel tirante, los ojos encendidos. Seguía conservando la belleza y la energía de cuando saltó a la fama.

—¿Y sabes cómo me llaman en esa revista? —Esperó unos instantes antes de continuar—. Me llaman «modista». —Soltó una carcajada nerviosa—. Llamarme «modista» a mí. ¡A mí! Pero ¿qué se han creído? Yo no soy una modista. ¡Soy un genio!

Esa misma revista, unos años antes, había dicho: «Gabrielle es algo más que una gran dama; es un caballero.» A Chantal aquello le hizo gracia y lo tomó como un cumplido. Hacía referencia a su faceta de empresaria inteligente, de hábil emprendedora capaz de crear un imperio. Ninguna mujer había conseguido reunir una fortuna tan inmensa como la de Gabrielle, procedente, en exclusiva, de su propio trabajo.

Durante más de veinte minutos no dejó de despotricar. Si los cálculos de Daniela no fallaban, al cabo de poco se le terminaría el enfado. La joven siguió callada. A lo sumo, asentía con la cabeza ante alguna pregunta retórica. Con el tiempo se había habituado a su jefa, y ya no se alteraba ante sus estallidos de cólera. Al fin y al cabo, solo tenía que escuchar en silencio y esperar a que se desahogara.

En un momento dado, Gabrielle se acercó a un palmo de Daniela y la miró fijamente a la cara. Primero, con estupefacción; luego, con desagrado.

—Pero ¿qué diablos te ha pasado? —gruñó muy enfadada.

Daniela no sabía a qué se refería. Se llevó la mano al rostro y se manchó los dedos. Enseguida cayó en la cuenta. Al socorrer al anciano judío, la lluvia había estropeado su maquillaje.

—¡Daniela, por favor! Si no sabes arreglarte, más vale que te dediques a limpiar escaleras.

—Lo siento, *mademoiselle*. Al venir por la rue de Rivoli, he sufrido un pequeño percance y...

—¡Perfecta! ¡Tienes que estar perfecta! —interrumpió Gabrielle sin querer escuchar las explicaciones—. ¡Nunca lo olvides! ¿Entendido? ¡Cúmplelo o lárgate de mi lado!

Gabrielle se acercó a uno de los balcones y apoyó la frente contra el cristal. Le ardía la cabeza como si fuera el horno de un ceramista a pleno rendimiento. Permaneció en esa postura durante varios minutos sin pronunciar una sola palabra. Daniela se imaginó que lo peor de la tormenta ya se había alejado, aunque debía permanecer alerta porque siempre daba unos coletazos mortales antes de extinguirse por completo.

—Y encima esa revista se atreve a decir que me he retirado porque tengo miedo a la Italiana. ¿Miedo? ¿Yo? ¿A la Italiana? Esos bellacos no me conocen bien.

Gabrielle nunca pronunciaba el nombre de Elsa Schiaparelli, su gran adversaria y rival, y la llamaba en tono despectivo «la Italiana». En realidad, el cariño que se profesaban era mutuo. Schiaparelli tampoco se quedaba atrás, y no soportaba a «la Sombrerera», nombre con el que designaba a Gabrielle.

Se trataba de dos mujeres de gran temperamento, enemigas irreconciliables, y con concepciones muy distintas de la moda. Para Chantal, el vestido debía adaptarse al cuerpo de la mujer, porque lo más importante era su comodidad; en cambio, Schiaparelli opinaba todo lo contrario, y defendía que la mujer tenía que adaptarse al vestido.

A diferencia de Chantal, Elsa Schiaparelli había abandonado París cuando los alemanes entraron en la ciudad. Ahora vivía en Estados Unidos, si bien su boutique seguía abierta en la place Vendôme, dirigida por su hombre de confianza. En los escaparates aún se podía admirar su última colección, tan curiosa y extravagante como su creadora: sombreros con forma de teléfono o zapato; guantes con las uñas pintadas; vestidos de colores chillones, cuajados de legumbres, topos y mariquitas. Una moda solo apta para mujeres muy modernas y sin prejuicios, como Wallis Simpson o Marlene Dietrich.

En el fondo, la modista italiana no había comprendido la gran verdad que siempre pregonaba Gabrielle: «Los hombres miran a las mujeres por guapas, no por excéntricas.»

—¿Crees que la Italiana habrá leído la revista? —preguntó Gabrielle.

—No lo sé, *mademoiselle*. No sé si esa revista suiza tiene difusión en Estados Unidos.

—¡Claro! ¿Cómo se me ha ocurrido preguntarte a ti? —De repente, y sin previo aviso, Gabrielle arremetió contra Daniela; el volcán no se había apagado, sino que seguía en plena erupción—. ¿Qué me vas a decir tú? ¡Si eras amiga de la Italiana! ¿O me equivoco?

—Cuando me despidi... —Daniela corrigió a tiempo—. Cuando abandoné la Casa Chantal, tuve que trabajar en muchas cosas. La Casa Schiaparelli me contrató en un par de ocasiones.

—¡Y bien que te gustó! Apareciste en todas las revistas con el famoso vestidito de la langosta. ¡Todavía no sé cómo se te ocurrió ponerte semejante mamarrachada! ¿Cómo una mujer puede estar elegante con un bicho rojo pintado en el estómago? ¡Qué locura!

Elsa Schiaparelli y Salvador Dalí habían diseñado juntos el famoso «vestido langosta». Elaborado en seda de color blanco, lucía una enorme langosta encarnada en mitad del estómago, obra de Dalí. Una excentricidad propia de dos genios. A pesar de la opinión de Chantal, el vestido alcanzó un éxito notable.

La doncella entró en la habitación con una bandeja de plata y sirvió el té. Gabrielle se dejó caer en el sofá junto a Daniela. El enfado había agudizado su belleza. Tenía el pelo alborotado y las mejillas encendidas. Sus ojos brillaban como los de una gata en la oscuridad.

—Esta maldita revista me ha sacado de mis casillas. Creo que esta noche necesitaré doble ración de mi «medicina».

Con tan enigmático nombre se refería Gabrielle al Sedol. Sin su ración diaria era incapaz de conciliar el sueño. Daniela abrió el bolso y dejó sobre la mesa la cajita de cartón que le había proporcionado el boticario.

—Nunca comprenderé por qué mi amigo Salvador Dalí se asoció con la Italiana —dijo la modista al cabo de unos minutos; el enfado se le había pasado por completo y parecía otra mujer—. ¿Sabes que Dalí pasó una larga temporada en La Pausa, mi finca de la Costa Azul? Fueron unos meses fantásticos. Allí pintó unos cuadros maravillosos. ¿Y sabes otra cosa? Me acosté con él.

Daniela se sorprendió de la confesión. A pesar de su conocida promiscuidad, la diseñadora no solía compartir intimidades con sus empleadas, por muy cercanas que fueran.

—¿Y sabes lo mejor? No fue un acto de amor, ni siquiera de deseo. Solo lo hice por fastidiar.

Poco a poco una sonrisa pícara se fue perfilando en los labios de Gabrielle. Con una pasmosa facilidad, su aspecto podía cambiar por completo en pocos segundos. Ya no tenía aspecto de fiera salvaje, sino de niña traviesa. No se parecía en nada a la hidra de siete cabezas de unos minutos atrás.

—Sí, Daniela, no pongas esa cara de mojigata. Te repito: me acosté con Dalí solo para fastidiar. Para fastidiar a Gala, por supuesto. No soporto a esa víbora.

3

El periodista Jaime Urquiza, corresponsal del diario *Informaciones*, y al que todos conocían por Jeff, abrió lentamente los ojos. Los párpados le pesaban como si fueran de plomo. Tenía la garganta reseca y la lengua pegada al paladar. La cabeza le dolía tanto que parecía que le fuera a estallar de un momento a otro. Un estruendo molesto, sórdido y repetitivo le había despertado. Tras unos segundos de aturdimiento, lo pudo identificar. Procedía del campanario de la iglesia de Saint-Gervais, situada a una manzana de su casa. Uno de los pocos templos de París que aún lanzaba sus campanas al vuelo. Desde la ocupación, la mayoría de las iglesias se mantenían en silencio, en señal de luto por la derrota sufrida.

Se tapó los oídos con la almohada e intentó conciliar el sueño. Le fue imposible. El estridente tañido no le dejaba en paz, le martilleaba sin descanso. Al final, se levantó de la cama malhumorado.

Con paso torpe, sorteando botellas vacías y ropa interior femenina, alcanzó el cuarto de baño. Un sujetador yacía abandonado en el lavabo. Lo levantó con dos dedos y lo observó con curiosidad. Era negro, de encaje y raso. Muy sugerente. Pero no se acordaba del nombre de su propietaria.

Abrió el grifo y llenó la pila de agua fría. Después, sumergió la cabeza durante unos instantes y aguantó la respiración. Repitió la operación varias veces más. Cuando por fin se consideró persona, alzó la cara y se miró al espejo. Tenía el pelo mojado y alborotado, los ojos enrojecidos, la mirada cansada. Apenas había dormido en toda la noche.

—Tienes que cambiar de vida o acabarás mal, muy mal —se aconsejó frente al espejo, aunque con escasa convicción—. Vas a cumplir cuarenta años, y como sigas así, no llegarás muy lejos.

Sentía un escozor molesto en la espalda, y no sabía el motivo. Se giró frente al espejo y descubrió las inconfundibles marcas de unos arañazos.

—¡Vaya tigresa!

Regresó a la alcoba y descorrió las cortinas. La claridad de la mañana inundó la habitación. Miró a la cama y observó el cuerpo femenino que yacía bajo las sábanas revueltas. No sabía quién era. Tampoco le importaba mucho.

Durante unos minutos se dedicó a otear la ciudad a través de la ventana. Vivía en un lugar privilegiado, en la última planta de un antiguo edificio de la rue Bonaparte, esquina con los muelles del Sena. Desde allí podía ver, al otro lado del río, el Museo del Louvre y el jardín de las Tullerías. Y a su derecha, como si fuera un gran barco a la deriva, la isla de la Cité, con las dos joyas históricas de la capital: la Sainte Chapelle y la catedral de Notre Dame.

Unos nubarrones oscuros cabalgaban a baja altura sobre los tejados de la capital. Llovía sobre París. Una llovizna fina y helada, que confería a la urbe un aire melancólico y señorial. Los pocos transeúntes que circulaban por la calle apresuraban el paso bajo los paraguas y pretendían llegar a su destino cuanto antes.

Se acercó a la cama y se sentó en el colchón. Levantó las sábanas muy despacio y dejó al descubierto el cuerpo desnudo de la mujer. Su última conquista. Permanecía tendida boca abajo, con las piernas separadas y los brazos en cruz. No se le veía la cara, oculta bajo una frondosa mata de pelo. Recorrió con la vista cada centímetro de su fina y delicada piel. Era joven, de glúteos vigorosos y piernas torneadas.

Le apartó con delicadeza la espesa melena rubia que ocultaba su rostro. La joven ronroneó, susurró algo incomprensible y se volvió a dormir. Jeff, por más que lo intentaba, no se acordaba de su nombre.

Tenía sed. Echó un vistazo a las botellas desperdigadas por el suelo. Por fin encontró una que contenía un poco de champán. La vació de un solo trago. Estaba repugnante. Caliente y sin fuerza. No le importó. Se dejó caer en un sillón y encendió un pitillo. Intentó rememorar lo que había pasado la noche anterior.

Como si se tratara de una película muda a través de una densa neblina, recordó que había cenado en el Morocco, uno de sus cabarets preferidos. Como ocurría con frecuencia, allí había conocido a una hermosa mujer. En esa ocasión, una rubia despampanante, enfundada en un provocativo vestido dorado. Nada más verla, se fijó en ella. La dama se paseaba entre las mesas con la mirada altiva de la mujer que se sabe bella y deseada. Sin duda, era la presa perfecta para esa noche. Sin pérdida de tiempo se puso manos a la obra. No estaba dispuesto a dejarla escapar.

Dos botellas de champán más tarde, la joven yacía desnuda en su cama. Una mujer fogosa que, según le confesó, llevaba tres años sin ver a su marido, prisionero de guerra de los alemanes.

Jeff apagó el cigarrillo, volvió a la cama y se sentó junto a la desconocida. Por mucho que lo intentaba, no conseguía recordar su nombre. Tal vez nunca se lo dijo. ¿Para qué?

—Es hora de levantarse —le susurró al oído mientras le acariciaba el hombro con la yema de los dedos.

La joven alzó la cabeza y se apartó el cabello de los ojos. Miró a Jeff y le regaló una brillante sonrisa.

—¿Qué hora es?

—Hora de marcharse a casita.

La mujer hizo un gesto de desagrado.

—¿Por qué no pasamos el día juntos, Jeff?

Jeff... Ella sí se acordaba de su nombre.

—Sería estupendo, pero no puedo.

La mujer hizo un mohín de disgusto y fue a protestar, pero Jeff se adelantó. Le puso un dedo en los labios en señal de silencio y le besó la punta de la nariz.

—Esta noche nos vemos en el Morocco.

—¿Me lo prometes?

—¡Claro, cariño!

Mintió sin ningún pudor. No pensaba volverla a ver. Al menos, durante una temporada. Detestaba encadenarse, encapricharse de una única mujer. Lo había pasado bien, de eso no cabía la menor duda. Pero en esos momentos lo único que deseaba era que se largara de su casa cuanto antes. La experiencia le había enseñado que las damas tienen infinidad de virtudes, pero un grave defecto: su tendencia irresistible a generar sentimientos. Y no había nada más peligroso que una fémina enamorada. Una fuente inagotable de problemas que él no estaba dispuesto a soportar.

Se levantó, salió de la alcoba y se adentró en el pasillo. Caminaba con paso vacilante, con las manos apoyadas en la pared, como si fuera un borracho a punto de desfallecer. Abrió la puerta de la cocina y allí se encontró a Guillermina, la portera del edificio, que en sus horas libres limpiaba la casa de Jeff. En esos momentos fregaba con energía las copas que se amontonaban en la pila.

—¡Por Dios! ¡Qué pinta me trae, señorito! ¿Qué? ¿Otra nochecita sin pegar ojo?

Guillermina se permitía ciertas licencias con Jeff. Y a él le hacían gracia las ocurrencias de la mujer, una curiosa mezcla de filosofía aldeana y recalcitrante atavismo ibérico. Se conocían desde hacía más de diez años, desde que él llegó a París como corresponsal, en aquel entonces, del *ABC*. Alquiló un piso en la mejor zona de la ciudad, propiedad de una amiga de su familia, y se llevó una gran sorpresa cuando descubrió que los porteros eran oriundos de Zamora. Gracias a sus sabios consejos, pudo desenvolverse con bastante soltura en la capital francesa desde el primer momento.

—Guillermina, ¿no es muy temprano para que estés aquí? —preguntó Jeff.

—¿Temprano? ¡Son las doce de la mañana! Llevo trajinando por la casa dos horas, y *usté* sin enterarse. ¡Claro, como una no puede hacer ruido cuando el señorito está *encamao*...!

—¡Qué paciencia tengo contigo! —se guaseó Jeff.

—Ya tengo *preparao* eso que llaman café, por decir algo. Querrá dos tazas, supongo.

La última frase la pronunció Guillermina con un especial retintín. Como todos los días, se imaginaba, con acierto, que Jeff había pasado la noche en compañía de una dama.

—Pues claro, Guillermina. Tengo una invitada.

—¡Qué me dice! ¡Una invitada! ¡Menuda sorpresa! ¡Qué extraño en *usté*! —exclamó la portera con sarcasmo—. ¡Ay, señorito! ¿Cuándo querrá sentar la cabeza?

Jeff sonrió y no contestó.

Guillermina era bajita, muy delgada, con la tez tan oscura que parecía una gitana. Su pelo, canoso y rebelde como el estropajo, lo recogía de cualquier manera en un pequeño moño a la altura de la nuca. No tendría más de sesenta años, pero muy mal conservados. Las profundas arrugas que surcaban su cara revelaban una vida llena de desgracias y sinsabores.

La mujer llenó dos tazas con un oscuro líquido que pretendía parecerse al café, y que solo era achicoria barata.

—¿Preparo también unas tostadas? Esta mañana he conseguido algo de pan.

—¿En el mercado negro?

—No, señorito. He tenido suerte. *Na* más despertarme, he *bajao* a la panadería y no había mucha gente en la cola. Me han *dao* el doble que a los demás. Los vecinos se morían de envidia. Su cartilla de racionamiento es una joya.

En París, los corresponsales extranjeros disfrutaban de cartillas especiales, con raciones muy superiores al resto de los mortales. Con un método tan burdo, los alemanes pretendían comprar voluntades. Querían que la prensa extranjera hablase siempre bien de ellos. El tener buena prensa los obsesionaba.

—Gracias, pero mejor no prepares nada. Tengo un poco de prisa.

—¿Y qué hacemos con el pan? Se quedará duro.

—Llévatelo a tu casa.

Guillermina mostró una amplia sonrisa.

—Pues nos vendrá *mu* bien. Mi Colette sigue dando el pecho al crío y cada día está más *escuchimizá*.

—Pues tiene que cuidarse. Ahora tiene responsabilidades.

Colette, la única hija de Guillermina, había dado a luz meses atrás. El padre era un sargento alemán con el que salía desde hacía tiempo. El hombre no llegó a conocer a la criatura. Unos meses antes del parto lo habían destinado a Rusia. Desde su marcha, Colette no había vuelto a saber nada de él. Quizá lo hubiesen matado en el frente. O tal vez estuviera casado y trataba de echar tierra por medio, como ocurría con frecuencia. Desde que se inició la ocupación, se comentaba que más de doscientos mil niños habían nacido de las relaciones entre militares alemanes y mujeres francesas. La famosa colaboración «horizontal».

Para evitar un escándalo, Guillermina afirmaba que el niño era hijo suyo, aunque ningún vecino se lo creía. La portera era demasiado mayor, y además nunca la habían visto embarazada.

—Con las sobras del pan, mi Tomás alimentará la granja.

Tomás, el marido de Guillermina, paliaba el hambre de su familia con los conejos y las gallinas que cuidaba en el retrete de su casa, habitáculo al que denominaba, con imaginación desbordada, «la granja».

—Por cierto, Guillermina, siguen los ruidos en el techo.

—Ya hemos hablado de ese tema muchas veces, señorito. Su casa está en la última planta, y encima de *usté* no hay *na* salvo los trasteros.

—Pues dile a Tomás que suba y eche matarratas.

Jeff volvió a la habitación con una taza de achicoria en la mano. Se sentó en la cama y se la ofreció a su invitada.

—Vamos, querida. —Seguía sin acordarse de su nombre—. Es hora de levantarse.

Con movimientos lentos y perezosos, la mujer se incorporó y apoyó la espalda en el cabecero.

—Bébete esto. Te sentará bien.

La joven dio unos sorbos y dejó la taza en la mesita de noche. Luego se levantó, cogió a Jeff de la mano y lo llevó hasta el cuarto de baño.

—¿Te gustaría meterte en la ducha conmigo? —preguntó con mirada traviesa.

—Lo siento, pero tengo prisa. Otra vez será.

La joven arrugó los labios en señal de enfado. Se acababa de dar cuenta de que aquello solo había sido un encuentro esporádico, un simple cruce sexual.

No tardaron mucho en arreglarse. Ella se puso la misma ropa que la noche anterior. Una indumentaria nada apropiada para salir a la calle en pleno día, pero no tenía otra cosa. Jeff eligió una chaqueta de tweed y un pantalón beige, y se anudó al cuello un pañuelo de seda de origen inglés.

Se despidieron en la puerta de la casa.

—Bajaré yo primero —dijo la joven con el dedo índice en alto para mostrar su anillo de casada—. Mi suegra es una bruja y se pasea por toda la ciudad montada en su escoba.

Al cerrar la puerta, Jeff seguía sin acordarse del nombre de su invitada. El único recuerdo que le quedó de ella fue la dulce estela de su perfume. Con eso le bastaba.

—¿Cuándo sentará la cabeza el señorito? —Guillermina volvía a la carga—. Un caballero de su estampa, igualito que el *Clargable* ese, y sigue sin pasar por la vicaría... ¡Qué desperdicio, Dios mío! ¿No se da cuenta de que con esa facha podría conquistar a cualquiera? En mi aldea, a su edad, todos los varones ya están casados y con críos. Salvo los bujarrones, claro. Y *usté* dale que dale. Muchas risas, mucha juerga, mucha golfa, pero sigue solo.

—¿Solo? ¿Yo? ¿Desde cuándo? Guillermina, que viva solo no quiere decir que esté solo.

—Si *usté* lo dice...

—El matrimonio y yo somos incompatibles.

—El hombre no ha nacido para estar solo. Hágame caso, que soy perra vieja. Necesita una hembra que le cuide.

—Yo sé cuidarme muy bien solito, ¿no crees? —replicó Jeff con una sonrisa.

—¡Bah! ¡No diga tonterías!

—Parece mentira que una mujer tan anarquista como tú aconseje el matrimonio. ¿No gritabas de joven «Hijos, sí; maridos, no»?

—¡Ande, ande! No diga tonterías, que de eso ya han pasado muchos lustros. ¡Y quítese los pantalones! He visto una arruga y quiero que vaya impecable.

—Ni hablar, Guillermina. Llego tarde.

—¿Qué? ¿Ya ha quedado con otra pelandusca?

4

La noche había caído sobre París. Un manto negro cubría sus calles y sus plazas. El temor a los aviones aliados obligaba a mantener la ciudad sumida en la oscuridad más absoluta. Las farolas estaban apagadas y las ventanas de las casas permanecían tapadas con cartones y mantas. Patrullas alemanas vigilaban que la orden fuese cumplida a rajatabla.

Aquella noche, Jeff había sido invitado a una fiesta de gala en la embajada de Alemania. Se vistió con un elegante frac, comprado en Londres antes de la guerra, idéntico al utilizado por el príncipe de Gales en sus correrías nocturnas. Se colocó unos gemelos de oro en los puños de la camisa y se anudó un lazo blanco al cuello. En el vestíbulo le esperaba Guillermina con el abrigo, los guantes y el sombrero. Le miró de arriba abajo y asintió satisfecha, momento que aprovechó para repetir su famosa cantinela.

—¡Ay, señorito! ¿Por qué no sienta la cabeza?

Jeff sonrió y no dijo nada. Abrió la puerta y salió al descansillo. Unas voces ascendían por el hueco de la escalera.

—¿Quién grita así? —preguntó Jeff, extrañado. En su edificio, compuesto de gente respetable y adinerada, nunca se oían escándalos.

—La nueva vecina, una tal Madeleine Ladrede. Solo lleva dos días y ya me ha vuelto loca *perdía*. Ha *ocupao* la casa de los Bercovitz.

—¿La familia judía? ¿Se sabe algo de ellos?

—Nada, señorito. Desde que se los llevaron hace meses, no han *dao* señales de vida. Mala pinta tiene el asunto. Según se oye en el *mercao*, todos los días salen trenes con judíos en dirección a Alemania.

—¿Y con qué derecho ocupa esa mujer la casa?

—Pues adivine, señorito. Un regalito de los *boches*.

Los alemanes solían requisar las viviendas de los judíos deportados a campos de concentración y se las entregaban como premio a los colaboracionistas más destacados.

—Esa mujer es una perra, una maldita *collabo*. —Guillermina fingió que escupía al suelo—. La llaman la Condesa de la Gestapo. Es lo peor de lo peor, ¡un mal bicho!

Guillermina odiaba más a los colaboracionistas que a los propios alemanes. Quizá se debiera a que el padre de su nieto era un sargento berlinés.

El ascensor, una vetusta cabina de madera enjaulada detrás de una rejilla, no funcionaba, y Jeff tuvo que bajar por las escaleras. Según descendía, las voces de la nueva vecina se hacían más insoportables. Al llegar a la primera planta, Jeff se topó con la Condesa de la Gestapo. Una mujer de unos treinta años, alta, buen tipo, ojos grandes, labios encarnados y cabello corto de color rubio platino. Una de las muchas vampiresas francesas que pululaban alrededor de los oficiales alemanes, y que aspiraban a convertirse en sus amantes durante su estancia en París.

La enfurecida mujer amenazaba al pobre Tomás con todos los males del mundo. Le acusaba de haber atornillado mal la placa con su nombre en la puerta de la casa. Jeff saludó, pero solo le respondió el portero con un patético hilillo de voz, aterrado ante los chillidos de la nueva vecina.

El periodista salió del portal y una bofetada de aire helado le cruzó la cara. Hacía frío en París, un frío tan intenso que la mayor parte de la población no se quitaba el abrigo ni para dormir. Entre las temperaturas tan bajas y la escasez de carbón, los parisinos se estaban congelando de frío. Todas las mañana aparecían ancianos muertos sobre sus camas.

Jeff miró la hora en su reloj de pulsera. Faltaban pocos minutos para las ocho de la noche. Aunque no era muy elegante, decidió ir a pie a la fiesta. No tenía más remedio. No había taxis, no le gustaba el metro, y su coche no tenía ni gota de gasolina. Por fortuna, tardaría poco en recorrer el trayecto. La embajada alemana no estaba muy lejos de su casa.

En la rue du Bac se topó con una docena de jóvenes en mangas de camisa que trataban de borrar, con cepillos de púas, agua y jabón, una Cruz de Lorena, símbolo de la Resistencia, que alguien había pintado en la fachada de un edificio. Tenían las manos azuladas por culpa del frío, y de vez en cuando se las acercaban a los labios en un vano intento de que entraran en calor. Un sargento alemán y una pareja de gendarmes franceses vigilaban atentamente los trabajos de limpieza.

—¿Tiene fuego? —le preguntó el sargento alemán con un pitillo en los labios.

Jeff sacó del bolsillo una caja de cerillas y se la entregó.

—Quédese con ellas, no me hacen falta. ¿Qué han hecho? —Jeff señaló a los jóvenes con la barbilla.

—Anoche se saltaron el toque de queda. Como castigo, se han pasado el día cepillando los uniformes y las botas de mis hombres. Cuando consigan borrar esa pintada, les devolveremos los abrigos y podrán volver a sus casas. Así aprenderán a cumplir las órdenes de la superioridad.

El periodista continuó su camino y poco después llegaba al Hôtel de Beauharnais, en el número 78 de la rue de Lille, sede de la embajada alemana. Una señorial mansión de cuatro plantas, con un porche de clara inspiración egipcia, construida en tiempos de Bonaparte. Durante años había sido la residencia del ahijado de Napoleón, el virrey Eugenio, hijo de la emperatriz Josefina.

Unos soldados alemanes hacían guardia en el portón de entrada. Jeff les mostró su pasaporte, y tras comprobar que figuraba en la lista de invitados, le franquearon el paso. Subió la escalinata de piedra, cubierta con una alfombra roja, y entró en el palacete. El embajador y su esposa recibían a los recién llegados en el vestíbulo.

—¡Jeff, mi querido amigo! Me alegro de que hayas podido venir —le saludó el embajador Otto Abetz, enfundado en su elegante uniforme de diplomático. Era un hombre joven, alto y esbelto, de cabellos muy rubios y ojos azules, que siempre mostraba una simpática sonrisa.

—Tus visitas siempre son motivo de alegría —añadió su esposa Suzanne, una bella francesa, antigua secretaria de Abetz.

Jeff respondió a los cariñosos saludos con amabilidad y simpatía. Conocía a los Abetz desde hacía muchos años y los consideraba unos buenos amigos.

El periodista entró en el salón de baile y un reconfortante calor invadió su aterido cuerpo. Todas las chimeneas del edificio funcionaban a pleno rendimiento. Los alemanes no estaban sometidos a las restricciones que imperaban en el resto de la población parisina.

El periodista encendió un cigarrillo y recorrió la estancia con la mirada. La sala rezumaba la ostentación propia del palacio de Versalles, con sus lámparas de cristal, sus espejos dorados y sus valiosos cuadros, requisados a la familia judía Rothschild. Otto Abetz, antiguo profesor de arte, sabía disfrutar del lujo y el esplendor que ofrecía la capital francesa.

Los invitados charlaban en pequeños corrillos o bailaban el vals en mitad de la sala. Las damas lucían valiosas joyas y refinados vestidos de noche, diseñados por los modistos más famosos de la ciudad. Los caballeros llevaban frac o uniforme de gala. Y los músicos, levita y peluca blanca, en un pretencioso intento de rememorar épocas pasadas.

La mayoría de los oficiales alemanes estaban acompañados por sus amantes, atractivas mujeres francesas de aspecto frívolo y mirada sensual. Estas damas trataban de aprovecharse de la ocupación para hacer sus negocios y enriquecerse en el mercado negro. Con frecuencia eran fulanas de lujo, actrices de cine de segunda fila o coristas de cabaret, que se teñían el pelo de rubio platino y lucían vestidos provocativos con el fin de despertar el interés del invasor. Guiadas por la codicia y la ambición, no hacían remilgos a la hora de utilizar sus armas de mujer para alcanzar los fines propuestos.

Jeff cazó al vuelo una copa de champán de la bandeja que portaba un camarero. Mientras daba un par de sorbos, oteó el horizonte en busca de lo único que en esos momentos le podía interesar, que no era otra cosa que alguna invitada de buen ver. Tras un rápido chequeo, se dispuso a hacer una ronda por la sala.

Sus innumerables amigos y conocidos le obligaban a detenerse a cada paso. Todos querían saludarle. La simpatía de Jeff era tan arrolladora que contaba con una amplia legión de adeptos, incluidos los infelices maridos de sus conquistas.

Como en todas las fiestas organizadas por el embajador, los invitados tenían que hablar exclusivamente en francés, cualquiera que fuera su nacionalidad. Normas de la casa. Otto Abetz adoraba París, y pensaba que con estos guiños conquistaría mejor el corazón de sus habitantes.

—¡Vaya, tú por aquí! ¡No te pierdes una! —dijo alguien en perfecto castellano a sus espaldas.

El periodista se dio la vuelta y descubrió a su amiga Inés Larrazábal, corresponsal del diario *Pueblo*, conocida por todos como Zoé, pseudónimo con el que firmaba sus trabajos.

—Si llego a saber que también te han invitado, hubiésemos venido juntos —respondió Jeff.

—¿Juntos? ¿Tú y yo? ¿Como si fuéramos una pareja? Quita, quita, Jeff, que tus manos me dan mala espina. Las tienes demasiado largas.

Zoé no era guapa. Tampoco fea. Ni llamaba la atención ni pasaba desapercibida. Tenía el pelo castaño, los ojos negros, los labios finos. Carecía de pecho y caderas, y le gustaba vestir muy cómoda. Solo se arreglaba cuando acudía a fiestas y actos protocolarios.

A pesar de su irrefrenable afición a las mujeres, Jeff nunca había intentado nada con ella. La consideraba su amiga, una amiga de verdad, quizá la única que le quedaba. Y no quería perderla.

Zoé pertenecía a ese escaso grupo de mujeres que, a pesar de la fuerte oposición de sus compañeros, había encontrado un hueco en el mundo del periodismo activo. Ni por asomo pensaba quedarse de simple columnista en Madrid, bajo nombre verdadero o falso, como muchas de sus compañeras. Quería seguir el camino iniciado por Carmen de Burgos, la primera corresponsal de guerra española, testigo de la sangrienta campaña de Marruecos de 1909. A Zoé le hubiese encantado emularla, visitar el frente ruso y narrar desde allí los acontecimientos. Pero, por más que lo solicitaba, las autoridades alemanas jamás se lo permitían.

—No te imaginaba en un antro como este, rodeada de alemanes y colaboracionistas —se guaseó Jeff.

—¿Bromeas? —replicó Zoé—. Por nada del mundo me perdería una fiesta con esta gentuza.

Zoé detestaba el nazismo y el fascismo con todas sus fuerzas. Procedente de una adinerada familia del norte de España, se había educado en los mejores internados de Francia y Suiza, en donde pudo conocer de primera mano el verdadero significado de palabras como «democracia», «libertad» o «emancipación femenina».

—¿No ha venido Luis? —Jeff preguntó a Zoé por su inseparable amigo Luis Susaeta, corresponsal de *Solidaridad Nacional*, un periódico falangista catalán.

—No le han invitado. Se ha ido con Robert Brasillach a una conferencia de Céline en el Círculo Militar San Agustín.

—¡No me digas! Seguro que es un discurso antisemita. ¿Me equivoco?

—No lo dudes.

Desde hacía años, gran parte de la intelectualidad francesa miraba con simpatía a los nazis y no dudaba en aprovechar la menor ocasión para lanzar proclamas incendiarias contra los judíos.

Jeff siguió recorriendo la sala en compañía de Zoé. En unas mesas alargadas, alumbradas por pesados candelabros, se ofrecían los manjares más exquisitos. El caviar de beluga se servía en enormes cuencos de plata, recubiertos de hielo, que los invitados devoraban con cucharas soperas. Y el champán Bollinger y Dom Ruinart circulaba a raudales. Nada que ver con la miseria que se vivía en la ciudad.

—Mira, ahí está tu amiguito.

Zoé señaló con el mentón a un oficial alemán, un hombre alto y delgado, de piel pálida y cabello rubio, que lucía un impecable uniforme negro de las SS. Se trataba del comandante Josef Wolf, miembro de la Gestapo, más conocido por el Carnicero de París.

—De amigo mío, nada —corrigió Jeff.

—¿Te sigue incordiando?

—Tiene épocas.

Como si los hubiera oído en la distancia, el SS dirigió su mirada hacia los periodistas españoles. Sus ojos eran grises y fríos como el acero de un destructor. Alzó la copa de champán a modo de brindis y esbozó una sonrisa capaz de helar la sangre a un lobo hambriento. Jeff y Zoé se hicieron los despistados y no le contestaron. Con disimulo, se alejaron de su punto de mira. No era recomendable su cercanía. Solo podía traer problemas.

La famosa actriz francesa Amélie Dupont charlaba en una esquina con su último amante, un estirado coronel alemán. De cabello rubio platino y poderosas curvas, se arropaba los hombros con un exótico chal de martas cibelinas. Antes de la guerra, solo trabajaba en papeles secundarios. Con la ocupación, se había convertido en la estrella indiscutible del momento, gracias a su estrecha amistad con los nazis. Cada tres o cuatro meses, los cines de París estrenaban una nueva película protagonizada por ella.

Zoé se acercó a saludarla. Se conocían desde hacía varios años, desde que Zoé le hizo una entrevista para una conocida revista de cine madrileña. A partir de entonces entablaron una estrecha amistad. Al llegar los periodistas, el militar alemán se disculpó y se alejó hacia otro corrillo.

—Te veo muy bien acompañada —le dijo Zoé con una pizca de malicia.

—No me puedo quejar.

—¿Y no temes la reacción de tus compatriotas?

La diplomacia no figuraba entre las virtudes de Zoé.

—¿A qué te refieres?

—A que algún día te puedan echar en cara tu amistad con los nazis.

Amélie arrugó la nariz y la miró ofendida. Con aire enérgico, contestó:

—Querida, mi corazón es francés, pero mi culo es internacional.

Jeff no pudo evitar una sonora carcajada. Zoé fue a replicar pero Amélie no se lo permitió. La actriz se dio la vuelta y se fue en busca de su amante.

—¡Maldita zorra! —masculló Zoé.

—No sé por qué te pones así. ¿Qué te importa lo que hagan los demás? Me hace gracia la gente como tú. Mucho presumir de liberales, pero en el fondo sois los más tiranos del planeta.

—¿Y tú, Jeff? ¿Qué eres tú? Porque nunca te mojas.

—Yo, querida, solo soy un superviviente.

No permanecieron mucho tiempo solos. Enseguida apareció el embajador Otto Abetz con una copa de champán en la mano.

—Queridos amigos, ¿cómo va todo? Espero que lo estéis pasando bien.

—Estamos en la gloria —contestó Zoé—. A diferencia de lo que pasa en la calle, aquí no hace frío, la comida es abundante y la gente huele a colonia.

Jeff arqueó las cejas y miró al techo. Zoé era incorregible. No se callaba ni debajo del agua. El embajador, como buen diplomático, se limitó a mostrar una sonrisa de compromiso, momento que aprovechó Jeff para desviar la conversación.

—Otto, hay algo que me gustaría comentarte. Desde hace semanas no puedo utilizar mi coche.

—¿Te ha caducado el permiso de circulación?

—No, eso está en regla, y te lo agradezco, porque sé que muy pocos gozan de ese privilegio. El problema es que no me queda gasolina.

—¡Vaya! Ese sí que es un inconveniente de difícil solución. Como sabes, mi querido amigo, se necesita todo el combustible para el frente ruso.

—Lo entiendo, pero, si quiero desempeñar bien mi trabajo, necesito moverme por París con agilidad.

—Está bien, Jeff, de acuerdo —respondió el alemán tras una breve reflexión—. Pásate mañana por mi despacho y mi secretario te dará un vale.

—Gracias, Otto.

—Raciona muy bien la gasolina y no utilices el coche para tus aventuras amorosas, que te conozco demasiado bien —le advirtió Abetz en tono jovial—. Y ahora, si me disculpáis, tengo que saludar a unos amigos.

El alemán se alejó hacia otro grupo de invitados. Zoé soltó un resoplido y se limpió con disimulo la mano que había besado el embajador.

—No soporto a los nazis. Me dan náuseas —gruñó enfurecida—. Solo vengo a sus fiestas por si pesco alguna noticia interesante. No sé cómo puedes codearte con este ganado.

—Solo trato de aprovecharme de la situación. Hablo bien de ellos en mi periódico, y a cambio me proporcionan una vida cómoda. Un simple trueque. Ya sabes: París bien vale una misa.

—¡Qué mundano eres!

—Y tú deberías ser más cauta y tener más cuidado con lo que dices. Por las malas esta gente puede ser muy peligrosa.

—Me importa un bledo.

5

La fiesta en la embajada alemana de la rue de Lille se estaba desarrollando con la fastuosidad y la opulencia habituales. Había reunido no solo a altos mandos militares, líderes colaboracionistas o diplomáticos extranjeros, sino también a intelectuales y artistas franceses, y a lo más distinguido de la alta sociedad parisina. Muy pocos periodistas habían sido invitados. Jeff podía considerarse un privilegiado, al igual que Zoé.

En un momento dado, la orquesta se levantó de sus asientos y fue sustituida por unos hombres jóvenes, vestidos de esmoquin y con la cara tiznada de betún. Fingían ser un grupo musical negro. Ante el asombro de todos los presentes, empezaron a interpretar canciones americanas prohibidas. La pista de baile no tardó en llenarse de invitados.

Los nazis habían elaborado un listado de músicos proscritos, y consideraban al jazz un invento diabólico de la degenerada cultura negra americana. A pesar de ello, la prohibición no regía dentro de la embajada alemana. Otto Abetz quería dar un aire de modernidad y libertad a sus fiestas que no se correspondía con lo que regía en la calle. En el París alemán ni los nazis parecían nazis.

Jeff charlaba con unos colegas suizos cuando de repente detectó a lo lejos una presencia familiar. Afinó la vista y enseguida la reconoció. Era ella, no había duda. Era Daniela. Como siempre, bella, sensual y cautivadora. No la veía desde hacía años. Y no la recordaba tan hermosa.

Caminaba con elegancia y distinción, como si estuviera sobre una pasarela. La vista al frente, la columna recta, la cabeza erguida, los hombros derechos. En la Casa Chantal había tenido una buena escuela. Más que andar, parecía que se deslizaba sobre la alfombra sin mover los pies. Llevaba el pelo corto y muy engominado, peinado al igual que un chico. El vestido, en satén negro, le caía impecable, dejando buena parte de su espalda al descubierto. Nadie permanecía impasible ante su presencia. Las conversaciones se apagaban a su paso y todo el mundo la seguía con la mirada. Los caballeros, con deseo; las damas, con envidia. Sin duda, era la mujer más atractiva de la noche.

Jeff sintió un fuerte codazo en el hígado. Era Zoé.

—¡Vámonos!

El periodista no reaccionó. Se limitaba a seguir los cadenciosos movimientos de la modelo como si estuviera hipnotizado.

—¡Jeff! ¿Qué coño haces? —protestó Zoé al ver que su amigo permanecía inmóvil—. ¡Salgamos de aquí! ¡Vamos!

Ya era demasiado tarde. Daniela le había visto, y tras unos instantes de indecisión, caminaba a su encuentro.

—Buenas noches, Jeff —le saludó cuando llegó a su altura.

—Hola, Daniela —contestó el periodista con voz neutra.

—¡Uf! —resopló Zoé de mal humor—. Mejor me largo.

La periodista se dio la vuelta y se marchó sin saludar a Daniela. No se soportaban.

—¿Qué tal estás, Jeff?

—No me puedo quejar. ¿Y tú?

—Sobrevivo.

Jeff no quiso indagar en el alcance de esa respuesta. Desde hacía mucho trataba de olvidar todo lo relacionado con Daniela. Era un tema que aún le dolía.

—Hace tiempo que no nos vemos —continuó Daniela, que estaba tan cohibida como él—. Casi cuatro años.

—¿Tanto? Me parece que fue ayer.

Jeff se arrepintió en el acto de sus palabras. Habían sonado demasiado irónicas. Daniela encajó el dardo sin inmutarse.

—¿Qué haces tú por aquí? —preguntó Jeff.

—He venido con ella. —Daniela miró hacia Gabrielle Chantal, que en esos momentos llevaba la voz cantante en un corrillo cercano, haciendo gala de su arrolladora personalidad.

—¿Ahora sois amigas?

—No soy su amiga. Soy su empleada.

—¿Y la soportas?

—No tengo más remedio. Necesito el dinero.

—¿Te sigue tratando igual?

—No ha cambiado. Es una tirana que disfruta martirizando a sus empleadas.

—¿Por qué aguantas a esa mujer? ¿De verdad te hace falta trabajar? —preguntó Jeff—. Tu familia es muy rica. ¿Por qué no pides dinero a tus padres?

—¿A mis padres? —Daniela soltó una carcajada amarga—. Ya sabes que no me hablo con ellos desde hace años. Soy la oveja negra de la familia.

Jeff dudó unos segundos antes de formular la pregunta más delicada.

—¿Cómo está tu marido?

Daniela apartó la mirada y clavó la vista en el suelo.

—¿Ahora le llamas «tu marido»?

—¿Cómo está tu marido? —insistió el periodista con voz gélida; quería marcar las distancias.

—Fue capturado y se lo llevaron a un campo de prisioneros en Alemania. Hace tiempo que no tengo noticias suyas.

Desde la lejanía, Gabrielle Chantal miró a Jeff y le dedicó una maravillosa sonrisa. Ella era así, encantadora con sus amigos, y déspota con sus empleadas. Levantó su copa a modo de saludo y el periodista hizo lo mismo. Se conocían bien y eran buenos amigos desde hacía años.

—No te acerques mucho a la bruja —le advirtió Daniela—. Está últimamente desaforada. Ya sabes que le gustan los hombres morenos, altos, fuertes, atractivos y con una buena dentadura. Tu cabeza puede acabar disecada en lo alto de su chimenea.

—Me has descrito como si fuera un caballo de carreras.

La diseñadora le hizo una señal a Daniela.

—Lo siento, Jeff, pero el deber me llama. Por cierto, si hablas con el alacrán no le digas nada de mi boda. Detesta que sus empleadas de confianza estén casadas.

—¿Aún sigue con esas cosas?

—No ha cambiado. Necesita absorberte por completo, que estés día y noche pendiente de ella. Y eso es incompatible con el matrimonio.

La modista volvió a hacer un gesto nervioso a Daniela. Reclamaba su presencia de inmediato.

—Te tengo que dejar, Jeff. Ya sabes, Gabrielle Chantal solo piensa en ella, y en nadie más que ella.

—Por lo que veo, nunca cambiará.

—A veces abominable, a veces sublime. —Daniela guardó silencio, y tras unos segundos de reflexión, añadió—: Me ha gustado verte de nuevo después de tantos años. Mi jefa está organizando una fiesta para la próxima semana. Tal vez te invite.

—Pues me tendré que excusar, porque no estaré en París. Viajo a España.

—¿A España? ¿Podrías hacerme un favor?

—Sí, claro. ¿Qué quieres?

—Ahora no puedo hablar. La bruja me reclama. Te llamaré por teléfono antes de tu partida. ¿Sigues conservando el mismo número?

—Yo, a diferencia de otros, no cambio con facilidad.

Daniela pestañeó contrariada. La respuesta había hecho mella en su ánimo.

6

Jeff apareció en la taberna Los Cuatro Muleros, situada en la rue de Marbeuf, poco antes de las dos de la tarde. Como todos los martes, tenía una cita a la hora del almuerzo con sus mejores amigos en el París de la ocupación: los periodistas Luis Susaeta y Zoé Larrazábal.

La taberna pertenecía a un francés enamorado de España, aunque todos dudaban de que hubiera visitado el país alguna vez. La decoración no podía ser más patética, basada en tópicos absurdos, la mayoría carentes de fundamento. Nada más abrir la puerta, el cliente se topaba con un muñeco de madera disfrazado de torero, con montera, capote y traje de luces al completo. Encima de la barra del bar habían colocado unas cuerdas con ropa tendida, como si fuera la colada de una casa de pueblo. Y en las paredes se exhibían carteles de corridas de toros, fotografías de equipos de fútbol y grabados típicos de ciudades españolas. Para dar una nota más racial, el suelo era una alfombra de serrín y desperdicios de todo tipo.

El periodista entró en el pequeño comedor, situado al final del mostrador.

—¡Aquí, Jeff! —Luis le llamó desde la mesa que ocupaban habitualmente.

Se acercó a sus amigos y tomó asiento.

—Ya era hora —protestó Zoé.

—Un poco más y me zampo el mantel —añadió Luis—. Seguro que estabas entretenido con alguna conquista. Por cierto, me han dicho que el sábado te vieron cenando en la terraza del Dôme con dos pelirrojas.

Luis miró a Jeff con expresión bobalicona, como si esperara la confirmación de sus palabras. Jeff, siempre discreto, se limitó a sonreír.

—¿Por qué has llegado tarde? —preguntó Zoé enfurruñada.

—Mira lo que he conseguido.

Jeff abrió un paquete envuelto en papel de estraza y les mostró el libro *El asedio de Jerusalén*, de Max Jacob. Zoé abrió los ojos como platos.

—¿Dónde lo has encontrado? ¿Hay más? —preguntó nerviosa.

Max Jacob era uno más de los muchos autores prohibidos por los alemanes. Su obra estaba incluida en la denominada «Lista Otto», en honor al embajador alemán Otto Abetz, y que comprendía más de mil títulos cuya lectura no estaba permitida. Toneladas de libros, requisados de librerías y bibliotecas, esperaban ser quemados en unos enormes garajes de la avenue de la Grande-Armée. Algunos libreros espabilados habían conseguido, mediante soborno, rescatar las obras más cotizadas, que luego vendían a los clientes de confianza a precios abusivos.

—Se lo he comprado a un *bouquiniste*. No le quedaban más.

—¡Joder! —gruñó Zoé, tan malhablada como un cargador del mercado de Les Halles.

El camarero les ofreció dos menús. El oficial, a un precio asequible; y el extraoficial, bastante más caro, elaborado con alimentos procedentes del mercado negro. Como siempre, eligieron el extraoficial.

—¡Por Santiago, la conversión del turco y el fin de la barbarie! —brindó Luis con el vaso en alto.

—¡Qué pesado! —protestó Zoé—. ¿No sabes decir otra cosa?

—Pues no —replicó el interpelado. Y de un solo trago vació su vaso—. ¿Vas a estar mucho tiempo en España?

—le preguntó a Jeff, limpiándose los labios con el puño de la camisa.

—Lo imprescindible. En cuanto firme unos papeles de la herencia de mis padres, me vuelvo.

—Viajar a España... Eso sí que es tener valor —intervino Zoé—. Prefiero un París en guerra que un Madrid en paz... con el enano dictador.

—¡Tú estás mal de la azotea! —saltó Luis, que aguantaba pocas bromas sobre su Caudillo.

Luis y Zoé no podían ser más incompatibles. Eran como la noche y el día, y se llevaban como el perro y el gato. Hasta en ideología no podían ser más opuestos. Luis era un falangista de primera línea, un camisa vieja de antes de la guerra; en cambio, Zoé presumía de liberal, feminista y revolucionaria, y detestaba cualquier tipo de opresión. Luis procedía de una familia muy humilde de Asturias, hijo de un zapatero comunista; Zoé pertenecía a una de las familias más ricas de San Sebastián, acostumbrada a todo tipo de lujos y comodidades. Luis huía de las situaciones tensas, trataba siempre de contemporizar; a Zoé le encantaba polemizar, le apasionaba discutir aunque supiera de antemano que no tenía razón. A pesar de sus diferencias abismales, un incomprensible vínculo los unía como dos siameses. No podían vivir el uno sin el otro, siempre andaban juntos y jamás se separaban.

El camarero sirvió un consomé muy caliente, con un chorrito de Jerez, capaz de derretir un témpano de hielo. Nada mejor para soportar el frío invernal de la ciudad. Luis partió por la mitad un chusco de pan blanco y olisqueó su interior.

—¡Esto huele a gloria bendita! —suspiró con los ojos cerrados; y sin más, empezó a desmenuzarlo sobre el consomé.

—¡No tienes remedio! ¡Eres un palurdo! —le reprendió Zoé, siempre pendiente de todo lo que hacía su amigo.

—Sí, mamá.

—¡Vete a paseo!

A veces se preguntaba Jeff cómo podía soportar, aunque solo fuera una vez a la semana, a dos personas que no dejaban de discutir.

—Oye, Jeff, ¿me podrías traer unas cosas de España? —preguntó Luis a su amigo.

—Claro, hombre.

—¡Mira que eres pesado! —protestó Zoé—. ¿Tú te crees que Jeff no tiene otra cosa que hacer en Madrid que comprar tus «cositas»?

—Bueno, Zoé, no pasa nada. —Jeff intentó pacificar antes de que se montara otro rifirrafe; quería comer en paz—. ¿Te traigo algo a ti?

—Como no sea la cabeza del dictador... —contestó Zoé.

Como era de esperar, Luis saltó como si tuviera un resorte:

—Pues no sé qué haces trabajando en un periódico de los sindicatos falangistas. Si tanto te molesta, vete a pedir empleo a Rusia.

—Trabajo en el *Pueblo* porque me gusta el periodismo, porque me encanta París y porque no quiero vivir de mis padres. ¿Te parecen suficientes razones?

—A ver si os tranquilizáis un poco que hoy os veo algo tensos. —Jeff trató de calmar los ánimos antes de que se encendieran más.

—¿Y tú, qué? ¿Qué pasa contigo? ¿Nunca te pronuncias? ¡Vamos, di algo, hombre! —le espetó Zoé.

—A mí no me interesa la política.

—¡Eso ya no vale! En estos tiempos hay que mojarse.

Jeff sonrió, se limpió los labios con la servilleta, bebió unos sorbos de vino y replicó:

—Soy un hombre libre, y los hombres libres no tenemos bando.

—¡Ah, qué bonito! Tú a vivir, y a los demás que nos den morcilla. ¡Bonita filosofía! Pero ¿te interesa algo en la vida, Jeff?

—¡Claro! ¡A Jeff le interesan las mujeres! —interrumpió

Luis con la boca llena—. Y si están casadas, mejor. Menos problemas.

—¿A ti nunca te han dicho que eres un cerdo? —Zoé estaba imparable—. ¡Traga antes de eructar tus tonterías, que das asco!

—Habló Clara Campoamor.

—¡Bueno, ya está bien! ¡Tengamos la fiesta en paz! —Jeff decidió acabar de una vez con toda discusión.

A partir de entonces, comieron en silencio, salvo algún comentario intrascendente que no recibía respuesta. Las pocas mesas que componían el pequeño comedor se fueron llenando de comensales. La mayoría, funcionarios de la embajada de España, situada a escasa distancia. También se podía ver algún oficial alemán de uniforme. Sin el menor disimulo, Zoé les lanzaba miradas despectivas. Por fortuna, no se dieron cuenta.

Cuando terminaron de comer, el camarero limpió la mesa, extendió un tapete verde y depositó una baraja española. Aunque el juego estaba prohibido fuera de los casinos, el dueño de Los Cuatro Muleros conocía muy bien las costumbres españolas. No pensaba perder tan fiel y buena clientela por culpa de unas normas que no le reportaban beneficios económicos.

Jugaron al tute durante un par de horas, acompañados de aguardiente español procedente del mercado negro. Como solía ser habitual, Zoé les dio una paliza que los dejó tiesos. Poco antes de las cinco, Luis miró el reloj y se levantó de la butaca.

—Lo siento amigos, pero tengo que irme. Debo mandar una crónica a Madrid.

—¿Sobre qué? —preguntó Zoé con curiosidad.

—¡A ti te lo voy a decir! ¡Para que me pises la noticia! ¡Anda ya!

—¡Vete a tomar viento!

—¡Vaya educación que te dieron, guapa!

—Pues en un colegio de pago. ¿No se nota?

Luis dejó unos francos sobre el tapete y abandonó el local. Cuando se quedaron solos, Zoé pidió al camarero otra botella de aguardiente. La periodista bebía sin mesura, y aunque tenía mucho aguante, sus ojillos empezaban a delatar los efectos del alcohol.

—A ver, Jeff, mírame a la cara —dijo muy seria—. Llevo toda la santa tarde intentando reprimirme y no cantarte las cuarenta delante de Luis. ¿Me puedes explicar qué coño hacías ayer hablando con esa mujer?

—¿Con Daniela?

—Pues claro, con Daniela, ¿con quién va a ser si no? ¡Coño!

—Ya lo viste tú. Se acercó a mí y me saludó. Nada más.

Zoé soltó una maldición y vació de un trago su vaso de aguardiente.

—Te voy a dar un consejo y espero que me hagas caso: olvida a esa mujer.

—La tengo más que olvidada.

—Pero ¿a quién pretendes engañar? ¡Te vi con mis propios ojos! ¡Te la comías viva! Mira, déjate de tonterías que esa mujer es muy peligrosa y te puede hacer mucho daño otra vez.

—Eso no ocurrirá.

—En este mundo hay dos clases de mujeres: las que te elevan hasta el cielo y las que te hunden hasta el infierno. Te lo digo yo que de eso sé un rato. Créeme, hay personas especialmente diseñadas para amargar la vida a los demás.

—Y Daniela es de estas últimas, ¿no?

—No lo dudes. ¿O acaso has olvidado lo que te hizo? Estabas totalmente colado por ella, por primera vez en tu vida querías a alguien de verdad. Te prometió amor eterno. ¿Y qué hizo cuando llegó el momento de la verdad? Olvidarse de ti y volver con su maridito.

7

Jeff se miró por última vez en el espejo del vestidor. Había algo que no le gustaba y no sabía el qué. Se desprendió de la corbata y en su lugar se anudó un pañuelo al cuello. Cuando consideró que todo estaba en orden, echó un vistazo a su reloj de pulsera: las doce y media de la mañana. Debía apurarse o llegaría tarde.

Un par de horas antes le había telefoneado Daniela.

—Necesito verte ahora mismo.

Le llamó la atención aquella llamada. No era normal. Hacía años que no sabía nada de ella, y, de repente, quería verle. Y además, de inmediato. ¿Qué pretendía? No tenía ni la más remota idea. ¿Tal vez iniciar una nueva relación? Lo dudaba. Ella, la única mujer por la que había sentido algo de verdad, le había dejado en la estacada. Quizá ya no siguiera con su marido tras su encierro en un campo de prisioneros. En cualquier caso, tampoco le importaba. Su relación había acabado años atrás. Y no pensaba hacerla renacer. Segundas partes nunca fueron buenas.

A Jeff le sorprendió el tono misterioso de Daniela. Ni siquiera se atrevió a pronunciar el lugar de reunión. Se limitó a decir:

—Nos vemos en la *brasserie* de siempre.

¿Tal vez temía que su teléfono estuviese intervenido? Pero ¿por quién? Y, sobre todo, ¿por qué? Su olfato de periodista se agudizó. Como antiguo amante, le importaba bien poco lo que le pasara a Daniela. Pero como profesional de la información, le apasionaban los enigmas.

Jeff cerró la puerta de su casa y se dirigió al ascensor. Como ocurría con frecuencia, no funcionaba. Bajó por las escaleras y en la planta inferior se encontró con Guillermina. Frotaba con energía las vidrieras emplomadas del patio interior.

—Buenos días, señorito.

Parecía más inquieta que de costumbre. Resoplaba sin cesar y un mechón de pelo bailoteaba sobre su frente.

—¿Te pasa algo?

—*Na*, señorito —respondió sin dejar de frotar—. Que la nueva del primero me está volviendo loca *perdía*. No hace más que protestar y protestar. Lleva aquí cuatro días y ya ha discutido con la mitad del vecindario. Encima que se ha *llevao* gratis la casa de los Bercovitz... ¡Qué sinvergüenza!

—Por cierto, esta noche he vuelto a oír ruidos en los trasteros. —Jeff pretendió cambiar de conversación.

—¿No serán imaginaciones suyas? Mire que tanto alcohol no puede ser bueno, que se lo tengo dicho....

—Pues te equivocas: anoche no bebí ni una gota. ¿Seguro que no vive nadie encima de mi casa?

—No, señor, ya se lo dije. En los trasteros solo hay muebles antiguos y baúles con ropa vieja. Será algún pájaro que se ha *colau* por un hueco.

—No parece un pájaro, salvo que haya aprendido a lloriquear como un niño.

—No haga mucho caso a los ruidos, señorito. Esta casa *tié* muchos años, y se lamenta como un viejo con achaques.

Jeff sonrió. Le hacían gracia las ocurrencias aldeanas de la portera.

—Bueno, Guillermina, sea lo que sea, dile a Tomás que eche un vistazo de vez en cuando. Y que ponga matarratas —insistió.

El periodista continuó su camino. Dos plantas más abajo, aún le llegaba la famosa cantinela de la mujer:

—¿Cuándo sentará la cabeza este hombre? ¡Ay, si yo tuviera treinta años menos...! ¡Como que se me iba a escapar!

Al pasar por la primera planta se topó con la nueva vecina, Madeleine Ladrede, *la Condesa de la Gestapo*. Estaba apoyada en el quicio de la puerta, embutida en un ceñido camisón de raso negro. En esos momentos se despedía muy cariñosa de un militar alemán bajito y delgado. Mientras le besaba en los labios, le dedicó a Jeff una mirada de las que hacían hervir la sangre. El periodista tomó buena nota. Aunque no le gustaban las vampiresas que merodeaban los despachos nazis, tal vez en una noche de aburrimiento se decidiera a llamar a aquella puerta.

En la calle lucía un sol que inducía a engaño. A pesar de las apariencias, hacía un frío polar que helaba hasta la respiración. Según los expertos, era el peor invierno del siglo. Y los parisinos seguían sin comida ni calefacción.

Aterido por el viento gélido del norte, se dirigió a la estación de metro. En la esquina de la rue Bonaparte, un chaval de unos quince años, ataviado con una vieja gorra y un abrigo remendado, vendía *Le petit journal*, un periódico proclive a la causa alemana. A grandes gritos, vociferaba los titulares del día. Jeff tomó el ejemplar que le ofrecía el muchacho y le entregó unas monedas. Lo dobló por la mitad y lo guardó en el bolsillo del abrigo.

No dejaba de pensar en la misteriosa llamada de Daniela. Su cabeza no hacía más que darle vueltas y más vueltas, y no encontraba explicación. No sabía para qué requería su presencia, y con tanta premura. No le entraba en la cabeza que se tratara de algo personal. Sin duda, había algo más, pero no conseguía adivinar el qué.

Cuando llevaba un buen trecho recorrido, empezó a sospechar de dos individuos que le seguían a escasa distancia. Decidió despejar dudas. Cambió de acera y se internó en la rue Jacob. Sus sospechas se confirmaron en el acto. No había duda. Los dos hombres seguían sus pasos.

Se detuvo delante del escaparate de una tienda con la esperanza de que pasaran de largo. Sin el menor disimulo, los desconocidos se situaron detrás de él. Vio sus caras reflejadas en el cristal del escaparate y su aspecto no podía ser más inquietante. Uno de ellos parecía un esqueleto. El otro, un boxeador profesional. Los dos llevaban sombreros de ala ancha y abrigos negros. Apestaban a policía francesa. O, lo que era peor, a Gestapo alemana.

Jeff hizo intención de continuar su camino, pero no le dejaron. La calavera andante le cerró el paso, y el matón de barrio tomó posiciones detrás de él. Un Citroën negro apareció por arte de magia y frenó a escasos metros.

—¿El señor Urquiza? —preguntó el esquelético.

—No sé de qué me habla, amigo.

—¿Se llama Urquiza?

—¿Y usted?

El gorila situado a sus espaldas le propinó un fuerte puñetazo en los riñones. Antes de que pudiera reaccionar, las manazas de aquellos individuos se aferraron a sus brazos y le metieron a la fuerza en el asiento trasero del Citroën. Luego se subieron ellos, uno a cada lado del detenido. El conductor dio un par de acelerones, el motor rugió embravecido y el vehículo salió disparado a gran velocidad.

—¿Sería tan amable de conducir más despacio? —dijo el periodista con sorna—. Me va a sentar mal el desayuno.

Por única respuesta recibió un codazo en el estómago.

El Citroën cruzó el Sena por el puente Alejandro, subió por los Campos Elíseos, bordeó el Arco del Triunfo y bajó por la avenue Foch hasta llegar al número 84. Jeff enseguida reconoció el lugar: la sede central de la Gestapo en París.

Entraron en el edificio y subieron por unas escaleras de mármol hasta la última planta. Dos gorilas se hicieron cargo del detenido y lo encerraron en una celda.

—Espero que tengan un buen motivo para meterme aquí —les dijo antes de que echaran el cerrojo.

Le llamó la atención que los calabozos estuvieran en las buhardillas, y no en los sótanos, como solía ser habitual. Aunque no se llevaba muy bien con la Gestapo, era la primera vez que lo detenían. La enemistad procedía de cuando el mayor Wolf, *el Carnicero de París*, quiso requisar el flamante Alfa Romeo de Jeff para su uso personal. El periodista acudió a su amigo el embajador Otto Abetz, que enseguida intervino en el asunto. Al final Wolf tuvo que devolver el vehículo y por poco no acaba en el frente ruso. Desde entonces el SS juró odio eterno al periodista español. Y, siempre que podía, le incordiaba, aunque nunca se había atrevido a ordenar su detención.

Jeff no estaba solo en la celda. Había alguien más. Sentado en el suelo, con la espalda apoyada en la pared, se encontraba un chico joven y delgado, que escondía la cara entre las manos y gimoteaba con desesperación.

El periodista se acomodó también en el suelo. No por simpatía o solidaridad con su nuevo compañero, sino porque no había otro sitio donde sentarse. Ni sillas, ni mesa, ni catre. Ni siquiera un mísero jergón de paja. Solo un maloliente cubo de latón, que servía de retrete, y que, por desgracia, no estaba vacío.

Pensó en Daniela. Ella le esperaría inútilmente en la *brasserie* hasta que se cansara. No tenía forma de avisarla. Sin duda, la joven se imaginaría cualquier cosa: que Jeff se había olvidado de la cita, que se había encontrado a unos amigos en un bar o que estaba encamado con una desconocida. En cuanto saliera de aquel edificio, y esperaba que fuera pronto, se pondría en contacto con ella.

Jeff se palmeó los bolsillos. Aunque le habían cacheado, no le habían requisado el paquete de tabaco. Encendió dos cigarrillos y le ofreció uno a su compañero de celda. El chaval le miró con los ojos muy abiertos.

—¿Eres uno de ellos? —preguntó desconfiado.

—No.

—¿Y por qué no te han vaciado los bolsillos como a los demás?

—No tengo ni idea, pero no voy a discutir contigo. Si no quieres el cigarrillo, nadie te obliga a fumarlo. Lo puedes tirar.

El chaval aceptó el pitillo y dio un par de caladas sin dejar de mirar al periodista.

—¿Por qué estás aquí? —preguntó Jeff.

—Me acusan de repartir propaganda sediciosa en la Sorbona. ¿Y tú?

—Por comprar *Le petit journal*.

—¿Cómo?

Jeff soltó una carcajada ácida.

—Mira, si te soy sincero, no tengo ni la más remota idea de por qué me han encerrado.

El chaval siguió con su mirada huidiza. No se fiaba de Jeff. La Gestapo utilizaba métodos de lo más abyectos para conseguir confesiones. No hubo más conversación de momento. Cada uno se recluyó en su soledad, y el silencio se hizo en la celda.

El periodista no hacía más que pensar en el motivo de su detención. Hasta entonces nunca había tenido problemas con los alemanes, salvo el encontronazo con Wolf por culpa del Alfa Romeo. Tal vez su arresto se debiera a un error. Pero eso no le tranquilizaba en absoluto. No podía olvidar los peligros que se corrían dentro de las dependencias de la Gestapo. Con frecuencia los detenidos desaparecían sin dejar rastro.

De repente la puerta de la celda se abrió con violencia. Entraron dos matones en mangas de camisa y se abalanzaron sobre el chaval. Le agarraron de las axilas y lo levantaron como si fuera un muñeco de trapo. El pobre estudiante empezó a chillar y patalear como un desesperado. Gritaba que era inocente, que no había hecho nada, que todo era un malentendido. Uno de los gorilas le sacudió un puñetazo en el estómago que le dejó sin habla. Lo sacaron de la celda medio aturdido, con los pies a rastras.

Una hora más tarde, los matones devolvieron al estudiante a sus aposentos. Lo traían inconsciente, con la ropa destrozada y la cara cubierta de sangre. Le habían propinado una soberana paliza.

—Sígame —le dijo uno de los gorilas a Jeff.

El periodista se puso en pie, se alisó el traje con las manos y se atusó el cabello. Se echó la americana a la espalda y abandonó la celda escoltado por los matones. Quizá le esperaba el mismo destino que al estudiante, pero no estaba dispuesto a suplicar lo más mínimo. Bajaron a la cuarta planta y entraron en un pequeño despacho ocupado por un sargento de las SS.

—El SS-Sturmbannführer Wolf le espera —anunció el sargento con voz metálica.

Nada más oír el nombre, Jeff levantó la vista al techo y lanzó una maldición. El Carnicero de París aguardaba tras la puerta. Sus peores sospechas se acababan de confirmar. Nada bueno se podía esperar de aquel encuentro.

Al entrar en el despacho de Wolf, Jeff se sorprendió de la recargada decoración. La sala estaba repleta de valiosas obras de arte, sin duda fruto del saqueo a los judíos. Parecía el abigarrado almacén de un rico anticuario florentino. Wolf le esperaba detrás de un elegante escritorio de caoba y bronce.

—Espero que haya tenido una estancia agradable —dijo el SS con sonrisa cínica.

—Y yo espero que tenga la delicadeza de explicarme los motivos de mi arresto. Soy ciudadano de un país neutral, y si me sigue reteniendo en contra de mi voluntad, le aseguro que acudiré a mi embajada y tendrá problemas.

El SS lo miró con ojos de acero y abrió la carpeta de piel que descansaba sobre la mesa. Extrajo unos folios de su interior y se los entregó a Jeff. El periodista echó un vistazo y enseguida los reconoció. Se trataba de la crónica que había enviado a Madrid la semana anterior.

—¿Usted ha escrito eso?

—Sí. ¿No le ha gustado? —respondió Jeff desafiante.

El SS le taladró con la mirada. Estaba furioso, aunque trataba por todos los medios de contenerse. Al mismo tiempo, le sorprendía el comportamiento del español. Los detenidos que visitaban su despacho permanecían aterrados y encogidos en sus asientos, sin atreverse ni a respirar. En cambio, ahora se encontraba ante un tipo alto y moreno, con pinta de vividor de la Costa Azul, que no mostraba el más mínimo temor.

—¿Pensaba publicarlo?

—¿Usted qué cree? ¡Pues claro! Para eso me pagan. Y me gustaría saber por qué lo tiene usted.

—Eso no importa.

—¡Pues a mí sí me importa! —replicó enfadado—. ¿Por qué está en su poder?

Jeff no tenía ni la menor idea de cómo se había producido la filtración. Él siempre trabajaba en el despacho de su casa. La única persona que tenía llaves de la puerta era Guillermina, y estaba fuera de toda sospecha. Una vez terminado el texto, lo enviaba a España vía telefónica o a través del teletipo del diario *Le Matin*. El periódico *Informaciones* tenía un acuerdo comercial con *Le Matin* para poder utilizar sus equipos. La filtración tenía que haberse producido en el diario francés. No cabía otra explicación.

—¿Podría leer en voz alta el título?

—No pienso seguir esta conversación hasta que no me explique por qué tiene usted un trabajo que envié a mi periódico hace una semana.

—Un trabajo que tiene por título «Hambre en París», ¿cierto?

—Sí. ¿Y? ¿Acaso es mentira? Pensaba que estaba mejor informado. ¿Nadie le ha dicho que existen cartillas de racionamiento y que las tiendas están vacías? ¿No sabe que en las carnicerías las mujeres comentan que la ración de carne es tan pequeña que se puede envolver dentro de un billete de metro?

—Pues usted no tiene pinta de pasar hambre.

—Ni usted.

Wolf no pudo contenerse más. Se levantó de su asiento y golpeó la mesa con el puño. Un mechón de cabello rubio le cayó sobre la frente, dándole un aspecto siniestro. Con los ojos inyectados en sangre, le lanzó una mirada llena de odio.

—Escúcheme bien, Urquiza: en París nadie pasa hambre, ¿entendido? ¡Esta bazofia jamás verá la luz!

—¡Yo publicaré lo que me dé la gana! Y ni usted ni nadie va a entrometerse en mi trabajo.

El SS le miraba entre furioso y asombrado. Nunca se había tropezado con alguien que despreciara tanto su vida. Todos los detenidos que pasaban por aquel edificio terminaban lloriqueando y solicitando clemencia.

—Se lo repito, Urquiza: tenga mucho cuidado con lo que envía a España. Le estamos vigilando.

—¿Puedo irme ya?

—¡Váyase al diablo!

Jeff estuvo a punto de contestar, pero se controló a tiempo. No iba a adelantar nada salvo empeorar la situación. Se dio la vuelta y se marchó. El SS era un tipo muy peligroso, de eso no tenía la menor duda. Y jugaba en su campo. Lo que menos le apetecía en esos momentos era acabar en el Sena con un tiro en la nuca.

8

Recostada en el sofá de la suite, con las luces apagadas y la cabeza apoyada en las rodillas de su amante, Gabrielle Chantal fumaba en silencio un pitillo tras otro. A través de los ventanales disfrutaba de una inmejorable vista de la luna sobre los tejados de París. Pálida y serena como una enorme rodela, irradiaba misterio y pasión. Se mostraba tan cercana que parecía encontrarse al alcance de la mano.

—¿En qué piensas?

—En nosotros —contestó la diseñadora.

El alemán Hans Gunther von Dincklage, al que todos sus amigos llamaban *Spatz* —Gorrión—, sonrió. Gabrielle no solía pronunciar palabras cariñosas, ni siquiera en la intimidad. Spatz inclinó la cabeza y le besó la frente. Llevaban ya cuatro años juntos, desde el comienzo de la ocupación. Cuatro años de entrega y deseo, y también de supervivencia en mitad de la tormenta.

—¿Y tú? ¿En qué piensas? —preguntó Gabrielle.

—En lo mismo.

Gabrielle alzó la vista y le miró a los ojos. Envuelto en un albornoz blanco, aquel hombre alto y rubio, elegante y seductor, le parecía el ser más atractivo del planeta. El amante perfecto, su adonis particular.

Le gustaba. Incluso, a su manera, le quería. Sin embargo, no le amaba. Para ella, solo había existido un amor en su vida: su añorado Edward Turner. Los demás solo eran amantes eventuales que iban apareciendo a lo largo del camino. Spatz era uno más, uno de tantos, y Gabrielle lo sabía, aunque jugaba a ignorarlo.

—¿Solo piensas en nosotros? —preguntó la diseñadora—. Creo que hay algo más dentro de esa cabecita. ¿Estoy en lo cierto?

Spatz sonrió. Gabrielle era increíble. No se le escapaba ni una.

—Tienes razón. Pienso en la guerra. Acabo de regresar de Kiel de visitar a mi madre, y lo que he visto en Alemania no me gusta nada. Solo he encontrado miseria y desolación. La gente pasa hambre, las tiendas están desabastecidas y los hogares carecen de calefacción. Todas las noches los aviones aliados bombardean las ciudades y miles de inocentes mueren bajo los escombros.

—Sí, es terrible. El mundo se ha vuelto loco. ¿Cómo crees que acabará todo esto?

Spatz encendió dos cigarrillos antes de contestar. Uno de ellos se lo puso a Gabrielle en los labios.

—Si hacemos caso a la prensa de mi país, Hitler pronto vencerá. Si hacemos caso a la BBC, Hitler está acabado.

—No me interesa lo que piensan otros. Quiero saber lo que opinas tú.

El hombre permaneció callado unos instantes. No porque tuviera que meditar mucho, sino porque le dolía decir en voz alta lo que tantas veces había pensado en la soledad de su habitación.

—Por mucho que me duela reconocerlo, creo que mi país perderá la guerra.

Gabrielle se incorporó y le miró horrorizada. No se esperaba esa respuesta.

—¿Por qué dices eso?

—Retrocedemos en todos los frentes. Hemos perdido África. En Rusia, desde la catástrofe de Stalingrado, vamos de mal en peor. Y en Italia los aliados avanzan imparables hacia Roma. En cuanto a Francia...

Spatz se calló unos instantes, pero ella no le dio tregua.

—¿Qué pasa con Francia? Sigue, por favor.

—El día menos pensado nos levantaremos con la noticia de la invasión aliada. La costa inglesa está abarrotada de barcos de desembarco. Es solo cuestión de tiempo.

Gabrielle se estremeció al oír esas palabras de su amante. Se aferró a su mano y adoptó una posición fetal, como si fuera una cría atemorizaba. Confiaba plenamente en él, y sabía que hablaba con conocimiento de causa. Spatz era oficial de la Wehrmacht. No un oficial cualquiera. Pertenecía al Abwehr, el servicio de inteligencia del Ejército alemán, y por tanto tenía acceso a información secreta de primera mano.

—¡Pero eso es horrible! —se lamentó Gabrielle. Y tras breve pausa, agregó—: Si la guerra está perdida, ¿por qué continuar luchando?

—Eso mismo pensamos muchos alemanes. En esta guerra ya han muerto demasiados inocentes. Millones de inocentes. Y hasta que termine, morirán muchos más.

Le horrorizaba lo que decía. Nunca se había atrevido a hablar tanto de un tema tan espinoso. Sin duda, la oscuridad de la noche y la botella de Dom Ruinart habían aligerado su lengua.

—¿Y no se puede hacer nada para evitarlo? —Gabrielle siguió con sus preguntas.

—Me temo que no. Hitler está empeñado en luchar hasta el final.

Gabrielle vació los pulmones de un resoplido, y, de inmediato, se transformó. Pasó, en un instante, de cría asustadiza a leona enfurecida.

—Estoy harta, Spatz, ¡muy harta! Me ha tocado vivir dos guerras terribles, y no soportaría ver más dolor y sufrimiento.

—Pues lo siento mucho, querida, pero será inevitable. Los aliados desembarcarán en Francia el día menos pensado y todo el país se convertirá en un inmenso campo de batalla. Morirán millones de franceses inocentes. Ancianos, mujeres, niños... Ciudades enteras sucumbirán bajo las bombas y desaparecerán del mapa como si nunca hubiesen existido. Ni París se salvará de la destrucción.

—¡Dios mío ¡París, no! ¡Eso sería horrible!

—Y de toda esta hecatombe solo saldrá un claro vencedor: Stalin.

Gabrielle sintió que un escalofrío trepaba por su espalda.

—¿Stalin? ¿Por qué Stalin? —preguntó nerviosa.

—Si Alemania es derrotada, los rusos se extenderán por toda Europa sin que nadie pueda evitarlo. Inglaterra y Francia saldrán de la guerra muy debilitadas, y no podrán oponerse a Stalin. Y Estados Unidos no querrá saber nada de la sangría europea. El comunismo se extenderá como una plaga por todo el continente.

Gabrielle dio un respingo.

—¡Pero eso sería el fin de Europa y de todos nosotros!

El comunismo... solo con oír esa palabra ya sentía pánico.

A Gabrielle nunca le había interesado la política, pero sus amantes, a lo largo de los años, habían influido en su pensamiento. Todos los hombres que habían pasado por su vida eran unos destacados anticomunistas. Desde el duque de Westminster, el aristócrata inglés que veía con simpatía el auge del fascismo, hasta Paul Iribe, un ultraconservador antisemita, director del semanario nacionalista *Le Témoin*, financiado por la propia Chantal.

—¿Me prometes una cosa, Spatz? Pase lo que pase, siempre estaremos juntos.

Gabrielle se acurrucó contra el cuerpo de su amante.

—No sé si podré cumplir ese juramento, querida. Por desgracia, no está en mis manos.

—¿Por qué dices eso?

—Rusia se ha convertido en una carnicería atroz. Todos los días miles de soldados alemanes son enviados al frente. Temo que en cualquier momento me toque el turno.

Gabrielle le miró despavorida. Acababa de comprender que la situación podía incluso empeorar.

—¿Quieres decir que pueden mandarte a Rusia?

—Sí, querida.

El pánico se aferró a su garganta. Ya no era una chiquilla, ya tenía cierta edad, y le había costado mucho trabajo encontrar un hombre como Spatz. A su lado se encontraba segura y tranquila. Le necesitaba. Sin él se sentiría perdida en medio de un mundo oscuro y hostil. Ella, la autosuficiente Gabrielle Chantal, la mujer que tanto defendía la independencia femenina, no podía vivir sin su amante. Y por nada del mundo estaba dispuesta a perderlo.

—Haré todo lo que sea necesario para que sigas a mi lado, querido.

—Lo siento pero no puedes hacer nada. Soy militar y cumplo órdenes. Si me mandan al frente ruso, no podré negarme.

—Esta guerra parece una maldición bíblica. Tiene que acabar cuanto antes, no se pueden tolerar más muertes. —Gabrielle clavó sus brillantes ojos negros en los de Spatz—. Hay que hacer algo, cariño. ¿Me entiendes?

—No hay nada que hacer. Es el destino —contestó Spatz con desánimo.

Gabrielle se quedó callada un buen rato, con un pitillo en la comisura de los labios. Para ella, una mujer valiente y tenaz, no existían imposibles.

—Hay una solución —exclamó Gabrielle de repente.

—¿Cuál?

—Que la guerra termine cuanto antes.

Spatz se echó a reír.

—¡Te quiero! ¡Eres única y divina! —Spatz volvió a reír—. Y dime, querida, ¿cómo se consigue eso?

—¿Y si Alemania firmase la paz con Inglaterra? —Gabrielle formuló la pregunta con aparente ingenuidad.

—Se ha intentado varias veces, pero sin éxito.

—Eso ocurre porque los alemanes no sabéis tratar a los ingleses.

Spatz esbozó una sonrisa. Se creía que era otra chanza de su amante. Pronto se percató de su error. La diseñadora no hablaba en broma. Su mirada, firme y rotunda, no dejaba lugar a dudas.

—¿A qué te refieres? ¿Qué quieres decir?

—Soy amiga personal de Winston Churchill. Muy amiga. Ha veraneado en mi finca de La Pausa, hemos ido de caza muchas veces, hemos jugado juntos al golf. A mí me escucharía de verdad.

Gabrielle había conocido a Churchill a través de su amante el duque de Westminster, amigo íntimo del *premier* británico hasta el extremo de ser el padrino de su tercera boda.

—No sabía que fueras tan amiga de Churchill.

—Sí, querido, desde hace muchos años. Nuestra amistad es tan estrecha que una vez incluso lloró sobre mi hombro, en mi habitación del Ritz, borracho como una cuba.

—¿Y eso? ¿Cómo fue posible? ¿Qué le pasaba? Cuenta, cuenta.

—El rey Eduardo VIII pensaba abdicar para casarse con Wallis Simpson.

Spatz conocía muy bien la historia de Eduardo y Wallis. Estuvo implicado en la Operación Willi, que tenía por finalidad convencer al duque de Windsor para que, con ayuda de los alemanes, recuperase el trono de Inglaterra y expulsara a su hermano Jorge VI, el rey tartamudo, tan contrario a la política germana.

—¿Y qué se te ha ocurrido? —preguntó Spatz, intrigado por las palabras de Gabrielle.

—Ponerme en contacto con mi amigo Winston Churchill y convencerle de las ventajas que traería firmar la paz con Alemania.

Durante unos instantes, que parecieron eternos, Spatz permaneció callado, sin mover un solo músculo. Ni siquiera se dio cuenta del cigarrillo que se consumía en su mano hasta que se quemó los dedos. Lo que proponía Gabrielle era una locura. O tal vez no. ¿Quizás acababa de encontrar, sin proponérselo, el medio más idóneo para llegar hasta el primer ministro británico?

Gabrielle Chantal era una de las mujeres más famosas del mundo. No había rincón en el planeta en el que no fuese conocida. ¿Podría servir de intermediaria entre las potencias en guerra? Desde hacía años, su jefe, el almirante Canaris, estaba empeñado en llegar a un acuerdo de paz con los ingleses. Hasta ahora, todos los intentos habían fracasado. ¿Por qué no probar otro más?

La cabeza de Spatz empezó a funcionar a pleno rendimiento. Según pasaban los minutos, lo que acababa de oír le parecía menos insensato. No obstante, quería cerciorarse bien. No podía avalar la propuesta de Gabrielle ante sus superiores, poner en marcha una operación de esa envergadura, y que después la diseñadora se asustara y desistiese de su empeño.

—¿Has pensado muy bien lo que acabas de decir? —preguntó Spatz.

—Por supuesto. En temas serios yo nunca bromeo.

Spatz no sabía si la propuesta de Gabrielle se debía a un altruismo admirable o concurrían otras razones. Conocía muy bien a Gabrielle. Le constaba que era una patriota. En su última colección, sus vestidos llevaban los colores blanco, rojo y azul en honor a la bandera francesa. También sabía que cuando se enteró de la rendición de su país no dejó de llorar durante días, y repetía sin cesar que los políticos galos eran unos traidores. Por tanto, su iniciativa parecía sincera y no se podía desechar sin más.

En realidad, la propuesta de Gabrielle no era tan altruista como pudiera parecer a simple vista. No solo trataba de evitar que Spatz acabara en el frente ruso, sino que en su decisión concurrían motivos muy diversos.

Gabrielle Chantal había sido todo en el fascinante París de los años veinte. En los Años Locos, la ciudad del Sena se consideraba la capital cultural del mundo, un faro en mitad de las tinieblas, con sus famosos pintores, poetas, escritores, escultores y compositores. Gabrielle era muy amiga de todos ellos, y el centro de atención de todas sus fiestas.

Gabrielle añoraba aquellos años en los que era alguien,

la estrella del momento, y detestaba el triste y aburrido París de la ocupación, con sus alarmas aéreas y sus cartillas de racionamiento. Aquel París que ella había conocido, tan alegre y bullicioso, y que la convirtió en la diva de la moda internacional, tenía que retornar. Y solo se conseguiría si la ciudad volvía a brillar y no desaparecía bajo una montaña de escombros.

Por otra parte, Gabrielle necesitaba renacer de sus cenizas. Desde que se retiró del mundo de la moda, otros creadores habían ocupado su lugar, relegando su nombre a un segundo plano. Ahora se hablaba de Mainbocher, Krebs o Vionnet. Y sobre todo, de su eterna enemiga, la italiana Schiaparelli, que se pavoneaba mientras repetía sin cesar que Chantal se había retirado porque estaba acabada.

Su vanidad no lo soportaba. Ella era la reina indiscutible de la alta costura, la mujer que había revolucionado el mundo de la moda. Todo se debía a ella, y bajo ningún concepto pensaba caer en el olvido. Tenía que hacer algo, tenía que volver a ser tema de actualidad. Siempre había sido una emprendedora, una mujer muy activa, y ahora llevaba cuatro años de ociosidad que podían costarle muy caro. Si conseguía parar la guerra y volvía a su trabajo, recobraría de inmediato su puesto y el prestigio perdido. Tenía que recuperar el viejo protagonismo, seguir siendo el centro de atención, incluso fuera del mundo de la alta costura. Como decía con frecuencia: «Nunca dejes que te olviden.»

Además de las razones anteriores, había otra, más íntima y desconocida, pero no por ello menos importante. Si la guerra terminaba, a su sobrino André Palasse no le pasaría nada. En cambio, si la guerra proseguía, André podría ser movilizado de nuevo y enviado al frente. Un panorama desolador.

Gabrielle adoraba a André, su único sobrino, hijo de Julia, su hermana mayor. Julia murió cuando André era un crío, y Gabrielle lo adoptó como si fuera su hijo. El amor que derrochaba por el niño provocó que algunos de sus amigos sospecharan que se trataba, en realidad, no de su sobrino, sino de su propio hijo, fruto de un desafortunado desliz juvenil.

Cuando estalló la guerra con Alemania, André fue movilizado y enviado al frente. Gabrielle trató de buscar un destino menos peligroso, pero no lo consiguió. Vivía angustiada, pendiente en todo momento de lo que le pudiera ocurrir. André no murió en el campo de batalla, pero fue capturado por los alemanes. Durante varios meses, Chantal lo pasó muy mal, pues temía que al joven le ocurriera una desgracia. En los campos de prisioneros morían todos los días infinidad de soldados. Movió Roma con Santiago para liberarlo, acudió a todas sus amistades, suplicó ante las autoridades alemanas, visitó infinidad de despachos. No hubo manera.

Un día el servicio secreto alemán se puso en contacto con Gabrielle Chantal. Querían llegar a un pacto con la diseñadora. Dejarían libre a su sobrino si ella cumplía una misión en España. Gabrielle no lo dudó. Adoraba a André, era lo más preciado que tenía en el mundo, haría cuanto fuese necesario. Fiel a la palabra dada, en el verano de 1940 se presentó en Madrid y cumplió con éxito su parte del trato: proporcionó a los alemanes valiosa información militar, política y económica sobre España. Al regresar a París, por fin pudo abrazar a su sobrino, recién liberado del campo de prisioneros.

Ahora la guerra amenazaba de nuevo las fronteras francesas. Si los aliados desembarcaban en Francia, André sería movilizado una vez más. La sola idea de perder a su sobrino por culpa de una guerra injusta, originada por el orgullo absurdo de unos cuantos políticos sin escrúpulos, le causaba una pena infinita, un dolor insoportable. No lo podía consentir.

Durante un buen rato, Gabrielle y Spatz permanecieron en silencio. El alemán no dejaba de valorar el ofrecimiento de su amante. Si Gabrielle conseguía que Churchill firmase el armisticio, los americanos y los demás aliados harían lo mismo. Solo quedaría en pie Rusia. Entonces, Alemania podría concentrar todas sus fuerzas en el frente ruso y acabar en pocos meses con el régimen de Stalin. Seguro que los ingleses y los americanos lo veían con buenos ojos. Al fin y al cabo, el comunismo era un peligro para el mundo occidental.

—Desde luego, debo reconocer que me sorprendes una vez más. Tu plan me parece muy interesante —comentó Spatz—. Si me permites, hablaré de tu ofrecimiento con mis jefes.

Gabrielle le miró a los ojos y dijo muy seria:

—Todo saldrá bien, te lo prometo. Nunca olvides que Gabrielle Chantal jamás fracasa.

9

Jeff Urquiza telefoneó a Daniela a primera hora de la mañana.

—¿Qué te ocurrió ayer, Jeff? —le preguntó la joven nada más descolgar el auricular—. Te estuve esperando durante más de una hora.

—Una historia muy larga. Ya te contaré.

—Necesito verte hoy mismo sin falta. ¿Puede ser a las dos y media?

—¿En dónde?

—¿Te acuerdas del disfraz que llevé a la fiesta de Sert? ¿Recuerdas en quién me inspiré?

—Sí, claro

—Pues allí.

De nuevo, Daniela evitaba decir por teléfono dónde iban a encontrarse. Sin duda, temía que estuviese intervenido.

El lugar elegido para la cita era la estatua de María Estuardo en los jardines de Luxemburgo. Un día, años atrás, mientras paseaban por el parque, Daniela se detuvo bajo la figura de piedra de la reina escocesa y le comentó que le encantaba el vestido que llevaba. Días después, en una fiesta de disfraces en la casa del pintor José María Sert, la modelo se presentó con una indumentaria idéntica, ante la mirada atónita de todos los caballeros. Por poco le dedican una ovación.

Jeff acudió a la cita en metro. Era la mejor forma de detectar si alguien le seguía. Se apeó en la estación de Odéon, y al salir a la calle se vio envuelto en una redada de la Gestapo. Dos hombres de paisano, con el apoyo de gendarmes franceses, reclamaban la documentación a los pasajeros con pinta sospechosa. A Jeff no le dijeron nada.

Se dirigió a los jardines de Luxemburgo intentando no llamar la atención. Frente a los escaparates de unos grandes almacenes se congregaban varios soldados alemanes. Se desvivían por comprar perfume francés y ropa interior femenina. Luego se lo llevaban a sus novias y esposas como si fuera su botín de guerra. Su particular forma de demostrar que habían tomado París.

Caminó por la rue de Condé, a esas horas bastante concurrida. Unas chicas con pinta de universitarias circulaban por la calle montadas en sus bicicletas. Al pasar por delante de Jeff, más de una giró la cabeza y le regaló una sonrisa. De forma instintiva, el periodista se fijó en sus piernas. Y tuvo que admitir que la ocupación no les había sentado nada mal a las parisinas. La dieta forzosa y el pedaleo diario habían estilizado y embellecido sus jóvenes cuerpos.

De vez en cuando comprobaba por encima del hombro si alguien le seguía. No deseaba una nueva visita a la avenue Foch. Aunque el trato que le había dispensado la Gestapo, comparado con el recibido por la mayoría de los detenidos, solo se podía calificar de exquisito, nada le aseguraba que la próxima vez fuera igual de correcto.

A pesar del intenso frío, cientos de chiquillos correteaban por los jardines de Luxemburgo bajo la atenta mirada de sus madres y niñeras. También abundaban los soldados alemanes a la caza y captura de jóvenes parisinas. Para ellos, la mujer francesa era la reina indiscutible de la seducción y la promiscuidad. Y caían rendidos ante sus encantos.

Faltaban unos pocos minutos para la hora acordada y Daniela aún no había llegado. Decidió no detenerse junto a la estatua y continuó hasta un solitario banco de madera.

Tomó asiento, bajó el ala de su sombrero y encendió un pitillo. Para disimular, desplegó la revista *Je Suis Partout* ante sus ojos y observó por encima de sus páginas. Desde allí tenía una visión perfecta de la estatua y sus alrededores.

El cielo poco a poco empezó a cubrirse de nubes de color ceniza. Amenazaban lluvia, quizá nieve. Al ocultarse el sol, la temperatura descendió. Y entonces se preguntó qué pintaba allí, esperando a una mujer que ya no le interesaba, y que solo le había creado problemas.

No muy lejos, los chavales se arremolinaban junto al estanque y lanzaban veleros de madera al agua, que luego guiaban con destreza, ayudados por unas largas varas. Una de las naves destacaba sobre las demás. Era un buque de guerra de fabricación casera. Su constructor, quizás el padre del niño, había tenido la osadía de colocar en la popa una enorme bandera francesa de papel. Una auténtica temeridad. Desde la ocupación alemana, las únicas banderas francesas que se podían exhibir en París eran las históricas que se exponían en el Museo de los Inválidos.

Por fin vio llegar a lo lejos la inconfundible figura de Daniela. Llevaba un abrigo negro y un sombrero de fieltro de estilo masculino. Jeff se levantó y fue a su encuentro.

—Siento el retraso —se disculpó Daniela—. No puedo entretenerme mucho. El ogro me espera.

—¿Por qué has vuelto a trabajar con ella? ¿No puedes mantenerte con la paga de prisionero de tu marido?

—¿Por qué te empeñas en llamarle «tu marido»? Conoces muy bien su nombre.

—Para mí es solo tu marido. Y siempre lo será.

Las palabras de Jeff sonaron muy duras. La modelo quiso cambiar de conversación.

—Vamos a un lugar más apartado —sugirió la joven—. Aquí nos pueden ver.

Daniela seguía con sus misterios. Jeff esperaba que se lo aclarase pronto. Cada vez estaba más intrigado. No muy lejos encontraron el sitio perfecto, un banco medio oculto entre arbustos, apropiado para parejas de enamorados.

—¿Qué ocurre, Daniela?

Aunque la joven trató de disimular, Jeff se dio cuenta de que estaba muy nerviosa.

—En la fiesta de la embajada me comentaste que pensabas viajar a España.

—Sí, me voy dentro de unos días. Espero que no me hayas llamado para que te traiga café portugués, como me encarga todo el mundo —bromeó Jeff, que trataba de aliviar la tensión.

La modelo no sonrió. Aunque no se veían desde hacía años, Jeff la conocía muy bien, y no parecía ella. El ceño fruncido, los labios apretados, el gesto contraído. Jamás la había visto tan preocupada.

—No, no quiero que me traigas nada. Más bien al contrario. Quiero que lleves algo a Madrid.

—¿El qué?

—Una carta.

Una pareja de gendarmes franceses pasó junto al banco. Al verlos en un rincón tan apartado, los gendarmes sonrieron y cuchichearon entre ellos. Pensaban que se trataba de una pareja de enamorados en busca de intimidad.

—¿Una carta? —repitió Jeff cuando los gendarmes se alejaron—. Bueno, haces bien en no confiar en el servicio de correos. Los carteros son hoy día unos informales.

Daniela no rio la broma.

—Es una carta que hay que entregar en mano —añadió muy seria.

—¿A quién va dirigida?

—A un señor llamado Ramón Serrano Suñer. ¿Le conoces?

Jeff lanzó un silbido de asombro.

—¿Cómo no lo voy a conocer? Pero ¿tú sabes quién es ese hombre?

—No, pero me imagino que alguien muy importante.

—¡Y tanto! Es el cuñado de Franco. Hasta hace un año, el individuo con más poder de toda España. —De pronto, Jeff cayó en la cuenta—. Vamos a ver, Daniela, que no entiendo nada: ¿has escrito una carta a Serrano Suñer y no sabes quién es?

—La carta no es mía. Es de una amiga.

—¿Puedo saber su nombre?

—No.

Jeff abrió su pitillera y ofreció un cigarrillo a Daniela. Luego, prendió ambos con la misma cerilla, protegiendo la llama con la palma de la mano. Con aire pensativo, soltó una larga bocanada de humo en dirección al cielo.

—¿Y qué dice la carta?

—No lo sé. Lo único que me ha dicho mi amiga es que, sea como sea, debe entregarse en mano a Serrano Suñer.

Jeff la miró a los ojos. No quería meterse en líos, y menos ahora que sabía que la Gestapo le vigilaba. Pero también concurrían razones que hacían muy atractivo el encargo. Tratar en persona a Serrano Suñer era una inmejorable oportunidad para que, con un poco de suerte y mucha mano izquierda, le concediese una entrevista. Desde su destitución como ministro de Asuntos Exteriores el año anterior, no había hablado con ningún periódico. Si conseguía la entrevista, podía ser una bomba informativa.

—Está bien, Daniela. Cuenta conmigo. La carta de tu amiga viajará a Madrid, y yo mismo se la daré a Serrano Suñer en persona.

—Sabía que no me fallarías.

Le entregó una revista de moda que llevaba en el bolso.

—La carta está dentro. Por favor, ten cuidado. Por nada del mundo la pierdas.

10

—¿Tiene alguna pregunta más?

Violette Morris se cruzó de piernas y encendió un cigarrillo. Parecía un hombre, con su pelo corto engominado y su traje azul de rayas. Nadie en su sano juicio hubiese podido afirmar que se trataba de una mujer.

Jeff no se sentía cómodo. Y ahora se arrepentía de haber concertado la entrevista. Aquella mujer no era santa de su devoción. Al contrario, le caía bastante mal. Pero era todo un personaje, y sabía que su imagen y sus palabras podían impactar en la opinión pública española. Salvo que la censura impidiera su publicación.

—Por favor, espere un segundo. Necesito repasar mis notas —contestó Jeff.

Mientras hojeaba su cuaderno, Jeff no dejaba de pensar lo triste que hubiese sido la humanidad si todas las mujeres se parecieran a Violette. Él, por supuesto, se habría hecho cartujo.

Violette Morris era una famosa deportista francesa que en los años veinte había ganado un buen puñado de medallas gracias a un físico excepcional. Practicaba la natación, el boxeo, la halterofilia y el lanzamiento de peso; jugaba al fútbol, al tenis y al waterpolo; participaba en carreras de motos y de coches, y le encantaba montar a caballo y pilotar aviones. Todo un prodigio para el deporte. Como ella misma afirmaba con orgullo: «Todo lo que puede hacer un hombre, lo puede hacer Violette.»

En 1928, la carrera de Violette sufrió un duro golpe al prohibir las autoridades deportivas francesas su participación en los Juegos Olímpicos. El motivo fue su falta de moralidad. A Violette le gustaban las mujeres y no lo ocultaba. Su descarada homosexualidad era la comidilla de todas las tertulias. Desde hacía varios años se vestía y se comportaba como un hombre. Incluso se extirpó los pechos para no parecer una mujer, lo que causó asombro y rechazo. Trató de justificar la operación alegando que lo había hecho por dos razones: para poder disparar mejor el arco y para entrar con mayor facilidad en los incómodos coches de carreras. Nadie la creyó.

En 1936, los alemanes invitaron a Violette a los Juegos Olímpicos de Berlín. Y allí fue recibida con todos los honores. A partir de entonces se convirtió en una ferviente nacionalsocialista, defensora incondicional de la alianza entre Francia y Alemania. Al estallar la guerra, no dudó en colaborar con la Gestapo en la represión de sus compatriotas. Por supuesto, enseguida la Resistencia puso precio a su cabeza.

Jeff dudaba si formular alguna pregunta más. Al final, desistió. Estaba cansado de escuchar propaganda nazi.

—Creo que hemos terminado —concluyó el periodista. Y, por pura cortesía, añadió—: Ha sido un placer.

Jeff abandonó el domicilio de Violette poco antes de las ocho de la noche y se dirigió en su Alfa Romeo al One Two Two.

El One Two Two, Le Chabanais y Le Sphinx eran los burdeles más elegantes y famosos de todo París, frecuentados ahora por los mandos militares alemanes. El One Two Two estaba situado en el número 122 de la rue de Provence, en un señorial palacete, antigua residencia del mariscal Murat, de tan triste recuerdo para los madrileños del 2 de mayo de 1808. Cuando se construyó solo tenía tres plantas. Al convertirse en burdel de lujo se añadieron cuatro más.

Se trataba de un local destinado exclusivamente a satisfacer las fantasías más oscuras de sus clientes. Lo atendían setenta bellas señoritas, que se paseaban en sugerente ropa interior por el edificio, con zapatos de tacón alto y una flor en el cabello. Disponía de treinta habitaciones, todas distintas, cada una destinada a complacer los instintos más perversos de una humanidad sedienta de nuevas sensaciones.

Entre otras muchas posibilidades, los clientes más sofisticados podían decantarse por la habitación que imitaba con esmero un compartimento del *Orient Express*, incluidos el traqueteo del tren y los silbidos de la locomotora, o el camarote de lujo de un transatlántico, en el que se reproducía a la perfección el rugido del mar y el balanceo de las olas. Los parroquianos más primitivos podían elegir ambientes menos rebuscados, como las habitaciones que simulaban un iglú, un pajar o una choza africana. Los amantes de la Historia podían optar por las termas romanas, el templo egipcio, la mansión provenzal o el palacio de Versalles. Y los feligreses más depravados podían escoger entre una amplia selección, que comprendía desde la celda de un convento de clausura hasta el aula de un internado femenino repleto de colegialas traviesas.

Según se ascendía de planta, aumentaba la perversión. Como decía la esposa del dueño del local: «Cuanto más te acercas al cielo, más te aproximas al infierno.»

En las últimas plantas se encontraban las salas más cotizadas: la mazmorra medieval, en donde el cliente podía ser sometido a todo tipo de torturas y vejaciones con los artilugios más sofisticados, y la sala de los suplicios, donde el infeliz podía ser crucificado por las chicas en una tosca cruz de madera en forma de aspa.

Cuando entraron los alemanes en París, el One Two Two —que debía su nombre al número del portal de la calle: el 122— era famoso en el mundo entero. Por supuesto, no lo cerraron, y se convirtió en el burdel preferido de los altos mandos.

Pero el One Two Two no solo era un elegante burdel, también disponía de un pequeño casino y de un exquisito restaurante en el que se podía cenar y bailar mientras se escuchaba a famosas bandas de jazz. En sus mesas no era extraño ver a acaudalados hombres de negocios, acompañados de sus esposas, dispuestos a disfrutar de una alegre velada.

Desde antes de la guerra, Jeff era uno de los mejores clientes del prostíbulo. Todos los años celebraba allí su cumpleaños, rodeado de amigos, chicas ligeras de ropa y cascadas del mejor champán francés.

El portero, un argentino de pelo engominado, antiguo bailarín de tangos, le saludó con una amplia sonrisa y le abrió la puerta. Depositó el abrigo y el sombrero en el guardarropa y se dirigió al salón chino, decorado como si fuera una sala de fiestas oriental. Los clientes, la mayoría oficiales alemanes con la guerrera desabrochada, fumaban habanos y bebían champán con las chicas sentadas en sus rodillas. Algunas eran extranjeras, procedentes de países lejanos, que muy pocos sabían situar en el mapa. La supremacía de la raza aria no regía en el One Two Two. A los clientes les daba lo mismo una rubicunda noruega, una negra africana o una asiática de la Cochinchina.

Una escultural camarera de origen sudanés, de piel tersa y brillante como si estuviera encerada, se acercó a Jeff con una bandeja y le ofreció una copa de Bollinger.

—¿Has visto a Dalban? —preguntó Jeff.

Dalban, más conocido por el Argelino, era el encargado del One Two Two.

—Creo que está en el restaurante.

—No, ya no está allí —corrigió a la sudanesa una joven polaca de piel sonrosada que en esos momentos pasaba por su lado—. Le acabo de ver en la sala de juegos.

Jeff depositó un par de billetes en la bandeja de la camarera y se dirigió a la primera planta. La sala de juegos no tenía nada que envidiar a cualquier casino de la Costa Azul, salvo en el tamaño. Los clientes jugaban a las cartas o a la ruleta, rodeados de chicas guapas y cariñosas.

Enseguida vio al Argelino. Estaba de pie, junto a una mesa, controlando una partida de naipes. No se sabía muy bien si le llamaban el Argelino por su aspecto moruno o por ser oriundo de esa colonia francesa. De tez oscura, carcomida por la viruela, y cabello ensortijado, se relacionaba con los clientes con unos modales exquisitos, propios de un introductor de embajadores.

—¿Qué tal, Jeff? —saludó sonriente.

Chasqueó los dedos y una camarera apareció con más champán. Jeff apuró la copa que tenía en la mano y tomó otra. El Argelino propuso un brindis:

—¡Por nuestros negocios!

Chocaron las copas y bebieron.

Jeff y el Argelino eran viejos conocidos. En una ocasión el periodista le sacó de un apuro que podía haberle costado muy caro. Un orondo general alemán había fallecido en la habitación del *Orient Express* cuando fingía que violaba a una pasajera disfrazada de princesa rusa. La chica, una fracasada actriz italiana, se había metido tanto en el papel que resistió el ataque del alemán con uñas y dientes. El general no pudo con tanto esfuerzo y murió de un ataque al corazón sin haber llegado a consumar el acto. El Argelino no quería que el cuerpo apareciese en el burdel y recurrió a Jeff, el único cliente de confianza que en esos momentos pululaba por el local. El periodista ayudó al Argelino a meter al muerto dentro del maletero de un coche.

«¿Qué vas a hacer con el cadáver?», preguntó Jeff.

«Lo dejaré abandonado en los muelles del Sena. Con un poco de suerte, pensarán que ha sufrido un ataque al corazón mientras daba un paseo.»

«Tú verás, pero no creo que funcione: la sonrisilla que se le ha quedado al muerto deja muy poco margen a la imaginación.»

El engaño funcionó. Y el general alemán fue enterrado con todos los honores, en presencia de su desconsolada viuda, que nunca llegó a comprender la cara de felicidad que mostraba el difunto dentro del ataúd.

A partir de entonces, la amistad entre Jeff y el Argelino se hizo más estrecha, hasta llegar a convertirse en socios en un suculento negocio.

—¿Nos vamos ya? —preguntó Jeff.

—Sí, nos están esperando —contestó el Argelino.

Los dos hombres salieron del burdel y subieron al coche de Jeff.

—Debemos ajustar mejor los precios —comentó Jeff mientras conducía.

—¿Por qué, mi querido amigo? —preguntó el Argelino.

—He leído en la prensa que el viernes pasado se celebró en el Instituto Oficial de Ventas y Subastas de Viena una subasta de cuadros. Por una *madonna* de Leonardo Da Vinci solo ofrecieron medio millón de marcos, cuando estaba valorada en cinco veces más. Y por un cuadro de Rubens, tan solo pagaron cuarenta y cinco mil marcos. Las obras de Bruegel ni siquiera se llegaron a adjudicar. No hubo compradores.

—Pues eso sí que es un fastidio... Se ve que la guerra ha hecho sus estragos en el mundo del arte.

—El que tiene dinero prefiere comprar oro y diamantes por si tiene que salir huyendo a otro país. Es más fácil de transportar.

En el hotel Royam, en la rue du Louvre, recogieron a un empresario belga que se había hecho de oro con la venta de carne de cerdo al Ejército alemán. A pesar de llevar ropa cara, el tipo no podía disimular su origen humilde y chabacano. Más que un reputado hombre de negocios, parecía un carnicero de barrio el día de su boda, embutido en un traje recién alquilado. Y en el fondo solo era eso: un vulgar matarife convertido en nuevo rico gracias a los avatares de la guerra.

A bordo del deslumbrante Alfa Romeo de Jeff, le llevaron hasta una fastuosa mansión del barrio de Neuilly, muy cerca del Hospital Americano, propiedad, según le dijeron, de un aristócrata español. En la casa había un invitado más: un marchante de arte francés.

—Soy el marqués de la Real Satisfacción —saludó el anfitrión al recién llegado.

Jeff tuvo que morderse la lengua para no soltar una carcajada.

Después de tomar una copa frente a la chimenea, pasaron al lujoso comedor, decorado con profusión de ménsulas, volutas y querubines barrocos. La mesa era de nogal, con robustas patas de bronce, y tan alargada como un campo de aterrizaje. Sin mucho esfuerzo podía albergar a una treintena de comensales. Sobre el inmaculado mantel resplandecía una cubertería de oro con pinta de estar custodiada en la caja fuerte de un banco.

Los invitados ocuparon sus asientos, y un mayordomo y dos lacayos se encargaron de servir la cena. Un auténtico banquete en el que no faltó de nada. Según confesó el anfitrión con cierta petulancia, había contratado al cocinero del Maxim's en su noche libre, en atención a la categoría de los ilustres invitados.

El belga estaba emocionado. Por primera vez en su vida, un marqués le invitaba a su casa y le trataba con amabilidad, incluso con cierta simpatía. Como todo nuevo rico, codearse con la vieja aristocracia europea y que le tratara como a un igual suponía su máxima aspiración. Un sueño casi imposible de alcanzar. Y él lo había conseguido. Lo que más lamentaba en esos momentos era que su mujer se hubiera quedado en Bruselas. Seguro que le habría encantado conocer al señor marqués y aquella mansión de ensueño, tan repleta de armas antiguas y escudos nobiliarios. Por las cosas que escuchó en la mesa, se imaginó que el árbol genealógico del anfitrión se remontaba, cuanto menos, a los tiempos de Nabucodonosor.

Al terminar la cena, los comensales se retiraron a la biblioteca. Tomaron asiento en unos amplios sillones de cuero de estilo inglés, y el mayordomo ofreció puros procedentes de la misma isla de Cuba. Mientras un lacayo servía los licores, el anfitrión abordó la razón principal del encuentro en su casa.

—Como le habrán comentado, mi querido amigo, mis negocios no marchan bien, y me veo en la triste obligación de vender algunos cuadros de mi colección privada.

—Me hago cargo —musitó el carnicero, obnubilado por el tratamiento de «amigo», y además «querido», que le acababa de otorgar el marqués; sin duda lo haría constar en sus próximas tarjetas de visita.

Si sus antiguos colegas del mercado de abastos hubieran presenciado la escena, se habrían muerto de envidia. Al igual que la resentida de su cuñada, que siempre presumía de su marido, mecánico en un taller, cuyo único mérito era haber reparado el coche al secretario de un ministro. Sin pretenderlo, una sonrisilla bobalicona afloró a su cara de puerco bien cebado.

—Me ha dicho el señor Dalban que está interesado en pintores españoles del Siglo de Oro —continuó el marqués.

—Así es, Excelencia.

En realidad, ni conocía a los pintores ni sabía qué era el Siglo de Oro. Lo único que deseaba era llevarse a su casa un cuadro antiguo para ponerlo en el comedor. La única condición que le había impuesto su mujer era que predominara el color granate: de ese modo haría juego con los manteles de la mesa.

—En concreto me ha dicho el señor Dalban que tiene especial interés en un cuadro de mi colección: el retrato del cardenal Sepúlveda, glorioso antepasado mío, obra del sublime Diego de Velázquez.

El belga esperaba que el ropaje encarnado del cardenal fuera del gusto de su señora esposa.

—Durante mucho tiempo me he resistido a vender mi Velázquez, pero tratándose de usted, una persona que me consta con certeza que sabe apreciar el buen arte, creo que estaría dispuesto a ofrecérselo si llegamos a un acuerdo satisfactorio en cuanto al precio.

—¿Cuánto? —gimió el carnicero, que llevaba ya varios minutos sin pestañear.

—¿Cuánto cree usted que vale? —preguntó el marqués al marchante de arte.

—Bien, pues, teniendo en cuenta que el cuadro se encuentra en unas excelentes condiciones de conservación y que su autor es uno de los mejores pintores de todos los tiempos, lo tasaría, al menos, en doscientos mil francos.

—¿Doscientos... mil... francos? —balbuceó el carnicero con los ojos como platos; unas gotillas de sudor empezaron a resbalar por su cabeza, redonda y calva como una sandía.

—Bueno, en honor a la verdad, al tratarse de un caballero como usted, gran amante del arte, y en consideración a la amistad que nos une, podría rebajar esa cantidad a... —El marqués meditó unos instantes antes de dar una cifra—. Ciento ochenta mil francos.

—Por supuesto, para que no hubiera la menor duda, yo me encargaría de certificar la autenticidad de la obra —agregó el marchante, como experto en la materia.

El belga bebió un par de sorbos de coñac antes de contestar. Miraba a la alfombra con los ojos aterrados y la papada le temblaba como si fuera un flan. El cuello de la camisa se le empezaba a oscurecer por culpa del sudor que le bajaba en cascada por los mofletes. Ciento ochenta mil francos era una fortuna por un cuadro. Por ese importe podía comprar las bodegas del barón Eugenio de Rothschild, que acababan de ser subastadas por el Gobierno de Vichy, tras su confiscación por pertenecer a una familia judía.

Pero, aunque tuviera que gastarse todos los ahorros de los últimos años, tenía que conseguir ese lienzo. Ya se imaginaba a sus parientes del pueblo, muertos de envidia, al contemplar la pintura en el comedor de su casa. Para celebrar el magno acontecimiento, los invitaría a una opípara cena, digna de un cardenal, a base de conejo con mostaza y morcilla con compota de manzana. Sin duda se quedarían obnubilados ante su buen gusto y refinamiento.

Al final, el hombre aceptó, animado por las palabras de los demás invitados y por los efluvios del coñac. Lo devolvieron al hotel envuelto en una nube de felicidad, propia de un onanista en plena faena.

Al día siguiente, el carnicero se presentó en el palacete, pagó el precio en billetes que llevaba envueltos en papel de periódico, y se marchó con el cuadro bajo el brazo más contento que un niño con zapatos nuevos.

Nada más cerrar la puerta de la mansión, Jeff y el Argelino soltaron una tremenda carcajada y se palmearon la espalda. El carnicero nunca sería capaz de descubrir el engaño. Jamás se daría cuenta de que no se trataba de una obra de Velázquez. Y, si lo averiguaba, no se atrevería a reclamar, ante la perspectiva de ser tomado por tonto por sus amigos.

Desde hacía un par de años, Jeff y el Argelino se dedicaban a una actividad muy lucrativa en el París de la ocupación: la venta de cuadros falsos. Los jerarcas nazis y los nuevos ricos surgidos a la sombra del chanchullo y el estraperlo se desvivían por las obras de arte francesas. El tándem entre Jeff y el Argelino era perfecto. El Argelino proporcionaba las víctimas a través del One Two Two, y Jeff disponía del pintor ideal, un excelente artista madrileño capaz de reproducir y envejecer cualquier obra a la perfección.

Una vez en el One Two Two, y con el dinero en su poder, Jeff y el Argelino hicieron cuentas. Primero dedujeron los gastos, como el alquiler de la mansión, la cena y la contratación del servicio. También los honorarios del autor del cuadro, del falso marchante y del marqués embaucador. El resto se lo repartieron entre los dos, a partes iguales.

—Cada día el marquesito lo hace mejor —comentó el Argelino mientras contaba sus billetes.

—Se nota que en España era un buen actor de teatro. Pero la próxima vez que se presente ante la víctima con un título tan ridículo y estrafalario como el de marqués de la Real Satisfacción, le mato a guantazos.

11

Daniela se presentó en la suite de Chantal poco antes de las once de la mañana.

—*Mademoiselle* aún no se ha levantado —advirtió la doncella.

—Como siempre —murmuró Daniela, aburrida de que todas las mañanas se repitiera la misma historia.

A Gabrielle no le gustaba madrugar, y nunca abandonaba la cama antes del mediodía. Armada de paciencia, Daniela se sentó en un sofá del salón y empezó a hojear una revista.

En un momento dado estalló una monumental bronca en el cuarto de baño. Gabrielle acusaba a la doncella de frotar su cuerpo con tanta energía que la iba a descoyuntar.

—Pero ¿qué te crees? ¿Que soy un cenicero de plata? ¡Me vas a despellejar viva! ¿No puedes secarme con más delicadeza? Menos mal que no te dejo que me peines, que tú serías capaz de arrancarme el pelo con el cepillo.

Gabrielle roció su cuerpo desnudo con Chantal Noir. Luego se vistió y se volvió a perfumar. Después se maquilló y se perfumó de nuevo. Se cepilló su encrespado cabello y se perfumó una vez más. Dotada de un olfato demasiado delicado, no soportaba el mal olor, y abusaba del perfume hasta la saciedad.

Media hora más tarde, Gabrielle Chantal apareció en el salón tan impecable como siempre. Llevaba una blusa de seda natural y un traje de chaqueta de tweed en color azul marino, con el anagrama de la Casa Chantal en los botones, las letras «G» y «C» entrelazadas y opuestas. Aunque había abandonado la profesión, seguía diseñando su propio vestuario, que luego mandaba coser a sus antiguas costureras. Fiel a su estilo, utilizaba siempre ropa cómoda y, al mismo tiempo, elegante.

—Buenos días, *mademoiselle*.

Gabrielle respondió con un simple movimiento de cejas. Se acercó a Daniela y sus brillantes ojos negros la escrutaron de arriba abajo. No tardó mucho. Apenas un instante. Con su experiencia no necesitaba más. Comprobó que llevaba el vestido correcto, los zapatos a juego, los pendientes discretos, el maquillaje apropiado. Gabrielle sometía a sus empleadas a un control exhaustivo. Al fin y al cabo, representaban a su empresa. Cuando constató que todo estaba en orden, hizo un imperceptible gesto de aprobación. Daniela respiró tranquila.

Poco después abandonaban la suite y tomaban el ascensor. Al llegar a la planta baja, no se dirigieron a la entrada principal del Ritz, en la place Vendôme, sino a la puerta trasera, que daba a la rue Cambon, a escasos metros de la tienda Chantal. Era el camino más cómodo y rápido. Y con la ventaja de no tener que pasar por delante de la boutique de la chiflada de la Schiaparelli.

Gabrielle estaba muy intranquila. Hacía unos días que había propuesto a Spatz interceder ante Churchill para conseguir un alto el fuego entre Inglaterra y Alemania. Tan solo esperaba que los alemanes diesen luz verde a su ofrecimiento. Conocía muy bien a Churchill y sabía que no le costaría ningún esfuerzo convencerlo. Con la propuesta de Chantal, el primer ministro podría matar dos pájaros de un tiro: acabar con una cruenta guerra y dejar que Alemania terminara con el odioso comunismo ruso.

No tenía ninguna duda del éxito de su misión. Gracias a su fascinante personalidad, su entusiasmo y su tesón, jamás había fracasado en sus propósitos. Y convencer a su amigo Churchill no le parecía nada complicado. El *premier* británico seguro que pensaba lo mismo que ella.

Chispeaba sobre París. Daniela abrió el paraguas y protegió a su jefa de la lluvia. A pesar de la oscuridad del día, Gabrielle llevaba puestas sus habituales gafas de sol. Cruzaron la calle y caminaron hasta llegar a la Casa Chantal. Como todos los días, a la una menos cuarto de la tarde se presentó en su tienda. Como todos los días, una larga fila de militares alemanes esperaba frente a la puerta. Los hombres trataban de conseguir un frasquito de Chantal Noir, el perfume más famoso del mundo.

Antes de entrar en el local, y al igual que todas las mañanas, Gabrielle pasó revista a los cuatro escaparates. Eran pequeños, elegantes, forrados de terciopelo negro. Y de una gran originalidad, propia del talento de Chantal. En cada escaparate solo se exhibía un objeto. Un bolso, un perfume, unos zapatos. Como si fueran obras de arte. Gabrielle era única y sabía muy bien llamar la atención de los posibles clientes.

—Ese bolso está demasiado lejos del cristal. Di que lo acerquen. —Gabrielle daba órdenes y Daniela apuntaba todo en su agenda—. ¿Quién ha colocado esos zapatos tan mal? ¡Qué barbaridad! ¡No se ve el tacón!

Cuando terminó de revisar uno a uno los escaparates, entró en la tienda. Nada más cruzar la puerta, todas las dependientas, como si tuvieran un resorte, adoptaron la postura correcta. Cabeza erguida, nariz alta, hombros derechos, vientre metido. Sus esbeltos cuellos apenas se giraban, como si estuvieran aprisionados por aros de cobre, al igual que las mujeres jirafa. Parecían garzas en plena exposición fotográfica.

Un agradable olor envolvió a las recién llegadas. Todos los días se perfumaba la tienda con las dos fragancias favoritas de Gabrielle: por las mañanas, Chantal Noir; y por las tardes, Cuir de Russie.

La decoración del local era sencilla y elegante, de acuerdo con el estilo de la Casa. Abundaba el color blanco, los espejos y el cristal. Por orden expresa de Gabrielle, en el local debía reinar la tranquilidad más absoluta. Nada de música o de colores estridentes. Hasta las empleadas debían hablar en voz baja para no alterar la paz del lugar.

Al ver a Gabrielle, la jefa de tienda, una distinguida princesa rusa que llevaba veinte años al frente del establecimiento, salió disparada a su encuentro.

—Buenos días, *mademoiselle* —saludó con sonrisa nerviosa.

Gabrielle soltó un gruñido como única respuesta. Se paró en mitad de la tienda y la recorrió con la mirada, al igual que un halcón en busca de su presa. En décimas de segundo valoró la situación. La limpieza de los espejos y las alfombras, la colocación de los frascos en los anaqueles, los trajes y peinados de cada una de las vendedoras. Las empleadas sabían por experiencia propia que bajo esas gafas de sol se ocultaban unos ojos inteligentes, rápidos y crueles, capaces de escudriñar hasta el más mínimo detalle. Se sentían desnudas ante su jefa.

Daniela lanzaba a escondidas miradas de complicidad a las dependientas, casi todas antiguas compañeras de profesión. Sabía que, poco antes de entrar Gabrielle en la tienda, la recepcionista había lanzado la voz de alarma para que todas se colocaran en sus puestos y en perfecto estado de revista. Temían a la diseñadora más que a la picadura de un alacrán.

—Venga conmigo —dijo Chantal a la princesa rusa cuando terminó su exhaustivo control visual.

La mujer palideció en el acto. Aquellas palabras, y el tono empleado, no podían traer buenas noticias. Tragó saliva y se esperó lo peor. Seguro que su jefa había descubierto un defecto. Chantal era muy intuitiva, y poseía un sexto sentido que captaba hasta los pensamientos más íntimos de las personas. Incluso adivinaba, sin que nadie se lo dijera, si alguien había hablado mal a sus espaldas.

Subieron la escalera de espejos, famosa en todo el mundo gracias a las fotos del *Vogue* y del *Harper's Bazaar*, las más prestigiosas revistas de moda. Se trataba de otra de las genialidades de Gabrielle. Los espejos cubrían por completo las paredes de la escalera, y estaban orientados de tal manera que la diseñadora podía seguir los desfiles y vigilar a sus empleadas desde la planta superior sin que su presencia fuera detectada. Desde su atalaya lo controlaba todo, como un centinela en la torre de vigilancia de una prisión.

Aquella escalera le traía a Daniela recuerdos de un pasado no muy lejano. Un pasado dulce pero también amargo, muy sacrificado, de muchas horas de trabajo agotador. Sobre todo, en los días previos a los desfiles. Las modelos llegaban bien temprano y no se iban hasta las tres o las cuatro de la madrugada. A diferencia de los demás modistos, Gabrielle ni recurría a bocetos, porque no sabía dibujar, ni empleaba maniquís de madera. Solo utilizaba modelos vivas, chicas de carne y hueso sobre las que colocaba la tela y, armada con tijeras y alfileres, daba forma a sus nuevas creaciones. Como decía con frecuencia: «Yo esculpo mi modelo, no lo dibujo.» Gabrielle siempre presentaba cada 5 de febrero su colección de verano, y cada 5 de septiembre la de invierno. Y el día del desfile, Daniela descendía por aquella escalera con un pequeño letrero en la mano con el número 5. Gabrielle nunca denominaba a sus vestidos con nombres, a diferencia de sus competidores. Despreciaba lo que ella llamaba «poesía del modisto». Le resultaba ridículo bautizar un vestido con títulos tan rimbombantes y absurdos como «Fantasías de un ruiseñor» o «El jardín de los nenúfares». Desde el primer momento, la diseñadora decidió no utilizar nombres, sino números. Y, como era muy supersticiosa, omitió el número 13 y asignó el 5, su número de la suerte, a Daniela, al ser una de sus modelos preferidas.

La tienda de la rue Cambon disponía de tres plantas. En la primera se ubicaban los probadores y la sala de desfiles. En la segunda, el apartamento privado de Gabrielle. Y en la tercera, la más elevada, los estudios de trabajo y los talleres de las costureras. Desde que la diseñadora se retiró, hacía ya más de tres años, la primera y la última permanecían cerradas.

Gabrielle se detuvo en el segundo piso y entró en su apartamento. Daniela se preguntaba con frecuencia por qué su jefa vivía en el Ritz desde hacía diez años si a escasos metros del hotel disponía de una de las mejores viviendas de la ciudad. Manías y obsesiones de la diva de la moda. No soportaba la soledad, y en el hotel, con el ajetreo constante de huéspedes y empleados, se sentía acompañada.

Nada más cerrar la puerta del apartamento, Gabrielle se encaró con la princesa rusa. Tenía los ojos encendidos y apretaba los puños como si estuviese a punto de saltar sobre su pobre víctima. Su voz, ronca y tajante, amedrentaba.

—¿Quién es la chica rubia del mostrador de la izquierda?

—Es nueva, *mademoiselle*. Está sustituyendo a una dependienta que se encuentra enferma.

—¿Enferma? ¡Qué tontería! Nadie se pone enfermo si no quiere, ¿entendido? ¿Me ha visto a mí faltar algún día al trabajo? ¡Jamás!

—Lo siento, *mademoiselle*.

—¡Eso no es bastante! Envíe la carta de despido a la casa de esa chica.

—Pero... —exclamó alarmada la princesa.

—¿Y quién ha contratado a la nueva? —interrumpió Gabrielle.

—Pues... he sido yo.

—No me gustan las chicas con el pelo rizado.

—Le diré que se lo alise.

—Tampoco me gusta la falda que lleva. Es demasiado corta. Se le ven las rodillas.

—Lo siento. No me he dado cuenta.

—¡Pues fíjese bien la próxima vez! Ninguna de mis empleadas debe mostrar, bajo ningún concepto, las rodillas. ¿Entendido? No hay nada más feo en una mujer que las rodillas. Estoy cansada de repetirlo. ¿O acaso lo ha olvidado?

—Lo lamento, lo lamento mucho. Le diré que mañana venga según sus indicaciones.

—No, no habrá un mañana. Esta Casa es ejemplo de elegancia y buen estilo. Despídala ahora mismo.

—*Mademoiselle*, yo, yo...

—Y, por su propio bien, espero que esto no se vuelva a repetir.

La princesa rusa se estremeció. Gabrielle no se andaba con bromas. La mujer se deshizo en disculpas, que por supuesto fueron ignoradas por su jefa. Daniela le hizo a la rusa una señal a escondidas para que no insistiera con el tema de los despidos. No había nada que hacer. Cuando la diseñadora tomaba una decisión, no había vuelta atrás. Si la rusa persistía, lo único que podía conseguir era enfurecer a Gabrielle, que no tardaría en acordar su fulminante despido. Ante tal situación, lo mejor era desaparecer. Y así lo hizo.

—Una mujer sola no puede dirigir un negocio de cuatro mil trabajadoras si no utiliza mano de hierro —masculló Gabrielle sin darse cuenta de que ya no contaba con tantas empleadas—. Esta «princesita» rusa se toma cada vez más libertades. Si sigue así, tendré que adoptar medidas.

Gabrielle, con gran astucia, elegía para los puestos relevantes de cara al público a mujeres de la alta aristocracia. Estas damas cumplían una doble finalidad: daban un toque de distinción a la tienda y, a la vez, publicitaban los vestidos entre sus amistades.

Con frecuencia, Chantal humillaba a estas damas en público, sin que ellas pudieran hacer nada por evitarlo, al estar bajo su caprichoso mando. Nadie lo sabía, ni siquiera lo sospechaba, pero era su pequeña venganza personal por las afrentas sufridas de cría en el orfelinato de Aubazine. Las monjas, para distinguir a las alumnas ricas de las pobres, obligaban a estas últimas a vestir un uniforme diferente y de peor calidad, y a realizar los trabajos más desagradables y pesados. Gabrielle pertenecía a este grupo y nunca perdonó la vergonzosa discriminación.

La estancia en aquel maldito orfelinato, que ella siempre ocultaba, había marcado su vida para siempre. Un corrosivo complejo de inferioridad que jamás llegaría a superar. Su creación más famosa, el «vestidito negro», se inspiraba en su propio uniforme de Aubazine. Y de un color, el negro, que hasta entonces solo lo utilizaban las mujeres más humildes. Tal vez pretendiera, en el fondo, disfrazar a las damas de campesinas, en venganza por el daño sufrido en su juventud.

El apartamento de Gabrielle destacaba por su elegancia, como todas las cosas que la rodeaban, pero también por su originalidad. La diseñadora había impuesto una nueva moda en el mundo de la decoración: el triunfo del beige. Las paredes, los sillones y la moqueta eran de ese color, un color que le recordaba a la tierra batida y que hasta entonces no se había utilizado para decorar viviendas.

Por influencia de su primer y único amor, Edward Turner, la sala contenía numerosas piezas orientales. Destacaba su famosa colección de biombos de Coromandel, lacados en negro, con escenas de la vida cotidiana china. En el apartamento no se veían cuadros, pero sí libros, muchos libros, cientos de valiosos ejemplares forrados en piel. La lectura era una de sus pasiones preferidas. Todas las tardes, después de comer, se recostaba en el sofá, se echaba una cabezadita de diez minutos y luego leía durante un buen rato. Era el único momento del día en el que apreciaba la soledad.

Daniela tomó asiento en el sofá y se fijó en el libro que descansaba sobre la mesita. Pastas negras, letras rojas, símbolos extraños. Era un tratado sobre ocultismo.

—¿Te gustaría leerlo? —preguntó la diseñadora.

Daniela lo abrió. En la esquina superior de la primera página aparecía una letra «G» a lápiz: era la marca de Gabrielle cuando un libro le gustaba.

—El ocultismo no es uno de mis temas favoritos —respondió Daniela.

Gabrielle arrugó la nariz. No le había agradado la respuesta, pero tampoco se molestó en replicar. No comprendía que a la gente no le interesaran temas tan apasionantes como el ocultismo, la alquimia o el esoterismo. Edward

Turner, su malogrado amor, la había iniciado en estas materias. Y también en el estudio de las religiones. Desde entonces leía todo lo que caía en sus manos sobre el hinduismo y el budismo, y repasaba con frecuencia textos de la Biblia y del Corán.

Edward... su gran amor. ¡Cuánto lo echaba de menos! A pesar del tiempo transcurrido, siempre lo tenía presente en su memoria. Jamás podría olvidarle. Cerró los ojos y recordó viejos tiempos.

12

Edward Turner cambió la vida de Gabrielle por completo. Gracias a él, dejó de ser una provinciana con escasa formación, alcanzó fama a nivel internacional y se convirtió en una de las mujeres más ricas de Francia.

Turner apoyó e impulsó los ambiciosos proyectos de la joven Gabrielle. Cuando le conoció, ella solo tenía una pequeña sombrerería en París que apenas le daba beneficios. Dotada de una inteligencia natural, pensó en ampliar su negocio y dedicarse al mundo de la moda. Pero no tenía suficiente dinero. Turner financió su sueño, y Gabrielle pudo abrir dos boutiques, una en Deauville y otra en Biarritz, sus primeras tiendas de moda.

La elección no pudo ser mejor. Deauville y Biarritz eran las ciudades preferidas de la alta burguesía en época estival. El éxito de Gabrielle fue fulminante. No obstante, trabajó duro para devolver a Turner hasta el último franco del préstamo. No quería convertirse en su mantenida.

Edward fue el único hombre que Gabrielle amó de verdad. Por eso nunca comprendió su miserable traición. Una mañana, leyendo los ecos de sociedad en el periódico, la modista se enteró de la próxima boda de Turner con la hija de un importante aristócrata inglés. Creyó morir. Después de nueve años de relación, ignoraba por completo la doble vida de su amante. Se había hecho muchas ilusiones, soñaba con el día de su boda, y de repente... él se casaba con otra.

Turner quería dedicarse a la política, y sabía que casándose con Gabrielle no llegaría muy lejos. Las modistas no estaban bien vistas, en ciertos ambientes, por mucho dinero que ganasen. En cambio, su futuro suegro le abriría el camino gracias a sus importantes contactos. La boda de Turner y su prometida se celebró en Inglaterra, mientras en Francia una desconsolada Gabrielle no dejaba de llorar.

A los pocos meses, Turner, arrepentido de su decisión, pretendió volver con Gabrielle. Y ella lo recibió con los brazos abiertos. Se acababa de convertir en la amante de un hombre casado, una situación que ella siempre había detestado. Pero por nada del mundo estaba dispuesta a renunciar a su gran amor.

Aquel reencuentro no duró mucho. Año y medio más tarde, una fría mañana de invierno, Turner se despidió de Gabrielle en París y partió hacia Cannes. Era el 22 de diciembre de 1919, y quería pasar la Nochebuena con su mujer y su hija recién nacida. Nunca llegó a su destino. En la carretera le esperaba la muerte. Su automóvil volcó en una curva.

Cuando Gabrielle se enteró, se volvió loca de dolor, y ordenó a su chófer que la llevara de inmediato al lugar del accidente. Al llegar allí se encontró el coche volcado entre unos arbustos. Rota por el llanto, se acercó al vehículo y miró dentro con cierto recelo, como si temiera descubrir el cuerpo sin vida del hombre. No había nadie. Ya se lo habían llevado. Tomó un pañuelo de seda y lo empapó en la sangre, aún fresca, que manchaba el volante y los asientos. Besó el pañuelo entre lágrimas y lo guardó en el bolso. Después del número 5, el 2 era su número de la suerte. Menos aquel día. El accidente se produjo el día 22, a las 2 de la tarde. Jamás lo olvidaría.

A raíz de la muerte de Turner, la diseñadora entró en una depresión que casi acaba con su vida. Aquel día murió un poquito más. Como decía con frecuencia, «el día de la muerte de Edward yo volví a morir», en clara referencia a las muchas veces que había muerto a lo largo de su vida:

cuando desapareció su madre, cuando desaparecieron sus hermanas, cuando desapareció Edward...

Pero aún faltaba el golpe de gracia. Cuando se abrió el testamento de Turner, Gabrielle descubrió atónita que no era su única amante. También se veía con una condesa italiana. Para mayor escarnio, a las dos mujeres les dejaba la misma cuantía en herencia, 40.000 libras esterlinas, como si el amor de ambas se pudiese equiparar. Su amado y adorado Edward había engañado, al menos, a tres mujeres al mismo tiempo.

Después de la trágica muerte de Edward en 1919, y tras descubrir su traición, Gabrielle se encerró en su casa sumida en la tristeza. Y solo logró recuperarse gracias a los esfuerzos del pintor español José María Sert y su esposa Misia, la musa indiscutible de la *Belle Époque*.

Los Sert introdujeron a la diseñadora en el París de los Años Locos, el París intelectual y bohemio de los años veinte, un mundo que ella ignoraba por completo. Conoció a escritores y poetas, a pintores y dramaturgos, a escultores y compositores. Era el Montparnasse de los grandes artistas. Quedó fascinada con sus nuevas amistades, que la aceptaron sin el menor reparo. Pronto se convirtió, junto a Misia, en el centro de atención de todas las fiestas. Era el París de la alegría y de la diversión, del opio y la promiscuidad, de la morfina y la ambigüedad sexual.

Gracias a sus nuevos amigos y a su agotador trabajo, el dolor por la muerte de Edward se fue poco a poco mitigando. A pesar de todo, le siguió idolatrando durante el resto de su existencia: «Fue el gran amor de mi vida. Cuando murió, lo perdí todo. Lo que vino después ya no fue una vida feliz.»

Amargada porque todos los seres que había amado estaban muertos, buscó refugio en el mundo esotérico. A partir de entonces, creyó firmemente en la reencarnación, quizá con la esperanza de volverlos a encontrar.

De repente, los rugidos de una escuadrilla de cazas sobrevolando el Sena despertaron a Gabrielle de su prolongado letargo. Se había quedado traspuesta recordando a su querido Edward.

—¿Estás segura de que no quieres leer el libro? —preguntó de nuevo a Daniela, en un último intento de que cambiara de opinión.

—No, *mademoiselle*. Ya le he dicho que el ocultismo no me interesa —contestó Daniela con voz firme, cansada de los manejos de su jefa.

—Está bien. ¡Quítate el vestido! —ordenó sin posibilidad de réplica.

—¿Cómo dice, *mademoiselle*?

—¿No me has oído, muchacha? ¡Que te quites ese vestido! No puedes ir así por la calle. Al menos, conmigo.

—¿Le ocurre algo?

—¡Es espantoso! Cuando te he visto esta mañana no me parecía tan feo, pero al fijarme por la calle con la luz del día... ¡Parece un trapillo de la Italiana! Vamos a hacer unos arreglos.

Daniela tardó unos segundos en reaccionar, pero el gesto impaciente de su jefa no admitía demora. Se desprendió del vestido y se quedó en ropa interior. Gabrielle se acercó a su antigua modelo. Posó las manos en sus brazos y los recorrió con suavidad.

—Sigues teniendo un cuerpo magnífico, querida. Te he visto tantas veces desnuda que tu piel me resulta tan familiar como la mía.

A continuación, abrió un armario chino, regalo de Edward Turner, y extrajo una caja de costura.

—Despeja esa mesa de chismes —dijo la modista con autoridad—. Tenemos trabajo.

Daniela apartó un cenicero de jade, una pesada bola de cristal de roca y una pareja de leones dorados. Gabrielle extendió el vestido sobre la mesa y empuñó unas enormes tijeras, su herramienta de trabajo favorita. La joven se echó a temblar. No era fácil encontrar ropa buena en las tiendas, y en el mercado negro alcanzaba precios prohibitivos. Aquel vestido se lo había regalado un par de años antes el modisto Robert Piguet a cambio de unas fotos para una revista de moda, y había sido diseñado por uno de sus colaboradores más cercanos, un tal Christian Dior.

Bajo la ocupación alemana, y salvo alguna excepción como Chantal, que cerró su taller, o Schiaparelli, que huyó a Nueva York, los grandes modistos como Lucien Lelong, Jeanne Lanvin, Balenciaga o Nina Ricci siguieron trabajando en París. Los nazis trataron por todos los medios de trasladar la capital mundial de la moda de París a Berlín, pero no lo consiguieron. Los diseñadores parisinos se negaron a moverse de la ciudad, y los alemanes no insistieron. No querían enemistarse con todo el pueblo francés por culpa de la moda, su orgullo nacional.

Sin mediar palabra, Gabrielle empezó a descoser los bajos, a desmontar los bolsillos, a deshacer los hombros. Daniela miraba en silencio, junto a la estufa, completamente desnuda. No tenía ni la menor idea de lo que pretendía su jefa. Solo la veía manejar las tijeras con habilidad y determinación.

—Siempre hay que elegir ropa que favorezca. La moda es un arte que radica en saber favorecer. Si quieres que una mujer parezca más alta, tienes que subir el talle por delante. Si quieres evitar un trasero caído, pues bajas el talle por detrás. El cuello es muy importante. Hay que conseguir que se alargue, que sea esbelto. ¡Esbelto como un cisne, querida!

La joven escuchaba en silencio. Minutos después, el vestido yacía medio deshecho sobre la mesa. Cuando la joven lo vio, casi se echa a llorar.

—Esto ya está. Ahora, póntelo. Lo importante es que te sientas cómoda. No olvides que el cuerpo y el vestido han de ser una sola cosa.

Daniela obedeció. No podía hacer otra cosa. Su jefa se llenó la boca de alfileres y empezó a trabajar sobre su piel con entusiasmo y pasión. La modista estaba radiante, le brillaban los ojos, incluso se mostraba agradable. Volver a trabajar, aunque solo fuera de forma esporádica, había cambiado su agrio humor. Desde la ocupación alemana, y fuera de su propio vestuario, solo había diseñado un vestido. Se trataba de un compromiso para la presentación de una joya de Van Cleef & Arpels. Salvo esa creación, de crepé de seda arrugada color esmeralda, no había hecho nada más.

—Un vestido bien hecho le sienta bien a todo el mundo, ¿comprendes, pequeña? La clave está en los hombros. Si los hombros están mal hechos, si no encajan bien, la prenda nunca sentará bien. Y eso es lo que te pasaba a ti.

En realidad, Daniela pensaba que el vestido le quedaba estupendo. Pero su jefa nunca atendía a razones. Todos tenían que hacer siempre lo que ella quería.

Minutos después, Gabrielle se separaba de Daniela y contemplaba su obra.

—Perfecto. Ha quedado perfecto. Ahora hay que coserlo. Espero que sepas hacerlo, porque ya sabes que yo no tengo ni idea. Ni siquiera sé coser un botón. ¡Vamos, quítate el vestido!

La joven se desnudó de nuevo sin ningún reparo. Lo había hecho cientos de veces delante de su jefa. Se desprendió del vestido con naturalidad y se quedó frente a Gabrielle en ropa interior y liguero, todo de encaje negro. La diseñadora la escrutó con detenimiento.

—Siempre fuiste la mejor. Y sigues igual. Cabeza erguida, cuello largo, hombros derechos, y cabello negro y liso.

Se acercó a la joven y recorrió sus caderas con las manos. Daniela sintió un escalofrío. A Gabrielle le vino a la cabeza el recuerdo de dos actrices a las que había vestido durante su estancia en Hollywood: Greta Garbo y Katharine Hepburn. Por unos instantes, cerró los ojos y evocó tiempos mejores.

—Por suerte, contigo no hay que esforzarse. No hay nada que ocultar o corregir —comentó Gabrielle con la mirada clavada en los ojos de su empleada—. Tienes un cuerpo envidiable.

13

Jeff estaba agotado. El viaje en tren desde París había sido insoportable. Más de diez horas de retraso con respecto al horario previsto. El maquinista conducía con excesiva precaución por temor a los sabotajes. A la Resistencia le encantaba volar las vías férreas.

Después de vivir tantos años en París, Madrid le parecía una ciudad sucia y triste. Nada más salir de la estación del Norte, se vio rodeado por un enjambre de niños escuálidos y harapientos, con la cabeza rapada al cero por culpa del piojo verde. La mayoría eran huérfanos de guerra que trataban de sobrevivir a base de limosnas o pequeños hurtos. El periodista les dio un puñado de monedas, y los chiquillos lo celebraron con alborozo.

Un automóvil negro frenó a escasos metros de Jeff. En las portezuelas llevaba dibujado el emblema de Falange y del Servicio de Protección a la Infancia. Dos chicas jóvenes con camisa azul y delantal blanco se apearon del automóvil y se dirigieron hacia los críos. En un abrir y cerrar de ojos, todos desaparecieron a la carrera. Temían ser encerrados en un internado.

Un taxi llevó a Jeff hasta el hotel Rialto, en la plaza del Callao. Al pasar por delante del cine Palacio de la Prensa, vio el enorme cartel que ocupaba toda la fachada, anunciando el estreno del film *Tarzán y su hijo*, con Johnny Weissmuller y Maureen O'Sullivan. Aquel mural a todo color le llamó la atención. En París no se proyectaban películas norteamericanas desde hacía años. Los alemanes no lo permitían.

—Buenos días, don Jaime —le saludó el conserje del hotel Rialto con afabilidad—. ¿Ha tenido buen viaje?

Jeff siempre se hospedaba en ese hotel. Limpio, céntrico y discreto. Sobre todo, discreto. Y de toda confianza. El conserje nunca le pedía el libro de familia si le veía aparecer con una dama.

Nada más llegar a su habitación se desnudó por completo y se metió bajo la ducha. Necesitaba liberarse del sudor y el hollín del viaje. Después telefoneó a un par de viejos amigos, compañeros del equipo de polo, y quedaron en verse en el Negresco a la hora del aperitivo. A continuación, se vistió con un elegante traje azul marino, su color preferido, y se dirigió a una barbería cercana. Necesitaba un buen corte de pelo y un afeitado profesional.

La barbería estaba situada frente a Galerías Preciados, unos grandes almacenes que acababan de inaugurar. El nuevo establecimiento ocupaba un edificio entero de cuatro plantas, y, según le confesó el asombrado barbero, allí se podía comprar cualquier cosa sin necesidad de salir a la calle. Desde un simple pañuelo hasta un traje de novia.

Jeff abandonó el local poco antes de la una de la tarde. Justo a tiempo para acudir a la cita con sus amigos. El Negresco no estaba muy lejos, en el número 38 de la calle de Alcalá.

Bajó a buen paso por la Gran Vía, bautizada ahora como avenida de José Antonio. A pesar del frío, sus famosas terrazas se encontraban abarrotadas, y entre el público se podían ver encopetados individuos que presumían de forma descarada de su privilegiada posición. Para ellos las restricciones no existían. Compraban en lujosas tiendas, alternaban en el Club de Campo y se paseaban en llamativos automóviles con chófer, al que llamaban «mecánico». No eran los vencedores de la guerra civil, aunque alardearan de ello y se aprovechasen de la paz. Eran los emboscados, los caraduras profesionales, los parásitos expertos en succionar la sangre ajena. Los mismos que cada vez que olfateaban el peligro y sonaban los tambores de guerra disponían del dinero suficiente para huir al extranjero y esperar tiempos mejores desde la barrera.

El café Negresco estaba situado junto al Círculo de Bellas Artes, y destacaba por su aire modernista, su fachada en mármol negro y sus luces de neón. En la planta baja estaba el bar, y en el primer piso, el salón de té, unidos ambos por una curiosa escalera de espejos. Los fines de semana se celebraban bailes en la primera planta, amenizados por conocidas orquestas, que se retransmitían en directo por la radio.

Los amigos de Jeff le esperaban en la terraza del café. Nada más verse, se saludaron con efusividad. Se conocían desde hacía muchos años.

Por la acera pululaban personas de muy diverso pelaje. Abundaban los uniformes militares, las sotanas y los hábitos morados. Los señoritos, las damiselas y los pordioseros. Los vendedores ambulantes, los carteristas y los maestros del estraperlo. Los caballeros con gabán y las damas con peinado «Arriba España». Y de vez en cuando pasaba una pizpireta chica topolino, que se llevaba tras de sí todas las miradas de los parroquianos.

Después del Negresco, almorzaron en un asador de la calle de la Montera que les costó un ojo de la cara. El café lo tomaron en la terraza del Fuyma, admirando a las chavalas que pasaban por la calle. Poco antes de las cinco de la tarde, Jeff se levantó de su butaca y se marchó. Tenía una cita.

—Nos vemos a las ocho y media en el Chicote —les dijo a sus amigos.

Un taxi le llevó al despacho del abogado de su familia. Sus padres habían muerto, y Jeff y su hermano eran los únicos herederos de una inmensa fortuna. La gestionaba un letrado que cada tres meses tenía que rendir cuentas de su actuación.

El bufete ocupaba la primera planta de un señorial edificio de la calle de Alfonso XII, muy cerca de la Puerta de

Alcalá. El abogado era un hombre mayor, de aspecto distinguido, que siempre lucía en el cuello una horrible pajarita amarilla con lunares negros. Le recibió con cariño y simpatía.

El resumen trimestral fue rápido. Las variaciones con respecto al anterior habían sido mínimas. Después de hojear informes, gráficos y liquidaciones que Jeff apenas entendió, firmó sin leer los documentos que el abogado extendía bajo sus ojos.

—¿Aún no me he arruinado? —preguntó Jeff con aire jocoso mientras estampaba su firma.

El abogado le miró con aire paternal.

—Querido Jaime, puedes seguir intentándolo, pero no creo que lo consigas. Por mucho que te empeñes, ni tú, ni tus hijos, ni tus nietos, si es que algún día decides tenerlos, os podréis arruinar.

—¡Pero si me acaban de quitar el banco!

—Requisado. Se dice «re-qui-sa-do», ¿entendido?

—Y además me has dicho que el edificio de la calle Serrano lo van a expropiar.

—Así es, hijo. Y no podemos hacer nada. Quieren levantar allí una comisaría de policía. Nuestra única esperanza es que fijen un buen justiprecio.

—Tampoco me hace muy feliz tu idea de donar la finca de Riofrío a la Academia de Artillería como campo de maniobras. He pasado muchos veranos en Segovia y me gusta ese lugar.

—Solo es un consejo, querido Jaime, no una obligación. Te he dicho que el Estado lo vería con buenos ojos. Sería tu contribución a la Causa Nacional. Una especie de expiación por los muchos pecados cometidos por tu padre. Total, si no donas la finca, te la van a expropiar por cuatro perras...

—Y a pesar de todo eso, ¿me dices que no estoy arruinado?

—Ni mucho menos. Tienes más que suficiente para vivir en España como un marajá.

—¿Y dejar París?

—Mira, Jaime, tu padre fue mi mejor amigo. Te conozco desde que eras un crío y tengo una deuda pendiente con tu familia. Dime una cosa a ver si te consigo entender: ¿por qué te empeñas en seguir trabajando? Deja el periódico, abandona París, vuelve a España y sienta la cabeza de una vez.

Jeff sonrió.

—¿Te he dicho alguna vez que hablas igual que mi portera?

—¡Por Dios, Jaime! Sé prudente por una vez en tu vida. Lárgate de Francia, que allí no se te ha perdido nada.

—Después de haber vivido tantos años en París, ¿tú crees que podría ser feliz aquí?

—Pues vete a Cuba. Allí no te faltará de nada, y así conocerás las plantaciones de tabaco de tu padre.

—Lo siento, pero de momento estoy bien en París.

—Pero, Jaime, ¿cómo demonios vas a estar bien? —gruñó el letrado.

—Mira, ya sé que es difícil de comprender. Cualquier otro se pasaría el resto de su vida en una hamaca frente a la playa. Yo no puedo. Lo mío es vocacional. Me gusta mi trabajo. Cuando le dije a mi padre que quería irme a París, se puso como una fiera. Él era muy liberal, muy republicano, muy demócrata y todo lo que tú quieras, pero solo de cara a la galería. En casa era un dictador, y siempre quería imponer su voluntad. No entendía que quisiera irme al extranjero a ganar una miseria, en vez de quedarme aquí y trabajar en su banco con un buen sueldo. Me amenazó con desheredarme, con quitarme todo, pero me dio lo mismo y persistí en mi empeño.

—Aún recuerdo el revuelo que armaste. ¡Vaya lío!

—Le dije que me iba a Francia de todas las maneras. Y había dos formas. Por las buenas, en cuyo caso volvería de visita de vez en cuando; o por las malas, en cuyo caso no me vería el pelo jamás. Me fui por las malas, y a pesar de ello no me desheredó.

—Bueno... no te lo voy a ocultar más. He de confesarte un secreto, ahora que ya no importa: tu padre me encargó que preparara todos los papeles de tu desheredación. Pensaba firmarlos ante el notario en cuanto volviera de Cuba.

Jeff emitió una sonrisa amarga. No se esperaba esa noticia. Tampoco le afectó mucho.

—Es decir, que si no llega a naufragar el barco, ahora yo no tendría ni un duro.

—En efecto, Jaime, así es. Lo siento, hijo.

—Te agradezco la confesión. Me quitas un peso de encima.

—Entonces, ¿no piensas abandonar París?

—Ni en broma.

—Pero ¿de qué vives allí? De España no puedes llevarte ni un céntimo, y con lo que te paga el periódico no cubres ni la factura del teléfono. ¿De dónde sacas el resto?

—Negocios.

El abogado le miró por encima de sus gafitas de concha.

—¿Negocios? ¿Qué negocios?

—Cosas mías.

El abogado se empezó a impacientar.

—No andarás metido en líos, ¿verdad?

—Tú, tranquilo.

El letrado dejó de insistir. Jeff era un caso perdido. Jamás dejaría París.

—¿Qué hago con los papeles de tu hermano? —preguntó el abogado—. ¿Los sigo firmando en su nombre y representación?

—Haz lo que quieras. No es mi problema —respondió Jeff con indiferencia.

—¿Sabes algo de él?

—No. Para mí ha muerto. Según mis últimas noticias, está encerrado en un campo de prisioneros en Alemania.

14

El Chicote se encontraba abarrotado de clientes de lo más variopinto. Jeff y sus dos amigos tonteaban con unas vicetiples muy pechugonas que pertenecían a la compañía de Celia Gámez. El periodista estaba pletórico, invitaba a todo el mundo, no disfrutaba tanto desde hacía meses. Adoraba París, pero tenía que reconocer que de vez en cuando necesitaba una buena juerga madrileña con sus amigotes.

Decidieron acompañar a las chicas hasta el teatro. Eligieron el trayecto más largo y oscuro. Durante el camino no escatimaron la oportunidad de entretenerse con ellas en algún que otro portal mal iluminado, para escándalo del vecindario, que amenazaba con avisar a la policía de inmediato. Las dejaron en la puerta de artistas y prometieron recogerlas al terminar la función.

Después acudieron al Iruña a tomar su famosa ensaladilla rusa, que ahora recibía el nombre de ensaladilla «nacional». Poco antes de la medianoche se presentaron en el Pasapoga, la sala de fiestas más famosa de la Gran Vía. Un local de reciente inauguración en el que convivían, mesa con mesa, militares de paisano, jerarcas del partido, niños pera, estraperlistas enriquecidos y fulanas de postín.

—¡Andá, las vicetiples! —exclamó de repente uno de los amigotes.

Se les había olvidado por completo acudir al teatro de Celia Gámez al final de la función.

—¡No me jodas! —respondió el otro amigo—. Aquí estamos muy bien. ¡A esas que les den!

Jeff ni contestó. En esos momentos estaba demasiado entretenido con una espectacular pelirroja de labios carnosos y carnes prietas.

De madrugada se empezó a llenar el local con los desechos de tienta. La mayoría, borrachos profesionales y prostitutas iniciadas en el oficio durante las guerras carlistas. Jeff tuvo un incidente con un torero de salón que le soltó un desafortunado piropo a la pelirroja cuando esta se dirigía a los lavabos. No pasó nada relevante. Un par de bofetadas bien dadas y el matador abandonó el cabaret con el rabo entre las piernas.

Abandonaron el Pasapoga cuando empezaba a despuntar el día. Pero la fiesta no había terminado, aún quedaban muchas horas por delante. Jeff metió en un taxi a la pelirroja y le dio unos billetes al conductor. La chica protestó de lo lindo, pero el periodista ni se inmutó. Cuando se alejaba el vehículo, Jeff le lanzó un beso con la mano a modo de despedida, y se olvidó de ella por completo. En compañía de sus amigotes se marchó al Saigón, un lupanar de la carretera de La Coruña, atendido por bellas señoritas de ojos achinados, expertas en técnicas amatorias orientales.

Apareció por su hotel cerca de las nueve de la mañana. Con paso vacilante, y agotado por el cansancio, subió hasta su habitación y le llevó un buen rato acertar con la cerradura. Cuando por fin entró en su cuarto, se fue directo a la cama y se dejó caer boca abajo. Ni siquiera se molestó en quitarse los zapatos.

Pocas horas después, Jeff se despertó en la misma postura en que se había acostado. Tenía la boca pastosa y la cabeza le dolía como si le hubiera atropellado un tractor. Miró la hora en su reloj de pulsera: faltaba poco para el mediodía. Se desnudó y se metió en la ducha. Dejó que el agua helada recorriera su cuerpo durante un buen rato. Luego se vistió, bajó al bar del hotel y se bebió dos cafés muy cargados.

Un poco más espabilado, regresó a su habitación y se sentó en un pequeño silloncito junto a la ventana. Tomó pluma y papel y empezó a escribir una crónica que le rondaba la cabeza desde hacía tiempo. No levantó la vista durante dos horas. Terminó cerca de las tres de la tarde. Justo a tiempo. A las cuatro tenía una cita con Agustín Peñalver, el director de su periódico.

Picoteó algo en un bar cercano, mientras un limpiabotas charlatán le cepillaba los zapatos. Antes de marcharse, consiguió una cita para esa misma noche con la cajera, una atractiva malagueña de ojos chispeantes y cabello negro como el tizón. Después se dirigió a pie hasta la sede del periódico, en el número 7 de la calle de San Roque.

—¡Qué alegría verle de nuevo, don Jaime! —exclamó alborozado el portero: no podía olvidar el jamón que le había regalado en las últimas Navidades.

Jeff subió las escaleras y entró en la sala de redacción. Apenas quedaban periodistas. La mayoría había salido a la calle a cubrir noticias. Estrechó la mano a los amigos y le presentaron las nuevas incorporaciones. Entre ellas, una morenaza de ojos verdes que dirigía la sección de cultura y espectáculos. Al verla, Jeff valoró durante unos instantes la posibilidad de dar plantón a la cajera del bar. Por suerte, un compañero le advirtió a tiempo del pedigrí de la chica: era la hija de un ministro militar, y más valía respetarla como si fuera una virgen vestal.

Llamó a la puerta del despacho de Agustín Peñalver con los nudillos.

—¡Adelante! —bramó el director desde el interior.

Encontró a Peñalver recostado en su butaca, con los pies sobre la mesa y un descomunal habano en la boca. Era un hombre bajito y gordo, de ojos saltones y testa despoblada. Tenía un bigote tan espeso como la pelambrera que afloraba del interior de sus orejas. Con ambas manos sujetaba un diario de la competencia. Al parecer, no le gustaba lo que leía. Resoplaba enfurecido, lo mismo que un toro bravo antes de lanzarse contra el picador.

—¡Urquiza, llegas tarde, como siempre! —gruñó sin levantar la vista—. Y apestas a fulana oriental.

Por razones desconocidas, Peñalver sabía todo lo que ocurría en Madrid.

—Sí a lo primero, no a lo segundo —respondió Jeff, dejándose caer en una butaca sin esperar invitación de Peñalver.

—¿Cómo?

—Que es cierto que llego tarde, pero no es cierto que huela a fulana oriental. Ya sabes que soy bastante escrupuloso.

—¡Vete al carajo!

—Y para tu información, dije en el burdel que cargaran la cuenta al periódico.

El director bajó el diario que tenía entre las manos, se sacó el puro de la boca y le fulminó con la mirada.

—Espero que eso sea una broma.

Jeff mostró una sonrisa pícara que dejó al aire una dentadura blanca y perfecta.

—No sé por qué te aguanto tanto —gruñó Peñalver.

—¿Tal vez porque soy el mejor?

Jeff se permitía ciertas licencias porque sabía que Peñalver no le podía despedir. Era su mejor corresponsal en plantilla. Los lectores acudían a los quioscos y compraban el periódico por el simple placer de leer los artículos de opinión, las crónicas y los reportajes de Urquiza desde París. Sus fuentes de información eran increíbles, y su estilo, impecable. Y lo más importante para Peñalver: nunca planteaba reclamaciones salariales.

—¿Qué te trae por aquí?

—Quiero que leas algo.

Jeff le entregó la crónica que acababa de escribir en el hotel.

—¿A mano? ¿Lo has escrito a mano? —protestó Peñalver nada más verlo—. ¿Cómo quieres que lea esto? ¡Tienes una letra endemoniada!

—Inténtalo. Confío en tus facultades.

El director no captó la ironía.

—¿Por qué no me lo has mandado desde Francia?

—Tú, lee. Cuando termines, comprenderás por qué he querido dártelo en persona.

Peñalver aparcó a un lado el periódico de la competencia y empezó a leer los folios. Jeff no perdía detalle de sus gestos: quería conocer su reacción. Y no se hizo esperar. Cuando Peñalver terminó, soltó un resoplido prolongado y miró al techo durante un buen rato, como si tratara de digerir la información recibida. Antes de hablar, se llenó una copita de coñac y la vació de un solo trago.

—¿Esto es verdad? —preguntó con los folios en alto.

—Ya sabes que jamás invento una noticia.

—¡Joder! ¡La madre que te parió! Pero... ¡esto es muy fuerte! Según tú, en París los alemanes detienen a los judíos, requisan sus casas y les roban sus pertenencias. ¿Tú te crees que algo así se puede publicar?

—¿Por qué no? Es una gran noticia.

—No me atrevo, Urquiza, no me atrevo.

—¡Coño, jefe, no te acojones! Si empezamos a publicar estas noticias, nos respetarán más, sabrán que nos dedicamos al periodismo serio.

—¡O me cerrarán el periódico!

—Entonces, ¿no lo vas a publicar?

—¡Ni en broma!

—Pero ¿por qué? Dame un motivo de peso.

—Difundir una noticia de ese alcance, sin disponer de pruebas fehacientes, me puede costar la piel.

—¡Qué pesado! Si te proporciono pruebas, ¿lo publicarás?

—¡Ya veremos! No me presiones, ¡coño! Ya sabes que hay que andar con mucho tacto. La embajada alemana tiene muy buenos amigos en el Gobierno. Si me traes pruebas, y limas algunas asperezas del texto, quizá se pueda aprovechar algo. ¡Pero no te prometo nada!

Jeff no se fiaba ni un pelo del director. Una de las premisas del diario era no meterse con los alemanes. Jeff incluso sospechaba que la embajada alemana participaba en la financiación del periódico. Esperaría un tiempo y, si en un mes no lo veía publicado, lo retocaría un poco, lo haría más agresivo aún, y se lo enviaría a la revista catalana *Actualidad Nacional*, con la que también colaboraba, aunque siempre bajo seudónimo. Seguro que allí estarían encantados con la noticia: el consulado británico patrocinaba la revista.

Después de media hora de charla sobre los últimos acontecimientos bélicos, Jeff se levantó de su asiento con intención de marcharse. Antes de salir por la puerta, se acordó de repente de algo. Con el paso de los días y su ajetreada vida madrileña, se había olvidado por completo del encargo de Daniela.

—Jefe, ¿te puedo pedir un favor?

—¿Qué coño te pasa ahora?

—¿Conoces a Serrano Suñer?

—¿Al Cuñadísimo? ¡Pues claro! He hablado con él muchas veces. ¿Qué quieres? ¡Suéltalo de una puñetera vez!

—Necesito verle en persona. Tengo que entregarle una carta.

—¿Una carta? ¿Tuya?

—No seas cotilla. Eso a ti no te importa.

El director soltó un par de gruñidos, acorde con su estado de humor habitual, y tomó nota en una agenda.

—Te avisaré si consigo algo.

Nada más salir por la puerta, Peñalver rompió la crónica de Jeff en mil pedazos y la dejó caer dentro de la papelera. Por nada del mundo pensaba enemistarse con sus amigos los alemanes.

15

Un impecable Rolls-Royce de color negro y llantas blancas se detuvo en la puerta del Florence, el salón de té con más *glamour* de los Campos Elíseos. El chófer, un individuo enorme y calvo, con uniforme azul marino y polainas, se apeó y se quitó la gorra. Muy ceremonioso, al igual que un lacayo ante su señor, abrió la portezuela trasera. Los viandantes se arremolinaban y miraban boquiabiertos. Querían cotillear. La curiosidad los impulsaba a averiguar quién viajaba en su interior. No era frecuente encontrar tal muestra de ostentación después de tantos años de cartillas de racionamiento.

Con la vanidad y el esplendor de una gran estrella, Gabrielle Chantal se apeó del automóvil envuelta en un majestuoso abrigo de piel de ocelote. A su lado, la incondicional Daniela, siempre pendiente de su jefa. No tardó en circular el rumor entre los presentes:

—¡Es *mademoiselle* Chantal! ¡Gabrielle Chantal!

Al principio con timidez, luego con entusiasmo, la gente rompió en aplausos. Gabrielle ni se inmutó. Desde muy joven se había acostumbrado a la fama. El chófer, seguido por las dos damas, se abrió paso entre la muchedumbre como si apartara moscas a manotazos. Sus dos metros de altura y sus robustas espaldas imponían algo más que respeto.

Gabrielle y Daniela entraron en el local y un ligero murmullo se propagó por toda la sala. Los clientes cuchicheaban y se daban codazos sin apartar la vista de la diseñadora. Ellos miraban con curiosidad. Ellas, con simpatía y admiración. Y no era para menos. Aquella dama menuda y de aspecto frágil no solo había revolucionado la moda femenina por completo, sino que también representaba el ideal de mujer inteligente y emprendedora, capaz de imponerse en el difícil y complejo mundo de los negocios, dominado hasta entonces por los hombres.

El jefe de camareros, un hombre de nariz aguileña y bigote rancio, salió a su encuentro. Conocía muy bien los gustos de *mademoiselle* Chantal, y la acompañó a su mesa favorita, situada en la primera planta. Sus amplias cristaleras permitían disfrutar de unas inmejorables vistas sobre los Campos Elíseos.

A la diseñadora le encantaba sentarse en aquel café y observar desde su atalaya a los transeúntes. Podía estar horas y horas sin dejar de curiosear. Se fijaba en si alguien llevaba el vestido correcto, el bolso adecuado o los zapatos apropiados. Y siempre, por deformación profesional, detectaba algún fallo.

Pidieron té con leche fría y una bandeja de pastas. Minutos después el camarero se acercó con una fuente de bombones suizos, regalo de uno de los parroquianos, que no se quería identificar. Daniela lo atribuyó a un almirante alemán de aspecto distinguido que no dejaba de observarlas con disimulo. Gabrielle rechazó los bombones de inmediato. No aceptaba obsequios de desconocidos.

Aquella tarde, Chantal irradiaba una alegría especial. Incluso trataba con amabilidad y simpatía a su empleada, lo que no era nada frecuente. Daniela no sabía el motivo, aunque lo sospechaba. Una hora antes había ido a buscar a Gabrielle a su suite del Ritz, y allí se encontró con Spatz, el último amante de la diseñadora, un simpático y atractivo alemán diez años más joven que su jefa. El hombre las acompañó durante un buen trecho en el Rolls-Royce de Chantal, y se apeó en la puerta del hotel Meurice, sede del comandante del Gran París.

Un crío de unos seis años, de cabellos rubios y ojos claros, jugueteaba con unos soldaditos de plomo debajo de una mesa.

—¡Qué adorable! —exclamó Gabrielle—. ¿Sabes, Daniela?, nunca me arrepiento de mi soltería, pero sí de no haber tenido hijos. Hubiese sido una buena madre.

—Aún está a tiempo.

Gabrielle le dedicó una mirada furibunda.

—¡No digas sandeces, Daniela! ¡No te pago para que me halagues! La próxima vez que digas una tontería, te despido.

—Me refería a adoptar —replicó Daniela, sin inmutarse, acostumbrada a las coces de su jefa.

—¿Adoptar? ¿Yo? Si no lo hice con mi sobrino André cuando era un crío, no lo voy a hacer ahora con un desconocido.

Gabrielle cerró los ojos durante unos instantes. Pensaba en Julia, su hermana mayor, madre de André. Pensaba en sus padres y en sus otros hermanos. Pensaba en la muralla de silencio que había levantado para ocultar su infancia. Si alguien le preguntaba por su familia, evadía la respuesta o soltaba una mentira.

Había tenido suerte. La prensa, a pesar de sus repetidos intentos, no había podido descubrir sus orígenes. Todo se debía a un simple y afortunado error ortográfico. En su partida de nacimiento, en vez de Gabrielle Chantal figuraba Gabrielle Chastal. El mismo error constaba en la partida de nacimiento de su padre, pero él sí lo rectificó, mientras que Gabrielle nunca lo pretendió. Así dificultaba cualquier investigación molesta.

Su padre era un pobre buhonero, un mísero vendedor ambulante con fama de mujeriego y borrachín, que recorría los pueblos de Francia con un viejo carromato y anunciaba sus humildes mercancías al redoble de un tambor. Su madre era una lavandera analfabeta y tuberculosa, que, a pesar de su frágil salud, no hacía más que llorar ausencias, perdonar infidelidades y parir hijos. Con esos padres, la niñez de

Gabrielle no pudo ser más triste y miserable. Había nacido en un hospicio de la ciudad de Saumur, establecimiento en el que solo daban a luz las mujeres más pobres. Al nacer, sus padres aún no se habían casado. Lo harían meses después. Luego vinieron más hijos, más hambre y más miseria.

De pequeña, Gabrielle quería escapar de la realidad, no soportaba lo que veía en su casa. Para evadirse, se refugió en las novelas y en los cementerios. Lo primero, comprensible; lo segundo, desconcertante. Todas las tardes acudía a un camposanto cercano a su casa y allí jugaba entre las tumbas y hablaba con los muertos. Les llevaba regalos y tenía sus lápidas preferidas, que limpiaba y adornaba con flores. Decía que ellos la querían. Al caer la tarde, regresaba a su casa y volvía a la cruda realidad. Los llantos de su madre, los gritos de su padre, los insultos descarados y los platos rotos. Y en medio del escándalo, cinco niños tristes y asustados.

Un día su madre murió. De tuberculosis. Solo tenía treinta y dos años y su cuerpo no aguantó más. Por fin descansó. Y su padre, lejos de arropar y consolar a sus hijos en momentos tan duros y dramáticos, se desprendió de ellos sin contemplaciones.

Llevó a las tres hijas al orfanato de Aubazine. Gabrielle tenía entonces doce años. Un lugar lúgubre y oscuro, regido por monjas católicas, en el que todo era pecado y solo se permitía el estudio y la oración. Su padre prometió volver a por ellas. Nunca lo hizo. Nunca se supo más de él. Ni siquiera sabía Gabrielle si seguía vivo o había muerto.

Una tarde fría y lluviosa, encerrada entre los viejos muros del orfanato, la pequeña Gabrielle escribió en su cuaderno: «Yo ya he muerto. Me han quitado todo en la vida. No es cierto que se muera solo una vez; se puede morir varias veces a lo largo de la vida.»

Su estancia en aquel triste lugar moldeó su personalidad para el resto de su existencia. Disciplina, orden, limpieza. Y también le sirvió de fuente de inspiración para sus vestidos.

Con sus dos hermanos su padre fue aún más cruel. No los llevó a ningún internado, sino que se los entregó a unos labradores para que trabajaran los campos. Solo eran unos niños.

Julia, su querida hermana Julia... Ella era la mayor. Solo se llevaban once meses. Murió en 1910, antes de cumplir los treinta años. Según Gabrielle, había fallecido por culpa de la tuberculosis. No era verdad. Se trataba de una mentira más. Julia se suicidó.

Su otra hermana, Antoinette, también había muerto. Ocurrió en 1920, cuando apenas había cumplido treinta años. Parecía que ninguna de las mujeres de su familia superaba esa fatídica edad. Según Gabrielle, había muerto de gripe española. Otra mentira más. En realidad, Antoinette también se había suicidado.

Solo le quedaban sus dos hermanos. Pero no quería saber nada de ellos. Para Gabrielle, también habían muerto. Durante una época les había mandado dinero. No por piedad o compasión, sino para que se estuvieran quietecitos y no acudieran a la prensa a confesar su parentesco. Pronto se cansó de silenciar sus voces. Aprovechó el cierre de su negocio al comienzo de la guerra para anunciarles que estaba arruinada, que cortaba el grifo y que se olvidaran de ella para siempre. No quiso volver a saber de ninguno de los dos.

Gabrielle se avergonzaba de su familia. Vivía angustiada por si se descubría su humilde pasado. Un severo complejo de inferioridad que la acompañaría durante toda la vida.

Cuando alcanzó fama mundial, y ante la insistencia de los periodistas por conocer su pasado, se inventó una historia idílica que no tenía nada que ver con la realidad. Mentirosa compulsiva, dijo que pertenecía a una familia acomodada, con tierras y criados; que cuando murió su madre, ella se fue a vivir con unas tías solteronas y ricas; que su padre era un experto negociante de vinos, con tierras y lacayos, que al quedar viudo emigró desconsolado a América; que solo tenía dos hermanas y ningún hermano... Sus embustes eran tan habituales que incluso se los llegaba a creer. Por desgracia, no solía acordarse de sus propias mentirijillas, y con frecuencia incurría en contradicciones. En esos casos, si alguien se daba cuenta, se limitaba a encogerse de hombros y echar la culpa a su mala memoria.

—*Mademoiselle? Mademoiselle?*

Gabrielle abrió los ojos aturdida. Durante unos instantes se había quedado traspuesta, abandonada a sus viejos recuerdos. Miró alrededor y cayó en la cuenta de que se encontraba en el salón de té Florence, en los Campos Elíseos, acompañada de Daniela. Se enderezó en la butaca y miró a su empleada.

—¿Qué quieres, Daniela? ¿Ocurre algo?

—Le preguntaba si desea más té.

—Sí, sí, claro.

Un grupo de jóvenes francesas, en perfecta formación, pasó desfilando por debajo de los ventanales. Vestían uniforme caqui, boina negra y botas cortas con polainas. Cantaban a voz en grito una marcha en la que se repetía de forma insistente la palabra «mariscal», en clara alusión a Pétain, el jefe del Estado de la Francia colaboracionista de Vichy.

—¿De dónde han salido esas muchachas con esos uniformes tan horribles? —gruñó Gabrielle—. ¡Qué barbaridad! Parecen camioneros.

—Y cantan como camioneros —apostilló Daniela.

—¡Qué falta de estilo! A ver, pequeña, ¿qué es lo contrario a la elegancia?

—¿La pobreza? —contestó Daniela a sabiendas de que no era la respuesta correcta; pero de vez en cuando le gustaba hacer rabiar a su jefa.

—¡Qué tontería! No, querida. Lo contrario a la elegancia no es la pobreza, sino la vulgaridad. Y esas chicas son la personificación misma de la chabacanería. ¡Con esos uniformes...! Una mujer jamás debería llevar ese tipo de pantalón.

Daniela sonrió por lo bajo. Su jefa, a pesar de haber sido una de las pioneras en el uso del pantalón, ahora se había convertido en una ferviente defensora de la falda. El pantalón solo lo utilizaba en la intimidad, para estar cómoda en su suite.

—He de reconocer que los alemanes tienen mejor gusto que los franceses a la hora de diseñar uniformes, ¿no lo crees, querida? —La diseñadora se fijó en un par de oficiales de las SS que ocupaban una mesa vecina—. Me gusta ese uniforme negro. Es sobrio y elegante, e inspira poder y autoridad. Seguro que lo ha diseñado un profesional.

—En efecto, *mademoiselle*. Un tal Hugo Boss.

—¿Hugo Boss? Nunca he oído ese nombre.

Poco antes del toque de queda, las dos mujeres volvieron al hotel Ritz. Gabrielle le pidió a Daniela que se quedara a dormir con ella. Se sentía muy sola. Necesitaba una voz amiga a su lado, alguien que le hiciera compañía en la oscuridad de la noche. La joven se excusó como pudo. Gabrielle, a regañadientes, aceptó las disculpas.

—Al menos, quédate hasta que me meta en la cama.

—Por supuesto, *mademoiselle*. Pero tendré que irme antes de que salga el último metro.

La diseñadora asintió.

Entraron en la habitación. Gabrielle se desnudó y se puso dos pijamas de raso, uno encima del otro. Le gustaba el calor que proporcionaban, mucho más agradable que el frío camisón.

Una de las doncellas llamó a la puerta y se presentó con una bandeja. Portaba algodón, alcohol, una ampolla de Sedol y una jeringuilla recién desinfectada. Depositó la bandeja sobre la mesita de noche.

—Daniela, no te vayas, por favor —suplicó Gabrielle—. Me da mucho miedo que se rompa la aguja.

La diseñadora apoyó el pie en la cama y dejó la pantorrilla al aire. Luego, rompió la ampolla y cargó la jeringuilla. Acto seguido, clavó la aguja y apretó el émbolo. Poco a poco, su rostro se empezó a relajar y su voz se volvió cavernosa. Antes de abandonar la habitación, Daniela la acostó y la arropó.

—Gracias, pequeña. Siempre fuiste mi favorita.

16

Jeff salió del hotel Rialto poco después de las ocho de la noche. La plaza de Callao era un mar de paraguas y sombreros negros. Hacía tiempo que no veía caer tanta agua, y con tal furia, sobre Madrid. Se cobijó bajo la marquesina de un cine de la Gran Vía y esperó a que pasara un taxi libre. No era una misión fácil. Todo el mundo trataba de conseguir lo mismo.

Tan solo un par de horas antes le había llamado el director de su periódico.

—Soy Peñalver —le espetó nada más descolgar el auricular—. ¿Estás haciendo algo?

—Sí.

—Pues deja de manosear a tu amiguita de turno y escúchame con atención. Acabo de hablar con Serrano Suñer. Le he dicho que uno de mis chicos quería hablar con él. Me ha dado un bufido que me ha dejado sin tímpanos. Ya sabes que desde su destitución no ha querido recibir a la prensa. Le he asegurado que no pretendíamos realizar una entrevista. Aun así, no quería saber nada del asunto. Pero, nada más decir tu nombre, ha cambiado de actitud. ¿No decías que no le conocías?

—Jamás he hablado con él.

—Pues ahora sí que no lo comprendo. ¿No serás pariente suyo? —preguntó el director con sorna.

—Sí, claro. Soy Francisco Franco, Caudillo de España. ¡Venga ya!

El director soltó una risotada que más bien parecía un relincho.

—Pues ha dicho que te pases esta misma noche por su casa. ¡Eso sí que es confianza! ¿Seguro que no le conoces? Te espera a las ocho y media. Sé puntual, que te conozco.

Jeff hizo un gesto de fastidio. A esa hora había quedado con sus amigos y unas alemanas del equipo de baloncesto de la Universidad de Berlín, en visita oficial a España, invitadas por la Sección Femenina. Se arrepintió de haberse comprometido con Daniela. No tenía que haber aceptado el encargo. Al fin y al cabo, solo era una vieja amiga —o quizá ya ni eso—, que le había causado mucho daño en el pasado.

—¡Qué coño pasa! ¿No me oyes? —gritó Peñalver al otro lado del teléfono.

—Pues claro.

—¿Y por qué te quedas callado y no me contestas? ¡No pretenderás dejarme en la estacada!

Jeff no podía faltar al encuentro con Serrano. Tendría que incorporarse más tarde a la fiesta con las alemanas.

—¿Dónde vive Serrano? —preguntó Jeff.

—General Mola, 36.

—Allí estaré.

—Eso espero por tu bien. Y otra cosa más: si se tercia, ¿podrías aprovechar y hacerle alguna preguntita sobre su vida actual? O mejor aún, ¿sobre su romance con una dama de la alta sociedad?

—¡Que te den! —Jeff colgó el teléfono con un golpe seco.

Tras mucho esperar, por fin consiguió un taxi libre. Apestaba a queso podrido, pero no podía rechazarlo o llegaría tarde. Para disimular el mal olor, encendió un pitillo. Abstraído en la soledad del taxi, envuelto por la oscuridad de la noche y el agua que caía del cielo, empezó a darle vueltas y más vueltas al extraño comportamiento de Serrano Suñer. ¿Por qué había aceptado el encuentro con tanta facilidad? No le conocía de nada, nunca había hablado con él. Es más, jamás le había visto en persona. Solo le conocía a través de la prensa.

Durante la guerra civil, Serrano Suñer se había convertido en la mano derecha de Franco. Su aguda inteligencia le permitió moverse por las bambalinas del poder como si fuera su propia casa. No tardó en convertirse en el hombre más poderoso de España. Y seguramente así hubiese continuado si no llega a ser por una inoportuna pregunta de Nenuca, la hija de Franco, a su madre: «Mamá, ¿quién manda en España, papá o el tío Ramón?»

Doña Carmen, la mujer de Franco, jamás olvidó esa pregunta. Como tampoco olvidó los rumores que circulaban por todo Madrid y que dejaban a su hermana Zita en muy mal lugar. Serrano era un guaperas con fama de conquistador implacable. Rubio, esbelto, seductor y de ojos de un azul líquido, se llevaba a las mujeres de calle. Pocas podían resistirse a los encantos de *Jamón* Serrano, como le llamaban sus muchas admiradoras. Y, como era de esperar, la beata de doña Carmen no podía soportar los devaneos amorosos de su cuñado.

El reinado de Serrano no duró mucho. En septiembre de 1942, Franco decidió prescindir de sus servicios, incitado por las críticas de su mujer y de los altos mandos del Ejército, que siempre miraron a Serrano como un peligroso enemigo a batir.

Jeff llegó a la casa de Serrano Suñer a las nueve menos cuarto. Quince minutos más tarde de lo previsto. Aquello podía ser una catástrofe. Entró en el edificio como una exhalación. Preguntó al portero por el piso de la familia Serrano y subió los escalones de dos en dos. Llegó a la vivienda y, antes de llamar al timbre, se atusó el cabello, algo despeinado por culpa de la lluvia, y se colocó bien el nudo de la corbata. Quería causar buena impresión. Iba a conocer en persona al político más influyente de los últimos años, al hombre que había conseguido que el Estado campamental no se prolongase más allá de la guerra.

La puerta de la casa era de roble, de excelente calidad,

con una mirilla circular que se abría en pequeños gajos. Una plaquita de bronce anunciaba el nombre de los moradores: SRES. DE SERRANO-POLO. Jeff pulsó el timbre y al instante apareció ante sus ojos un mayordomo alto y serio, con guantes blancos y chaqué.

—Me espera el señor. Soy Jaime Urquiza, periodista del *Informaciones*.

—Pase, por favor —respondió el mayordomo muy ceremonioso; extendió los brazos y añadió—: Si me permite...

Jeff le entregó el abrigo y el sombrero, y le siguió por el pasillo hasta la biblioteca. Al entrar en la sala, el periodista se quedó asombrado. No se esperaba que un particular pudiera tener una colección de libros tan extensa.

—Por favor, tome asiento. El señor enseguida le recibirá.

Para pasar el rato, Jeff se dedicó a leer los títulos que figuraban en los lomos de los libros. En general, complicados y poco atractivos, apropiados para las noches de insomnio. *El censo enfitéutico en la vieja legislación castellana, Los seis malos usos catalanes y la sentencia arbitral de Guadalupe, La cugucia y su evolución posterior, Los bienes parafernales y el Fuero Juzgo*. Una biblioteca digna de una prestigiosa academia de jurisprudencia y legislación, pero que a Jeff no le interesaba lo más mínimo. Todo le sonaba a chino. Por la pinta, el ejemplar más joven debía de rondar los dos siglos.

Algunas obras estaban escritas en francés o italiano. Serrano, después de una brillante carrera de Derecho en la Universidad Central, en donde consiguió matrícula de honor en todas las asignaturas, había completado sus estudios en Italia. Una estancia que le marcó para siempre. Adoraba el país, y no solo por su historia o sus ciudades, sino también por sus coches y sus hermosas mujeres. Allí conoció de primera mano el fascismo, una nueva ideología recién creada por el antiguo líder socialista Benito Mussolini.

Colgada de la pared, dentro de un marco acristalado, figuraba una llamativa medalla: una cruz blanca sobre una cruz de Malta en esmalte verde. Se trataba de la Cruz de la Orden de los Santos Mauricio y Lázaro, la más preciada condecoración italiana, concedida a Serrano Suñer por el propio Benito Mussolini.

En la biblioteca destacaba el retrato de una bella y elegante dama, de mirada dulce y serena. Llevaba un vestido azul oscuro y un llamativo collar de perlas alrededor del cuello. Se parecía mucho a la mujer de Franco, aunque más joven y atractiva. Se trataba de Ramona, o Zita, como la llamaban los amigos, la hermana pequeña de Carmen Polo. Desde que se quedaron huérfanas de madre, Carmen había cuidado de Zita como si fuera su propia hija, y eso que solo se llevaban siete años de diferencia.

Jeff había escuchado en alguna ocasión cómo se habían conocido Serrano Suñer y su mujer. Unos meses antes de proclamarse la República, Zita había acudido a Zaragoza a pasar una temporada con su hermana y Franco, en aquel entonces director de la Academia General Militar. Un día, Serrano Suñer, destinado en Zaragoza como abogado del Estado, fue a ver al matrimonio Franco, al que solía visitar con frecuencia. Le presentaron a Zita y, nada más verse, ambos se enamoraron. Fue un flechazo a primera vista. Poco tiempo después, contraían matrimonio.

Sobre una mesita de nogal descansaba un marco de plata con una foto de la familia Serrano al completo. Jeff la tomó entre sus manos y se la acercó a la cara. En ella aparecía el matrimonio en un jardín. Por la ropa, debía de ser verano. Serrano estaba de pie, bronceado y repeinado, con un traje de alpaca que le quedaba perfecto. A su lado, sentada en una butaca, Zita con un crío de pocos meses en brazos. Alrededor del matrimonio, de pie o tumbados en el césped, otros tres niños pequeños. El mayor no tendría más de seis años.

—Los niños son una bendición del cielo —afirmó una voz desconocida a sus espaldas.

Jeff se volvió de inmediato y allí estaba, frente a él, el hombre más poderoso del país hasta hacía poco tiempo.

—Lo siento, don Ramón. No le he oído llegar.

Devolvió la foto a su sitio y se deshizo en disculpas.

—Y ahí no están todos mis hijos. Esa foto es antigua —aclaró Serrano.

Con pasos ágiles, como los de un bailarín, Serrano se acercó a Jeff y le estrechó la mano. Era suave y delgada, pero también firme. Apretaba con fuerza, una mano franca y sincera. Y mientras lo hacía, taladraba a Jeff con la mirada.

—Soy...

—No hace falta que se presente —le interrumpió Serrano sin abandonar la sonrisa—. Sé muy bien quién es usted.

Sus ojos eran de un azul casi transparente. Su inquieta mirada sugería inteligencia y curiosidad. Llevaba un traje azul marino de corte impecable, confeccionado por el mejor sastre de Madrid. En el ojal de la chaqueta lucía el escudo del Colegio de Abogados. Cuando Franco lo destituyó como ministro de Asuntos Exteriores, no quiso reintegrarse en el Cuerpo de Abogados del Estado, al que pertenecía desde antes de la guerra, y prefirió el ejercicio libre de la profesión.

—Vamos a sentarnos.

Serrano le invitó con la mano a que tomara asiento en unos sillones isabelinos de tapicería roja y dorada.

Al estar frente a frente, Jeff comprendió la merecida fama de seductor que acompañaba a Serrano. No le extrañaba nada que las mujeres se derritieran ante su presencia. Aparte de su incuestionable atractivo personal y su esmerada educación, se desenvolvía con la elegancia de un aristócrata inglés y la astucia de un viejo zorro.

A sus cuarenta y tres años, conservaba su encanto juvenil, salvo su cabello rubio, que se había vuelto plateado. Estragos de la guerra civil. Al estallar la contienda, sufrió tres amagos de fusilamiento en la Casa de Campo de Madrid, para solaz y divertimento de sus captores. Después fue encerrado en la Cárcel Modelo, junto a numerosos presos políticos. Semanas después fue trasladado a una clínica privada por culpa de unas dolencias estomacales. Aquel incidente le salvó la vida. Mientras se recuperaba en el sanatorio, la Cárcel Modelo fue asaltada y muchos de sus moradores, asesinados.

En la clínica no permaneció mucho tiempo. Con gran astucia y decisión, consiguió escapar disfrazado de mujer delante de las narices de sus guardianes. Viajó de incognito a Alicante, se reunió con su mujer y sus hijos, tomaron un barco argentino y escaparon a Francia. Y desde allí se trasladaron a la España Nacional.

Aquella rocambolesca fuga le salió muy cara. En represalia por la huida, sus dos hermanos fueron asesinados. Un crimen cuyo recuerdo le sumía en la tristeza y la desesperación, y que no se perdonaría jamás.

—Lamento el retraso —se disculpó Jeff.

—No se preocupe. Acabo de llegar a casa.

—Tiene usted una biblioteca extraordinaria. —Jeff paseó la vista por las estanterías como si quisiera reforzar su afirmación.

—Un abogado sin libros es como un embalse sin agua. ¿Le apetece tomar algo?

—No, muchas gracias.

—Antes de que me diga el motivo de su visita, me gustaría saber si es pariente de don Alfonso Urquiza, el dueño del Banco Urquiza.

—Era mi padre.

—¡Un gran hombre! —exclamó Serrano.

—¿Le conoció?

—Coincidimos en el Congreso. Los dos éramos diputados, y aunque pertenecíamos a partidos rivales, nos hicimos grandes amigos. Era un gran hombre, de una integridad incuestionable. Su padre siempre decía que tenía más enemigos dentro de su partido que en el mío. Cosas de la política. Si quiere que le dé un consejo, haga como mi cuñado: nunca se meta en política.

Serrano rio su propia broma. Jeff se limitó a mostrar una sonrisa de compromiso. No entendía a qué se refería Serrano. Horas más tarde lo descubriría gracias a sus amigos. Circulaba el rumor por Madrid de que un gobernador civil había ido a ver a Franco preocupado por la cantidad de problemas que tenía que resolver, a lo que Franco le contestó: «No se preocupe, hombre, y haga como yo, no se meta en política.»

—Si le soy sincero, he aceptado este encuentro únicamente por su nombre. Tenía curiosidad en saber si era familia de mi viejo compañero de escaño.

—Le agradezco la deferencia.

—Nunca recibo a periodistas. No me llevo bien con los de su profesión.

—A mí me pasa lo mismo. —Y añadió sin pensárselo dos veces—: Los periodistas son tan peligrosos como los políticos.

Serrano le miró con atención, como si no creyera lo que acababa de oír.

—Veo que es usted muy directo —dijo Serrano con una sonrisa de complicidad.

—Y sincero.

—Su padre era igual. —Serrano miró la hora en su reloj—. ¡Vaya! Se nos echa el tiempo encima y yo no dejo de hablar. Dígame, ¿en qué puedo ayudarle?

—Tengo una carta para usted.

—¿Una carta? ¿De quién?

—En realidad, no lo sé. Me la dio una amiga mía en París. Solo me dijo que debía entregársela en mano.

Jeff extrajo el sobre del bolsillo interior de su americana y se lo entregó a Serrano.

—No figura ningún nombre ni en la solapa ni en el remite —observó el exministro—. ¿Sabe usted lo que dice esta carta?

—No tengo ni la más remota idea.

Serrano rasgó el sobre con firmeza y extrajo de su interior un par de cuartillas. Las empezó a leer.

Jeff no perdía detalle. Por deformación profesional, aquella carta había despertado su curiosidad. Le hubiera gustado conocer su contenido. Pero, por supuesto, no pensaba preguntarlo. Tan solo se limitó a observar las reacciones de Serrano.

Cuando terminó de leer, Serrano alzó los ojos y clavó la

mirada en Jeff. Debía de tratarse de algo muy grave. Su semblante había cambiado por completo. El ceño fruncido y los labios apretados delataban nerviosismo y preocupación.

—Le agradezco que me haya traído esta carta. Y ahora, si me disculpa, tengo otro compromiso.

A Jeff le sorprendió el cambio de comportamiento de Serrano. La lectura de la carta le había trastocado por completo.

Serrano se levantó de su asiento y tiró un par de veces de un cordel que caía del techo. Enseguida apareció el mayordomo.

—Muchas gracias por su visita, señor Urquiza. —Estrechó la mano de Jeff y luego se dirigió al mayordomo—. Por favor, acompañe al señor a la puerta.

Nada más abandonar Jeff la casa, Serrano se encerró en su despacho y descolgó el teléfono. Con gran dolor de su corazón, dijo las palabras que se había prometido no repetir jamás.

—Póngame con el palacio de El Pardo. Es muy urgente.

17

—¿Cómo dice? ¿Me lo puede repetir?

Spatz tragó saliva y confirmó lo dicho.

—*Herr Admiral*, *mademoiselle* Chantal se ofrece como intermediaria para lograr un alto el fuego entre Inglaterra y Alemania.

El almirante Canaris miró a su subordinado con una mezcla de incredulidad y estupor. No se podía creer lo que le acababa de plantear. Poco a poco, sus labios empezaron a dibujar una sonrisa, que fue en aumento, hasta convertirse en una sonora carcajada.

—Pero ¿tan mal estamos que tenemos que acudir a los servicios de una modista para negociar la paz con Inglaterra? —preguntó jocoso; y volvió a reír.

El almirante Wilhelm Canaris, jefe del Abwehr, el servicio de inteligencia del Ejército alemán, no había oído nada tan estrambótico y surrealista en toda su vida. Sentado frente a Spatz, en su despacho de la calle Tirpitzufer de Berlín, hacía verdaderos esfuerzos para no llorar de risa. Si no fuera porque consideraba a Spatz uno de sus mejores agentes, una persona seria y sensata, le habría echado a patadas del edificio.

—*Herr Admiral*, le confieso que al principio pensé exactamente lo mismo que usted. Después recapacité, y me dije: «¿Y por qué no?»

Canaris se inclinó sobre la mesa y le miró a los ojos. Nadie hubiese dicho que bajo aquel hombre de pelo blanco y rostro amable se escondía uno de los personajes más inteligentes del Tercer Reich, conocedor de todos sus secretos.

—Explíquese.

—*Herr Admiral*, ¿le puedo hablar con confianza?

—Adelante.

—Si la guerra continúa, me temo un trágico final para nuestra patria. Si no se consigue un alto el fuego cuanto antes, Alemania sucumbirá. Se ha pretendido alcanzar la paz por diversas vías, pero todas han fracasado. ¿Por qué no intentar otra más? ¿Por qué no aceptar el ofrecimiento de *mademoiselle* Chantal? En realidad, ¿qué podemos perder?

Canaris no contestó. Se levantó de la butaca y miró a través de la ventana que tenía a sus espaldas. Desde allí solo podía ver un pequeño jardín interior y las cocheras. Se había cambiado de despacho no hacía mucho. No le gustaba el anterior, con dos amplios balcones a la calle principal, pues temía ser espiado por la Gestapo. A pesar de ocupar un alto cargo en el régimen nazi, odiaba a Hitler con todas sus fuerzas, y desde hacía tiempo conspiraba en secreto para derrocarlo.

—Entonces usted opina... —Canaris dejó a propósito la frase en el aire.

—Que lo propuesto por *mademoiselle* Chantal quizá sea una locura, pero no se puede desechar sin más. Alemania se encuentra en una situación desesperada, en un callejón sin salida. No tenemos muchas opciones, y hay que agotar todos los cartuchos disponibles si queremos alcanzar una paz negociada. O eso, o las hordas soviéticas nos arrollarán.

Canaris se volvió y le miró con suspicacia.

—¿Acaso piensa que la guerra está perdida?

—*Herr Admiral*...

—Sea sincero, por favor. Se lo ordeno.

—Creo que la guerra se perdió el mismo día en que comenzó la invasión de Rusia.

Enseguida se arrepintió de lo que acababa de decir. Se había arriesgado demasiado. Desconocía por completo el pensamiento de su jefe. Si le denunciaba, sería acusado de derrotismo y terminaría colgado de una soga.

Por fortuna, Canaris pensaba, en el fondo, lo mismo.

—*Herr Admiral, mademoiselle* Chantal ya ha trabajado para nosotros. Su misión en Madrid hace tres años fue todo un éxito.

Canaris tomó asiento de nuevo y descolgó el teléfono.

—¿Cuál es el número de agente de *mademoiselle* Chantal? —preguntó el almirante.

—F-7124.

—¿Y su nombre en clave?

—Westminster.

—¿Westminster? ¿Como el duque?

—Sí, *Herr Admiral*. El duque tuvo un romance hace años con *mademoiselle* Chantal. Cuando tuvimos que asignarle un nombre en clave, se pensó en su antiguo amante.

Spatz dijo la última frase muy deprisa, como si quisiera pasar de puntillas sobre la vida amorosa de Gabrielle. No le resultaba cómodo hablar de los amantes de Chantal delante de su jefe al encontrarse él mismo en esa lista. Estaba convencido de que el almirante conocía perfectamente su relación con Gabrielle. A Canaris no se le escapaba ni una.

El almirante descolgó el teléfono y marcó un número interior.

—Tráigame el expediente personal del agente F-7124. Nombre en clave: Westminster.

No tardó en aparecer su ayudante con un grueso dosier. Canaris empezó a hojearlo pausadamente.

—En efecto, tiene usted razón. La misión de *mademoiselle* Chantal en España hace tres años fue todo un éxito —comentó al cabo de un rato sin levantar la vista de los documentos.

—Le impulsaba un motivo muy especial: quería salvar la vida de su sobrino, internado en un campo de prisioneros.

Canaris siguió con la lectura del expediente. Cuando terminó, cerró la carpeta y, con aire pensativo, cruzó las manos delante de los labios.

—Y esta propuesta de *mademoiselle* Chantal, ¿a qué se debe?

—Sinceramente, *Herr Admiral*, no lo sé.

—¿No será afán de protagonismo?

—¿Cómo, señor? —Spatz no había entendido bien a su superior.

—Pues muy sencillo. Esta mujer ha estado en la cúspide de la fama durante años. Ha sido la gran diva de la moda femenina a nivel mundial. Hace cuatro años abandonó, de repente, su profesión. Desde entonces su nombre ha pasado a un segundo plano. ¿No querrá recuperar la gloria perdida gracias a esta propuesta? Imagínese que triunfa en su empeño: todo el mundo la volvería a adorar, y ahora por un motivo bien distinto.

—Pues, no lo sé. No lo había pensado así.

Canaris sonrió como un viejo zorro.

—¿No será que los árboles no le dejan ver el bosque? —dijo el almirante con una ceja en alto.

Spatz se quedó mudo: Canaris sabía lo suyo con Chantal. Era previsible. Sus tentáculos llegaban a todos los rincones del planeta. Por algo estaba al frente del poderoso servicio secreto alemán.

—Está bien, me rindo —concluyó Canaris—. Si lo cree factible, siga adelante. Pero esto no será una misión del Abwehr, o, mejor dicho, solo del Abwehr. ¿Entendido? Lo que está en juego es el futuro de la guerra. Hay que implicar a otros organismos del Estado por si algo sale mal. Vaya a ver a Schellenberg de mi parte y cuénteselo todo.

—¿A Schellenberg? —repitió atónito Spatz.

No comprendía la jugada de su jefe. Schellenberg era un joven general de las SS, que estaba al frente del SD, el servicio de espionaje exterior de las SS. Desde hacía años existía un enfrentamiento encubierto entre el Abwehr y el SD por dominar el servicio secreto alemán. Hablarle de la misión de Gabrielle podía ser muy peligroso.

—Sí, a Schellenberg. Vaya a verle y no se calle nada.

—Con todo respeto, *Herr Admiral*, antes de ver al gene-

ral Schellenberg, ¿no sería conveniente que el Führer apro-
base la misión?

Canaris miró a Spatz con sus profundos ojos azules. Se
tomó su tiempo antes de responder.

—El Führer está muy ocupado con la marcha de la guerra y no se le puede molestar con nada.

Spatz no lo veía nada claro.

—*Herr Admiral*, si el Führer no lo sabe y, en cambio, se
lo contamos a Schellenberg, ¿no nos podría denunciar por
traidores?

Canaris volvió a mostrar su sonrisa de viejo zorro.

—En absoluto. Le aseguro que no lo hará. Conozco
muy bien a ese hombre. Es mucho más inteligente de lo
que aparenta a simple vista.

—*Herr Admiral*, Schellenberg es uno de los colaboradores más fieles del Reichsführer Himmler.

—Lo sé —contestó Canaris muy seguro de sus palabras—. Desde hace más de un año, Himmler también trata
de buscar la paz con los aliados al margen del Führer. A
través de Schellenberg ha intentado lograr la mediación de
Suiza y Suecia.

Himmler, jefe de las SS y de la Gestapo... El lacayo más
servil de Hitler.

Spatz no salía de su asombro. No se esperaba ese comportamiento del mayor adulador del Führer.

Canaris descolgó el teléfono y solicitó a su ayudante
que le pusiera con Schellenberg. Habló con él un par de minutos y colgó el auricular.

—Le espera dentro de una hora en su despacho. No se
retrase, por favor.

Spatz salió del edificio desconcertado. Conocía la fama
de Schellenberg. Su ambición no tenía límites. A sus treinta
y cuatro años, era el general más joven de las SS y el hombre
de confianza de Himmler. En cambio, a pesar de todo, no se
le podía considerar un nazi fanático. Más bien, un joven
abogado que, ante la falta de futuro profesional, se había
afiliado al partido nazi. Y gracias a su astucia y a su inteli-

gencia había conseguido escalar hasta los más altos puestos de la organización.

A la hora acordada, Spatz se presentó en el despacho de Schellenberg, en el palacio Prinz Albrecht, en la Wilhelmstrasse número 102. No le gustaba mucho pasearse por esa zona de Berlín, tan cerca de la sede central de la Gestapo. Sabía que los agentes del Abwehr no eran muy apreciados por la Gestapo, que siempre trataba de ridiculizarlos por ser demasiado «blanditos» con el enemigo. De hecho, a la sede del Abwehr de la calle Tirpitzufer la llamaban despectivamente «la guarida de Papá Noel».

El despacho de Schellenberg era moderno y funcional. Nada de lujos, nada de elementos superfluos. Ni siquiera un cuadro, salvo el retrato oficial del Führer.

—Siéntese, por favor —indicó Schellenberg con gesto cordial después de estrechar la mano a Spatz.

Nunca le había visto en persona, pero tenía que reconocer que Schellenberg era un tipo amable y simpático, quizá demasiado joven para el puesto que ocupaba. Ser general de las SS a su edad no lo conseguía cualquiera.

El joven general escuchó con atención las palabras de Spatz. Cuando terminó, no hizo preguntas. Ni siquiera comentarios. Se limitó a decir:

—Estudiaremos la propuesta.

A diferencia de Canaris, Schellenberg no se tomó a broma el ofrecimiento de Gabrielle Chantal. Para alguien tan ambicioso como él, conseguir la paz entre Inglaterra y Alemania, aunque fuera a través de la reina indiscutible de la alta costura, no le parecía nada descabellado.

18

El Rolls-Royce de Gabrielle Chantal circulaba a paso de tortuga por la rue Saint-Denis. No podía avanzar más deprisa. Un coche de caballos, escoltado por docenas de ciclistas, se lo impedía. A bordo de la calesa, una pareja de recién casados, ataviados con sus mejores galas, sonreía y saludaba a los viandantes con cara bobalicona. Los invitados seguían a los novios a bordo de un enjambre de bicicletas.

Gabrielle se mostraba bastante inquieta. Y no solo por el incordio que le ocasionaba la caravana nupcial. Los días pasaban y Spatz no le comentaba nada sobre su ofrecimiento de paz. Además, se le estaba acabando el Sedol y el farmacéutico no le podía conseguir de momento más morfina.

—¿Y tú, Daniela? ¿Por qué no te has casado? —preguntó Gabrielle con la vista perdida en los novios.

—Aún no he encontrado al hombre de mi vida —mintió la modelo; no estaba dispuesta a confesar que, en realidad, lo había hecho al poco tiempo de perder su trabajo en la Casa Chantal.

A Gabrielle le encantaba entrometerse en la vida privada de sus modelos, a manejarlas a su antojo como si fueran sus particulares muñecas de trapo. Su mayor aspiración era convertirlas en «pequeñas Gabrielles», en crearlas a su imagen y semejanza. Debían vestirse como ella, imitar su peinado y hasta teñirse el cabello de color negro.

—Lo más importante para una mujer es su libertad. Y solo puede ser libre si goza de independencia económica. No lo olvides, pequeña. Si algún día te casas, no dejes de trabajar, porque solo así serás libre.

—Trataré de recordarlo, *mademoiselle*.

—Ser una mantenida es una desgracia insoportable. Por eso siempre he pagado muy bien a mis modelos, para que pudierais ser independientes de los hombres.

Daniela estuvo a punto de soltar una carcajada: Chantal era la diseñadora que peor pagaba de todo París. Los sueldos de las modelos eran ridículos. Con esa miseria no se podía ir a ninguna parte. Gabrielle era muy generosa con sus amigos, pero con sus maniquíes se comportaba como una auténtica tacaña. Y eso que con la venta de un solo vestido podía pagar el sueldo mensual de veinte empleadas.

Gabrielle siempre elegía a sus modelos entre jóvenes procedentes de la alta sociedad. Además de tener estilo, proporcionar *glamour* a la marca y publicitar los vestidos entre sus amistades, estas chicas jamás le iban a plantear reclamaciones salariales, por la sencilla razón de que no les faltaba el dinero. Para estas jóvenes, trabajar para la Casa Chantal era un honor, y no un empleo.

—Cuando yo era joven, había cuatro clases de mujeres: las solteras, que estaban sometidas a su padre; las casadas, que estaban sometidas a su marido; las fulanas, que estaban sometidas a su chulo, y las monjas, que estaban sometidas al obispo. ¡Ninguna mujer era libre! Todas estaban bajo la bota de un hombre.

—Un panorama desolador.

—Las mujeres solteras debían obedecer a su padre; y, cuando se casaban, a su marido. No podían tener una cuenta en el banco, ni tener un trabajo fuera de casa, si no contaban con el permiso del marido. En cambio, yo no quería estar sometida a ningún hombre. Y solo había un camino para conseguirlo: trabajar, trabajar y trabajar. Solo el trabajo te proporciona dinero. Y solo el dinero te da la libertad. Para una mujer, trabajo y libertad son sinónimos.

El chófer intentó adelantar a la caravana nupcial en una calle más ancha, pero fue imposible. La manada de bicicletas ocupaba toda la calzada. Gabrielle siguió con su disertación:

—Cuando yo comencé en el mundo de la moda, las esposas no trabajaban, eran unas mantenidas. La mujer se había convertido en una especie de objeto decorativo a través del cual el marido presumía ante los demás de su riqueza y de su poder. Por eso los vestidos eran voluminosos e incómodos, y los sombreros pesaban cinco o seis kilos. Como colofón final, la mujer tenía que llevar joyas, muchas joyas. Cuantas más, mejor. Vestirse era algo tan complicado y farragoso que se tardaba horas, y siempre con la ayuda de, al menos, una doncella.

Gabrielle extrajo un Camel de su pitillera de oro y se lo llevó a los labios. Miró a Daniela, arqueó las cejas y clavó la vista en la punta del cigarrillo. La modelo captó la indirecta. Encendió un fósforo y le dio fuego.

—Dentro de aquellos incómodos vestidos, las mujeres no tenían forma humana, parecían engendros de la naturaleza, no se les veían ni los brazos ni las piernas, y sudaban bajo esos ropajes inmensos, con sus agobiantes armazones y rellenos.

Una joven ciclista reconoció a Chantal y se situó a la altura de la ventanilla del coche. Por más que la chica se empeñaba en saludar con la mano, la modista no le hacía el menor caso.

—Entonces llegué yo, con mi pelito corto, mi sombrerito de campana, mis pantalones marineros, mis vestidos sencillos, mis faldas rectas, mis blusas camiseras, mis trajes de franela... Y, por supuesto, sin el maldito corsé. Parecía un chico. —Se le escapó una risita de complicidad—. Yo era muy joven y tenía la osadía de querer parecerlo. Aquella ropa me hacía más bella y juvenil. A cualquier sitio que fuera, llamaba la atención.

Soltó una bocanada de humo contra el cristal. Durante unos instantes permaneció envuelta en una nube blanca.

—Las mujeres me paraban por la calle y me preguntaban dónde vendían esa ropa tan moderna. En realidad, no la había comprado en ningún sitio. Me la había hecho yo misma para mi propio uso personal. Cansada de responder siempre lo mismo, al ver que llamaba tanto la atención, me hice la siguiente pregunta: «¿Y por qué no me dedico al mundo de la moda? ¿Por qué no hago vestidos como los míos para las demás mujeres?» Yo solo tenía una pequeña sombrerería. Y entonces decidí dar el salto y ampliar mi negocio. Así me inicié en el mundo de la moda. Quería vestir a las mujeres de la misma forma en que me vestía yo.

Con el anillo del dedo dio unos golpecitos en el cristal de separación con el chófer. Le azuzaba para que hiciera algo. No soportaba más la absurda caravana nupcial.

—Liberar a la mujer del corsé fue un gran adelanto. Me siento orgullosa de mi hazaña.

Gabrielle presumía de haber liberado a la mujer del insufrible corsé. En realidad se trataba de otra mentira de las suyas. La idea partió de Paul Poiret *el Magnífico,* un famoso modisto mayor que Gabrielle, con el que siempre se llevó a matar. Se contaba la anécdota de que un día Poiret se encontró con Gabrielle ataviada con su famoso «vestidito negro», color que odiaba el modisto con toda su alma. Quiso burlarse de Chantal, y le preguntó con socarronería: «Perdone, señorita, ¿por quién va de luto?» Gabrielle, en un alarde de genialidad, le contestó de inmediato: «Por usted.» La respuesta no pudo ser más premonitoria. Al poco tiempo, Poiret cayó en desgracia y Gabrielle ascendió a la fama.

—Mis vestidos, al ser cómodos, permitían acudir al trabajo sin ningún problema. Con la ropa que se llevaba entonces, la mujer casi no se podía mover, y por tanto no podía trabajar. Con mi nueva moda, la mujer pudo tener un empleo, ganar su propio sueldo, y por tanto ser independiente de los hombres.

Apretó los labios con gesto de satisfacción. No podía estar más orgullosa del trabajo realizado. Ni todas las feministas juntas habían hecho tanto por la liberación de la mujer. Y todo gracias a la ropa.

—Pero solo con la comodidad no bastaba. Quería algo más. La mujer moderna no solo debía sentirse cómoda dentro de su vestido, sino también elegante y bella. Y lo logré. Conseguí crear un estilo. Y eso es lo importante, Daniela. Los vestidos pasan de moda; el estilo, no.

Las revistas especializadas recibieron con entusiasmo el nuevo estilo de Chantal. Inspirado en la moda masculina, no se parecía en nada a todo lo visto hasta entonces.

—Gracias a mí los cuerpos femeninos gozaron de libertad. Conseguí que el vestido se ajustara al cuerpo con suavidad, que se convirtiera en una segunda piel, y no un engorro insoportable.

Por fin llegaron a una avenida ancha y el chófer pudo adelantar a la caravana nupcial.

—No lo olvides, pequeña: la elegancia no es fastuosidad, eso es un tremendo error. La elegancia es sobriedad y comodidad.

19

Las campanadas del carrillón se propagaron por toda la casa, lentas y solemnes como si arrastraran el tiempo. Anunciaban las cuatro de la madrugada. Y Serrano Suñer seguía sin poder dormir.

Tumbado en el sofá de la biblioteca, con la luz apagada y un cenicero sobre el estómago, no dejaba de dar vueltas y más vueltas a la carta que le había entregado Jaime Urquiza dos días antes. El contenido de la misiva era de tal gravedad que nada más leerlo había llamado a su cuñado. Pero el ayudante de servicio no le pasó con Franco. Se limitó a decir que el Caudillo se había retirado a sus habitaciones y no se le podía molestar. No le creyó. Franco nunca se iba a la cama tan pronto.

Al día siguiente esperó inútilmente a que le devolviera la llamada. Como no lo hacía, volvió a telefonear. Y esa vez le respondieron que era viernes, y los viernes se reunía siempre el Consejo de Ministros. Repitió la llamada dos veces más, y siempre le contestaron lo mismo: «La reunión aún no ha terminado.»

Y ahora, ya de madrugada, seguía sin poder hablar con su cuñado. Franco le eludía. Pero, a pesar de todo, no pensaba darse por vencido. La carta se lo merecía.

Desde hacía más de un año, desde su destitución como ministro, no pisaba El Pardo. Desde hacía más de un año, no hablaba con su cuñado. Desde hacía más de un año, no quería saber nada ni del Caudillo ni de su Gobierno. Después de haber detentado todo el poder del Estado, su único vínculo con el Régimen era su cargo de procurador de Cortes, un nombramiento que él no había ni deseado ni fomentado. Para evidenciar su rechazo, jamás había acudido a una reunión. Y eso que las Cortes estaban en deuda con él, pues, gracias a su intervención, a sus componentes se les llamaba «procuradores» y no «miembros», como se planteó al principio.

La cosa había tenido su gracia. Siempre que lo recordaba, Serrano mostraba una sonrisa de viejo zorro bajo el bigotillo. Franco le había entregado el proyecto de ley constitutiva de las Cortes, y Serrano se dio cuenta de que a los componentes de las futuras Cortes se les llamaba «miembros». Sin la menor vacilación, cambió ese nombre por «procuradores», que sonaba más tradicional, al estilo de las antiguas Cortes de Castilla. En un Consejo de Ministros presidido por Franco, el ministro autor de la ley, molesto con el cambio, le preguntó, con cierta insolencia, el motivo del mismo, a lo que Serrano respondió con sorna que no quedaba muy bien que el presidente de las Cortes dijera por el altavoz cada vez que Franco entrara en el salón de plenos: «Pónganse en pie los señores miembros.»

Ahora, en la soledad de su biblioteca, con aquella maldita carta parisina sobre el escritorio, se encontraba ante un verdadero dilema. No le apetecía ni lo más mínimo volver a El Pardo, y menos después de los últimos desplantes de su cuñado. Pero tenía que hacerlo. No encontraba otra solución.

Poco antes de las cinco de la madrugada, Zita, su mujer, entró en la biblioteca y encendió la luz. Serrano se incorporó en el sofá.

—Ramón, ¿te pasa algo? Llevas dos días sin pegar ojo.

El hombre levantó la cabeza y ella se estremeció. Pocas veces, y solo en los momentos más trágicos, había visto tanta preocupación en la mirada de su marido. Ni siquiera cuando acompañó a Franco a la entrevista de Hendaya; o cuando visitó a Hitler en su refugio de Berchtesgaden y este le dijo nada más verle: «He decidido atacar Gibraltar, la operación está preparada, y no falta más que empezar y hay que empezar.»

—¿Son ellos de nuevo, cariño? ¿Estás así por tus hermanos? —preguntó Zita.

Sabía que su marido se hundía en una tristeza infinita cada vez que recordaba a sus dos hermanos mayores, asesinados en Madrid durante la guerra civil.

—No, querida. No es por mis hermanos.

Zita se sentó junto a su marido y le pasó el brazo por los hombros. Lo adoraba, lo amaba con locura, se consideraba una privilegiada por compartir la vida junto a un hombre tan maravilloso y excepcional. Le quería tanto que era capaz de perdonarle hasta las grotescas infidelidades que todo el mundo le imputaba.

—Me temo que no tengo más remedio que ir a El Pardo a ver al «pariente».

Desde su destitución, Serrano no llamaba a Franco ni Paco ni Caudillo, sino, simplemente, «el pariente».

—¿Vas a ir a ver a Paco? Pero ¡si no os habláis desde hace más de un año!

—No tengo otra salida.

Zita, siempre discreta con los asuntos de su marido, no le preguntó nada más. Si él quería, ya se lo contaría.

—Tienes que descansar, Ramón. Vamos, cariño, ven conmigo. Vayamos a la cama.

Zita le ayudó a levantarse y le acompañó al dormitorio. Era consciente de la lucha interna que en esos momentos se debatía en la cabeza de su marido. Tenía que conseguir que descansara al menos un par de horas.

Serrano no era capaz de conciliar el sueño ni siquiera dentro de la cama. Otra noche más en vela... No soportaba la idea de ir a El Pardo. La última vez que vio a su cuñado juró no volver a mirarle a la cara en toda su vida. Aún recordaba su destitución como si hubiese ocurrido el día anterior. A todo el mundo le sorprendió la noticia cuando saltó a la prensa. Nadie se esperaba que el personaje más emblemático y poderoso del Régimen, el astuto abogado capaz de crear los pilares del nuevo Estado, fuera expulsado del Gobierno de una manera tan fulminante. Y todo gracias, según decían las malas lenguas, a Carrero Blanco.

La excusa fue el atentado de Begoña. El 16 de agosto de 1942, los carlistas acudieron al Santuario de Nuestra Señora de Begoña de Bilbao para celebrar un funeral por los requetés caídos en la guerra civil. Entre los asistentes se encontraba el general Varela, ministro del Ejército. A la salida del templo, la gente empezó a dar gritos a favor de la monarquía y en contra de Franco y la Falange. Media docena de falangistas, que se encontraban por los alrededores, decidieron intervenir. De los insultos iniciales se pasó a los puñetazos. Cuando los falangistas estaban a punto de ser linchados por la multitud, uno de ellos lanzó unas bombas de mano. Hubo casi un centenar de heridos. Varela, que estaba harto de la Falange y de Serrano Suñer, aprovechó el atentado para intentar acabar con ellos. Mandó un comunicado a todos los capitanes generales en el que afirmaba que aquello era un ataque falangista contra su persona, y, en definitiva, contra el Ejército, que bajo ningún concepto se podía tolerar. Al enterarse Franco del mensaje, montó en cólera, y ordenó que preparasen los decretos de destitución de Varela y del ministro de la Gobernación, otro militar enemigo de Falange. Cuando Franco firmó los decretos en presencia de Carrero, este preguntó:

—Excelencia, ¿solo son dos?

—¿Cómo? ¿A qué se refiere?

—¿No va a destituir también al ministro de Asuntos Exteriores?

—¿Por qué lo iba a hacer?

—Porque si no destituye al señor Serrano Suñer habrá vencedores y vencidos. Y la Falange será la vencedora.

Por primera vez en su vida, Franco se quedó sin respuesta. Y Carrero no quiso perder la oportunidad de dar el golpe de gracia. Al igual que muchos mandos militares, no soportaba la Falange. Como Franco seguía callado y no se decidía, se armó de valor e insistió:

—Si no destituye también al señor Serrano Suñer, los españoles creerán que el que manda aquí es él, y no Vuestra Excelencia.

Franco reaccionó de inmediato. Sin el menor titubeo, empuñó la pluma y firmó la destitución de su cuñado.

En realidad, las palabras de Carrero no fueron tan determinantes. Desde hacía días, Franco ya pensaba en la destitución de su cuñado. Según decían los más allegados, por influencia de su mujer. Y el motivo era bastante más cercano y personal. Según se comentaba en los círculos de la alta sociedad, Serrano Suñer acababa de tener una hija con una bella aristócrata, esposa de un militar. El escándalo no podía ser mayor. Un miembro del Gobierno, y encima cuñado del jefe del Estado, engañaba a su santa esposa con una mujer casada. Antes de que los cuchicheos fueran a más, Franco aprovechó el incidente de Begoña para acabar con Serrano.

En la oscuridad de su habitación, Serrano Suñer se fue quedando poco a poco adormilado, aunque no logró descansar del todo. Un duermevela insoportable que duró el resto de la noche.

A la mañana siguiente se levantó muy temprano y telefoneó de nuevo a El Pardo. La telefonista le pasó con el ayudante de servicio, un coronel de caballería con el que tenía bastante amistad por haber compartido celda en la cárcel Modelo. Tras los saludos habituales, Serrano entró en materia.

—Necesito ver al Caudillo hoy mismo sin falta. He llamado varias veces y ya no puedo esperar más.

—Pues no creo que sea posible. El Generalísimo tiene una mañana muy ajetreada.

—¿Y por la tarde?

—Se va de viaje. Está invitado a una montería en León.

—Pues dile de mi parte que es un asunto de especial gravedad que afecta a la seguridad del Estado.

Cuando colgó el auricular respiró tranquilo. Ya no podía hacer más. Solo aguardar la respuesta, si es que se producía. Su cuñado le había puesto en la lista negra, y sabía que no cambiaba de opinión con facilidad.

Se fue a vestir. Si Franco no llamaba, acudiría como todos los días a su bufete. Tenía mucho trabajo pendiente, las cosas le marchaban bastante bien y no podía bajar la guardia. Seis hijos, y todos tan pequeños, requerían mucho esfuerzo.

Cuando estaba a punto de abandonar su casa sonó el timbre del teléfono. Era su amigo, el coronel ayudante de Franco.

—Date prisa. El Caudillo te espera dentro de media hora. Solo te puede conceder cinco minutos.

Serrano estuvo a punto de soltar un improperio. Por una parte, su cuñado le recibía, pero, por otra, le imponía un tiempo ridículo. Serrano sabía muy bien por qué lo hacía: quería dejar bien claro quién mandaba allí.

Con paso ágil, abandonó su casa y se subió al coche que le esperaba en la puerta.

—¿Vamos al despacho, señor? —preguntó el chófer.

—No. Vamos a El Pardo.

—¿Al pueblo?

—No, al palacio.

El chófer le miró a través del espejo retrovisor. Creía no haber entendido bien. Aún recordaba las palabras de Serrano cuando se subió al coche la última vez que visitó El Pardo: «¡Jamás volveré a este antro!»

La fina lluvia que caía sobre Madrid se convirtió en pequeños copos de nieve en la carretera de El Pardo. El chófer aminoró la velocidad por miedo a encontrar placas de hielo. Tras cruzar el control de la Guardia Civil, el vehículo se detuvo delante de la puerta principal del palacio.

Un oficial salió a su encuentro y le acompañó hasta la sala de ayudantes. Enseguida le pasaron al despacho privado de Franco, una sala pequeña y de escasa luz, abarrotada de expedientes y legajos que se amontonaban por la mesa y el suelo.

—Bueno días, Paco.

—Ramón, no esperaba verte tan pronto —respondió Franco con sorna, sin levantar la vista de los papeles que tenía sobre la mesa—. Por favor, siéntate. Dame un minuto. Enseguida estoy contigo.

Serrano se mordió la lengua. Desde hacía tiempo, incluso desde meses antes de su destitución, no soportaba al gallego. ¿Cómo aquel hombre podía haber cambiado tanto en tan poco tiempo? Cuando lo conoció en Zaragoza, y de eso no habían pasado tantos años, era una persona normal, incluso jovial, que a veces contaba chistes subidos de tono. Pero la guerra civil le había transformado por completo. Demasiado serio y aburrido. Y, sobre todo, desconfiado, muy desconfiado con todo el mundo.

Por fin Franco alzó la vista. Tenía la mirada fría, inexpresiva, carente de sentimientos. Una mirada que taladraba hasta el alma, capaz de adivinar hasta los más recónditos pensamientos. Ahora comprendía Serrano por qué los legionarios, incluso los más fanfarrones y temerarios, temblaban en su presencia.

—¿Todos bien por casa? —La pregunta de Franco sonó demasiado hueca; una simple fórmula de cortesía—. Hace tiempo que no sabemos nada de vosotros.

La destitución de Serrano no solo había afectado a la relación entre los dos cuñados, sino también entre las hermanas. De ser fluida y cariñosa, se había enfriado hasta casi congelarse.

—Todos muy bien, gracias. Me imagino que Carmen y Nenuca también están bien.

—Carmina, en misa, y la niña, en casa de unas compañeras del colegio. Como te habrán comentado, no puedo dedicarte todo el tiempo que me gustaría. Dime, Ramón, ¿a qué se debe tu grata visita?

—Paco, voy a serte sincero para que no haya lugar a equívocos. Hace más de un año que me marché de aquí y pensaba no volver jamás. Sin embargo, ha ocurrido un hecho muy grave y es mi obligación comunicártelo.

Franco torció el bigote. No se esperaba esa respuesta.

Pensaba que Serrano estaba allí para pedirle un favor, una recomendación o un cargo. Se había equivocado.

Con un leve movimiento de la mano le indicó que continuase. Sin más preámbulo, Serrano le entregó la carta parisina.

—Lee esto, por favor.

El general extrajo dos cuartillas de su interior y las desplegó bajo la lámpara de mesa. Empezó a leer. Estaban escritas en francés, idioma que conocía por las campañas de Marruecos y por su estancia en la Escuela Militar de Saint-Cyr.

Serrano no perdía detalle de los gestos de su cuñado. Le miraba impaciente, atento a sus reacciones. Pero Franco leía sin inmutarse lo más mínimo, con la misma frialdad con que trataba todos los asuntos que le sometían. No mostraba el más mínimo gesto de preocupación, como si leyera tranquilamente el resultado de un campeonato de petanca en una playa francesa. Cuando terminó, dobló las cuartillas y las guardó en el sobre.

—¿Quién te ha dado esta carta?

—El corresponsal del diario *Informaciones* en París.

Franco frunció el ceño y miró a su cuñado con desconfianza.

—¿Un periodista? ¿Esto ha llegado a tus manos a través de un periodista? ¿Cómo se llama?

—Jaime Urquiza.

—¿Urquiza? ¿Tiene algo que ver con el famoso banquero?

—Es su hijo.

Franco meneó la cabeza en señal de desaprobación.

—Conocí a su padre cuando estuve destinado en Baleares. Un gran hombre, un señor. Nunca comprendí qué pintaba aquel caballero en un partido de izquierdas. ¿Qué fue de él? Murió, ¿no?

—Sí, junto a su mujer. En un naufragio cerca de Cuba, poco antes de estallar la guerra.

—Y el hijo, ¿es de fiar?

—No le conozco de nada. Agustín Peñalver me llamó y me preguntó si podía recibir a un periodista suyo. Nada más. Parece de fiar, pero no puedo poner la mano en el fuego.

—¿Crees que habrá leído la carta?

—Espero que no. Desde luego, el sobre estaba cerrado.

—Entiendo.

Franco permaneció callado un buen rato, con la vista perdida en algún punto indeterminado del despacho. Serrano esperaba inquieto su respuesta. La gravedad del asunto no admitía demora. Pero con su cuñado no se podían hacer predicciones.

—¿Qué vas a hacer? —preguntó el exministro cuando ya no pudo esperar más.

—Es un asunto muy grave y delicado. Lo someteré al Consejo de Ministros.

Serrano fue a protestar. El Consejo de Ministros no se reuniría hasta el viernes siguiente. Y para eso aún faltaba casi una semana. Era muy arriesgado esperar tanto. El mensaje que contenía la carta no podía aguardar.

—Pero Paco, hay vidas en juego...

Franco levantó la mano para que se callara.

—Ramón, como te he dicho, es un tema muy grave y delicado. Y no pienso tomar una decisión tan importante a espaldas de mi Gobierno.

20

El Rolls-Royce de Gabrielle Chantal circulaba por las señoriales calles del distrito I parisino. Enormes banderas rojas, con la esvástica dentro de un círculo blanco, ondeaban en los elegantes hoteles y en lo alto de los edificios más emblemáticos. De vez en cuando el vehículo se detenía o aminoraba la marcha, al cruzarse en su camino un desfile militar o un aparatoso cambio de guardia.

Unos oficiales alemanes, con casco de acero y lustrosas botas con espuelas, cabalgaban por la calle montados en unos soberbios caballos hannoverianos. Se dirigían al Bois de Boulogne. Al pasar por delante de unos gendarmes franceses, estos se pusieron firmes y saludaron muy respetuosos. La sumisión de las autoridades francesas al mando alemán era plena y no admitía fisuras.

El París de la ocupación poco tenía que ver con el París de los Años Locos. Los letreros de las calles figuraban en alemán, en los quioscos se vendía el *Pariser Zeitung* y otros periódicos en alemán, y Radio París emitía en alemán. Todo era alemán en aquel triste y largo invierno de la ocupación.

Por las aceras pululaban soldados alemanes con planos de París y cámaras de fotos en la mano. Seguían con atención las indicaciones de las guías publicadas por la Wehrmacht para solaz y disfrute de la tropa. En esos pequeños folletos figuraban, señalados sobre un mapa de la ciudad, los cines, teatros, hoteles, cabarets y prostíbulos especialmente recomendados al invasor.

Gabrielle Chantal, acompañada de Daniela, acudía al despacho de René de Chambrun, un prestigioso abogado, casado con la única hija de Laval, el primer ministro de la Francia colaboracionista de Vichy. Antes de llegar a su destino, abrió el bolso y extrajo un frasco de Chantal Noir. Quitó el tapón y se lo acercó a la nariz.

—Es fantástico —musitó con los ojos cerrados.

Luego aplicó unas gotitas en sus muñecas y en el cuello.

—Una mujer sin perfume es una mujer sin futuro.

—Por supuesto, *mademoiselle*.

—¿Te he contado alguna vez cómo surgió esta maravilla?

—No, *mademoiselle* —mintió Daniela.

—Pues mira, pequeña. En 1920, el gran duque Dimitri me presentó a un perfumista ruso muy famoso llamado Ernest Beaux. Desde hacía tiempo, yo estaba detrás de la idea de unir moda y perfume, otra de mis grandes genialidades. Le encargué a Beaux que me preparase un perfume. Tenía que ser muy especial, porque iba a ser el primero que sacaba a la venta la Casa Chantal, y debía hacer historia. De su éxito dependía el triunfo de los que vinieran después. Un año más tarde, Beaux me presentó el resultado: diez muestras distintas, cada una de ellas dentro de un frasco de color diferente. ¿Y sabes cuál elegí?

—No, *mademoiselle* —Daniela volvió a mentir.

—La que más me gustó fue la que contenía el frasco negro. Curioso, ¿no? ¡Mi color preferido! Enseguida comercialicé el perfume con ese nombre: Chantal Noir. ¿Para qué elegir otro? Ya sabes que a mí me gustan las cosas sencillas. Ni por asomo pensaba llamar a mi perfume con uno de esos nombres tan rimbombantes y ridículos que utilizan mis competidores, como «Pétalos de rosas de Versalles», «Sueño de una noche primaveral» o «Agua del amor eterno». ¡Qué vulgaridad! —Sonrió con malicia. Eran nombres de la competencia—. Chantal Noir salió a la venta y el éxito fue arrollador. ¿Y sabes cuál fue el secreto?

—No, *mademoiselle* —mintió de nuevo Daniela; lo conocía perfectamente.

—Chantal Noir no se parecía en nada a lo que se vendía en las tiendas. En aquella época, los perfumes femeninos olían a flores, se elaboraban con esencias de una única flor, y sus efectos duraban muy poco. En cambio, Chantal Noir era un perfume innovador. Estaba compuesto por ochenta ingredientes, y por primera vez se mezclaban esencias naturales y artificiales. Esto le dotaba de un olor original, que no imitaba a la naturaleza ni olía a una flor concreta. Era una fragancia distinta, muy especial. Y sus efectos, y esto también era muy importante, duraban horas y horas. Con esas cualidades, ninguna mujer se resistió a sus encantos.

Daniela escuchaba a Gabrielle con fingido interés. Conocía la historia del perfume por la prensa, por sus compañeras de trabajo e incluso por boca de la propia diseñadora. En cambio, adoptó la misma cara de asombro que la primera vez. La vanidad de la diseñadora exigía admiración y pleitesía, y Daniela estaba dispuesta a darle ambas cosas por dosis iguales. Formaba parte de su trabajo.

—Beaux me advirtió que el precio del perfume sería muy elevado, porque uno de sus ingredientes era el jazmín, que costaba una barbaridad. —Gabrielle continuó con su relato—. Mi respuesta fue que pusiera más jazmín. Quería que mi Chantal Noir fuera el perfume más caro del mundo.

Gabrielle sabía muy bien que muchas damas comprarían el perfume, aunque no les gustara su olor, por pura vanidad, para poder presumir ante los demás de su alto poder adquisitivo.

—Quise dar a mi perfume un toque de elegancia. Y elegí un envase que llamase la atención. Mientras los demás perfumes se vendían en recargados recipientes barrocos, yo opté por algo sencillo e innovador. Un simple frasco de cristal, con una etiqueta blanca, en el que figurara el nombre en letras negras.

—Un diseño muy cubista.

—¡Ya lo creo!

A la diseñadora le gustó el comentario. Le pareció ingenioso y acertado. No en vano, ella era la musa de los cubistas. Ni en eso coincidía con Schiaparelli, su enemiga italiana, diva de los surrealistas.

—Yo fui la primera en unir moda y perfume —concluyó la diseñadora su largo monólogo.

Otra mentira más de Gabrielle. Ni fue la primera en quitarse el corsé, ni fue la primera en cortarse el pelo a lo *garçon*, ni fue la primera en utilizar pantalones, ni fue la primera modista que inventó un perfume. Pero en todos esos casos, si bien no fue la pionera, en cambio sí fue la primera que lo hizo con éxito, hasta el punto de llevarse toda la fama.

El Rolls-Royce se detuvo frente al majestuoso edificio de los Campos Elíseos que albergaba el bufete de René de Chambrun.

—Detesto a los abogados, a los jueces, a los policías y a los soldados —rezongó Gabrielle al bajarse del vehículo.

Al entrar en el portal se cruzaron con una dama muy emperifollada. A sus pies caminaba un caniche enano con collar de oro macizo. El peinado del animal no podía ser más ridículo, acorde con su dueña. Parecía que llevaba una peluca versallesca en lo alto de la cabeza. Al ver a la famosa diseñadora, a la mujer casi le da un síncope. Se llevó una mano al pecho, como si le faltara el aire, y balbuceó entusiasmada:

—¡*Mademoiselle* Chantal! ¡Qué gran honor! Soy una ferviente admiradora suya y me gustaría decirle que...

—¡Aparte ese chucho de mi vista! —gruñó Gabrielle sin ningún miramiento.

Aterrada, la mujer cogió el animal al vuelo y lo protegió contra sus generosos pechos.

Gabrielle detestaba ser abordada por desconocidos. Con su gélida mirada y su áspera voz, sabía mantener muy bien las distancias. Además, ese día estaba especialmente nerviosa e irascible. El tiempo pasaba y Spatz seguía sin dar una respuesta a su ofrecimiento de paz. ¿Lo aceptarían sus jefes? No sabía nada de su amante desde que se fue a Berlín. Le desesperaba tanta lentitud en la toma de decisiones, nada que ver con su carácter, siempre tan enérgico e impulsivo.

Daniela llamó al timbre de la puerta y una atractiva secretaria les franqueó el paso. No tuvieron que aguardar en la sala de visitas: Gabrielle Chantal nunca esperaba, y el abogado lo sabía muy bien. La diseñadora pertenecía al selecto club de sus mejores clientes, y no estaba dispuesto a perder una fuente de ingresos tan jugosa.

La modista acudía con frecuencia al despacho de Chambrun. Desde hacía años pleiteaba con los hermanos Wertheimer por la propiedad del Chantal Noir.

—Y bien, René, ¿qué novedades me puedes contar? —preguntó Gabrielle nada más tomar asiento.

—*Mademoiselle*, he revisado de nuevo toda la documentación. Es un hecho incuestionable que el acuerdo con los hermanos Wertheimer lo firmó usted en pleno uso de sus facultades mentales.

—¿Qué me quieres decir? ¿Que no estoy loca? ¡Eso ya lo sé!

—No, por favor, no me malinterprete. —El abogado se disculpó como pudo.

Gabrielle apretó los labios y afiló las uñas. Estaba cansada de repetírselo al abogado. Y lo repetiría mil veces más si fuera necesario.

—A ver, René, te lo cuento de nuevo para que te quede bien clarito. Un día en las carreras, un amigo común me presentó a los hermanos Wertheimer, dueños de la importante fábrica de perfumes Bourjois. El Chantal Noir llevaba dos años a la venta en mis tiendas, y la demanda era tan grande que no éramos capaces de suministrar todos los pedidos. Hasta agotamos la producción francesa de jazmín, el principal componente del perfume. Entonces los Wertheimer me propusieron elaborar el perfume, no de forma artesanal, sino en sus instalaciones, y luego distribuirlo por todo el mundo a través de sus canales de venta. El acuerdo no me pareció malo. Solo impuse una condición: que el Chantal Noir no perdiera calidad. La fórmula debía respetarse a rajatabla.

—Sí, hasta ahí todo correcto —intervino el abogado, que se conocía la historia de memoria. Empuñó un documento que descansaba sobre el escritorio y empezó a hojearlo—. Constituyeron la sociedad Les Parfums Chantal. Según el acuerdo firmado, usted cedía la fabricación y comercialización de todos sus perfumes, y a cambio ostentaría la presidencia de la empresa y el diez por ciento de las acciones. Los Wertheimer se quedaban con el setenta por ciento de las acciones, y el veinte por ciento restante fue a parar al amigo común que les presentó en las carreras. Eso es así, ¿no?

—Pues sí —contestó Gabrielle con la nariz bien alta—. Pero me engañaron.

—¿A qué se refiere?

—Cuando firmé los papeles tenía la cabeza en otro sitio. Había muerto en accidente de coche un gran amigo y, para no pensar en ello, me puse a trabajar en mil cosas. —Gabrielle se refería a su querido Edward—. Me volqué en cuerpo y alma en un nuevo proyecto: el vestuario de los Ballets Rusos de mi amigo Serguéi Diáguilev. Estaba tan destrozada anímicamente y tan inmersa en mi nuevo trabajo que no maduré lo suficiente la propuesta de los Wertheimer.

Gabrielle encendió un pitillo, momento que aprovechó el abogado para intervenir.

—A partir de entonces, al existir una mayor producción, las ventas se dispararon y Chantal Noir se convirtió en el perfume más vendido del planeta. La empresa empezó a ganar dinero a espuertas. ¿No es así, *mademoiselle*?

Gabrielle asintió con los labios fruncidos. No soportaba que unas sabandijas como los Wertheimer se hubiesen aprovechado de ella. El abogado continuó:

—Pues bien, le guste o no, tendrá que resignarse a que las cosas sigan como están. Ese acuerdo es válido y eficaz.

Va a ser muy difícil, por no decir imposible, su impugnación ante los tribunales.

—¿Difícil? ¡Pero si me engañaron! Ya te lo he dicho. ¡Se aprovecharon de mí! —Los ojos de Gabrielle empezaron a soltar chispas—. Sabían muy bien que el papeleo me aburre, que me da náuseas, y que no soy capaz de sumar sin usar los cinco dedos de la mano. Además estaba tan liada aquellos días que no me preocupé de leer los documentos que firmaba. Y si los hubiera leído, tampoco me habría enterado.

—Lo cierto es que usted los suscribió de forma libre y voluntaria, y no encuentro una prueba contundente que nos permita...

—¡Basta! —Gabrielle le interrumpió de mal humor—. ¡No soy tonta, y sé que me timaron!

—*Mademoiselle*, usted recibió el diez por ciento de las acciones, valoradas en cien mil francos. Está todo en regla. Lo aceptó con su firma.

—¡Sinvergüenzas! ¡Canallas! Te repito: yo no sabía lo que firmaba. Me timaron, René. Al nombrarme presidenta de la sociedad creí que todo estaba en mis manos, y que no se podía hacer nada sin mi permiso.

—Y ocupó la presidencia.

—Sí, pero por poco tiempo. Enseguida me quitaron. No lo pude evitar, tan solo poseía el diez por ciento de la sociedad. Ellos tenían todo lo demás, ellos eran los que mandaban. ¡Malditos ladrones!

—Lo siento, pero en estos momentos, como le he dicho, es totalmente imposible impugnar lo firmado.

Gabrielle soltó un bufido y se removió inquieta en la butaca.

—¿Y qué me dices de mis productos de belleza? ¿Qué pasa con ellos? ¡Llevan años vendiéndolos sin mi permiso! Esos productos son míos, ¡y solo míos! El acuerdo que firmé solo se refería a los perfumes, no a todo lo demás.

—Ya lo he alegado ante los tribunales, hemos agotado todas las vías y no hay nada que hacer.

—¿Cómo? ¿Por qué? —preguntó incrédula; no entendía nada.

—Los jueces han realizado una interpretación amplia del acuerdo. Consideran que el trato comprendía tanto los perfumes como los productos de belleza.

—¡Por Dios! ¡No puede ser! ¿Y esos tipos imparten justicia? ¡Mentira! ¡Son unos corruptos! ¡Seguro que los han comprado!

—Lo lamento. Lo lamento mucho.

Gabrielle encendió otro pitillo. Le temblaban las manos y resoplaba como un toro malherido.

—¿Y qué pasa con los beneficios, René? Sé que las ventas son espectaculares, pero los Wertheimer jamás han repartido ganancias. ¿Eso no es robar?

—*Mademoiselle*, ya he estudiado ese tema.

—¿Y bien? —Sonrió satisfecha; parecía haber encontrado el punto débil para un ataque en toda regla—. ¿Cuántos millones de francos me deben esas ratas?

—Nada.

—¿Cómo? —Su gesto cambió por completo—. No te entiendo. ¡Me vas a volver loca!

—No podemos hacer nada. He estudiado las cuentas de la empresa y están en regla. Los Wertheimer han invertido todas las ganancias en las instalaciones que tienen en Estados Unidos para fabricar los perfumes y los productos de belleza.

—Pero ¡qué me estás contando! ¿Que los Wertheimer fabrican en Estados Unidos sin mi permiso?

Gabrielle estaba cada vez más furiosa. Los ojos chispeantes, las mejillas encendidas, los labios fruncidos. Parecía un animal salvaje acorralado.

—Sí, *mademoiselle*. Están fabricando Chantal Noir en Nueva Jersey a través de una sociedad filial que han creado ellos mismos.

—¿Una nueva empresa? ¿Y con qué nombre?

—Chantal.

—¿Mi nombre? ¿Han utilizado mi nombre para aumentar sus negocios?

—Así es, *mademoiselle*.

—¡Eso es un ultraje! ¡Yo no lo he autorizado! ¡Tenemos que hacer algo!

—Le voy a ser sincero: la demanda tendría que presentarse en Estados Unidos; y, según están las cosas, dudo mucho que, en plena guerra, se consiga una sentencia favorable.

Desde luego, si el abogado de la demandante era el yerno de Laval, y los demandados, unos ilustres refugiados, los jueces americanos ni por asomo le darían la razón a Gabrielle.

—¡Pues no pienso quedarme de brazos cruzados mientras los Wertheimer me roban a manos llenas!

—*Mademoiselle*, con todos los respetos, ¿le puedo dar un consejo? Como sabe muy bien, llevamos más de diez años de pleitos, y hemos perdido en todas las instancias.

—Ve al grano, René. ¿Cuál es el consejo? —gruñó Gabrielle.

—Olvídese de los Wertheimer. No hay nada que hacer.

—¡Ni hablar! Eso jamás. Nunca me he rendido, y te aseguro que no lo voy a hacer ahora.

—Pues, sinceramente, como abogado suyo, no se me ocurre otra cosa.

Gabrielle guardó silencio unos instantes, como si quisiera destacar lo que iba a decir a continuación.

—Aún queda una bala en la recámara —dijo, al fin.

—¿A qué se refiere, *mademoiselle*?

—Los Wertheimer son judíos, ¿no?

—Sí, son judíos. Por eso tuvieron que huir de Francia cuando llegaron los alemanes.

—¿Y no existen unas leyes para arianizar las empresas controladas por los judíos?

Gabrielle sonrió triunfante al ver la cara de sorpresa de Chambrun.

—Utilizar esa arma es muy peligroso —tartamudeó el abogado.

—¡Ah, querido! La guerra es la guerra.

—Sí, *mademoiselle*, pero también estamos metidos en otra guerra que aún no está ganada. Si les quita a los Wertheimer sus acciones por ser judíos, apoyándose en leyes nazis, y luego los alemanes pierden la guerra, usted será muy criticada. Nadie se lo perdonará.

—Me da lo mismo, René. No estoy dispuesta a que unos hombres se rían de mí y se queden con mi dinero, mientras yo permanezco de brazos cruzados sin hacer nada para impedirlo.

—Por favor, piénselo tranquilamente y no se precipite. Se lo vuelvo a repetir: si demanda a los Wertheimer por el simple hecho de ser judíos, ¿no le preocupa lo que pueda pensar la gente?

—¡La gente, la gente! ¡Bah! ¡Bobadas! Nunca me ha importado lo que los demás piensen de mí. Yo nunca pienso en ellos.

21

No fue difícil burlar al conserje del hotel Palace. Bastó con visitar el bar y, desde allí, buscar el camino de las escaleras. Tampoco fue difícil engañar al camarero que subió la botella de champán. Bastó con esconderse en el armario. Pero lo que fue imposible de ocultar fueron los alaridos y los gemidos que lanzaba la mexicana. Parecía que la estaban matando a palos.

Los clientes de las habitaciones vecinas, asustados por el escándalo, llamaron de inmediato a recepción. Creían que se estaba cometiendo un crimen. Pocos minutos después, cuatro agentes de la Policía Armada aporreaban la puerta de la habitación.

—¡Abran! ¡Abran a la policía!

Jeff miró a su compañera de cama. La mexicana le sugirió con sus enormes ojos verdes que se escondiera en el cuarto de baño. Jeff se levantó de un salto y recorrió la habitación, totalmente desnudo, recogiendo al vuelo la ropa esparcida por la alfombra. De repente, la puerta empezó a sufrir fuertes sacudidas. Los policías pretendían echarla abajo a patadas.

No tenía tiempo que perder. Temía no llegar a tiempo hasta el baño. Se lanzó al suelo y se ocultó bajo la cama con la ropa en la mano.

—¡Voy! ¡Un momento! —gritó la mexicana.

Desde su escondite vio a la mujer colocarse una bata de

seda y dirigirse con decisión hacia la puerta. Abrió el pestillo y varios uniformes grises entraron en tromba. Jeff no perdía detalle desde su guarida.

—¿Es esta mujer la legítima ocupante de la habitación? —preguntó una voz cazallera, que Jeff atribuyó al jefe de los policías.

—Sí, lo es —respondió el conserje del hotel, que acompañaba a los policías—. Es doña Dolores Juárez.

—Señora, ¿le pasaba algo? —Volvió a oírse la voz cazallera.

—Nada, inspector.

—No, no soy inspector. Cabo Graciano, para servirle.

—Pues no, cabo. No me pasaba nada. ¿Por qué?

—Los huéspedes de las habitaciones colindantes dicen que han oído gritos.

—Pues yo no he oído nada.

—¿Está segura?

—¿Duda de mi palabra?

—Señorita Juárez...

—Señora, si no le importa.

—¡Ah! ¿Está casada?

—¿Le sorprende, cabo Graciano? ¿Tan fea me ve?

—No, no... no me refería a eso.

—La duda ofende.

—¿Podemos echar un vistazo por la habitación?

—La verdad, no.

—¿Cómo? ¿Qué ha dicho?

El cabo Graciano tartamudeó asombrado. Por primera vez en su vida alguien decía «no» a un uniforme de la Policía Armada.

—He dicho que no. ¿No me ha oído?

—¿Cómo? —repitió atónito el policía.

—Me importa que husmee por mi habitación. ¿Acaso no lo entiende? Soy ciudadana mexicana y no me gustaría que me obligaran a llamar a mi embajada.

—Señora, México no tiene embajada en Madrid.

—Me da lo mismo. ¡Y deje de mirarme las tetas!

Jeff seguía la conversación boquiabierto. La mexicana le echaba un par de narices al asunto.

—¿Dónde está su marido? —continuó el policía con sus preguntas.

—En la sala de fiestas Novedades. Es artista. Comienza dentro de diez minutos. Si se dan prisa, podrán llegar a tiempo a su actuación.

—Señora, deje de reírse de nosotros o tendrá problemas.

—Yo no me río de nadie.

Jeff estaba asombrado de la sangre fría de la mexicana. Su voz no mostraba ni el más mínimo titubeo.

—Señora, ¿le han dicho que en España el adulterio es un delito?

—¡Qué tristeza de país!

Los demás policías no pudieron reprimir una sonrisita. Jeff tuvo que morderse la lengua para no ser descubierto. La mexicana los tenía bien puestos y no se achantaba ante nada.

—Y se lo vuelvo a repetir, cabo: ¡deje de mirarme las tetas!

Al final, los policías desistieron de su empeño y abandonaron derrotados la habitación con el rabo entre las piernas. Dolores Juárez era imposible. Nadie podía con ella.

Nada más oír el cerrojo de la puerta, Jeff salió de su escondite y se dejó caer en la cama muerto de risa. La mujer saltó sobre él y se puso a horcajadas sobre su estómago. Intentaba hacerle cosquillas, pero Jeff no se dejaba. Después de un cariñoso forcejeo, prefirieron hacer algo más placentero para ambos.

La mexicana, sentada sobre Jeff, se movía como si bailara una danza oriental. Parecía una diosa maya, con el cabello alborotado y la bronceada piel cubierta de sudor. Esa vez, la mexicana se contuvo bastante y ahogó los gritos mordiéndose los dedos de la mano.

Cuando terminaron de hacer el amor, se quedaron exhaustos, tumbados en la cama boca arriba, completamente desnudos.

—Así que te llamas Dolores Juárez —comentó Jeff con la mirada fija en el ventilador del techo.

—¿No te lo había dicho?

—Y estás casada.

—¿Te importa?

Jeff giró la cabeza, la miró a los ojos y sonrió.

—En absoluto. Me encantan las mujeres casadas. No dais problemas.

—Pues mi marido no creo que piense lo mismo. Los mexicanos son muy machos.

—¿Crees que me voy a asustar de un cantante de rancheras?

—Mi marido no canta rancheras.

—Pero ¿no has dicho a la policía que hoy actúa en el Novedades?

—Sí, es cierto. Después del baile, hay una exhibición de lucha libre. Mi marido es campeón intercontinental. A lo mejor te suena su nombre de guerra: el Quebrantahuesos de Guanajuato.

Aunque era temprano y hubiese deseado estar más tiempo con la mexicana, Jeff prefirió regresar a su hotel. Tenía demasiado apego a su rostro.

22

—Voy enseguida.

El capitán de navío Luís Carrero Blanco colgó el teléfono. Acababa de hablar con el ayudante de Franco. El Caudillo requería su presencia en El Pardo de inmediato. Carrero sospechaba el motivo de esa urgencia. Días atrás, Franco le había encargado un informe, y seguro que quería ver ya los resultados. Por suerte, su gente era muy eficaz, y lo tenía todo preparado.

Ante la premura de la orden recibida, Carrero se levantó del asiento con tanto impulso que uno de los botones de la guerrera se enganchó en el cajón del escritorio y salió disparado por los aires.

—¡Maldita sea! —gruñó malhumorado.

Se arrodilló y buscó a gatas el botón por la alfombra. Por fin lo encontró junto a la pata de un sillón. Lo acercó al ojal, en un absurdo intento de comprobar su autenticidad. Y entonces se dio cuenta de que con el tirón se había desgarrado la tela de la guerrera.

Carrero soltó un improperio, cosa rara en él. Solo tenía esa guerrera; la otra estaba en el tinte. ¡Qué inoportuno contratiempo! Tendría que arreglar la rotura como fuera. Si se presentaba así en El Pardo, se podía llevar una buena reprimenda. Y a sus años no le apetecía. Franco era muy estricto con la uniformidad. No dejaba pasar ni una.

Justo en ese instante entró en el despacho el comandante de Aviación Antonio Lozano, jefe del servicio de inteligencia. Carrero, en su nuevo cargo de subsecretario de la Presidencia, se había rodeado de militares de confianza de los tres Ejércitos.

—¡Rápido, Antonio! Ayúdame, por favor. Se me ha roto la guerrera. Necesito hilo negro y una aguja.

—¿Hilo negro? Será azul marino.

—Bueno, ¿y qué más da?

—Pues mucho. No es igual el negro que el azul marino.

—¡Mira, Antonio, no me toques las narices! ¿Acaso me meto yo con tu uniforme azul de Aviación, al que tú llamas gris?

—Es que se dice «gris aviación».

—¡Basta ya! ¡No me marees! ¡Y busca rápido lo que te he pedido!

Lozano desapareció y al rato regresó acompañado de la señora de la limpieza. La mujer portaba un pequeño costurero bajo el brazo.

—Necesito que me lo arregle en un minuto. Podrá hacerlo, ¿verdad? —preguntó Carrero muy nervioso.

—Lo siento, don Luis —contestó la mujer tras examinar el estropicio—. Solo tengo hilo negro y el comandante Lozano me ha dicho que tengo que usar hilo azul marino. Tendré que ir a buscarlo a la mercería.

—¡Basta, basta! Tome la guerrera de una maldita vez y cósalo con hilo negro.

Carrero lanzó una mirada furibunda a Lozano, que le observaba desde el umbral de la puerta con sonrisa traviesa.

—Luego hablaremos tú y yo —le amenazó, apuntándole con el dedo.

Carrero no sabía muy bien si Lozano estaba allí para ayudarle o para hacerle la vida imposible. Si no fuera porque era su mejor oficial de inteligencia y un amigo de absoluta confianza, le habría mandado a África hacía tiempo.

La señora de la limpieza le hizo un apaño en el uniforme y Carrero se lo agradeció con una buena propina. Instantes después, el marino se montaba en su coche oficial y salía a toda velocidad hacia El Pardo.

Al pasar por delante de la embajada francesa, Carrero recordó los tristes días que vivió en su interior. Nada más estallar la guerra civil, un grupo de milicianos se presentó en su casa de la calle de Padilla. Por suerte, vivía en un ático, y pudo escapar por los tejados. Encontró refugio en la embajada de México, y más tarde en la de Francia, en donde permaneció un año entero. Doce angustiosos meses en los que no dejó de pensar en su mujer, embarazada y con tres niños pequeños a su cargo. Temía que en cualquier momento pudiera pasarle lo mismo que a su padre y a su hermano, asesinados en los primeros días del Alzamiento. Al fin pudo viajar a Francia y reincorporarse a la España Nacional. Meses más tarde lo harían su mujer y los niños. Después de tantas desgracias y calamidades, el reencuentro de la familia al completo solo podía calificarse de milagro. Al menos, esa fue su interpretación.

La carretera de El Pardo se encontraba bastante mal. Había nevado y el chófer tenía que conducir con mucha precaución por culpa de las placas de hielo. No había caucho y los automóviles, incluso los oficiales, se veían obligados a apurar los neumáticos hasta que se quedaban completamente lisos. El conductor temía salirse en una curva.

Al llegar al palacio, Carrero se apeó del automóvil y subió los escalones de dos en dos. A pesar de su juventud —acababa de cumplir cuarenta años—, la falta de ejercicio y algún kilo de más le hicieron llegar fatigado al despacho de los ayudantes de Franco.

—Enseguida le recibe Su Excelencia, señor subsecretario —le anunció el ayudante de guardia.

Carrero esperó en el llamado salón de consejillos, decorado con tapices de Bayeu, jarrones de Sévres y alfombras de la Real Fábrica. Recibía ese nombre porque era el lugar en el que los miembros del Gobierno aguardaban a que comenzara el Consejo de Ministros de los viernes.

Antes de sentarse en una incómoda butaca isabelina, constató ante un enorme espejo veneciano que su uniforme estaba en regla. El remiendo de la señora de la limpieza había quedado impecable. Luego comprobó la raya del pantalón y el brillo de los zapatos. Por nada del mundo quería defraudar a su querido Caudillo. Su lealtad a Franco era absoluta e incuestionable. Le consideraba un ser providencial, un enviado de Dios para salvar a España de las garras del comunismo y de la masonería. Para Carrero, Franco solo tenía un defecto: ser mortal.

Mientras esperaba en la fría sala, se dedicó a recordar el inquietante sueño que había sufrido la noche anterior, y que provocó que se despertara agitado al filo de la madrugada. Bañado en sudor y con el corazón desbocado, ya no pudo volver a dormir. Para que no se le olvidara la pesadilla, se levantó y se fue a la mesa del salón de su casa. Tomó pluma y papel y trató de describir todo lo que recordaba. Pensaba publicarlo en algún periódico con el nombre de Juan de la Cosa, su seudónimo habitual.

En el sueño, Carrero contemplaba desde la acera, en mitad de una muchedumbre de curiosos, el paso de un nuevo rey dentro de un coche. Era alto y rubio, de mirada amable y uniforme deslumbrante. De repente, el público empezó a enfrentarse. Unos gritaban «¡Arriba España!» y otros «¡Viva Rusia!». Un grupo prendió fuego a una iglesia. Portaban banderas rojas y alzaban los puños. Entonces él se abalanzó sobre el hombrecillo que dirigía a los incendiarios y trató de estrangularlo con ambas manos. Tenía el cuello viscoso y frío, como el de una culebra, y, por más que apretaba, no conseguía matarlo. El tipo no dejaba de reír: «Ji, ji, ji.» En la solapa llevaba el emblema de la masonería: una escuadra y un compás. En la lucha, cayeron al suelo, y entonces el hombrecillo le susurró: «¡Idiotas! Otra vez os engañamos, y ahora para siempre. España ya no tiene salvación. Ji, ji, ji...»

¿Qué significaba aquella pesadilla? No lo sabía. Pero jamás había tenido una sensación tan angustiosa por culpa de un simple sueño.

El ayudante de servicio apareció en la puerta:

—Señor subsecretario, en breve será recibido.

«Señor subsecretario...» Después de tres años, ya se había acostumbrado al nuevo cargo, aunque al principio tardó en asimilarlo. Franco le había nombrado subsecretario de la Presidencia a raíz de un famoso informe que elaboró a mediados de 1940, cuando Alemania ya se había merendado media Europa y solo tenía enfrente a una Inglaterra exhausta. En el documento, Carrero, un simple oficial de la Armada, había tenido la osadía de decir por escrito lo que era impensable en aquellos momentos. Afirmaba que la victoria alemana era más que dudosa, por lo que España debía mantenerse neutral. Ni Churchill, ni el británico más optimista, se hubiese atrevido a decir tanto en fechas tan tempranas.

Al poco tiempo, Franco le llamó a El Pardo y le nombró subsecretario de la Presidencia. Quería tenerlo cerca. A Carrero no le hizo mucha gracia el nuevo cargo. Hubiese preferido seguir en su puesto en el Estado Mayor de la Armada. Pero asumió su designación con disciplina. Su lealtad a Franco estaba por encima de todas las cosas.

El ayudante de servicio asomó la cabeza de nuevo:

—Ya puede pasar, señor subsecretario.

Carrero se levantó de la butaca, se alisó el uniforme con las manos y, con paso firme, siguió al ayudante. No le llevó al despacho privado de Franco, sino al despacho oficial, bastante más amplio y lujoso, que solo se utilizaba para visitas y actos protocolarios. Franco acababa de tener una entrevista con sir Samuel Hoare, el embajador inglés, un tipejo de lo más deleznable.

—¿Da Vuestra Excelencia su permiso? —solicitó Carrero desde la puerta, en impecable posición de saludo.

Franco, parapetado tras un robusto escritorio de caoba y bronce, alzó la vista y le hizo una señal con la mano para que se acercara. Tenía mala cara. El embajador inglés, con sus continuas amenazas veladas, le había puesto de mal humor.

Carrero avanzó hasta el escritorio, se cuadró de nuevo y amagó un taconazo. Franco le hizo un gesto y el marino tomó asiento en una butaca de tapicería bermellón. Siguió rígido, sin bajar la guardia, con la espalda tan recta como una tabla.

—Carrero, ¿ha recabado la información que le solicité? —preguntó Franco con su voz aflautada.

—Sí, Excelencia.

Carrero Blanco, nada más ser nombrado subsecretario, creó su propio servicio de inteligencia. En esos momentos existían servicios de información en cada uno de los tres Ejércitos, en el Alto Estado Mayor, en la Guardia Civil, en la Policía y en la Falange. Pero Carrero quería tener uno propio de su total confianza que le permitiera conocer de primera mano todo lo que se cocía en el país sin pasar por los filtros y las manipulaciones de otros organismos.

Y así surgió el servicio de información de la Subsecretaría de la Presidencia, una misteriosa unidad cuya existencia ni siquiera conocían los ministros, y que dependía directamente de Carrero. Poco después, crearía otro servicio más, la red APIS, la niña de sus ojos. Un servicio dedicado al espionaje exterior, y que dirigía, con una eficacia incuestionable, María Dolores de Naverán y Sáenz de Tejada, una misteriosa y astuta monja teresiana.

—¿Y qué ha averiguado?

Franco le observaba con su mirada fría y penetrante, capaz de helar el aliento al más bizarro. Como decía Carrero con frecuencia: «Franco sabe mandar con la mirada.»

El marino abrió la cartera de piel que llevaba bajo el brazo y extrajo un dosier con el sello de «confidencial» estampado en tinta roja. Lo abrió y empezó a leer.

—Tenemos bastantes datos sobre el paisano Jaime Urquiza, más conocido por Jeff Urquiza entre sus amistades —dijo Carrero con voz gutural. Franco le apremió con la mano para que continuara—. Nacido en Madrid, treinta y ocho años, soltero, hijo de don Alfonso Urquiza, dueño del Banco Urquiza y diputado de la Unión Republicana... Espíritu rebelde y aventurero, de costumbres licenciosas, aficionado a la bebida y a las mujeres... Afamado deportista, ganó la medalla de plata con el equipo nacional de polo en los Juegos Olímpicos de Amberes... Su padre lo mandó a Oxford para alejarlo de la mala vida, pero no adelantó nada. Antes de terminar los estudios tuvo que huir de Inglaterra.

—¿Por qué motivo?

Carrero dudó antes de continuar. Buscaba la palabra exacta.

—Por culpa de un *affaire* con la esposa de un importante miembro de la Cámara de los Lores.

—¿Un qué?

—Una aventura sentimental con una mujer casada.

—¡Ah!

—Al regresar a España, rompió con su familia, y se marchó a París como corresponsal de un diario madrileño. Al principio trabajaba para el *ABC*; desde hace unos años, para el *Informaciones*. Su vida en Francia es muy cómoda, rodeada de todo tipo de lujos. Por las mañanas juega al tenis en el club Fontainebleau o monta a caballo en el Bois de Boulogne. A la hora del almuerzo se le suele ver en el Maxim's o en el Ciro's. Por las tardes juega al golf o al polo, o acude a las carreras de caballos de Longchamp o Auteuil. Y por las noches es un asiduo a las salas de fiesta más famosas de París, como el Lido, el Embassy o el Montecarlo.

Franco frunció el ceño. Aquello no le cuadraba.

—¿No ha dicho que es periodista?

—Sí, Excelencia.

—Entonces, ¿cuándo trabaja?

—Excelencia, a este hombre si algo le sobra es el dinero. Es periodista por pura diversión. Su pasión son los coches, la buena vida y las mujeres. Se cuentan por docenas las aventuras...

Franco no le dejó continuar:

—Carrero, le agradecería que se saltase cualquier otro *affaire* que haya podido tener este individuo. Vayamos al grano.

Carrero se quedó un poco perplejo. Franco nunca interrumpía a sus colaboradores. Sin duda, la visita de Hoare le había alterado. Y no era para menos. El embajador inglés había conseguido en los últimos meses, bajo amenazas encubiertas, la retirada de la División Azul, y la supresión del apoyo en tierra a los submarinos y a los aviones alemanes. En la entrevista que acababa de terminar, el inglés había sacado a relucir el tema de la venta de volframio a Alemania. O se suspendían de inmediato los envíos, o se llevaría a cabo el embargo del suministro de petróleo. Franco sabía que, si eso llegara a ocurrir, el país entero se moriría de hambre y frío.

—¿Qué es lo que le interesa en concreto, Excelencia?

—¿Urquiza es de fiar?

—Pues, con total sinceridad, no lo sé.

—¿Qué quiere decir? ¿Luchó en nuestro bando?

Carrero carraspeó un par de veces antes de continuar.

—Excelencia, este individuo luchó como oficial en los dos bandos, en el republicano y en el nacional, y en ambos fue condecorado por su valor.

Franco arrugó la nariz.

—Continúe, Carrero.

—Al estallar el Alzamiento, Urquiza se encontraba en Barcelona para cubrir la Olimpiada Popular. En aquel entonces trabajaba en el *ABC*, por lo que fue detenido y encarcelado en el barco-prisión *Uruguay*. No lo soltaron hasta que pudo acreditar quién era su padre. A pesar de ello, no se fiaban mucho de él, y le obligaron a alistarse. Se hizo piloto en la Unión Soviética, y un año más tarde tomó tierra con su avión en el aeródromo de Salamanca.

Franco alzó las cejas.

—¡Ah! Eso está muy bien. ¡Pero que muy bien! Entonces, se pasó a nuestro bando.

—Sí, Excelencia, se pasó a nuestro bando. Sometido a depuración, fue declarado sin responsabilidad, al acreditar que los rojos le habían obligado a alistarse. Se hizo alférez provisional y luchó el resto de la contienda en el bando nacional como piloto de caza, con una brillante hoja de servicios. Al terminar la guerra, dejó el Ejército y empezó a trabajar en el periódico *Informaciones*. Primero, como corresponsal en Berlín, y después, en París.

—Entonces, tiene un historial bastante limpio, ¿no cree, subsecretario?

Carrero se removió inquieto en su asiento. No estaba cómodo. Franco enseguida se dio cuenta.

—A ver, Carrero, dígame, ¿por qué no se fía de este hombre?

—Después de la guerra, al interrogar a los prisioneros republicanos, nos enteramos del motivo por el cual Urquiza se pasó de bando. Y no fue por razones ideológicas, Excelencia.

—¿Y cuál fue el motivo?

—Urquiza se había liado con la mujer del jefe de su escuadrilla, un ruso con mucho temperamento. Al enterarse de la infidelidad de su esposa, persiguió a Urquiza a tiros por todo el aeródromo de Valencia. Si no llega a escapar en un avión, lo habría matado allí mismo.

Franco hizo un gesto de desagrado.

—Pero ¿este hombre tiene ideología? ¿Le importa algo?

—Me temo, Excelencia, que a este hombre solo le importa una cosa.

—¿El qué, Carrero?

—Que el champán esté frío.

23

Jeff encendió un cigarrillo con los rescoldos del anterior. Estaba tumbado en la cama, sin poder dormir, con la vista clavada en la lámpara del techo. Aún no había amanecido y en el cristal de la ventana se reflejaban las llamativas luces de un anuncio de neón. En la calle reinaba el silencio, tan solo roto de vez en cuando por el chuzo del sereno o el ladrido de un perro.

Llevaba un buen rato despierto. Pensaba en Daniela, en lo que había sentido por ella, en los dramáticos momentos que habían pasado juntos, en su fugaz reencuentro. También pensaba en Víctor, tan lejano y tan distinto a él que parecía imposible que pudieran ser hermanos. Nunca se llevaron bien, ni siquiera de críos. Siempre habían sido como dos seres de distinto planeta, condenados a no entenderse nunca. Aun así, no tenía que haberle engañado con su mujer.

La aparición de Daniela le había hecho recordar tiempos pasados que él creía olvidados. Y temía que en su alocado y cambiante corazón quedara algún rescoldo sin apagar. Tal vez aquel amor que él creía muerto, en realidad, tan solo estuviese adormilado. Tenía razón su amiga Zoé: el reencuentro con Daniela solo podía traer complicaciones. Había jurado no volver a verla nunca más. Y ahora se arrepentía de haber aceptado el encargo de la carta de Serrano.

Cuando por fin amaneció, se levantó de la cama y escribió un artículo de opinión. No era para el *Informaciones*, sino para la *Actualidad Nacional*, la revista de Barcelona en la que colaboraba bajo seudónimo, sin que nadie lo sospechara, y que respiraba cierto aire de libertad.

Luego se arregló y bajó a la calle. Desayunó en un local que acababan de inaugurar en la Gran Vía, no muy lejos del hotel. No se trataba de un café, sino de una cafetería, un nuevo invento importado de Estados Unidos. Decoración moderna, luces de colores, camareras jóvenes y monas, y una amplia variedad de comida rápida. Nada que ver con el tradicional café de toda la vida, con sus butacas de madera y sus veladores de mármol. A Jeff le gustaba la nueva moda. Sobre todo, por sus guapas camareras.

Acodado en el mostrador, contemplaba la cara de estupefacción de los clientes novatos cuando leían en la pizarra nombres tan exóticos como «perritos calientes» o «tarta de calabaza».

Por desgracia, no pudo tontear con las camareras, sometidas a estricta vigilancia inquisitorial por el encargado. Al abandonar el local, un taxi le llevó hasta un siniestro callejón del barrio de Chamberí. Entró en un decadente edificio, subió hasta la última planta y pulsó el timbre de la única vivienda.

—¡Ya voy! ¡Ya voy!

Instantes después abría la puerta su amigo Alonso. Sucio, despeinado, con pinta de no haberse afeitado en meses. No hacía falta ser adivino para deducir que se acababa de levantar de la cama. Su único atuendo era un viejo albornoz sin abrochar, que en su día debió de ser blanco, y que ahora aparecía cubierto de manchas de pintura reseca de todos los colores.

—¡Coño, Jeff! ¿Qué hora es?

—Una hora más tarde de la acordada —respondió el periodista.

Jeff apartó a su amigo a un lado con el dorso de la mano y entró en la vivienda. Recorrió el estrecho pasillo, repleto de trastos viejos, y llegó a un amplio salón abuhardillado. No había muebles, tan solo dos caballetes y una mesa de trabajo abarrotada de pinceles y tubos de pintura. Lienzos de todos los tamaños, y de los estilos más variados, se alineaban contra la pared. Una potente luz natural penetraba a través de los ventanales y de la claraboya del techo. La sala olía a aguarrás y a cola de conejo.

—Deberías limpiar esta pocilga de vez en cuando —le aconsejó Jeff mientras recorría la estancia con la mirada—. Quizás encuentres un tesoro oculto entre tanta basura.

—Lo siento, pero hoy es el día libre del servicio.

Jeff sonrió. Sacó un fajo de billetes del bolsillo del abrigo y se lo lanzó a Alonso, que lo cogió al vuelo.

—Aquí tienes tu parte. Hemos sacado una buena tajada.

Alonso sacudió los billetes frente a su nariz y los olisqueó con verdadero placer.

—Me encanta cómo huelen —suspiró con los ojos cerrados.

—Vendimos tu Velázquez a un palurdo belga.

—Estupendo, estupendo. Este dinero abre muchas puertas en el mercado negro.

—Ahorra y no hagas como yo, que he derrochado mi parte en un abrir y cerrar de ojos.

—¿Todo?

—Todo. Ya sabes: fiestas, juego y mujeres. Puro placer.

Jeff se acercó al cuadro que soportaba uno de los caballetes. Se trataba de una escena religiosa que cualquier marchante de arte poco escrupuloso podía atribuir, sin la menor vacilación, al mismísimo Murillo.

—Tengo otro encargo, Alonso.

—Tú dirás.

—Zurbarán. ¿Qué tal?

—Bien. No es complicado.

—Tengo un cliente, un general alemán con mucho dinero, que pagaría lo que fuera por un Zurbarán. No es caprichoso. Le da lo mismo una Virgen que un santo. Así que tú eliges. Lo que más te guste. ¿De acuerdo?

—Sin problemas.

Alonso era un pintor extraordinario, capaz de reproducir cualquier cuadro a la perfección.

—Lo necesito para dentro de un mes. ¿Lo tendrás?

—Por supuesto. ¿Lo mando a París como siempre?

—Sí. La valija diplomática sigue siendo el medio más seguro. Aunque he de confesarte que los contactos en Asuntos Exteriores se están poniendo últimamente algo impertinentes. Ahora exigen un cinco por ciento más de comisión.

—¿Y lo piensas pagar?

—¡Qué se le va a hacer! ¡Habrá que pasar por el aro! No tenemos más remedio.

El pintor cogió un vaso sucio de la mesa de trabajo, olfateó el líquido que contenía, lo lanzó al suelo y lo llenó de vino tinto peleón.

—¿Te apetece? —le preguntó a Jeff ofreciéndole el vaso.

—¿Quieres que me envenene?

—Tú te lo pierdes.

Y sin el menor escrúpulo, bebió un buen trago y abortó un eructo. Su aliento hacía juego con su aspecto.

—Oye, Jeff, una pregunta —dijo el pintor, sorbiéndose la nariz—. Tú eres rico, muy rico. ¿Por qué demonios te metes en estos líos sin necesitarlo? Es un juego muy peligroso.

—Mira, Alonso, para vivir bien en París se necesita mucho, mucho dinero. De la herencia de mis padres me quedan inmuebles y algún que otro negocio, pero dinero metálico, nada de nada. Las cuentas bancarias fueron confiscadas al acabar la guerra en castigo por los antecedentes políticos de mi padre.

—Pues vende algún edificio y llévate el dinero a Francia.

—Eso es imposible. Está prohibido sacar dinero de España. Y, aunque lo consiguiera, no adelantaría nada, porque en Francia nadie me cambiaría pesetas por francos, ni siquiera en el mercado negro.

Se despidió de Alonso y bajó a la calle. Mientras espera-

ba un taxi que le llevara a La Gran Peña, una tímida sonrisa
afloró a sus labios. Vender cuadros falsos en el París alemán se había convertido, para él, en un negocio lucrativo y,
sobre todo, bastante divertido. Le daba el toque de riesgo y
emoción que faltaba en su vida.

24

Gabrielle Chantal estaba eufórica. Un anticuario de la rue Saint Honoré le acababa de regalar un aerolito encontrado, años atrás, en Mongolia. Lo envolvió en un paño de ante, como si fuera un niño, y lo guardó dentro de una bolsa de cuero. Para celebrarlo, ordenó al chófer que se dirigiera al café de Flore.

El café, situado en el boulevard Saint-Germain, debía su nombre a la pequeña estatua de la diosa Flora que allí se alzaba. Gabrielle sentía un especial cariño por aquel lugar. Le recordaba a su querido amigo Picasso. Allí habían pasado muchas horas de charlas y confidencias. Lástima que aquellos años no pudiesen volver.

En la primera planta del local, Charles Maurras había fundado el periódico de extrema derecha *Acción Francesa*. Y en la planta baja se mezclaban, mesa con mesa, y en aparente armonía, intelectuales de todas las ideologías y tendencias, desde escritores comunistas hasta periodistas amantes de la colaboración.

Por alguna extraña razón, los alemanes no pisaban el café de Flore. Nadie comprendía tal comportamiento, cuando los locales cercanos estaban abarrotados de *boches*. Parecía que tuvieran alergia a sus mesas. En cualquier caso, los parroquianos habituales del Flore estaban encantados con la ausencia de invasores.

Todas las mañanas, poco antes de las ocho en punto, aparecía por allí Simone de Beauvoir y esperaba en la calle a que abriera el café. Tenía que madrugar y ser muy hábil si quería ocupar la mejor mesa del café, que no era otra que la situada junto a la estufa. En las casas y en los hoteles, la calefacción solo funcionaba media hora al día, mientras que en los cafés nunca se interrumpía. Y allí se pasaba Simone de Beauvoir el día entero entre folios y tinteros hasta que llegaba su pareja Jean-Paul Sartre. El escritor y dramaturgo acababa de estrenar su obra *Las moscas* con el beneplácito de los nazis. A última hora siempre se les unía su amigo Albert Camus.

Al llegar al café, Gabrielle se bajó del Rolls-Royce con su aerolito bajo el brazo. Por nada del mundo pensaba dejarlo en el coche. Temía que, en un despiste del chófer, se lo pudieran robar.

Un camarero le buscó una mesa en la terraza. No hacía mucho frío, y el sol lucía en un cielo limpio de nubes. Gabrielle pidió dos copas de vino blanco. Era un día muy especial, le habían regalado una joya y tenía que festejarlo.

—¡Brindemos, pequeña! —exclamó entusiasmada—. Hoy ha sido un buen día y necesito celebrarlo.

Entrechocaron las copas en alto. El regalo del aerolito había suavizado su agrio humor. Hasta entonces llevaba un día de perros. Spatz seguía sin dar señales de vida y desconocía por completo qué había pasado con su propuesta de paz.

Una dama muy elegante, ataviada con un abrigo de la Casa Chantal, pasó por delante de la terraza acompañada de un señor de pelo plateado. Al ver a Gabrielle, la mujer palideció y bajó la cabeza. No la levantó hasta pasados unos metros.

—¿La conoce, *mademoiselle*? —preguntó Daniela, intrigada por la reacción de la mujer.

—Era una de mis «nenas». —Con ese apelativo designaba Gabrielle a sus clientas.

—¿Por qué ha actuado así?

—Es una caradura. Aún me debe bastante dinero, que dudo mucho que pueda cobrar.

Muchas damas, a pesar de sus aires de grandeza, no podían pagar precios tan altos al contado, y acordaban abonarlos en cómodos plazos, que no siempre cumplían.

Gabrielle continuó:

—A veces se llevaba un vestido y al día siguiente, después de haberlo estrenado en alguna fiesta, lo devolvía alegando que no le gustaba. Tuve que ordenar a las vendedoras que no atendieran más a esa mujer.

Gabrielle nunca trataba en persona a las clientas. Como decía con frecuencia, «las mujeres ricas son muy difíciles de tratar». Para eso estaban las *vendeuses*, jóvenes agradables y de modales exquisitos especialmente adiestradas para tratar a las damas que entraban en la boutique. Sabían ejercer muy bien su oficio.

Un grupo de chicas pasó por delante del café. Caminaban sonrientes, cogidas del brazo, como si fueran unas colegialas. Unos soldados alemanes las seguían a escasa distancia. Intentaban tontear con ellas. De un simple vistazo, Gabrielle elaboró un análisis completo de su indumentaria.

—¿Te has fijado?

—¿En qué, *mademoiselle*?

—¡Por Dios, Daniela! ¡No te enteras de nada! ¿No has visto lo que llevaban esas muchachas?

—No, *mademoiselle*. Lo siento. —Daniela no sabía a qué se refería.

—¿No te has fijado en los zapatos de corcho y en los bolsos en bandolera?

La diseñadora sonrió satisfecha al terminar la frase. Acababa de ver dos invenciones suyas. Le encantaba que la gente siguiera su moda. Era su mejor premio.

—Una vez paseaba descalza por la playa del Lido, y la arena estaba tan caliente que me quemaba la planta de los pies. Como no podía utilizar las sandalias de cuero, porque me hubiese abrasado la piel, me fui a un zapatero y le dije que me cortara dos planchas de corcho con forma de suela. Después, les coloqué un par de cintas. Y con el nuevo invento en mis pies me fui tan feliz a la playa. Así, sin más, mi querida niña. Sin darme cuenta, acababa de crear las sandalias con suela de corcho. A los pocos meses se vendían en todas las zapaterías de Europa y Estados Unidos.

—Una idea muy práctica.

—Y lo mismo pasó con el bolso en bandolera. Hasta entonces, las mujeres íbamos de un lado a otro con el bolso en la mano, y yo estaba cansada de perderlos. Para evitarlo, les puse una correa larga y empecé a llevarlos en bandolera. Te puedes imaginar... Enseguida todo el mundo me imitó.

En esa ocasión, Gabrielle no había mentido: los zapatos de corcho y los bolsos en bandolera eran invenciones suyas.

El boulevard Saint-Germain estaba cada vez más concurrido. Los estudiantes acababan de terminar sus clases y se esparcían por todo el Barrio Latino como una plaga bulliciosa. Parecían vivir ajenos al drama de la guerra. Con sus risas y sus bromas, trataban de evadirse de la triste y angustiosa realidad.

En la acera de enfrente, una mujer extendió una manta en el suelo y colocó encima varios vestidos. Con voz musical comenzó a anunciar «auténticos Chantal» a precio de ganga. Por supuesto, se trataba de vulgares imitaciones. Daniela pensó que Gabrielle se iba a enfurecer, pero, muy al contrario, se limitó a observar complacida.

—Me gusta que hagan copias de mis vestidos. Cuanto más se me copie, mayor publicidad.

—Leí en el *Vogue* hace tiempo que algunos modistos pretendían patentar sus diseños para impedir que se hicieran falsificaciones —comentó Daniela por decir algo.

—¡Qué estupidez! ¡No se puede patentar un vestido! ¡Eso es una barbaridad! En el arte no existen las patentes. No solo me gusta que me copien, sino que incluso me halaga.

«Lo que yo creo, lo copian todos», decía con frecuencia Gabrielle. Y su enemiga Schiaparelli enseguida replicaba: «Lo que yo creo es inimitable.» Y no le faltaba razón.

—Que me imiten es, para mí, el mayor homenaje que pueden hacerme. A diferencia de mis competidores, yo siempre permití que fotografiasen mis desfiles. Al día siguiente, con las imágenes en la mano, todas las modistillas se dedicaban a copiar mis creaciones. —Bebió unos sorbos de su copa antes de continuar—. Una vez fui a una fiesta y me encontré con veintidós invitadas que llevaban vestidos Chantal. Lo sé porque los conté. Y, ¿sabes una cosa?, ninguno era mío. En la fiesta no había ningún auténtico Chantal. ¡Ni uno solo!

Gabrielle rio de buena gana.

—Me recibió la duquesa de Alba y me dijo: «Te juro que el mío es de tu Casa.» Pues tampoco lo era, querida. Y la condesa de La Rochefoucauld no se atrevió a saludarme porque sabía que el suyo también era falso.

Un joven con gafas oscuras apareció en la terraza del café. Caminaba entre las mesas con paso inseguro. Tropezó con una silla, que cayó al suelo con gran estrépito, justo a los pies de Gabrielle.

—¡Por Dios! —saltó la diseñadora—. ¡Mire por dónde pisa!

El camarero se presentó veloz. En vez de afear al joven su conducta, le tomó con delicadeza del brazo y le condujo hasta una mesa vacía. Luego, el empleado se acercó a Gabrielle.

—Perdone, *mademoiselle*, ha sido sin querer.

—¿Sin querer? ¿Cómo lo sabe usted? —protestó la diseñadora con gesto airado.

—Porque es ciego.

—¿Ciego? —balbuceó Gabrielle.

—Sí, *mademoiselle*. Perdió la vista en el frente y acaba de ser liberado de un campo de prisioneros alemán. Lo está pasando muy mal porque su novia, al verle así, se ha liado con un *boche*.

—¿Cómo sabe usted todo eso?

—Lo sé muy bien porque es el hijo del dueño del edificio.

Gabrielle le hizo un gesto a Daniela para que abonara de inmediato la consumición. Quería abandonar el local cuanto antes. No soportaba presenciar desgracias ajenas.

—Esto es terrible, Daniela —le comentó ya dentro del vehículo, con la vista perdida a través del cristal—. No hay cosa más horrible que una guerra. ¿Por qué no acabará esta pesadilla de una maldita vez?

Y los alemanes seguían sin responder a su ofrecimiento.

25

—¡Liberal y masón!

Las palabras resonaron en el interior del vehículo como si fuera una condena bíblica. Para confirmar lo que acababa de decir, y que no quedase la menor duda, lo repitió en un tono mayor.

—¡Liberal y masón!

Maruchi de Garcerán, esposa de Santiago Garcerán, capitán general de Madrid, tenía la virtud de poseer la lengua más viperina de toda la guarnición de la capital.

—¡Qué me dices, Maruchi! ¡Virgen Santa! ¡Qué horror!

—¡Te lo juro, Cuca!

En la intimidad del vehículo, las dos mujeres se persignaron al unísono.

—¿Cómo te has enterado? —preguntó Cuca, marquesa de Valdecastrillo, una de las inteligencias menos desarrolladas de la especie humana.

—Me lo ha contado Pila.

—¿Qué Pila?

—¡Pues Pila, mujer!

Cuca nunca hacía honor a su nombre. Y como Maruchi veía que su amiga seguía en la inopia, tuvo que aclarar:

—¡Pilar, la hermana del Caudillo!

—¿Esa cotorra?

—Cotorra y todo lo que tú quieras, pero en algo así no me iba a mentir.

—Pues no sé cómo lo ves tú, pero me parece de muy mal gusto acusar a tu propio padre de liberal y masón.

—Pues lo era, Cuca. El padre del Caudillo era un liberal y un masonazo. ¿Y sabes lo peor?

A la infame Maruchi, mente privilegiada para hacer el mal, le encantaba difundir noticias escabrosas. Siempre que fueran de los demás, claro.

—¿Qué puede haber peor?

—Prepárate, hija: ¡vivía en pecado con su criada!

—¡¡No!!

—¡¡Sí!!

—¡¡No!!

—Te lo juro, Cuca. —Maruchi se llevó dos dedos a los labios para afianzar sus palabras—. El padre del Caudillo dejó a su mujer y a sus hijos en El Ferrol y se vino a Madrid a vivir con una fulana mucho más joven que él. ¡Podía ser su hija!

—¡Virgen Santa del amor hermoso! ¿Y duró mucho?

—Pues ni más ni menos que treinta años. ¡Treinta años liados en pecado mortal!

En realidad, no era cierto lo que acababa de decir Maruchi de Garcerán, como la mayoría de las cosas que propagaba aquella víbora. Sí era cierto que el padre de Franco había abandonado a su mujer y a sus hijos, y que en Madrid se había liado con una mujer que podía ser su hija. Pero no era su criada, sino una maestra. Y en el momento de su fallecimiento no vivían en pecado; se habían casado unos pocos años antes, en cuanto él se quedó viudo.

—Si llego a saber que ese hijo de Satanás era un rojo indecente, no voy a su funeral —proclamó Cuca, totalmente ofendida.

—Ni yo, querida, ni yo. Y eso no es todo. Hay más.

—Pero, Maruchi, ¿puede haber algo más?

—Sí, hija, sí. Me dijo Pila que su padre tenía un hijo secreto.

—¿¿Qué?? ¡Santo Dios! ¡Qué horror horroroso! —Cuca se persignó varias veces con frenesí.

—Que sí, mujer. Que nuestro Caudillo tiene un hermano secreto.

—¡No me lo puedo creer! ¿Un hijo de la criada?

—No, bonita. Casi peor. Su padre lo tuvo antes de casarse, cuando estaba en Filipinas.

—¡No me digas más! ¿Con una nativa?

—Sí, hija, sí. Con una filipina de... ¡catorce años!

—¡¡No!!

—¡Sí, Cuca, sí!

La ignorante de Cuca no salía de su asombro. Se volvió a persignar y señaló con los ojos al chófer. Su amiga estaba hablando con demasiada libertad delante de un extraño.

—No te preocupes, Cuca. El «mecánico» es de confianza. ¿Verdad, Manolín?

—Sí, Excelencia —contestó el conductor como un autómata.

Al chaval le reventaba otorgar el tratamiento de «Excelencia» a aquella dama. Excelencia era su marido, pero ella no. Sin embargo, las mujeres de los altos mandos se atribuían sin el menor pudor, y de forma indebida, el mismo tratamiento que sus esposos. Bien es cierto que, en parte, tenían razón: mandaban más que sus propios maridos.

—Es el hijo del guardés de nuestro cigarral —explicó Maruchi a Cuca, refiriéndose al conductor—. Mi marido, que ya sabes que es un bendito, se lo ha traído a Madrid a hacer el servicio militar. Y eso que tuvo un hermano un poco rojete en la guerra, ¿verdad, Manolín?

—Verdad, Excelencia, verdad —respondió el pobre soldado, compungido y resignado.

—¡Tu marido es un santo! —aclamó Cuca enfervorizada.

El pobre chaval miraba de vez en cuando a las dos arpías a través del espejo retrovisor. De buena gana hubiese estampado el coche contra un árbol.

No se podía quejar de su mili, eso era cierto. Comía bien, dormía en una cama limpia, no aparecía por el cuartel, no hacía servicios de armas. Pero estaba harto de aquella bruja que le trataba como a un vulgar esclavo. Por las mañanas tenía que lavar y abrillantar el coche, llevar a los nietos al colegio, hacer la compra en el mercado, ayudar a las criadas a limpiar la casa, auxiliar a la cocinera... Y por las tardes debía llevar a su señora a El Pardo, a las famosas meriendas de doña Carmen, la esposa de Franco, en donde se juntaba con otras damas de alta alcurnia. A pesar de la envidiable mili que, según sus compañeros, disfrutaba, se hubiera cambiado por cualquiera de ellos.

—¿Falta mucho, Manolín? Ya sabes que no me gusta llegar tarde y ser la última.

—La carretera está muy mal por culpa de la lluvia, Excelencia. Tardaremos unos diez minutos más, Excelencia.

Aunque le repatease, Manolín repetía el tratamiento sin cesar, para mayor gloria y satisfacción de su señora.

—Sigue, sigue contándome cosas del padre del Caudillo —suplicó Cuca a su amiga.

—Pues como te iba diciendo, el padre de Franco abandonó a su familia y se fue a vivir a Madrid. No quiso saber nada de su mujer y de sus hijos. Y cuando su esposa murió, el muy canalla ¡ni siquiera fue al entierro! Y eso que falleció en Madrid, poco antes de la guerra, por culpa de una neumonía. La pobre mujer se dirigía en esos momentos a Roma de peregrinación. ¡Una santa, Cuca! ¡Una santa!

—¡Qué espanto!

—Y hay más.

—Pero ¿puede haber más? Me dejas anonadada.

—El hombre era un demonio. Cuando aún vivía en El Ferrol, insultaba y maltrataba a su mujer y a sus hijos, sobre todo a nuestro Caudillo. Se reía de él, porque le veía muy poquita cosa y bastante... enmadrado. Le tenía tanta manía que ni siquiera fue a su boda.

—¡Qué me dices!

Era cierto que Nicolás, el padre de Franco, no había ido a la boda de su hijo Paco. Pero no por simple capricho, sino por la sencilla razón de que su hijo no le había invitado. Para Franco, su padre era un ser salvaje y despreciable, que humillaba constantemente a su santa madre, el ser más dulce y maravilloso del mundo. El odio a su padre le marcó tanto que desde muy joven siempre detestó el tabaco, el alcohol, el juego y las fulanas. Los grandes vicios de su progenitor.

La madre siempre le rogó que perdonara a su padre, que le quisiera y le visitara. Y aunque se lo prometió a la piadosa mujer en su lecho de muerte, Franco nunca cumplió su palabra.

—¡Qué hombre más sinvergüenza! —sentenció Cuca.

—Sinvergüenza es poco. ¡Un canalla! Ese hombre era un canalla. ¿Sabes a lo que se dedicó en los últimos años de su vida? A emborracharse en todas las tabernuchas de Fuencarral. Y allí insultaba en público a nuestro amado Caudillo sin cortarse lo más mínimo. Decía que su hijo Paco era un imbécil y un cretino.

—¡Jesús, María y José!

Cuca se persignó de nuevo.

—Como era masón, el hombre no iba a misa. Cuando cayó enfermo, Pila avisó a un cura. El sacerdote fue a la casa, pero la pelandusca no le abrió la puerta.

—¡Santo Dios!

—Pila tuvo que llamar a la Guardia Civil, que encerró a la fulanilla en un cuarto mientras el cura atendía al moribundo. No sirvió de mucho porque, según me han contado, el viejo no se quiso confesar. ¡Murió en pecado mortal!

Cuca estuvo a punto de sufrir un vahído.

—¿Y qué pasó? Vamos, cuenta. No me dejes así, hija —le rogó Cuca en cuanto se recuperó.

—El Caudillo ordenó que vistieran a su padre con el uniforme de Intendente General de la Armada. Después, lo metieron en una ambulancia y se lo llevaron a El Pardo. Eso sí, sin aquella mujerzuela, que se quedó sola en la casa, retenida por la Guardia Civil. Por supuesto, no le permitieron ir ni al velatorio ni al entierro. ¡Faltaría más!

—¡Se lo tenía merecido, por pendón!

—Pues sí, Cuca. Allí la dejaron, encerrada en la casa, sin que pudiese salir durante dos días. Los Franco no querían escándalos.

—¡Hicieron bien!

Maruchi se tomó un respiro. Cogió una revista y se empezó a abanicar con ímpetu. La temperatura en el interior del automóvil había aumentado unos grados.

—¿Te digo un secreto, Cuca? —prosiguió Maruchi en tono misterioso para dar mayor suspense a la narración—. Te lo cuento a ti porque sé que eres una tumba.

—Dime, dime.

No tenía la menor duda de que esa misma noche lo sabría medio Madrid. Cuca, a pesar de su enanismo mental, era una experta en la propagación veloz de noticias denigrantes.

—Todos los hombres de la familia Franco son unos golfos redomados.

—¡No!

—¡Sí! Menos el Caudillo, por supuesto. Es el único que se salva. El padre, un golfo. Su hermano Nicolás, otro tanto de lo mismo. Y el otro hermano, el tal Ramón... el peor de todos. ¿Sabes su historia?

—Pues no, Maruchi.

—¡Cuca, pareces tonta, hija mía! ¿De dónde has salido?

La interpelada se encogió bajo su abrigo de piel y mostró una sonrisa bobalicona. Aun así, quiso aportar su granito de arena para no parecer más tonta de lo que en realidad era.

—Bueno, mujer, algo sé de él. A veces leo la prensa. Ramón Franco fue el héroe del vuelo del *Plus Ultra*, el primero que cruzó el Atlántico Sur. Años después se presentó a las elecciones por un partido de izquierdas. Era muy rojo, muy rojo.

—Y muy golfo, muy golfo. Abandonó a su mujer y se fue a vivir con una pelandusca que había conocido en el Barrio Chino de Barcelona.

—¡Madre mía, qué desgracia de familia!

—La individua era una pájara de cuidado. Fue modelo en los carteles de proclamación de la República. ¿Te acuerdas de ellos?

—¿Unos en los que salía una mujerzuela desnuda y con un gorro *frígido* en la cabeza?

—¡Esos mismos!

—¡Santo Dios!

—Pues Ramón se divorció de su mujer y se casó con la fulana. Y, para su sorpresa, la tipeja vivía con una cría.

—¿Su hija?

—Sí, su hija. La había tenido con un tragasables del circo. Y no se le ocurrió otra cosa al alocado de Ramón Franco que reconocer a la niña como hija suya.

—¡Será posible! ¡Virgen Santa!

—A pesar de ser muy rojo, en la guerra luchó con los nuestros, y murió al estrellarse su avión contra el mar.

—¿Y qué ha pasado con esa mujer y la niña?

—El Caudillo es muy listo, ya sabes. Y muy decente. Por supuesto, no podía consentir que la hija de un tragasables y una cualquiera tuviese su mismo apellido.

—¿Y qué ha hecho?

—Pues anular en el Registro Civil dos inscripciones: el matrimonio de su hermano y el reconocimiento de la niña. Ahora ya figura la cría sin el apellido Franco.

—¡Me parece muy bien! ¡Así se hace! Si esa criaturita quiere tener un padre, que busque al tragasables, pero que no manche el apellido de nuestro Caudillo.

El vehículo se detuvo en la barrera de control del palacio de El Pardo. Un sargento de la Guardia Civil se acercó a la ventanilla del conductor.

—La excelentísima señora de Garcerán y la excelentísima señora marquesa de Valdecastrillo —anunció Manolín con la entonación propia del mayordomo del palacio de Buckingham.

El sargento se cuadró y saludó. Con un gesto enérgico indicó a su compañero que levantara la barrera. Mientras tanto, otro agente anunciaba la visita desde el teléfono de la garita de control.

Manolín conocía muy bien el camino. Llevó el vehículo hasta la entrada lateral del palacio. Una criada esperaba a la ilustre visita con un paraguas en la mano. Antes de bajarse del automóvil, Maruchi se volvió hacia Cuca y musitó en tono malicioso:

—Vamos a ver qué nos cuenta hoy la Señora.

Su Excelencia la Señora... ese era el título que la mujer de Franco había elegido para ella cuando se instalaron en El Pardo. La lengua incandescente de Maruchi continuó despellejando:

—Se lo tiene tan creído que va tan tiesa como si se hubiese tragado una escoba.

—¡Cómo eres, Maruchi! Retén tu lengua, por favor, que es nuestra amiga.

—¿Y qué? ¿Acaso es más que nosotras? Si no llega a ser por nuestros maridos, el suyo seguiría pudriéndose en la guarnición de Canarias.

—¡Santo Dios! ¡No digas eso, que nos pueden oír!

—Se cree que orina colonia y, en el fondo, tiene mucho que callar. ¡Pero mucho! Todos los hombres de su familia son unos golfos, y no me refiero solo a los Franco. Sin ir más lejos, mira su cuñado Ramón Serrano Suñer... otro que también se las trae.

26

Gabrielle almorzó con Daniela en el Maxim's, el restaurante más caro y lujoso de París. El local estaba abarrotado de uniformes nazis. El mariscal Göring, comandante supremo de la Luftwaffe, se encontraba de visita en la ciudad, y el Alto Mando alemán había organizado un banquete en su honor. El mariscal, gran amante del arte, y en especial de la pintura, viajaba con frecuencia a París en busca de cuadros para su fabulosa colección particular. Y si le salían gratis, fruto de la requisa a los judíos, pues mucho mejor.

Al salir del restaurante, Gabrielle tropezó con el famoso bailarín Serge Lifar, antigua estrella de los Ballets Rusos. Le acompañaba una exuberante rubia de ojos saltones.

—Querida, estás hoy bellísima, bellísima —saludó Lifar con exagerado amaneramiento y efusión, como si llevaran tiempo sin verse, cuando, en realidad, casi todos los días almorzaban juntos en la mesa de Gabrielle en el Ritz—. Por cierto, esta noche tienes que venir a la Ópera. El espectáculo será sublime y apoteósico, te dejará maravillada y con la boca abierta. No puedes faltar, querida. ¿A que vendrás? ¿Me lo prometes?

Sonrió con el encanto de todo hombre que se considera bello y admirado. Ambicioso y manipulador, sabía muy bien conquistar el corazón de sus semejantes.

—Por supuesto, Serge. Allí estaré. Ya sabes que por nada del mundo me pierdo una coreografía tuya.

A Gabrielle no le apetecía ir, pero no podía desairar a su amigo Lifar. La tardanza de los alemanes en contestar a su ofrecimiento de paz le causaba una gran desazón. Spatz por fin había aparecido y le decía que no se preocupara, que todo saldría bien, que la burocracia en su país era muy lenta. Pero ya habían pasado demasiados días, empezaba a dormir mal, y se había visto obligada a incrementar su dosis nocturna de morfina.

—Hoy representamos *Las criaturas de Prometeo*.

—Será un éxito rotundo. No tengo la menor duda, querido.

Serge Lifar era un artista ucraniano afincado en Francia desde hacía muchos años, desde que huyó de la Unión Soviética en 1923. Al poco tiempo de llegar a París se convirtió, con apenas veinte años, en el primer bailarín de los Ballets Rusos. Desde luego, méritos no le faltaban, aunque algunos colegas, envidiosos de su triunfo, atribuían su fulgurante ascenso a la relación amorosa que mantenía con Serguéi Diáguilev, el fundador de los Ballets, treinta años más viejo que él.

A los Ballets Rusos, sin duda la mejor compañía de la historia, pertenecían bailarines de la talla de Nijinsky, Pávlova o el propio Lifar. Y reconocidos compositores como Stravinsky, Rimski-Kórsakov, Ravel o Satie. Muchos fueron los artistas parisinos implicados en el éxito de la compañía, entre ellos Picasso, encargado de la escenografía, o la propia Gabrielle Chantal, responsable del vestuario. Por desgracia, los Ballets Rusos no sobrevivieron a la muerte de su fundador en 1929. Sus componentes se dispersaron, y Serge Lifar acabó en la Ópera de París como primer bailarín.

Al entrar los alemanes en la capital francesa, Lifar, a pesar de su conocida homosexualidad, no tuvo problemas con los ocupantes. Muy al contrario, fue objeto de reconocimiento y admiración. Su fama era mundial y se le consideraba el sucesor del gran Nijinsky. El propio mariscal Göring se encargó de que fuera nombrado director del ballet de la Ópera de París, cargo que ejercía con total entrega y entusiasmo, a pesar de las críticas de sus antiguos colegas, que le tachaban de colaboracionista y traidor.

—¿Vendrá Spatz? —preguntó Lifar, arqueando sus depiladas cejas—. Me encantaría verle.

—¡No seas vicioso! —respondió Gabrielle entre risas—. Lo siento, no podrá ir. Esta noche sale de viaje.

—¿Acudirás sola?

—No. Daniela vendrá conmigo.

La modelo no pudo ocultar su sorpresa. De nuevo su jefa había planificado su tiempo libre. Como siempre, la modista organizaba la vida de sus empleadas a su antojo. Tras el enfado inicial, Daniela se resignó. Gabrielle no iba a cambiar nunca. Se mentalizó de que aquella noche tendría que abandonar sus propios planes una vez más, y soportar con estoicismo un espectáculo de tres horas rodeada de uniformes nazis.

La amiga de Lifar no abría la boca y se limitaba a mirar a Gabrielle sin pestañear. No se podía creer que estuviese en presencia de la gran diva de la moda. Lucía un vaporoso vestido azul eléctrico con estampados granates y amarillos. Gabrielle la chequeó de arriba abajo en décimas de segundo y, acto seguido, la ignoró por completo, como si no existiera.

Se despidieron de Lifar y subieron al coche.

—¡Por Dios! ¡Qué vulgaridad! —exclamó Gabrielle, horrorizada.

—¿Qué ocurre, *mademoiselle*?

—¿Te has fijado en esa chica, la amiga de Lifar? Dime, Daniela, ¿qué has visto?

—Pues... una chica con un vestido de colores muy llamativos.

—¿Lo ves? Un vestido de colores muy llamativos... —repitió lentamente—. ¿Te das cuenta?

—¿De qué? —Daniela no sabía a qué se refería su jefa.

—De lo que acabas de decir: que al mirar a esa chica ves un vestido de colores muy llamativos.

—Sí, ¿y? —Daniela estaba cada vez más perdida.

—Cuando la miras, tú no ves una mujer, sino un vestido. Y ese es el gran error de muchos modistos, entre ellos la Italiana. Piensan que una mujer con colores chillones llamará la atención y todo el mundo se fijará en ella. ¡Gran error! Nada más lejos de la realidad. ¡Eso es una auténtica majadería! Si su vestido tiene colores chillones, la gente no se fijará en ella, sino en el vestido.

—Entiendo.

—Las mujeres piensan en toda la gama de colores. Y no se dan cuenta de que lo bello es, precisamente, lo contrario: la ausencia de color. Por eso siempre me decanté por los tonos discretos y neutros, que hasta entonces nadie había utilizado. Primero, el beige; luego, el blanco; y, por último, el negro. Esos sí que son colores elegantes, que resaltan la belleza femenina. Y si no, haz la prueba. Coloca en un baile a una mujer con un vestido negro, y todo el mundo se fijará en ella. En cambio, si lleva un vestido escarlata, por muy guapa que sea, los invitados no se fijarán en ella, sino en el vestido.

Daniela tenía que reconocer que Gabrielle conocía muy bien su oficio.

—Un día fui a la Ópera, hace ya bastantes años, y desde mi palco me fijé en el público. Los hombres iban de negro, todos ellos impecables y muy elegantes. En cambio, las mujeres formaban una explosión de colores insoportable. Verdes, amarillos, azules, rojos... Aquello parecía la paleta de un pintor impresionista, un auténtico mareo. Sentí náuseas y estuve a punto de vomitar. Desde entonces me preocupé de que las mujeres fuesen elegantes de verdad, y no que parecieran saltimbanquis de circo. Era la única manera de que los hombres se fijaran en ellas, y no en su vestimenta.

Daniela escuchaba con atención, sin abrir la boca. Chantal había impuesto una nueva moda que ella misma llamaba «la ausencia de color», y su conocido «vestidito negro» era la expresión máxima del nuevo estilo. Sobrio y discreto, había alcanzado fama a nivel mundial. Las mujeres de la alta sociedad enseguida se uniformaron de Chantal. Como era de esperar, los detractores de la modista la criticaron sin piedad. Afirmaban que lo único que buscaba Chantal con su nueva moda era, en realidad, humillar a las damas vistiéndolas de campesinas.

Ante esas críticas, Gabrielle, lejos de rectificar o achantarse, añadió una nota proletaria más: puso de moda el bronceado. Hasta entonces, las damas evitaban el contacto con el sol porque querían que su piel permaneciera pálida. El moreno era cosa de gitanas, de mujeres de clase baja, como las campesinas o las vendedoras ambulantes, que, al tener que trabajar bajo el sol, sufrían sus estragos. Una piel blanca era signo de distinción, pues significaba que esa mujer no tenía que salir a trabajar. También en esto Chantal revolucionó la moda. Y como ella siempre servía de experimento de sus invenciones, empezó a aparecer bronceada en público. La gente admiró su aspecto deportivo y juvenil, sobre todo si lo combinaba con sus famosos conjuntos marineros. Desde entonces se pusieron de moda los baños de sol entre las mujeres.

Al circular el Rolls por el boulevard Poissonnière, Gabrielle y Daniela vieron una larga fila de soldados alemanes delante del Soldatenkino Rex, uno de los cines parisinos dedicado a la proyección de películas en el idioma del invasor. El mando alemán se preocupaba de que la tropa pudiera disfrutar de todo tipo de diversiones y no echara de menos su lejano hogar.

Antes de volver al Ritz, el chófer se detuvo frente a una casa de la rue La Fayette. El hombre se apeó y llamó al timbre de la puerta. Enseguida salieron a la calle un anciano y una joven con pinta de ser su hija. El chófer abrió el maletero y le entregó al hombre varios paquetes. Mientras tanto, la chica se acercó a la ventanilla de Gabrielle, tomó su mano y se la empezó a besar.

—¡Gracias, *mademoiselle*! ¡Gracias! ¡Que Dios se lo pague!

—No es nada. Venga, mujer, no es nada. Basta, basta ya.

El chófer volvió al vehículo y arrancó el motor. La pareja permaneció de pie en la acera mientras veía partir el coche. Una de las mangas de la chica se balanceaba vacía con el aire. Le faltaba un brazo.

—Era mi mejor costurera —confesó Gabrielle con la vista perdida—. Tenía unas manos excelentes para el oficio. Ligeras y ágiles. Y esta maldita guerra ha acabado con su futuro.

Daniela no dijo nada. Conocía muy bien la historia. Al comienzo del imparable avance alemán, la mitad de la población de París, temerosa de ser apresada por los *boches*, se echó a la carretera y huyó con sus pocos bienes a cuestas. Los más afortunados, en coche; la inmensa mayoría, en carro o a pie. Durante unos días, dos millones de parisinos atestaron los caminos en uno de los mayores éxodos de la historia francesa. Gente inocente e indefensa, cargada de baúles y maletas. Un objetivo fácil para la aviación alemana, que no dudó en ametrallar sin piedad las riadas de fugitivos. En un ataque aéreo, la joven costurera perdió un brazo y por poco pierde la vida. Desde entonces, Gabrielle la ayudaba con ropa y alimentos para que pudiera sobrevivir.

La diseñadora era así. Sublime para algunas cosas, insufrible para otras. En cualquier caso, un verdadero genio.

27

Daniela se metió dentro de la bañera y cerró los ojos. Quería disfrutar de unos relajantes minutos de paz e intimidad. Le esperaba una noche larga, muy larga. Tenía que acompañar a su jefa a la Ópera para presenciar la última coreografía del bailarín Serge Lifar. Olía a perfume, a su querido Chantal Noir, y desde el gramófono le llegaba la voz inconfundible de Cole Porter. No podía pedir más. De buena gana se hubiera quedado en su casa.

Mientras disfrutaba del baño, repasó todo lo que había hecho durante la mañana. El día había sido agotador. Muy temprano, había acompañado a Gabrielle al domicilio de una condesa italiana. La dama se trasladaba a su país y tenía en venta todos los muebles de la casa. Gabrielle se encaprichó de unos valiosos candelabros del siglo XVII. El precio era abusivo, pero no le importó. Pagó sin regatear. «¿Para qué está el dinero si no es para gastarlo? Solo los pobres tienen mucho dinero en el banco.»

Después de la condesa italiana, visitaron a Picasso en su estudio de la rue des Grands-Augustins. El taller estaba tan concurrido de altos mandos alemanes, fieles admiradores de su obra, que el pintor apenas podía trabajar.

Aquella mañana, Picasso tenía un humor de perros. Le acababan de imponer una cuantiosa multa por comer solomillo en Le Catalan, su restaurante preferido, un día en el que estaba prohibido consumir carne.

En el taller conoció Daniela a Françoise Gilot, la nueva amante de Picasso, una joven estudiante de poco más de veinte años que podía ser la nieta del artista. Solo se llevaban cuarenta años.

—¡Oh, Pablo! ¡Qué genio tan maravilloso! —comentó Gabrielle al abandonar el estudio del pintor—. Siempre hemos sido grandes amigos. Es el único hombre por el que hubiese perdido la cabeza. Aparte de Edward, claro está.

A Daniela le llamaba la atención que, salvo de su adorado Edward, Gabrielle apenas hablaba de sus otros amantes. De algunos sabía más que de otros, no por boca de su jefa, sino por los abundantes rumores que circulaban entre las empleadas.

Según se comentaba, después de Edward vino el compositor Stravinsky, encaprichado de Gabrielle hasta las cachas, hasta el punto de querer abandonar a su mujer por ella. La relación duró poco. Stravinsky viajó a España con los Ballets Rusos, y en Madrid esperó inútilmente a que Gabrielle se reuniera con él. La modista tenía otros planes: se fugó a Montecarlo con su nuevo amante, el gran duque Dimitri de Rusia, primo del último zar y cómplice en el asesinato de Rasputin.

A Dimitri lo había conocido en una fiesta cuando él era el amante de una famosa cantante de ópera. Cuando vio a Gabrielle, no le quitó la vista de encima en toda la noche. Le parecía el animal más bello del planeta. La cantante se dio cuenta y en un momento dado se acercó a Chantal y le dijo: «Si te interesa, te lo cedo. Este hombre me sale muy caro.»

Y era verdad. Como todos los aristócratas rusos que por aquel entonces pululaban por París huidos de la revolución bolchevique, Dimitri, a pesar de no tener ni un céntimo en el bolsillo, no renunciaba a ninguno de los lujos de su vida anterior, como si aún viviera en la corte de su primo.

El duque tenía once años menos que Gabrielle, y solo estuvieron juntos año y medio. Dimitri se buscó a una jovencita norteamericana, hija de un multimillonario, y dejó a Chantal. Al igual que Edward, el aristócrata ruso prefirió casarse con otra más joven.

Después de unos años de discretos romances muy fugaces, entre ellos con el poeta Pierre Reverdy, en 1925 conoció al duque de Westminster, el hombre más rico de Inglaterra, y quizá de Europa, primo del rey Jorge V. Sin duda, la persona a la que más amó después de Edward. El duque, al que sus amigos llamaban Bendor, era un hombre elegante, atento, educado y muy generoso, que colmaba a Gabrielle de valiosos regalos, desde joyas hasta yates y fincas.

Bendor estaba tan enamorado de Gabrielle que le escribía tres cartas diarias desde Londres. Y para que llegaran pronto a su destinataria, estableció una red de emisarios que cruzaban constantemente el Canal de la Mancha con sus cariñosos mensajes en mano. No podía esperar la tardanza del correo oficial.

Gabrielle y Bendor pasaban largas temporadas juntos en la Costa Azul, o de crucero en el *Cutty Sark*, el yate del duque, un espectacular barco que contaba con una tripulación de doscientos hombres. También acudían a Eaton Hall, la majestuosa casa de campo de Bendor, con más de cien criados a su servicio. Allí Gabrielle entabló amistad con el príncipe de Gales y Winston Churchill.

El duque quería casarse con Gabrielle. Sería su tercer matrimonio. Pero había dos problemas de difícil solución. Por un lado, quería que ella dejara de trabajar. No podía consentir que la duquesa de Westminster tuviera un oficio, ya que eso era propio de mujeres de baja condición social. Y por otro, quería un heredero. Tenía dos hijas de sus matrimonios anteriores y necesitaba un varón que heredara su inmensa fortuna. Si no, acabaría en manos de algún primo lejano. Por desgracia, Gabrielle no le podía dar un heredero.

Al final, y después de seis años de relación, el duque se buscó una aristócrata, hija de un lord, veinte años más joven que Chantal. La diseñadora se enteró del compromiso a través de la prensa. Igual que le ocurrió con Edward. De nuevo un hombre la dejaba para casarse con otra mujer mucho más joven.

El duque se casó y, al igual que Edward, pretendió conservar a Gabrielle como amante. Esa vez la diseñadora no lo consintió. Se marchó a Hollywood una larga temporada y pasó página. Si no era lo suficientemente importante para ser su esposa, tampoco lo era para ser su querida.

En 1932 apareció en su vida Paul Iribe, un famoso ilustrador con el que mantuvo una relación tormentosa. Un día, mientras jugaba al tenis, Iribe cayó fulminado al suelo, víctima de un ataque cardiaco. Murió en el acto. Gabrielle lo presenció todo. Otro drama más que añadir a su amarga vida sentimental.

A partir del fallecimiento de Iribe en 1935, y con más de cincuenta años, Gabrielle se resignó a vivir en soledad. Parecía que finalmente ese era su destino. Para paliar el dolor, buscó refugió en el trabajo. Se encerraba en su taller y permanecía horas y horas de pie, de rodillas, a gatas, con las tijeras en ristre y la boca rebosante de alfileres, mientras las pobres modelos sufrían todo tipo de tormentos. Al caer la noche, se refugiaba en su suite del Ritz.

A pesar del agotamiento, no podía conciliar el sueño. Se metía en la cama y se pasaba la noche en vela, escuchando programas radiofónicos absurdos. Cuando no pudo más, acudió a Misia. Su vieja amiga, adicta a las drogas, le aconsejó el camino fácil: la morfina. A partir de entonces el Sedol se convertiría en su fiel compañero nocturno.

Abstraída en sus pensamientos, recorriendo la vida amorosa de su jefa, Daniela se había quedado adormilada en la relajante bañera. Las campanas de un reloj cercano la hicieron reaccionar. O se daba prisa o llegaría tarde a la Ópera. Y Gabrielle no se lo perdonaría.

Después de peinarse y maquillarse, marcó un número de teléfono.

—Monique, soy Daniela. ¿Qué tal el día?

—No ha estado mal.

—Lo siento, pero esta noche no podré ir por tu casa a la hora prevista.

—¿Qué ha pasado?

—Mi jefa se ha empeñado en que la acompañe a la Ópera.

—¡Esa hiena es insoportable!

—Lo sé, Monique. Lo siento, pero no puedo faltar. Ya sabes cómo se pone si las cosas no salen como ella quiere.

Daniela colgó el teléfono y terminó de arreglarse a toda velocidad. Eligió un elegante vestido negro de lamé que realzaba, aún más, su esbelta figura. Se cubrió los hombros con una capa de terciopelo negro con forro de raso y salió de su casa. En la planta baja se cruzó con la portera.

—¡Maurice, Maurice, ven, rápido!

La portera llamaba a su marido a voces. Segundos después, el hombre salía del pequeño almacén del carbón.

—¡Mira, Maurice, qué guapa está hoy la señorita Beaumont!

Daniela sonrió y les deseó un feliz descanso.

Con paso ágil se dirigió a la estación de metro. A pesar de su elegante indumentaria, no tenía miedo. Desde la ocupación, el metro, al ser el único transporte público, se llenaba todas las noches de caballeros bien vestidos y damas enjoyadas que acudían al teatro o a las salas de fiesta. Lo único malo era su fuerte olor a desinfectante. Los alemanes tenían pánico a las epidemias y lo fumigaban constantemente.

Mientras bajaba las escaleras, un silbato anunció la entrada de un convoy en la estación. Intentó apresurarse, pero no podía correr. El vestido estrecho y los tacones altos se lo impedían. Por mucha prisa que se quiso dar, las puertas del vagón se cerraron delante de sus narices. Tendría que aguardar al siguiente tren en una oscura y solitaria estación. Y no le apetecía nada.

La espera se le podía hacer muy larga.

28

Anochecía sobre París. La nostalgia se empezaba a adueñar de sus calles y sus plazas. Desde primeras horas de la tarde, una densa niebla cubría la ciudad bajo un manto blanco. No se veía nada a más de diez metros de distancia. Ni siquiera la débil luz de las farolas que aún permanecían encendidas.

Unos jóvenes se divertían en los muelles del Sena, cerca del puente Alejandro, sin importarles ni el frío ni la humedad. Estaban sentados sobre los adoquines, alrededor de una pequeña hoguera. Charlaban y reían, y las pitilleras y las petacas circulaban de mano en mano. Para ellos no existía ni la guerra, ni los alemanes, ni el Tercer Reich. Para ellos solo existía el swing.

De repente alguien chistó para llamar la atención y todos se callaron. Tres jóvenes se subieron a un banco de piedra y se sentaron sobre el respaldo. Cada uno empuñaba un instrumento musical: guitarra, violín y acordeón. El guitarrista hizo un gesto con la cabeza y una música endiablada comenzó a sonar en la noche.

Los demás miembros de la pandilla escuchaban entusiasmados. Adoraban el swing como si fueran fieles devotos de una religión. Todas las tardes, al salir de la universidad, se juntaban en algún desván para ensayar nuevas canciones o aprender complicados pasos de baile. Luego, por las noches, acudían a sus locales favoritos, casi siempre al Hot Club, a escuchar buena música y poner en práctica lo aprendido. Y allí no paraban de beber y bailar hasta que llegaba la hora del toque de queda.

En la oscuridad del muelle, la música no dejaba de sonar y las canciones se sucedían sin descanso. Conocían de memoria todos los éxitos de sus ídolos, como Johnny Hess y Django Reinhardt. O Ray Ventura y Benny Goodman, músicos prohibidos por los alemanes por ser judíos. Pero eso, a los *zazous*, les traía sin cuidado. Disfrutaban provocando a las tropas de ocupación.

—¡Por los *zazous*! —gritó uno de ellos, alzando una petaca con licor.

—¡Por los *zazous*! —respondieron todos al unísono.

Zazou era el nombre que recibían los jóvenes franceses amantes del swing. Procedía del título de la canción «Zaz Zuh Zaz», del cantante de jazz americano Cab Calloway. Un autor también prohibido por los nazis. En este caso, no por ser judío, sino por ser negro.

Los *zazous* se distinguían por sus ropas y sus peinados, por su aire rebelde y provocador, y por su pasión por el swing. No les importaba ni la guerra ni la política, y estaban en contra de todos y de todo. Se oponían a los alemanes, despreciaban a los colaboracionistas y rechazaban el régimen de Vichy.

Fieles a su estilo, todos parecían cortados por el mismo patrón. Ellos llevaban el pelo largo y engominado, bigotillo fino, corbata muy estrecha, chaqueta larga de cuadros, pantalón ceñido, calcetines blancos y zapatos de suela gruesa. Ellas llevaban el cabello largo y teñido de rubio, con rizos o trenzas, labios muy rojos, chaqueta con hombreras, falda corta plisada y zapatos anchos. Los *zazous* nunca se quitaban las gafas de sol, ni de día ni de noche, y siempre portaban un paraguas enrollado en la mano, tanto en invierno como en verano.

Aquella noche, la pandilla no había acudido al Hot Club. Les había llegado el chivatazo de que unos camisas azules de la Juventud Popular Francesa, sus eternos enemigos, pensaban visitar el local armados con porras y maquinillas de afeitar. A los jóvenes fascistas les encantaba rapar al cero a los *zazous*, por vagos e indeseables. Y aunque los *zazous* no se amedrentaban y estaban acostumbrados a las reyertas callejeras, aquella noche prefirieron no meterse en líos. El día anterior, los gendarmes habían detenido a varios amigos y su futuro se presentaba desolador. Con suerte, acabarían en un campo de trabajo para ser reeducados.

El líder del grupo, un joven delgaducho y pelirrojo al que llamaban André *el Guapo*, se levantó y miró a la chica que se sentaba a su lado.

—Vamos, ven conmigo.

—¿Adónde, André?

—Buscaremos un lugar más tranquilo.

Al oír esas palabras, ella sintió un cosquilleo que le recorrió todo el cuerpo. Aunque bailaban con frecuencia y charlaban a menudo, no eran novios. Quizás esa noche hubiese llegado el momento y ahora pretendía declararle amor eterno en un lugar apartado. Los nervios se alojaron en el estómago de la joven. Aquello parecía un sueño, un sueño hecho realidad.

Mientras se alejaban bajo la niebla, la pandilla comenzó a cantar la famosa canción «Nosotros somos *zazous*», de Johnny Hess. Poco a poco las voces se fueron apagando bajo el manto blanco. Ella se apretujó contra André. No dejaba de temblar. No sabía si por culpa del frío o de la excitación.

Llegaron a los pilares del monumental puente Alejandro. Su aspecto nocturno era aterrador. La niebla se aferraba a las estatuas, a las oscuras ninfas del Sena, a los dorados pegasos, y los convertía en siniestras figuras fantasmales.

—André, vámonos a otro lado. Este sitio no me gusta nada. Me da miedo.

—¡No seas tonta! Aquí estaremos bien. Nadie nos molestará.

Se sentaron en un banco, y André, sin mediar palabra, se abalanzó sobre la chica. De inmediato, ella trató de impedirlo, usando los codos a modo de escudo protector.

—¡Estás loco! ¡Nos pueden ver!

—¿Quién? Aquí no pasa ni un alma.

—¡Bruto! ¡Déjame!

—Venga, no seas boba. ¿Crees que no me he dado cuenta de tus miradas?

El joven insistía con sus acometidas. Ella se oponía, más por pudor que por falta de deseo. Cada vez su resistencia era menor. Desde luego no se trataba de una romántica declaración de amor como ella hubiera deseado. Poco a poco su teatral oposición comenzó a ceder.

Las manos de André se abrieron camino bajo la falda. Se movían con agilidad, fruto de la experiencia. La joven sintió un escalofrío y empezó a temblar. Trató de disimular. No quería pecar de mojigata y que él se burlara de su inocencia. Con suavidad, como si fuera un maestro en estas lides, el *zazou* empezó a acariciarle las piernas.

—Te deseo, te amo, te quiero —mentía André en el oído de la joven.

—Loco, eres un loco.

De repente, André se detuvo en seco y alzó la cabeza.

—Pero ¡si no llevas medias! —gritó sorprendido.

Ella se quedó paralizada. Aquellas estúpidas palabras habían roto el encanto del momento.

—¡Pues claro, imbécil! ¿De dónde te crees que las voy a sacar?

Se lo quitó de encima de un fuerte empujón y se incorporó de mal humor. En unos segundos la magia había desaparecido por completo. Se atusó el cabello, se estiró la blusa y se alisó la falda. Estaba furiosa, arrepentida de su estúpida debilidad.

—Si no llevas medias, ¿por qué tus piernas tienen ese color oscuro? —preguntó André sin darse cuenta de que sus palabras empeoraban la situación.

—¡Payaso!

Fue la única respuesta que recibió. No tenía ganas de confesarle que se tintaba las piernas, como todas las parisinas, con una loción especial de Elizabeth Arden que vendían en las perfumerías.

—Pero ¿y la costura? ¿De dónde ha salido? —insistía André, señalando la línea vertical que aparecía en la parte posterior de las piernas de la chica.

La joven ni se molestó en responder. No le pensaba contar que no existía tal costura y que tan solo era una raya de tinta trazada con mucho cuidado. Las miserias de la guerra habían obligado a las mujeres francesas a buscar mil recursos.

La chica agarró el bolso y se marchó. André permaneció en el banco con gesto contrariado. Era la primera vez en su vida que le daban calabazas. Le gustaba la joven, pero no estaba dispuesto a perder el tiempo con ella. Si no quería sexo, buscaría otra más facilona. Conocía a muchas, tenía éxito con todas, y podía conquistar a cualquiera.

Durante un buen rato permaneció en el banco sin moverse. Sin darse cuenta, se quedó dormido. Cuando se despertó, miró la hora: era demasiado tarde, faltaba poco para el toque de queda. Si quería llegar a tiempo al último metro, tendría que apresurarse.

Corrió hasta la estación de los Inválidos y bajó de dos en dos los escalones. No se veía ni un alma. Oyó un silbato a lo lejos. Corrió más deprisa en un último intento de llegar a tiempo.

Al doblar una esquina en su alocada carrera, se dio de bruces con un hombre corpulento que caminaba en dirección contraria acompañado de dos amigos. André cayó al suelo. Antes de que se pudiera levantar, el individuo se abalanzó sobre él y le propinó una patada en el estómago. André se retorció de dolor, momento que aprovechó el atacante para darle un puñetazo en la cara. El golpe fue tan brutal que la cabeza rebotó contra las baldosas del suelo. El energúmeno levantó otra vez el puño, pero sus acompañantes le sujetaron el brazo.

—¡Soltadme! ¡Soltadme! —gritó enfurecido.

—¡Vámonos! No merece la pena.

Los tres hombres se marcharon a la carrera. André se quedó tumbado en el suelo. Le dolía todo el cuerpo y le faltaban dos dientes.

Al cabo de unos minutos, se levantó y caminó tambaleante hasta el andén. Se sentó en un banco y esperó a que circulase algún metro más. La estación estaba completamente vacía. De repente apreció un extraño bulto sobre las vías. No se veía muy bien lo que era. Parecía un abrigo negro hecho un guiñapo. Se acercó un poco más. Cogió del suelo un periódico abandonado y lo prendió con una cerilla. Cuando la llama adquirió fuerza, lo lanzó junto al fardo.

—¡Santo Dios!

Se había equivocado. Aquel bulto no era un simple abrigo viejo.

GABRIELLE

«Cuando no me gusta la realidad,
me la invento»

Informe n.º 67 (APIS)

París, 1 de diciembre de 1943

Excmo. Sr.:

Con gran dolor del corazón lamento comunicar que la desconfianza de las autoridades alemanas hacia los españoles no solo no ha disminuido, sino que crece por días. Es triste comprobar que los alemanes no comprenden la difícil situación por la que pasa nuestra Patria en estos momentos, acosada por el comunismo bolchevique y la masonería internacional, sus tradicionales enemigos. Las decisiones del Caudillo son objeto de constante crítica, y no solo por los alemanes (que siguen sin entender la retirada de la División Azul), sino también por los propios funcionarios españoles que todavía permanecen en la vieja embajada de París. Desde que la sede oficial está instalada en Vichy, el edificio de París se ha convertido en una cueva de víboras.

En el último mensaje se me requería información sobre el comportamiento de las tropas alemanas con la población civil. A este respecto debo resaltar que, al entrar los alemanes en París, sus habitantes esperaban ver unos ogros sanguinarios, ebrios de venganza, dispuestos a asesinar sin contemplaciones a hombres, mujeres y niños. La realidad fue bien distinta. Los soldados eran jóvenes amables, con uniformes limpios y caras sonrientes. Sus jefes les habían ordenado, bajo penas muy severas, respeto absoluto a la población. Los parisinos se quedaron asombrados al comprobar su comportamiento. No esperaban unos hombres tan atentos y educados. En el metro, cedían el asiento a las señoras; en los parques, jugaban con los niños a la pelota; en las tiendas, pagaban sus compras sin rechistar; y en los cabarets nunca montaban escándalos. No parecían enemigos, sino unos buenos chicos de visita cultural.

Todo empezó a torcerse cuando los alemanes invadieron Rusia. Necesitaban vehículos, ropa de abrigo y comida, y comenzaron los saqueos y las cartillas de racionamiento. La tensión terminó por estallar a finales de 1941, cuando un alemán fue asesinado por la Resistencia en la estación de metro de Barbès-Rochechouart. A partir de entonces el comportamiento de los alemanes ha ido empeorando al mismo ritmo que aumentaban los atentados de la Resistencia. Los soldados ya no son amables, sino arrogantes y desconfiados. La simpatía que habían despertado al principio se ha convertido en temor y recelo.

Ahora abundan las redadas y las detenciones. Los judíos son maltratados y deben llevar una estrella amarilla de seis puntas en el pecho. Mediante el Servicio de Trabajo Obligatorio, se obliga a los jóvenes franceses a trabajar, en contra de su voluntad, en las fábricas alemanas. Cada vez que la Resistencia comete un atentado, se fusila, en represalia, a varios rehenes inocentes.

En otro orden de cosas, se informa que en los barrios obreros de París, en los que abundan elementos de filiación marxista, se han lanzado octavillas en castellano con frases injuriosas contra nuestro invicto Caudillo, que si me atrevo a reproducir se debe tan solo a mi obligación de ilustrar a V.E. En esos papeluchos inmundos se pueden leer mensajes como «Franco traidor», «Abajo la dictadura» o «Falange asesina». Según he podido averiguar, la policía francesa ha detenido a dos hombres en relación con los hechos, que enseguida han sido encerrados en la prisión de Fresnes. Normalmente, los detenidos de Fresnes acaban en un campo de trabajo alemán. Desconozco sus nombres.

A la espera de las órdenes de Su Excelencia.

¡Quien como Dios!

S-212

Carrero Blanco leyó el documento un par de veces más. Se lo acababa de entregar su jefe de inteligencia, el comandante Lozano. A Carrero le hacían gracia las expresiones espontáneas que a veces se le escapaban a S-212, muy alejadas del frío y estricto rigor que debía acompañar a todo informe oficial.

Luego llamó a El Pardo. Como siempre, quería entregárselo a Franco en mano cuanto antes.

29

Diciembre, 1943

Spatz conducía su Opel negro a una velocidad endiablada. A su lado, una eufórica Gabrielle reía y charlaba entusiasmada. Por primera vez en bastante tiempo, hacían un viaje juntos. Spatz había invitado a Gabrielle a pasar el fin de semana en la finca de unos amigos, a unos kilómetros de París.

La modista bajó la ventanilla y empezó a cantar una canción popular francesa. No lo hacía nada mal. Después de salir del orfanato, y antes de dedicarse al mundo de la moda, había triunfado en La Rotonde, un café-cantante de la ciudad de Moulins, en donde actuaba a cambio de unas pocas monedas en medio de oficiales de caballería achispados. Y allí trabajó hasta que se convirtió en la amante de uno de los clientes.

—¡Venga, Spatz! ¡Canta conmigo! ¡No seas soso! —le incitaba la diseñadora.

El alemán sonreía divertido. A veces trataba de hacer los coros, con resultado catastrófico.

—¡Uf! Mejor, lo dejas.

A partir de entonces, Spatz se limitó a seguir el ritmo mediante palmadas sobre el volante. Le hacía gracia la voz de Gabrielle al cantar. No parecía ella. Era como si un ser distinto hubiese usurpado su pequeño y frágil cuerpo.

Spatz abandonó la carretera, cruzó una valla vigilada

por un guardés y se internó en un camino de grava. La finca de los amigos de Spatz ocupaba varios cientos de hectáreas de bosques y praderas, atravesados por riachuelos de agua cristalina.

—Esto es precioso —musitó Gabrielle.

La mansión imitaba un pequeño castillo bávaro de piedra caliza, con sus torres, sus almenas y su cubierta de pizarra. Spatz detuvo el Opel en la puerta principal. En la escalinata fueron recibidos por los anfitriones. El hombre era un conocido industrial, que se estaba haciendo de oro gracias a la ocupación, con la venta de botas y uniformes al Ejército alemán. Su esposa era una estirada dama, perteneciente a una de las familias más rancias de la aristocracia francesa, tan solo preocupada de conservar un buen tipo, y de mantener la piel tersa y bronceada.

Al entrar en el salón, Gabrielle se dio cuenta de que había un invitado más. Sentado junto a la chimenea, un hombre joven y de aspecto deportivo leía el periódico y bebía una copa de licor. Al verles, se levantó del sillón.

—No sé si conocen al general Schellenberg —intervino el anfitrión.

Spatz le saludó con afabilidad. Se conocían de la reunión en Berlín. En cambio, Gabrielle nunca había oído hablar de él. Ni por asomo se podía imaginar que estaba ante el jefe del servicio de espionaje exterior de las SS.

—Es un placer, *mademoiselle* —dijo Schellenberg muy ceremonioso, besando la mano de Gabrielle.

A la diseñadora enseguida le agradó el alemán. No solo lo encontraba atractivo, sino también distinguido y muy educado. Un verdadero caballero.

Poco antes del almuerzo, Gabrielle, Spatz y Schellenberg se reunieron, los tres solos, en la biblioteca del castillo.

—El general Schellenberg trae la respuesta a tu ofrecimiento de paz —informó Spatz a Gabrielle.

La diseñadora no pudo ocultar su entusiasmo. Y, al mismo tiempo, su nerviosismo. Por fin iba a obtener respuesta después de tantas horas de insomnio.

—Desde que comenzó la guerra, mi mayor preocupación ha sido lograr un alto el fuego con Inglaterra —intervino Schellenberg—. Sin embargo, los británicos se empeñan en continuar una lucha absurda y cruel que solo puede acabar con la destrucción de Europa. Aún no se han dado cuenta de que el verdadero enemigo de la civilización occidental no es Alemania, sino la Unión Soviética.

Se tomó un respiro antes de continuar.

—En Berlín hemos estudiado su propuesta con sumo interés. Y dígame con absoluta sinceridad, ¿está dispuesta a seguir adelante?

—Por supuesto —respondió Gabrielle con firmeza—. Cuando digo algo, jamás me echo atrás.

—Me imagino que es consciente del alto riesgo que entraña esta misión. ¿Me equivoco? ¿Conoce los peligros?

—Por supuesto, general.

Schellenberg asintió complacido.

—Está bien, *mademoiselle*. Veo que su voluntad es firme y férrea. Berlín ha dado luz verde a la misión.

Gabrielle se removió inquieta en el sillón y una sonrisilla apareció en sus labios. Por fin los alemanes respondían a su ofrecimiento.

—La misión tendrá por nombre clave Operación Modellhut —continuó Schellenberg.

—¿Modellhut? —repitió Gabrielle.

—Sí. Modellhut. «Sombrero de modelo.»

A Gabrielle le gustó el nombre. Su primer negocio fue, precisamente, una sombrerería.

—Hemos tenido ocasión de informarnos a fondo y nos consta su vieja amistad con el primer ministro británico —continuó Schellenberg—. Nos gustaría que le hiciera llegar nuestra predisposición a un alto el fuego y a acabar con esta guerra tan perjudicial para las dos naciones.

—Cuando hable con mi amigo Winston Churchill querrá saber si represento a alguien. ¿Qué debo decirle?

—Dígale que las más altas autoridades del Tercer Reich están de acuerdo con la propuesta.

Schellenberg había consultado la misión con su superior, el jefe de las SS Heinrich Himmler. No podía implicarse en algo tan serio sin que él lo aprobara. Himmler le manifestó su apoyo incondicional. Estaba totalmente de acuerdo en pactar con los ingleses. También deseaba acabar con aquella maldita guerra cuanto antes. Tan solo le pidió absoluta discreción.

«Yo mismo se lo comentaré al Führer en persona —precisó Himmler—. No hable con nadie de esta misión. Máximo secreto.»

A pesar de sus palabras, Schellenberg estaba convencido de que Himmler no le había dicho nada a Hitler. Temía sus represalias. En todos los intentos fallidos de negociación, los ingleses siempre habían exigido, como primera medida, la inmediata destitución del Führer. Mientras estuviese Hitler en el poder, la guerra continuaría.

A Schellenberg le llamaba la atención que Himmler, el más leal servidor del Führer, le pudiera traicionar por la espalda. Y más le impactaron las enigmáticas palabras que pronunció Himmler cuando se despidieron: «Todos debemos sacrificarnos por la paz del Reich.» ¿Trataba Himmler de justificar una posible defenestración de Hitler?

—¿Cómo viajaré a Londres? —preguntó Gabrielle.

—Quizá no haga falta que vaya a Inglaterra —respondió Schellenberg—. Según nuestras informaciones, dentro de poco Churchill se entrevistará con el general Franco en Madrid. Usted viajará a España y allí transmitirá al primer ministro británico la propuesta de paz.

—¿Y si al final Winston no aparece por Madrid?

—¿Conoce a sir Samuel Hoare, el embajador británico en España?

—Sí, le conocí en Inglaterra hace años.

—Si Churchill no visita España, entonces hable con Hoare y solicite un visado para viajar a Londres vía Lisboa. Es el camino menos peligroso para llegar a Inglaterra.

30

La locomotora entró en la estación de Austerlitz entre pitidos y columnas de humo. Jeff Urquiza descendió del vagón y con los guantes se sacudió el polvo de su americana. Miró la hora y lanzó una maldición en toda regla. Llegaba con cuatro horas de retraso. El viaje había sido infernal, una auténtica pesadilla. Al salir de Burdeos, el tren se detuvo durante más de dos horas por culpa de una barricada de troncos y piedras, obra de la Resistencia. Menos mal que el maquinista se percató a tiempo y pudo evitar una tragedia. Y en las cercanías de Tours, el convoy permaneció un buen rato escondido en el interior de un túnel por temor a un ataque aéreo. Por fortuna, solo se trató de una falsa alarma.

Jeff no tardó en detectar la presencia de su amigo Luis. El bruto del asturiano se abría paso entre la muchedumbre a base de codazos y empujones. Tras él, agarrada a su chaqueta, caminaba Zoé, que sonreía divertida ante las protestas de la gente. Le gustaba provocar.

—¡Ya era hora! —le espetó Luis cuando estuvo a su altura—. Llevamos aquí cuatro horas esperándote. Y ya no podía aguantar más tiempo a esta loca.

—¡Calla, imbécil!

Jeff sonrió al escuchar a sus amigos. No habían cambiado. Volvía a estar en casa.

—Cada vez me recordáis más a esos matrimonios

que, después de llevar sesenta años juntos, ya no se aguantan más, pero en cambio no pueden vivir el uno sin el otro.

Se abrazó a sus amigos y salieron juntos de la estación, seguidos por un mozo cargado con las maletas. El Alfa Romeo de Jeff se encontraba aparcado en la misma puerta, rodeado de niños que lo contemplaban embobados. Desde la ocupación, no era frecuente ver automóviles por la ciudad, y mucho menos un deportivo tan codiciado.

—¿Me has cuidado el coche? —preguntó Jeff a Luis.

—Como si fuera mi novia.

—¡Si tú no tienes novia!

—Por eso.

—Al menos, no me habrás gastado toda la gasolina.

El interpelado se encogió de hombros y mostró una sonrisa de conejo. Jeff se imaginó que le había dejado el depósito seco. Menos mal que aún le quedaban un par de garrafas escondidas en la despensa. Su amigo, el embajador Otto Abetz, siempre cumplía su palabra.

El vehículo abandonó la estación con los tres amigos dentro.

—¿Me has traído lo que te encargué? —preguntó Luis entusiasmado como un crío.

—Sí, hombre, tranquilo. ¿Qué pasa? ¿Que has venido a buscarme solo por el paquete? —preguntó Jeff risueño.

—¡Qué bien le conoces! —interrumpió Zoé, que no desaprovechaba la ocasión para sacudirle.

—¿Conseguiste todo? —Luis no podía ocultar su impaciencia.

—¡Sí, hombre, sí! Me costó lo suyo, no te creas, pero no me he olvidado de nada. El jamón, el chorizo, el queso... Te he traído todo.

Luis suspiró complacido. Adoraba el yantar más que un par de buenas piernas. Solo con pensar en un banquete, empezaba a salivar.

—¿Y qué tal por aquí? —preguntó el recién llegado.

—Todo sigue igual —respondió Zoé con aburrimiento—. Los alemanes mandan, los franceses obedecen y los estraperlistas hacen su agosto.

A partir de entonces estalló, sin venir a cuento, una acalorada discusión entre Zoé y Luis que no amainó hasta que Jeff detuvo el coche delante de su sucursal del Banco de París.

—Enseguida vuelvo —les dijo a sus amigos—. Os podéis matar, si os apetece. ¡Estáis insoportables!

Jeff entró en el banco y recuperó de su caja de seguridad los objetos de valor que había depositado antes de viajar a España: una pistola comprada en el mercado negro, un buen fajo de billetes y una bolsita de ante con su joya más preciada.

La bolsita contenía un fabuloso diamante, conocido en las casas de subastas como la Cruz de San Andrés, que valía una fortuna. Se lo había ganado al póquer a un príncipe indio medio lelo al que su multimillonario padre había enviado a la Universidad de la Sorbona por si se podía sacar algo de provecho de él. Al final volvió a su tierra sin aprobar ni un solo examen y sin el diamante. Y allí se dedicó a lo suyo: a perseguir doncellas por los interminables corredores del palacio paterno.

Dejaron el equipaje de Jeff en su casa y, acto seguido, los tres amigos se fueron a festejar el reencuentro a la taberna Los Cuatro Muleros.

—Luis, podías estirarte un poco —le provocó Zoé, señalando el paquete de comida que Jeff le había traído de España.

A regañadientes, el asturiano se vio obligado a compartir parte de sus viandas. Su enfado fue tan grande que apenas habló el resto de la tarde.

Al terminar el almuerzo, Luis y Zoé se empeñaron en jugar una partida de cartas. Jeff se excusó. Estaba agotado. El viaje había sido muy duro y quería regresar a casa.

Nada más llegar a su domicilio, se fue directo al cuarto de baño y se dio una ducha de agua fría. Ataviado con ropa cómoda, se sentó en el sofá del salón y llamó por teléfono a Daniela. Nadie respondió. Volvió a llamar. Y cuando estaba a punto de desistir, alguien levantó el auricular al otro lado de la línea.

—Daniela, ¿estás ahí? ¿Daniela?

Nada. No hubo respuesta. Pero no tenía duda alguna. Al otro lado del teléfono había alguien. Hasta podía percibir su respiración.

—¿Quién es usted? ¿Dónde está Daniela?

Justo en ese instante la llamada se cortó. Su misterioso interlocutor había colgado.

Jeff se quedó preocupado. Aquello no le gustaba nada. Enseguida recordó el extraño comportamiento de Daniela los días previos a su viaje a España, cuando no se atrevía a decir por teléfono el lugar de sus encuentros, como si temiera que la línea estuviese intervenida.

Se vistió de nuevo y, a bordo del Alfa Romeo, se dirigió a toda velocidad a casa de Daniela. Recordaba que le había dicho que ahora vivía en la rue Letellier, encima de una panadería. La calle era pequeña, por lo que no le fue difícil localizar el portal. Aparcó el coche y entró en el edificio. Buscó el nombre de Daniela en los buzones y subió corriendo hasta su vivienda. Llamó al timbre. Nadie contestó. Golpeó con los nudillos, y la puerta se abrió sola. No estaba cerrada con llave, tan solo entornada.

Entró en la casa y buscó a tientas el interruptor de la luz. Consiguió encender la lámpara del techo y lo que vio no pudo ser más inquietante. La casa se encontraba patas arriba. Los armarios estaban abiertos; los cajones, vacíos; la ropa, esparcida por el suelo; los cuadros, caídos; los cojines, destrozados; y el colchón, completamente rajado. Sin duda, los autores del estropicio se lo habían pasado en grande.

Alertados por el ruido, unos vecinos se congregaron en la puerta de la vivienda.

—¿Qué ha ocurrido, señor? —preguntó uno de ellos.

—Me temo que han entrado a robar —respondió Jeff.

—¿Y la señorita?

—Parece que ha habido suerte. Todo apunta a que cuando llegaron los ladrones no había nadie en la casa. ¿Alguien podría llamar a la policía?

31

Jeff llevaba cuatro horas sentado en un banco de la comisaría de policía de la rue de Budapest. No sabía qué pintaba allí, ni por qué le hacían esperar. Lo único que había
hecho era denunciar un robo. Pero los policías, en vez de
agradecérselo, le habían retenido en la comisaría, y ahora
aguardaba impaciente a que le dejaran marchar. Ya había
dicho todo lo que sabía. Los vecinos de Daniela habían confirmado su versión. Estaba cansado y hastiado. No entendía nada de nada.

La comisaría tenía un aspecto deplorable. Paredes des-
conchadas, muebles viejos, legajos carcomidos. Hasta los
policías parecían muñecos de cartón piedra cubiertos de
polvo y moho. Un descolorido retrato de Pétain, en uniforme de mariscal, dominaba la sala. Con el pelo blanco, la
carita bonachona y el bigotazo de explorador alpino, parecía un agradable abuelito a punto de contarle un cuento a
su nietecilla.

Cansado de esperar, Jeff se levantó del banco y se acercó al policía que atendía el mostrador, un hombre rudo y
calvo, con nariz de borrachín. Se le notaba algo achispado.

—Oiga, ¿falta mucho? Llevo toda la santa tarde en este
antro, nadie me dice nada, y le aseguro que tengo cosas
mejores que hacer.

—Siéntese y no alborote —gruñó el policía con gesto
adusto.

—¿Que no alborote? —Jeff se calentó—. ¡Pero si son ustedes los que me están alborotando a mí!

—O se calla o le meto en un calabozo hasta que me dé la gana —replicó el polizonte con aliento de aguardiente barato.

Jeff giró sobre sus talones y caminó hacia su asiento. El policía le siguió con la mirada. Se sentía satisfecho, se creía el vencedor. Nada más lejos de la realidad. Al llegar al banco, el periodista recogió su chaqueta de un manotazo y se dirigió con paso decidido hacia la puerta de salida.

—¡Alto! ¡Alto! —aulló enfurecido el policía—. ¿Adónde se cree que va?

El periodista no le hizo el menor caso. El policía gritó una orden y dos agentes aparecieron delante de Jeff. No sabía de dónde diablos habían salido. Sin que le diera tiempo a reaccionar, se abalanzaron sobre él, y tras un breve forcejeo, consiguieron inmovilizarlo. Cada uno le agarró con firmeza de un brazo y le llevaron ante el policía del mostrador.

—Vaya, vaya, vaya... Si tenemos aquí un auténtico gallito español. Tendremos que darle una lección para bajarle los humos.

Hizo una señal a los otros policías, y sin pérdida de tiempo fue conducido al sótano. Jeff valoró la posibilidad de escapar, pero enseguida desechó la idea. No iba a adelantar nada, salvo empeorar su situación. Lo metieron dentro de un calabozo y cerraron la puerta.

—¡Malditos hijos de perra! —gritó a través de los barrotes.

De repente, oyó una voz familiar a sus espaldas.

—Hola, Jeff. Cuánto tiempo sin verte.

Giró la cabeza y descubrió, sentada en un viejo camastro y envuelta en un extravagante abrigo de color verde eléctrico, a la dueña de un conocido burdel.

—¡Dorine! —exclamó alborozado—. ¡Qué alegría verte de nuevo, aunque sea en estas circunstancias!

Se acercó a ella y le besó la mano como si fuera una gran dama. La mujer se lo agradeció con un gesto. Dorine regentaba el Orán, un prostíbulo bastante famoso de la zona de Pigalle. Debido al nombre del local, los alemanes bautizaron a la dueña como *Frau* Sultana.

—Pero ¿tú qué haces aquí? —preguntó Jeff.

—Han detenido a una de mis chicas.

—¿Qué ha hecho?

—Romper la crisma a un cerdo de las SS. Le estampó una botella de champán en la cabeza.

—¡Lástima de champán! ¿Y por qué motivo?

—El puerco se empeñó en orinarse en su cara. Y mis chicas serán muy putas, pero también muy limpias. No toleran cochinadas.

Jeff soltó una carcajada. Dorine siguió con su historia:

—Al poco rato de ocurrir los hechos, los gendarmes se presentaron en el Orán y detuvieron a mi chica.

—¿Y a ti? ¿Por qué te han encerrado?

—Por insultar a los gendarmes. Les dije que eran la vergüenza de Francia y que algún día acabarían todos ellos colgados de las farolas de los Campos Elíseos.

Jeff volvió a reír. Entre las virtudes de Dorine no se encontraba, desde luego, la prudencia. No tenía pelos en la lengua.

—¿Dónde está tu chica?

—Se la han llevado a la sala de interrogatorios. No sé a qué viene tanto lío, si al tipejo no le ha pasado nada, salvo un buen chichón. ¡Y merecido!

Jeff se palpó los bolsillos en busca de un pitillo. Con desolación comprobó que no llevaba el paquete de Gitanes encima. Quizá se le había caído durante el forcejeo con los policías. Dorine adivinó lo que buscaba, pero tampoco tenía cigarrillos. Le habían requisado el bolso.

—¿Y a ti por qué te han encerrado? —preguntó Dorine.

—Pues, si te soy sincero, no tengo ni la más remota idea. He denunciado un robo en casa de una amiga y, ya ves, aquí me tienes. ¡Ni que fuera yo el ladrón!

—Hace mucho que no nos visitas. ¿Es que ya no nos quieres?

—¿Cómo que no os quiero? —replicó Jeff con una sonrisa—. Te recuerdo que la última vez que visité tu mansión no salí de allí en cuatro días.

—De donde no saliste es de la habitación de las ucranianas.

—Siempre es bueno conocer otras culturas.

La mujer rio la ocurrencia del periodista.

—Jeff, no cambiarás nunca, bribón.

La compañía de Dorine, con su charla amena, le hizo más agradable la espera. A pesar de ello, no dejaba de pensar en su situación. No sabía qué ocurría en el exterior, ni por qué seguía encerrado, ni por qué no le dejaban volver a su casa. En definitiva, no sabía por qué Daniela no aparecía por la comisaría y aclaraba las cosas de una maldita vez. ¿Tan difícil era?

Una hora más tarde se abrió la puerta de la celda. Dos gorilas en mangas de camisa traían a rastras a una mujer inconsciente. No se le veía el rostro. Tenía el pelo alborotado y la cabeza hundida entre los hombros. Parecía un muñeco desmadejado.

—¡Lucile! —chilló Dorine cuando la vio llegar.

Los policías la dejaron en el suelo y se marcharon.

Dorine y Jeff se abalanzaron sobre el cuerpo. Le dieron la vuelta y descubrieron, horrorizados, que la joven tenía el rostro cubierto de sangre.

—¡Dios mío! Pero ¿qué te han hecho, pequeña?

Lucile había sido golpeada sin piedad. Tenía la nariz rota, los ojos hinchados, los labios partidos. Le faltaban varios dientes y una terrible herida le cruzaba la cara, desde la frente hasta la barbilla. Habían pretendido desfigurar su bello rostro con un bisturí o con una navaja bien afilada. Y lo habían conseguido.

La levantaron del suelo y la tumbaron en el camastro. Dorine estaba destrozada. No parecía ella, siempre tan mundana y jovial. Lloraba sin consuelo mientras acariciaba el cabello de su pupila.

—¡Malditos canallas! Algún día pagarán por todo esto.

Y pensar que son franceses como nosotras... ¡Bastardos! ¡Bastardos de Hitler!

Poco después, un policía uniformado apareció en la puerta y se llevó a Jeff. El periodista fue conducido hasta un despacho pequeño que apestaba a tabaco y humedad. Allí le esperaba un hombre alto y huesudo, con cara de no haber sonreído desde la cuna.

—Soy el inspector Bonnat. Lamento la tardanza —se disculpó sin mirarle a la cara.

—No sé qué pinto aquí ni para qué me ha llamado, pero, antes de empezar, me gustaría hablarle de dos mujeres que tienen encerradas en los calabozos. —Jeff quiso echar una mano a su amiga Dorine y a su pupila—. Son gente de orden, nunca han hecho nada malo y seguro que están aquí por error.

El inspector alzó la vista y le miró a la cara. Sus ojos eran verdes y fríos, incapaces de mostrar sentimientos.

—¿Se refiere a las putas?

—No me gustaría llamarlas así.

—¿Qué le han contado? ¿Que son unos angelitos? Pues la más joven casi mata a un alemán.

—Por algo sería, ¿no?

—No es asunto suyo. ¡Deje a la policía hacer su trabajo!

Su mirada no admitía réplica. Jeff no insistió. Temía que, si lo hacía, las consecuencias las pagarían las detenidas.

—Vayamos a lo nuestro. Usted se llama Jaime Urquiza y sus amigos le llaman Jeff, ¿me equivoco?

—Correcto.

—¿Puedo llamarle Jeff?

—No. Como acaba de decir, así solo me llaman mis amigos.

El policía le dedicó una mirada cargada de odio. Jeff ni se inmutó.

—Usted ha denunciado un robo en la casa de la señorita Daniela de Beaumont. ¿Correcto?

—Me imagino que será un robo: la casa estaba patas

arriba. Y aún no sé por qué me retienen tantas horas en esta comisaría.

—Teníamos que comprobar su coartada.

—¿Mi coartada?

—Queríamos confirmar si era cierto lo de su viaje a España.

Jeff emitió una carcajada seca.

—¿Acaso piensa que soy yo el ladrón?

—No, el ladrón, no. Queríamos averiguar si usted podía ser el asesino.

A Jeff se le heló la sangre. No sabía a qué se refería.

—¿El asesino? ¿Quién ha muerto?

—Daniela de Beaumont.

A Jeff le dio un vuelco el corazón. Aquello no podía ser verdad. Daniela era una mujer joven y hermosa, alegre y divertida, con toda la vida por delante. Se negaba a admitir que pudiese estar muerta. Sin duda se trataba de un error.

—No puede ser... Eso no puede ser cierto.

—Pues lo es. Su amiga ha aparecido muerta en las vías del metro. ¿Sabe si tenía motivos para suicidarse?

—No, en absoluto.

—Me lo imaginaba. Un testigo ocular vio a tres individuos huir a la carrera de la estación. Probablemente ellos la empujaron.

—Pero ¿por qué motivo?

—Eso es lo que tenemos que investigar —respondió el policía con frialdad.

El inspector realizó una serie de anotaciones en un pequeño cuaderno.

—Señor Urquiza, necesitamos su ayuda.

—¿Para qué?

—Para reconocer el cadáver. Ya lo ha hecho la portera de la fallecida, pero necesitamos dos confirmaciones. ¿Le importaría acompañarme mañana al depósito? Le espero allí a las doce en punto.

El periodista abandonó la comisaría desolado. Aun así, hasta que no viera el cuerpo, albergaba la vaga esperanza de que todo fuera un terrible error. Volvió a su casa, se bebió media botella de coñac y se metió en la cama. A la mañana siguiente le esperaba un día muy largo.

Jeff apareció en la morgue a la hora convenida. El edificio se alzaba en pleno centro de París, muy cerca de la catedral de Notre Dame. Una mole triste y solitaria, cuya simple presencia provocaba temor y rechazo. Ni los pájaros anidaban en sus árboles ni las plantas crecían en su jardín. Ni siquiera los transeúntes se atrevían a pasar por los alrededores.

El inspector Bonnat condujo a Jeff a la pestilente sala de autopsias. Las mesas de mármol se alineaban a ambos lados, todas ellas ocupadas por cuerpos rígidos de piel cerúlea. Su presencia imponía un profundo respeto.

—Si no quiere tener náuseas, más vale que fume —le aconsejó el policía—. Es la única forma de combatir el olor.

Al fondo de la sala, varios individuos ataviados con batas de color blanco se congregaban alrededor de una mesa. La mayoría tenía pinta de alumnos de la facultad de Medicina.

—Allí está el forense —apuntó el inspector.

Se acercaron al grupo y Jeff se preparó para lo peor. Si las sospechas del inspector se confirmaban, en breve tendría ante sus ojos el cuerpo sin vida de Daniela. Miró por encima del hombro de uno de los auxiliares. No se veía el rostro del cadáver, oculto bajo una maraña de pelos y sangre. El forense había retirado el cuero cabelludo desde la nuca hasta las cejas, y lo había depositado sobre la cara del muerto, dejando el cráneo al descubierto.

—Ahora vamos a abrir —precisó el forense, enarbolando una sierra de brillante filo—. Tenemos que extraer el cerebro.

Con mano firme, empezó a serrar el hueso. El sonido que emitía resultaba escalofriante. Un líquido sanguinolento y viscoso empezó a recorrer los canalillos laterales de la mesa.

—Tranquilo, señor Urquiza, que no es su amiga —le advirtió el policía—. El fiambre es una prostituta que ha aparecido con el pescuezo rebanado cerca del Trocadero.

El forense extrajo el cerebro con las manos y lo depositó en una balanza metálica. Le dijo algo a su ayudante, impartió una serie de instrucciones y abandonó la mesa. Tenía que atender a los recién llegados. Se desprendió de los guantes y el delantal de goma, y los dejó caer en un cesto. Luego se lavó las manos con abundante agua y jabón.

—Llevo en este trabajo media vida y sigo sin acostumbrarme al olor de la muerte —se quejó el forense—. Salgamos de aquí.

Siguieron al médico hasta la cámara frigorífica. Docenas de pequeñas puertas metálicas, perfectamente numeradas, se alineaban desde el suelo hasta el techo. A una señal del forense, el celador abrió una portezuela y extrajo una plancha con un cadáver. Permanecía oculto bajo una sábana amarillenta.

—Le aseguro que no es una imagen muy agradable —advirtió el médico a Jeff.

El celador apartó el lienzo y Jeff tuvo que reprimir una arcada. La imagen era atroz. Una amalgama de huesos, piel y sangre reseca. La cabeza, totalmente destrozada, reposaba entre lo que parecían ser las piernas.

—¿Es ella? —preguntó el inspector.

—Es posible. No le puedo decir más.

—Bueno, tiene que serlo. La portera ha reconocido el cadáver, y en las vías encontramos el bolso de la víctima con su documentación. Con eso nos basta. Ahora debemos averiguar quién la empujó a las vías.

—¿Empujar? —exclamó el forense con sorna.

—¿Acaso no fue empujada? —preguntó el inspector, algo perplejo.

—Pues empujada, empujada, lo que se dice empujada, la verdad es que no.

—¿Cómo? ¿A qué se refiere? ¡Explíquese, doctor!

—Cuando esta mujer cayó a las vías llevaba ya varias

horas muerta. Y no solo la asesinaron, sino que previamente sufrió todo tipo de torturas.

Jeff apretó los puños con fuerza. No se esperaba esa noticia. Se dio la vuelta y se marchó sin despedirse. No aguantaba más. Quería salir de allí, huir a cualquier parte. No soportaba la presencia del cadáver de su amiga, de la única mujer a la que había amado de verdad, aunque fuera la persona que más daño le había causado en el mundo. Y ahora, al constatar desolado su pérdida, sospechaba que quizá nunca había dejado de quererla.

Decenas de preguntas sacudían su cabeza sin obtener respuesta. ¿Quién había asesinado a Daniela? ¿Por qué motivo? ¿Por qué sospechaba que su teléfono estaba intervenido? ¿Quién descolgó el auricular cuando él llamó? ¿Por qué registraron su casa? ¿Qué podía esconder?

También pensó en su hermano Víctor. Tendría que darle la noticia, no tenía más remedio. Era su marido. Pero ni siquiera sabía el nombre del campo de prisioneros en el que sufría cautiverio.

Al recorrer la última galería de la morgue, no lo pudo resistir más. Se detuvo en seco y propinó con todas sus fuerzas un tremendo puñetazo a la pared. Le pareció poco y lo volvió a repetir. Y así siguió hasta que sus nudillos empezaron a sangrar. Pretendía que el dolor físico calmara los latidos desgarrados de su corazón. No lo consiguió.

Poco antes de salir a la calle, se cruzó con unos celadores que empujaban un par de camillas con ruedas. Sus comentarios no podían ser más repugnantes.

—Pues la vieja no está nada mal. Yo le hubiese dado un tiento.

—Tú eres un degenerado. Con lo maciza que está la joven y te fijas en la abuela. Luego, cuando el forense se vaya a casa, ya verás qué repaso le doy.

—¡Qué cabrón! ¡Deja algo para los demás!

—¡Te jodes! Hoy me toca guardia a mí. ¡Y aún está calentita!

—¡Cerdo! Mañana ya no habrá quien la toque.

Al pasar por su lado, Jeff les dedicó una mirada cargada de desprecio. Trató de retener los nombres que figuraban en las chapitas de sus batas. No podía dejar aquello impune. Pero algo más importante desvió su atención: el brazo de uno de los cadáveres asomaba por debajo de la sábana, y se movía con el traqueteo de la camilla como si saludara a la concurrencia. Jeff se quedó petrificado.

—¿Cómo han muerto? —preguntó el periodista al celador más mayor.

—De un tiro en la nuca. —El hombre hizo un gesto con la mano como si disparara un arma corta—. Por la pinta, no llevan ni diez horas muertas. Las acaban de encontrar en los muelles del Sena.

Jeff permaneció inmóvil mientras veía cómo se alejaban los celadores y su macabra carga. Desde lejos aún podía apreciar el movimiento del brazo. Llevaba puesto un extravagante abrigo de color verde eléctrico muy poco común. El abrigo de su amiga Dorine.

32

Jeff no quiso regresar a su casa después de su visita a la morgue. Estaba furioso. Y también dolorido. La muerte de Daniela le había afectado mucho más de lo esperado. A pesar de la guerra, a pesar de los peligros, era la primera vez que perdía a alguien cercano en el París de la ocupación.

Después de beberse media botella de aquavit en el Jokey, el bar americano más famoso de Montparnasse, deambuló por los antros menos aconsejables a uno y otro lado del Sena en un intento desesperado de alcanzar su total destrucción. Desde las tabernas más navajeras del mercado de Les Halles hasta los cabarets más sórdidos de Pigalle. Cualquier agujero inmundo donde sirvieran una copa de licor o de whisky barato podía servir. Tugurios infectos, repletos de granujas y gentes de mal vivir, donde se daba cita lo más bajo de la canalla parisina. Nada que ver con los lujosos restaurantes y las exclusivas salas de fiesta que él frecuentaba. Quería olvidarse de todo y de todos, incluso de sí mismo.

Pero no podía. A su cabeza le venía una y otra vez Daniela y su doloroso recuerdo.

Se habían conocido hacía años en la elegante piscina del Lido, en los Campos Elíseos, uno de los cabarets más emblemáticos de la noche parisina. Un lugar de cita obligada para lo más selecto de París, que acudía cada noche con la intención de ver y ser visto. Los clientes podían disfrutar de una sabrosa cena en frac, o darse un chapuzón en bañador, mientras presenciaban un espectáculo de *music hall* protagonizado por los mejores artistas del momento. Jeff enseguida se fijó en Daniela. Él cenaba con el corresponsal del *ABC* en una mesa, mientras ella nadaba en compañía de dos amigas. Nada más verla la consideró la mujer más hermosa de París, y seguramente de toda Francia, y se propuso conquistarla a cualquier precio.

Gracias a sus indiscutidas dotes de galán, no le fue difícil conseguir una primera cita con Daniela. Luego vinieron muchas más. Pero enseguida se cansó de la modelo: era demasiado puritana para su gusto. Jeff prefería mujeres más atrevidas, más desinhibidas. En definitiva, más golfas. No le gustaba perder el tiempo. Y Daniela, a pesar de su profesión y de su aspecto moderno, no era la típica chica dispuesta a correr una aventura, sino que buscaba algo más. Amor, noviazgo, matrimonio, hijos... En fin, todas esas cosas que a Jeff le causaban urticaria. Al final se la presentó a su hermano Víctor, y no tardaron en contraer matrimonio.

Luego vino el amor, la traición y el desengaño. Una espina que no dejaba de perforar su corazón.

La muerte de Daniela le había dejado abatido. Hacía tiempo que no la veía, hacía tiempo que su corazón se había recuperado. Y ahora se daba cuenta de que jamás la había olvidado. El fugaz reencuentro, asistir a su trágico final y descubrir que aún sentía algo por ella, le parecía, todo ello, una pesadilla macabra, una terrible jugada del destino.

No sabía, ni siquiera sospechaba, quién podía estar detrás del asesinato, ni cuál había sido el móvil. Pero un sexto sentido le decía que la muerte de Daniela tenía que ver con la misteriosa carta que había llevado a Serrano Suñer días atrás. Y su intuición nunca fallaba.

El toque de queda sorprendió a Jeff en un cabaret de mala muerte de Montmartre, abarrotado de soldados alemanes y prostitutas baratas. Se encontraba bastante lejos de su domicilio y no conocía ningún hotel cercano, por lo que decidió pasar la noche en aquel antro. En el pequeño escenario se sucedían las actuaciones más estrafalarias.

Magos que se comían ceniceros de cristal o mimos que fingían subir interminables escaleras. Y como plato fuerte de la noche, una docena de bellas parisinas disfrazadas de soldados escoceses. Sin ropa interior, por supuesto. El público aullaba cada vez que se sentaban en unas butacas y abrían y cerraban las piernas al ritmo de una conocida marcha militar.

Después de una noche de alcohol y perversión, tomó un par de cafés en la terraza de La Rotonde y regresó a su casa bien entrada la mañana.

—¡Mi madre! ¡Alma de Dios! ¡Cómo viene el señorito! —exclamó Guillermina al verle cruzar el portal—. ¿Se puede saber dónde ha *pasao* la noche? Parece un alma en pena.

—Déjame, Guillermina, que no está el horno para bollos.

—Pues tengo que darle un *recao*, lo quiera o no.

—¿Qué ha pasado?

—Hace un rato ha *venío* un policía que preguntaba por *usté*. —Guillermina le entregó una tarjeta de visita; pertenecía al inspector Bonnat—. Ha dicho que se pase por su despacho cuanto antes.

Jeff se sobresaltó. No sabía qué quería la policía. A pesar del cansancio, se dio una ducha de agua helada y salió disparado hacia la comisaría. Quizá ya hubieran averiguado algo.

El inspector le recibió en su despacho con la frialdad habitual. Jeff fue a hablar pero el policía le hizo un gesto para que esperase un segundo. Se giró y apagó el aparato de radio que tenía a sus espaldas. En esos momentos, Radio París, la emisora colaboracionista, soltaba una arenga a favor del reclutamiento de trabajadores franceses con destino a Alemania.

—¿Alguna novedad, inspector? ¿Han encontrado a los asesinos?

—No se precipite, señor Urquiza —respondió el policía un poco molesto—. No somos tan rápidos. ¿Acaso la policía española resuelve un asesinato de un día para otro?

—En España la policía no permite que ocurran asesinatos.

—No me haga reír.

Sobre una mesa vecina descansaba un pequeño bolso de la Casa Chantal. Su contenido estaba esparcido por el tablero. Solo contenía documentación, un pañuelo y productos de belleza.

—¿Es el bolso de Daniela de Beaumont? —preguntó el periodista.

—Sí. Y deje de husmear —respondió el policía de mala gana.

Jeff se dio cuenta de que faltaban las llaves de la casa, pero no dijo nada.

—Al menos tendrá alguna pista, ¿no?

—Creemos que fue asesinada por la Resistencia.

—¿La Resistencia? —repitió Jeff—. ¿Y por qué motivo?

—Por ser amiga de los alemanes.

—¿Y por ese motivo matan? Entonces, tendrían que liquidar a medio país.

—Usted no me ha entendido bien. Me refiero a colaboracionismo «horizontal».

—¡Cuidado con lo que dice, inspector! La honestidad de la señorita Beaumont está fuera de toda duda.

—¿Honestidad? —repitió el inspector con un sonrisilla que a Jeff no le gustó—. ¿Sabe que su amiga, antes de trabajar como secretaria de Gabrielle Chantal, se dedicó a la prostitución?

Jeff clavó las uñas en el reposabrazos de la butaca. Trató de contenerse. Poco le faltó para lanzarse sobre el inspector y darle su merecido. Pero no iba a adelantar nada, salvo complicarse la vida.

—¡Eso es una calumnia! —bramó furioso.

—No, no lo es. Su amiga fue prostituta. Consta en los archivos de la policía.

Las palabras del inspector le causaron un gran malestar. No le creía. Si bien no sabía nada de Daniela desde hacía años, resultaba impensable que, conociendo su puritanismo, y con un marido prisionero de los alemanes, se hubiese dedicado a la prostitución y tuviese por clientes a los *boches*.

Además, si el móvil era el colaboracionismo horizontal, ¿por qué habían registrado su casa? ¿Qué buscaban?

—Mejor hablemos de otro tema, inspector, porque no creo sus palabras. Ha ido a buscarme. ¿Qué quería de mí?

—Tiene que firmar los documentos de identificación del cadáver.

—¿Solo eso?

—Solo.

—Pues debería dedicarle más tiempo a la investigación y menos a la burocracia —replicó Jeff bastante molesto.

El periodista agarró los papeles que le ofrecía el policía y los firmó de mala gana. Se esperaba algo más de la visita.

—¿Se sabe qué buscaban los asesinos en la casa de mi amiga?

—Esa información es confidencial —gruñó el inspector de mal genio.

—¿A que no falta nada de valor?

—Veo que los periodistas españoles son tan entrometidos como los franceses —protestó el policía.

—Lo llevamos en la sangre.

—Pues escúcheme bien. —Bonnat se incorporó y levantó un dedo amenazador—. No meta las narices en este asunto. No me gustan los fisgones. ¿Entendido?

Jeff se puso en pie y abandonó el despacho sin despedirse. Salió a la calle y se subió a su Alfa Romeo.

—¡Valiente estúpido engreído! —masculló mientras arrancaba el motor.

Daniela había muerto por algo, por algo muy importante que sus asesinos sospechaban que escondía en su casa. ¿Sería por la carta de Serrano Suñer? Si estaba en lo cierto, ¿qué podía decir la misiva para causar tanto daño?

Jeff decidió investigar el crimen por su cuenta. Quizá no consiguiera nada, pero no estaba dispuesto a permanecer de brazos cruzados. No confiaba en la policía francesa. Desde la ocupación, nadie se fiaba de ella. Se había convertido en corrupta e ineficaz, preocupada tan solo en lamer la mano de los alemanes.

A partir de entonces no se separaría de su pistola ni de día ni de noche, y vigilaría muy bien todos sus pasos. Los asesinos de Daniela habían demostrado ser gente muy peligrosa, capaces de torturar a una mujer indefensa hasta la muerte. Llevar una pistola le haría sentirse más protegido, aunque también suponía un gran riesgo. Los alemanes castigaban con la pena de muerte a todo aquel que estuviera en posesión de un arma de fuego.

Se dirigió a casa de Daniela a toda velocidad. Aparcó el Alfa Romeo en un callejón discreto y comprobó desde una esquina si la policía vigilaba el portal. No divisó nada sospechoso. Como se imaginaba, habían dado carpetazo al asunto. Demasiado trabajo tenían con agradar a los nazis y perseguir a los judíos como para dedicar tiempo al asesinato de una antigua modelo.

Abordó al portero de Daniela en plena calle mientras arrastraba los cubos de la basura por la acera. Era un tipo delgaducho y de piel cetrina, con un palillo amarillento entre los dientes. Llevaba un mono de trabajo azul mahón y una boina negra.

—¿Puedo hablar con usted?

El portero enseguida le reconoció. Antes de contestar, lanzó miradas furtivas a ambos lados de la calle.

—¿Qué quiere? —preguntó con desconfianza.

—Charlar un rato a solas.

Jeff metió la mano en el bolsillo del pantalón y le mostró con disimulo unos billetes. La imagen convenció al portero en el acto. El hombre dejó los cubos y le hizo un gesto para que le siguiera. Entraron en el edificio y el portero le guio por una estrecha escalera hasta el sótano.

—¿Qué quiere de mí?

—La señorita Beaumont ha sido asesinada.

—Lo sé. Me lo ha dicho la policía. Y, si me va a preguntar si sospecho de alguien, le contestaré lo mismo que he dicho en la comisaría: no tengo ni idea de quién ha podido cometer este crimen tan espantoso.

—¿Cuándo fue la última vez que la vio?

Jeff le metió un billete de veinte francos en el bolsillo superior del mono.

—Hace una semana, más o menos, entre las seis y las siete de la tarde, la señorita Beaumont salió del edificio. Me acuerdo muy bien porque mi mujer me llamó para que la viera pasar. Parecía una actriz de cine. Iba muy guapa y elegante. Bueno, siempre iba así, pero esa noche más.

Si Daniela había desaparecido hacía una semana, y su cadáver lo acababan de encontrar, eso significaba que durante varios días había estado secuestrada, sufriendo todo tipo de torturas por parte de sus captores. Una muerte horrible.

—¿Dijo adónde iba?

—No, señor, no dijo nada. Solo nos saludó y se marchó en dirección al metro. La verdad, paraba muy poco en casa. Salía muy temprano y regresaba muy tarde. Y muchas veces ni siquiera venía a dormir.

—¿Dónde pasaba la noche?

—Según le comentó un día a mi mujer, en el Ritz, en la suite de *mademoiselle* Chantal.

A Jeff no le extrañó la noticia. Sabía que Gabrielle tenía pánico a la soledad. Siempre necesitaba tener a alguien a su lado.

—¿Sabe quién pudo entrar en su casa? ¿Vio algo sospechoso?

—No. Ni siquiera nos enteramos de que habían entrado en la vivienda hasta que usted lo descubrió.

—¿Los vecinos no oyeron golpes o ruidos?

—No.

—¿Cómo puede estar tan seguro?

—Señor, soy el portero —contestó muy ufano—. Sé todo lo que ocurre en mi finca. Y ahora, si me disculpa, tengo otras cosas que hacer.

—Una última pregunta: ¿conoce a las amigas de la señorita Beaumont?

A Jeff le interesaba averiguar quién podía ser la autora de la carta dirigida a Serrano Suñer.

—¿Amigas? —El portero sonrió con amargura—. La señorita Beaumont era la persona más solitaria y reservada del mundo. No tenía amigas. Su vida era un misterio.

Si Daniela no tenía amigas, entonces, ¿quién escribió la carta? ¿Tal vez su jefa, Gabrielle Chantal?

33

Jeff necesitaba ver a Gabrielle Chantal cuanto antes. Ella podía tener la respuesta a muchas preguntas. Sabía que Daniela había salido de su casa con un vestido de fiesta, que esa noche Serge Lifar estrenaba *Las criaturas de Prometeo,* que Gabrielle nunca se perdía una obra de su amigo y que odiaba acudir sola a la Ópera. Tenía que visitar a la diseñadora. Tal vez supiera algo que le ayudase en la investigación.

«Te espero esta tarde a las cinco», fue la respuesta de Gabrielle cuando la llamó.

Mientras conducía hacia el Ritz, el periodista recordó su primer encuentro con la famosa modista. Jeff la había conocido en una cena organizada por el pintor José María Sert en mayo de 1936. La diseñadora era muy reacia a la concesión de entrevistas, pero, gracias a la intervención de Sert, accedió a que Jeff le hiciera unas preguntas para el semanario *Blanco y Negro.* Acordaron verse en el hotel Ritz dos semanas más tarde, el sábado 6 de junio, a las doce de la mañana.

La elección de la fecha no pudo ser más inoportuna. Aquel día una imponente manifestación discurría por el centro de París. Desde el triunfo del Frente Popular de Léon Blum en las elecciones de abril de 1936, las huelgas y las manifestaciones se habían extendido por todo el país como la pólvora. Los trabajadores se lanzaban a las calles, ocupaban fábricas, se enfrentaban a la policía, apaleaban a los empresarios. Francia vivía inmersa en un proceso revolucionario.

Aquella mañana, los manifestantes coreaban consignas incendiarias y cantaban «La Internacional» con el puño en alto. Portaban banderas rojas con la hoz y el martillo, y exhibían enormes retratos de Marx, Lenin y Stalin. Al pasar por delante del Ritz, arreciaron los insultos y las amenazas. El hotel era un símbolo, representaba la riqueza y la opulencia, el dominio del capital.

Medio oculta tras los visillos del balcón de su suite, Gabrielle observaba la gran marea humana que desfilaba por la plaza entre gritos y cánticos. Estaba nerviosa y asustada. Se imaginaba que al cabo de poco se levantarían guillotinas por todas las plazas de la ciudad y empezarían a rodar cabezas. Por influencias de sus amantes, temía al bolchevismo más que a la peste negra.

Gabrielle intentó comunicarse con sus amigos, necesitaba salir de aquella ratonera. Pero no podía. Las telefonistas estaban en huelga. En la soledad de su habitación, con sus asustadas doncellas acurrucadas en una esquina, no sabía qué hacer. El hotel no era un sitio seguro. En cualquier momento podía ser asaltado por la turba, que no dudaría en linchar a los clientes sin la menor compasión.

La radio no dejaba de emitir noticias escalofriantes. Enfrentamientos con la policía, disparos al aire, saqueos de comercios. El locutor informaba atónito de que las famosas Galerías Lafayette habían sido ocupadas por las dependientas, y no permitían el paso a nadie. A través de los escaparates se las veía reír y bailar. Incluso habían organizado un pícnic en los ascensores.

Gabrielle no daba crédito a lo que oía. Si eso ocurría en las Galerías Lafayette, ¿qué estaría pasando en sus boutiques? ¿Sus trabajadoras se habrían atrevido a tanto? No lo sabía. Y no tenía manera de averiguarlo porque no podía comunicarse con nadie. Se encontraba completamente aislada en el hotel.

A pesar de los disturbios, Jeff consiguió llegar al Ritz. No había sido un trayecto fácil. Le habían apedreado el Alfa Romeo al cruzar la place de la Concorde. Y al atravesar el puente Alejandro por poco le lanzan al Sena dentro del coche. Se salvó por los pelos al mostrar a tiempo su carné de periodista y gritar que era español. Los manifestantes consideraban España un país amigo, una nación hermana, gobernada también por el Frente Popular. Le dejaron continuar. Pero no llegó muy lejos. Todas las calles del centro estaban cortadas al tráfico por culpa de las barricadas. Aparcó el coche en un callejón solitario, con la esperanza de que no llamara la atención, y continuó a pie hasta la place Vendôme.

Con bastante dificultad, se abrió paso entre la multitud hasta llegar al hotel Ritz. El portero le reconoció y no dudó en abrirle la puerta, cerrada a cal y canto. Los empleados del hotel no habían secundado la huelga, y se apostaban detrás de los muebles del vestíbulo, dispuestos a repeler cualquier intento de asalto. De vez en cuando una piedra se estrellaba contra los cristales de las ventanas, que saltaban en mil pedazos. Jeff subió a la suite de Gabrielle y llamó a la puerta.

La diseñadora siempre recordaría aquel encuentro. Cuando le vio llegar, sus ojos se iluminaron. Por fin ya no estaba sola. Alguien venía en su ayuda. Desde entonces consideró a Jeff su salvador, la reencarnación de un caballero medieval. El único hombre que había tenido la valentía de acudir en su auxilio.

En realidad, el periodista no se había presentado en el Ritz para salvar a nadie, sino por razones exclusivamente profesionales. En cambio, Gabrielle se lo había llegado a creer. A la modista le gustaba fantasear con historias infantiles y caballerescas.

—Lamento cancelar la entrevista pero, como comprenderá, no es día para charlas. Aun así, si no le importa, le pido que se quede aquí hasta que todo se calme un poco.

—Claro, *mademoiselle*, no hay ningún problema.

En la suite permanecieron horas, soportando los gritos y los insultos de los manifestantes.

—¡Maldito Léon Blum! ¡Maldito comunista judío! —repetía Gabrielle sin cesar; no soportaba al nuevo primer ministro socialista, líder del Frente Popular.

Después de horas de tensión, la policía consiguió disolver a los manifestantes. Gabrielle respiró tranquila, al igual que los demás clientes del Ritz.

—Tengo que ir a la tienda. Necesito saber qué ha pasado.

—No debería salir del hotel, *mademoiselle*. Puede ser muy peligroso.

—No tengo más remedio.

Las doncellas intentaron disuadirla. Se arrodillaron delante de ella y le suplicaron que no abandonara el Ritz. La radio aconsejaba que nadie saliera a la calle y que todo el mundo permaneciese en sus casas con las puertas bien cerradas y las persianas bajadas. Gabrielle no hizo el menor caso. No estaba dispuesta a quedarse entre aquellas cuatro paredes. Era una mujer valiente y, cuando tomaba una decisión, jamás se echaba atrás.

—Debo ir. Es mi obligación.

Tenía miedo, no lo podía ocultar. Pero más miedo le daba perder su imperio.

No sabía lo que se iba a encontrar, pero quería estar tan impecable y elegante como siempre. Después de peinarse y maquillarse, eligió un traje de chaqueta azul marino, con sombrero y zapatos a juego. Luego le ordenó a Germaine, la doncella, que le abriera el joyero. A esta le extrañó: Gabrielle era muy poco dada a la ostentación. Casi nunca utilizaba sus magníficas joyas.

Después de examinarlas durante un buen rato, Gabrielle eligió las más vistosas. Ella, que tanto había impulsado el uso de la bisutería, quería presentarse deslumbrante ante sus empleadas. Su colección de joyas abrumaba, compuesta, en gran parte, por regalos de su amante el duque de Westminster.

Jeff trató de convencerla de que no fuera tan llamativa. En un día tan complicado, lo mejor era pasar desapercibido. En París se había iniciado la caza del burgués. Pero a Gabrielle le bastaba con que le hicieran una sugerencia para hacer justo lo contrario. Por supuesto, no le hizo el menor caso.

Ante la tozudez de la modista, Jeff no permitió que saliera sola a la calle. Decidió acompañarla, y Gabrielle se lo agradeció. En esos momentos no tenía a nadie más. Cogida de su brazo, se dirigieron al ascensor y bajaron al vestíbulo. El director del Ritz se quedó atónito al ver a Gabrielle tan deslumbrante.

—Por favor, *mademoiselle*, no salga del hotel. Es muy peligroso —le aconsejó el buen hombre.

Terca como una mula, la diseñadora le ignoró por completo.

—Salgamos por la puerta principal —propuso Gabrielle—. A diferencia de los demás días, hoy no estoy dispuesta a abandonar el hotel por la puerta trasera.

La place Vendôme estaba desierta. La policía había hecho su trabajo. No quedaba nadie, ni siquiera los gendarmes. El pavimento mostraba los restos de la dura batalla. Banderas abandonadas, cristales rotos, adoquines levantados, basura en llamas. Unos vehículos ardían junto a la columna de Napoleón sin que los bomberos hicieran acto de presencia.

Gabrielle se agarró con fuerza del brazo de Jeff. Aunque no lo aparentaba, tenía miedo. Desde muy pequeña detestaba la violencia. Y aquellos disturbios solo podían ser el preludio de una nueva revolución, como la ocurrida siglo y medio atrás, y que bañó Francia de sangre inocente. La sombra de la guillotina se alzaba de nuevo.

Aunque estaba muy nerviosa, no podía demostrar flaqueza. Pasaron por delante de la tienda de Schiaparelli, su eterna rival italiana. Estaba tan concentrada en sus pensamientos que ni siquiera lanzó uno de sus habituales comentarios corrosivos. Caminaba encogida, con la cabeza baja, y se estremecía cada vez que retumbaba una descarga lejana.

Continuaron por la rue des Capucines, tan solitaria como la place Vendôme. Al internarse en la rue Cambon, pudieron distinguir a lo lejos a unas jóvenes apostadas delante de los escaparates de la Casa Chantal. Al ver a su jefa, la mayoría adoptó una postura desafiante y chulesca. Estaban dispuestas a presentar batalla.

Según se acercaban a la tienda, y ante el asombro de Jeff, la diseñadora cambió por completo de actitud. Levantó la vista, alzó el mentón, tensó los músculos, y apretó los dientes y los puños. Parecía una pantera a punto de saltar sobre su presa. Su mano se aferró al brazo del periodista como si fuera la garra de un halcón y apretó el paso con aire decidido. Estaba dispuesta a todo.

Cuando se encontraban a escasos metros de la tienda, la encargada salió a su encuentro.

—Lo siento, *mademoiselle*, no he podido hacer nada. Las empleadas me han echado a la calle. Han ocupado la boutique y no dejan pasar a nadie.

Gabrielle frunció el ceño y se mordió los labios. Se irguió sobre los tacones, levantó la nariz y se preparó para enfrentarse a sus trabajadoras. Apartó a un lado a la encargada y avanzó hacia la tienda. Las huelguistas habían pintado la palabra «Ocupado» a brochazos en las lunas de los escaparates. Intentó entrar, pero una veintena de empleadas bloqueaban la puerta.

—¿Quiénes sois vosotras? —bramó Gabrielle con voz autoritaria.

—¡El comité de huelga! —le gritó una costurera—. ¡No puede pasar!

—¿Cómo?

—La tienda está ocupada. La Casa Chantal nos pertenece.

Durante unos instantes, la diseñadora se quedó paralizada. No se lo esperaba. Sus empleadas nunca le habían faltado al respeto. O, mejor dicho, nunca se habían atrevido a ser irrespetuosas. A pesar de las miradas amenazantes de las huelguistas, y de su abrumadora superioridad, Gabrielle decidió atajar aquella insolencia de raíz. Como mujer hecha a sí misma, se crecía ante las adversidades. Sacó todo el coraje que llevaba dentro y se fue hacia la costurera.

—¡Todo esto es mío! ¡Mío! La tienda, el edificio, todo lo que hay dentro. Hasta la ropa que llevas puesta me pertenece. ¿Lo entiendes? ¡Nadie me va echar de mi casa! ¡Y menos, vosotras!

Las huelguistas estallaron en carcajadas. Las más jóvenes empezaron a burlarse de su jefa, imitando sus andares y su forma de hablar. Una artesana mayor, que siempre había mostrado un servilismo vergonzoso, se dirigió a su jefa cargada de odio.

—La tienda está ocupada. No puedes entrar. Ahora es nuestra.

Gabrielle fue a saltar, pero Jeff se adelantó para evitar un linchamiento.

—¿Quién está al frente de esto? —preguntó el periodista.

Chantal miró a Jeff con la boca abierta. No se esperaba su intervención.

—Nuestra delegada sindical. Se llama Denise —contestó la mujer mayor.

—¿Denise? —repitió atónita Gabrielle.

Denise era una jefa de taller con la que siempre se había portado bien y que nunca había planteado problemas. Ni siquiera sospechaba que pudiera andar metida en sindicatos. Había empezado en su taller cuando solo tenía diez años como simple aprendiza. Barría, llevaba telas de un lado a otro y pasaba el imán para recoger los alfileres y las agujas que se habían caído al suelo. De aprendiza fue ascendiendo con el paso de los años hasta llegar a costurera, y más tarde a jefa de taller. Gabrielle siempre la protegió, la consideraba de las más fieles, y nunca temió de ella una traición.

—Queremos hablar con ella —exigió Jeff.

—¡Imposible! Está muy ocupada.

Gabrielle se agarró con fuerza al brazo de Jeff e intentó entrar de nuevo en la tienda. Pero una muralla humana se interpuso en su camino. Las trabajadoras la acechaban con chulería. Gabrielle miró a los ojos de cada una de ellas sin decir nada. No estaba hundida, ni humillada, ni mucho menos vencida. Se mostraba tensa y arrogante, decidida a defender con uñas y dientes lo que tanto esfuerzo le había costado levantar.

Ella había surgido de la nada, y no estaba dispuesta a dejarse intimidar. Antes de ser famosa, su vida solo había sido un cúmulo de miserias y desgracias. Y ahora que por fin había creado un imperio, aparecían unas desalmadas y pretendían arrebatárselo delante de sus narices. Por nada del mundo lo iba a permitir. Costara lo que costase.

En la confluencia de la rue Cambon con la rue Saint Honoré se empezaron a congregar unos hombres con banderas rojas. Se trataba de manifestantes dispersos que pretendían reagruparse de nuevo. La situación empezaba a ponerse peligrosa.

—Creo que es mejor que nos vayamos —le aconsejó Jeff.

Gabrielle asintió en silencio. Tomaron el camino de regreso entre las risas y las mofas de las huelguistas.

—¡Me han echado de mi propia casa! —masculló Gabrielle—. ¡Jamás se lo perdonaré!

Gabrielle y Jeff regresaron al Ritz. Y allí permaneció la diseñadora varios días encerrada, sin acudir a su tienda. Al final, tuvo que negociar con sus empleadas. Consiguieron que la jornada laboral se redujera a cuarenta horas semanales, y que todos los años tuviesen derecho a un mes de vacaciones con sueldo.

Además Gabrielle permitió que una de sus propiedades en Mimizan, entre Burdeos y la frontera española, se convirtiera en lugar de descanso veraniego de sus trabajadoras. Eso sí, la experiencia no duró mucho y tuvo que suprimirse. Las mujeres de la zona se quejaron al obispo y a las autoridades del lugar. Desde que aparecieron las chicas de Chantal, sus maridos andaban por las calles como rebecos en celo, sin hacer el menor caso a sus santas esposas.

Gabrielle vivió la huelga como una humillación. Y nunca lo olvidaría. La afrenta sufrida merecía un castigo severo. Cuando los ánimos se calmaron, despidió a doscientas trabajadoras, las más conflictivas. Tiempo después se añadirían muchas más.

Tres años más tarde, al estallar la guerra, Gabrielle abandonó el mundo de la moda. Nadie comprendió tan extraña decisión. Su última colección la había presentado el 5 de septiembre de 1939, dos días después del inicio de la contienda. Era una fantástica colección de invierno, compuesta de vestidos largos de inspiración gitana, en los que proliferaban los colores de la bandera francesa. El éxito fue rotundo. A pesar de ello, decidió cerrar el negocio. La explicación que ofreció fue muy simple y poco creíble: en tiempos de guerra, a nadie le interesaba la moda.

El cierre de la Casa Chantal provocó un auténtico escándalo. Las trabajadoras y los sindicatos protestaron. Hasta los grandes modistos criticaron la medida y calificaron el comportamiento de Gabrielle de traición. No consiguieron nada. Gabrielle se negó en redondo a reabrir el negocio y desapareció de la alta costura.

Como consecuencia de su decisión, cerca de cuatro mil empleadas de la Casa Chantal fueron despedidas, y se vieron de la noche a la mañana en la calle. Artesanas que cortaban las telas, costureras que cosían los vestidos, modelos que desfilaban con las nuevas creaciones. Nadie se libró. Salvo las dependientas de perfumería y accesorios de la rue Cambon.

Este despido masivo se interpretó como la particular venganza de la modista hacia sus empleadas por la afrenta sufrida en la huelga de 1936. Gabrielle ni perdonaba ni olvidaba.

Desde la huelga, Gabrielle, cada vez que veía a Jeff, le llamaba «mi caballero español», y le incluyó en la esfera de sus amigos más queridos.

La fallida entrevista entre Chantal y Jeff, que no pudo realizarse por culpa de la huelga, por fin se pudo celebrar días después. La primera pregunta del periodista no fue sobre el mundo de la moda, ni sobre su vida, ni sobre sus vestidos. Como buen profesional, quería saber su opinión sobre la reciente huelga. Gabrielle fue tajante:

—Ni por asomo quiero que cuentes la verdad.

Jeff la miró sorprendido.

—Y espero que cumplas tu palabra o dejarás de ser mi amigo, ¿entendido?

—Gabrielle, yo no puedo mentir a mis lectores.

—Pues no digas que estuviste conmigo. Limítate solo a recoger mi respuesta, sin añadir nada de tu cosecha.

A Jeff no le gustaba la propuesta. Siempre había sido fiel a su código ético. Al final, accedió a las pretensiones de la modista. En España acababa de aparecer asesinado Calvo Sotelo a las puertas del cementerio del Este, y hasta los más optimistas veían la guerra civil como un fantasma inevitable. Frente a esta noticia tan extraordinaria, la entrevista de Gabrielle carecía de importancia. Además, el periodista tenía prisa en acabar cuanto antes. Quería partir de inmediato hacia Barcelona para cubrir las Olimpiadas Populares.

—Está bien, Gabrielle. Tú ganas —cedió Jeff—. ¿Y cómo fue la huelga, en versión Chantal?

La modista sonrió. El periodista le devolvió la sonrisa. Ahora iba a conocer en primera persona la gran imaginación de Gabrielle para inventar su propia vida.

—Di que me presenté yo sola ante las huelguistas.

—Bien.

—Y que no me dejaban entrar en la tienda.

—Bien.

—Y que les pregunté qué querían, si más sueldo o qué.

—Bien.

—Y que me contestaron que no, que yo les pagaba muy bien. Que lo único que querían era verme más.

—¿Cómo?

—Querido, no hagas preguntas tontas y escribe, que se me va la idea.

—Bien, bien. Sigue, por favor.

—Que no querían ni aumento de sueldo, ni trabajar menos horas, ni vacaciones pagadas.

—Entonces, ¿por qué habían hecho huelga, Gabrielle?

—Porque querían verme más.

—¿Cómo dices?

—¡Escribe Jeff, y no me interrumpas! Hicieron huelga porque las veía poco. Se quejaban porque casi siempre yo andaba con las modelos, y dedicaba muy poco tiempo a las demás empleadas.

Jeff no daba crédito a lo que acababa de oír. Nada de las reivindicaciones salariales, nada de la ocupación de la boutique, nada del piquete en la puerta. Con sus brillantes ojos negros, y como si acabara de sufrir una revelación, Gabrielle sentenció:

—Era una huelga del amor. Titulado así: «La huelga del amor.» Una protesta de amantes despechadas que solo querían verme más.

34

Ahora, pasados los años, y mientras se dirigía al Ritz, Jeff recordaba los hechos como si hubieran ocurrido el día anterior.

«La huelga del amor...»

Las palabras de Gabrielle aún resonaban en la cabeza de Jeff cuando aparcó su Alfa Romeo en la puerta del Ritz. Si era capaz de mentir en una cosa tan simple y fácil de contrastar, ¿cómo confiar en su respuesta si le preguntaba por algo tan serio como la carta de Serrano Suñer?

Después de identificarse ante los soldados alemanes de la puerta, Jeff se dirigió a Le Petit Bar del hotel. El bar, de estilo victoriano, con silloncitos de terciopelo rojo y veladores de mármol, no estaba muy concurrido. Algunos oficiales alemanes, con sus vistosos uniformes, tomaban copas en la barra. Buscó una mesa apartada y pidió al barman un Arcoíris, el cóctel especial de la casa.

Como era de esperar, Gabrielle llegó tarde. Entró en el bar tan elegante y espectacular como siempre. Jeff se puso en pie y le besó la mano.

—Querido Jeff, mi caballero español, cuánto tiempo sin disfrutar de tu compañía —le saludó con su maravillosa sonrisa.

Gabrielle, cuando quería, sabía ser la persona más seductora y encantadora del mundo.

Jeff hizo un gesto al camarero para que sirviera otro Arcoíris.

Nada más sentarse, la diseñadora abrió su pitillera Cartier y extrajo un cigarrillo Camel. Una marca que no se encontraba ni en el mercado negro. Sin duda, disfrutaba de unas excelentes amistades en las altas esferas alemanas.

—Y bien, Jeff, ¿a qué debo este grato encuentro? —preguntó Gabrielle, soltando una bocanada de humo—. Me imagino que no pretenderás hacerme una entrevista de nuevo.

La modista sonrió, dejando al aire una dentadura blanca e impecable. Jeff se quedó extrañado. Gabrielle mostraba un humor poco acorde con los acontecimientos. ¿Tan poco sentía la muerte de su secretaria?

—Me gustaría hacerte unas preguntas sobre Daniela.

—¿Sobre Daniela? ¡No me hables, no me hables! Estoy muy enfadada con ella. Hace unos días me tenía que acompañar a la Ópera y me dio plantón. Desde entonces estoy esperando una disculpa, pero esa pequeña desagradecida ni siquiera se ha dignado ponerse en contacto conmigo. En cuanto la vea, la despido.

Jeff se quedó perplejo. Gabrielle no tenía la menor idea de lo que le había ocurrido a su secretaria. No entendía por qué la policía no se había puesto en contacto con ella. ¿No tenían nada que preguntarle? Las sospechas de Jeff se confirmaron por completo: la policía no pensaba hacer nada para encontrar a los asesinos.

El periodista se tomó unos segundos antes de hablar. Siempre había detestado ser mensajero de desgracias.

—¿Qué te ocurre, Jeff? Te has quedado pálido como si hubieras visto un espectro.

—Gabrielle, tengo que darte una mala noticia.

La modista cambió el semblante por completo.

—¿Qué ha pasado? —preguntó preocupada.

—Daniela ha aparecido muerta en una estación de metro.

La modista se quedó petrificada. Durante unos instantes, permaneció inmóvil, como si acabara de ser fulminada por un rayo, con la mirada clavada en Jeff. Sus ojos delataban angustia y terror. Y también incredulidad. No aceptaba los hechos. Sin decir palabra, vació su copa de un solo trago.

Luego, sacó del bolso un pañuelo y se lo llevó a los labios. No lloró. No podía llorar. Sus ojos estaban secos de lágrimas. Demasiados llantos había sufrido a lo largo de su vida, demasiadas ausencias jalonaban su camino. La desaparición de su madre, el suicidio de sus dos hermanas, el fallecimiento de Edward en accidente de tráfico, la muerte de Iribe mientras jugaba al tenis... El cupo de desgracias ya estaba cubierto, y no podía soportar ni una más.

—¿Cómo ha sido? —preguntó con la voz rota—. ¿Un accidente?

—No. La asesinaron.

Por unos instantes, cerró los ojos con fuerza, como si las palabras de Jeff le hubieran taladrado el alma. Aquella noche iba a necesitar doble ración de morfina.

—¡Esto es terrible! ¡Pobre chiquilla! —exclamó desolada—. Pero ¿quién ha podido matarla? ¿Y por qué?

—Aún no se sabe nada.

—¿Y la policía? ¿Qué dice? —preguntó Gabrielle mientras aplastaba el cigarrillo en el cenicero.

—Nada. Ni creo que haga nada. Gabrielle, no quiero que este crimen quede impune. Es lo menos que puedo hacer por Daniela. Voy a investigar por mi cuenta.

—¿Tú? ¿Y qué sabes de eso, Jeff?

—Por mi profesión, he seguido de cerca muchos casos de asesinato. —Y tras un breve silencio, continuó—: Necesito tu ayuda. Me gustaría hacerte algunas preguntas.

—Tú dirás.

—¿Te dijo Daniela si temía por su vida?

—No, nunca.

—¿Sabes si tenía enemigos?

—Daniela es... perdón. Daniela era una buena chica, te lo puedo asegurar. No podía tener enemigos.

—¿Conocías a sus amigos? ¿Te habló alguna vez de ellos?

En realidad, era la pregunta más importante. Jeff estaba convencido de que el asesinato tenía que ver con la carta dirigida a Serrano Suñer, procedente de una amiga de Daniela, según ella misma le confesó. Un crimen tan horrendo no podía tener otra explicación. Si los asesinos la torturaron y registraron su casa, sin duda se debía a que buscaban algo. Y la carta podía ser el motivo. Si encontraba a la autora de la misiva, sería más fácil descubrir a los criminales.

—No, nunca me habló de sus amistades. Era muy reservada y apenas hablaba de su vida privada. Quizá te pueda servir de ayuda el fotógrafo Adrian Lezay. Siempre acudía a mis desfiles con su cámara de fotos. Se hizo muy amigo de Daniela.

—¿Sabes dónde vive?

—Antes tenía el estudio en el boulevard Saint-Michel, frente al Liceo San Luis. Quizá siga allí.

Gabrielle estaba muy nerviosa. Jeff lo achacó a la trágica noticia que acababa de recibir. O tal vez se tratara de algo más. Encendía un cigarrillo tras otro, daba caladas cortas y repetidas y, por más que lo intentaba, no podía ocultar el temblor de las manos.

—¿Daniela dormía aquí con frecuencia? —preguntó Jeff.

—¿Aquí? —repitió Gabrielle, extrañada—. ¡Jamás!

Al periodista le llamó la atención la respuesta. El portero de Daniela le había dicho que con frecuencia la modelo dormía en la suite de Chantal en el Ritz. En cambio, Gabrielle le acababa de decir todo lo contrario. Entonces, ¿dónde pasaba las noches Daniela? ¿Tenía una vida secreta que nadie conocía? ¿Tal vez la acusación de prostitución no era tan descabellada?

A continuación se dispuso a hacer la pregunta más importante.

—¿Le entregaste a Daniela una carta para que la enviara a España?

—¿Yo? ¿Una carta? ¿A España? Jeff, no sé a qué viene

esa pregunta, pero yo no he mandado una carta a España jamás.

Jeff no creyó a su amiga. La había visto mentir en demasiadas ocasiones.

El periodista apuró su bebida y se levantó para despedirse. Tenía prisa.

—Espera un poco, por favor —le rogó la modista—. No te vayas aún.

Jeff se quedó extrañado. Gabrielle no era una mujer habituada a las súplicas. El periodista se volvió a sentar.

—¿Y bien? —preguntó al ver que la mujer no decía nada.

—Espera un segundo, por favor.

Gabrielle llamó al barman y le pidió otros dos cócteles. Jeff no entendía nada. Ella seguía muy nerviosa, se limitaba a fumar en silencio y miraba a un lado y otro como si temiera ser vista. El bar se había quedado vacío, salvo una mesa un poco alejada, ocupada por dos oficiales alemanes más viejos que el Louvre, acompañados por tres jovencitas francesas que, a pesar de su descarado maquillaje, aún debían de ir al instituto.

La diseñadora siguió callada durante un buen rato. Jeff estaba intranquilo. No sabía qué hacer o decir. Le sorprendía el misterioso comportamiento de su amiga. Gabrielle era muy charlatana e ingeniosa, con una conversación amena y ocurrente, salpicada de anécdotas y comentarios irónicos y mordaces. En cambio, aquella tarde permanecía en silencio, mientras sus inteligentes y astutos ojos no dejaban de escudriñar la sala.

Por fin los oficiales alemanes y las muchachas francesas se pusieron en pie y se marcharon. Uno de los hombres llevaba la llave de la habitación en la mano, por lo que no era difícil deducir cuál era su destino. Nada más desaparecer del bar, Gabrielle miró a Jeff a los ojos.

—Creo que han asesinado a Daniela por mi culpa —confesó Gabrielle en voz baja.

—¿Por qué motivo?

—Para meterme miedo. Quieren asustarme.

—¿Quién? ¿Y por qué razón?

—No te lo puedo decir. Al menos, de momento. Algún día lo entenderás. Por favor, Jeff, si vas a investigar el crimen, ¡ten mucho cuidado!

El periodista permaneció unos segundos callado. Las palabras de Gabrielle le habían dejado perplejo. ¿Qué ocultaba? ¿Se trataba de otra de sus fantasías? ¿O tal vez le había mentido y era ella la misteriosa autora de la carta dirigida a Serrano Suñer?

35

Nada más abandonar el bar del Ritz, Gabrielle Chantal subió a su habitación y llamó por teléfono al hotel Lutetia. Necesitaba hablar con Spatz.

El Lutetia, situado en el boulevard Raspail, era uno de los hoteles más lujosos de París, famoso por su estilo modernista y su decoración *art decó*. En otras épocas, por sus habitaciones habían pasado artistas y escritores de la talla de Picasso, Matisse, Joyce, Saint-Exupéry o Malraux. Con la llegada de los alemanes, el hotel había sido requisado para convertirse en la sede del Abwehr, el servicio de inteligencia del Ejército alemán. En aquel hotel tenía Spatz su despacho.

—Por favor, ven lo antes posible —le rogó Gabrielle—. Necesito hablar contigo.

El alemán le prometió acudir en cuanto terminara una gestión. Aunque no se lo dijo a Gabrielle, y menos por teléfono, en esos momentos se encontraba reunido con dos agentes del Abwehr destinados en la embajada alemana en Madrid. Ultimaban los detalles del próximo viaje de la modista a España. Según rumores cada vez más insistentes, la entrevista entre Churchill y el general Franco se celebraría en breve, aunque aún no se sabía la fecha exacta.

Cuando terminó la reunión, Spatz se subió a su Opel y se dirigió al hotel Ritz. Al entrar en la suite, encontró a Gabrielle muy nerviosa. Ataviada con una camiseta larga y unos pantalones anchos, se paseaba por el saloncito con un pitillo en los labios.

—¿Qué te ocurre, cariño? —preguntó Spatz mientras se servía un whisky del mueble bar.

—Han asesinado a Daniela.

Spatz se volvó y la miró atónito.

—¿A tu secretaria?

—Sí. Por eso te he llamado.

—¿Quién ha sido?

—No se sabe aún. Quiero hacerte una pregunta y te ruego que me contestes con absoluta sinceridad: ¿crees que la han matado por mi culpa?

Spatz acabó de servirse el whisky y se sentó en el sofá.

—¿Por qué dices eso, Gabrielle?

—¡No lo sé, no lo sé! —respondió muy nerviosa, sin dejar de pasear por la sala—. Los secretos son muy difíciles de guardar. Me imagino que ya habrá bastante gente enterada de mi misión en España.

—Eso no es posible, cielo. La Operación Modellhut ha sido calificada de alto secreto.

—Ya... Pero tú sabes tan bien como yo que siempre hay filtraciones. Me temo que tratan de meterme miedo para que no vaya a Madrid. La muerte de Daniela ha sido un aviso. El primer aviso.

Spatz la miró desconcertado.

—¡Por Dios, cariño! Todo esto me parece un auténtico disparate.

—Sabes que tengo razón. Hay mucha gente interesada en que la guerra continúe hasta el final.

Spatz no fue capaz de replicar. Sabía que esa era la postura mayoritaria en las altas esferas nazis. Tal vez las sospechas de Gabrielle, después de todo, no fuesen tan descabelladas.

—Y no solo sospecho de tus compatriotas —continuó la modista—. Dime una cosa, ¿quién sería el mayor perjudicado si se firmase un armisticio entre Inglaterra y Alemania?

—Sin duda, los rusos.

—¡Tú lo has dicho! Quizás el servicio secreto ruso esté detrás de la muerte de Daniela.

—¿Y no hubiese sido más sencillo matarte a ti directamente? —preguntó Spatz con aire despreocupado, como si quisiera quitar hierro al asunto.

—No, querido. Eso hubiese sido un escándalo. Yo soy muy famosa. Si me pasara algo, la noticia se publicaría en todos los periódicos del mundo, y las autoridades se verían obligadas a realizar una investigación. En cambio, a mi secretaria no la conoce nadie.

Spatz apuró su bebida y se sirvió otro vaso. Tenía que reconocer que la teoría de Gabrielle era enrevesada, pero no absurda. Todo cuanto decía tenía sentido. La muerte de Daniela podía ser, por qué no, una forma indirecta de asustar a Gabrielle, de evitar que siguiera con sus planes.

—¿Quieres abandonar? —preguntó Spatz al ver que Gabrielle seguía muy nerviosa.

—¿Abandonar? ¿Yo? En mi vocabulario no existe esa palabra. Por supuesto que seguiré adelante.

—¿Entonces?

—Nada, no es nada. Solo que estoy algo alterada. No me esperaba lo de Daniela.

Spatz se despidió con un apasionado beso y se marchó. Tenía trabajo pendiente. Cuando Gabrielle se quedó sola, ordenó a la doncella que le preparase un baño de agua caliente y la inyección de Sedol. Quería dormir.

A punto de sumergirse en la bañera, recibió una llamada urgente de su abogado René de Chambrun.

—Malas noticias, *mademoiselle*.

—¿Qué ocurre?

—En la última visita me pidió que presentara una demanda contra los hermanos Wertheimer por ser judíos, de acuerdo con las leyes de las fuerzas de ocupación.

—Sí. Quiero recuperar la sociedad Les Parfums Chantal. No estoy dispuesta a que esas sanguijuelas se sigan aprovechando de mi nombre y de mis perfumes.

—Pues siento decirle que, por desgracia, eso no va a ser posible.

—¿Por qué?

—La empresa ya no está a nombre de los Wertheimer.

—¿Cómo? —gritó Gabrielle enfurecida, a punto de estampar el teléfono contra el suelo.

—Acabo de averiguar que, antes de huir a Estados Unidos, los Wertheimer vendieron todas sus acciones a un francés por una suma ridícula. Por supuesto, se trata de una venta ficticia. En el momento en que acabe la guerra, el comprador devolverá a los Wertheimer la propiedad de la sociedad.

—Entonces, será muy sencillo impugnar esa venta ante los tribunales por fraudulenta, ¿no te parece?

—No es tan fácil, *mademoiselle*.

—¿Por qué?

—Los Wertheimer han sido muy hábiles. Eligieron muy bien al nuevo propietario de la empresa. Se trata de un íntimo amigo del mariscal alemán Hermann Göring. No hay nada que hacer. Con ese padrino, un tribunal nunca nos dará la razón.

Gabrielle lanzó un grito de desesperación. Arrancó los cables del teléfono de un fuerte tirón y lanzó el aparato contra la pared. Estaba furiosa. Se sentía engañada y su amor propio no se lo consentía. ¡Malditos Wertheimer! ¡Malditos perros judíos! Jamás nadie se había burlado tanto de ella.

36

A la mañana siguiente, Jeff Urquiza asistió al entierro de Daniela en el cementerio de Père-Lachaise. Acudió muy poca gente. Además de una docena de empleadas de la Casa Chantal, apareció un hombre mayor, alto y estirado, envuelto en un elegante abrigo negro. Tenía el rostro contraído, pero no manifestaba signos de tristeza. Era el padre de Daniela. La única representación familiar. No habló con nadie, no dijo nada, y en todo momento se mantuvo apartado de los demás.

Gabrielle no asistió. Se había quedado en el Ritz aquejada de un resfriado. En realidad, era una simple excusa. Se sentía incapaz de acudir al camposanto. La desaparición de Daniela le había afectado más de lo esperado. Había perdido algo más que una simple secretaria.

En mitad del responso, Jeff se percató de la presencia de una misteriosa figura. Medio oculta entre dos tumbas alejadas, una mujer joven, con un niño pequeño en brazos, seguía la ceremonia sumida en la tristeza. Vestía de luto riguroso, y ocultaba su rostro con unas gafas oscuras. El periodista no sabía quién podía ser.

El padre de Daniela derramó un puñado de tierra sobre el ataúd y se marchó sin decir adiós. Jeff rezó una pequeña oración y lanzó unas flores dentro de la tumba. Al levantar la vista, la desconocida había desaparecido. No le dio mayor importancia.

Terminada la sencilla ceremonia, Jeff regresó a su Alfa Romeo y se dirigió a la Oficina de Prensa alemana, que aquella mañana había convocado a todos los corresponsales extranjeros acreditados en París. Llegó tarde y se sentó en la última fila. Un portavoz de la Oficina leyó un comunicado largo y farragoso. Anunciaba que, en un pequeño pueblo del sur de Francia, los maquis habían asesinado al alcalde y a toda su familia en represalia por su colaboración con los alemanes. Concluido el acto, se entregó una nota oficial a los asistentes.

Al abandonar la sala, Zoé y Luis se juntaron con Jeff.

—¿Te vienes a tomar un café? —le preguntó Zoé.

—No puedo. Tengo que ir a la embajada alemana. Espero que Otto Abetz me pueda decir en qué campo de prisioneros está mi hermano.

—¡Coño! ¿Y eso? —gruñó Zoé de mal humor—. ¡Llevas años sin saber nada de tu hermano! ¿Para qué te vas a meter en líos otra vez?

—Tengo que comunicarle la muerte de su mujer.

Zoé soltó un bufido y miró al cielo. Luis silbó con disimulo. Se avecinaba una tormenta.

—A ver, Jeff, reacciona, que la muerte de Daniela te ha trastornado por completo —le espetó Zoé—. ¿Para qué le vas a escribir tú? ¿Para darle una mala noticia? No os habláis desde hace años por culpa de esa mujer. ¿Y ahora quieres ser tú, precisamente tú, el que le comunique su muerte?

—Tiene derecho a saberlo.

—Pero ¿no te das cuenta? Si le escribes tú, se va a creer que durante todos estos años habéis estado liados. ¡Encima de viudo, cornudo!

—¡Zoé! —saltó Luis—. ¡Para! ¡No seas bestia!

—¿Es que estoy diciendo una barbaridad? Los dos sabéis que tengo razón. ¡No lo neguéis!

—¿Y qué propones tú? —preguntó Jeff.

—Los alemanes son unos burócratas insoportables. Seguro que ya se lo han notificado a tu hermano. Deja las cosas como están.

Jeff se quedó pensativo unos instantes. Quizá Zoé tuviese razón. Ya no podía hacer nada por Daniela. Tampoco podía hacer nada por su hermano. Una carta suya, en su situación, solo podía añadirle más angustia y dolor.

—Creo que estás en lo cierto, Zoé —claudicó, al fin, Jeff—. Hay cosas que es mejor no menearlas. Le hará menos daño un telegrama frío y lacónico de los alemanes que una carta mía.

—¡Estupendo! ¡Tema concluido! —exclamó Zoé—. ¿Nos acercamos al Deux Magots?

—¿Irnos ahora hasta Saint Germain? —protestó Luis—. ¿Por qué no nos quedamos por aquí?

—¡Calla, vago!

Jeff barruntó una pelea inminente entre los dos amigos. Prefirió poner tierra de por medio. Además, tenía muchas cosas que hacer. La investigación de la muerte de Daniela no podía esperar. Se despidió de sus colegas y se dirigió al boulevard Saint-Michel. Intentaría localizar a Adrian Lezay, el fotógrafo amigo de Daniela.

Mientras conducía no hacía más que dar vueltas a las enigmáticas palabras de Gabrielle. ¿Por qué creía la modista que habían asesinado a Daniela por su culpa? ¿Quién querría asustarla? ¿Y por qué motivo? Tendría que averiguarlo.

En una avenida ancha tuvo que detenerse para dejar paso a un desfile de la Milicia Francesa, el cuerpo paramilitar creado por el Gobierno de Vichy para ayudar a los alemanes en su lucha contra la Resistencia. Llevaban uniformes de color azul oscuro y unas enormes boinas negras. La banda de música la proporcionaban los alemanes. Al frente de la misma, y para solaz del público infantil, el tambor mayor hacía arriesgados malabarismos circenses con su llamativo bastón.

En los muelles del Sena los soldados de la Wehrmacht se arremolinaban ante las pequeñas barracas de color verde de los *bouquinistes*. Compraban recuerdos de París, como postales, grabados o figurillas de la Torre Eiffel. Regalos baratos que luego enviaban a sus lejanos hogares para presumir de su estancia en la capital francesa.

Cruzó la place Saint-Michel, a esas horas bastante animada por la presencia de estudiantes y *zazous*. Los primeros, con sus libros y carpetas. Los segundos, con su pelo engominado y sus paraguas bajo el brazo. En las terrazas acristaladas, alemanes y parisinos compartían mesa y mantel en aparente armonía. Salvo por la proliferación de uniformes militares, no parecía que hubiera guerra.

Aparcó el vehículo frente al Liceo San Luis, en el número 44 del boulevard Saint-Michel. En aquel histórico edificio habían estudiado alumnos de la categoría de Montesquieu, Diderot, Talleyrand o Pasteur. Como una burla a su prestigioso pasado, ahora albergaba un cuartel de la Milicia Francesa. Dos hombres armados hacían guardia en la puerta.

Jeff entró en una tienda de pañuelos que olía a naftalina y serrín. Exhibía en el escaparate una enorme fotografía del mariscal Pétain, como la mayoría de los comercios de la capital. Le preguntó a una dependienta poco agraciada y de mirada lánguida dónde se encontraba el estudio de Adrian Lezay.

—En el portal siguiente, última planta —contestó con un hilo de voz, como si estuviera a punto de desmayarse de aburrimiento.

En los bajos del edificio de Lezay había una tienda de lencería fina. Varios soldados alemanes, con pinta de ser su primer día de permiso en París tras una prolongada estancia en el frente ruso, miraban embobados el escaparate. Luego se lanzaron al interior del local. Pensaban comprar de todo. Con la inflación, el cambio de marcos a francos no podía ser más beneficioso para sus intereses.

Entró en un portal con problemas graves de humedad y subió por una vieja escalera hasta llegar al estudio de fotografía. Pulsó el timbre y abrió la puerta una exuberante joven de melena rubia. Tan solo llevaba encima una bata de seda transparente y unas medias negras de rejilla. En la mano sostenía una larga boquilla de nácar, en cuyo extremo se consumía un cigarrillo.

—¿Está el señor Adrian Lezay? —preguntó Jeff.

La joven le lanzó una mirada pícara mientras jugueteaba con la boquilla de nácar entre los labios. En cualquier otro momento, el periodista ya se habría lanzado a su conquista. Reunía todas las virtudes que buscaba en una mujer. Cara preciosa, cintura estrecha, piernas interminables, mirada traviesa y un apetitoso lunar en la comisura de los labios. Pero por alguna extraña razón que no llegaba a entender, no hizo nada por conseguirla. Le preocupaba mucho más la muerte de Daniela que añadir una nueva muesca en la culata de su revólver.

—Eres el nuevo, ¿no? —preguntó la rubia con una entonación que invitaba a soñar con su cuerpo—. Nunca te había visto por aquí.

—Es la primera vez que vengo. —El periodista le siguió la corriente.

—Pues estaré encantada de trabajar contigo.

La rubia se acercó a Jeff con movimientos insinuantes. Olía a perfume caro. Se alzó sobre sus tacones y besó a Jeff en los labios. Fue un beso muy suave, apenas un simple roce, pero tan cercano que sintió los duros pezones de la joven contra su pecho. Ella se separó poco a poco, con los labios entreabiertos, sin dejar de mirar a los ojos de Jeff.

—¿Te han dicho alguna vez que eres muy guapo? Pareces un actor de Hollywood.

Se apartó a un lado para que Jeff pudiera pasar. Antes de que pudiera entrar, apareció por el pasillo un individuo soltando berridos. Tenía el pelo largo, alborotado y con caracolillos grasientos en la nuca. Un par de cámaras fotográficas se balanceaban sobre su pecho.

—¡Apártate, que pareces tonta! —gritó a la joven mientras la empujaba a un lado—. ¿No ves que este hombre no es el actor?

—Lástima —contestó la rubia con un lánguido suspiro.

La chica se alejó por el pasillo con un exagerado contoneo de caderas.

—¿Qué quiere? —preguntó el fotógrafo con gesto de ogro en ayunas.

—Me llamo Jeff Urquiza y me gustaría hablar con usted unos minutos.

—No tengo tiempo, amigo —contestó con chulería—. No sé lo que vende ni me importa. Estoy muy ocupado.

El tipo fue a cerrar la puerta, pero Jeff se lo impidió con el pie.

—Vengo de parte de *mademoiselle* Chantal.

El hombre abrió los ojos como si acabara de presenciar una revelación.

—¿Habla usted en serio?

Su desconfianza y mal humor desparecieron en el acto.

—Eso he dicho.

Abrió la puerta de par en par y mostró su sonrisa más amable.

—¡Qué tiempos aquellos! ¿Sabe que durante años no me perdí ni un solo desfile de la Casa Chantal? ¡Eran increíbles! ¡Nunca vivió París tanto *glamour*! Pero ahora... En fin, los tiempos han cambiado mucho. Por favor, no se quede ahí. Pase, pase.

Jeff le entregó una tarjeta de visita. El hombre se la acercó a la cara.

—Es usted periodista. ¿Trabaja en algún diario francés?

—No. Soy corresponsal de un periódico español.

—¡Oh, España! Me gusta su país. Visité Barcelona durante la guerra. Jamás olvidaré su cielo tan azul. Acompáñeme, por favor.

Jeff le siguió hasta llegar a un pequeño despacho. Las paredes aparecían empapeladas de fotos de todos los tamaños. Pero no mostraban desfiles de alta costura, sino pornografía de lo más soez. Chicas, parejas, tríos, orgías... Un repertorio de lo más extenso.

El fotógrafo invitó a Jeff a que tomara asiento.

—Y dígame, ¿en qué puedo ayudarle?

—Me ha comentado *mademoiselle* Chantal que usted era amigo de Daniela de Beaumont.

—¿Ha dicho «era»? ¿Le ha pasado algo a Daniela?

—Ha muerto. Mejor dicho, la han asesinado.

El fotógrafo permaneció impasible. No parecía muy afectado.

—¿Se sabe quién ha sido? —preguntó Lezay con voz neutra.

—No, aún no. Estoy investigando el crimen por mi cuenta y me gustaría hacerle unas preguntas.

—No sé si le serviré de mucha ayuda. Conocía a Daniela pero, en realidad, no era una amiga íntima. De todas formas, pregunte. ¿Qué quiere saber?

—Todo lo que recuerde de ella. Si tenía enemigos, si se sentía vigilada o perseguida...

—No, no tengo ni idea —respondió sin necesidad de pensar mucho—. Daniela era una tumba. No contaba nada de su vida privada.

—¿La vio hace poco?

—Sí, hace unos días, por la rue de Rivoli. Ella no se dio cuenta. No la veía desde hacía bastante tiempo. En realidad, desde que terminó nuestra relación laboral.

—¿Relación laboral? ¿Ha trabajado para usted?

El fotógrafo emitió una risita fuera de lugar. Le miraba con ojos risueños, una mirada que Jeff no supo interpretar, pero que no le gustaba nada.

—Antes de regresar con *mademoiselle* Chantal, Daniela tuvo otro trabajito. ¿Nunca se lo dijo?

—No.

El fotógrafo se levantó y buscó una carpeta en el archivador. Cuando la encontró, le dijo a Jeff:

—Venga conmigo.

El periodista le siguió por un pasillo angosto hasta llegar a una habitación amplia. Una cama redonda ocupaba el centro de la sala. Las sábanas eran de raso negro y las alfombras, de color rojo bermellón. Una cámara de cine y dos enormes focos apuntaban hacia el lecho. En esos momentos, un par de chicas se encontraban sentadas en el borde de la cama. Una de ellas se entretenía con una revista mientras la otra se pintaba las uñas de los pies. No llevaban ropa.

Las chicas alzaron la vista cuando entró Jeff. Enseguida reconoció a una de ellas. Era la rubia que le había abierto la puerta, ahora sin bata. Su compañera era mucho más joven, con el pelo negro, corto y engominado. Parecía un chaval.

—¿Empezamos ya, Adrian? —preguntó la rubia con voz melosa—. Llevamos una hora esperando y me aburro.

—Está bien, chicas. Si dentro de diez minutos no aparece el galán, comenzamos sin él.

—¿Y no podría participar tu amigo? —propuso la jovencita, señalando a Jeff con el dedo.

—¡No seas viciosa!

Jeff observaba todo sin abrir la boca. Estaba atónito. No por lo que veía, ni mucho menos. Llevaba recorrido mucho mundo, había hecho guardia en muchas garitas, y no era fácil que algo le impresionara. Pero le costaba trabajo imaginar que Daniela, la puritana de Daniela, la mujer que no fue capaz de abandonar a su marido, hubiese dado un salto tan grande y terminara mezclada con aquella gente.

El fotógrafo abrió el sobre que había cogido del archivador y esparció media docena de fotos sobre la cama. En ellas aparecía Daniela, totalmente desnuda, rodeada de hombres y mujeres.

—Son escenas de la última película que protagonizó su amiga —comentó el fotógrafo—. ¿Qué? ¿Sorprendido?

Jeff se quedó de piedra.

—¡No ponga esa cara, hombre, que no es para tanto! Son malos tiempos y hay que aprender a sobrevivir en el París de la ocupación. Los alemanes se matan por este tipo de películas. Piensan que las francesas son las mejores hembras de la Tierra. ¿Sabe cuánto puede ganar una zorra en este mundillo?

—¡Déjeme en paz!

—Pues se quedaría asombrado. —Y añadió tras una breve pausa—: Una lástima lo que le ha pasado a Daniela.

Era una magnífica actriz. Tenía grandes dotes. —El fotógrafo meneó el culo e hizo ademán de subirse los pechos.

Jeff no pudo más y se abalanzó sobre él. Le agarró del
cuello de la camisa y le empujó contra la pared. Lezay palideció en el acto. El periodista resoplaba como una fiera a
punto de embestir. Durante unos segundos, dudó entre
partirle la cara o largarse de allí. Las súplicas del fotógrafo
le hicieron aflojar poco a poco las manos. Jeff se dio la vuelta y abandonó la casa con un fuerte portazo.

Bajó las escaleras a toda velocidad y se metió en el primer café que encontró. Pidió una copa de coñac y se la bebió de un trago. Le dijo al camarero que la rellenara, y la
volvió a vaciar. Se sentía abatido. No le gustaba la faceta
oscura de Daniela que acababa de descubrir. ¿Cómo una
mujer como ella había podido caer tan bajo? Según la policía, tenía antecedentes por prostitución. Y ahora se acababa
de enterar de que también se dedicaba a la pornografía.
¿Qué sería lo próximo? Si necesitaba dinero, ¿por qué no
había acudido a él? Al fin y al cabo, era su cuñado.

37

—Despierte, señorito, que ya es mediodía.

La voz de Guillermina le llegó tan lejana como si le gritara desde Sebastopol. Jeff abrió los ojos y descubrió el rostro de la portera, feo y bigotudo, a escasos centímetros de su cara.

—¡Vaya nochecita que ha tenido! Atufa a tabaco y alcohol desde el portal. Y cosa rarita en usted: ha *dormío* solo. ¿Qué pasa, señorito? ¿No encontró caza anoche?

Jeff agarró el vaso de ginebra que descansaba sobre la mesilla y se lo llevó a los labios.

—Pero ¿qué hace? ¿Está *usté* majara? Espere, hombre de Dios, que ya mismo le traigo un café.

La cabeza le iba a estallar. Notaba la lengua áspera y la garganta reseca. Durante toda la noche, y en compañía de unas botellas, no había dejado de pensar en Daniela y su desgraciada vida.

—¿Qué haces aquí, Guillermina? —preguntó con voz cavernosa—. Hoy es domingo.

—Ha *venío* a buscarle una muchacha y he *subío* a despertarle.

—¿Una muchacha? ¿Quién?

—¿Se cree que mi sesera *tié* entendederas *pa fichá* a *toas* sus conquistas? Me haría *farta* una *ufisina*. No sé quién es ni de dónde ha *salío*. No ha *mencionao* su nombre. Pero seguro que la conoce.

—¿Cómo lo sabes?

—Es de las que le van. Tiene una pinta de putón verbenero que echa *p'atrás.*

—¡Guillermina, por favor!

—Es que el señorito se junta con cada golfa...

Jeff se levantó con paso indeciso. Se bebió dos tazas de café muy cargado y se dio una ducha rápida. No sabía quién podía ser la misteriosa dama, pero tenía curiosidad en averiguarlo. No era frecuente que una mujer acudiera a su casa por el día.

—Por cierto, Guillermina, siguen los ruidos en los trasteros —comentó mientras se colocaba los gemelos de oro en los puños de la camisa.

—Eso es que empinó el codo *demasiao.*

—¡No digas sandeces! ¿Puso matarratas tu marido?

—*Pos* claro.

—Pues que ponga más.

Cuando terminó de vestirse, Guillermina bajó a la portería y le dijo a la visita que ya podía subir.

Poco después llamaba a la puerta una atractiva joven embutida en un abrigo de piel. Aunque llevaba gafas oscuras y boina, Jeff enseguida la reconoció: era la actriz rubia que trabajaba para el fotógrafo Adrian Lezay.

—¡Vaya, qué agradable sorpresa! —exclamó Jeff sin saber muy bien qué pintaba esa joven en su casa.

La mujer se quitó las gafas de sol y le regaló una sugerente mirada.

—¿Puedo pasar? —preguntó mientras mordisqueaba la patilla de las gafas entre sus carnosos labios.

Jeff se apartó a un lado y le hizo un gesto con la mano para que entrara. Al pasar por su lado, Jeff pudo apreciar el olor de su perfume. Demasiado penetrante. Tanto como su mirada.

La joven avanzó por el pasillo con aire desenvuelto, como si fuera su propia casa y la conociera a la perfección. Llegó a la salita, dejó caer el abrigo y el bolso sobre la alfombra, y se recostó en el sofá. Cruzó sus torneadas piernas sobre la mesita y le dedicó a Jeff una insinuante mirada. Su desbocado escote ofrecía una vista turbadora.

—¿Me invitas a una copa, guapo?

Jeff se acercó al mueble bar.

—¿Quién te ha dado mi dirección? —preguntó de espaldas, mientras preparaba las bebidas.

—Te dejaste la tarjeta de visita en el estudio. ¿No lo recuerdas?

—¿Te manda el fotógrafo?

La joven arrugó la naricilla con aire despectivo.

—Ni sabe que estoy aquí, ni le importa. Nada más marcharte, el cerdo de Adrian lanzó tu tarjeta a la papelera. La recogí sin que se diera cuenta y aquí me tienes.

Desconocía Jeff si era buena o mala actriz. No había visto ninguna de sus películas, aunque empezaba a tener curiosidad. Desde luego, si en esos momentos estaba en plena actuación, naturalidad no le faltaba. Ni tampoco desparpajo.

Jeff le entregó la bebida. La joven alzó el vaso y brindaron. El periodista se sentó en el otro extremo del sofá. Bebían en silencio sin dejar de mirarse a los ojos, como dos animales salvajes a punto de lanzarse el uno contra el otro.

—¿Y a qué debo tan grata visita? —dijo, al fin, Jeff.

—Tengo información sobre Daniela.

El periodista se enderezó en el asiento y puso todos sus sentidos alerta.

—¿La conocías?

—Alguna vez la vi por el estudio.

La joven se inclinó hacia la mesita y, sin pedir permiso, abrió la pitillera de Jeff y tomó un cigarrillo. Lo encendió sin dejar de mirar al periodista y le lanzó una suave bocanada de humo a la cara.

—¿Y bien? —preguntó Jeff ante el silencio de la mujer—. ¿No me vas a decir nada más?

—¿No sabes que todo tiene un precio?

—Me lo tenía que haber imaginado.

—En estos tiempos ya no hay nada gratis.

Jeff metió la mano en el bolsillo y dejó cien francos sobre la mesita.

—Te escucho.

—Daniela tenía una amiga. Actriz, como yo.

Mostró una sonrisa pícara y bebió un trago. La carga sexual de su mirada era capaz de detener a un escuadrón de lanceros polacos en plena carga.

—¿Cómo se llama?

—¿El nombre artístico o el verdadero?

—El verdadero.

—Monique.

—¿Y el apellido?

—No lo sé. Como comprenderás, en esta profesión no se utilizan apellidos, y menos los verdaderos.

—¿Sabes dónde vive?

—Sí. Hace unos meses me invitaron a una boda y necesitaba un abrigo. Ella se ofreció a prestármelo y me llevó a su casa. Vive en la rue Gassendi, muy cerca del cementerio de Montparnasse.

—¿Conoces el número?

—No, pero no tiene pérdida. La calle es muy pequeña y hay una barbería muy cerca del portal.

Jeff se levantó del sofá y se acercó a la joven. Aún no sabía su nombre. Tampoco tenía interés en conocerlo. Un dato menos que olvidar. Le ofreció la mano para que se incorporara.

—Muchas gracias por la información —dijo Jeff—. Si alguien te pregunta por mí, le respondes que nunca me has visto. ¿Entendido?

—¿Me echas ya?

—¿Quieres otra copa?

La joven sonrió y alargó el vaso. No abandonó la casa de Jeff hasta la mañana siguiente.

38

Cuando Jeff se metió en la ducha, su piel aún olía al perfume de la actriz. Era el único recuerdo que le quedaba de ella. Ni nombre, ni dirección, ni ningún otro dato personal. ¿Para qué?

Pero no pudo disfrutar mucho del agua. Solo se había enjabonado la cabeza cuando de repente se formó un gran alboroto en la calle. Frenazos, voces, ulular de sirenas. No sabía qué pasaba. Su barrio era muy tranquilo, sin escándalos ni algaradas. Se secó con una toalla, se puso unos pantalones y una camisa y salió al balcón.

Los gendarmes habían acordonado la manzana e impedían el paso de los peatones. Dos furgones de la policía y un camión alemán se habían detenido delante del portal. Un arrogante oficial de las SS se paseaba muy ufano por la acera de enfrente con la vista clavada en el edificio. En la mano sujetaba una fusta de cuero con la que se golpeaba rítmicamente las botas de montar. Al lado del SS pudo ver una cara conocida: Madeleine Ladrede, *la Condesa de la Gestapo*, la vampiresa que había ocupado el piso de los Bercovitz. Miraba a la fachada y sonreía con regocijo. Jeff desconocía el motivo.

El periodista abandonó el balcón al oír un gran revuelo en el portal. Se acercó a la puerta y miró a través de la mirilla. Soldados alemanes y gendarmes franceses subían las escaleras a toda velocidad. Se dirigían a los trasteros. Luego se oyeron unos golpes fuertes y secos. Intentaban derribar una puerta con las culatas de sus fusiles.

—¡Abra! ¡Policía!

Alguien empezó a corretear en la planta superior, justo encima de su cabeza. Parecía buscar con desesperación una escapatoria. Los golpes de las culatas aumentaron. Los insultos y las blasfemias también. Un crujido muy fuerte delató que la cerradura había cedido.

Unos gritos de alerta le llegaron desde la calle. Salió de nuevo al balcón. El oficial de las SS chillaba enfurecido mientras señalaba con la fusta a la cubierta del edificio. El periodista alzó la vista y un escalofrío recorrió su cuerpo: en esos instantes, una chiquilla de unos diez años salía al tejado por el ventanuco de los trasteros. Estaba aterrada, con los ojos desorbitados y el corazón enloquecido. Un camisón harapiento cubría su famélico cuerpo. Jeff acababa de descubrir al misterioso fantasma que habitaba en el piso superior.

La niña caminaba por el tejado con paso vacilante, pendiente de no caer al vacío. Le temblaban las manos y las piernas, y gimoteaba como un cervatillo perdido. Sabía que, si la atrapaban, su vida no valdría nada.

Sus perseguidores no tardaron en aparecer. Desde el ventanuco le ordenaban que se entregara, que no tenía escapatoria. Ella no les hacía caso y seguía con su desesperada huida. En el momento más inoportuno, resbaló y empezó a rodar por la pendiente del tejado. La caída parecía inminente.

En el último instante, la niña consiguió asirse al canalón de desagüe. Con dificultad logró ponerse de pie, justo encima del balcón de Jeff. La chiquilla le miró. Sus ojos eran grandes y muy negros. Lloriqueaba aterrorizada.

Al ver su cara, al periodista se le heló la sangre. Acababa de reconocer a la chica. Un año antes, la policía francesa había entrado en el edificio de madrugada. Subieron al primer piso y derribaron la puerta de los Bercovitz a patadas. Entraron en la casa como una jauría de perros rabiosos. La registraron y se llevaron detenidos a todos sus moradores.

Los padres y sus cinco hijos. Solo se salvó de la redada la niña más pequeña. Nunca la encontraron. Ahora Jeff acababa de averiguar lo que había sido de ella. Aquella fatídica madrugada, aprovechando algún descuido, había logrado escapar a los trasteros. Lo que no llegaba a comprender era cómo había aguantado tanto tiempo escondida.

La niña seguía de pie en el alero. Permanecía inmóvil, sin dejar de temblar y gimotear. Sus perseguidores avanzaban hacia ella con precaución por temor a las caídas. El oficial de las SS sonreía desde la calle. Disfrutaba de lo que veía. Estaba a punto de cobrar su pieza.

Jeff no pudo aguantar más. Sin pensárselo dos veces, y sin valorar las consecuencias, extendió las manos hacia la niña y con un gesto le indicó que saltara a su balcón. Ella le miró. Por unos instantes, sus ojos mostraron un profundo agradecimiento. Pero dudaba. No se atrevía a moverse.

Los perseguidores estaban ya muy cerca. Jeff insistió. La chica no se decidía. Un soldado muy joven se adelantó a los demás y fue a gatas hasta la niña. Jeff pensó que intentaba apresarla. Se equivocó. Cuando se encontraba a menos de un metro de la niña, el soldado se incorporó, alzó el fusil y le propinó un culatazo en la cara. El golpe fue brutal. Los dientes de la chiquilla volaron por los aires, y su cuerpo, frágil y pequeño, cayó al vacío.

Jeff intentó agarrar a la niña cuando pasó junto a su balcón. Fue imposible. Un golpe seco contra los adoquines anunció su trágico final. Un charco de sangre espesa y oscura se empezó a formar bajo su cabeza.

El oficial de las SS ni se inmutó. Se acercó al cuerpo de la niña, lo miró con desprecio y lo meneó con la punta de la bota. Luego, clavó la vista en el balcón de Jeff. Gritó unas órdenes y se abalanzó hacia el portal, seguido de varios hombres. Jeff acababa de meterse en un buen lío.

El periodista entró en el salón y llamó por teléfono a la embajada alemana. No se le ocurría otra cosa. Solo Otto Abetz podría sacarle del apuro. En la escalera ya se oían con nitidez las voces y las carreras. No tardarían en llegar.

—Lo siento, pero el señor embajador se encuentra en estos momentos ocupado.

—Por favor, dígale que me llame. Es muy urgente.

Nada más colgar el teléfono, empezaron a aporrear la puerta con la culata de los fusiles. Con una sangre fría que a él mismo le asombró, como si ya no le importara nada, Jeff se dirigió al vestíbulo y abrió la puerta. Varios hombres entraron en tromba. Un soldado alemán le clavó el cañón del fusil en el estómago.

—¡Levante las manos! —gritó con la mirada cargada de odio.

Detrás de la tropa apareció el oficial de las SS. Era muy joven, casi un crío, pero sus ojos emanaban odio y fanatismo.

—¿Quién es usted? —bramó con aire autoritario—. ¡Identifíquese!

El periodista señaló con el mentón el abrigo que colgaba del perchero.

—¡Regístralo! —ordenó el oficial a uno de sus hombres.

El soldado hurgó en los bolsillos y extrajo el pasaporte y la cédula de identificación de Jeff. Se lo entregó al oficial, que empezó a leer los documentos con el ceño fruncido. Al rato, levantó la vista.

—Así que es usted extranjero —dijo con cierto aire de superioridad.

—Español.

—Y periodista.

—Corresponsal de un diario madrileño.

—¿Y por qué un periodista español quería ayudar a una enemiga del Reich?

—¿Una enemiga del Reich? ¿Desde cuándo Alemania ha declarado la guerra a las niñas?

—¡No era una niña! ¡Era una judía! —bramó enfurecido.

—¡Ah! Una judía... ¿Y por eso merecía morir?

El oficial dio un paso al frente y levantó la fusta. Jeff, con un movimiento rápido, le sujetó la muñeca y le miró fijamente a los ojos. Durante unos instantes, le transmitió todo su desprecio. Fueron unas milésimas de segundo, pero tan intensas que el alemán jamás las podría olvidar. No duró mucho. Jeff sintió un fuerte culatazo en el hombro. Los soldados habían hecho su trabajo.

—¡Detenedlo! —ordenó el SS a sus hombres.

Justo en ese preciso instante sonó el timbre del teléfono.

—Seguro que es el general Abetz. —Jeff prefirió utilizar el empleo militar de su amigo para causar mayor impresión; Abetz, a pesar de su juventud, no solo era embajador, sino también general de las SS—. Le aconsejo que conteste. O se meterá en un buen lío.

El oficial le miró desconfiado.

—Si no atiende esa llamada, le aseguro que se arrepentirá —insistió Jeff, que trataba de vencer las reticencias del oficial.

El SS hizo un gesto a sus hombres para que soltaran a Jeff. Luego le indicó al periodista que descolgara el auricular. Jeff obedeció. Desde el otro lado de la línea le llegó nítida la voz de su amigo el embajador. El periodista le explicó lo que había sucedido.

—Ten mucho cuidado con lo que haces —le aconsejó Abetz—. Las cosas están muy serias. Dile a ese oficial que se ponga al teléfono.

Jeff le alargó el auricular. Al escuchar a su interlocutor, el rostro del teniente perdió el color. No hubo conversación. Tan solo un monólogo. Abetz sabía muy bien cómo tratar a la gente.

—¡Sí, señor! ¡A la orden, señor!

El SS estaba tan pálido como la sábana de un hospital de monjas. Cuando terminó de hablar, le devolvió el teléfono al periodista.

—Todo arreglado —le dijo Abetz—. Me debes una cena. ¿Cuándo nos vemos? ¿Te viene bien mañana en la Torre de Plata?

Tenía que reconocer que Abetz poseía un gusto exquisito. La Torre de Plata era uno de los restaurantes más caros de París, con unas soberbias vistas sobre la catedral de Notre Dame y el Sena.

—Claro, Otto. Allí estaré.

Jeff colgó el teléfono. El oficial le devolvió muy respetuoso la documentación. Dio un taconazo, se llevó la mano a la visera de la gorra, saludó militarmente y, por último, inclinó la cabeza en señal de respeto. Se dio la vuelta, bramó cuatro órdenes a sus hombres y en menos de diez segundos todos desaparecieron escaleras abajo. El periodista cerró la puerta y respiró tranquilo.

Volvió al balcón. No podía olvidar la escena que acababa de vivir. Conocía a aquella cría desde hacía años, desde que era una pequeña mocosa. La veía jugar con sus hermanas en la calle, en los columpios del jardín, en el portal de la casa. Su padre era un banquero rico y respetado, y su madre, una elegante dama que siempre llevaba a sus hijas de punta en blanco. Y ahora había presenciado su asesinato.

Miró a la calle. El cadáver continuaba en el mismo sitio, rodeado de gendarmes franceses. Ni siquiera habían tenido el detalle de taparlo con una manta. No se merecía tanto. Para ellos tan solo era una perra judía.

Entró en el salón de la casa. Fue al baño y se miró en el espejo. Sentía náuseas. Se despreciaba. No soportaba ver su rostro. De un fuerte puñetazo rompió el espejo en mil pedazos. Se odiaba por no haber hecho algo más, por no haber sido capaz de hacer algo más. Había presenciado un asesinato, había sido testigo de la muerte de una niña. Y los verdugos vestían el mismo uniforme que sus queridos amigos.

Durante años había vivido en una nube, ajeno a todo lo que pasaba a su alrededor, pendiente únicamente de su placer personal. Ahora se avergonzaba de su despiadado egoísmo, de su comportamiento tan mundano, de haber dado la espalda al sufrimiento de los demás. El asesinato frío y cruel de aquella pobre niña le había abierto los ojos. Por primera vez en muchos años, quizá por primera vez en toda su vida, las lágrimas humedecieron sus mejillas.

39

Poco antes de las siete de la tarde, Maruchi y Cuca, acompañadas por sus maridos, y ataviadas con sus mejores galas, se presentaron en el palacio de El Pardo. Era un auténtico privilegio, al alcance de muy pocos, ser invitado a las sesiones de cine privado que se celebraban de forma invariable todos los sábados por la tarde en la residencia de los Franco. Y en las que no faltaba, al igual que en cualquier cine comercial, la proyección previa del NO-DO, el noticiario franquista de reciente creación.

El teatro del palacio, convertido por Franco en cine, no era una sala muy grande. Albergaba una docena de butacas isabelinas y un palco con media docena de silloncitos. A ambos lados del palco se alzaban las imponentes esculturas en mármol blanco de Talía y Terpsícore, las musas del teatro y la danza.

Franco era un apasionado cinéfilo. Incluso había actuado antes de la guerra en el filme *La malcasada*, inspirada en la vida de la actriz Carmen Moragas, una de las amantes del rey Alfonso XIII. Y su película favorita era, cómo no, *Raza*, basada en una novela suya, escrita bajo el seudónimo de Jaime de Andrade. El general enseguida se dio cuenta de que el cine era un medio excelente para propagar ideas en un pueblo que se negaba a leer libros.

Unos días antes, doña Carmen había comentado que la película programada para aquel sábado sería *Lo que el vien-*

to se llevó. Las dos cotillas recibieron la noticia con un entusiasmo desbordante. El filme se había estrenado el año anterior en un cine de la Gran Vía, y a pesar del apoteósico éxito obtenido, solo se había mantenido un día en cartel. Tanto la Falange como la Iglesia la habían boicoteado, si bien por motivos muy distintos. Los falangistas, porque se trataba de una película norteamericana; los obispos, por razones de moralidad. Ante el anuncio de la Señora, las dos amigas se imaginaron que ahora por fin tendrían la oportunidad de verla.

Pero nada más llegar al palacio, la Señora les dio la mala noticia:

—Queridas amigas, hay cambio de planes. No vamos a ver *Lo que el viento se llevó*.

—¿Por qué, Carmina? —preguntó Cuca con voz compungida.

—Me ha dicho el padre Bulart que es una película que fomenta el adulterio. ¡La protagonista está casada y se enamora de un hombre casado!

—¡Válgame Dios! —exclamó horrorizada Cuca, llevándose las manos a la boca.

—¡Jesús, María y José! —coreó escandalizada Maruchi.

Las palabras de la Señora lo único que hicieron fue avivar la curiosidad y el morbo de las dos arpías. Por nada del mundo pensaban perderse esa película. En el momento en que la repusieran en algún cine madrileño, acudirían las primeras sin falta. Por supuesto, allí en El Pardo, delante de doña Carmen, se veían obligadas a mostrar indignación y sonrojo.

—Nunca vendrá nada bueno de los americanos —sentenció Cuca, tan cortita como siempre—. Según mi marido, son unos salvajes que todavía viven como los pieles rojas.

—¿Y qué vamos a ver en su lugar? —preguntó Maruchi, tratando de ocultar su decepción y su mala leche.

—Una película que aún no se ha estrenado, como podéis leer en los programas que hay encima de las mesitas. Se llama *Forja de almas*, de Raúl Cancio y Antoñita Colomé.

—Un título muy prometedor —mintió Maruchi con voz hueca.

Después de la proyección del NO-DO, unos lacayos sirvieron la merienda, momento que aprovecharon los invitados para comentar las noticias aparecidas en el documental, todas laudatorias con el Régimen.

La Señora se acercó a sus dos amigas. Alta, delgada, muy estirada. Sus manos, largas y finas, parecían las de una concertista de piano. Un soberbio collar de perlas adornaba su esbelto cuello, regalo de una joyería madrileña.

—¿Os gustan los canapés? —preguntó doña Carmen.

—¡Riquísimos! ¡Están riquísimos! —se apresuró en contestar Maruchi, siempre más ágil en sus reacciones que la lerda de Cuca.

—Sí, exquisitos —agregó Cuca, arrastrando la palabra para enfatizar su entusiasmo—. Para chuparse los dedos.

—Tenemos un cocinero excelente, un guardia civil vasco —continuó la Señora—. ¿Y habéis probado la tortilla?

—¡Fantástica, Carmina! ¡Fantástica! —alabó Maruchi.

—¡Deliciosa, Carmina! —apostilló Cuca—. Yo soy muy tortillera.

Los maridos de las dos cotorras cruzaron sus miradas muertos de vergüenza.

—Muy tortillera, eso es lo que soy —insistía Cuca una y otra vez para que no hubiera dudas.

Cansada Maruchi de que la panoli de Cuca no se diera cuenta de sus miradas asesinas, le propinó tal codazo en el hígado que casi salta por los aires su dentadura postiza.

Al final la Señora disimuló muy bien, y tras disculparse, se fue a saludar a otro grupo de amigos.

—Tortillera... Así que eres muy tortillera, ¿eh? —reprochó Maruchi a Cuca.

—Pues sí, hija, me encanta la tortilla. Con su cebollita bien picadita y su chorrito de...

—¡Anda, cállate, que pareces boba! ¡Qué bochorno me has hecho pasar!

En venganza, no habló a su amiga durante un buen rato.

Durante los ciento cinco interminables minutos que duró el filme, todo el mundo estuvo pendiente de la pantalla sin emitir el más mínimo sonido. El argumento no podía ser más aburrido: un dramón soporífero de curas y niños abandonados en la ciudad de Granada. Durante toda la proyección, Maruchi vigiló que la pánfila de Cuca no se quedase dormida y emitiese un ensordecedor ronquido. Por nada del mundo estaba dispuesta a enemistarse con la Señora. A las dos amigas les había costado muchos años de esfuerzo pertenecer al círculo íntimo de doña Carmen como para meter ahora la pata. Si caían en desgracia, jamás volverían por El Pardo.

Al terminar la película, los invitados permanecieron en sus asientos, pendientes de lo que hacía Franco. Tras unos segundos que parecieron eternos, el general se levantó de su silloncito. De inmediato, como si tuvieran un resorte, todos hicieron lo mismo. Enseguida se formaron corrillos en los que se hablaba, cómo no, de las excelsas virtudes de la película proyectada.

Al terminar la velada, los invitados abandonaron el palacio.

—¿Nos vamos a tomar la última copa al Casino? —propuso el marido de Cuca—. Solo son las doce de la noche.

—Me parece una idea excelente —respondió el esposo de Maruchi.

En el coche oficial del capitán general, conducido por el soldado Manolín, llegaron al elegante edificio de la calle de Alcalá. El *maître* les buscó una mesa especial, de acuerdo con su rango, con unas excelentes vistas sobre la pista de baile. En un momento dado los maridos se excusaron y se fueron a una mesa cercana a saludar al agregado militar argentino, la reencarnación viva de Rodolfo Valentino, pero en lechón. Las dos arpías se quedaron solas y enseguida empezaron con sus habituales cotilleos, capitaneados por la mala baba del escorpión de Maruchi.

—¿Te has dado cuenta? Esta noche Zita no estaba en El Pardo. Carmina no la ha invitado. ¡Pobrecilla!

Desde hacía más de un año, desde la caída de Ramón Serrano Suñer, la mujer de Franco apenas invitaba a su hermana Zita. Al igual que otras damas, había pasado, de la noche a la mañana, de incondicional de la pandilla a mera visitante ocasional.

—¿Tú crees que Carmina sabe que el marido de su hermana está liado con otra mujer?

—Pero ¿tú estás tonta, Cuca? Pues claro que sabe que Ramón Serrano Suñer está liado con la marquesa de Llanzol.

—¿Por qué estás tan segura?

—Porque se lo he dicho yo.

—¡San-santo Cielo! ¿Có-cómo te has atrevido? —tartamudeó Cuca.

—¿Y por qué no lo iba a hacer? Tenemos que ayudar a Carmina, es nuestra obligación. Ella vive muy aislada en ese palacio tan grande y tan frío, sin contacto con el mundo exterior. Todo el día allí encerrada, sin salir de sus muros, salvo cuando va de merienda a alguna de nuestras casas. Si no fuera por nosotras, estaría más sola que la una. ¡Igual que una ermitaña!

—¿Y qué le dijiste? —preguntó Cuca, cada vez más aterrada por la osadía de su amiga.

—Pues que el golfo de su cuñado se ha liado con una mujer casada y le ha hecho un hijo.

—Una hija.

—Un hijo, una hija, ¿qué más da?

—¿Y qué te contestó?

—Al principio se puso lívida. Luego estiró el cuello y lanzó todo tipo de maldiciones contra Serrano y contra la tonta de su hermana por haberse casado con ese hombre. Me dijo que se sentía culpable de la desgracia de Zita. En Zaragoza, Serrano ya tenía fama de mujeriego, y a pesar de ello, se lo presentó a su hermana. Conociéndole como le conocía, tenía que haberlo mantenido lejos de ella.

—¡Pobre Zita!

—Tan joven y tan guapa, y ya tan cargada de niños. ¡Y con un marido así! ¡Menuda desgracia!

40

Jeff Urquiza se apeó en la estación de metro de Denfert-Rochereau. Se dirigía a la casa de Monique, la supuesta amiga de Daniela. Según la información proporcionada por la actriz de cine pornográfico, Monique vivía en la rue Gassendi, en pleno barrio de Montparnasse.

Aunque detestaba viajar en metro, siempre abarrotado de gente y sometido a severas restricciones de horario, no había tenido más remedio que hacerlo: el Alfa Romeo tenía el depósito seco y ya no le quedaban cupones de gasolina. Hasta que no visitara a su amigo el embajador Abetz, no podría moverlo. Y lo que menos le apetecía en esos momentos, después de la tragedia de la niña judía, era pedir un favor a un alemán, aunque fuera su amigo y le hubiera salvado más de una vez de las garras de sus compatriotas.

Nada más salir del metro, se detuvo unos instantes en mitad de la calle y respiró aire fresco con la ansiedad del náufrago que acaba de emerger a la superficie. Necesitaba limpiar sus pulmones, y de paso, si era posible, también su alma. No podía olvidar a la pequeña niña judía encaramada en lo alto del tejado. Y además, no se lo podía perdonar. «¡Tenía que haber hecho algo!», se repetía una y otra vez sin descanso.

Nevaba sobre París. Se caló el sombrero, se subió el cuello del abrigo y empezó a caminar con las manos en los bolsillos. A pesar del tiempo transcurrido, seguía sin acostumbrarse al silencio abrumador que reinaba en las calles parisinas. Tan solo se oían las pisadas de los transeúntes o el rodar de las bicicletas. Por mucho que lo pretendieran los alemanes, el París de la ocupación se parecía muy poco a la alegre y bulliciosa Ciudad de la Luz de años atrás.

Jeff pasó por delante de la puerta de las catacumbas, con su famoso letrero de advertencia: ¡DETENEOS! ¡AQUÍ COMIEN-ZA EL IMPERIO DE LA MUERTE! Una patrulla alemana vigilaba de forma permanente la entrada. Según se comentaba, miembros de la Resistencia se escondían en sus túneles más recónditos, y, al igual que comadrejas, solo salían a la calle de tarde en tarde para cometer sus atentados. Los invasores no se atrevían a meterse en aquel enrevesado laberinto de galerías de más de trescientos kilómetros, con los muros re-pletos de millones de calaveras y huesos. Les resultaba más fácil esperar en la puerta, con las ametralladoras cargadas y enfiladas. Pero los resistentes dominaban muy bien el lu-gar, y se burlaban de los *boches* utilizando pasadizos secre-tos que conducían al metro o a las alcantarillas.

Jeff dejó atrás las catacumbas y bordeó el famoso ce-menterio de Montparnasse, sumido en la soledad y el silen-cio. Poco después llegaba a la rue Gassendi, la calle de Mo-nique. Desconocía el número del portal. Tan solo sabía que estaba muy cerca de una barbería.

Recorrió la calle, angosta y oscura, y enseguida localizó el establecimiento. Abrió la puerta y sorprendió al pelu-quero adormilado en el sillón de los clientes. El ruido de la campanilla despertó al hombre, que se puso en pie de un salto y se estiró la camisola blanca.

—¿Necesita un afeitado, caballero? —preguntó muy cortés.

—Necesito información, si es tan amable.

El hombre frunció el ceño y arrugó el bigote. Estaba allí para ganar dinero, no para responder preguntas a desco-nocidos. Sin embargo, no se atrevió a ser grosero con el pe-riodista. La altura y las espaldas de Jeff imponían algo más que respeto.

—Estoy buscando a una mujer llamada Monique. Me han dicho que vive cerca de aquí.

—¿Monique? ¿Una chica morena, con el pelo corto y muy guapa?

—Sí —contesto el periodista al azar. En realidad, no tenía ni idea de cómo era la amiga de Daniela, pero se imaginó que, si se dedicaba al cine pornográfico, no podía ser muy fea.

—Vive en el número 15, dos portales más allá.

Le agradeció la información, dejó un billete de diez francos encima del mostrador y salió a la calle. Caminó unos metros y llegó al número indicado. Nada más entrar en el edificio, se topó con la portera, que en esos momentos esparcía serrín con la ayuda de un cubo metálico. No parecía una mujer agradable. Además, como todas las porteras a la hora de la limpieza, mostraba un humor de perros que no trataba de disimular. Fumaba un pitillo barato y lanzaba miradas aviesas a todo intruso que tuviera la osadía de penetrar en sus dominios con los zapatos sucios. Jeff le mostró su aspecto más cautivador. Lució una seductora sonrisa y le preguntó en qué piso vivía Monique.

—¿Qué Monique?

Jeff acudió al método más sencillo. No tenía ganas de andarse con rodeos. Le entregó un billete de veinte francos. Enseguida la fiera se calmó. Apartó el cigarrillo que le colgaba de sus pintarrajeados labios y habló.

—¿Se refiere a la señorita Latour?

—Por supuesto. Monique Latour.

—No está en casa. Ya se ha ido al trabajo.

Tenía la voz ronca y el aliento le apestaba a tabaco y alcohol.

—¿Sería tan amable de decirme dónde trabaja?

La portera se puso en guardia y le miró con desconfianza.

—Si usted es su amigo, ¿cómo es que no sabe la respuesta?

Jeff sonrió con desgana.

—No soy su amigo, ni siquiera la he visto en mi vida. Pero necesito hablar con ella. Es muy importante.

A la mujer no se le ablandó el corazón. Sus ojos delataban cautela y desconfianza. Y también codicia. El periodista metió la mano en el bolsillo del abrigo y le ofreció un paquete de Gitanes sin estrenar. La mujer no lo dudó. Lo aceptó sin el menor titubeo. Rasgó el envoltorio con manos nerviosas, casi con desesperación, y olfateó su interior.

—Hacía mucho tiempo que no tenía algo así en mis manos —suspiró con los ojos entornados.

—¿Y bien?

—Monique trabaja en El Enano Rijoso, un cabaret de la rue Victor-Massé, muy cerca de Pigalle.

Jeff abandonó el edificio y regresó a la estación de metro de Denfert-Rochereau. No tuvo que esperar mucho: enseguida llegó el convoy. Faltaban pocos minutos para las siete de la tarde y en los vagones viajaban, junto a obreros y estudiantes, gente bien vestida que acudía al cine, al teatro o a alguna de las numerosas salas de fiesta. Desde la ocupación, los parisinos se arreglaban y salían a divertirse mucho más que antes de la guerra. Era una forma de protesta pasiva. Pretendían demostrar a los alemanes que no estaban vencidos, que la vida seguía como antes, y que no les afectaba su presencia. Como si no existieran.

A Jeff no le fue difícil encontrar El Enano Rijoso, un cabaret de reciente apertura, surgido a raíz de la ocupación alemana, como muchos otros locales similares. Los empresarios franceses más avispados no tardaron en darse cuenta del negocio que suponía el acantonamiento de miles de soldados en la ciudad, todos jóvenes e impulsivos, y todos deseosos de diversión. Y lo más importante: con los bolsillos llenos de billetes frescos. Enseguida proliferaron locales destinados al solaz y recreo de los *boches*. Sus propietarios se estaban haciendo de oro, sin importarles lo más mínimo que fueran tachados de *collabos* por sus compatriotas.

En las mesas del cabaret abundaban los oficiales alemanes acompañados por hermosas parisinas bien vestidas, o deslumbrantes vampiresas de cabello rubio platino y mirada distante.

En esos momentos actuaba sobre el escenario un mago disfrazado de chino. Unos bigotes alargados y finos le caían sobre el pecho, dándole un aspecto de gato aburrido. Armado con una sierra, se empeñaba en partir por la mitad a su bella ayudante. Por supuesto, el público estaba más pendiente de las piernas de la muchacha que de las habilidades del mago. Quizás en eso consistiera el truco, en despistar la atención de los espectadores.

—¿Desea una mesa el señor? —le preguntó el jefe de sala, un hombre bajito y repeinado.

Jeff le dio una buena propina a cambio de un lugar privilegiado. El hombre le acompañó hasta una mesa libre, situada a un palmo del escenario. Pidió una botella de Moët & Chandon. El camarero tomó buena nota y asintió satisfecho. Preveía una buena propina.

Antes de que se marchara, Jeff le retuvo del brazo.

—Estoy buscando a Monique Latour.

—Su actuación comienza a medianoche.

—Me gustaría hablar un rato con ella. A solas.

—Lo siento, señor, pero eso es imposible. Monique no acepta invitaciones de caballeros, salvo que vengan acompañados.

Jeff no entendió la respuesta.

—¿Qué quiere decir?

—Usted ya me entiende.

El camarero le guiñó el ojo y Jeff siguió sin comprender, pero esperaba descubrirlo en breve.

Al terminar el ilusionista, salió a escena un enano ataviado con un enorme chaqué. Tenía la cara empolvada, el pelo engominado y los ojos pintados. Se hacía llamar el Gran Bruno y era el presentador. Anunció el siguiente número entre chistes picantes y comentarios soeces. Jeff se preguntó si aquel hombre era, en realidad, el enano rijoso.

A continuación apareció una cantante mulata que imitaba a Joséphine Baker. No llevaba ropa, salvo una pequeña faldita hecha con bananas. Bailaba de una forma muy particular, a veces como si estuviese poseída, y otras como una pantera salvaje en plena época de apareamiento. No tenía nada que envidiar a la popular artista afroamericana.

Entre las mesas pululaban jóvenes hermosas en busca de compañía. O, mejor dicho, de clientes. Para que la espera no se hiciera tan pesada, Jeff invitó a su mesa a una morena de generoso escote que no hacía más que mirarle con ojos cariñosos. Le confesó que era rumana, que antes de la guerra había sido maestra en su pueblo y que su mayor ilusión era vivir en España. Aunque tenía buena pinta y hablaba un francés académico, Jeff no se creyó lo de su profesión. Y la alusión a España pensó que se trataba de una simple estratagema con el fin de ablandar su corazón y obtener una sustanciosa propina después de sus servicios.

—¿Por qué quieres viajar a mi país? —Jeff le siguió la corriente.

—Porque quiero estar cerca de mi novio.

A Jeff le sorprendió la respuesta. Una fulana nunca hablaba de temas personales, salvo que se tratara de una recién llegada al oficio.

—¿Tu novio vive en España?

—No, no vive en España. Está enterrado en España.

Jeff miró a la joven con otros ojos. No se esperaba esa contestación. Quizá fuera sincera y se tratara, en realidad, de una honrada maestra a la que la maldita guerra había empujado a la prostitución para poder sobrevivir.

—Perdona que te haya entristecido la noche. No suelo hablar de mi vida, pero estoy sola en el mundo, no tengo a nadie, y cada vez que charlo con un español, por una extraña razón, me parece estar más cerca de mi novio.

—¿Qué le pasó?

—Murió allí, en el asedio de Madrid, durante la guerra civil. —Bajó la mirada y sus ojos se apagaron—. Nos íbamos a casar, teníamos todos los papeles preparados, pero se empeñó en viajar a España con varios amigos de la Guardia de Hierro. Se trataba de una visita rápida, pensaba volver pronto. Pero nunca regresó. Sus ideales pudieron más. Me mandó una carta desde Salamanca. Me decía que no lo podía evitar, que tenía que quedarse, que su puesto estaba allí. Me pedía perdón y me rogaba que le esperara, que la guerra acabaría pronto y entonces regresaría a mi lado. Por desgracia, murió a las pocas semanas.

Jeff conocía muy bien la historia de los voluntarios rumanos de Franco. Había escrito una crónica sobre su paso por Francia, camino de España, para rendir homenaje a Moscardó. Al final, la mayoría no volvió y se alistó en la Legión.

—¿Me podrías ayudar? —preguntó la joven al cabo de un rato.

—¿Cómo? —Jeff se esperaba que le pidiera dinero.

—Llevo seis meses en París y la embajada española sigue sin concederme el visado. Quizá podrías hacer algo por mí.

Jeff escribió el nombre de un buen amigo en el reverso de una tarjeta de visita.

—Ve a la embajada, pregunta por este señor y dile que vas de mi parte. Yo le llamaré por teléfono para avisarle de tu visita.

La joven tomó la tarjeta entre sus manos como si acabara de encontrar el Santo Grial. Sus hermosos ojos negros se humedecieron. Era la única mano amiga que había encontrado desde que llegó a París. Quiso agradecérselo con lo único que podía ofrecer.

—¿Te gustaría venir a mi casa? Vivo a dos minutos de aquí.

Jeff declinó la invitación. No quería aprovecharse de la joven. Además, quería hablar con Monique cuanto antes. La rumana se quedó extrañada de que no aceptara su ofrecimiento. No estaba acostumbrada a que la rechazaran.

—No quiero ser descortés —se disculpó Jeff—, pero creo que deberías irte a dormir. Mañana te espera un día muy largo.

—No puedo. Tengo que trabajar.

El periodista le entregó un puñado de billetes bajo la mesa.

—¿Por qué me das esto?

—Porque te lo mereces.

A pesar de ser periodista y estar acostumbrado a pelear con el diccionario, no encontró una respuesta mejor.

Algo contrariada, la joven se levantó, le dio un beso en la mejilla y se fue con paso indeciso. Por fin empezaba a ver la luz al final del túnel.

La botella de Moët se vaciaba al mismo ritmo que el paquete de Gitanes. Llegó la hora del toque de queda, pero el cabaret no cerró. Ahora ya nadie podría salir de allí hasta el amanecer.

El Gran Bruno saltó de nuevo al escenario. Se subió a una silla y cogió el micrófono con la mano:

—Y ahora, respetable público, el imperio de los sentidos, el placer de la carne, la tentación hecha mujer. Con todos ustedes, procedente de las salas más selectas de Bagdad y Estambul... ¡El ballet Sherezade!

Una orquesta femenina empezó a tocar una suave melodía oriental. Se alzó el telón y aparecieron unas bailarinas ataviadas con turbantes y bombachos. Varios velos de colores cubrían sus torsos desnudos. Al principio se movían con delicadeza y se desprendían de los velos con suavidad. Según avanzaba la actuación, la danza fue adquiriendo una mayor voluptuosidad. Cuando quedaban ya pocos velos por caer, se liberaron de los pantalones y se quedaron en unas sugerentes braguitas de encaje negro. En ese momento apareció el Gran Bruno disfrazado de fauno, con cuernos, rabo y pezuñas. A pesar de su tamaño, se movía con agilidad y desparpajo entre las chicas. Las bailarinas danzaban a su alrededor y se postraban ante él como si se tratara de una deidad pagana. En la sala no se movía ni un alma. Todo el mundo estaba pendiente del escenario. La carga erótica iba en aumento y no se sabía dónde podía acabar.

Las bailarinas se quedaron completamente desnudas y empezaron a imitar acoplamientos lésbicos. Mientras tanto, el fauno incordiaba a las chicas, correteando de un lado a otro. Lanzaba besos o les sacudía cachetes en las nalgas. Jeff se fijó en las mesas vecinas. Los hombres miraban alelados, con la boca abierta, a punto de babear. Como escena final, el Gran Bruno se subió a una butaca y una de las chicas, de un fuerte tirón, le arrancó el taparrabos. Nada más bajarse el telón, la sala estalló en aplausos. Era el plato fuerte de la noche.

Las luces de la sala se encendieron y un individuo escuálido y repeinado saltó a la pista. Con aires de galán de Hollywood, empezó a cantar viejas canciones francesas. Algunos clientes se animaron a bailar.

Jeff pidió al camarero otra botella de Moët. Cuando regresó con la bebida, le dijo al periodista:

—Señor, esa es Monique.

El camarero señaló con la barbilla a una chica que charlaba con un matrimonio en una mesa vecina. Jeff enseguida la reconoció: se trataba de una de las bailarinas del ballet oriental que acababa de actuar. Monique era joven y bella, de cabello negro y engominado, peinado a lo *garçon*. Parecía un chico, un bailarín de tangos, y vestía igual que un dandi inglés: frac negro y pajarita blanca. Fumaba tabaco en una larga boquilla de ébano. Apenas hablaba. Se limitaba a escuchar en silencio a la pareja. O, mejor dicho, al hombre, que era el que llevaba la voz cantante.

—Si pretende algo con ella, olvídese —le advirtió el camarero—. Ya se lo he dicho antes: Monique no alterna con caballeros, salvo que vengan acompañados. Y le aviso que es muy cara.

El camarero le guiñó otra vez el ojo en señal de complicidad.

—¿Qué quiere decir? —preguntó Jeff, que seguía sin entender las enigmáticas palabras del camarero.

—Monique solo se acuesta con mujeres.

Jeff tardó unos segundos en reaccionar. Había recorrido mucho mundo, ya nada le impresionaba, pero tenía que admitir que el caso de Daniela le tenía muy desconcertado.

—Le gustan las mujeres —continuó el camarero, como si necesitara dar mayores explicaciones—. Ya sabe usted... asidua del Monocle.

El Monocle era un selecto club de Montmartre, regentado por Lulú de Montparnasse, que solo admitía mujeres. No era el único local destinado a la homosexualidad femenina, pero sí el más conocido. Su fama procedía de los Años Locos. Tras el mostrador era frecuente encontrar a su propietaria, con monóculo, esmoquin y pelo engominado, preparando cócteles a su distinguida clientela.

—¿Sería tan amable de entregársela? —Jeff depositó sobre la bandeja del camarero una tarjeta de visita—. Dígale que soy amigo de Daniela.

El empleado mostró una sonrisa servil. Se imaginaba una propina cada vez más suculenta. Se acercó a Monique, le entregó la tarjeta y le dijo algo al oído. Monique clavó la mirada en Jeff. Sin despedirse de la pareja, se levantó y se dirigió a la mesa del periodista.

—Así que tú eres el famoso Jeff Urquiza.

Pronunció las palabras con tanto desprecio, tan cargadas de rencor, que Jeff enseguida comprendió que no se iban a llevar bien. Y no sabía el motivo. Ni siquiera lo sospechaba. No la conocía de nada.

—Veo que te han hablado de mí.

La joven tomó asiento, separó la boquilla de los labios y expulsó una densa nube de humo.

—He oído cosas. Y no me gustan.

—Juegas con ventaja. De ti no sé nada.

—Ni falta que te hace.

Jeff intuyó que Monique iba a ser un hueso difícil de roer.

—Tu cara me es familiar. —Jeff quiso romper la incómoda situación—. ¿No nos hemos visto antes?

Monique no respondió.

—¡Vaya! ¡Ya me acuerdo! —Jeff cayó en la cuenta; como todo buen periodista, disfrutaba de una memoria excelente para almacenar datos, rostros y situaciones—. ¿No estabas en el cementerio el día del entierro de Daniela? Te vi a lo lejos en compañía de un niño pequeño.

Monique siguió callada.

—¿Quieres beber algo?

La chica no contestó. Se limitaba a fumar, sin apartar la vista de Jeff. El periodista llamó al camarero y le pidió otra copa.

—¿Qué quieres de mí? —preguntó Monique con descaro.

—Información. Estoy investigando la muerte de Daniela.

—Olvídate de Daniela. Ya no puedes hacer nada por ella.

—Pero querrás saber quién la mató, ¿no? Daniela era tu amiga.

Monique entornó los ojos y le dedicó una mirada cargada de odio.

—Daniela no era solo mi amiga. Éramos amantes.

Jeff se quedó sin habla. No se lo esperaba. Daniela era una auténtica caja de sorpresas. Cuanto más indagaba en su vida, más sórdida le parecía. Prostitución, pornografía, amante de una bailarina de cabaret... No tenía nada que ver con la chica joven y glamurosa que había conocido tiempo atrás, y de la cual se había enamorado. Jamás se hubiese imaginado, ni en sus peores pesadillas, que una mujer tan delicada y hermosa, tan elegante y recatada, acabara moviéndose con tanta facilidad en unos ambientes tan turbios. ¿Tanto había podido cambiar en tan pocos años? Sin duda alguna, Gabrielle Chantal desconocía por completo su historial. Si lo hubiera sospechado, Daniela no habría durado más de un segundo a su lado. La hubiese echado a patadas.

—¿Sabes quién la mató? ¿Tienes alguna sospecha?

—No tengo la menor idea.

—La policía dice que ha sido la Resistencia.

—¿La Resistencia? —La joven soltó una carcajada amarga—. No me hagas reír. ¿Por qué motivo?

—Por colaboracionismo horizontal.

Monique extrajo el cigarrillo de la boquilla y lo aplastó contra el cenicero. Luego tomó la copa y bebió unos sorbos de champán.

—Eso es una estupidez —dijo, al fin—. Daniela detestaba a los nazis. Y ahora, si no te importa, tengo que trabajar.

—Me gustaría hacerte un par de preguntas más.

Monique le miró con gesto de cansancio.

—Dispara. Tienes un minuto.

—¿Daniela tenía muchas amigas?

—No. Yo era su única amiga.

—Hace unos días, Daniela me llamó y me entregó una carta para que la llevara a Madrid. ¿La escribiste tú?

—No sé de qué me hablas.

Si la carta a Serrano Suñer no procedía de su única amiga, entonces ¿de quién? ¿De Gabrielle Chantal? La modista volvía a estar en el punto de mira.

41

Gabrielle Chantal abrió su pitillera de oro y encendió un Camel. Aspiró el humo con ansiedad y lo expulsó contra la ventanilla del tren. Estaba cansada, muy cansada. El viaje desde París se estaba prolongando más de lo esperado. Había partido de la Gare du Nord la noche anterior, y ya llevaba dieciséis horas metida en aquel maldito vagón. Y aún faltaban más de cuatro para llegar a Berlín. Al menos no se podía quejar de la elegancia y confort de su coche cama. Ni de la agradable compañía de su amante Spatz. Ni del selecto menú que servían a los de primera clase. Y eso que ella apenas comía.

Desde hacía horas circulaban ante sus ojos paisajes que no le eran extraños. Conocía aquellas tierras desde antes de la guerra, y jamás había visto tanta tristeza y desolación. Campos abandonados, estaciones bombardeadas, edificios en ruinas. Todos los días, de forma metódica, la aviación aliada bombardeaba las ciudades alemanas sin piedad. Miles de víctimas inocentes fallecían a diario bajo los escombros. Era la guerra psicológica, la guerra del terror, dirigida a minar la moral de las tropas del frente. No hay mayor angustia para un soldado que desconocer la suerte de su familia en la retaguardia.

Con la cabeza apoyada en el cristal de la ventanilla y con un pitillo en la mano, se enfrascó en sus más íntimos pensamientos. A pesar de Spatz, se sentía sola, y no sabía el motivo. No tenía hijos, no tenía madre, no tenía hermanas. No sabía si su padre vivía o no. De sus hermanos, mejor no hablar. La vida la iba dejando sola, sola con sus recuerdos.

Llevaba bastante tiempo con Spatz, y no se arrepentía de la elección. Pero también sabía que ya no era una niña, y que todos sus amantes, tarde o temprano, acababan marchándose de su lado. ¿Cuánto duraría Spatz? ¿Sería el definitivo? Lo dudaba mucho. Y si Spatz desaparecía y después no llegaba otro, ¿con quién pasaría los últimos años de su vida?

La puerta se abrió y entró Spatz, con su cautivadora sonrisa y su impecable traje de príncipe de Gales. Volvía del vagón restaurante y llevaba una taza de café en la mano.

—Ten cuidado. Está muy caliente.

—Mi querido Spatz, eres todo un caballero.

El alemán tomó asiento, desplegó el periódico y se dispuso a rellenar un crucigrama. Gabrielle, por su parte, se enfrascó en la lectura de un libro sobre budismo.

Cerca de la medianoche, y cuando faltaban escasos kilómetros para llegar a Berlín, el tren se detuvo en mitad del campo.

—¿Qué ocurre ahora? —preguntó alterada Gabrielle.

—No lo sé. Quizá tengamos que ceder el paso a un convoy de tropas.

De repente se apagaron todas las luces del tren. Nadie sabía el motivo. Spatz bajó la ventanilla y asomó la cabeza. Un viento helado penetró en el vagón.

—Me temo que vamos a ser testigos de un espectáculo atroz —comentó Spatz con preocupación.

El lejano rumor de las sirenas antiaéreas llegaba hasta sus oídos. A lo lejos, en la oscuridad de la noche, se empezaron a encender potentes focos de luz. Apuntaban al cielo en busca de aviones enemigos.

—¡Todo el mundo abajo! —gritaban los revisores—. ¡Vamos, deprisa! ¡Abandonen el tren!

Gabrielle clavó su mirada en Spatz. Hasta ahora había vivido algún que otro bombardeo en París, pero siempre con la seguridad de que las bombas no caerían en el centro de la ciudad, sino en los barrios periféricos, en donde se concentraban las industrias. Aun así, bajaba a los sótanos del Ritz con todo boato, seguida por una doncella que portaba su máscara antigás sobre una almohada.

En Berlín todo era muy distinto: las bombas arrasaban la ciudad sin distinción de distritos. No se trataba de eliminar objetivos militares, sino de exterminar a la población civil. Y con una única finalidad: acabar con la fortaleza del soldado del frente.

Los pasajeros empezaron a saltar del tren y a desperdigarse a la carrera sobre el campo nevado. Corrían en dirección a un bosque cercano, con la infantil esperanza de encontrar protección bajo los árboles.

—¡Vamos, querida! —apremió Spatz a Gabrielle.

—¿Adónde? —preguntó enfurruñada la modista.

—Pues fuera del tren.

—Pero ¿tú te crees que corremos peligro? ¡Estamos muy lejos de Berlín!

—A pesar de ello, es mejor que bajemos.

—¡Pues baja tú! Yo no pienso estropear mis zapatos con la nieve.

Spatz se encogió de hombros y se sentó de nuevo.

—De acuerdo, querida. Si tú no te mueves, yo tampoco.

No tardaron en padecer el terrorífico rugido de los bombarderos ingleses sobre sus cabezas. El cielo se llenó de haces de luz y de fogonazos de los cañones antiaéreos. Berlín se empezó a iluminar bajo atronadoras explosiones. Una tormenta de fuego se desencadenó sobre sus habitantes.

Durante más de dos horas, Gabrielle presenció el impresionante y macabro espectáculo. Oleadas sucesivas de aviones dejaban caer su mortífera carga. Berlín era una antorcha en mitad de la noche. La ciudad estaba siendo sepultada bajo sus propios escombros. Ni los cañones antiaéreos, ni los cazas alemanes, podían impedir el demoledor ataque. Los muertos debían de contabilizarse por miles.

Por suerte, ninguna bomba cayó cerca del tren.

El ulular de las sirenas anunció el final del ataque aéreo. Poco a poco, los asustados pasajeros regresaron a sus vagones. Una hora más tarde, después de comprobar la seguridad de las vías, el tren reanudó su marcha.

Según se acercaban a Berlín, los destrozos de las bombas se hacían más evidentes. Barrios enteros ardían envueltos en llamas. Los camiones de bomberos circulaban de un lado a otro, incapaces de contener el fuego. Los edificios se desmoronaban como castillos de naipes, consumidos por las bombas incendiarias. Un olor dulzón a carne quemada impregnaba el ambiente.

Gabrielle hizo un gesto de desagrado. Sacó del bolso un pañuelo y lo empapó de Chantal Blanche, un perfume elaborado para su uso exclusivo. Se lo pegó a la nariz y así se mantuvo un buen rato. Su olfato era tan sensible y delicado como el de un perdiguero.

En la estación de Berlín esperaban dos hombres de las SS. A pesar del humo y el polvo, llevaban los uniformes impecables, como si se dirigieran a una parada militar. Spatz se identificó y los hombres le saludaron con marcialidad.

A bordo de un Mercedes negro atravesaron la ciudad, esquivando escombros, ambulancias y camiones de bomberos. En más de una ocasión, el automóvil patinó por culpa de la nieve sucia y el barro. Media hora más tarde llegaban a un palacete a orillas del lago Wannsee, destinado a casa de descanso de las SS. Un par de años antes había tenido el dudoso honor de servir de sede de la llamada Conferencia de Wannsee, la reunión de altos jerarcas nazis en la que se acordó la Solución Final, el exterminio de los judíos europeos.

El Mercedes se detuvo frente al porche y los dos invitados fueron recibidos por Walter Schellenberg, el joven y agradable general de las SS, jefe de los servicios de inteligencia exterior.

—*Mademoiselle*, bienvenida a Berlín —dijo Schellenberg a Gabrielle, besando su mano.

Schellenberg les condujo a la sala de reuniones. No estaba vacía: dos hombres tomaban café de pie, junto a una mesita auxiliar provista de termos y tazas. Uno de ellos llevaba uniforme de coronel de las SS; el otro vestía de paisano. Saludaron con amabilidad a los recién llegados. A diferencia de Gabrielle, Spatz conocía a ambos. El de uniforme era un alto cargo del servicio exterior de las SS. Y el de paisano pertenecía, al igual que Spatz, al Abwehr, y trabajaba en la embajada de Alemania en Madrid.

Spatz y Gabrielle se desprendieron de los abrigos y Schellenberg los colgó del perchero. A continuación todos los presentes tomaron asiento alrededor de una mesa de trabajo. Sin más preámbulos, comenzó la reunión, presidida por Schellenberg.

—*Mademoiselle* Chantal, en primer lugar quisiera agradecerle en nombre del Reich su generoso y altruista ofrecimiento. Todo intento por alcanzar la paz con el Reino Unido será siempre bien recibido. Confiamos plenamente en el éxito de su misión.

Gabrielle asintió complacida. Ignoraba por completo que, salvo Himmler, ningún jerarca nazi estuviera al corriente de la Operación Modellhut. Si Hitler lo hubiera sabido, habría fusilado a todos los implicados por traidores.

A continuación, Schellenberg fue desgranando, con todo lujo de detalles, la misión en Madrid. La fecha de partida, el viaje en tren hasta la capital, la estancia en el hotel Ritz, la visita a la embajada inglesa, la entrevista con Churchill... Gabrielle comprobaba satisfecha que se habían tomado muy en serio su ofrecimiento. Todo estaba previsto y no se había dejado nada al azar.

—¿Alguna duda? —preguntó Schellenberg cuando terminó su larga exposición.

—General, hay un pequeño detalle que no han previsto —intervino Gabrielle.

—¿Cuál?

—Yo nunca viajo sola.

—Lo sé, *mademoiselle*. Ese es uno de los pocos temas pendientes, y me gustaría abordarlo ahora mismo. Usted es muy famosa y siempre viaja acompañada. Y tengo entendido que su secretaria ha aparecido muerta hace poco. No puede presentarse en Madrid sola, pues enseguida llamaría la atención. ¿Puede sugerirnos a alguien de su entera confianza?

Gabrielle reflexionó unos segundos.

—Vera Lombardi —contestó, al fin—. Somos amigas desde hace años, y sus relaciones y su parentesco me pueden abrir muchas puertas en caso necesario.

Schellenberg tomó nota.

—Italiana, supongo —comentó el general, subrayando el nombre con un lápiz rojo.

—Inglesa de nacimiento, pero al casarse con un militar italiano adquirió la nacionalidad de su esposo.

—¿Su marido es el príncipe Alberto Lombardi? —preguntó el coronel de las SS.

—Sí, en efecto.

—Conozco bien al coronel Lombardi —continuó el coronel—. He asistido a alguna de sus fabulosas fiestas en su villa romana. Y me temo que hay un pequeño inconveniente: el coronel está en busca y captura, y la señora Lombardi se encuentra en prisión desde hace una semana.

—¿Alberto buscado por la policía? ¿Vera encarcelada? —repitió atónita Gabrielle; no tenía ni idea de las últimas noticias—. ¿De qué se los acusa?

—A él, de traidor —contestó el interpelado.

—¿Traidor? ¡Imposible! —replicó sorprendida la modista y, al mismo tiempo, indignada—. Alberto es amigo personal de Benito Mussolini y pertenece al Partido Fascista desde hace muchos años.

—Sí, pero al ser destituido el Duce por el rey, el príncipe Lombardi se manifestó a favor de la monarquía —respondió el coronel de las SS, que estaba muy enterado de todo lo que ocurría en Italia.

—¿Y a ella? ¿Por qué la tienen encerrada? —Gabrielle siguió con sus preguntas.

—La señora Lombardi está acusada de ser una espía inglesa.

—¿Eso es cierto? —intervino Schellenberg, preocupado de que la misión se viniera abajo.

—En absoluto —respondió el coronel de las SS con rotundidad—. Es cierto que ella pertenece a una de las familias más antiguas y poderosas de Inglaterra, pero, en mi opinión, es inocente, y su encarcelamiento se debe a una simple venganza por la traición de su marido.

—¿Dónde está presa? —Schellenberg siguió con sus preguntas.

—En la cárcel de mujeres de Roma. Me temo que *mademoiselle* Chantal tendrá que elegir otra compañía.

—No. Creo que esa mujer es la persona ideal —afirmó Schellenberg sin posibilidad de réplica—. Es amiga íntima de *mademoiselle* Chantal, y además, por lo que comentan, dispone de excelentes contactos en Inglaterra. Puede ser de gran ayuda. —Dirigió la mirada al coronel de las SS y añadió—: Coronel, dé las órdenes oportunas para que sea puesta en libertad de inmediato, y facilite su traslado a París. Viajará junto a *mademoiselle* Chantal a Madrid.

El coronel tomó nota en un pequeño cuaderno de solapas de cuero.

—Entiendo, general, que la señora Lombardi tendrá que estar al corriente de la misión —intervino Spatz.

—Por supuesto, por supuesto —contestó Schellenberg—. *Mademoiselle* Chantal se encargará de decírselo, pero no en París, sino cuando estén en España. ¿De acuerdo?

—Tendré que buscarme una buena excusa para que me acompañe a Madrid —objetó Gabrielle.

—¿Supone eso un grave inconveniente para usted?

—No, realmente, no. Le diré que quiero abrir una tienda en España y que necesito su ayuda y consejo.

—Me parece una excusa perfecta —elogió Schellenberg.

Después de dos horas de reunión, todos los presentes se retiraron a descansar. Gabrielle tenía por delante una misión trascendental: conseguir la ansiada paz con Inglaterra. La Operación Modellhut estaba en marcha. Y ella era su principal protagonista.

42

Unos gritos le despertaron en mitad de la noche. Pertenecían a una mujer. También se oían voces autoritarias en alemán y francés. Jeff Urquiza apartó el brazo femenino que descansaba sobre su pecho y se levantó de la cama con delicadeza. No quería despertar a la mujer que dormía a su lado. No recordaba ni su nombre ni su estado civil. Tampoco le importaba. Tan solo era una más. La había conocido aquella misma noche en La Coupole mientras cenaba, y lo único que no había olvidado eran sus hermosos pechos y sus largas piernas.

—¿Adónde vas, querido? Vuelve a la cama, quédate conmigo.

Jeff no contestó. A oscuras se puso el albornoz, abrió la puerta del piso y se asomó al hueco de la escalera. Los gritos procedían del portal. Espoleado por la curiosidad, bajó hasta la planta baja. Un par de individuos, con abrigos de cuero y sombreros de ala ancha, hacían guardia en la puerta de la casa de los porteros. Hedían a Gestapo.

El periodista se apostó detrás de una columna, dispuesto a curiosear. Quería averiguar qué pasaba. En la casa de Guillermina se oían gritos y llantos. A Jeff le extrañó. Los porteros nunca se metían en líos. Debía de tratarse de un error.

Poco después salía Guillermina escoltada por dos hombres de traje y sombrero. Se la llevaban detenida. La pobre mujer caminaba cabizbaja, con las manos esposadas a la espalda. Cerraba la comitiva Madeleine Ladrede, *la Condesa de la Gestapo*. Sonreía complacida dentro de su abrigo de piel, por supuesto también robado a la familia Bercovitz. Su codicia no tenía límites.

Guillermina y Jeff cruzaron sus miradas durante unas décimas de segundo. La portera le sonrió, y con un gesto le indicó que no hiciera nada, que su suerte ya estaba echada. Pero Jeff no pensaba quedarse con los brazos cruzados. Se encaró con los captores.

—¡Alto! Pero ¿qué hacen? ¿Por qué se llevan a esta mujer? ¡No ha hecho nada!

Sin mediar palabra, uno de los hombres le propinó un descomunal puñetazo en el estómago. El periodista cayó al suelo retorcido por el dolor. Mientras le apuntaban con una pistola, presenció, con impotencia, cómo introducían a Guillermina en un Citroën, el vehículo favorito de la Gestapo parisina. La Condesa de la Gestapo se subió a un Renault. Instantes después los dos automóviles desaparecían a gran velocidad por las oscuras calles de París.

Alejado el peligro, los vecinos empezaron a aparecer por la escalera en bata y camisón. Jeff entró como una flecha en la vivienda del portero. Encontró a Tomás en el salón, sentado en una butaca. Lloraba como un niño, abrazado a su hija Colette y a su nietecillo. Tenía la cara cubierta de sangre. Había recibido una soberana paliza.

—Tomás, en cuanto amanezca, hablaré con un amigo que quizá pueda ayudarnos —le prometió Jeff.

El portero, con gesto angustiado, se aferró a la manga de su albornoz.

—Por lo que más quiera, señorito, tráigame a mi Guillermina, que sin ella yo muero.

A la mañana siguiente, después de despedir a su reciente conquista con un simple «hasta pronto, cariño», Jeff se presentó en la embajada alemana. El despacho de Otto Abetz, en el Hôtel de Beauharnais de la rue de Lille, era uno de los más suntuosos y elegantes de París, decorado con un gusto exquisito. Lo único que desentonaba era el enorme busto de Hitler en mármol negro que descansaba a un lado del escritorio.

Abetz le invitó a que tomara asiento frente a la chimenea de mármol. Un mayordomo uniformado sirvió dos copas de excelente coñac francés.

—Este coñac sobrevivió a Napoleón —comentó Abetz tras saborearlo con deleite.

—Pues con el Führer no ha podido —respondió el periodista, mordaz.

A veces, Jeff charlaba con Abetz con excesiva libertad, fruto de la confianza. Y no debía olvidar que Abetz, por muy amigo suyo que fuera, era general de las SS y embajador del Tercer Reich en París.

—Y dime, ¿qué te trae por aquí con tanta urgencia?

—Han detenido a mi portera y puedo asegurarte que se trata de un lamentable error.

Abetz apagó la sonrisa de su rostro.

—¿Por qué motivo?

—No tengo ni idea, pero te garantizo que es una pobre mujer que solo se dedica a su trabajo.

Abetz le entregó una cuartilla y una pluma.

—Escribe su nombre completo y la dirección.

El periodista así lo hizo. Acto seguido, el embajador descolgó el teléfono y mantuvo una breve charla. Por el tono de sus palabras, era evidente que hablaba con un inferior. Se despidió con un sonoro «*Heil Hitler!*».

—A tu portera no la hemos detenido nosotros ni la policía francesa.

—Entonces, ¿quién ha sido?

—Tengo una vaga sospecha —musitó con gesto preocupado.

Abetz pulsó un timbre y apareció su secretario.

—Avise al capitán Müller. Que se presente de inmediato.

Minutos después llamaba a la puerta un hombre alto y rubio, de aspecto atlético, que siempre vestía de paisano. Saludó a Jeff con afabilidad. Se conocían de las fiestas de la embajada. El periodista siempre sospechó que Müller ocupaba un puesto importante en el servicio secreto alemán en París.

—Vete con Jeff a la guarida de Bonny y Lafont —ordenó Abetz a Müller—. Hay que encontrar a una mujer. Jeff te dará los detalles por el camino.

Un chófer de la embajada llevó a los dos hombres al número 93 de la rue Lauriston. En aquel edificio tenía su sede la Gestapo francesa, también conocida como la Carlinga, o la banda Bonny-Lafont. Una pandilla de peligrosos matones que se encargaba de hacer el trabajo sucio de los nazis, en especial la detención de resistentes y judíos. Sus compatriotas los llamaban, con desprecio, gestapistas, por colaborar con la Gestapo.

La Carlinga actuaba, en teoría, bajo mando alemán, al ser una policía auxiliar. En la práctica, gozaba de una gran autonomía y funcionaba sin ningún tipo de control. Sus hombres podían robar, arrestar e incluso asesinar con absoluta impunidad. Las palizas y las detenciones arbitrarias estaban a la orden del día, y sometían a sus víctimas a unas torturas tan sádicas y crueles que muy pocas lograban sobrevivir.

Jeff conocía muy bien la biografía de sus dos cabecillas, Henri Lafont y Pierre Bonny. Incluso había escrito sobre ellos. No para el *Informaciones*, que jamás publicaba noticias contrarias a los intereses alemanes, sino para la *Actualidad Nacional*, la revista de Barcelona. El reportaje nunca vio la luz. Era tan demoledor que no superó el filtro de la censura.

Lafont y Bonny no eran colaboracionistas por razones ideológicas, como ocurría con otros. Solo eran simples oportunistas, al igual que sus hombres, que veían en la colaboración un camino fácil para enriquecerse e imponer su tiránica voluntad. En definitiva, la peor colaboración, la de gentes sin escrúpulos capaces de las peores bajezas.

Henri Lafont era un parisino de poco más de cuarenta años, con un pasado bastante oscuro, fruto de una niñez atormentada. Cuando solo tenía once años, murió su padre. El mismo día del funeral, su madre lo abandonó en la calle. Solo en la vida, sobrevivió como pudo deambulando por los suburbios de París. Pronto ingresó en un reformatorio de menores por robar una bicicleta. Desde entonces, su historial delictivo fue en aumento. Al estallar la guerra, se encontraba encerrado en una mugrienta prisión cumpliendo condena. Planeó de forma meticulosa una audaz fuga, y permitió que unos presos alemanes le acompañaran. Aunque él lo desconocía, aquellos hombres no eran simples delincuentes comunes, sino que pertenecían al servicio secreto nazi. Nunca olvidarían el favor. Una vez vencida Francia, le buscaron y le encomendaron organizar una Gestapo francesa que ayudase a los invasores en sus labores represivas. Lafont reclutó a sus hombres entre sus antiguos compañeros de presidio, una banda de delincuentes sin principios ni ideología. Y también sin escrúpulos. No tardaron en adueñarse del mercado negro y de imponer el terror entre sus compatriotas. Sus métodos eran tan atroces y sanguinarios que hasta los alemanes se quejaron en más de una ocasión por su excesiva brutalidad.

La historia de Pierre Bonny era muy diferente a la de su colega. Antes de estallar la guerra, Bonny era el policía más famoso de Francia. Una auténtica estrella. La prensa no dejaba de alabar sus extraordinarias hazañas en la lucha contra el crimen. Hasta se comercializó un cómic en el que se narraban sus proezas. Pero a finales de los años 30 cayó en desgracia al ser acusado de corrupción, lo que le valió la expulsión de la policía. Sin trabajo y desprestigiado ante sus compatriotas, después de haber sido un héroe nacional, aprovechó la ocupación de París para unirse a la Gestapo francesa.

La sede de la Carlinga, en el número 93 de la rue Lauriston, era un edificio de cuatro plantas, vulgar y sombrío, carente de todo tipo de encanto. Al entrar en el inmueble, Jeff y Müller se cruzaron con una vampiresa envuelta en un abrigo de zorros. El periodista enseguida la reconoció. De nuevo era ella, la Condesa de la Gestapo, su despreciable vecina. Tenía el cabello alborotado y las mejillas encendidas. Parecía regresar de una cama redonda sadomasoquista.

El periodista la miró con desprecio. No tenía la menor duda de que ella era la culpable de la muerte de la niña judía y de la detención de Guillermina. Aquella hiena apestaba a alcohol y a fluidos ajenos, y estaba tan preocupada de mantener el equilibrio que ni siquiera se dio cuenta del gesto de Jeff.

—Veo que no te cae bien esa mujer —comentó Müller a Jeff.

—No lo puedo evitar.

—Te comprendo. A mí me da asco. Es la mayor furcia de la ciudad.

Entraron en un despacho amplio y de escasa iluminación. Varios hombres de paisano se congregaban alrededor de una mesa de trabajo. Estudiaban un mapa de París a gran escala. Al ver a Müller, Lafont hizo un gesto y todos los matones abandonaron la sala, salvo Pierre Bonny.

Henri Lafont era un tipo duro y corpulento, con apariencia de boxeador retirado. Bonny, en cambio, con su pelo engominado y su bigotillo, tenía pinta de galán de cine mudo. No podía haber dos hombres más opuestos. No se parecían en nada.

—Buscamos a una mujer española. —Müller decidió, con buen criterio, llevar la voz cantante; para los matones, Jeff era un completo desconocido, y si preguntaba, no le iban a confesar nada—. Se llama Guillermina Sánchez y es la portera de un edificio en la rue Bonaparte.

Sin decir palabra, Lafont tomó un listado y empezó a repasarlo con ayuda del dedo índice.

—Sí, aquí está —dijo, al fin, dando unos golpecitos con el dedo sobre el nombre—. Fue detenida anoche.

—¿Por qué motivo? —preguntó Müller.

—Por alta traición.

—¿Alta traición? ¡Qué tontería! —saltó Jeff, que no pudo aguantarse más; la alta traición se castigaba con la pena capital—. ¡Si se trata de una pobre mujer que no sabe ni leer ni escribir!

Müller le hizo una señal para que se callara y dejara el asunto en sus manos.

—¿Qué ha hecho esa mujer? —preguntó Müller.

—Según la denuncia presentada por una vecina, escondió a una niña judía durante un año —respondió Lafont.

Ahora comprendía Jeff cómo había podido sobrevivir la hija de los Bercovitz durante tanto tiempo en los trasteros. Guillermina, impulsada por sus piadosos sentimientos, se había encargado de su cuidado y alimentación. Por desgracia, no contó con una nueva vecina, una fulana miserable y sin escrúpulos, que acabaría por descubrir el secreto que guardaba en la buhardilla.

—¿Dónde está ahora la detenida? —Müller siguió con sus preguntas.

—Esta mañana, a primera hora, entregamos todos nuestros prisioneros al mayor Wolf.

Wolf... otra vez el Carnicero de París, el mayor enemigo de Jeff. No le veía desde que le amenazó por escribir una crónica sobre el hambre de los parisinos. Un bellaco en toda regla. Si Guillermina estaba ahora en sus manos, su futuro se presentaba muy negro.

Müller dio por terminada la reunión y los dos hombres se marcharon.

—Mal asunto —comentó Müller mientras bajaban las escaleras—. Es muy difícil liberar a una prisionera acusada de alta traición.

—¿Puedo hablar con ella?

—Imposible. Hace un par de horas el mayor Wolf ha enviado a todos sus prisioneros a Alemania en trenes de ganado.

43

Como todos los martes, Jeff acudió a la taberna Los Cuatro Muleros a la hora del almuerzo. Como todos los martes, fue el último en llegar. Como todos los martes, allí le esperaban sus amigos Luis Susaeta y Zoé Larrazábal con una cara hasta el suelo.

—Menos mal que has venido. Cinco minutos más y esta fiera me come vivo —protestó Luis nada más verle.

Zoé tenía un día insoportable. Estaba indignada. La censura de Madrid le había mutilado un reportaje sobre la audiencia de la BBC en Francia. En el París alemán, escuchar la BBC se castigaba con la pena de seis días a dos años de cárcel y multa de diez mil francos. Los censores no podían permitir que se criticase a los alemanes.

Después del almuerzo, jugaron a las cartas. Como de costumbre, Zoé les dejó sin blanca. Al menos tuvo el detalle de invitarlos a la botella de aguardiente que se habían ventilado durante la partida. Poco antes de las cuatro y media, Zoé se excusó. Quería volver a su casa y escribir un nuevo reportaje.

—¿Y de qué vas a hablar esta vez? ¿De Radio Moscú? —se guaseó Luis.

—¡De tu madre! ¡Voy a hablar de tu puñetera madre!

—Bueno, tengamos la fiesta en paz. —Jeff trató de imponer orden—. ¿No nos vas a decir de qué va a tratar?

—Me vengaré de lo que me han hecho esos carcamales

castrados. Hablaré del control de las enfermedades vené-
reas en los burdeles parisinos por parte de los alemanes.

Los dos hombres volvieron a reír. Terca como una
mula, seguro que escribía sobre ese tema a sabiendas de
que sería rechazado por la censura.

—Desde que llegaron los alemanes se han abierto cerca
de quinientos prostíbulos en París. Seguro que eso interesa
a los lectores españoles —ironizó la periodista—. Esta ciudad ha dejado de ser la capital cultural del mundo para
convertirse en la capital mundial del sexo.

—A la vista de los resultados, debe de tratarse de un
negocio muy boyante —comentó Jeff con aire distraído—.
El otro día conocí a un tipo miserable que se está haciendo
de oro gracias al cine pornográfico, un tal Adrian Lezay.

—¿Adrian Lezay? ¿Has dicho Adrian Lezay? —exclamó Zoé con gesto de sorpresa.

—Sí. ¿Por qué? ¿Le conoces?

—¡Pues claro, hombre! ¿Quién no conoce a Lezay? ¡Es
muy famoso! Antes de la guerra se dedicaba, por el día, a
los desfiles de moda, y por las noches dirigía películas pornográficas para consumo de personajes ilustres.

—¿Personajes ilustres? —repitió Luis.

—Ya sabéis. Reyes, ministros, dirigentes políticos,
grandes empresarios. Incluso algún que otro obispo, según
las malas lenguas. Recuerdo una de sus películas, llamada
El alcaide, que trataba de una mujer que para poder ver a su
marido, preso en una cárcel, antes tenía que visitar el despacho del director.

—¡Vaya guion más malo! —se guaseó Luis.

—Pues si no te gusta, se lo dices a la viuda de Alfonso XIII.

—¿Por qué?

—Porque su marido fue el guionista.

—¿El viejo rey?

—Sí, Luis, el viejo rey, felizmente desaparecido. Y no
pongas esa cara de tonto, ¡coño! ¿No sabes que fue produc-
tor, guionista y consumidor de cine pornográfico?

—¡No jorobes!

—Según dicen, el conde de Romanones gestionaba los encargos del monarca. Las actrices eran fulanas, y las películas se rodaban en Zaragoza y París.

—¡Menuda historia! ¡La leche! No tenía ni idea. ¿Por qué no escribes sobre eso? —propuso Jeff a Zoé.

—Estás de guasa, ¿no? Y ahora, chicos, os dejo, que tengo prisa.

Zoé se puso en pie, agarró al vuelo el bolso y el abrigo y abandonó el local con aire desenvuelto. No era bella, pero poseía el dulce atractivo de la independencia. Algo que solo los hombres inteligentes saben apreciar.

—Tengo que darte un recado —dijo Luis a Jeff en tono confidencial cuando se quedaron solos—. Ayer me encontré al inspector Urraca.

Pedro Urraca era el agregado policial de la embajada de España en París, encargado de la vigilancia y control de los exiliados republicanos. Entre sus méritos se encontraba la detención de Lluís Companys, presidente de la Generalitat, y su posterior traslado a España, en donde sería juzgado y fusilado.

A Jeff no le caía bien Urraca, ni por la desagradable función que desempeñaba ni por sus estrechos lazos, según se comentaba, con la extorsión, el chantaje y el mercado negro.

—¿Y qué quiere Urraca? —preguntó Jeff sin poder ocultar un gesto de repugnancia.

—Verte.

—¡Que le den!

Luis sonrió.

—Me ha dicho que tiene un mensaje para ti de una persona muy importante.

Jeff levantó una ceja.

—¿De quién?

—No me lo ha querido decir.

La noticia sorprendió a Jeff. ¿Qué querría Urraca? ¿Y de quién podía ser ese mensaje? Decidió aceptar la invitación. Quizá tuviera que ver con el crimen de Daniela.

—¿Cuándo quiere verme? —preguntó Jeff.

—Cuando tú puedas.

—Por mí, hoy mismo. Ver a Urraca es como ponerse una inyección. Las cosas desagradables es mejor pasarlas cuanto antes.

—Espera un segundo. Voy a hacer una llamada.

Luis se levantó y se acercó al teléfono que colgaba de la pared junto al mostrador. Habló unos instantes y regresó a la mesa.

—Me ha dicho que te espera esta noche a las ocho en su despacho.

Para pasar el rato, los dos amigos jugaron a los dados. Poco antes de las seis, Luis se marchó. Hasta la hora de la cita, Jeff no tenía nada que hacer. Pidió al camarero una copa de Pernod y un vaso de agua. Tomó pluma y papel, y aprovechó el tiempo muerto para escribir sobre la vida cultural francesa bajo la ocupación, un tema denso y complejo. Por extraño que pudiera parecer, bajo el dominio nazi se publicaban más libros que antes de la guerra. Y no todos eran el *Mein Kampf* de Hitler traducido al francés, que, por asombroso que pareciera, también se vendía bastante.

Unos minutos antes de las ocho, Jeff pagó la cuenta y abandonó el local. Era noche cerrada y hacía mucho frío. En las esquinas aún quedaba nieve del día anterior. Se subió el cuello del abrigo y se dirigió a paso rápido al lugar de la cita. No estaba muy lejos.

Al cruzar una calle por poco le atropella un ciclista disfrazado de chino mandarín.

—Perdone, señor, llego tarde a otra función y con las prisas... —se disculpó el hombre.

En París se habían inaugurado tantos cabarets y salas de fiesta para disfrute del invasor que no había artistas suficientes para atender todos los espectáculos. Algunos se aprovecharon de la situación, y compaginaban dos o tres locales cada noche, lo que los obligaba a trasladarse en bicicleta a toda velocidad de un lugar a otro si querían llegar a tiempo a su representación.

El despacho de Urraca se encontraba en el número 11 de la avenue Marceau, casi enfrente de la embajada española, situada en el número 22. El edificio era un viejo palacete de tres plantas, de amplios ventanales y elegante fachada. Durante la guerra civil albergó la delegación del Gobierno vasco en París. Tras la victoria de Franco, el inmueble fue incautado, y ahora lo ocupaba la delegación de Falange, la agregaduría policial, la agregaduría militar y la Comisión de Recuperación de Bienes Españoles en el Extranjero.

Al entrar en la mansión, un conserje le salió al paso. Le faltaba el brazo derecho. Sobre el uniforme lucía la medalla de sufrimientos por la patria y un emblema de la Legión.

—Está *cerrao* —anunció el hombre—. Vuelva mañana.

—Me espera el inspector. Soy Jaime Urquiza.

—¡Ah, sí, perdone! Me han *pasao* el aviso esta tarde y se me había *olvidao* por completo —se excusó el hombre—. ¿Sabe dónde está el despacho del señor Urraca?

—Jamás he pisado este edificio.

—Vaya a la primera planta. —Apuntó hacia las escaleras con su único brazo—. Es el segundo despacho a mano derecha.

Subió al primer piso. No se veía a nadie en todo el edificio. Los corredores estaban vacíos y las luces apagadas. Con ayuda de una pequeña linterna, uno de los objetos más usados y apreciados en el oscuro París de la ocupación, buscó el despacho de Urraca. Por fin encontró una puerta con una plaquita de bronce que decía AGREGADURÍA POLICIAL. Llamó con los nudillos.

—Adelante —contestó una voz masculina desde el interior.

Al entrar en el despacho se llevó una sorpresa. Urraca no estaba solo, sino acompañado por otro hombre. Al estar sentado de espaldas, no podía ver su rostro. Tan solo el pelo plateado y la copa de coñac que sujetaba en la mano.

Urraca se puso en pie y se dirigió a Jeff con la mano extendida. En cambio, el desconocido ni se movió. Ni siquiera giró la cabeza.

—Buenas noches, señor Urquiza. Muchas gracias por acceder a mi solicitud.

Aunque habían coincidido en alguna recepción oficial, era la primera vez que Jeff le estrechaba la mano. La encontró fría y viscosa, al igual que la de un cadáver recién pescado en el Sena.

—¿Le apetece tomar algo? ¿Un coñac? —preguntó Urraca.

—No, gracias. —Jeff no quería nada de aquel tipo.

—Le voy a presentar a un buen amigo mío que quiere hablar con usted.

El desconocido se puso en pie y se volvió. Era un tipo de mediana edad, aspecto elegante, cabello planchado y bigotillo fino. Parecía un dandi de Montecarlo a la caza de una viuda ricachona. Jeff no lo había visto en su vida.

—Te presento al señor Urquiza —dijo Urraca al desconocido.

El hombre dejó la copa en la mesa y le tendió la mano. Se cruzaron las miradas. Ambas transmitían desconfianza y frialdad.

—No me ha dicho su nombre —objetó Jeff.

—No es necesario —respondió el desconocido con voz agria.

Jeff estuvo a punto de darse la vuelta y marcharse del despacho. Pero sentía demasiada curiosidad como para moverse de aquel sitio. ¿Qué querría aquel hombre de él? Se tragó su orgullo y aguantó el tipo.

—Si me disculpan, los dejo solos —se excusó Urraca—. Esperaré fuera. Tómense el tiempo que necesiten.

Urraca cerró la puerta al salir. Jeff tomó asiento en el butacón que acababa de dejar libre el policía. Sentados frente a frente, las miradas de hielo continuaron.

—Vengo de parte del señor Serrano Suñer —anunció el desconocido sin más preámbulos.

La noticia aumentó la curiosidad de Jeff. Ahora tenía la certeza de que aquella entrevista tenía que ver con Daniela. El hombre continuó:

—Hace unos días, llevó una carta al señor Serrano Suñer de parte de Daniela de Beaumont. Lo recuerda, ¿no?

Jeff estuvo a punto de soltar un improperio. ¿Cómo lo iba a olvidar? Pero prefirió callarse. Tenía demasiado interés como para echar a perder la entrevista.

—¿Leyó la carta?

—No —respondió Jeff con sequedad.

—¿Está seguro?

—¿Duda de mi palabra?

El hombre permaneció callado unos segundos, como si quisiera hacer un alto en la charla.

—Aparte de la carta, ¿le entregó algo más?

«Así que buscáis algo, lo mismo que los asesinos», pensó Jeff. El caso se ponía interesante.

—¿Qué busca en concreto? —Jeff trató de sonsacar información.

—Eso a usted no le interesa. Le repito: ¿Daniela de Beaumont le entregó algo más?

—No. Solo me dio la carta.

El intruso meneó la cabeza.

—Piénselo bien, señor Urquiza. Lo que le pregunto es muy importante para la seguridad del Estado.

¿Seguridad del Estado? Eso solo podía tener un significado, pensó Jeff. Sin duda, aquel individuo pertenecía a los servicios de información de Franco. ¿De qué trataría la maldita carta? ¿En qué lío se había metido Daniela?

—Le repito que solo me entregó la carta.

—¿Le dijo Daniela de Beaumont algo que pudiera afectar a la seguridad del Estado?

—No. Solo intercambiamos las típicas confidencias entre amigos —se guaseó Jeff.

—Sabemos que está investigando el asesinato por su cuenta.

Al periodista le sorprendió que aquel hombre tuviese conocimiento de sus pesquisas. Si él lo sabía, los asesinos también.

—¿Alguna novedad? —El desconocido continuó con sus preguntas.

—Ninguna.

Y aunque la hubiera habido, jamás se la habría contado.

El hombre apuró su copa de coñac de un trago. Acto seguido, chasqueó la lengua con una ordinariez impropia de su aspecto.

—Tenemos constancia de que usted conoce a *mademoiselle* Chantal, la jefa de Daniela.

—Sí, la conozco —respondió Jeff; era evidente que el intruso estaba bien informado y no se le escapaba ni una.

—*Mademoiselle* Chantal ha solicitado un visado para viajar a España. ¿Le ha dicho el motivo de su visita?

—Ni siquiera sabía que quería ir a España.

—También ha solicitado visado un individuo llamado Hans Gunther von Dincklage. ¿Conoce a ese señor?

—No.

—¿Está seguro?

—Le he dicho que no.

El hombre asintió en silencio, como si madurara la respuesta recibida.

—Está bien, señor Urquiza. Por ahora, nada más. Si averigua cualquier cosa, no importa lo que sea, sobre el asesinato de Daniela de Beaumont o sobre el viaje de *mademoiselle* Chantal a España, le ruego que se ponga en contacto con el inspector Urraca. Es muy importante para la seguridad del Estado.

Otra vez invocaba a la seguridad del Estado. ¿Por qué la carta de Daniela y la visita de Gabrielle a Madrid podían afectar a la seguridad del Estado? ¿Qué pintaba Gabrielle en Madrid? ¿Tal vez pensaba realizar alguna gestión relacionada con la carta enviada a Serrano Suñer? Jeff no hacía más que hacerse preguntas sin respuesta. Cuanto más escarbaba en el asunto Daniela, más incógnitas aparecían. Eso sí, cada vez estaba más convencido de que la carta procedía de Gabrielle. No le cabía otra explicación.

Los dos hombres se despidieron con frialdad. Al salir

del despacho, Jeff se encontró a Urraca en la puerta. Le dio la mano y se marchó. Una vez en la calle, sintió un gran alivio al notar el aire frío en la cara. Miró la hora. Las diez de la noche. Faltaba una hora para el toque de queda. Aunque su casa estaba algo alejada, prefirió regresar a pie. Necesitaba aclarar sus ideas. Y para ello nada mejor que las oscuras y solitarias calles del viejo París en una fría noche de invierno.

¿En qué lío estaba metida Daniela? ¿Por qué le habían preguntado por Gabrielle Chantal? ¿Para qué quería viajar a Madrid? ¿Quién demonios era Hans Gunther von Dincklage? Docenas de preguntas sin respuesta sacudían su cabeza sin orden ni concierto. Al menos, algo claro sacó al final del largo paseo: seguiría investigando a su amiga Gabrielle Chantal. Era su única pista.

44

Jeff llegó al One Two Two con las primeras sombras de la noche. A esas horas, el famoso burdel estaba abarrotado de oficiales alemanes, colaboracionistas de postín y caciques del mercado negro. Las chicas no daban abasto para atender a tanta clientela.

Preguntó a la encargada del guardarropa, una hermosa croata que tenía un ojo de cada color, dónde podía encontrar a Dalban *el Argelino*.

—¿A estas horas? Seguro que en el restaurante.

Jeff subió las escaleras y encontró al Argelino sentado a la mesa, acompañado de dos generales de aviación. Al ver a Jeff, se disculpó con los alemanes y fue al encuentro de su amigo.

—¿Qué tal por Madrid, Jeff? ¿Has cuidado de nuestros negocios?

—Todo en regla. Mi contacto ha recibido su parte de la última operación, y ya está en marcha el siguiente encargo.

—¡Fantástico! Eso hay que celebrarlo. ¿Qué te apetece esta noche? ¿Qué sala prefieres? —El Argelino mostró una sonrisa pícara—. Hoy no te puedo ofrecer las termas romanas hasta dentro de una hora. Están ocupadas por un coronel de las SS.

—No, hoy no, gracias. Solo he venido a charlar contigo.

Los ojos del francés se iluminaron por la codicia. Presentía un buen negocio a la vista.

—¿Otro encargo?

—No. Esta vez no se trata de cuadros.

—¿Qué sucede, Jeff?

—¿Podemos hablar a solas?

El Argelino le tomó del brazo y le condujo hasta su despacho. Al entrar, cerró la puerta con llave.

—Aquí podemos conversar con total tranquilidad. En esta sala no hay micrófonos.

—¿Has colocado micrófonos?

—Yo no. Los alemanes.

—¡Coño! ¿Para qué?

—Para espiar a sus oficiales. Al parecer, Adolf no se fía de la guarnición de París. Ve a sus jefes demasiado... relajados, muy enviciados con los placeres de la carne. Todas las habitaciones tienen micrófonos, y algunas incluso cámaras.

Jeff arrugó la nariz. Quizá fuera un buen tema para un reportaje. Para la *Actualidad Nacional* de Barcelona, claro.

El Argelino le invitó a que tomara asiento en un sofá tapizado con piel de tigre. Antes de que Jeff comenzara a hablar, le ofreció un habano.

—Son auténticos, procedentes de la mismísima isla de Cuba. Regalo de un alemán, comandante de submarinos.

El periodista tomó uno, lo encendió y alabó su excelente calidad. Dalban asintió complacido. A Jeff, como dueño de una gran plantación de tabaco, se le podía considerar un experto en la materia.

—Y bien, Jeff, tú dirás.

—Busco información, y tú te mueves como pez en el agua dentro de la policía.

—Tengo buenos clientes entre sus jefazos. ¿Qué quieres saber?

—Hace unos días apareció muerta en la estación de metro de los Inválidos una amiga mía. Se llamaba Daniela de Beaumont, antigua modelo de Gabrielle Chantal. La policía dice que fue asesinada por la Resistencia, pero yo no me lo creo. Si te enteras de algo, te lo agradeceré.

—No te preocupes. Veré qué puedo hacer.

El Argelino abrió su agenda y apuntó el nombre.

—Y también quiero información sobre una persona —añadió Jeff—. Un alemán, para más señas.

—¿Quién?

—Hans Gunther von Dincklage.

Desde que el emisario de Serrano pronunció aquel nombre, Jeff no hacía más que preguntarse quién podía ser. Ignoraba por completo que se trataba del último amante de su amiga Gabrielle Chantal.

—Descuida. Eso está hecho —aseguró el Argelino mientras anotaba el nombre—. Por cierto, hablando de otro tema, la semana pasada me presentaron a un mariscal obsesionado con Kandinsky.

—¿Un alemán interesado en el «arte degenerado»?

—Pues sí. Como se entere Adolf, le corta las pelotas.

Jeff soltó una carcajada, que fue imitada por el francés. El régimen nazi despreciaba el arte moderno, al que calificaba de decadente, burgués, judío y bolchevique. Explosiva mezcla. Y lo denominaba despectivamente «arte degenerado».

—Por supuesto, paga en dólares americanos —continuó Dalban—. Y tiene muchos.

—Eso suena a gloria bendita.

Los alemanes no permitían a los franceses poseer divisas. Desde entonces se habían convertido en un objeto precioso y ansiado, sobre todo los dólares norteamericanos y las libras esterlinas.

—Creo que es un buen negocio. ¿Tu amigo estaría dispuesto a falsificar a Kandinsky?

—No hay problema. Mi amigo pinta lo que sea.

Jeff se levantó con intención de irse.

—¿Seguro que no te apetece darte una vuelta por la habitación del pajar? —preguntó el Argelino—. Ahora está libre.

Dos horas más tarde, Jeff abandonó el One Two Two, agotado y con algunas copas de más. Decidió regresar a su casa dando un pequeño paseo. Aquella noche el frío invernal le venía bastante bien. Calmaba los insoportables picores que sufría por todo el cuerpo. Eso le pasaba por retozar con una rubicunda granjera ucraniana en lo alto de una montaña de heno. Jamás volvería a hacer el amor en el pajar. Aunque fuera la única habitación disponible.

Al entrar en su edificio se percató enseguida de que algo grave había ocurrido. Los vecinos se arremolinaban, con gesto de preocupación, alrededor de la garita del portero. Jeff se abrió paso hasta llegar a Tomás. Encontró al hombre sentado en su butaca, pálido y demacrado. No pestañeaba, no movía un solo músculo. Sujetaba entre las manos un telegrama arrugado y una pequeña caja de puros. Su hija Colette permanecía a su lado, con el crío en brazos y la cara cubierta de lágrimas. Lloraba en silencio.

—¿Qué le ocurre a Tomás? —preguntó Jeff a una vecina.

—Le acaban de comunicar que Guillermina ha muerto.

Jeff sintió un mazazo en el pecho.

—¿Cómo ha sido?

—Según el telegrama que le han enviado los *boches*, la aviación inglesa bombardeó el tren en el que viajaba. No hubo supervivientes.

—¿Qué hay en la caja de puros?

—Las cenizas de la pobre mujer.

El portero alzó la vista al oír la voz de Jeff. Tenía la piel traslúcida y los ojos vidriosos.

—Me la han *matao*, señorito, me la han *matao*. Por favor, tráigame a la Guillermina —suplicó Tomás con un hilo de voz—. Estas cenizas no son suyas. Quiero enterrarla como ella se merece.

Le tendió el telegrama con mano temblorosa. Jeff lo leyó y se lo guardó en el bolsillo.

Justo en ese instante entraba en el portal Madeleine Ladrede, *la Condesa de la Gestapo*. Todos los vecinos se volvieron y le dieron la espalda, pero sin atreverse a más. Venía acompañada de dos gorilas de mirada torva. Jeff enseguida los reconoció. Los había visto antes en la rue Lauriston. Eran gestapistas de la banda Bonny-Lafont.

La fulana miró a los presentes con desprecio, masculló una maldición y subió las escaleras. Tras ella, los dos matones trataban de meterle mano bajo la falda. Una vecina no pudo reprimirse más, y entre rechinar de dientes, rezongó:

—Algún día esa zorra pagará por todo esto.

Por fortuna, la Condesa no se enteró.

Jeff miró la hora. Aún faltaba un poco para el toque de queda. Si se daba prisa, llegaría a tiempo. Abandonó el portal y se dirigió a su coche. No lo movía desde hacía días. Había conseguido algo de gasolina en el mercado negro y no quería malgastarla, pero por Guillermina estaba dispuesto a hacer lo que fuera. La mujer se lo merecía.

Arrancó el motor y se dirigió a toda velocidad a la embajada de Alemania. No tardó mucho en llegar. Solo se cruzó con unas pocas bicicletas y algún que otro vehículo militar. Aparcó en la puerta del palacete y, tras identificarse, subió al despacho de su amigo el embajador.

—Lo siento. El señor embajador está de viaje y no volverá hasta dentro de unos días —le comunicó el secretario.

Jeff soltó un improperio. Desesperado, regresó al coche. Y, sin pensárselo dos veces, se dirigió a la avenue Foch. Necesitaba hablar con la única persona que le podía devolver el cuerpo de Guillermina: el mayor Wolf, *el Carnicero de París*.

—¿Qué es lo que quiere, Urquiza? —preguntó el mayor cuando vio aparecer a Jeff en su despacho.

—Una explicación. Eso es lo que quiero. Me imagino que usted conoce este tema.

Jeff dejó el telegrama sobre el escritorio. El SS lo miró de soslayo, sin dignarse tocarlo, como si temiera mancharse las manos.

—¿Una explicación? —Wolf soltó una carcajada ausente de gracia—. Pídasela a los ingleses, que son los culpables.

—¿Está usted seguro? —respondió Jeff, desafiante.

Los ojos del SS, fríos como el hielo, miraron al periodista cargados de odio.

—Quiero el cuerpo de la mujer —exigió Jeff.

—¿No le han entregado a la familia una caja de puros?

—Mayor, mi portera era ciudadana española. No me obligue a acudir a la embajada. ¡Devuélvame el cuerpo y tengamos la fiesta en paz!

Jeff se asombró de su propio valor. Desde hacía tres años y medio, vivía entre nazis y colaboracionistas, sin importarle la política, preocupado solo de su placer personal, sus negocios y su trabajo, por ese orden. Les había hecho favores a los nazis, y a cambio había recibido ciertas prebendas. Pero cada vez estaba más cansado de todo eso, asqueado de tanta injusticia y de tanto asesinato impune. Tal vez había llegado la hora de dar la cara y enfrentarse de una vez con la barbarie.

—¿Que le entregue el cadáver? ¡Eso es imposible! ¡Estamos en guerra! No podemos perder el tiempo repatriando muertos. Demasiado nos molestamos ya con incinerarlos.

A Jeff le hervía la sangre. Con gran esfuerzo trataba de contenerse. Estaba convencido de que Guillermina había sido asesinada poco después de su detención. Y si los alemanes habían comunicado su muerte a la familia solo se debía a que no deseaban tener un incidente diplomático. Guillermina era española, y si desaparecía sin dejar rastro, la embajada podía pedir explicaciones.

—Mayor Wolf, no me tome por imbécil. Sé muy bien lo que ha pasado. Por desgracia, no puedo pedir justicia. Solo le pido que me entregue el cuerpo de mi portera.

—No sé de qué me habla. Y ahora, salga de mi despacho y no vuelva más.

El SS pulsó un botón. Dos soldados entraron en la sala y condujeron a Jeff hasta la calle.

Wolf se quedó un buen rato con la vista clavada en la puerta. El periodista español había llegado demasiado lejos. Estaba harto de él y de sus impertinencias. Tendría que darle un buen escarmiento.

45

—¡Oh, Venecia! ¡Cuánto la echo de menos! —suspiró Misia Sert con los ojos entornados.

Aquella tarde, Misia había acudido al Ritz a tomar el té con su amiga Gabrielle. Allí se las encontró Jeff, sentadas a la mesa que siempre tenía reservada la diseñadora. La modista se empeñó en que las acompañara, y Jeff aceptó encantado. Necesitaba obtener información si quería averiguar qué había pasado con Daniela.

Misia Sert era, sin duda, la mejor amiga de Gabrielle Chantal, o, mejor dicho, la única amiga de Gabrielle Chantal. No tenía más. La modista siempre había preferido las compañías masculinas a las femeninas, se llevaba mucho mejor con los hombres que con las mujeres. A ellos los veía más sinceros y menos complicados.

Nacida en Rusia, hija de padre polaco y madre belga, Misia había sido la gran musa de la Belle Epoque, cuando pintores de la talla de Renoir y Toulouse-Lautrec anhelaban retratarla en sus cuadros. Y en los Años Locos, en los famosos años veinte, su estrella siguió brillando dentro de la intelectualidad parisina, gracias a su exquisito salón literario-artístico, frecuentado por escritores y artistas de la talla de Picasso, Ravel, Bonnard, Cocteau o Debussy.

—¿Te acuerdas, Gabrielle, cuando recorrimos la Toscana? Parecíamos unos gitanos, con el Rolls cargado de obras de arte. Jojo sabía engañar muy bien a los curas de los pueblos.

Misia no paraba de reír. Añoraba los viejos tiempos junto a Jojo, José María Sert, su tercer marido. Todavía no había superado su separación.

Aquellos frecuentes viajes a Italia de Gabrielle, Misia y Sert, los tres solos, habían levantado todo tipo de habladurías y cotilleos sobre un posible *ménage à trois*. Jojo no hacía ascos a nada y Misia tenía fama de bisexual.

—Con Jojo todo era divertido, todo resultaba maravilloso. —Misia suspiró con nostalgia—. Conocía todos los pueblos de Italia como la palma de la mano.

Gabrielle seguía callada y de mal humor. De vez en cuando, lanzaba la vista al techo, en un evidente gesto de cansancio. Y todo se debía a que le aburría la obsesión de su vieja amiga por su exmarido. No soportaba tanta dependencia emocional hacia un hombre, y menos aún cuando él ya no la quería.

José María Sert pertenecía a una familia muy conocida de la alta burguesía catalana. Desde muy joven sintió la llamada del arte y, gracias a la fortuna de sus padres, se trasladó al Barrio Latino de París. En la capital francesa pronto destacó como un excelente pintor, y no tardó en convertirse en uno de los muralistas más famosos del mundo. Los críticos elogiaban constantemente su trabajo, y le comparaban con el propio Miguel Ángel. Sus obras inundaban todo tipo de edificios, tanto civiles como religiosos. La catedral de Vic, el vestíbulo del Rockefeller Center, el comedor de gala del Waldorf Astoria o el palacio de la Sociedad de Naciones. Todo el mundo alababa su talento.

—Una vez cerca de Siena, detuvo el coche en la carretera, junto a un campo de naranjos, y lo llenamos de fruta. —Misia hablaba sin parar—. Apareció el dueño con una escopeta y casi nos mata. Antes de que pudiera apretar el gatillo, Jojo le entregó un fajo de billetes. ¡El hombre se quedó estupefacto! ¡No se lo podía creer! Pensaba que éramos unos ladrones y al final se llevó una fortuna.

A pesar de llevar quince años separados, Misia seguía locamente enamorada de Sert. La ruptura de la pareja no pudo ser más turbulenta, acorde con las vidas de sus protagonistas. José María y Misia se habían casado en 1920. Años después, el matrimonio conoció a Roussy, una bella princesa georgiana, que vivía exiliada en París, y que podía ser su hija. A partir de entonces comenzó una relación tormentosa entre el matrimonio y su nueva amiga que provocó todo tipo de cotilleos y maledicencias.

José María se enamoró de Roussy. Y Misia también. En el Montparnasse frívolo y descarado, aquel enredo amoroso no pasó inadvertido y se convirtió en la comidilla de todo París. Al final, Sert dejó a su mujer y se casó con la princesa. Misia se hundió con la separación. Adoraba a Sert, hubiese hecho cualquier cosa para retenerlo a su lado. Pero aceptó la ruptura con resignación. No podía hacer otra cosa. Estaba tan enamorada de los dos que fue incapaz de hacerles daño.

El nuevo matrimonio de Sert no duró mucho. A los pocos años, Roussy falleció a causa de la tuberculosis. José María sufrió una fuerte depresión, al igual que Misia. A partir de entonces se volvieron tan inseparables que parecía que volvían a estar casados. Eso sí, al llegar la noche, cada uno se marchaba en silencio a su casa. Era el momento más triste del día. En la soledad de su cama, Misia se sentía la mujer más desgraciada del mundo, al no poder estar junto al hombre que amaba.

—Y tú, Jeff, ¿por qué no te casas? —preguntó Misia de repente.

—¡Deja en paz a Jeff! —Gabrielle salió en su defensa.

A partir de entonces comenzó uno de los frecuentes rifirrafes entre las dos amigas.

—Jeff tiene ya casi cuarenta años. En algún momento tendrá que sentar la cabeza, ¿no te parece? —replicó Misia.

—¡Qué tontería! El matrimonio estaba bien cuando el ser humano vivía treinta años. Pero hoy día que es fácil llegar a los ochenta, no se lo recomiendo a nadie. ¡Dura demasiado tiempo!

—Pero es hermoso sentirse acompañado. ¿No crees?

—Eso solo vale para las mujeres; no para los hombres.

—¿Cómo? No te entiendo.

—Mira, querida. La soledad beneficia a los hombres, los ayuda a realizarse. En cambio, a las mujeres las destruye por completo.

—Gabrielle, ese comentario carece de rigor. Entonces, si una mujer se lleva mal con su marido, ¿qué propones? ¿Que no se separe?

—¡Pues claro que no! Es mejor que se quede con su marido, aunque se vuelva gordo, calvo, feo y aburrido.

Jeff estaba convencido de que Gabrielle no pensaba así, y si se mostraba tan vehemente con Misia se debía solo y exclusivamente a que le encantaba polemizar y llevar siempre la contraria. Había visto a la diseñadora defender con pasión una postura, y a los cinco minutos la opuesta, solo por el simple placer de discutir.

—Los hombres y las mujeres no somos iguales —continuó Gabrielle—. Para los hombres, la edad no importa. Al revés, los años les sientan bien porque se vuelven más interesantes. La edad es el encanto de Adán y la tragedia de Eva.

«La edad es el encanto de Adán y la tragedia de Eva», repitió Jeff para sus adentros. Tenía que reconocer que Gabrielle era ingeniosa y muy aguda en sus sentencias. La modista continuó:

—La mujer tiene a los veinte años la cara que le ha dado la naturaleza; a los treinta y cinco, la que le ha dado la vida; y a los cincuenta, la que se merece.

—¡Qué drástica eres, Gabrielle!

—Aunque, en realidad, cuando llega a los treinta, una mujer debe elegir entre su cara o su culo.

Jeff no pudo evitar una sonrisa. Gabrielle Chantal en estado puro. Vehemente y mordaz como siempre.

—¿Sabes cuál es el problema de las mujeres, Gabrielle? —replicó Misia, que se estaba empezando a calentar—. Que cada mujer elige detenerse en una determinada edad. Algunas se detienen a los treinta, otras a los cuarenta, otras a los setenta... Adivina a qué edad te has detenido tú.

—A ver qué tontería sueltas tú ahora.

—Pues muy sencillo. Hace mucho decidiste detenerte en los veinte años. Y eso es un grave problema porque es la peor edad de una mujer.

Misia había metido el dedo en la llaga. A Gabrielle le horrorizaba envejecer. Era una de sus peores pesadillas. Todas las mañanas se miraba con preocupación al espejo por si le había salido alguna arruga nueva. Le encantaba parecer joven, pues ella se sentía joven. Por eso utilizaba trajes juveniles y seguía maquillándose igual que treinta años atrás.

El contraataque de la modista no se hizo esperar.

—Mira, Misia, antes eras más ingeniosa y por eso me hacías gracia. Pero últimamente estás aburridísima. Y ya sabes lo que siempre digo: o tienes gracia y lo demuestras, o no la tienes y es mejor que te quedes calladita.

—¡Oye, cariño, conmigo no pagues tu soledad y tu amargura!

Gabrielle comenzó a resoplar. Los orificios de su nariz empezaron a aletear, señal inconfundible de que se preparaba para un inminente ataque. En segundos estalló una tormentosa discusión entre ambas, como si se tratara de dos enemigas irreconciliables. Jeff prefirió mantenerse al margen. Si se entrometía en la pelea, podía acabar con algún zarpazo en la cara. El periodista no entendía cómo podían ser tan buenas amigas, casi inseparables, y de repente enzarzarse en una lucha a muerte, sin tregua ni cuartel.

La aparición repentina de José María Sert provocó el fin inmediato de las hostilidades. Delante de él, las dos mujeres se convertían en dos entrañables gatitas, dulces y amables, amigas de toda la vida.

Sert, a pesar de su edad, se mantenía fuerte como un toro. Tenía la cabeza afeitada, la barba cerrada, y unos ojos negros y profundos capaces de hipnotizar a un elefante. No se quitó el abrigo. Ni siquiera se sentó. Saludó a los presentes y esperó a que Misia recogiera sus cosas.

—¿Cuándo viajas a Madrid? —preguntó Sert a Gabrielle.

—Dentro de poco.

—No te olvides de saludar a mi amigo Chicote. Ya me contarás qué te parecen sus cócteles.

Cuando Misia estuvo lista, se enganchó del brazo de Sert y se marcharon juntos. Seguían tan unidos como siempre.

—José María es un tipo excepcional —comentó Gabrielle mientras la pareja se alejaba por los elegantes salones del Ritz—. ¿Y sabes lo que más me gusta de él? Su total despreocupación por el dinero. No le da ninguna importancia. Ya sabes que a mí no me gusta la gente rica.

Jeff mostró una sonrisa de compromiso. Con frecuencia, Gabrielle afirmaba que no era rica, a pesar de tener una de las fortunas más importantes de Francia.

—Querido Jeff, ser demasiado rico es una desgracia tan grande como ser demasiado alto.

—¿Por qué?

—En el primer caso, no encuentras la felicidad; y en el segundo, no encuentras cama.

Gabrielle se rio de su propia ocurrencia. Desde la marcha de Misia su humor había cambiado por completo.

Una vez a solas, el periodista aprovechó la ocasión para intentar dirigir la charla hacia otros derroteros. Quizá tuviera delante la clave para resolver el asesinato de Daniela. Quería averiguar qué podían tener en común Daniela, Gabrielle Chantal, Serrano Suñer y los servicios secretos españoles.

—La policía aún no ha encontrado al asesino de Daniela —comentó Jeff.

Gabrielle hizo un gesto de desagrado.

—Por favor, Jeff, hablemos de algo menos dramático. La pérdida de Daniela aún me duele.

—¿Te puedo hacer solo una pregunta y no hablamos más del tema?

—Sí, claro.

—¿Por qué me dijiste que Daniela había muerto por tu culpa? ¿A qué te referías cuando me dijiste que los asesinos querían asustarte?

La modista le miró unos segundos con gesto de estupefacción, como si no se acordara de sus palabras.

—¿Yo dije eso? ¡Qué tontería! ¡Lo entenderías mal! Anda, querido, vamos a hablar de otra cosa. Ya te he dicho que el recuerdo de Daniela aún me hace sufrir.

El periodista no sabía si la modista mentía ahora o lo había hecho antes, cuando se lo dijo en el bar del Ritz. Gabrielle y sus embustes... En cualquier caso, quiso aprovechar la información facilitada por José María Sert antes de marcharse. Sus últimas palabras habían sido providenciales para sus propósitos.

—Por lo que acaba de comentar José María, piensas viajar a España dentro de poco.

—Tengo intención de abrir una tienda en Madrid.

Jeff no se creyó la respuesta. No parecía muy lógico que Gabrielle hubiera cerrado todas sus boutiques en Francia, así, sin más, de la noche a la mañana, salvo la de la rue Cambon, y en cambio quisiera ahora abrir una nueva tienda en España.

—Siempre elijo en persona los locales para mis negocios. Quiero viajar a Madrid y escoger el lugar perfecto.

Jeff pensó que, tal y como estaban las cosas, necesitaba un plan. Tenía que vigilar a Gabrielle, ella era la clave de todo. Daniela era su secretaria y había muerto después de enviar una carta a Madrid. ¿Qué misterio unía a Gabrielle Chantal y la carta? Quizá nada, pero su instinto le decía lo contrario. Tenía que averiguarlo. Vigilaría cada uno de sus pasos, se convertiría en su sombra en la capital de España.

—Si me lo permites, yo te puedo ayudar a encontrar el local apropiado para tu nueva tienda —se ofreció Jeff—. La semana que viene viajo a Madrid. Tengo que resolver unos asuntos pendientes y estaré varios días en la ciudad. Nadie mejor que yo para acompañarte.

Gabrielle se removió inquieta en su asiento.

—Te lo agradezco mucho, Jeff, pero no quiero que te tomes tantas molestias por mí.

Jeff se dio cuenta de que no le agradaba la idea. Decidió insistir.

—No es molestia. Madrid es una ciudad complicada si no tienes los contactos adecuados, y yo los tengo. Te puedo ser de gran utilidad. Además, conozco varios locales disponibles, algunos incluso de mi propiedad. Me encantaría mostrártelos personalmente, y, si son de tu agrado, llegar a un acuerdo de amigos.

La diseñadora no estaba muy entusiasmada con la idea, aunque trataba de disimularlo.

—De eso nada, Jeff. ¿No sabes que no hay nada peor que hacer negocios con los amigos? Si mezclas negocios y amistad, terminas por perder ambas cosas.

—Por favor, Gabrielle, nos conocemos desde hace muchos años y jamás existirán problemas entre nosotros. De ningún tipo.

Gabrielle ocultaba algo, de eso no había duda. Jeff Urquiza se dio cuenta enseguida. Por nada del mundo la dejaría sola en Madrid. Si al final no aceptaba su compañía, la seguiría a escondidas. Cada vez estaba más convencido de que Gabrielle Chantal era la clave para encontrar a los asesinos de Daniela.

46

Franco se acercó a la red y estrechó la mano a su contrincante, el padre Bulart, capellán del palacio de El Pardo.

—Le he vuelto a ganar, *pater* —dijo Franco en tono amistoso.

—Creo que Su Excelencia juega con ventaja.

—¡Qué me dice! —exclamó el general con aparente sorpresa.

—¿Cree, Su Excelencia, que es cómodo jugar al tenis con sotana?

Franco sonrió. A punto estuvo de replicar que tampoco él jugaba muy cómodo con pantalón largo, chaleco y corbata. En alguna ocasión había pensado utilizar pantalones cortos, como los tenistas profesionales, pero su mujer siempre le había quitado la idea de la cabeza: «Paco, por lo que más quieras, no hagas el ridículo. Los pantalones cortos te hacen el culo muy gordo.»

Se sentaron en unas butacas, a pie de pista, y se secaron el sudor con unas toallas. Un lacayo se acercó con una bandeja y les ofreció zumo de naranja.

—Mañana me tendrá que dar Su Excelencia la revancha.

—Lo siento, *pater*, pero tendremos que dejarlo para otro día. Mañana iremos a Cuelgamuros a caballo. Vamos a ver cómo siguen las obras.

—Si me lo permite Su Excelencia, considero una idea muy acertada construir un monumento para los caídos de los dos bandos, reunidos bajo una inmensa cruz, y custodiado por monjes al servicio del Creador.

—Ya... El problema es que allí también acabarán los restos de soldados que no creían en Dios.

—Eso es lo de menos, Excelencia. Su falta de fe, lo mismo que sus errores en vida, serán perdonados por Nuestro Señor.

Franco se quedó callado un buen rato. Bulart enseguida sospechó que estaba rumiando la siguiente pregunta. No se hizo esperar.

—Dígame, *pater*, ¿qué ocurre con las almas de los que han muerto sin estar en paz con Dios?

—¿Por qué le inquieta tanto ese tema? No es la primera vez que hablamos de ello.

—Estoy preocupado, *pater*.

—¿Preocupado? ¿Por qué, hijo?

—Por el destino del alma de mi hermano Ramón.

Ramón, el hermano rebelde. El gran héroe nacional por su hazaña del *Plus Ultra*. Un hombre que había entrado en la historia de la aviación por la puerta grande. Un militar al que en la guerra de África apodaban Chacal por su valor temerario. Un piloto que gozó del afecto y la amistad del rey Alfonso XIII. Hasta que se hizo republicano. Y revolucionario. Y masón. No soportaba a los Borbones. Sobre todo desde que el rey dejó de invitarle a palacio y le empezó a mirar de otra forma a raíz de su matrimonio con una mujer que, ante los reales ojos del monarca, no le convenía.

—Ya sabe, *pater*, que mi hermano murió en misión militar, pero me temo que sin estar en paz con Dios.

Francisco y Ramón no se parecían en nada. El primero, monárquico, austero, amante del orden y de la disciplina. El segundo, juerguista, mujeriego, bebedor y fanfarrón. Le encantaba provocar a sus jefes con su aspecto estrafalario, la ropa vieja y arrugada, el pelo encrespado, la barba sin afeitar. Y, sobre todo, con un verbo desafiante y directo.

—No tiene que preocuparse, Excelencia. Su hermano

murió luchando en el Ejército Nacional, murió por una causa noble. Dios le habrá perdonado.

A pesar de sus muchas diferencias, Franco sentía devoción por su hermano pequeño. Todos los días, cuando se miraba al espejo, se acariciaba la cicatriz que adornaba su oreja: un mordisco de Ramón en una pelea de críos. A pesar del tiempo transcurrido desde su muerte, aún le echaba de menos.

En cambio, ese cariño no se extendió a la viuda y la hija de Ramón. Con ellas Franco se había mostrado implacable, borrando cualquier vínculo familiar, incluso los apellidos de la niña en el Registro Civil. No le gustaba aquella cuñadita que le había buscado su hermano.

Franco y el *pater* volvieron al palacio por un pequeño camino de grava. Al pasar por delante de dos centinelas de la Guardia Mora, con sus capas y sus exóticos turbantes, estos se pusieron firmes y presentaron armas. Franco saludó con un pequeño movimiento de cabeza. La Guardia Mora, a pesar de su cercanía a Franco, no formaba parte de su escolta personal, que estaba confiada a nueve aguerridos legionarios. Según confesaba el propio general a sus amigos, había luchado demasiados años en África, conocía muy bien a los nativos, y no se fiaba ni un pelo de ellos.

En la entrada del palacio salió a su encuentro su primo, el coronel Francisco Franco Salgado-Araujo, uno de sus más cercanos colaboradores, y al que los íntimos llamaban Pacón para distinguirlo de Franco.

—¿Qué tal el partido? —preguntó Pacón a su primo.

—Su Excelencia me ha vuelto a vapulear —se adelantó en contestar el capellán—. No tiene buen saque, pero su derecha es infalible.

—Sí, su derecha es infalible. Al Caudillo lo que le falla es la mano izquierda —dijo Pacón con una sonrisilla que solo captó su primo Paco, y que no le agradó.

—Pacón, di que me pongan con Nicolás —ordenó Franco, refiriéndose a su hermano mayor, embajador de España en Portugal.

—¿A estas horas, Paco? Solo son las diez de la mañana —replicó el primo.

Franco soltó un resoplido. Su hermano Nicolás nunca se levantaba antes de las dos de la tarde, aunque luego fuera capaz de trabajar hasta las cinco de la madrugada.

El general se despidió del capellán, que tenía que prepararse para la misa diaria en el pequeño oratorio, y entró en sus aposentos privados. El ayuda de cámara le tenía preparado el uniforme en el vestidor. Aquel día utilizaría el de capitán general de la Armada. Como todos los martes, Franco tenía audiencias militares. Y ese martes le visitarían los altos cargos del Ministerio de Marina.

Su ayuda de cámara, el fiel Juanito, le ayudó a colocarse la guerrera delante del espejo. A Franco le agradaba el uniforme de la Armada. Desde niño había soñado con ser marino, como todos los hijos de familia bien de El Ferrol. En realidad, él tenía que haber ingresado en la Marina para seguir la tradición familiar. Seis generaciones de antepasados suyos habían servido en la Armada. Incluso su hermano mayor, Nicolás, había sido marino. Pero cuando él quiso ingresar, la Escuela Naval estaba cerrada. Alfonso XIII había clausurado las academias militares a raíz del Desastre de 1898, que supuso la pérdida de Cuba, Filipinas y Puerto Rico. Y si bien en 1902 ordenó su reapertura, excluyó de tal medida a la Escuela Naval. Si no había imperio que defender, ¿para qué se quería la flota? Con gran dolor de su corazón, y con gran enfado de su padre, el joven Paquito, con solo catorce años, no tuvo más remedio que ingresar en la Academia de Infantería de Toledo.

La Señora entró en el vestidor justo en el momento en que el ayuda de cámara le prendía en el uniforme la Cruz Laureada de San Fernando.

—Juanito, salga un momento, por favor. Luego continuará con Su Excelencia.

El leal ayuda de cámara inclinó la cabeza, salió de la habitación y cerró la puerta.

—¿Qué te ocurre, Carmina? —preguntó Franco—. Tienes la cara descompuesta.

—¡Cómo quieres que la tenga! Estoy muy disgustada, Paco. Me parece bochornoso tu comportamiento.

—¿A qué te refieres?

—Me ha dicho una doncella que el otro día vino Ramón.

Franco lanzó la mirada al techo. Sabía por dónde venían los tiros.

—Sí, ha estado aquí.

—¡Pues no es bien recibido! Y tú lo sabes. No le quiero en El Pardo.

—Ya, Carmina, pero tenía que tratar conmigo un tema grave y delicado.

—¡Me da lo mismo! Nos ha dejado en ridículo, Paco. Todo Madrid habla de Ramón y su amiguita. ¡Y de esa niña que han tenido! ¡Una hija del pecado! ¿Sabes lo último que ha hecho?

—No me interesan esas cosas.

—¡Pues deberían! Porque, lo quieras o no, Ramón forma parte de *tu* familia —recalcó con especial entonación.

Hizo ademán de echarse a llorar. Franco se acercó a ella y la abrazó con delicadeza.

—A ver, ¿qué es lo último? —claudicó el general, dispuesto a escuchar, a pesar de que odiaba los chismes.

—Pues pasearse por todo Madrid en un coche descapotable con esa... con esa... con esa mujer, por decir algo.

Franco le dio un par de palmaditas en la espalda. Como siempre, las fuentes de información de su esposa eran tan eficaces como su propio servicio secreto. Y él conocía muy bien el nombre de las principales agentes de su mujer: las brujas de Maruchi y Cuca, las cotillas mayores del Reino.

No soportaba a aquellas dos chismosas, dedicadas en cuerpo y alma a desprestigiar y despellejar a todo bicho viviente. Además de malas, eran feas, feas como culebras. Según su inseparable primo Pacón, eso no era simple casualidad: Carmina las elegía horrorosas para que Franco no se fijase en ellas. ¡Como si él fuera un adonis!

—¿Me dirás a qué ha venido? —preguntó doña Carmen con voz melosa.

—Carmina, es un asunto de Estado. Y ya sabes que nunca hablo de esas cosas.

La Señora se separó de su marido y le miró a los ojos.

—Está bien, Paco. Como quieras. Pero como haya venido en busca de alguna recomendación, espero por tu propio bien, y por el bien de la familia, que no le hayas hecho ni caso.

Y dicho esto, se dio la vuelta y se marchó de muy mal humor.

47

Jeff se presentó en el One Two Two poco antes de las cinco de la tarde. Nunca había acudido al local a una hora tan temprana. El Argelino le había llamado un poco antes para comunicarle que tenía la información deseada. Por supuesto, el periodista dejó todo lo que tenía entre manos, le dio un suave beso de despedida a la afectada de turno, cuyo nombre desconocía, y se presentó como una flecha en el burdel.

Nada más cruzar la puerta, le llamó la atención la cantidad de hombres que a esas horas pululaban por sus salones. No eran alemanes, sino hombres de negocios y oficinistas franceses.

—Nunca había visto tanta clientela local —comentó Jeff a una de las chicas.

—Las tardes son el momento perfecto para los franceses. A estas horas sus santas esposas no desconfían de ellos. Se creen que siguen en el trabajo. Antes del anochecer volverán a sus hogares y podrán seguir ejerciendo de padres ejemplares sin levantar sospechas.

El Argelino le esperaba en su amplio despacho. Se acomodaron en unos sillones, frente a la chimenea de mármol, y una atractiva camarera les sirvió dos copas de coñac. La chica, ataviada con una raquítica ropa interior de encaje negro, esperó de pie, junto al mueble bar, por si sus servicios eran requeridos.

—¿Qué has averiguado? —Jeff enseguida fue al grano.

—¿Te contó la policía quién encontró el cadáver de tu amiga?

—No. ¿Quién fue?

—Un *zazou*. Quizá te interese charlar con él. No sé su apellido, pero todo el mundo le conoce por André *el Guapo*. No te costará trabajo dar con él.

—¿Sabes dónde puedo localizarlo?

—En el Hot Club, en la rue Saint-Jacques, muy cerca de la Sorbona.

—No conozco ese garito.

—No me extraña. No es tu estilo. —El Argelino sonrió como un viejo coyote—. Allí no van mujeres casadas en busca de diversión.

Jeff miró su reloj de pulsera. El Argelino se adelantó:

—No te vayas todavía. Aún es pronto. El Hot Club no abre hasta las ocho de la noche. ¿Otra copa?

—Por supuesto.

La joven camarera rellenó las bebidas. La calidad del coñac era excelente, reservado solo a los buenos amigos y a los mejores clientes.

—Te interesará saber que también he hecho indagaciones sobre ese tal Hans Gunther von Dincklage.

—¿Qué has averiguado?

—Todo el mundo le conoce por *Spatz*, es decir, «Gorrión» —continuó el Argelino—. Es el amante de Gabrielle Chantal desde hace unos años, aunque muy poca gente conoce su existencia. Lo llevan con mucha discreción.

Y tanto... Jeff, a pesar de su amistad con Gabrielle, desconocía el nuevo *affaire* de la diseñadora. Bien es cierto que desde la ocupación apenas se veían. Ignoraba por completo su actual vida sentimental, y lo que menos podía sospechar es que tuviese un nuevo amante. Y además, alemán.

—Spatz es un vividor, un *bon vivant* —siguió el Argelino—. Le gusta el buen comer, el buen beber y el buen vestir. Y, por supuesto, las mujeres hermosas. Así visto, se parece mucho a alguien que yo conozco.

Le dedicó a Jeff una sonrisa de complicidad.

—Ya. ¿Y qué más sabes de él?

—Tengo un amigo en la Sûreté. Cuando le dije el nombre del alemán, abrió los ojos como si acabara de mentar a su peor enemigo. Se acordaba de Spatz a la perfección. Es un viejo conocido de los servicios secretos franceses.

—¿Un espía?

—Sí. Tú lo has dicho. Un espía. Spatz es militar y trabaja en el Abwehr, el servicio de inteligencia del Ejército alemán. Antes de la guerra, vivió un tiempo en la Costa Azul. Allí se hizo muy amigo de todos los altos mandos de la Armada destinados en el puerto de Tolón. Sin que ellos se dieran cuenta, les sonsacaba información que luego enviaba a Berlín.

El Argelino hizo girar el coñac dentro de la copa, dio un par de sorbos y lo saboreó con placer.

—Cuando Hitler llegó al poder, Spatz dejó Tolón y fue destinado a un puesto burocrático en la embajada alemana en París. Por supuesto, se trataba de una simple tapadera para poder espiar con mayor libertad bajo el amparo de un pasaporte diplomático.

—¿Y el servicio secreto francés no sospechaba de él?

—Al principio, no. Tenía la coartada perfecta. Era imposible que Spatz fuera un espía nazi.

—¿Por qué?

—Su mujer era judía.

—¿Está casado?

—En aquella época aún lo estaba. Poco tiempo después, se divorció. Las leyes de Núremberg prohibían el matrimonio entre arios y judíos. Así que no tuvo ningún reparo en abandonar a su mujer después de quince años de matrimonio. Él se quedó en París y ella se marchó.

—¿Y qué hizo en París?

—Spatz, a través de la Oficina de Turismo alemana, creó una red de espías que se extendía por todo el país. Una red muy eficaz, todo hay que decirlo. Se dedicaban a comprar oficiales franceses mediante regalos fabulosos o encuentros amorosos de alto voltaje con bellas señoritas. En contraprestación, obtenían toda la información que querían.

—Muy hábiles.

—Un día el semanario *Vendémiaire* sacó a la luz las actividades secretas de Spatz. Incluso se publicó un pequeño libro desvelando sus hazañas. El escándalo fue monumental. Muchos oficiales franceses fueron castigados por colaborar con un espía extranjero, aunque lo hicieran sin ser conscientes de ello. A pesar de todo, y aunque parezca mentira, Spatz no fue expulsado de Francia. Un mes antes de que estallara la guerra, huyó a Suiza, y, al entrar los alemanes en París, regresó de nuevo a la ciudad.

—Y sigue con sus actividades, me imagino.

—Por supuesto. Sigue trabajando para el Abwehr, actividad que sabe compatibilizar a la perfección con su romance con Chantal.

El periodista miró la hora con intención de marcharse.

—Espera un momento, Jeff, no te vayas aún. Quiero proponerte un nuevo negocio.

—Tú dirás.

El Argelino hizo una señal a la camarera para que abandonara el despacho. La chica, muy servicial, obedeció en el acto.

—Desde hace un tiempo vengo dándole vueltas a un asunto. La venta de cuadros falsos nos va muy bien, de eso no hay duda, pero creo que corremos demasiados riesgos innecesarios.

—¿A qué te refieres?

—Tu pintor es muy bueno, pero no hay nadie perfecto. Cualquier día nos pueden descubrir. Y, si llega ese día, lo vamos a pasar muy mal, amigo. Si hay algo más peligroso que un general alemán, es un general alemán enfadado. Además, tu artista es un poco vago y tarda bastante en acabar las obras.

—No sé adónde quieres ir a parar.

—Jeff, tenemos que aprovecharnos de la situación. Hay que hacerse de oro antes de que los nazis abandonen París.

Cuando llegue ese momento, quiero ser rico, rico de verdad, marcharme a un lugar cálido y disfrutar de una buena vida. No quiero más preocupaciones.

—Me parece muy bien todo lo que dices, pero sigo igual de perdido. No sé adónde quieres llegar.

—Quiero más dinero. Me gustaría que nuestro negocio fuese más dinámico y lucrativo. Poder vender más cuadros sin correr riesgos, y sin necesidad de repartir nuestras ganancias con un montón de gente, como pintores, intermediarios y actores de teatro.

—¿Y cómo se puede conseguir eso?

—Vendiendo cuadros verdaderos.

Jeff se echó a reír. Le parecía una idea descabellada.

—¡Perfecto! ¡Brillante idea! Pero ahora dime, ¿de dónde se supone que los vamos a sacar? ¿De algún museo?

—No. De un museo, no. De los judíos.

—Pero ¿qué dices? ¿He oído bien?

—Sí, Jeff. Has oído bien. Obtendremos los cuadros de los judíos.

El periodista apretó los labios y se fue a levantar. No pensaba seguir con la conversación.

—Espera, Jeff, espera. Dame dos minutos, solo dos minutos, amigo. Antes de que te dispares, déjame que te explique.

—Te escucho —respondió el español con sequedad.

—Tengo un buen amigo en el Comisariado General de Asuntos Judíos. Me ha contado que tiene en su poder un buen número de cuadros de Matisse, Cézanne, Van Gogh y Renoir.

—¿Robados a los judíos detenidos?

—Bueno, digamos que «requisados».

Jeff hizo un gesto de asco.

—Argelino, lo siento mucho, pero yo no me aprovecho de las desdichas ajenas. No cuentes conmigo para tus planes de retiro en la Costa Azul. Lo siento.

El Argelino abrió los ojos y le miró con extrañeza. No se esperaba esa respuesta. Unos meses antes, Jeff Urquiza no hubiese despreciado una oferta tan jugosa.

—¡¿Qué coño te pasa, amigo?! ¿Estás en tus cabales?

—Mira, Argelino. Puede que camine por el borde de la ley, que estafe a nazis en busca de gangas, que engañe a maridos que no saben conservar a sus mujeres. Pero aprovecharme de unos pobres desgraciados que la mayoría de las veces acaban asesinados, ni hablar. Esa aventura no me va.

La seriedad de Jeff no admitía réplica. El Argelino se encogió de hombros. No entendía a su amigo.

—Dedícate tú a lo que quieras, pero no cuentes conmigo.

Jeff se levantó de su asiento.

—¿No te apetece pasar un buen rato en la choza africana? —preguntó conciliador el Argelino—. Nos ha llegado una danesa que quita el hipo.

—Gracias, pero hoy no tengo ganas.

Jeff abandonó el despacho sin despedirse.

48

Tras engullir tres platos de alubias, regados con litro y medio de gaseosa, el soldado Manolín se encontraba fatal, con el estómago tan hinchado y voluminoso como un globo de helio a punto de explotar. Se sentía tan lleno que apenas podía mantener la respiración. Después de una agitada mañana, dedicado a la limpieza de la casa y a las compras en el mercado, su jefa, Maruchi de Garcerán, esposa del capitán general de la Primera Región Militar, le había dado la tarde libre. Manolín, como premio, quiso agasajarse con un espléndido banquete. La cocinera de los señores tenía unas manos prodigiosas. Y ahora reconocía que se había pasado con tanto puchero.

La comida hizo sus inevitables efectos naturales, y cuando Manolín se dirigía raudo al inodoro, con el diario *Marca* en la mano, bramó su ama a sus espaldas.

—¡Manolín! ¿Adónde vas?

—Al retrete, Excelencia.

—¡Ni retrete ni narices! Venga, vamos al coche, que llegamos tarde.

—Pero Excelencia...

—¡Ni peros ni peras! ¡Vamos! Ya me has oído.

Con el estómago encogido por los fuertes retortijones, Manolín siguió a su señora hasta el patio que servía de garaje. No se esperaba el repentino cambio de planes. Todo apuntaba a que su tarde libre se había volatilizado. Ahora se arrepentía de su descabellada comilona.

—Manolín, quita el banderín del coche —le ordenó su señora cuando llegaron al patio.

—Pero, Excelencia, ¿cómo voy a hacer eso? —tartamudeó el pobre soldado.

—¡Porque te lo mando yo!

—Excelencia, se trata de un coche oficial y...

—¡Basta! ¡No quiero oír más peros! Me tienes harta con tus cosas. O me obedeces sin rechistar o le digo al capitán general que te meta un paquete.

Como siempre, aquella endiablada mujer se escudaba en el poderoso cargo de su marido.

El chaval tomó un destornillador y se dispuso a retirar el banderín de capitán general que se alzaba en la aleta delantera del vehículo. Mientras tanto, su señora escudriñaba sus movimientos con ojos de halcón peregrino, con el ceño fruncido y los brazos cruzados sobre el pecho. Con uno de los pies zapateaba impaciente el pavimento. Quería meter prisa al pobre muchacho.

Manolín sudaba la gota gorda. No por el esfuerzo, sino por la contención. Ya no sabía qué postura adoptar. Procuraba no agacharse ni separar mucho las piernas. El estómago bullía como un volcán a punto de entrar en erupción. Temía que en cualquier momento su dignidad se le fuera patas abajo.

Cuando terminó de retirar el banderín, el soldado abrió la portezuela trasera y su señora se subió al coche.

—Excelencia, ¿puedo ir al retrete? —suplicó Manolín con el rostro completamente congestionado.

—¡No! Y vámonos ya, que me vas a hacer llegar tarde.

Instantes después, arrancaba el motor y salían por el zaguán de la Capitanía General.

En la calle de Alcalá, esquina con la Gran Vía, recogieron a Cuca, marquesa de Valdecastrillo.

—¡Hija, llegas tarde! —protestó Cuca.

—Perdona, pero la culpa la tiene el tontaina de Manolín, que solo sabe hacer el vago.

Manolín alzó la vista al cielo en busca de paciencia divina. La humana ya se le había agotado hacía tiempo.

—¿Adónde vamos ahora, Excelencia? —preguntó el soldado muy respetuoso.

—A General Mola, 36.

—A la orden, Excelencia.

—Pero no aparques en la misma puerta.

—¿Cómo dice, Excelencia?

—¡Por Dios, qué cruz! ¡Que aparques un poco lejos del portal! Pero no mucho, ¿eh?

El conductor llevó el vehículo a la dirección deseada. Apenas había tráfico por Madrid. La escasez de gasolina estaba haciendo mella en sus habitantes. Tan solo se cruzaron con unos pocos vehículos, que avanzaban renqueantes y malolientes, con el carricoche del gasógeno a cuestas.

—¿Le parece bien si aparco aquí, Excelencia? —preguntó Manolín unos cincuenta metros antes de llegar al portal deseado.

—Sí, sí, aquí está bien. Ahora, a esperar.

El conductor no sabía a qué se refería. Pero Maruchi y Cuca sí. Aquella tarde habían decidido seguir a Serrano Suñer y descubrir su nidito de amor. Gracias al chivatazo de un portero de la zona, primo de una de las criadas de Maruchi, sabían que Serrano salía todos los martes de su casa a la misma hora y no se dirigía al despacho. Estaban convencidas de que ese tiempo lo dedicaba a su amante. Si averiguaban la dirección de los encuentros amorosos, y le iban con esa valiosísima información a doña Carmen Polo, seguro que ella se lo agradecería el resto de su existencia.

Mientras esperaban, Manolín no hacía más que preguntarse qué diablos pintaban allí y por qué había querido su señora eliminar el banderín oficial del coche. ¿Tal vez se tratara de una misión secreta? En el fondo, le importaba bien poco. En esos instantes solo tenía una idea en la cabeza. Y residía en su estómago.

—Excelencia, ¿puedo pasar a ese bar? Necesito ir al retrete.

—¡Calla, Manolín, que me pones de los nervios!

El desgraciado soldado no se atrevía ni a respirar. Su estómago estaba en plena ebullición. Las explosiones se sucedían dentro de sus tripas y anunciaban una catástrofe inminente. Eran tan rotundas y escandalosas que parecía que se estaba desarrollando la batalla del Ebro en su interior. El sudor le resbalaba por las patillas y se perdía en el cuello de la guerrera. No podía más, no podía más...

—Esto se me hace muy largo —protestó Cuca—. Me estoy perdiendo el serial de la tarde de Radio Madrid.

—¡Pareces tonta, hija! ¿Tú sabes los favores que podremos conseguir de Carmina si esto sale bien? A partir de entonces comerá en nuestra mano.

El romance entre Ramón Serrano Suñer y Sonsoles de Icaza, marquesa de Llanzol, circulaba de boca en boca, pero nadie había sido capaz de descubrir el lugar de sus citas amorosas. Maruchi y Cuca estaban dispuestas a averiguarlo y llevarse el trofeo.

Aquella historia de amor se había convertido, dentro de la alta sociedad, en el mayor escándalo de la posguerra. Él, cuñado del invicto Caudillo, y hasta poco antes el personaje con más poder de toda España. Ella, una joven y bella dama, casada con un militar de alta cuna. Y en medio de ambos, la férrea moral cristiana que el Nuevo Estado confesional pretendía implantar.

Las dos amigas mataron el tiempo con una bandeja de croquetas que Cuca, siempre glotona y previsora, había comprado en el Lhardy aquella misma mañana. El olor que despedían estaba matando al pobre Manolín. No lo soportaba.

Veinte minutos más tarde se cumplía el chivatazo recibido. Ramón Serrano Suñer salía del portal de su casa, con el cabello empapado de brillantina y un abrigo negro de excelente paño. Su elegancia natural y sus exquisitos modales llamaban la atención en un Madrid tan sucio y gris como cutre y provinciano. Un chófer uniformado le esperaba con la portezuela abierta. Se subió al automóvil y se marchó.

—¡Manolín, sigue a ese coche! —bramó Maruchi fuera de sí.

El soldado obedeció de inmediato. Pero al apretar el acelerador sintió tal punzada en el bajo vientre que casi se queda sin respiración. De buena gana se habría lanzado del coche en marcha para aliviarse detrás de un árbol.

Después de recorrer media ciudad, el vehículo de Serrano se detuvo frente a una floristería del barrio de Chamberí. El chófer entró en la tienda y compró un enorme ramo de rosas rojas.

—Mira, Cuca, el regalito para la *querindonga*. ¡Qué tierno! —escupió Maruchi con aire despectivo.

El conductor de Serrano continuó hasta el barrio de Argüelles y aparcó el coche frente a un discreto portal. Manolín se detuvo a cierta distancia.

—Creo que ya hemos dado con su nidito de amor —sentenció satisfecha la malvada de Maruchi.

Serrano se apeó del vehículo con el sombrero bien calado y el cuello del abrigo levantado. A pesar de su popularidad, costaba trabajo reconocerlo. Lanzó miradas furtivas a un lado y otro de la calle y, cuando comprobó que nadie miraba, se metió en el portal.

—¡Ya te hemos cazado, *Jamón* Serrano! —Maruchi estaba a punto de reventar de placer.

Tomó lápiz y papel y apuntó el nombre de la calle y la hora.

—¡Qué buen servicio estamos haciendo a Carmina! ¡Un magnífico servicio!

—¿Y ahora qué hacemos? —preguntó Cuca con voz cándida.

—Pues esperar. ¡Qué vamos a hacer si no! Hemos llegado hasta aquí y no vamos a detenernos ahora. Vamos a ver con quién se cita este conquistador. A lo mejor tiene otra querida.

—¡Qué cosas dices, Maruchi!

Manolín ya no sabía qué hacer. Sudaba tanto que tenía el pelo tan empapado como si acabara de salir de la ducha.

—Excelencia, ¿puede entrar en ese café? —suplicó Manolín con voz jadeante.

—¡Cállate, pesado! —Fue la única respuesta que obtuvo, acompañada de un par de golpecitos en la cabeza con el puño del paraguas.

Diez minutos más tarde llegaba un taxi y se detenía frente al mismo portal. Una mujer joven y de una belleza agresiva se apeó del vehículo. Llevaba un pañuelo anudado a la cabeza, gafas de sol y gabardina con el cuello subido. Apenas se la podía reconocer.

—¡Ya te tenemos, marquesita! —exclamó Maruchi radiante.

La joven se deslizó dentro del portal con el mismo sigilo que Serrano.

—Ya verás cuando le contemos todo esto a la Caudilla. —Maruchi no cabía en sí de gozo.

—Por Dios, no la llames así, que es nuestra amiga.

—¡Anda, cállate, que eres tan pánfila como Zita! Yo iba a aguantar a un golfo como ese en casa, por muy guapito y vistoso que fuera... Vamos, ¡ni hablar! Si yo estuviera casada con un hombre así, te aseguro que todas las noches le hacía dormir en el felpudo.

Manolín no podía más. Ya no tenía fuerzas ni para respirar. Con disimulo, se desabrochó el primer botón del pantalón. Los rugidos de sus tripas presagiaban un desenlace inminente y grave.

—No me extraña que se vea con Serrano. Ella es tan guapa y él tan apuesto... —suspiró Cuca, que nunca se enteraba de nada—. La verdad es que hacen una bonita pareja.

—¡Mira que eres simple, Cuca! El matrimonio es para toda la vida. Y punto.

—Ya... Pero si te casas siendo una niña con un hombre que te saca treinta años, como le ha ocurrido a ella, se te puede perdonar un desliz.

—Pues será todo lo joven que tú quieras, pero ya ha formado un hogar, con marido y tres hijos. La familia es lo primero y hay que protegerla. No se puede consentir lo que está haciendo. ¡Menos mal que el Caudillo ha implantado de nuevo el delito de adulterio!

Diez minutos más tarde, el chófer de Serrano Suñer se apeó del vehículo y se acercó al coche de Maruchi. Caminaba con una mano detrás de la espalda.

—Lleva una pistola escondida y nos va a matar —susurró aterrada Cuca.

Las dos cotillas se callaron en el acto y empezaron a encogerse en sus asientos hasta prácticamente desaparecer. Manolín dejó de ver sus cabezas a través del espejo retrovisor.

Al llegar al vehículo, el hombre dio unos golpecitos en la ventanilla y Manolín bajó el cristal.

—Buenas tardes. ¿La excelentísima señora de Garcerán? Nadie contestó.

—Por favor, ¿la excelentísima señora de Garcerán? —repitió el conductor.

—Soy yo. —Un hilillo de voz emanó del asiento trasero.

—Esto es de parte del excelentísimo señor don Ramón Serrano Suñer.

El chófer mostró el ramo de rosas rojas que ocultaba tras su espalda y se lo entregó a Manolín. Acto seguido, alzó un poco la gorra, a modo de despedida, y se marchó.

Maruchi no sabía cómo reaccionar. Las flores no eran para la marquesa, sino para ellas. A pesar de no llevar el banderín de capitán general en el coche, Serrano había detectado perfectamente su presencia.

—¡Qué bonitas son! —exclamó la pánfila de Cuca—. ¡Y cómo huelen!

—¡Calla, tonta!

—Mujer, cómo te pones...

—¡¿Acaso no ves que nos ha tomado el pelo?!

—Mira el lado positivo: al menos, el olor de las flores ocultará la pestilencia que se respira dentro de este coche. Creo que Manolín ha aparcado encima de una cloaca.

49

Jeff Urquiza llegó al Barrio Latino poco antes de las nueve de la noche. Siempre le había gustado esa zona de París, tan bulliciosa y juvenil. Su nombre tenía su origen en la Edad Media, cuando los habitantes del barrio, compuesto mayoritariamente por estudiantes de la Sorbona, hablaban en latín, la lengua académica.

No tardó en encontrar el Hot Club. Docenas de *zazous*, con sus extravagantes atuendos, hacían cola en la calle frente a las puertas del local. A Jeff le hizo gracia el atrevimiento de aquellos chicos. Todos se habían cosido en el pecho una estrella de David idéntica a la que portaban los judíos. En su interior, en vez de tener bordada la palabra «*Juif*» —judío—, figuraba «*Zazou*», «Swing», «Rebelde» o, simplemente, «Loco».

Los alemanes debían de estar desquiciados con aquella insensata sublevación juvenil.

Se acercó al portero y le ofreció, por encima de las cabezas de los *zazous*, un billete de diez francos. El gorila lo aceptó encantado. Sin ningún miramiento, despejó la puerta a base de empujones y manotazos, y dejó la vía libre al periodista.

El interior del Hot Club no podía estar más animado. La pista estaba repleta de parejas de *zazous* que se movían a un ritmo endiablado. Bailaban con las manos entrelazadas, meneaban las caderas, realizaban giros y complejas piruetas, se deslizaban de un lado a otro, lanzaban patadas al aire... Sus movimientos eran tan erráticos que parecían actuar bajo la influencia de sustancias psicotrópicas.

Encima del escenario, un individuo de piel morena y bigote fino tocaba la guitarra con gran maestría. Se trataba de Django Reinhardt, el ídolo de los *zazous*. Un gitano de los suburbios de París, que había alcanzado gran fama con su guitarra, a pesar de tener una mano medio inutilizada por culpa de un incendio. Le acompañaba su grupo, el Quintette du Hot Club de France.

Jeff se acercó a tres jovencitas que llevaban un buen rato lanzándole miraditas y cuchicheando entre ellas. No debían de tener más de veinte años. Piel tersa, cara hermosa y piernas bonitas. Pero no eran su tipo. Demasiado jóvenes. Una fuente inagotable de problemas. Se enamoraban enseguida.

—¿Conocéis a un tal André? —preguntó Jeff.

—¿André? Aquí hay muchos —respondió la más descarada, una pelirroja con la cara llena de pecas—. ¿Sabes el apellido?

—No.

—¿Tienes un cigarrillo, guapo?

Jeff sacó del bolsillo el paquete de Gitanes y a las chicas se les iluminó la cara: no fumaban tabaco decente desde hacía bastante tiempo.

—Entonces, ¿no le conocéis? —insistió Jeff.

—¿No tienes ningún otro dato? —preguntó ahora una morena de labios carnosos.

—Le llaman el Guapo. André *el Guapo*.

—¿Más guapo que tú? —saltó la pelirroja—. ¡Nosotras contigo nos conformamos!

Las chicas se miraron entre sí y emitieron risitas nerviosas ante el atrevido comentario de la pelirroja. Jeff sonrió y meneó la cabeza.

—¿Eres poli? —preguntó una rubia de mirada cándida.

—No.

—Entonces, ¿por qué le buscas? —volvió a intervenir la pelirroja.

—Negocios.

La joven se acercó a un palmo de Jeff, dio una calada a su cigarrillo y expulsó lentamente el humo junto a la boca del periodista. Su mano, suave y cálida, se posó en el bajo vientre de Jeff.

—Si nos invitas a algo, te decimos quién es André —le susurró al oído mientras bajaba la mano.

—Me parece un trato justo.

La joven sonrió satisfecha y apuntó con el dedo índice a un chico delgaducho que en esos momentos bailaba en la pista con una jovencita de tirabuzones dorados. Jeff cumplió su parte del trato. Invitó a las chicas a una copa.

Acodado en el mostrador, con un *gin-fizz* en una mano y un cigarrillo en la otra, aguardó a que el joven dejara de bailar. Por desgracia, tuvo que esperar bastante: el *zazou* parecía incansable. Cuando el chico por fin se agotó, regresó a la mesa en compañía de la chica. Jeff fue a su encuentro, sin atender las protestas de las tres jovencitas, que no querían que se separase de su lado.

—¿Eres André? —preguntó Jeff al *zazou*.

—¿Y quién es usted? —replicó el joven con descaro mientras se secaba el sudor con un enorme pañuelo de lunares—. ¿Policía? ¿Gestapo?

—Un periodista.

—¿Un periodista? ¿Y qué quiere de mí?

—Información. —Jeff le enseñó un par de billetes de veinte francos—. ¿Podemos ir a un sitio más tranquilo?

La chica rubia le agarró del brazo con intención de retenerlo.

—¡André, quédate! ¡Este tipo no me gusta!

Con aire autoritario, el joven se liberó de la chica y siguió a Jeff. Buscaron una mesa libre en una esquina poco concurrida.

—¿Qué quiere de mí?

—Hace unos días encontraste el cadáver de una mujer en el metro de los Inválidos. Me gustaría saber qué viste. —Jeff dejó los billetes sobre la mesa—. Si te portas bien, tendrás más.

André contó todo lo ocurrido sin omitir nada, en especial el ataque que sufrió en el metro por parte de unos desconocidos. Jeff escuchaba con atención cada palabra, cada detalle, cada silencio. Parecía sincero el chaval.

—Por lo que acabas de decir, todo apunta a que te cruzaste en el metro con los asesinos de la mujer —concluyó Jeff cuando el *zazou* terminó su narración—. ¿Te acuerdas de cómo eran? ¿Podrías identificarlos?

—No, no me acuerdo de nada. Todo ocurrió muy rápido. Lo único que le puedo decir con seguridad es que no eran extranjeros.

—¿Por qué lo sabes?

El chaval lanzó una mirada a los billetes que descansaban sobre la mesa. Quería más. Jeff añadió veinte francos.

—Hablaban con acento parisino.

El periodista se quedó pensativo. Ese dato parecía avalar la versión oficial: Daniela había sido asesinada por la Resistencia por ser amiga de los alemanes. Pero lo veía demasiado simple. No podía olvidar la carta enviada a Madrid, ni las enigmáticas palabras de Gabrielle cuando le dijo que habían asesinado a Daniela por su culpa con el fin de atemorizarla. Tenía que investigar más.

Poco antes de las diez y media, Jeff abandonó el Hot Club y tomó el camino de regreso a su casa. No llevaba recorridos ni cien metros cuando una voz femenina gritó a sus espaldas:

—¡Espera! ¡Espera!

El periodista giró la cabeza. Hacia él corría la jovencita pelirroja.

—¿Me invitas a otra copa? —le dijo cuando llegó a su altura.

—Dentro de media hora empieza el toque de queda. Tengo prisa.

—Podemos ir a tu casa —respondió con voz melosa.

Jeff sonrió. Le acarició la mejilla y besó su frente.

—Mejor otro día.

Se dio la vuelta y siguió su camino, indiferente a la cascada de insultos que le dedicaban.

Bordeó los jardines de Luxemburgo y luego siguió por la rue de Tournon. Le encantaba esa calle, repleta de librerías antiguas. Muchas mañanas se perdía entre sus anaqueles en busca de joyas olvidadas que enriquecieran su pequeña colección de incunables. Frente a su tienda preferida, pequeña pero bien surtida, presenció la dramática pelea entre un mendigo y un perro por unos desperdicios nauseabundos. Le dio treinta francos al hombre, que apestaba a vino barato, y siguió su camino. Mientras se alejaba, se extrañó de su propio comportamiento. La caridad nunca había estado entre sus virtudes. Ni rechazar invitaciones en el One Two Two. Ni tampoco desaprovechar pelirrojas atrevidas. ¿Qué le estaba pasando?

Nada más entrar en su edificio, le sorprendió el llanto desgarrador de una mujer. Procedía de la casa del portero. Algunos vecinos, alertados por el escándalo, se agolpaban delante de la vivienda.

—¿Quién llora? —preguntó a una anciana.

—Colette, la hija de los porteros.

—¿Por qué motivo?

—Su padre, el viejo Tomás, se ha ahorcado de una viga. No soportaba la ausencia de Guillermina.

50

En la soledad de su despacho, Jeff intentaba escribir un artículo de opinión sobre el último discurso del mariscal Pétain. No había manera, no se podía concentrar. Los acontecimientos de los últimos días le tenían bastante alterado. Desde la muerte de Daniela, su vida, tan frívola y alocada, había cambiado por completo. Había perdido la capacidad de disfrutar de ciertas cosas que antes eran fuente de placer y satisfacción.

El día anterior había acudido al entierro de Tomás. Como Colette no tenía ni un céntimo, todos los vecinos participaron en los gastos del sepelio. Todos menos la Condesa de la Gestapo, como era de prever. También decidieron que Colette se convirtiera en la nueva portera. Lo necesitaba y se lo merecía. Tenía que sacar adelante a un crío.

La joven también se ofreció a limpiar la casa de Jeff. El periodista aceptó encantado. Le venía bien, pues necesitaba a alguien de confianza que atendiera su hogar. Y Colette podría ganarse un sobresueldo. Seguro que Guillermina y Tomás se lo agradecían desde el otro barrio.

Poco antes de las diez de la mañana sonó el timbre del teléfono. Era Otto Abetz, el embajador alemán.

—¡Jeff, buenas noticias! La policía ha detenido a los asesinos de tu amiga Daniela de Beaumont. Se trata de unos estudiantes de la Sorbona, miembros de la Resistencia.

—¿Por qué la mataron?

—Se han confirmado las sospechas de la policía francesa. Fue asesinada por su amistad con los alemanes.

—No me lo creo.

—Pues créetelo. Lo han confesado todo. No hay más que hablar. Fin de la historia.

Jeff se quedó pensativo. La versión oficial insistía en lo mismo. Y ahora, además, coincidía con las palabras de André *el Guapo* en el Hot Club, al afirmar que los asesinos hablaban con marcado acento parisino. A pesar de todo, no estaba muy convencido.

—Jeff, ¿estás ahí? ¿Ocurre algo? Te noto muy callado.

—No sé... Hay algo que no me cuadra. Todo me sigue pareciendo muy extraño. Conozco los métodos de la Resistencia. Y lo que le han hecho a Daniela no es su estilo.

—¿A qué te refieres?

—En París, la Resistencia se dedica más bien a lanzar octavillas en el metro, pegar algún cartel o hacer pintadas en callejones oscuros.

—También ha cometido asesinatos —añadió Abetz, un poco molesto con la actitud de Jeff.

—Sí, pero muy de tarde en tarde. Y sus víctimas siempre han sido soldados alemanes, nunca civiles franceses.

—Eso no es cierto —replicó el embajador en un tono un poco impertinente, que, hasta entonces, Jeff nunca había conocido—. La Resistencia no solo ha asesinado a soldados alemanes, como tú dices. También ha matado a civiles franceses.

—¿Incluso a mujeres?

—Incluso a mujeres —confirmó Abetz con rotundidad—. La semana pasada, sin ir más lejos, asesinó a Violette Morris en una carretera.

—¿Violette Morris? ¿La deportista?

Jeff aún recordaba la incómoda entrevista que había mantenido con ella tiempo atrás, y que jamás vio la luz por culpa de la censura. Le sorprendió la noticia de su muerte. La prensa lo había ocultado por completo, tal vez para no alarmar a la población colaboracionista.

—A pesar de tus argumentos, no lo veo nada claro. —Jeff continuó con sus reticencias—. Puede que la Resistencia haya empezado a matar a mujeres francesas, no te lo discuto, pero Daniela fue previamente torturada. ¿No te parece extraño?

—¿Por qué? Yo no lo veo tan raro. Al contrario. La Resistencia trata de implantar el terror para que ningún francés, sea hombre o mujer, colabore con nosotros.

El periodista siguió callado. Su profesión le había hecho dudar siempre, y más si lo que tenía delante era la versión oficial.

—¡Venga ya, Jeff! ¡No seas cabezota! ¿Acaso no me crees?

—Si te soy sincero, no creo que la muerte de Daniela sea obra de la Resistencia.

—¿Por qué?

—Porque los asesinos entraron en su casa y la registraron.

—¿Y cómo sabes que los que entraron en su casa y los que la mataron son los mismos?

—Porque la puerta de Daniela no estaba forzada. Los asesinos le quitaron las llaves y entraron en su casa.

—¿Y tú cómo lo sabes?

—En la comisaría de policía pude ver el contenido del bolso. Faltaban las llaves. Los asesinos buscaban algo que Daniela tenía en su poder. Por eso la torturaron, y por eso registraron su casa. No tengo la menor duda. Eso sí, ni sé lo que buscaban ni sé si lo encontraron.

Abetz permaneció unos segundos callado.

—Ahora mismo mando a Müller a tu casa para que te lleve a ver las confesiones de los culpables —dijo, al fin—. Espero que después de leerlas te quedes más tranquilo.

Veinte minutos más tarde, Müller aparecía en la rue Bonaparte a bordo de un coche de la embajada conducido por un soldado.

—¿Adónde vamos? —preguntó Jeff.

—A Mont Valérien —respondió Müller.

El periodista solo conocía de oídas ese lugar. Sabía que

se encontraba a las afueras de París, pero nunca lo había visitado.

El vehículo se puso en movimiento. Cruzó la ciudad, bordeó el Bois de Boulogne y tomó el camino de Suresnes. Media hora más tarde se internaba en un tupido bosque a través de un camino mal asfaltado. Unos kilómetros más adelante se divisó, en lo alto de una colina, una antigua fortaleza militar. El fuerte de Mont Valérien. Uno de los presidios más lúgubres de París.

Müller se identificó en el control de entrada ante un receloso centinela alemán. Tras comprobar la documentación, abrió la barrera. El vehículo avanzó por un camino de gravilla, fuertemente vigilado, hasta llegar al edificio en donde se ubicaban las oficinas. Un soldado los acompañó hasta el despacho del jefe de la prisión. No tuvieron que esperar, fueron recibidos de inmediato.

Al entrar en la sala se encontraron con un anciano coronel de pelo de algodón y nariz de borrachín. En esos momentos, contemplaba embobado un enorme acuario de peces de colores mientras esparcía comida con una cucharilla de plata. Cuando leyó las credenciales de Müller, por poco sufrió una lipotimia. El embajador alemán mandaba mucho en el París de la ocupación.

—Necesito las confesiones de los asesinos de la señorita Daniela de Beaumont —reclamó Müller con una autoridad impropia de un capitán frente a un coronel; el paraguas de Abetz le amparaba.

—¿Ha ocurrido algo? —preguntó el coronel con voz temblorosa—. ¿Hay que suspender el fusilamiento?

—¿Fusilamiento? —repitió Jeff dirigiéndose a Müller; no tenía la menor idea.

—¿No te lo ha dicho el embajador? Los criminales han sido condenados a muerte.

—Pero ¿ya se ha celebrado el juicio?

Müller no contestó. No era la primera vez que el Reich fusilaba a sospechosos sin previo juicio.

El coronel pulsó un timbre y un asistente se presentó

con las confesiones manuscritas. El periodista las leyó con detenimiento y, tras compararlas, exclamó en tono irónico:

—¡Vaya! ¡Qué casualidad! Todas están redactadas exactamente igual. Hasta tienen las mismas faltas de ortografía. Como si las hubieran copiado de un modelo.

Müller no comentó nada. Incluso se le notaba avergonzado.

—Así que Daniela fue torturada y asesinada por tres personas —concluyó Jeff mientras devolvía las confesiones.

—En realidad, cuatro. Tres hombres y una mujer —interrumpió el jefe de la prisión; pretendía dar una imagen de eficacia que no se correspondía con la realidad—. Los hombres serán fusilados dentro de unos minutos.

—¿Y qué pasa con la mujer? —preguntó Jeff.

—Desde la muerte de Mata Hari, las leyes francesas no permiten fusilar mujeres dentro de su territorio. Será decapitada mañana al amanecer.

—¡Qué barbaridad! —Jeff no se pudo controlar.

Un oficial entró en el despacho para reclamar la presencia del coronel. El fusilamiento iba a comenzar.

—¿Quieren presenciarlo? —preguntó el coronel mientras se abotonaba el abrigo.

—Por supuesto —contestó Müller sin consultar a Jeff.

El periodista no tenía ningún interés en asistir a un espectáculo tan macabro, pero no pudo negarse. Cada día que pasaba, los nazis le desilusionaban un poco más. Había aceptado la ocupación con deportividad, incluso con buen humor. No era su guerra. A él solo le interesaba seguir disfrutando de París. Durante los primeros años de presencia alemana, su vida no sufrió grandes cambios. Al contrario, había hecho grandes amigos entre los oficiales alemanes y acudía con frecuencia a sus fiestas. Pero los últimos acontecimientos le habían desengañado por completo. Donde antes existía simpatía y complicidad, ahora empezaba a florecer la desconfianza y el descontento. Empezaba a estar harto de su arrogancia y de su crueldad. No les perdonaba los asesinatos de la niña judía y de Guillermina.

El director de la prisión los llevó en su automóvil hasta el campo de tiro, una amplia explanada que terminaba en un pronunciado terraplén contra el cual se disparaba. Justo delante de la elevación se habían colocado tres postes de madera. Un pelotón de fusileros de las SS esperaba la aparición de los reos.

Poco después llegaron los condenados. Su aspecto era desolador. Ojos hinchados, labios partidos, ropas ensangrentadas.

—¡Estos hombres han sido torturados! —objetó Jeff.

—Por supuesto que no —respondió Müller sin mirarle a la cara.

—¿Cómo que no? ¡Estos tipos han confesado bajo tortura!

—¡No digas tonterías, Jeff!

El periodista le agarró del brazo y le giró para que le mirara a los ojos.

—¡Vais a fusilar a unos inocentes! —le espetó a un palmo de sus narices.

El alemán se liberó de las manos de Jeff con gesto airado.

—Escúchame bien, Jeff —le dijo, apuntándole con un dedo amenazador—. No te tolero que pongas en duda la justicia militar de mi país. ¿Entendido? Esos hombres pertenecen a la Resistencia, y han confesado que mataron a Daniela de Beaumont. Si es cierto o no, me da lo mismo. Son terroristas y merecen morir.

Los reos fueron atados a los postes y un oficial les tapó los ojos con una venda negra.

—Por favor, señor, que no me disparen a la cara —suplicó el reo más joven al oficial—. No quiero que mis padres me vean desfigurado.

El oficial regresó junto al pelotón y les dijo a sus hombres el último deseo del condenado.

Una ráfaga de viento frío barrió la amplia explanada. La hojarasca se removió inquieta alrededor de las botas de la tropa. Nubes oscuras, cargadas de lluvia, amenazaban la fortificación. En cualquier momento se podía desatar un diluvio sobre el presidio.

Uno de los reos rezaba en voz alta. El otro lanzaba juramentos contra los *boches*. Y el más joven gimoteaba como un niño. El oficial gritó las órdenes oportunas. Los soldados alzaron los fusiles, montaron las armas y apuntaron a los reos.

—¡Fuego!

Una fuerte descarga resquebrajó el silencio de la mañana. Durante unos instantes los reos se convulsionaron como si sufrieran descargas eléctricas. Luego, sus cuerpos se derrumbaron a lo largo de los maderos. Quedaron de rodillas o sentados en el suelo, atados aún a los postes.

El oficial desenfundó su pistola y, uno tras otro, les disparó el tiro de gracia. Menos al más joven. No hacía falta. Su cabeza había volado por completo. Encima de su cuello solo se apreciaba un amasijo sanguinolento de carne y huesos. Los SS no habían querido cumplir el último deseo del reo.

El médico examinó los cuerpos y comprobó que no respiraban. Unos prisioneros franceses se ocuparon de retirar los cadáveres. Los metieron en unas toscas cajas de madera y se los llevaron a las cuadras en un viejo carro tirado por una mula.

Jeff y Müller regresaron a París en el coche de la embajada. Durante todo el trayecto no se dirigieron la palabra.

51

Jeff llegó a Madrid unos días antes de Nochebuena. Unas Navidades tristes y austeras, de días sin sol y noches sin luna. España no estaba en guerra, pero como si lo estuviera. Acababa de salir de una terrible contienda civil que había dejado al país devastado. Y ahora sufría las consecuencias de la conflagración mundial, lo que impedía su recuperación. Era la España del frío y las cartillas de racionamiento, del piojo verde y la Mariquita Pérez, del Fiat Balilla y las chicas Topolino, del estraperlo y el Auxilio Social.

Como en sus visitas anteriores, se hospedó en el hotel Rialto, en la plaza del Callao. El primer día lo dedicó a sus amigos y a los cabarets de la Gran Vía. A pesar de la pobreza, Madrid le parecía un paraíso, sin alarmas aéreas, sin toque de queda y sin el mayor Wolf.

A la mañana siguiente se despertó en una cama ajena. No recordaba cómo había llegado hasta allí. Desde luego, debía de estar muy borracho, porque su compañera de colchón no era en absoluto su tipo. Agradeció a la buena samaritana su hospitalidad y regresó al hotel. Se dio una buena ducha, comió algo y volvió a la calle. Quería ver al director de su periódico.

Cuando Agustín Peñalver le vio aparecer por su despacho, montó en cólera. Se puso en pie de un salto y enarboló un periódico sobre su cabeza como si fuera una maza.

—Pero ¿qué coño haces tú aquí? —le espetó como un toro a punto de embestir—. ¡Llevamos dos días tratando de localizarte en París!

—Yo también me alegro de verte.

—¿Qué cojones pintas tú en Madrid? —bramó fuera de sí.

—Tenía que resolver unos papeles.

—¡Ni papeles ni leches! ¿Sabes que hace dos días los aviones aliados bombardearon París?

—¿Y eso es noticia? Casi todos los días lo hacen.

—¡Pero esta vez las bombas no han caído en los suburbios! ¡Todos los periódicos lo recogen! ¡Menos el nuestro, claro! Una noticia de primera y el señorito de picos pardos por Madrid. ¡Manda huevos! ¡O vuelves a París ya mismo o te largas del periódico!

—Adoro tu espíritu navideño.

Con una sonrisilla en los labios, Jeff abrió la puerta y abandonó el despacho. Atravesó la sala de redacción. Sus compañeros le seguían atónitos con la mirada. No se habían perdido los gritos y las amenazas del director. Y las respuestas de Jeff cargadas de ironía. Urquiza, debido a su prestigio profesional y a su privilegiada situación económica, era el único periodista de toda la plantilla que tenía el valor suficiente para enfrentarse al venado de Agustín Peñalver. Los demás le temían más que a un hipopótamo en ayunas.

—¡Urquiza! ¿Adónde vas? ¡Vuelve! —gritó el director desde su despacho.

Jeff se hizo el sordo. Empezó a bajar las escaleras con aire despreocupado.

—¡¿Quieres hacer el puñetero favor de volver?!

El director empezó a correr tras él. Resoplaba como una máquina de vapor averiada. Su barriga se balanceaba flácida por encima del cinturón. Y el rostro había adquirido un peligroso tono violáceo. Por fin le dio alcance en el portal.

—¿Se puede saber qué mosca te ha picado? —le preguntó conciliador mientras se secaba el sudor con un pañuelo.

—Acabas de despedirme, ¿no?

—¡No digas tonterías, hombre! ¿Quién ha dicho eso? ¡Tienes menos sentido de humor...! Venga, venga, vamos a tomar una copa.

El director le fue a coger del brazo, pero Jeff lo evitó.

—Lo siento, jefe, pero tengo prisa.

—Bueno... Aquí no ha pasado nada, ¿eh? Tómate los días que quieras, ¿de acuerdo? Ya sabes que el periódico, y sobre todo yo, te apreciamos mucho.

—Ya.

La voz de Peñalver era tan dulce y cariñosa como la de una sumisa geisha japonesa. Jeff estuvo a punto de tomarle el pelo, pero al final desistió. No quería tocarle las narices más de lo necesario. Bastante había tenido ya.

Al salir del periódico, tomó un taxi y se dirigió al Ritz. Un portero uniformado, con chistera y capa negra, le saludó en la entrada del hotel. Cruzó el elegante vestíbulo, con sus lámparas de cristal y sus columnas de mármol. A esas horas abundaban personajes de lo más variopinto. En el Ritz no solo se hospedaban aristócratas españoles o refugiados europeos en espera de un visado para trasladarse a Portugal. También se había convertido en la residencia habitual de los diplomáticos extranjeros acreditados en España. Y resultaba chocante ver a ingleses y alemanes, japoneses y norteamericanos, italianos y canadienses, compartir salones y jardines en tensa armonía, mientras sus países libraban terribles batallas al otro lado de las fronteras.

Se acercó al conserje, un hombre de pelo blanco y gafas de concha, confidente habitual de su periódico. Le preguntó por Gabrielle Chantal. El empleado consultó el libro de registros.

—Tiene previsto llegar a España dentro de tres días.

—¿Viene sola o acompañada?

El hombre miró de nuevo el libro.

—Acompañada.

—¿Por quién? ¿Cómo se llama?

—La señora Lombardi. Vera Lombardi.

Jeff no tenía la más remota idea de quién podía ser. Parecía un nombre italiano. Decidió investigar. Por suerte, conocía al agregado de Prensa de la embajada italiana en Madrid. Le llamó por teléfono y se citaron para esa misma noche en el café Roma de la calle de Serrano.

A la hora acordada, Jeff entró en el local. Su amigo le esperaba en una apartada y discreta mesa, bajo una tenue luz.

—¿Cómo te van las cosas, Fabio?

—He tenido épocas mejores. La embajada se ha convertido en una jaula de locos, o, mejor dicho, en un nido de buitres. La mitad sigue apoyando a Mussolini y la otra mitad se ha pasado a Badoglio. Nos llevamos a tiros. Cualquier día aparecemos todos muertos.

Desde julio de aquel año, en Italia se libraba una auténtica guerra civil entre los fascistas de Mussolini y los partidarios de Badoglio.

—¿Y cómo ha podido ocurrir todo eso?

—Hace unos meses se reunió el Gran Consejo Fascista, presidido por Mussolini, para analizar la situación militar tras la invasión de Sicilia por los aliados. Una vez iniciada la sesión, Grandi, uno de los consejeros, presentó una moción para que el rey recuperase el mando militar, lo que implicaba, en la práctica, la destitución de Mussolini. Todos los asistentes pensaron que Mussolini montaría en cólera y arrestaría al insubordinado. Pero no fue así. Para sorpresa de todos, el Duce no hizo nada y permitió que se votara la propuesta. Estaba convencido de que sería rechazada. Pero, ¡sorpresa! El tiro le salió por la culata. Se discutió durante diez horas, y a eso de las tres de la madrugada la moción fue aprobada por abrumadora mayoría. Diecinueve votos a favor, ocho en contra y una abstención. Fue un auténtico golpe de Estado contra Mussolini, protagonizado precisamente por los líderes fascistas más importantes. Aquel día, el fascismo se hizo el harakiri.

—Según he leído en la prensa, hasta el conde Galeazzo Ciano votó en contra.

—Eso fue lo que más le dolió a Mussolini. Creía que su

propio yerno, al que siempre había mimado y distinguido con todo tipo de honores, le defendería hasta la muerte. En cambio, Ciano lo apuñaló por la espalda sin ningún miramiento.

—La historia se repite, amigo. Como Julio César y Bruto.

—Después de la reunión del Gran Consejo Fascista, Mussolini se fue a ver al rey, y trató de restar importancia a lo ocurrido en el Gran Consejo. Quería seguir en el poder. Pero el rey le exigió que presentara la dimisión. Al final, Mussolini, al verse solo, se hundió y dimitió. Nada más firmar su renuncia, el rey lo mandó arrestar.

—¿El rey? ¿El propio rey? ¡Qué desagradecido! Después de todo lo que había hecho Mussolini por él...

—Pues sí, Jeff. Mussolini, a pesar de ser republicano, mantuvo la Monarquía cuando subió al poder. Y mira cómo se lo ha pagado.

—Sigue, Fabio, por favor.

—Como te decía, el rey mandó arrestar a Mussolini y en su lugar nombró presidente del Gobierno al mariscal Badoglio. Cuando la radio difundió la noticia, la gente se lanzó a la calle para insultar a Mussolini y vitorear al rey.

—Seguro que horas antes levantaban el brazo y cantaban el «Giovinezza» a grito pelado. La gente suele ser así de variable.

—Aquello fue una orgía de sangre y destrucción. Se derribaron estatuas y monumentos que olían a fascismo, y muchos camisas negras fueron linchados en plena calle. Nadie se libró. Hasta los dirigentes fascistas que habían destituido a Mussolini, lejos de convertirse en héroes y recibir el agradecimiento del pueblo, tuvieron que esconderse o huir al extranjero.

El agregado de Prensa dio unos pequeños sorbos de café antes de continuar.

—El arresto de Mussolini no duró mucho. Al mes y medio fue liberado de su encierro por un comando alemán. Entonces Mussolini recuperó el poder y proclamó la República Social. Eso sí, no volvió a Roma, porque la veía insegura, y se instaló en Saló. Mientras tanto, el rey y su nuevo Gobierno huían de Roma y se pasaban a la zona ocupada por los americanos. Allí Badoglio firmó la rendición incondicional y, acto seguido, declaró la guerra a Alemania. La confusión no pudo ser mayor. En el norte estaba Mussolini y sus camisas negras, partidarios de seguir la lucha junto a los alemanes; en el sur se encontraba Badoglio y el rey Víctor Manuel, partidarios de los aliados. Y en medio de ambos, el desgraciado pueblo italiano recibiendo bofetadas de todos los lados.

—¡Vaya follón!

—La gente no sabía qué hacer, así que cada uno ha tirado hacia un bando. En plena guerra mundial, ha estallado una guerra civil dentro de la propia Italia. ¡Lo que nos faltaba!

Jeff conocía la mayoría de los hechos por la prensa, pero otros no. Y como periodista le interesaba conocer los trágicos sucesos de primera mano. El agregado de Prensa continuó:

—Mussolini no se ha olvidado de los dirigentes fascistas que votaron en su contra en el Consejo. Los persigue con saña por todo el país para juzgarlos por traidores. Hasta ahora ya ha conseguido detener a seis de los diecinueve. Entre ellos se encuentra su yerno Ciano, precisamente al que más odia.

—¿No consiguió escapar? Durante muchos años fue ministro de Asuntos Exteriores. Seguro que tiene muy buenos contactos en el extranjero.

—Cuando Mussolini fue destituido y arrestado, y el pueblo se lanzó a la calle a la caza del fascista, Galeazzo Ciano pidió ayuda a los alemanes. Quería abandonar Italia junto a su mujer y sus hijos. Los alemanes, aunque consideraban a Ciano un traidor, accedieron a la petición, no por él, sino por Edda, la hija de Mussolini, por la que Hitler siente un cariño muy especial. Metieron a toda la familia en un avión y despegaron con destino a España. A mitad de vuelo, el aparato cambió de rumbo y fue derechito a Alemania. Ciano, que es un experto piloto, se dio cuenta. Se levantó y empezó a gritar. A pesar de sus protestas, no consiguió nada. El avión aterrizó en Múnich, y se llevaron al conde a una apartada mansión, bajo arresto domiciliario.

—¡La leche!

—Cuando Mussolini fue liberado de su encierro en el Gran Sasso y recuperó el poder, los alemanes le entregaron a Ciano como si fuera un trofeo de caza. El Duce no se lo pensó dos veces: encerró a su yerno en una cárcel de Verona, junto a los otros fascistas traidores. Y allí siguen presos en espera de ser juzgados.

—¡Uf! ¡Todo esto parece una tragedia griega!

—Según mis noticias, Edda, la hija de Mussolini, está desesperada. Todos los días va a ver a su padre y le suplica que suelte a su marido. Incluso ha amenazado con suicidarse junto a sus hijos si no lo libera. Mussolini, a pesar de que Edda es la niña de sus ojos, su hija favorita, se mantiene impasible y no accede a sus ruegos. Teme que, si lo hace, los alemanes se rían de él y le consideren un calzonazos.

—Entonces, ¿qué pasará?

—Ni idea, amigo. Los ánimos están muy caldeados y el conde Ciano lo tiene negro, muy negro. Hace poco se celebró en Verona el Congreso del Partido Fascista. ¿Y sabes qué ocurrió? Pues que el tema más debatido fue, precisamente, cómo matar al conde. Hubo propuestas para todos los gustos. Algunos hablaban de fusilarlo, otros de descuartizarlo... incluso una mala bestia propuso torturarlo hasta la muerte. En fin, unos salvajes.

—Y yo que pensaba que Ciano era un hombre que caía simpático al pueblo...

—Eso era antes. Ahora todo el mundo le odia. Los alemanes, porque piensan que nunca fue un amigo leal. Los fascistas, porque lo consideran un traidor. Y el resto del pueblo italiano, por ser yerno de Mussolini.

—Y todo este follón, ¿cómo te afecta a ti?

—Como te he dicho antes, la división del país en dos bandos enfrentados, el de Mussolini y el de Badoglio, ha provocado una crisis terrible en la embajada. Después de varias semanas de incertidumbre, el embajador ha optado por Badoglio. En cambio, el cónsul de Málaga se ha pronunciado a favor de Mussolini, y quiere asumir el cargo de embajador.

—¿Y qué ha pasado al final?

—Pues que Franco ha jugado con su astucia habitual. Hitler y Mussolini le están presionando para que reconozca la nueva República Social Italiana. El gallego, lejos de hacerlo, y ante el asombro de todos, ha encargado un informe sobre el tema a unos catedráticos de Derecho Internacional de la Universidad Central. Unos vejestorios lentos y aburridos que han tardado varias semanas en terminar su trabajito. Yo creo que por eso los ha nombrado, para eternizar el problema.

—¿Y qué dice ese informe? —preguntó Jeff, picado por la curiosidad.

—El rey es el único que tiene la representación del Estado italiano. Por tanto solo los representantes diplomáticos nombrados por el rey pueden actuar ante el Gobierno español.

—Entonces, ¿Franco no reconoce a la república fascista de Mussolini?

—No.

—¡Coño! ¿Y cómo se lo han tomado Hitler y Mussolini?

—Como te puedes imaginar, les ha sentado como un tiro. Consideran a Franco un desagradecido y un traidor. Pero eso a Franco le ha dado igual. En estos momentos quiere congraciarse a toda costa con los aliados, a los que ya ve como vencedores de la guerra, y no quiere saber nada de sus viejos amigos.

Fabio chasqueó los dedos y el camarero apareció con otros dos cafés. Llevaban más de una hora de charla y Jeff todavía no había mencionado el tema que le había llevado hasta allí. Sin más pérdida de tiempo, decidió abordarlo.

—Fabio, te he llamado porque necesito información sobre una mujer. Por su apellido creo que es italiana. Se llama Vera Lombardi. ¿La conoces?

—¿La Lombardi? Pues claro, hombre. ¿Cómo no voy a conocer a una de las mujeres más bellas de Roma?

—Cuéntame todo lo que sepas de ella.

—Su familia pertenece a la alta aristocracia británica, emparentada con la propia familia real. Se ha casado dos veces: la primera, con un militar norteamericano, del que se separó años después; la segunda, con el príncipe Lombardi, un militar muy rico, miembro destacado del Partido Fascista y amigo personal de Mussolini. Al contraer matrimonio, adoptó la nacionalidad y el apellido de su marido.

—¿Sabes qué relación puede haber entre esta mujer y Gabrielle Chantal?

—Son amigas íntimas desde hace muchos años. De hecho, Vera le presentó al duque de Westminster, su amante más rico y famoso.

—¿Dónde vive ahora?

—¿La Lombardi? En Roma. Pero hace poco me llegó un rumor muy extraño. Dicen que la tienen encerrada en la prisión de mujeres.

—¿Por qué motivo?

—La policía fascista cree que es una espía de los ingleses.

52

Jeff acudió en Nochebuena a la casa del abogado de su familia. Pero no aguantó mucho tiempo. No soportaba a sus anfitriones, empeñados, como muchos españoles, en recordar historias tristes en una noche tan especial. La nostalgia no iba con Jeff. En la radio sonaban villancicos, pasajes religiosos y recordatorios de la Misa del Gallo.

Al terminar la cena, bebió un par de copas de champán, tratando de guardar el protocolo, y se marchó. No encontró un taxi libre, y tuvo que volver a pie al hotel. No se veía ni un alma por la calle. Tan solo se cruzó con dos perros vagabundos que husmeaban en un cubo de basura. Ni un peatón, ni un coche, ni un tranvía. La ciudad emanaba tranquilidad y sosiego.

Nada más entrar en su habitación, colgó el esmoquin en el armario y se puso ropa cómoda. Acto seguido, y al igual que todos los años en Nochebuena, se sentó frente a la Hispano-Olivetti que le había dejado un amigo y no paró de escribir hasta el amanecer. Por una extraña razón que no llegaba a comprender, le encantaba trabajar en Nochebuena. Tranquilo, sin prisas, sin que nadie le molestara.

Escribió. Y escribió mucho. Del París de las esvásticas, de los desfiles por los Campos Elíseos, de los cines para la tropa, de las oficinas de reclutamiento para trabajar en Alemania, de los banderines de enganche para combatir al bolchevismo, de la detención de judíos, del expolio de sus bienes, de los cabarets, de los prostíbulos, del estraperlo, de las cartillas de racionamiento. Del París que exhibía enormes letras «V» de «Victoria» en las fachadas de sus monumentos más emblemáticos, como la Torre Eiffel o la Cámara de los Diputados, con el lema «*Deutschland Siegt auf Allen Fronten*», «Alemania vence en todos los frentes». En fin, del día a día en el París alemán. De aquel largo invierno en el París de la ocupación.

Jeff aporreó sin tregua las teclas de la máquina de escribir durante toda la noche. Al despuntar el día, salió a la calle y se acercó a San Ginés a tomar chocolate con churros. A esas horas tan tempranas, los pocos parroquianos no podían ser más deprimentes. Hombres apagados, de piel cetrina, con ojeras de deambular toda la noche sin rumbo. Transmitían soledad y tristeza. No habló con nadie. Al terminar, pagó al camarero y regresó al hotel. Antes de meterse en la cama, repasó lo que había escrito durante la noche. Y sin la menor vacilación, lo lanzó a la papelera. No le gustaba.

Al día siguiente recibió una llamada del conserje del Ritz: Gabrielle Chantal acababa de llegar al hotel. Sin pérdida de tiempo, puso en marcha su plan. No sabía qué pintaba su amiga en Madrid y necesitaba averiguarlo. La excusa de la apertura de una nueva tienda no le convencía en absoluto. Sus sospechas sobre la autoría de la carta seguían en pie.

En los dos días siguientes, llamó varias veces por teléfono a Gabrielle. Trataba de concertar una cita, pero la modista siempre le esquivaba con excusas peregrinas. Aquello no hizo sino aumentar las sospechas de Jeff. Decidió seguirla sin ser visto.

El comportamiento de la diseñadora en Madrid era de lo más inocente. Por las mañanas se dedicaba a recorrer los barrios más selectos en busca del dichoso local. O, al menos, eso era lo que aparentaba. A la hora del almuerzo, acudía a algún restaurante de lujo. Por la tarde continuaba con sus pesquisas hasta el anochecer. Luego regresaba al Ritz y cenaba en el comedor del hotel. Siempre con Vera, las dos solas, sin nadie más.

Una tarde Jeff volvió a telefonear a Gabrielle y le propuso cenar juntos en el restaurante Lhardy, junto a la Puerta del Sol. La diseñadora de nuevo se excusó.

—Lo siento, Jeff, pero estoy muy cansada. Hoy me he pateado un barrio entero en busca del local. Creo que lo llaman «el barrio del Marqués de Salamanca» o algo parecido. Bajaré al comedor del hotel y me iré pronto a la cama.

—Perfecto. No te preocupes. Me acerco al Ritz y cenamos allí.

Gabrielle fue a echar mano de otra excusa, pero no encontró ninguna convincente. Antes de salir de París, la modista le había comentado a Spatz el empeño de su amigo Jeff Urquiza en verse en Madrid. Al alemán no le había gustado la idea, y le aconsejó que tratara de evitarlo por todos los medios. No obstante, el abuso de evasivas podía ser contraproducente.

Al final, Gabrielle aceptó. No le quedaba más remedio. Cualquier nuevo aplazamiento hubiese levantado las sospechas del periodista. Además, Jeff le caía francamente bien y tampoco quería darle más desplantes. Si seguía así, podía perder, o al menos enfriar, una amistad que le agradaba. Eso sí, sería cauta y mediría muy bien sus palabras. No quería meter la pata.

Ataviado con su mejor esmoquin, comprado antes de la guerra en la sastrería más famosa de Londres, Jeff se acercó en taxi al hotel. Al cruzar la puerta giratoria, una fuerte ola de calor le sacudió en la cara. A diferencia del resto de los madrileños, la distinguida clientela del Ritz no sufría restricciones, y la calefacción y las chimeneas funcionaban a pleno rendimiento.

Un *maître* le condujo hasta la mesa reservada a Gabrielle Chantal. Como era de prever, la diseñadora aún no había bajado de su habitación. La modista detestaba esperar, pero no le importaba hacer esperar a los demás. Jeff tomó asiento y pidió un Martini blanco con hielo.

Recorrió con la mirada las otras mesas. El ambiente resultaba de lo más petulante y banal. Abundaban los hombres repeinados y las mujeres enjoyadas que charlaban y reían como si fueran el centro del universo. Ante semejante colección de engreídos, a Jeff le empezó a sentar mal la bebida. Y pensó si alguna vez había sido tan estúpido como aquellos tipos tan fatuos y vacíos.

No tardó en aparecer Gabrielle, tan bella y elegante como siempre. Irradiaba carisma y personalidad. Lucía un vestido negro de tul, cuajado de bordados y pedrería, marca inconfundible de la casa. A su lado caminaba Vera Lombardi con un modelo de satén blanco. Nada más entrar en el salón, Gabrielle se convirtió en el centro de atención de todas las miradas. La gente la escrutaba a conciencia, intentando retener todos los detalles. El peinado, el vestido, las joyas, los zapatos... hasta la forma de fumar o caminar. Gabrielle Chantal era una mujer que nunca pasaba desapercibida. Hasta el pianista perdió alguna nota, que nadie echó en falta.

Jeff se levantó y se llevó la mano de Gabrielle a los labios.

—Cuánto tiempo sin verte, mi querida amiga.

—Siempre es un placer tu compañía, mi caballero español —le saludó la diseñadora con su radiante sonrisa.

Gabrielle le presentó a Vera, una mujer hermosa y con clase. No parecía inglesa. Poseía unos rasgos duros y expresivos, propios de una belleza mediterránea. Sin embargo, había algo en ella que perturbaba. Sus ojos transmitían una tristeza inconmensurable, que ella trataba inútilmente de disimular.

Tomaron asiento y pidieron la cena. Las demás mesas seguían pendientes de la diseñadora.

—¿Has visto esa gente, Jeff? Te diré una cosa. Cuando yo empecé en el mundo de la moda, las clientas solo hablaban con los modistos dentro de sus talleres. En la calle, ni los saludaban, los ignoraban por completo, como si no existieran, simplemente porque los consideraban de clase inferior. Yo fui la primera en ser invitada a sus casas y a sus fiestas, algo totalmente inaudito hasta entonces.

A diferencia de sus predecesores, Chantal fue la primera modista en ser admitida por las clases altas. Incluso presumían de su amistad y le profesaban una gran admiración.

La modista no dejaba de hablar y hablar. No podía estar más de un minuto callada. Jeff trataba de seguir la conversación, pero Vera Lombardi se mostraba ausente, como si estuviera inmersa en su mundo. Chantal enseguida lo detectó.

—Bueno, Vera, di algo, que estás ahí muy calladita.

—¿Y qué quieres que diga?

—Pues, no sé... ¡Habla de cualquier cosa! —La diseñadora hizo aspavientos con las manos para realzar sus palabras—. A veces hay que sacarte las palabras con sacacorchos.

—Lo siento, Gabrielle, no sé qué me pasa.

—¡Desembucha de una vez! Nos tienes en ascuas.

Chantal, cuando quería, podía ser sublime, con una conversación ingeniosa y brillante. Pero nada impedía que segundos después se transformase en el ser más antipático y molesto del planeta.

—Al entrar en el salón he visto a una chica que se parece mucho a Bridget, y me he puesto triste. Eso es todo.

Vera solo tenía una hija, fruto de su primer matrimonio, llamada Bridget, que vivía en Nueva York con su marido. No sabía nada de ella desde que estalló la guerra entre Italia y Estados Unidos, hacía ya dos años. Por la última carta recibida, sabía que tenía problemas con su esposo. Y eso le corroía el alma, porque ella había apañado, con la ayuda del compositor Cole Porter, aquel matrimonio. Desconocía por completo que su hija ya no seguía con su marido, que había tenido un hijo y que se había fugado con un fotógrafo.

—Bueno, Vera, hablemos de otro tema. No vamos a entristecer a nuestro amigo Jeff con tus penas. —Gabrielle quiso cortar por lo sano.

Una dama pasó por delante de la mesa con un vestido espectacular.

—Sin duda, un Balenciaga —sentenció Gabrielle con ojo experto—. Es el único modisto de verdad. Los demás hombres que se dedican a la alta costura no me merecen ningún respeto.

—¿Por qué motivo? —preguntó Jeff, curioso ante la revelación de Gabrielle.

—No saben lo que es el estilo. Además, casi todos son homosexuales.

El periodista soltó una carcajada.

—No te rías, Jeff, que es verdad. A ver, dime tú, que de esto sabes un rato: ¿aguantarías estar todo el día trabajando junto a una chica joven, bella y semidesnuda sin intentar hacer nada? ¿Qué? ¿Qué me dices?

—Me temo que no. Pero, bueno, lo importante en un modisto no es su tendencia sexual, sino su trabajo, ¿no?

—¡No, ni hablar! ¿No te das cuenta? Los homosexuales odian a las mujeres, porque ellas son sus competidoras directas. Por tanto intentarán vestirlas con trajes ridículos, para que parezcan feas, y así los hombres no se fijarán en ellas.

Jeff volvió a reír. La imaginación de Gabrielle no tenía límites.

—¿No es de su agrado el lenguado? —preguntó Jeff a Vera—. ¿Quiere que el camarero le traiga otra cosa?

—Anda, hija, cambia de cara que nos estás dando la cena —le reprochó Gabrielle.

—Lo siento, lo siento mucho —respondió Vera, que estaba a punto de echarse a llorar.

—Pero ¿qué diablos te pasa ahora? —protestó la modista.

Gabrielle había crecido en la soledad de un triste orfanato. Se tuvo que hacer a sí misma, sin ayuda de nadie. Por eso no soportaba a las personas débiles, proclives al victimismo. Le parecían parásitos nocivos que solo servían para amargar la existencia de los demás.

—Lo siento, perdona mi actitud —se disculpó Vera—. No soy una buena compañía esta noche. Estoy muy preocupada por mi marido, no dejo de pensar en él. No sé dónde está ni cómo se encuentra. Ni siquiera sé si sigue vivo.

—No te preocupes por Alberto. Tu marido sabe cuidarse muy bien solo.

Vera no se quedó muy convencida.

—No solo me preocupa Berto. También pienso en mis compañeras de prisión. Estamos en Navidad, en un país neutral, disfrutando de una cena maravillosa. La gente ríe, está feliz, suenan villancicos en la radio y en las calles. En cambio, ellas estarán sufriendo en míseras celdas y...

—¡Para ya, Vera! —Gabrielle estalló como un potro desbocado—. ¡Pero si solo has estado una semana entre rejas! ¡Basta ya de tanta ñoñería! ¡Nos estás dando la noche!

La mujer bajó la vista y se disculpó de nuevo. En el fondo, no solo estaba triste, sino también dolida. Gabrielle era encantadora y generosa con sus amigos, pero a veces se convertía en un ser odioso y cruel. Desde que la había sacado de la cárcel, Gabrielle no dejaba de repetírselo. Parecía que quería dejar bien claro que estaba en deuda permanente con ella. Y la Lombardi no lo soportaba más.

Vera, aristócrata por nacimiento y por matrimonio, procedía de un antiguo linaje que se perdía en el tiempo. Gracias a ella, Gabrielle pudo codearse con la flor y nata de la alta sociedad británica, como el príncipe de Gales o el duque de Westminster. Y, por más que lo intentara, Vera no podía soportar las regañinas de una modista de origen oscuro, que se creía con derecho a ello por el simple hecho de haberla liberado de la prisión de mujeres de Roma.

Durante unos instantes, reinó un incómodo silencio en la mesa, tan solo roto por el tintineo de copas y cubiertos, y por la lejana melodía del pianista.

Gabrielle enseguida se arrepintió de su ataque de ira. Como era incapaz de pedir disculpas, empezó a gastar bromas y a contar anécdotas graciosas. Era su remedio habitual para hacerse perdonar.

—Por cierto, Jeff, ¿quién es aquella mujer? —preguntó la modista en un momento dado.

Jeff siguió la mirada de Gabrielle hasta una mesa en la que charlaban varios matrimonios. Una de las damas destacaba sobre las demás de una forma muy especial. Era alta y delgada, de ojos verdes y cabellos dorados. Se había puesto de pie, y lucía un cuerpo espectacular dentro de un impecable vestido negro. El corte era perfecto, y lo llevaba con una elegancia excepcional.

El periodista tampoco sabía quién era. Llevaba mucho tiempo fuera de Madrid. Le preguntó al camarero. Cuando recibió la respuesta, se quedó sorprendido. Aunque no la conocía físicamente, le habían llegado bastantes rumores sobre su vida privada.

—Es la marquesa de Llanzol —le dijo a Gabrielle.

—¡Me gusta! Tiene clase y *glamour*, y eso, querido, es lo más importante. Hubiese sido una excelente modelo de la Casa Chantal.

En el grupo de amigos también se encontraba Serrano Suñer. Gabrielle no le prestó especial atención. Quizá no lo conociera o tal vez trataba de disimular. Jeff tomó buena nota.

—No creo que hubiese aceptado el trabajo de modelo —contestó Jeff—. Su marido es un hombre muy rico. A ella no le hace falta trabajar.

—¡Ah, querido! Eso no es bastante —replicó Gabrielle—. El bien más preciado de una mujer es su independencia, y eso solo se consigue con el trabajo.

—En España no está bien visto que una mujer trabaje. Eso solo lo hacen las mujeres de las clases más humildes, y porque no tienen más remedio si quieren llevarse algo de pan a la boca.

—Una lástima. En fin... así son las cosas. Hay países que disfrutan sumidos en la Edad Media.

Gabrielle terminó su copa de champán y se levantó.

—Y ahora, creo que lo mejor que podemos hacer es retirarnos a descansar. Ha sido un día muy largo.

Abandonaron el comedor y se dirigieron al vestíbulo. Vera se adelantó a recoger la llave de la suite. Instantes después regresaba con un sobre en la mano. Tenía el rostro serio y contrariado.

—¿Qué te ocurre, Vera? Parece que has visto un fantasma.

—Han dejado este sobre para ti.

—¡Ah! ¿Es para mí? Como lo traes abierto, pensaba que era un asunto tuyo —le reprochó la modista con ironía.

De un zarpazo, le arrebató el sobre y empezó a leer la tarjeta que contenía en su interior. Jeff miró con disimulo por encima del hombro de la diseñadora. Solo fueron décimas de segundo, las suficientes para poder apreciar el escudo del Reino Unido y las palabras «British Embassy. Madrid». ¿Qué quería Gabrielle de la embajada inglesa?

La diseñadora terminó de leer la tarjeta y luego la guardó en el bolso. No dijo nada. Ni siquiera dio una explicación a Vera, que no dejaba de mirar con insistencia, como si esperara una respuesta.

Jeff se despidió de las dos damas y abandonó el Ritz. No había ni un taxi en la puerta. Se subió el cuello del abrigo, encendió un pitillo y empezó a caminar. Hacía mucho frío, pero no le importó. El paseo le ayudaría a pensar. Las preguntas acudían a su cabeza y no sabía darles respuesta. ¿Por qué se había fijado Gabrielle en la marquesa de Llanzol, la amante de Serrano Suñer? ¿Por qué había recibido un mensaje de la embajada británica? ¿Qué decía ese mensaje? ¿Por qué Vera se mostraba molesta después de leerlo?

Algo raro se cocía en el entorno de Chantal y Jeff no sabía qué era. Pero de una cosa sí estaba seguro: Gabrielle ocultaba algo. Y tenía que averiguarlo.

53

Gabrielle y Vera Lombardi salieron del ascensor y se dirigieron a la suite. La diseñadora no paraba de hablar, pero Vera no le hacía el menor caso. Estaba demasiado preocupada como para escuchar sandeces. Su pensamiento se centraba en la tarjeta que acababa de recoger en recepción, procedente de la embajada inglesa, y dirigida a su amiga Gabrielle Chantal:

De acuerdo con su solicitud, el excelentísimo señor embajador tendrá el placer de recibirla mañana a las seis de la tarde.

Nada más entrar en la suite, Vera se armó de valor. Quería ser firme y tajante, aunque sin llegar a ser desagradable. Aún debía mucho a Chantal.

—Gabrielle, hay algo que deberías contarme, ¿no crees? —dijo Vera mientras cerraba la puerta con llave.

—No sé a qué te refieres, querida.

— Me gustaría hablar contigo.

—¿Y no es eso lo que hacemos todos los días?

—No, Gabrielle. Quiero hablar contigo de algo muy serio. Y ahora.

—Está bien, como quieras. Tú dirás.

Entraron en el saloncito circular, con sus tres magníficos balcones al paseo del Prado. Desde allí se podía disfrutar de unas magníficas vistas de la fuente de Neptuno y del museo del Prado. Gabrielle se sentó en el sofá y Vera en un sillón.

—Dime, Vera, ¿qué ocurre?

—Quiero que me expliques exactamente qué pintamos en España.

—¿Aún no te has enterado? ¡Pues ya va siendo hora, hija! Como te he dicho mil veces, buscamos un local para mi nueva tienda.

—No te creo, Gabrielle. A mí no me puedes engañar. Te conozco demasiado bien. Llevamos varios días en Madrid, nos hemos pateado las calles más importantes, hemos visitado docenas de locales, y no te he visto prestar el más mínimo interés en ningún momento.

—¿Cómo que no? Tengo todos los datos dentro de mi cabeza. —Se llevó el dedo índice a la sien derecha.

—¡No te esfuerces! ¡No te creo! Y ahora recibes un misterioso mensaje de la embajada británica. Al parecer, te has puesto en contacto con ellos. No sé por qué ni para qué, pero me lo has ocultado por completo. Y me lo vas a explicar ahora mismo.

La diseñadora soltó un resoplido. Sabía que aquella conversación, tarde o temprano, tendría que llegar.

—Muy bien, Vera. Tú lo has querido. Ponte cómoda. Va a ser una charla bastante larga e intensa.

Gabrielle se levantó y se acercó al mueble bar. Preparó unas bebidas y volvió a su asiento. Le entregó un vaso a Vera.

—Te vendrá bien —dijo al tiempo que se bebía medio vaso de ginebra de un trago—. ¿Qué opinas de la guerra?

—Pues, ¿qué quieres que te diga? Que es algo terrible.

—¿Y qué harías tú para evitarla?

—Cualquier cosa.

—¿Cualquier cosa? ¿Estás segura, Vera?

—Sin la menor duda.

—Bien. Sabía que no me defraudarías.

—¿A qué te refieres?

—Quiero acabar con esta locura.

—¿Que quieres qué? —preguntó Vera, incrédula; creía haber entendido mal.

—Acabar con la guerra.

Vera no pudo evitar una sonora carcajada.

—Me estás tomando el pelo, ¿verdad?

—No, Vera. Te estoy hablando muy en serio.

Dejó de sonreír y clavó su mirada en Gabrielle.

—Pero ¿tú estás bien de la cabeza? ¿Cómo vas a acabar tú con la guerra?

—Hablando con Winston.

—¿Con Winston Churchill? —Vera abrió los ojos asombrada—. ¿Así, sin más? ¿Y cómo piensas llegar hasta él?

Vera estaba perpleja. O se trataba de una de las muchas fantasías de Gabrielle, o su amiga se había vuelto loca de remate.

—Antes de continuar, y por razones obvias, te exijo discreción absoluta —dijo Gabrielle con una seriedad que no admitía réplica—. Nada de lo que te diga saldrá de aquí. Me imagino que lo entiendes.

Vera no daba crédito. Incluso miró con disimulo a los tobillos de Gabrielle. Sospechó que quizá se hubiese inyectado más morfina de lo habitual. No encontró ninguna prueba que lo confirmase.

—Te escucho, Gabrielle.

—Esta maldita guerra me tiene amargada. No puedo permanecer más tiempo de brazos cruzados. He decidido hacer algo, no soporto más la situación. La guerra está acabando con Francia, y, de paso, conmigo. París es una ciudad triste y gris. Y lo peor está por llegar. El día que los aliados desembarquen en nuestras costas y Francia se convierta en un inmenso campo de batalla, ¿sabes cuánta gente morirá?

—Me imagino que mucha.

—Miles de franceses, quizá millones, morirán por una guerra absurda. Y no solo soldados, sino también ancianos, mujeres y niños.

—¡La culpa es de Alemania! —exclamó Vera—. ¡Que no hubiese empezado esta locura!

—Bien, Vera, míralo como quieras. Ese es tu punto de vista y no te lo discuto. Pero el gran enemigo de Europa es el comunismo. Y la única nación capaz de acabar con los rusos es Alemania. Si queremos que Europa sobreviva, los aliados no deberían destruir Alemania. Sería un gran error.

—Y en toda esta historia, ¿qué se supone que puedes hacer tú?

—Desde hace mucho tiempo los alemanes quieren firmar la paz con los ingleses, pero no encuentran un interlocutor adecuado.

—¿Quién te ha dicho eso? ¿Spatz?

Vera había conocido a Spatz en el viaje en tren a España. Le pareció simpático y atractivo, pero poco sincero. Conocía muy bien a los hombres y enseguida sospechó que bajo esa fachada agradable se escondía algo misterioso.

Gabrielle dudó unos instantes antes de responder a la pregunta de su amiga. Si quería conquistar la confianza de Vera, no podía mentir. Al final asintió con la cabeza.

—Entonces, Spatz no es un simple jugador de tenis, como tú me habías dicho.

Gabrielle no dijo nada. Vera continuó:

—Y tú pretendes ser ese interlocutor válido entre las partes para firmar la paz, ¿me equivoco?

—¿Por qué, no, Vera? Soy francesa y muy famosa. Los ingleses se fiarán de mí. Conozco a mucha gente importante en el Reino Unido que estará de acuerdo conmigo. Hay que salvar Francia de la destrucción. Hay que salvar Europa del comunismo. Y la única forma de conseguirlo, querida, es lograr que Inglaterra y Alemania se pongan de acuerdo y firmen la paz.

Vera miraba atónita a su amiga, sin saber qué hacer o decir. No se esperaba una sorpresa de ese calibre.

—No lo veo tan fácil y sencillo como tú —objetó Vera tras una breve reflexión.

—Lo es, Vera, lo es. ¡Créeme! Está todo estudiado.

—¿Y qué pinto yo en todo esto? ¿Por qué me has hecho

acompañarte? Para esta misión, para *tu* misión, yo no te hago falta.

—Te equivocas, Vera. Tú representas una pieza esencial.

—¿Cómo?

—Tú eres inglesa, perteneces a la alta sociedad, conoces a la familia real, tienes amigos muy poderosos... En fin, tú puedes mover muchas conciencias allá donde yo no llegue.

—¿Qué me estás insinuando?

—Que me acompañarás a ver a Churchill.

Vera se quedó boquiabierta. Nunca le habían propuesto un disparate mayor.

—¡Esto es de locos! ¿Tú sabes lo que dices, Gabrielle? ¿Cómo vamos a viajar hasta Inglaterra en plena guerra para proponer una locura semejante?

—Quizá no haga falta hacer el viaje, querida. Al parecer, Churchill se encuentra estos días en Madrid.

—¿Y cómo sabes eso? No lo he visto publicado en ningún sitio. ¿De dónde sacas esa información? ¿También de Spatz?

Gabrielle no respondió.

—Y, dime, ¿qué ocurre si Churchill no está en Madrid? —objetó Vera.

—No pasa nada, querida. Viajamos a Londres. Y una vez allí tú tendrás un papel primordial moviendo tus contactos.

Vera estaba cada vez más estupefacta. Hacía años que conocía a su amiga, y pensaba que ya nada de lo que viniera de ella le podría sorprender. Se equivocó por completo. En lo bueno y en lo malo, Gabrielle era única.

—Para acabar una guerra hace falta que las dos partes estén de acuerdo. —Vera siguió con sus objeciones—. ¿Saben los alemanes tus planes?

Vera se imaginaba la respuesta, pero quería que Gabrielle se lo confesara de viva voz. La contestación de la modista no se hizo esperar:

—Pues claro que sí. ¡Pareces tonta! ¿Tú te crees que yo me hubiese embarcado en esta aventura sin contar con ellos?

54

—¡Vamos, rápido, Manolín, que no llegamos! —Maruchi apremió a su conductor, dándole unos golpecitos en el hombro con el paraguas.

—Excelencia, hago lo que puedo —contestó angustiado el soldado.

El pobre chaval conducía de forma temeraria por la peligrosa carretera de El Pardo. Había nevado y el camino estaba sembrado de placas de hielo. Si seguía a esa endiablada velocidad, en cualquier momento podía perder el control del automóvil y empotrarse contra una casamata o alguno de los árboles que jalonaban el camino.

—¡Como llegue tarde por tu culpa le voy a decir a mi marido que te mande al cuartel! ¡Allí seguro que te espabilan!

—Excelencia, la carretera está muy mal.

—¡No quiero excusas! ¡Y acelera! ¡O mando que te corten el pelo al cero!

Estaba harto de aquella bruja. Cada día que pasaba a su lado le entraban más ganas de asesinarla. Le trataba como al más miserable de los lacayos.

Aquel día, nada más levantarse, le mandó a la tienda a comprar pan y churros. Luego tuvo que preparar el desayuno para toda la familia. Los señores, los hijos, los nietos y los dos pastores alemanes. Más tarde se dedicó a limpiar la plata de la casa. Vitrinas y vitrinas repletas de piezas de todo tipo. Jamás había visto tantos kilos de plata juntos.

Cada cuarto de hora la señora se asomaba por encima de su hombro y le echaba unas broncas de espanto. Durante horas no paró de frotar hasta que todo quedó tan limpio como una patena.

No terminó ahí la cosa. Después de acabar con la plata, y con los dedos aún doloridos y las uñas ensangrentadas, le encargaron barrer y fregar la vivienda con agua helada.

«Manolín, no ha venido hoy Gertrudis. Así que, ya sabes; tienes que ayudar a limpiar la casa.»

Fue la única explicación que recibió.

«A sus órdenes, Excelencia.»

Fue la única contestación que pudo dar.

Armado con un paño viejo y un cubo de latón, se dispuso a fregar de rodillas la casa. Cuatrocientos metros cuadrados de pabellón oficial. Y con agua tan helada que se le agarrotaban los dedos alrededor del paño.

Cuando acabó, y ya soñaba con sentarse a la mesa y disfrutar de un buen almuerzo, su señora fue de nuevo a por él.

«Manolín, la leñera está muy sucia. Coge una escoba y ponte a barrer.»

«A la orden, Excelencia.»

De buena gana le hubiese metido la escoba por la nariz. Apretó los dientes y se contuvo. No podía hacer otra cosa.

Terminó reventado. La leñera tenía pinta de no haberse limpiado desde Carlos II el Hechizado. Cuando por fin se sentó a la mesa y se disponía a atarse la servilleta al cuello, apareció de nuevo su señora por la cocina.

«Manolín, me imagino que se te habrá ocurrido lavar el coche, ¿no?»

Más que una pregunta, parecía una acusación.

«Lo lavé ayer, Excelencia.»

«¿Y no lo piensas lavar hoy? ¿Me vas a llevar al palacio de El Pardo en un coche sucio? ¡Venga, deja de hacerte el remolón! ¡Ale, ale, a limpiar el coche!»

Manolín se levantó y, arrastrando los pies, salió al patio. Ya no podía más. Limpió el coche con agua y jabón, por dentro y por fuera. Hasta frotó las llantas con un cepillo de dientes. Quedó resplandeciente, como si acabara de salir de la fábrica.

Cuando terminó de lavar el vehículo, estaba tan cansado que ni le apetecía almorzar. Tampoco le hubiese dado tiempo. Enseguida la señora le dijo que partían hacia El Pardo.

Se puso el uniforme, que él mismo se tuvo que planchar, y con una paciencia infinita recogió a la señora y luego a su amiga Cuca. Y ahora se dirigía a El Pardo con los ojos medio entornados, abatido por el cansancio.

—Manolín, o te das más prisa o le digo al capitán general que te devuelva al cuartel y te ponga a conducir un carro de mulas —le amenazó su señora, que siempre que hablaba de su marido hacía mención al cargo. Impresionaba más.

De buena gana hubiese acelerado. Pero para chocar contra un árbol.

Llegaron al palacio incluso diez minutos antes de lo previsto. Como era de esperar, doña Maruchi de Garcerán ni se lo agradeció.

La Señora recibió a sus amigas, como de costumbre, en la Sala de Tapices, perfumada previamente por una doncella para la ocasión. Nada más tomar asiento, la cotorra de Maruchi, al igual que una ametralladora desbocada, soltó de golpe todo lo que sabía, y añadió, de paso, invenciones de su propia cosecha. Doña Carmen se puso lívida y a punto estuvo de perder la compostura si no hubiese sido por el severo dominio que ejercía sobre su persona. Con la taza de té aún en el aire, miró a su amiga Maruchi con sus grandes ojos negros.

—¿Estás segura, Maruchi?

—¡Te lo juro, Carmina! Te lo puede confirmar Cuca, que también lo vio.

Maruchi le acababa de confesar a la mujer de Franco que había visto en el Ritz a su cuñado, Ramón Serrano Suñer, en compañía de la marquesa de Llanzol. El escándalo no podía ser mayor.

—¡Qué vergüenza, Dios mío! —musitó la Señora—. Ya no se esconden... en el Ritz... rodeada de amigos y conocidos... exhibiendo su pecado como si tal cosa... ¡Qué horror! Si mi madre viviera... Nunca pensé que ese hombre pudiese caer tan bajo.

—Por supuesto, hemos querido venir corriendo a contártelo antes de que lo supieras por otras fuentes.

La aclaración de Maruchi era innecesaria. En realidad, no lo había hecho por el bien de Carmina, ni mucho menos. Como toda persona cotilla, se desvivía por ser la primera en dar las malas noticias. Disfrutaba viendo la primera reacción de los afectados.

—¿Sabrá Zita que Ramón se muestra en público con esa mujer? —preguntó Maruchi con fingida voz inocente; lo que le interesaba era el puro morbo.

—No lo creo. Pobre hermana... lo que tiene que sufrir. ¡Cuánto lamento que no haya dado con un hombre tan íntegro como el Caudillo!

Cuando la Señora hablaba de las virtudes de su marido, jamás le llamaba Paco, sino Caudillo o Generalísimo.

—¿Y estaba el marqués? —preguntó la Señora.

—Sí, allí estaba —contestó Cuca.

—¡Pobre hombre! Es un santo. Un militar tan noble y valiente, y ha tenido la mala suerte de caer en manos de esa mujer —apostilló Maruchi, siempre tan malvada.

Doña Carmen estaba deseando repetir a su marido todo lo que le acababan de contar. Las cosas no podían seguir así. Cada día que pasaba, Serrano daba un paso más. La vergüenza y la humillación se cernían sobre toda la familia. ¿No se había dado cuenta el insensato de Ramón que ahora formaba parte de los Franco?

En su última visita a El Pardo, hacía ya más de un mes, su hermana Zita le había confesado, rota por el llanto, que, a pesar de todo, seguía enamorada de su marido como el primer día. Carmen no lo soportó. Se enfureció con su hermana como nunca lo había hecho antes. No comprendía que pudiera estar tan ciega por un hombre que no la había respetado. La fidelidad era el bien más sagrado del matrimonio, y, una vez vulnerada, jamás se volvía a soldar. Se cruzaron palabras duras, y aquello terminó en una discusión acalorada. Desde entonces, Zita no había vuelto por El Pardo.

—¿Hablarás con tu hermana? —quiso saber la cotilla de Maruchi.

—No lo sé —respondió doña Carmen, que no pensaba conceder una exclusiva a la cotorra de su amiga—. Como hermana mayor, debería hacerlo. Cuando murió mi madre, yo tenía catorce años, y Zita tan solo siete. Desde entonces he cuidado de ella como si fuera mi propia hija. Siempre la he protegido, siempre he estado pendiente de ella. Conocí a Ramón Serrano Suñer cuando él estaba en Zaragoza de abogado del Estado. Se hizo muy amigo nuestro, y nos visitaba con frecuencia en nuestra casa de la Academia General Militar. Me pareció un hombre muy inteligente y formal, de una familia estupenda, y además guapo, muy guapo. ¡Vamos, lo que se dice un buen partido! Un día vino Zita a pasar una temporada con nosotros y se lo presenté. No tardaron en enamorarse. Fue un gran flechazo, os lo digo en serio. Se casaron, formaron una familia, empezaron a llegar los niños... Se los veía muy unidos, sobre todo después de los peligros que habían pasado juntos en la guerra. Lo que menos me esperaba era todo esto.

—Pues salió rana.

Maruchi no daba puntada sin hilo.

—Eso me temo, Maruchi, eso me temo.

Doña Carmen sabía que tarde o temprano debería tener una nueva conversación con su hermana. Le haría saber que aceptaba que siguiera con su marido, que no había otro remedio, que el matrimonio es un sacramento, y que lo que Dios ha unido no lo puede romper el hombre. Además, estaban los niños. Pero jamás debería consentir que ese sátiro desalmado le volviera a poner un dedo encima. La dignidad era la dignidad, y estaba en juego no solo la de Zita, sino la de toda la familia Franco. El Caudillo era un espejo de virtudes, el faro que guiaba los destinos de la Patria, y la Nueva España no podía verse envuelta en escándalos.

Aunque no estaba el horno para bollos, jugaron a la canasta hasta la hora del Santo Rosario. Franco no estaba. Se había ido a contemplar la caída del sol desde su finca del Canto del Pico, en la carretera de La Coruña, y aún no había regresado. Maruchi y Cuca no la dejaron sola, y la acompañaron con sus rezos en el pequeño oratorio del palacio.

Aquella noche, durante la cena, Carmen le relató a su marido la conversación que había tenido con sus amigas. Franco comía en silencio, sin abrir la boca.

—Tienes que hacer algo, Paco. ¡Ese hombre no tiene perdón! ¡Está dejando a la familia en ridículo!

—¿Y qué quieres que haga, Carmina? —respondió Franco con voz cansada.

—De momento, no recibirle en palacio. ¿Lo harás, Paco? Quiero que me lo prometas. A pesar de la conversación que mantuvimos hace unos días, me han contado que ha vuelto por aquí.

—Tenía que hacerlo, mujer, no había más remedio. Ya te comenté que se trata de un asunto muy complicado que afecta a la seguridad del Estado, y que aún no se ha resuelto.

55

Benito Mussolini apoyó la frente en el cristal de la ventana. Le dolía la cabeza como si le fuera a estallar. Desde hacía meses los problemas se le acumulaban. Y, por cada uno que resolvía, cien nuevos aparecían. Italia se deshacía entre sus dedos como una montaña de ceniza. Y no podía hacer nada para evitarlo.

No tenía que haberse implicado en la guerra. Sabía que Italia no estaba preparada, que necesitaba, al menos, cuatro o cinco años más. Pero Hitler se adelantó, inició las hostilidades sin avisarle, y se vio obligado a intervenir. No podía consentir que su discípulo, un simple cabo austriaco, un cateto sin formación, se llevase todo el mérito de la victoria.

«Es humillante estar con los brazos cruzados mientras otros escriben la Historia. Llevaré a los italianos a la guerra aunque sea a base de patadas en el culo», confesó a sus íntimos al estallar la contienda.

Entró en la guerra, se precipitó y el desastre fue absoluto.

Tras su estrepitoso fracaso militar, el pueblo ya no se acordaría de él como el gobernante que impuso el orden, que construyó numerosas obras públicas, que acabó con el desempleo, que creó una seguridad social... Un líder que fue elogiado por Churchill, que fue propuesto para el Premio Nobel de la Paz, y que fue comparado con Julio César y Napoleón, sus dos grandes ídolos. Ahora sería recordado como el dictador que había llevado a Italia a la ruina.

—Amor mío, vuelve a mi lado.

Le llegó desde la cama la voz de Clara Petacci, su joven y bella amante. Giró la cabeza, la miró con ternura y le lanzó un beso con la mano. Ella lo atrapó en el aire y se lo llevó a los labios. Benito sonrió, y ella le imitó. Claretta era su único consuelo en sus horas bajas, en esas horas en que todos le daban la espalda, en especial los que antes le habían alabado hasta la extenuación, como los traidores del Gran Consejo Fascista.

Un nuevo año estaba a punto de comenzar y era hora de hacer balance. Lo vivido en el último año no podía ser más amargo. Ni en sus peores pesadillas se lo hubiese imaginado. Doce meses de sufrimiento y desolación. Justo en las Navidades pasadas, Italia aún se mantenía en pie, conservaba la integridad de su territorio y era una leal aliada de los alemanes. Doce meses más tarde, tan solo era una triste sombra de su pasado.

No dejaba de pensar en todo lo ocurrido en el último año. En tan poco tiempo la situación había dado un vuelco radical. Sus ejércitos cosechaban derrota tras derrota. Ya no se luchaba en tierras lejanas, sino en la propia Italia. Y el avance aliado había dividido el país en dos mitades irreconciliables: el norte, dirigido por Mussolini, con el apoyo de los alemanes; y el sur, gobernado por Badoglio, con el apoyo de los aliados. Una cruenta guerra civil, de hermanos contra hermanos, en mitad de una guerra mundial.

A pesar de que todavía seguía bajo sus dominios, Mussolini ya no tenía su residencia en Roma. No se atrevía. La Ciudad Eterna se encontraba demasiado cerca del frente. Buscó refugio en el norte, y se alojó con su mujer en Villa Feltrinelli, un magnífico palacete situado a orillas del lago Garda. Y cerca de allí, en Villa Fiordaliso, instaló a su querida Claretta. No podía vivir lejos de ella.

Su mujer, Rachele, lo sabía. Para ella, eso no era algo nuevo. Desde el primer momento tuvo que aprender a convivir con las infidelidades de su marido. Y nunca hasta entonces se lo había reprochado. Para su mentalidad aldeana, un hombre del vigor de su Benito, necesitaba desahogarse con muchas mujeres en la cama. A Rachele eso no le importaba. Pero con Claretta era distinto. Mientras las demás amantes duraban una temporada más bien corta, con Clara Petacci llevaba ya siete años. Y eso era peligroso, muy peligroso. Podía haberse convertido en algo más que una simple amante. Tal vez su marido se hubiese enamorado.

Antes de que apareciera Claretta, Mussolini había disfrutado de multitud de amantes. No se conformaba solo con una, y siempre tenía entre quince o veinte a su entera disposición. No eran fulanas, ni mucho menos, sino mujeres locamente enamoradas de la personalidad arrolladora de su Duce. Más de setecientas ya habían pasado por sus garras. Todas cortadas por el mismo patrón: metidas en carnes y limpias, pero no perfumadas. Como al Duce le gustaban.

Sus fogosos encuentros sexuales a la hora de la siesta en el despacho del Palazzo Venezia causaban vergüenza y sonrojo a sus escoltas y ministros. Y cada noche visitaba de forma invariable a cuatro o cinco mujeres, una detrás de otra, como si se tratara de un orangután en celo. Su impetuosa virilidad exigía un desgaste continuo.

Clara Petacci había conocido a Mussolini en 1932. Ella era una hermosa y encantadora jovencita, de ojos verdes y cabello rojizo, hija del devoto médico del Vaticano. Antes de conocerlo, y al igual que otras muchas italianas, Claretta ya estaba locamente enamorada de su Duce. Le parecía el hombre más atractivo, valiente y viril del planeta. Se trataba de un amor obsesivo, se pasaba el día pendiente de todo lo que hacía. Acudía a sus actos públicos, escuchaba sus discursos por la radio, recortaba sus fotos de los periódicos. Suspiraba día y noche por conocerlo en persona.

Por fin, en 1932 le surgió la oportunidad. Un día, Mussolini conducía su deportivo, solo y sin escolta, por una carretera, y adelantó al coche de los padres de Claretta. Ella le pidió al chófer que se colocara a la par del deportivo. El hombre obedeció y, cuando los dos automóviles estaban a la misma altura, Claretta bajó la ventanilla y empezó a gritar y a hacer señas con la mano. Mussolini, agradecido por las muestras de cariño, detuvo su vehículo y quiso conocer a su joven admiradora y a sus padres. Ella solo tenía veinte años; él, casi cincuenta.

Después de este primer encuentro, hubo otros. Cuatro años más tarde, Claretta se casó, pero su matrimonio no duró nada. Enseguida dejó a su marido y se convirtió en la amante de Mussolini. En otra amante más.

A diferencia de las demás, Claretta era muy celosa y quería a Benito para ella sola. Sospechaba, con razón, que él tenía otras, y le atosigaba tanto que Mussolini se veía obligado a telefonearla constantemente para demostrar que no estaba con nadie. Incluso por las noches tenía que hacerlo cada media hora, medio escondido detrás de las cortinas, para que no le descubriera su santa esposa.

Pero Rachele, la mujer de Mussolini, no era tonta. Enseguida se dio cuenta de que Clara Petacci no era otra amante más. El Duce se había encaprichado demasiado. Tendría que vigilarle de cerca. El matrimonio podría peligrar.

Desde entonces, Rachele empezó a controlar de cerca a su marido. Trataba de averiguar dónde estaba en cada momento. El Duce enseguida se percató. A pesar de las enfurecidas amenazas de su esposa, no abandonó a Claretta. Ni a sus otras amantes, aunque pasaron a un segundo plano.

Mussolini se acercó a la cama. Claretta se había quedado dormida de nuevo. Le acarició el hombro y la observó con ternura. Estaba exhausta. Igual que él. Durante veinte minutos le había hecho el amor de forma brutal, con embestidas salvajes mientras la agarraba del cabello, lanzaba alaridos y soltaba palabras soeces. Él era así, y a ella le gustaba y le jaleaba. La penetraba con furia y desesperación, le hacía el amor con violencia, como una bestia primitiva, y luego caía rendido a su lado. Igual que un toro, animal al que le gustaba imitar. Con frecuencia afirmaba: «El coito del toro es sublime, porque arremete con violencia, domina a la hembra, acaba en pocos segundos, y luego, ya sosegado, se aleja sumido en la melancolía.»

A menudo, Claretta acababa con un mordisco en el cuello, un mechón arrancado, los labios partidos o la nariz rota. El dictador necesitaba hacer el amor con violencia, con agresividad, demostrando en todo momento quién dominaba. Le gustaba perder el control. No solo eso: consideraba imprescindible perder el control. Si no, el coito se convertía en algo aburrido, propio de matrimonios sexagenarios.

Para Mussolini, hacer el amor era tan importante como el respirar. O incluso, más. Decía que el sexo alimentaba las ideas, ayudaba al cerebro. Para él era impensable hacer el amor solo una vez a la semana, como los burgueses y los campesinos.

Clara Petacci, bella y complaciente, pintora y poetisa, soñadora y apasionada, había dejado todo por estar al lado de su Duce. No le importó que él estuviera casado, ni que tuviera hijos mayores que ella, ni que su honestidad quedara manchada para siempre. Ni tampoco le importó arriesgarse a los ataques furibundos de Rachele, la esposa de Benito, una brava mujer que no se achantaba ante nadie. Por su amor era capaz de darlo todo, incluso la propia vida.

Mussolini se sentía feliz junto a Claretta. Ella le admiraba, le adoraba como a un antiguo dios romano. Era su gladiador, su centurión, su emperador... Y sobre todo, su amo. Sus hermosos ojos verdes emanaban devoción cada vez que lo miraban. No como Rachele, esa italiana fondona de adusto carácter y toscos modales, que a la mínima le insultaba y despreciaba, llamándole imbécil y cobarde delante de todo el mundo, sin cohibirse lo más mínimo.

A veces se preguntaba el Duce por qué seguía casado, después de treinta años, con una mujer tan vulgar, que no era consciente de su grandeza. Le hubiera encantado ser libre, rehacer su vida junto a Claretta, una chica guapa y con clase. Pero para eso había que tomar decisiones. Y aunque nadie lo sospechara ante sus teatrales representaciones públicas, con los brazos en jarras, las piernas separadas y el mentón altivo, Mussolini era un hombre aquejado de una inseguridad patológica que le impedía adoptar decisiones importantes. Cada vez que se le presentaba un problema, ya fuera doméstico o político, en vez de afrontarlo, se escapaba a su casa de verano y allí se encerraba días enteros sin querer ver a nadie. Esperaba que el tiempo, por sí solo, solucionase el problema.

Para Mussolini, separarse de Rachele suponía un auténtico trauma. Cada vez que lo pensaba, le invadía una tristeza infinita, una melancolía agobiante. En el fondo, la seguía queriendo, aunque, eso sí, a su manera. Rachele era la madre de sus hijos y el gran amor de su juventud. Juntos habían pasado hambre y necesidad. Ella siempre le había apoyado, incluso en los momentos malos, cuando Mussolini tuvo que pedir limosna por las calles o trabajar de albañil. A veces ni siquiera comía con tal de que su marido tuviera el estómago lleno. Rachele creía en las ideas socialistas de su esposo, en la forma en que las exponía, en su apasionado radicalismo. Y cuando su marido creó un nuevo movimiento político, mezcla de socialismo revolucionario y nacionalismo, también le apoyó con todas sus fuerzas.

El Duce cubrió a Claretta con la colcha y se tumbó a su lado. Quería descansar un poco. Siempre había dormido muy bien, como un reloj. Por desgracia, ya no era así. Ahora se desvelaba con frecuencia. No era para menos. Los últimos acontecimientos habían agudizado su úlcera de estómago hasta convertirse en un dolor insoportable y permanente. Ya no sabía qué hacer para acabar con ella. Llevaba veinte años sin beber ni fumar. Y ahora, y a pesar de seguir una dieta estricta a base de leche, frutas y verduras, el dolor no remitía y le impedía dormir.

Se abrazó a su querida Claretta y cerró los ojos. No tardaría en volver con Rachele y su aburrida rutina matrimonial.

56

A la hora del almuerzo, Gabrielle y Vera Lombardi acudieron al restaurante Horcher, situado en la madrileña calle de Alfonso XII, muy cerca del Ritz. La diseñadora no se había levantado de buen humor. Desde que estaba en España, todas las noches se inyectaba doble ración de Sedol. Lo necesitaba. Los nervios por la misión le impedían conciliar el sueño. Pero por temor a que se le agotara la morfina y le fuera imposible encontrar más en Madrid, el día anterior solo se había aplicado una ampolla. Y ahora sufría las consecuencias.

El restaurante lo acababa de inaugurar el alemán Otto Horcher, después de que su famoso local berlinés fuese destruido por los bombardeos aliados. Muy pronto se convirtió en uno de los restaurantes más distinguidos de Madrid, y en el centro de reunión de los personajes más destacados de la colonia alemana, desde diplomáticos y empresarios hasta espías y agentes de la Gestapo.

Un atildado *maître* acompañó a las damas hasta un pequeño saloncito privado, de paredes enteladas en seda y litografías de temática militar. Una mesa redonda, de mantel blanco y cubertería de plata, ocupaba el centro de la sala. Cuando entraron, Vera se sorprendió al ver a un hombre sentado en una de las butacas. No se lo esperaba. Gabrielle no le había dicho nada y pensaba que iban a comer las dos amigas solas.

El individuo pasaba las páginas de un periódico berlinés mientras fumaba un pitillo. Alzó la vista y, en un primer momento, Vera no lo reconoció. Cuando abrió la boca y sonrió, ya no tuvo la menor duda: era Spatz, el amante de Gabrielle. Se había teñido el cabello de color oscuro y se peinaba de forma distinta.

Vera había perdido la pista del alemán poco antes de cruzar la frontera española. El hombre había viajado con ellas en tren desde París. Pero al llegar a Hendaya, desapareció sin despedirse. Al menos, de ella. Cuando preguntó a Gabrielle dónde se había metido Spatz, la diseñadora eludió la respuesta y cambió de conversación.

Hasta entonces, Spatz no le había llamado la atención. Se trataba del nuevo amante de su amiga. De otro más. Ahora, después de conocer la misión de Gabrielle y la pertenencia de Spatz al servicio secreto alemán, no se sentía cómoda a su lado.

—Vera conoce nuestros planes y está plenamente de acuerdo en colaborar —dijo Gabrielle a Spatz entre plato y plato.

Vera se sorprendió al oír a su amiga. En realidad, todavía no se había pronunciado. Los planes de Gabrielle no le convencían. Tres años antes, cuando Inglaterra se quedó sola frente al gigante nazi, Winston Churchill, un hombre grueso con aspecto de bulldog con almorranas, había sido capaz de ilusionar a todo un pueblo con una promesa de lo más apocalíptica. No ofrecía victorias, sino sangre, sudor, lágrimas y esfuerzo. Y Gran Bretaña aguantó. Soportó ella sola el empuje nazi durante un año entero. Después se le unirían aliados poderosos, como la Unión Soviética y Estados Unidos. Si en los momentos difíciles Inglaterra no aceptó la paz que le ofrecía Hitler y prefirió la guerra, ¿cómo lo iba a hacer ahora que los alemanes se batían en retirada en todos los frentes?

Si aparecía por Inglaterra en compañía de Gabrielle Chantal y con una propuesta de paz tan descabellada, no tenía la menor duda de que sería considerada una traidora por sus compatriotas. Y nada más lejos de su voluntad.

Pero ¿cómo podía negarse a seguir el juego a Gabrielle? Estaba en deuda, y además dependía de ella por completo. Se encontraba en un país extranjero, no conocía a nadie y no tenía dinero. ¿Qué otra cosa podía hacer?

Durante el almuerzo, Vera no dejaba de dar vueltas y más vueltas a su dramática situación. Era cierto que compartía con su amiga el rechazo a la guerra y el miedo al comunismo ruso. Ahora bien, de eso a liderar la firma de un armisticio había un amplio trecho.

—La prensa española no comenta nada de la entrevista de Churchill con Franco —dijo Gabrielle en un momento dado.

—La prensa española es la menos fiable del mundo —replicó Spatz.

—Pero ¿ya ha llegado a Madrid?

—A pesar de nuestros esfuerzos, no lo hemos podido confirmar. Desde hace varios días, Churchill ha desaparecido del mapa. Nadie sabe dónde se ha metido. Es posible que esté en España, y que por razones de seguridad no haya querido mostrarse en público. En cualquier caso, aunque no esté en Madrid, el plan sigue adelante, solo que entonces tendréis que viajar a Londres.

Los camareros actuaban con esmerada discreción. Se limitaban a servir los platos y luego desaparecían con sigilo tras la puerta, dejando a los comensales solos. Únicamente interrumpían para servir más vino o retirar el servicio.

Gabrielle y Spatz charlaban sin cesar. O, mejor dicho, Gabrielle no paraba de hablar mientras Spatz escuchaba. Vera, en cambio, se mantenía en silencio, sin abrir la boca, como si fuera una desconocida o una invitada de piedra. Su cabeza era un hervidero. No estaba para conversaciones tontas ni pamplinas.

Tenía que hacer algo, aunque no sabía el qué. Podía huir, pero ¿adónde? No tenía dinero. Además, corría el riesgo de ser detenida por la policía. En tal caso, las autoridades italianas no tardarían en pedir su extradición. Y acabaría encerrada de nuevo en una cárcel romana.

—Según me acabas de comentar, esta tarde, a las seis en punto, te esperan en la embajada inglesa. No te retrases, por favor —le aconsejó Spatz, que conocía muy bien la falta de puntualidad de Gabrielle—. Si necesitas cualquier cosa, me hospedo en el hotel Palace. No me moveré de allí en toda la tarde.

Les entregó un papel con el número de teléfono y de habitación.

Al terminar el almuerzo, se despidieron de Spatz dentro del reservado. Por razones obvias, no era conveniente que los vieran salir juntos. El alemán estaba fichado por los servicios de inteligencia de los países aliados, y Madrid era un avispero de espías. Acordaron que el hombre saldría del Horcher media hora más tarde que ellas, y utilizaría la puerta de servicio. Cualquier desliz podía costar muy caro.

Gabrielle se enfundó su abrigo de leopardo, ayudada por Spatz, y abandonó el local junto a Vera. Al salir a la calle, y a pesar de que se encontraban a escasa distancia del Ritz, decidieron tomar un taxi. El frío era insoportable.

Ninguna de las dos mujeres reparó en el Hispano-Suiza negro que estaba aparcado no muy lejos de la puerta. En su interior, Jeff Urquiza, con el sombrero bien calado y la bufanda hasta los ojos, observaba atentamente todos los movimientos de Gabrielle Chantal. Desde que la modista llegó a Madrid, la seguía con discreción, a bordo del automóvil de su abogado.

Las dos amigas llegaron al hotel y subieron a la suite. Como todos los días después del almuerzo, la modista se retiró a su habitación a descansar un rato. No tenía mucho tiempo, pero necesitaba dar una pequeña cabezada.

Vera se refugió en el saloncito y se recostó en el sofá. No se encontraba bien. Se sentía nerviosa y angustiada. No sabía qué hacer. Pensaba en su marido, Berto, escondido en algún lugar remoto de Italia. Pensaba en su hija, Bridget, y sus problemas conyugales en el lejano Nueva York. Si Gabrielle tuviera razón, si con ese simple gesto que le pedía consiguiese acabar con la locura de la guerra, podría volver junto a su marido y visitar a su hija.

Pero ¿sería capaz de llevar a cabo la misión que le pedía Gabrielle? Ella pertenecía a una familia inglesa muy conocida, y disponía de los contactos adecuados en Londres. Todos comprenderían su interés en conseguir la paz, y nadie le podría reprochar su comportamiento. ¿O tal vez sí? Al fin y al cabo, la propuesta de paz procedía de los enemigos de Inglaterra. Y confraternizar con el enemigo en tiempos de guerra siempre había sido muy mal visto. Incluso podía ser acusada de traición, un delito muy grave que se castigaba con la pena de muerte. Y no le apetecía acabar en el extremo de una soga.

Ahora bien, ¿cómo oponerse al favor que le pedía Gabrielle? Estaba libre gracias a ella, le pagaba todo y disfrutaba de una habitación repleta de regalos. ¿Cómo negarse a ello? Tenía una deuda pendiente con la diseñadora, y desde pequeña le habían enseñado a ser agradecida. Después de viajar hasta Madrid, le resultaba muy desagradable dejarla en la estacada.

Su cabeza se debatía ante dos caminos antagónicos. ¿Qué era más importante: traicionar a la patria o traicionar una amistad?

Necesitaba pensar. Pero era muy difícil pensar bajo la ansiedad y la desesperación. Le dolía el pecho, le temblaban las manos, le faltaba el aire. Todo le daba vueltas. El saloncito parecía encoger, las paredes se empezaban a acercar. Temía que en cualquier momento los muros la aplastaran. Quería gritar, salir de allí, escapar.

No pudo más. Atrapó al vuelo el abrigo y el bolso y salió a la calle. Necesitaba respirar aire fresco.

57

Gabrielle Chantal se despertó sobresaltada. Pulsó el interruptor de la lámpara y miró la hora en su reloj de pulsera. Faltaban pocos minutos para las cuatro y media de la tarde. Apenas había dormido unos minutos. Un ruido había alterado su siesta, tal vez un portazo. Llamó a su amiga.

—¿Vera? ¿Estás ahí?

Gabrielle no recibió respuesta. Insistió otra vez, y el resultado fue el mismo. Nadie contestaba. De muy mal humor, se sentó en la cama y lanzó un juramento. No soportaba que la despertaran. Y menos aún no ser atendida de inmediato.

Se levantó de la cama y salió de la habitación. Con paso ágil, recorrió la suite en busca de Vera. El pequeño vestíbulo, el salón, la habitación de su amiga, la balconada, el cuarto de baño... Nada. Vera había desaparecido.

—¡Maldita estúpida! ¿Dónde diablos se habrá metido ahora? ¿No sabe que tenemos una cita?

Su voz ronca, propia de un leñador de Alaska, sonó amenazante. Enfurecida, tomó el teléfono y llamó a Spatz al hotel Palace. El alemán descolgó el auricular. Su tono de voz revelaba que no le había gustado la llamada. Temía que el teléfono estuviese intervenido. Chantal le explicó la situación.

—Búscala —respondió el hombre con sequedad; y colgó sin despedirse.

Con la furia de un volcán en plena erupción, Gabrielle se dirigió a su dormitorio y se dejó caer en la butaca del tocador. Agarró el cepillo de plata, regalo del duque de Westminster, y lo pasó con rabia por su encrespado cabello. No dejaba de lanzar maldiciones y amenazas. ¿Dónde narices estaba Vera? La liberaba de su encierro, le hacía buenos regalos, se la llevaba a un buen hotel en España y, para lo único que la necesitaba, desaparecía sin dejar rastro.

Mientras se maquillaba, poco a poco se fue tranquilizando. Vera no podía estar muy lejos. Ni tenía adónde ir ni disponía de dinero. Quizás hubiese bajado al bar, o a comprar una revista, o a dar un paseo. Seguro que la esperaba en el vestíbulo.

Abrió el amplio armario y eligió un traje de chaqueta de lana blanco crudo, ribeteado en negro. Un largo collar de perlas, unos pendientes a juego y un pequeño sombrero completaban su conjunto. Por último, se roció bien de Chantal Noir. Quería estar perfecta. La ocasión lo requería. Quizá fuese el último día de la guerra. Y todo gracias a ella.

Bajó al vestíbulo y se llevó una desagradable sorpresa: Vera no estaba allí. Apretó los puños y se dirigió al salón de té. Tampoco encontró a su amiga. Luego fue al bar, a los lavabos, a la peluquería... hasta recorrió la sala de lectura. Vera no aparecía por ningún lado.

Se empezó a preocupar. Todo era muy extraño. ¿Le habría pasado algo a su amiga? No sabía qué hacer. Decidió llamar a Spatz de nuevo. Pero enseguida desechó la idea. No se fiaba. El teléfono podía estar intervenido. Demasiado se había arriesgado con la conversación anterior. Si lo volvía a hacer, seguro que Spatz se enfadaría. Y eso era lo que menos le apetecía en esos momentos.

Miró la hora. Podía esperar, a lo sumo, cinco minutos más. Se sentó en un silloncito del vestíbulo, junto a una pesada columna de mármol. Encendió un Camel y empezó a soltar intermitentes bocanadas de humo. Sus ojos recorrían nerviosos cada rincón.

Los clientes que pasaban por su lado la reconocían de

inmediato. La miraban con afecto, incluso con simpatía. Gabrielle Chantal era la diosa de la moda y un icono para la mujer moderna. En cambio, nadie se atrevía a acercarse. Saltaba a la vista que no estaba de buen humor. El gesto adusto y los labios contraídos repelían cualquier intento de aproximación.

Miró de nuevo el reloj. Ya no podía esperar más. Tiró el cigarrillo al suelo y lo aplastó con la punta del zapato. Más bien lo destrozó. Se imaginaba que era el cuello de Vera. Con aire resuelto, salió a la calle y tomó un taxi.

Gabrielle Chantal, agente F-7124, nombre en clave «Westminster», del servicio secreto alemán, se ponía en movimiento.

El vehículo recorrió a gran velocidad el paseo del Prado y la Castellana, cruzó la plaza de Colón y giró al llegar a la calle Fernando el Santo. Con un fuerte chirrido de frenos se detuvo frente a la embajada británica, un viejo palacete del siglo XIX, rodeado por un pequeño jardín. Al bajarse del taxi le llamó la atención la gruesa lona que cubría el edificio, y que tapaba la fachada desde el tejado al suelo.

Gabrielle no reparó en el Hispano-Suiza negro que se detenía en la manzana anterior, y en cuyo interior viajaba un intrigado Jeff Urquiza. El periodista no sabía qué pintaba Gabrielle en aquella embajada. Y deseaba averiguarlo.

Algunos madrileños se arremolinaban en la puerta del edificio. Eran los más osados, los que no temían las represalias de los falangistas. Esperaban impacientes el parte de guerra que la embajada distribuía todos los días. Se fiaban mucho más de las noticias que daban los ingleses que de Radio Nacional de España, tan tendenciosa y proclive a los nazis.

Gabrielle se acercó a los dos agentes de Scotland Yard que hacían guardia en la entrada.

—Pasaporte —exigió el más mayor.

No la habían reconocido. Gabrielle se sintió molesta. Desde luego, no le gustaba la publicidad, pero tampoco soportaba pasar desapercibida.

—¿Es usted *mademoiselle* Chantal? —preguntó el policía cuando leyó el nombre en el pasaporte.

—Pues claro. ¿Quién si no? —contestó muy ufana, alzando la nariz.

Los dos agentes saludaron muy respetuosos. En la embajada esperaban su visita. Enseguida salió a recibirla un individuo de unos cuarenta años, de pelo engominado y sonrisa encantadora.

—Bienvenida a la embajada del Reino Unido —saludó muy cortés—. Soy el capitán Alan Hillgarth, el agregado naval, al servicio de Su Majestad. Por favor, acompáñeme.

Lo de «agregado naval» solo era una tapadera: el capitán Alan Hillgarth era el eficaz y competente jefe del servicio secreto británico en España, con más de doscientos agentes bajo su mando.

—Capitán, si no es indiscreción, ¿por qué han colocado esa lona en la fachada? —preguntó Gabrielle, siempre curiosa—. Me imagino que no será por el sol. Estamos en pleno invierno.

El capitán sonrió.

—No es indiscreción. Todo el mundo nos pregunta lo mismo. La lona no sirve para protegernos del sol, sino de las piedras. Es un simple escudo protector. Desde que estalló la guerra con Alemania, los estudiantes falangistas suelen venir con frecuencia a apedrear el edificio. Como no solían dejar ni un cristal sano, se decidió colocar la lona.

Entraron en el despacho de Hillgarth y tomaron asiento en unos cómodos sillones de piel.

—*Mademoiselle*, nos ha solicitado mediante carta una entrevista con el señor embajador. ¿Sería tan amable de decirme el motivo del encuentro, por favor?

—Es un asunto privado —respondió educada pero tajante—. Solo puede conocerlo el propio embajador.

—Tengo autorización expresa de *mister* Hoare para tratar cualquier asunto que le pueda concernir.

A Gabrielle no le gustó la noticia: quería ser recibida por el embajador en persona. Conocía a sir Samuel Hoare desde hacía bastante tiempo. Bien es cierto que no se trataba de una amistad íntima, pero tampoco era una completa desconocida. Maldijo por lo bajo a la estúpida de Vera. Si en vez de desaparecer la hubiese acompañado, no habría tenido ningún problema. Vera sí era muy amiga del embajador.

—Le agradezco su amabilidad, capitán Hillgarth, pero solo hablaré con el señor embajador.

Gabrielle insistió. Se hizo la fuerte. Sabía que solo así, si se mantenía firme, podría salirse con la suya.

—El señor embajador no la puede recibir en estos momentos —respondió Hillgarth—. Acaba de llegar de una reunión, está muy ocupado y no se le puede molestar.

—Capitán, ese no es mi problema. Yo solicité una entrevista y se me concedió para hoy a las seis en punto de la tarde. Me hubiera dado lo mismo cualquier otro día, pero ustedes decidieron que la reunión se celebrase hoy y a esta hora. Y aquí me tiene, fiel a la cita, dejando de lado múltiples compromisos. Como comprenderá, no estoy dispuesta a salir de este edificio y volver cuando a usted le venga en gana.

Hillgarth tragó saliva y se puso en pie.

—Si me disculpa, *mademoiselle*, enseguida vuelvo.

58

Sir Samuel Hoare llevaba un buen rato encerrado en su despacho, enfrascado en la redacción de un informe urgente para el Foreign Office. Acababa de volver de una tensa entrevista con el general Jordana, ministro español de Asuntos Exteriores.

—Estos gitanos se creen que por retirar la División Azul del frente ruso les vamos a perdonar todos sus pecados —rezongaba en la soledad de su despacho.

El ministro español se había quejado de las restricciones que sufría España en la importación de petróleo. Tan solo recibía la cuarta parte del mínimo necesario. En esas condiciones, resultaba imposible levantar un país en ruinas.

A Hoare las quejas del ministro español le importaban bien poco. Despreciaba a los españoles, los consideraba unos bárbaros africanos, y deseaba con todas sus fuerzas abandonar Madrid. Todos los días se lamentaba de su triste destino. Se merecía algo mejor, mucho mejor. Méritos, a su juicio, no le faltaban. Desde muy joven había prestado grandes servicios a Inglaterra y a su rey. Desde miembro del servicio secreto británico en la Rusia del último zar, hasta primer lord del Almirantazgo, secretario de Estado en la India o lord del Sello Privado en el Gabinete de Guerra. Después de haber desempeñado estos puestos, ocupar la embajada de Madrid le parecía un castigo insoportable.

—Churchill ha tenido demasiadas contemplaciones con el dictador gallego —refunfuñó Hoare sin dejar de escribir el informe.

El embajador aprovechaba cualquier ocasión para criticar a Churchill. A pesar de que ambos pertenecían al partido conservador, se odiaban a muerte. Churchill no se fiaba de Hoare, al que consideraba un desleal. Y Hoare no perdonaba a Churchill que hubiese sido nombrado primer ministro, el puesto que él siempre había soñado y creía merecer. Como castigo, Churchill mandó a Hoare a Madrid como embajador. Esperaba que, con un poco de suerte, en cualquier callejón oscuro, un agente nazi acabara con su vida.

—Ahora se van a enterar estos gitanos de todas las afrentas y de todos los insultos que he sufrido durante estos cuatro años. De momento, nada de petróleo. Se van a helar de frío este invierno, que espero que sea tan duro como el anterior. Ojalá se mueran todos congelados.

De repente, alguien llamó a la puerta. Hoare dejó de escribir y alzó la vista. Era su secretario.

—Excelencia, el capitán Hillgarth desea verle.

Hoare soltó un bufido. ¿Qué querría ahora el capitán? Detestaba a aquel dandi de provincias. No se fiaba de él. Le consideraba el topo de Churchill, el chivato que le cotilleaba todo lo que ocurría en la embajada.

—¿Le ha dicho que estoy muy ocupado?

—Sí, Excelencia. Y me ha contestado que es un asunto muy urgente.

Hoare lanzó la pluma sobre el papel. ¡Maldita sea! ¿Con qué historia le vendría ahora?

—Está bien. Hágale pasar.

Instantes después aparecía el capitán. Saludó al embajador, pero Hoare ni contestó. Con gesto despectivo, le indicó que tomara asiento.

—Capitán, solo dispone de cinco minutos. Le ruego que vaya directo al grano.

El capitán Hillgarth hizo verdaderos esfuerzos para no

lanzarse al cuello del embajador y estrangularle allí mismo. Estaba harto de aquella sanguijuela maleducada.

—*Mademoiselle* Chantal está en mi despacho.

—Sí. ¿Y? —rezongó Hoare de mal humor—. ¿Le ha dicho que no la puedo recibir, que estoy muy ocupado?

—Sí, señor.

—¿Y qué es lo que quiere?

—No lo sé, señor. Insiste en hablar con usted y con nadie más.

—Pues dígale que hoy no puedo. Que venga otro día. ¿Algo más?

Hillgarth sonrió por lo bajo. Ahora venía lo bueno.

—También está en la embajada la señora Lombardi.

—¿Vera Lombardi?

—Sí, señor. Preguntaba por usted, pero al encontrarse ausente, ha sido recibida por uno de mis hombres de confianza.

—La señora Lombardi es una vieja amiga. Conozco muy bien a su familia.

—Señor, hay algo misterioso en todo esto: Vera Lombardi llegó una hora antes que Gabrielle Chantal.

—¿Y cuál es el misterio?

—Ninguna ha mencionado el nombre de la otra.

—¿Y qué? Será que no se conocen.

—Se conocen, señor. Y mucho.

Hoare soltó un bufido y se removió inquieto en la butaca.

—Mire, capitán, ya está bien de dar vueltas. ¡Vaya al grano de una maldita vez! ¿Qué quiere la señora Lombardi?

Hillgarth disfrutaba haciéndole rabiar. Era su pequeña venganza por los desplantes continuos del embajador.

—Señor, Vera Lombardi ha solicitado asilo político.

—¿Asilo político? —repitió incrédulo el embajador—. ¡Si está casada con un jerarca fascista y ella misma se afilió al Partido Fascista hace años!

—Pues las cosas han cambiado mucho. Dice que a su marido lo busca la policía de Mussolini y que ella ha sufrido cautiverio en la prisión de mujeres de Roma, acusada de espionaje a favor nuestro. Su historia, si me permite, es un cúmulo de contradicciones, al igual que cuando nos habla de su amistad con Chantal.

—¿Por qué?

Hillgarth sonrió de placer. Le encantaba hacer esperar a su jefe.

—La señora Lombardi nos ha dicho que no ve a *mademoiselle* Chantal desde hace muchos años, y que ya no conserva su amistad.

Hoare se impacientó. Apoyó los codos sobre la mesa, entrelazó las manos bajo la barbilla y miró fijamente al capitán.

—Capitán, deje que me aclare, deje que me aclare —tartamudeó nervioso—. Una modista famosa viene aquí y dice que quiere hablar conmigo. Por pura casualidad, el mismo día y casi a la misma hora, aparece una amiga mía en busca de asilo. Al parecer, eran amigas hace tiempo, pero ya no. ¿Me quiere decir qué tiene de extraño todo eso?

—Pues que Vera Lombardi miente.

Hoare estalló hecho una furia.

—¡Capitán, se está pasando! ¡No le tolero que insulte a una vieja amiga!

—Y estoy convencido de que *mademoiselle* Chantal, si tuviera la oportunidad de hablar con usted, también mentiría.

—Pero ¿cómo se atreve?

—Señor embajador, estas mujeres siguen siendo muy amigas.

—¿Cómo lo sabe?

—Por tres razones muy sencillas. La primera, porque ambas han viajado juntas desde París a Madrid. En segundo lugar, porque ambas llevan salvoconductos alemanes expedidos en la misma fecha. Y en tercer lugar, porque ambas se hospedan en la misma habitación del hotel Ritz. ¿Le parece poco?

El embajador dio un respingo en su asiento.

—¡Santo Dios! ¿Cómo sabe usted todo eso?

—Mi gente es muy eficaz.

El embajador se recostó abatido en su asiento. Se había quedado sin habla. Tardó unos segundos en reaccionar.

—Esto es de locos. —Fue lo único que salió de su boca.

—No, señor embajador. Me temo algo peor. Me huelo que detrás de todo esto se encuentra el Abwehr o la Gestapo.

—¿Y qué me recomienda hacer?

—Por supuesto, no dejarlas salir de aquí hasta que cuenten la verdad. Le sugiero que usted reciba a *mademoiselle* Chantal, a ver qué es lo que quiere. Mientras tanto, yo hablaré con la señora Lombardi. A ver cuál de las dos confiesa primero.

59

El capitán Hillgarth acompañó a Gabrielle Chantal al despacho de sir Samuel Hoare. La diseñadora le saludó con cordialidad. Se conocían de Eaton Hall, la fabulosa casa de campo del duque de Westminster.

—*Mademoiselle*, es un placer. Encantado de verla de nuevo.

—Muchas gracias, señor embajador.

Hoare le besó la mano y ofreció asiento a su invitada.

—Disculpe mi retraso. Me ha sido imposible recibirla antes. Un asunto de Estado que no admitía demora me ha tenido muy ocupado.

—Lamento robar su valioso tiempo, pero tenía que hablar con usted en persona.

—Pues usted dirá. Me encuentro a su entera disposición.

—Necesito ver al primer ministro. Es un asunto de vital importancia.

A Hoare le sorprendió la petición. ¿Qué podía querer Gabrielle Chantal del primer ministro en plena guerra?

—Son tiempos difíciles, *mademoiselle*. La guerra absorbe por completo e impide dedicar tiempo a otros asuntos. Como se puede imaginar, el primer ministro se encuentra en estos momentos muy ocupado intentando ganar la guerra. Tal vez yo pueda servirle de ayuda. ¿Sería tan amable de decirme qué asunto quiere tratar con *mister* Churchill?

—Lo siento, pero, como le he dicho, tengo que hablar con él en persona.

—Mi estimada amiga, en tal caso tendrá que ir a Londres. Y le puedo asegurar que el viaje a Inglaterra es, hoy día, muy peligroso, tanto en barco como en avión. No se lo recomiendo.

Gabrielle sospechó que el embajador no quería confesar que Churchill se encontraba en Madrid.

—Señor embajador, circula el rumor de que el primer ministro está de incógnito aquí, en Madrid. Comprendo y admiro su discreción, pero, como le he dicho, tengo un mensaje muy importante para él, y se lo debo dar en persona.

—*Mademoiselle*, la información que le han dado no es correcta. El primer ministro no está en España.

Gabrielle adoptó un tono más serio.

—*Mister* Hoare, quizá no me he explicado bien. Le repito que necesito ver al primer ministro ya. Soy muy amiga suya desde hace años, y le aseguro que, en el momento en que oiga mi nombre, no tendrá ningún reparo en recibirme de inmediato.

—Y yo le repito que el primer ministro no está en España. Si quiere saber dónde está, solo tiene que escuchar la BBC. Lleva toda la tarde dando la noticia.

—¿Cómo? No le entiendo. ¿Qué noticia?

Hoare encendió el aparato de radio que descansaba junto al escritorio y sintonizó la BBC. El locutor anunciaba que el primer ministro Winston Churchill, al regresar de la Conferencia de Teherán, había sufrido una grave pulmonía que le había obligado a permanecer varios días hospitalizado en Túnez. Por fortuna, ahora ya se encontraba en Londres, completamente recuperado, y había despachado esa misma tarde con el rey Jorge VI con absoluta normalidad. Cuando terminó el locutor de dar la noticia, Hoare apagó la radio.

—¿Lo ve, mi querida amiga? El primer ministro no está en España, sino en Londres.

Gabrielle se quedó algo aturdida. Aquello alteraba los planes iniciales. Ahora tendría que acudir a Londres vía Lisboa, lo que suponía un serio contratiempo.

—En tal caso, me gustaría viajar a Inglaterra. ¿Podría facilitarme un visado?

—Por supuesto.

—Y también necesito que me concierte una entrevista con el primer ministro.

El embajador se agitó en su asiento. Aquella mujer insistía en sus pretensiones. La modista enseguida añadió para despejar toda duda:

—No se preocupe, ya le he dicho que somos viejos amigos. Me recibirá encantado.

—¿Al menos sería tan amable de decirme el motivo de la audiencia?

—Lo siento, señor embajador. Como le he dicho antes, es un asunto que solo puedo tratar con él en persona.

Mientras tanto, en otro despacho de la embajada, el capitán Alan Hillgarth sometía a Vera Lombardi a un pequeño interrogatorio.

—Se trata de una simple formalidad —advirtió el capitán—. Usted ha pedido asilo, y, como comprenderá, antes de concedérselo debemos realizar una serie de comprobaciones.

—Claro, claro.

El capitán, acostumbrado a los interrogatorios y adiestrado en las técnicas de espionaje más sofisticadas, enseguida se percató de que la mujer se alteraba más de lo habitual. Tenía los nervios a flor de piel. No miraba de frente, le temblaba la voz y se frotaba las manos sin cesar.

—¿Por qué quiere acogerse a la protección de la embajada?

—Porque soy inglesa de nacimiento.

—¿Por qué no quiere volver a Italia?

—Allí corro peligro. Me han detenido y me han encerrado en una apestosa prisión... Si vuelvo a Italia, no sé qué será de mí.

—¿De qué la acusaban?

—De espía al servicio de Inglaterra.

—¿Ha sido miembro del Partido Nacional Fascista?

Vera se estremeció al oír la pregunta.

—Sí, lo fui. —Y se apresuró en añadir—: Ese partido ya no existe. Desapareció tras el enfrentamiento entre el Duce y el rey. Ahora Mussolini ha creado un nuevo partido que se llama Partido Fascista Republicano.

—¿Pertenece usted a ese nuevo partido?

—No.

—Pero sí a su predecesor. ¿Por qué se unió a ese movimiento?

—Porque mi marido estaba afiliado. Y sus amigos, y sus esposas, y sus hijos... Todos estaban afiliados, y yo les seguí la corriente. En realidad, no sabía lo que hacía. Ni siquiera conocía los postulados fascistas.

Un subordinado de Hillgarth llamó a la puerta y le entregó un informe. El capitán devoró su contenido en pocos segundos. Lo llevaba esperando un buen rato.

—¿Dónde está su marido? —preguntó el capitán.

—No lo sé. Sinceramente, no tengo ni idea. Él es monárquico por encima de todas las cosas. Cuando el rey destituyó a Mussolini y nombró a Badoglio, mi marido siguió a Badoglio. Y los fascistas no se lo perdonaron. Meses después, al recuperar Mussolini el poder, fueron a casa a buscarle. Gracias a un chivatazo, Alberto pudo escapar a tiempo. Yo no me marché. Si me iba con él, solo sería una carga. Pensábamos que a mí no me harían nada, pero nos equivocamos. Me detuvieron y me metieron en la cárcel.

—Pero permaneció muy poco tiempo encerrada, ¿no?

—¿Cómo sabe usted eso? —balbuceó la mujer, sorprendida de que el capitán lo supiera.

Hillgarth sonrió y miró de reojo al informe que le acababan de entregar. Narraba las vicisitudes de Vera desde su ingreso en prisión.

—¿Puede responder, señora Lombardi? —le exhortó Hillgarth—. ¿Cuánto tiempo estuvo en prisión?

—Una semana.

—¿Y cómo es que la dejaron salir tan pronto?

La angustia se reflejó en su bello rostro. Tenía los ojos muy abiertos y le temblaba la barbilla. Era evidente que esa pregunta, a pesar de ser esencial, no la llevaba preparada. Decidió no contestar y recurrir a sus amistades.

—Soy amiga íntima de Winston Churchill desde hace muchos años. Por favor, avísenle de mi presencia en la embajada.

Por la información errónea que le había proporcionado Gabrielle, Vera también creía que el primer ministro se encontraba en Madrid.

—¿Por qué fue liberada tan pronto? —insistió Hillgarth; al igual que un perro de caza, no pensaba soltar su presa.

—Por favor, digan al primer ministro que me encuentro aquí y que no quiero volver a Italia.

—Señora Lombardi, ¿por qué fue a Francia después de salir de prisión? ¿Por qué ha entrado en España con un salvoconducto expedido por la Kommandantur alemana de París?

Vera se asustó aún más. Ahora se daba cuenta de que, con las prisas, no se había preparado muchas respuestas y que iba a quedar en evidencia.

—Avisen al primer ministro, por favor. Se lo ruego.

—¿Por qué ha viajado desde Francia en compañía de *mademoiselle* Chantal? ¿Por qué no la ha mencionado todavía? ¿Por qué se hospeda con ella en la misma habitación del hotel Ritz? Dígame, señora Lombardi, ¿qué trata de ocultar?

La italiana comenzó a gimotear. No podía más. Hillgarth se levantó y le ofreció un pañuelo. Ella lo cogió y lo apretó con fuerza contra su nariz.

—Cálmese, señora Lombardi, cálmese. No le vamos a hacer nada. Y si le soy sincero, tampoco creo que vayamos a darle asilo. No sé lo que pretende usted, ni qué planes ocultos la han traído hasta aquí. Pero de lo que no tengo ninguna duda es de que usted trabaja para los alemanes.

—¿Cómo dice?

—Que usted es una espía nazi.

—¡No! ¡No lo soy! —gritó Vera desesperada—. ¡Eso es mentira! ¡Lo juro!

—Mire, no vamos a hacer nada por usted hasta que no nos cuente la verdad —sentenció Hillgarth con firmeza.

El capitán pulsó un timbre y su secretaria asomó la cabeza por la puerta.

—Por favor, ¿puede preparar dos tazas de café?

Hillgarth permaneció callado mientras Vera se debatía en silencio entre confesar todo o mantener la farsa. Si persistía en su versión, era evidente que no iba a conseguir nada. Ni le darían asilo ni avisarían a Churchill. Aquel capitán con orejas de soplillo era demasiado listo para dejarse engañar. Sin el menor escrúpulo, la echaría a la calle y se olvidaría de ella.

La secretaria depositó dos tazas de café sobre el escritorio y se marchó. Vera tomó la suya con ambas manos y se la llevó a los labios. Así permaneció un buen rato, sin articular palabra, con la vista clavada en la escribanía de plata.

—Señora Lombardi, me temo que estamos perdiendo el tiempo —dijo, al fin, el capitán—. Será mejor que se marche a su hotel.

Vera alzó la vista y le miró aterrada.

—¡No, por favor!

—Lo siento, pero nosotros no podemos hacer otra cosa —respondió Hillgarth con sequedad—. Creo que no tenemos nada más que hablar.

El capitán hizo ademán de levantarse. Vera le miró con ojos suplicantes. Y con un hilo de voz imperceptible, comenzó a hablar:

—*Mademoiselle* Chantal trabaja para el servicio secreto alemán.

Hillgarth sintió que una descarga de adrenalina recorría todo su cuerpo. El pez había picado el anzuelo. Vera acababa de confesar.

La mujer no pudo soportar el remordimiento. Bajó la vista y comenzó a sollozar.

—¿Y qué pretende *mademoiselle* Chantal? —preguntó Hillgarth.

—Quiere proponer al primer ministro la firma de un armisticio. Los alemanes están detrás de la operación.

Vera Lombardi confesó a Hillgarth lo poco que sabía de la trama. Lo hacía entre lágrimas, no estaba orgullosa de su comportamiento. Gabrielle era su amiga, había hecho mucho por ella, y ahora la estaba traicionando. Pero no podía hacer otra cosa. Estaba desesperada. Quería regresar a Italia, a la zona conquistada por los aliados, y desde allí seguir al ejército americano en su avance hacia el norte hasta encontrar a su marido. Seguro que Gabrielle, en su caso, hubiese hecho lo mismo. O, al menos, eso trataba de imaginar. No podía recibir otro consuelo.

Hillgarth tomó buena nota de todo lo que decía Vera Lombardi. Luego llamó a su secretaria y se lo dictó. La empleada lo pasó a máquina y se lo entregó a su jefe.

—Señora Lombardi, le ruego que lea este escrito. Es su declaración. Si está conforme con su contenido, por favor, fírmelo al final y en el margen de todas sus hojas.

Vera lo tomó entre sus temblorosas manos y lo empezó a leer. Le costaba trabajo. Se le nublaba la vista en cada línea. No paraba de llorar. Era el acto más despreciable que había hecho en toda su vida. Al menos, lo hacía por una buena causa. Quería volver a Italia y encontrar a su marido. No soportaba vivir sin él.

Al final, firmó la declaración y se la devolvió al capitán.

—Muy bien, señora Lombardi. Ahora ya se puede marchar.

—¿Marcharme? Pero ¿adónde? ¿Y el asilo? ¿No me lo van a conceder?

—Mire, su caso hay que estudiarlo con detenimiento. Incluso habrá que consultarlo con Londres. Hasta dentro de unos días no recibiremos respuesta.

—¿Y qué hago mientras tanto? No conozco a nadie en Madrid. Y no puedo volver al Ritz junto a Gabrielle Chantal sin más, como si no hubiese pasado nada.

—De momento, no ha pasado nada, ¿no cree? Vuelva a su hotel y procure comportarse como siempre.

Vera se sintió engañada. Pero ya no había vuelta atrás. Se levantó de su asiento y el capitán Hillgarth se ofreció a acompañarla hasta la salida.

Sin abrir la boca y con el gesto contrariado, empezó a bajar la escalinata junto al capitán. No había previsto que tuviera que regresar al hotel. Creía que la concesión de asilo sería inmediata. Se equivocó. Ahora tendría que volver con su amiga y buscar una excusa creíble sobre su misteriosa desaparición.

Y entonces ocurrió lo peor que podía pasar. Se encontró de frente con Gabrielle Chantal y el embajador Hoare, que en esos momentos se despedían en la puerta del jardín. Creyó morir.

La diseñadora la miró con los ojos muy abiertos. No daba crédito a lo que veía. Vera, su querida amiga Vera, se había presentado en la embajada por su cuenta y riesgo. No se lo esperaba. Apretó los labios con fuerza y la taladró con la mirada. ¿Qué pintaba Vera Lombardi en la embajada británica? Desde luego, nada bueno. Si hubiese podido, la habría despellejado allí mismo.

Hillgarth y Hoare se mantenían al margen, aunque sin perder de vista a las dos damas, preparados para intervenir en caso necesario. Parecían dos gatas salvajes a punto de lanzarse la una contra la otra.

Por fin Gabrielle se decidió a hablar. Con mirada de fuego y tono hiriente se dirigió a su vieja amiga.

—¡Vaya, qué bonito! ¿Vamos a estar el resto de la tarde mirándonos a la cara, sin hacer nada, como si fuéramos dos figuras de escayola?

Las dos mujeres abandonaron la embajada y se metieron juntas en un taxi, ante el asombro de Hoare y Hillgarth. Eso sí, sin dirigirse la palabra.

Unos metros más lejos, desde un Hispano-Suiza negro, el periodista Jeff Urquiza presenciaba atónito la escena. ¿Por qué habían acudido las dos amigas por separado? ¿Por qué salían juntas? ¿Qué demonios tramaban aquellas mujeres?

60

Al llegar la noche, Franco dejó caer la pluma sobre el escritorio y estiró el cuello y los brazos. Estaba agotado. Llevaba varias horas sin moverse de su despacho, intentando resolver los miles de problemas que se amontonaban encima de su mesa. Entre todos, destacaban dos que le tenían muy preocupado, y que desde hacía días trataba de evitar: la última misiva de don Juan de Borbón y la carta que le había llevado su cuñado Ramón Serrano Suñer.

Abrió de nuevo la primera. En ella, don Juan le instaba a la Restauración borbónica. Y resaltaba, cómo no, que a él, y solo a él, le correspondía ocupar el trono de España. Franco torció el bigote y se armó de pluma y papel. Ya estaba harto de las impertinencias y las intromisiones del hijo de Alfonso XIII. Le pararía los pies de una vez para siempre. Empezó a redactar un borrador de contestación, en el que puntualizaba que la Monarquía abandonó el poder de forma voluntaria en 1931, que el Movimiento Nacional no era monárquico, y que no se había hecho una guerra que costó miles de muertos para traer de nuevo a la Casa Borbón.

—Yo no soy como Primo de Rivera. A mí este mentecato no me hace dimitir. Yo, de aquí, al cementerio.

Leyó varias veces el borrador. Le pareció demasiado áspero, pero es lo que se merecía aquel mequetrefe que no paraba de incordiarle. No era más que un oportunista, un sujeto que, sin ningún mérito, quería aprovecharse de su victoria.

Guardó el borrador en un cajón y lo dejó reposar. Ya lo corregiría más adelante. La experiencia le había enseñado que no debía precipitarse, y aunque ya llevaba varios meses sin contestar la carta de don Juan y le apetecía pararle los pies, le haría esperar unos cuantos meses más. Él no era hombre de reloj, sino de calendario.

Después abrió la otra carta, la que le había entregado su cuñado Ramón Serrano Suñer. En realidad, la misiva no iba dirigida a él, sino a su cuñado, pero excedía las competencias de este último. La leyó de nuevo. Lo que proponía era muy arriesgado. Si España intervenía en aquel asunto, podía salir muy perjudicada. Tendría que pensarlo más.

Cenó en el saloncito privado con su mujer. Como de costumbre, los dos solos, en bata y zapatillas. Era el único momento en todo el día en el que podían disfrutar de un poco de intimidad y hablar de sus cosas sin que nadie les molestara. Durante los almuerzos eso era imposible, siempre rodeados de gente, como el ayudante de servicio, el médico, el capellán y algún que otro invitado ocasional.

Mientras cenaban se dedicaron a escuchar las noticias de Radio Nacional de España, lo que todos conocían, desde tiempos de la guerra, como «el parte». La información que llegaba del exterior no podía ser más preocupante: Alemania se batía en retirada en todos los frentes. Y aunque la radio lo omitiera, la amenaza de una invasión de España por los aliados no se podía ignorar.

Doña Carmen notaba a su marido más callado que de costumbre. Franco era muy reservado, muy poco hablador, pero el mutismo absoluto de aquella noche resultaba inquietante.

—¿Te ocurre algo, Paco?

—Nada, mujer.

—Mira, Paco, podrás engañar a los demás, pero a mí no.

—No pasa nada, Carmina.

La Señora dejó la servilleta sobre la mesa y le miró con intensidad.

—Me han dicho que esta tarde te ha llamado por teléfono Ramón. ¡Menos mal que no ha tenido la osadía de volver por aquí! ¿Estás preocupado por la conversación que habéis mantenido? ¿Me vas a contar qué os traéis entre manos?

Franco dejó el cubierto sobre el plato y miró a su mujer.

—Hace unas semanas, Ramón me entregó una misteriosa carta.

—¿Una carta? ¿De quién?

—De una mujer francesa.

—¿¿Qué?? ¡Ay, Paco! ¿Ahora ese sátiro ha dejado embarazada a una francesita?

—No, mujer. No seas así.

—¡Menos mal! ¡Un bastardo menos! ¿Y qué dice la carta?

—Es un asunto muy delicado y prefiero no hablar de ello. Lo único que te puedo decir es que afecta a la seguridad del Estado.

Doña Carmen suspiró y miró al techo. Sabía que su marido, incluso con ella, era una tumba en los asuntos de Estado.

—Paco, no tienes por qué preocuparte. Confío plenamente en ti, y sé que adoptarás la decisión apropiada. Y si lo ves muy complicado, implora la ayuda divina. El Señor nunca te ha abandonado.

En eso su mujer no se equivocaba. En los momentos más peligrosos de la guerra civil, Franco, después de ordenar lo necesario, siempre se retiraba a rezar durante horas. Y al terminar sus oraciones, las cosas ya se habían arreglado.

A continuación de la cena, y como hacían cada noche, se pasaron por el oratorio privado a visitar al Santísimo. Rezaron durante un buen rato ante el Cristo de la Expiración, la hermosa talla de marfil que presidía la pequeña estancia, antigua alcoba del rey Alfonso XII. Al terminar, acudieron a la habitación de su hija Nenuca, dormida desde hacía ya un buen rato, y por la que sentían verdadera devoción. Una lástima que tuviera una vida tan solitaria y aislada en aquel frío palacio, carente de amigos y de diversiones, siempre rodeada de personas mayores. Sin hacer ruido, la besaron en la frente y se marcharon. Después, Franco acompañó a su mujer hasta el dormitorio.

—¿No vienes a la cama, Paco? —preguntó ella mientras Franco la arropaba con dos mantas muy gruesas; doña Carmen era muy friolera.

—Ahora no puedo, Carmina. Tengo asuntos pendientes.

—No te acuestes muy tarde.

Sabía que su marido no cumpliría su consejo: todos los días se metía en la cama de madrugada.

Franco volvió a su despacho privado y se sentó ante una mesa atestada de carpetas y expedientes. Ahora que podía trabajar con mayor serenidad, sin que nadie le interrumpiera, se dedicó a los temas relacionados con la justicia. Leyó algunas sentencias de muerte y las peticiones de clemencia de los condenados y sus familiares. Con un lápiz marcaba en la carpeta el destino del reo. La letra «E» significaba «enterado», en cuyo caso se llevaría a cabo la ejecución; la letra «C» indicaba «conmutada», es decir, el condenado salvaba la vida.

Por último, firmó varios nombramientos y ceses. Entre estos últimos se encontraba el de un gobernador civil que aquella misma tarde le había visitado.

«Excelencia, corren rumores de que voy a ser destituido», dijo el hombre, preocupado y compungido.

«No haga caso de las habladurías. ¡Van a por nosotros!»

Esa fue la enigmática respuesta de Franco, que el asustado gobernador no supo interpretar.

Cuando terminó de firmar, volvió a leer de nuevo la carta que le había entregado Serrano Suñer. Le llamaba la atención la audacia de su autora. Tenía que reconocer que era valiente y atrevida. Se merecía una respuesta. Pero ¿cuál? No era una decisión fácil.

Decidió retirarse a descansar. Ya era tarde. Ni siquiera se entretuvo en leer unas pocas líneas de Valle-Inclán, su autor preferido.

Al entrar en el dormitorio, decorado con muebles estilo imperio, vio que su mujer se había quedado dormida. De puntillas se acercó al mueble oratorio que se alzaba junto a su cama, fabricado con madera de raíz y palosanto. Allí se encontraba, iluminada día y noche por unas pequeñas lamparillas de aceite, su reliquia más preciada: la mano incorrupta de Santa Teresa.

Al estallar la guerra civil, la mano se custodiaba en el convento de las carmelitas de Ronda. El lugar fue saqueado por los milicianos, pero no encontraron la reliquia, escondida por una de las monjas. Semanas después, se volvieron a presentar, y exigieron la entrega de la mano bajo amenaza de lanzar a todas las religiosas al Tajo. Obtuvieron la reliquia y se la llevaron a Málaga, en donde permaneció hasta que la ciudad fue conquistada por los nacionales. Pero no regresó a Ronda, como era de esperar, sino que fue enviada a Franco. El general no se separó de ella durante el resto de la guerra. Le atribuía poderes divinos. Creía firmemente que la santa intercedía a favor de sus tropas. Y quedó convencido de tal intervención cuando sus hombres entraron en Madrid el 28 de marzo de 1939, día de Santa Teresa y aniversario de su nacimiento. Desde entonces, conservaba la reliquia en su habitación, junto a su cama, y no pensaba devolverla al convento.

Franco se acercó al mueble oratorio, se arrodilló ante el relicario de su santa preferida y comenzó a orar con devoción. Necesitaba, más que nunca, su ayuda.

61

Desde que Gabrielle y Vera llegaron a Madrid, la primera que se levantaba siempre acudía a la habitación de su amiga a despertarla. Aquella mañana, ninguna apareció por el dormitorio de la otra. Lo ocurrido la tarde anterior en la embajada británica era de tal gravedad que la amistad entre ambas se había resquebrajado para siempre y ya nunca más se podría recuperar.

Gabrielle se levantó, se arregló y bajó sola a desayunar. Cuando salió de la suite, ni siquiera se molestó en comprobar si Vera seguía dentro de su dormitorio. La puerta permanecía cerrada y no tenía intención de abrirla.

Por razones que aún desconocía, Vera había acudido sola a la embajada británica. Gabrielle no le había pedido explicaciones. Al menos, de momento. Cuando abandonaron la embajada, se limitaron a tomar un taxi y regresar al Ritz en silencio. No bajaron a cenar. Cada una se encerró en su habitación sin despedirse de la otra. Y desde entonces no sabía nada de Vera.

Gabrielle entró en el comedor del Ritz y ocupó una mesa junto a las cristaleras. Desde allí podía disfrutar de unas magníficas vistas sobre el jardín, con sus fuentes y su escalinata de piedra, todo cubierto bajo un manto de nieve. Aunque hacía frío y los árboles carecían de hojas, a Gabrielle le gustaba disfrutar de la claridad del día. Adoraba el azul intenso del cielo madrileño en los meses de invierno. Se sentó a la mesa y el camarero le sirvió el desayuno.

Tenía un humor de perros. Su cabeza no dejaba de dar vueltas y más vueltas a lo ocurrido la tarde anterior en la embajada. Su enfado con Vera no se había apagado. Muy al contrario, según pasaban las horas su indignación iba en aumento. ¿Qué hacía Vera en la embajada? ¿Qué pretendía? ¿Qué había contado a los ingleses? ¡Maldita ingrata!

Una joven cometió la imprudencia de acercarse a la mesa. Con cara embobada, le confesó que era una ferviente admiradora suya. Y sin que Gabrielle mostrara el más mínimo interés, le contó que vivía en Lisboa, que se acababa de casar y que estaba en Madrid de luna de miel. Chantal se limitó a mirarla de arriba abajo. Enseguida la catalogó. Si era admiradora suya, desde luego no había aprendido nada. Era la típica niñata que confundía elegancia con ostentación. Hacía años que Gabrielle no veía a una mujer tan recargada de bordados, gasas, tules, lazos y joyas. Parecía un árbol de Navidad con piernas.

—Por favor, ¿me podría dar algún consejo? —le rogó la portuguesa.

—Sí, pequeña, te voy a dar uno —respondió Gabrielle entre dientes, aparentando una sonrisa falsa; si en ese momento se llega a morder la lengua, sin duda se habría envenenado—. Y espero que nunca lo olvides.

—¿Cuál? —preguntó entusiasmada, sin percatarse del genio que destilaba la diva.

—La elegancia es comodidad y simplicidad. La ostentación siempre es vulgar.

La joven no entendió muy bien la respuesta. No sabía si era un consejo o una crítica. Por si acaso, prefirió desaparecer. Se despidió de la diseñadora y regresó a la mesa con el panoli de su marido.

Un botones se acercó a Gabrielle y le entregó un sobre. Llevaba el membrete de la embajada británica en Madrid. Le sorprendió tanta celeridad. Tan solo habían pasado unas horas desde que solicitó el visado al embajador. Sin duda, su nombre y su fama habían influido en la rápida respuesta.

Rasgó el sobre y extrajo una cuartilla de su interior. Era un simple escrito firmado por un funcionario de tercera. Ausente de cualquier fórmula de salutación, se limitaba a decir:

En contestación a su solicitud de visado para viajar al Reino Unido, se pone en su conocimiento que esta embajada ha decidido desestimar su petición.

El escrito no podía ser más lacónico. Era la típica respuesta de formulario que servía para todo el mundo. Ni siquiera en eso habían sido originales.

Al leer el escrito, a Gabrielle se le encogió el estómago y sufrió un ataque de ira. ¿Cómo se atrevían a rechazar su visado? ¿Por qué no le contestaba el embajador de su puño y letra? ¿Le habrían comunicado a Winston Churchill que deseaba verlo? Sospechó, con acierto, que la visita de Vera a la embajada tenía algo que ver con todo esto.

Se le quitaron las ganas de desayunar. Recogió sus cosas y se puso en pie, dispuesta a abandonar el salón. Justo en ese momento apareció Vera en la puerta. Se acercó a la mesa y tomó asiento. Estaba cohibida, avergonzada de su miserable comportamiento.

La modista no se anduvo por las ramas. Trató que su tono fuese lo más hiriente posible. Y de eso sabía un rato.

—Ayer a las seis de la tarde tenías que acompañarme a la embajada inglesa. Pero desapareciste. Y, para mi sorpresa, te encontré luego en la propia embajada. Habías ido por tu cuenta. ¿Qué demonios hacías allí?

—Fui a pedir asilo político.

—¿Asilo qué?

—Asilo político, Gabrielle. Quiero volver a Italia y buscar a mi marido.

—¿Y solo fuiste a eso?

Vera se agitó nerviosa en su asiento. Lo que le había hecho a Gabrielle no tenía perdón. No se sentía orgullosa de su comportamiento. El amor a su marido le había hecho traicionar a una de sus mejores amigas. Y jamás lo podría olvidar.

—¿Les hablaste de mí?

La pregunta de Gabrielle era más bien una acusación. Vera no contestó. Estaba a punto de romper a llorar.

—Dime, Vera, ¿les hablaste de mi misión? —insistió.

Vera siguió callada.

—¿No tienes nada que decir? ¿Tan avergonzada estás? —Y tras un incómodo silencio, agregó—: Somos amigas desde hace muchos años. Te he sacado de una prisión porque me dabas lástima. ¿Y así me lo pagas?

Vera respiró hondo y se armó de valor.

—¿Por qué me has metido en esto? —balbuceó con la cabeza baja.

—Ya te lo dije. Porque tienes muchas amistades en Inglaterra.

—¿Y por qué tu empeño en que se firme el armisticio?

—¿Vas a interrogarme ahora?

La interpelada alzó la vista.

—No es normal tu comportamiento, Gabrielle. La guerra dura ya cuatro años. ¿Por qué quieres que se firme la paz ahora? Podías haberlo intentado antes.

—Nunca es tarde cuando se trata de una buena causa, ¿no crees?

—No, Gabrielle, no. Ahora mismo los alemanes retroceden en todos los frentes. Han perdido África. Y en Rusia y en Italia están en franca retirada. Tarde o temprano los aliados invadirán Francia, y todo habrá acabado. Los alemanes tienen la guerra perdida. ¡Perdida! ¿Por qué firmar la paz ahora, si están a punto de ser derrotados?

—Porque estoy harta de esta guerra. ¿Lo entiendes? ¡Harta!

—No eres sincera contigo misma. Has tenido un noble impulso, no te lo discuto. Pero sin duda has sido manipulada por los alemanes.

—¿Manipulada? ¿Yo?

—Sí, Gabrielle, aunque no te hayas dado cuenta. Los alemanes quieren la paz a toda costa porque les conviene. Saben que no tienen ninguna salida, que la derrota es inevitable, que solo es cuestión de tiempo.

—¡No digas tonterías! ¡Y no te consiento que me hables así! Ahora ya no tengo duda: me has delatado en la embajada y les has contado mis planes.

—¡Pues sí, lo he hecho! ¿Y qué? Soy inglesa y no quiero que me consideren una traidora.

—¡Lo sabía! ¡Ingrata! ¡Eres una ingrata! ¿Para eso me molesté en sacarte de la cárcel?

—¡No me vuelvas a repetir eso! ¡Basta! ¡Basta, ya! ¡Ya te lo he agradecido mil veces! ¿Qué más quieres? ¿Que lance pétalos de rosas a tu paso? ¿Que bese el suelo que pisas? Además, espero que mi arresto en Italia no haya tenido que ver con esta misión.

—¿Qué insinúas, Vera?

—Que espero no haber sido víctima de un complot.

—No sé a qué te refieres.

—Muy sencillo, Gabrielle. Me meten en la cárcel y llegas tú y me salvas. Así las cosas, ¿cómo me iba a negar a cumplir la misión que me pedía mi salvadora?

—A ver, a ver... ¿Intentas decirme que yo te metí en la cárcel para luego poder liberarte y tenerte agradecida a mis pies?

—Es una posibilidad, ¿no?

—¡Tú estás loca! ¡Completamente loca! ¡¿Cómo puedes pensar algo así?!

—¿Y tú? ¿Cómo has sido capaz de embarcarme en esta historia? En esta trama tan rocambolesca y con esta gente tan peligrosa. ¿Con qué derecho?

—Era la forma de ser útil.

—¿De ser útil a quién? ¿A Alemania? ¿O a tu amante nazi?

Gabrielle la fulminó con la mirada.

—No te consiento que me hables así. Eres una desagradecida, Vera. Nunca debí fiarme de ti. Tan solo eres una niña consentida, como todas las de tu clase.

La diseñadora sabía muy bien cómo meter el dedo en la llaga. El rencor de Gabrielle hacia las clases altas, nacido en el orfanato, de nuevo salía a la luz. La modista estaba roja de ira. Nunca una amiga la había insultado de esa manera ni la había decepcionado tanto. Parecía un halcón a punto de lanzarse sobre un ratón indefenso.

Gabrielle comprendió que, por culpa de Vera, los ingleses nunca se fiarían de ella. La denegación del visado en menos de veinticuatro horas era la prueba evidente. No tenía nada que hacer. La misión había fracasado por completo, y todo por culpa de una mujer a la que consideraba su amiga. Vera Lombardi al final había optado por la traición.

Ante el asombro de Vera, Chantal cogió la tetera y se dispuso a servir una taza a su antigua amiga.

—No te molestes, Gabrielle. Yo me serviré.

—No es ninguna molestia. En mi país siempre servimos primero a los prisioneros.

Vera sintió una punzada en el pecho. Ella, que procedía de una de las familias más antiguas de Inglaterra, acababa de ser insultada en su propia cara. Y no podía hacer nada. Entonces comprendió que su amiga tenía razón. Tan solo era eso: una simple prisionera, cautiva de la generosidad de Gabrielle.

Aquella misma mañana, la modista telefoneó a Spatz y le contó lo ocurrido. Aquella misma mañana, Spatz comunicó a Gabrielle que, por orden de Berlín, se cancelaba la Operación Modellhut. Aquella misma mañana, Vera Lombardi desapareció del hotel Ritz y de la vida de Gabrielle Chantal para siempre.

JEFF

«Lo que dejas atrás, siempre acaba
por alcanzarte»

Informe n.º 74 (APIS)

París, 27 de diciembre de 1943

Excmo. Sr.:

En respuesta a su requerimiento de información, le comunico que *mademoiselle* Chantal, de profesión modista, se encuentra libre de cualquier sospecha ideológica. A diferencia de algunos de sus amigos, *mademoiselle* Chantal siempre se ha mantenido al margen de disputas políticas. Su comportamiento en los últimos años está exento de toda crítica. Nunca se ha manifestado en contra de la Ocupación, no se le conocen simpatías con la Resistencia y acude con frecuencia a las fiestas organizadas por las autoridades alemanas. Como gesto de distinción, es una de las pocas personas que goza del privilegio de hospedarse en el Hotel Ritz, reservado solo a los Altos Mandos de la Wehrmacht.

Siento la nostalgia de la distancia en estas fechas tan entrañables y me gustaría haber disfrutado en mi Patria de la Natividad de Nuestro Señor, pero el servicio a España me exige estos sacrificios, que acepto con total entrega y sin la menor vacilación. Todo sea por el bien de España y de nuestro Caudillo.

A la espera de las órdenes de Su Excelencia.

¡Quien como Dios!

S-212

Al terminar de leer el informe, Franco devolvió el documento a Carrero Blanco. Después juntó la punta de los dedos a la altura de los labios y se quedó callado durante unos instantes con la vista clavada en su fiel subordinado.

62

Desde que Gabrielle llegó a Madrid, Jeff Urquiza la vigilaba día y noche sin descanso. No la dejaba ni a sol ni a sombra. Pretendía descubrir si conocía a Serrano Suñer, si era la autora de la famosa carta y si la misiva tenía que ver con el asesinato de Daniela. De eso hacía ya casi una semana, y comprobaba con desolación que seguía igual que el primer día. En ningún momento la modista había intentado ponerse en contacto con Serrano. Quizá ni siquiera le conocía. En vista del resultado, Jeff empezó a dudar de la autoría de la carta. Tal vez se había precipitado en sus conclusiones al sospechar que procedía de Gabrielle Chantal. Pero si ella no era la autora, ¿quién la pudo escribir? ¿Y por qué le confesó que temía que Daniela hubiese muerto por su culpa, porque los asesinos querían, en realidad, asustarla?

Lo único que había hecho la modista fuera de lo común había sido la misteriosa visita a la embajada británica. Y a Jeff no le preocupó demasiado. Tal vez solo se trataba de una visita de cortesía a un viejo amigo.

Los días pasaban y el tiempo se agotaba. Seguía igual de perdido, sin ninguna pista a la que aferrarse. Si quería sacar algo en claro antes de volver a París, solo le quedaba un camino. Y le costaba trabajo ponerlo en práctica.

Al final, se armó de valor y llamó por teléfono a Serrano Suñer. El antiguo ministro no puso ningún reparo a una nueva entrevista. Acordaron verse esa misma tarde, a las cinco y media en punto, en su casa.

A la hora prevista, y con puntualidad suiza, Jeff pulsó el timbre de la puerta. El mayordomo le acompañó hasta la biblioteca. Tomó asiento y esperó un buen rato. Al parecer, el señor estaba ocupado con otra visita.

Media hora más tarde se abría la puerta corredera y aparecía Serrano Suñer con un elegante traje gris marengo. Saludó a Jeff con afabilidad y se sentó a su lado.

—¿En qué puedo ayudarle, señor Urquiza?

—Hace unas semanas le entregué una carta de parte de una amiga mía llamada Daniela de Beaumont.

—Lo recuerdo perfectamente.

—Mi amiga ha sido asesinada.

—Lo sé. Me enteré a través de mis contactos.

Jeff recordó al misterioso emisario de Serrano que se entrevistó con él en el despacho del inspector Urraca.

—La policía atribuye el asesinato a la Resistencia francesa.

—¿La Resistencia? ¡Vaya! —exclamó Serrano—. ¿Y por qué motivo?

—Según la versión oficial, porque Daniela era amiga de los alemanes.

—¿Algún detenido?

—Unos estudiantes de la Sorbona.

—¿Lo confesaron?

—Sí, pero sospecho que bajo tortura. A las pocas horas fueron ajusticiados.

—¡Qué barbaridad!

Serrano meneó la cabeza en señal de desaprobación.

—Como le digo, don Ramón, para las autoridades parisinas el caso está cerrado. Pero yo no me conformo con la versión oficial. Estoy investigando el crimen por mi cuenta y me encuentro en un callejón sin salida. He venido por si usted puede ayudarme.

—Cuente con ello. ¿Qué quiere saber?

—Desde el primer momento tuve la sospecha de que la

muerte de Daniela tenía que ver con el mensaje que yo le entregué.

Serrano le miró con suspicacia.

—¿Qué le lleva a pensar eso?

—A Daniela no la mataron sin más. Antes, la torturaron. Y solo se tortura a alguien para causarle un mayor sufrimiento o para que confiese algo. Creo que Daniela fue torturada por culpa de la carta.

—¿Y en qué fundamenta esa sospecha, Urquiza?

—Los asesinos registraron la casa de Daniela a conciencia. Me temo que buscaban la carta o algo relacionado con ella.

Jeff carraspeó un par de veces antes de continuar. Había llegado el momento más delicado de la charla.

—Don Ramón, me serviría de gran ayuda saber quién escribió la carta y qué decía. Es la única forma de poder avanzar en este atolladero.

Serrano Suñer se quedó callado un buen rato. Se limitaba a mirar a Jeff con sus brillantes ojos azules. Por fin se decidió. Suspiró con profundidad y comenzó a hablar.

—Bien, de acuerdo, Urquiza. Le contaré hasta donde puedo llegar. ¿Entendido?

—Se lo agradezco. ¿Me podría decir quién escribió la carta?

—Daniela de Beaumont.

Jeff se quedó sorprendido. No se esperaba esa noticia.

—Daniela me dijo que la carta era de una amiga.

—Pues le mintió. Tal vez lo hizo para protegerle.

—¿Protegerme a mí? ¿Qué decía la carta?

—Discúlpeme, pero no estoy autorizado a revelar su contenido. Espero que lo comprenda. Y mire que lo lamento. Me cae usted francamente bien, su padre era amigo mío, y sé que esta investigación la está llevando a cabo movido por el noble sentimiento de la amistad. Pero no me pida una cosa que no le puedo dar.

Jeff fingió tal gesto de desesperación que, por unos instantes, Serrano estuvo a punto de ceder y contar todo lo que sabía. Al final se contuvo, aunque decidió ayudar al periodista de alguna manera.

—¿Ha leído la prensa de la tarde? —preguntó Serrano.

—No, no he pasado por ningún quiosco.

Serrano se levantó y cogió de una mesita un ejemplar del *Pueblo*, el diario vespertino de mayor tirada. Se lo entregó a Jeff y le señaló la portada. El titular rezaba: «Todo preparado en Verona para el juicio contra los traidores.» La noticia venía acompañada de una foto de varios hombres entre rejas.

—Si quiere saber lo que decía la carta, debe preguntárselo a él.

Serrano Suñer señaló con el dedo índice a un hombre. Jeff enseguida lo reconoció: el conde Ciano, el yerno de Mussolini. Bronceado y repeinado a lo Rodolfo Valentino, su rostro era inconfundible.

El conde Ciano... El asunto se enredaba cada vez más.

—¿Cómo se lo voy a preguntar a Ciano? Está preso en Italia en espera de juicio.

—Ese, mi querido amigo, es su problema.

63

Jeff no podía dormir. No dejaba de dar vueltas y más vueltas en la cama. Ni siquiera la botella de ginebra que se ventiló acodado en la barra del Pasapoga le ayudaba a conciliar el sueño. Las palabras de Serrano Suñer le habían dejado intranquilo. El crimen de Daniela se complicaba demasiado. No iba a ser nada fácil resolverlo.

Como suele ocurrir después de una noche en vela, se quedó dormido, por puro agotamiento, cuando ya empezaba a despuntar el día. Y como suele ser frecuente en estos casos, se levantó de la cama a media mañana, mucho más cansado que cuando empezó la noche.

Después de una prolongada ducha de agua fría y de dos cafés bien cargados, se dirigió a la sede de su periódico. Necesitaba hablar con el director. Era el último día del año, hacía frío y nevaba sobre Madrid.

En la sala de redacción reinaba un gran alboroto. Los periodistas, ataviados con ridículos sombreritos de papel, cantaban villancicos y se lanzaban confeti y serpentinas. Por las mesas se veían botellas de sidra y cajas de polvorones. Un compañero le ofreció un vaso a Jeff, pero este rehusó con la mano.

—Luego lo acepto. Ahora tengo que ver al ogro.

La puerta del despacho del director estaba entreabierta. Pasó sin llamar. Agustín Peñalver ni se enteró de su presencia. Se encontraba de espaldas, inclinado sobre el escritorio, con la

camisa remangada y unos pantalones enormes que le llegaban hasta las axilas. Mordisqueaba un enorme habano mientras escrutaba las fotos que yacían esparcidas sobre la mesa.

—¡Buenos días! —gritó el periodista a un palmo de la
oreja de su jefe.

El director pegó un brinco, se volvió de golpe y se llevó
la mano al pecho.

—¡Joder, Urquiza! ¡La madre que te parió! ¡Vaya susto!
Casi me matas. ¿Qué coño pintas tú aquí?

—Estamos en Navidad. ¿No te has dado cuenta?

—¡Pero si tú eres un golfo ateo!

—Ateo, no. Agnóstico.

—¡Bah! ¡Pamplinas!

—Vamos al grano que no tengo toda la mañana. ¿Quién
cubre el proceso de Verona?

—Nadie.

—¿Y nuestro corresponsal en Italia?

—Acaba de regresar a Madrid. Su mujer se ha puesto
de parto. ¡Manda huevos, en qué momento!

—¿Y nadie del periódico va a cubrir la noticia?

—No. Tendremos que recurrir a la agencia Efe.

—Quiero ir a Verona.

—Pues lo lamento mucho, pero no tenemos dinero para
pagarte el viaje y las dietas, así que te aguantas

—No me importa. Corro yo con los gastos.

—Pero ¿qué dices, Urquiza? ¿Estás mal del coco?

Aunque el director trató de disimularlo, esbozó una
sonrisa de satisfacción propia de un orgasmo extramatri-
monial. Nunca, en toda su vida profesional, un empleado
se había mostrado tan generoso con su empresa.

—¡Joder, esto sí que es amor al trabajo! ¿Te vas a Italia y
no nos va a costar un duro? ¡Te amo, Urquiza!

Peñalver hizo ademán de darle un beso en la frente,
pero Jeff le esquivó a tiempo.

—¡Déjate de mariconadas!

—¡Por Dios, cómo te pones! —respondió Peñalver con
voz afeminada.

—Solo te pido una cosa.

—¿El qué? —preguntó el director, suspicaz; temía que hubiese gato encerrado.

—Que el periódico se encargue de conseguir los visados y los salvoconductos para el viaje. Y, por supuesto, las credenciales para presenciar el juicio.

—¡Eso está hecho, hombre! —El director respiró tranquilo—. Ahora mismo muevo mis contactos para que agilicen el papeleo. ¿Cuándo piensas salir?

—Lo antes posible. El juicio comienza dentro de una semana.

—¿Has caído en la cuenta de que no hablas italiano?

—De eso no te preocupes. Ya me buscaré la vida.

Antes de abandonar el edificio, se tomó un vaso de sidra con sus compañeros. No estuvo mucho tiempo. No soportaba los empalagosos villancicos que los pelotas de turno le dedicaban al jefe. Despreciaba a los aduladores tanto como a los traidores. Al fin y al cabo, estaban hechos de la misma pasta.

Por la tarde llamó por teléfono a su amigo el embajador Otto Abetz. Necesitaba hablar con él. Le asqueaba pedir un favor a los alemanes después de todo lo ocurrido en el último mes, pero no tenía más remedio.

—¿Has dicho que quieres entrevistarte con el conde Ciano? —repitió incrédulo Otto Abetz desde el otro lado de la línea.

—Otto, tú eres el embajador de Alemania en Francia. Seguro que conoces a alguien en Italia que me pueda echar un cable.

—Pero ¿por qué quieres entrevistarte con ese hombre?

Jeff buscó una excusa grandilocuente.

—A mi periódico le interesa ese juicio. Quiere mostrar al público español cómo la justicia fascista castiga a los traidores.

—Jeff, nos conocemos hace muchos años. Déjate de monsergas y dime el verdadero motivo.

—Está bien, tú ganas. ¿Sabes cuántos periódicos vendería mi director si publicamos una entrevista exclusiva con el conde Ciano?

El embajador alemán soltó una carcajada. Se lo había tragado.

—¡De acuerdo, Jeff! Me pondré en contacto contigo si consigo algo.

Al llegar la noche, se vistió de etiqueta y se fue al Ritz. Pensaba disfrutar de una excelente cena de Nochevieja con sus amigos. Madrid aparecía cubierto por un manto blanco. Por las calles solo circulaban borrachos y vagabundos.

Al entrar en el salón del Ritz, enseguida localizó a sus amigos. Y no muy lejos se encontraba Gabrielle Chantal junto a un individuo de aspecto elegante y juvenil. Era la primera vez que la veía en Madrid en compañía de un hombre y sin Vera Lombardi.

La diseñadora llamó a Jeff con la mano y se empeñó en que se sentara a su mesa. El periodista rehusó con cortesía, pero Gabrielle insistió tanto que al final tuvo que aceptar. Jeff se acercó a la mesa de sus amigos, se excusó lo mejor que pudo, y volvió con Gabrielle.

—Te presento a Hans Günther von Dincklage, pero puedes llamarle Spatz —dijo Gabrielle en inglés—. Es tenista profesional.

Después del fracaso de su misión, a Gabrielle ya no le importaba mostrarse en público con su amante.

—Jeff Urquiza, deportista ocasional y periodista por vocación —respondió el español con una sonrisa irónica que no detectó la pareja.

Los dos hombres se estrecharon la mano. Por fin Jeff conocía al famoso Spatz. Lo único que sabía de él era lo que le había contado Dalban *el Argelino* en el One Two Two.

—A pesar del nombre, no es alemán. Es inglés. —La diseñadora mintió sin ningún pudor; si bien la madre de Spatz tenía nacionalidad inglesa, su padre era alemán, al igual que él—. Por eso nunca hablamos en francés, aunque Hans lo domina a la perfección. Entre nosotros siempre nos comunicamos en inglés.

Tenía que reconocer que Spatz era un tipo encantador. Y hacía buena pareja con Gabrielle, a pesar de ser diez años más joven que ella. Aparentaban la misma edad.

Los dos pretendían mostrarse alegres y desenfadados, pero un poso de amargura yacía en el fondo de sus ojos. Gabrielle se había hecho muchas ilusiones con su misión madrileña, se veía como la gran impulsora de la paz europea, como la defensora de la civilización occidental frente al execrable comunismo ruso. Y, en pocas horas, la Operación Modellhut se había ido por la borda por culpa de la traición de su amiga.

—¿Vera no cena con nosotros? —preguntó Jeff.

—No me hables de esa mujer, que se me revuelve el estómago —gruñó Gabrielle con gesto amargo—. No sé dónde está, ni me importa. Me imagino que se habrá ido a nado hasta Italia en busca de su adorado maridito. ¡Qué pena de mujer!

Poco antes de la medianoche, los camareros repartieron las tradicionales doce uvas en unos pequeños cuencos de plata. A Gabrielle le llamó la atención la curiosa costumbre española. Aunque se lo había oído contar a Picasso, creía que era una broma del pintor malagueño.

—¿Quién puede engullir doce uvas de este tamaño en tan pocos segundos? —comentó Gabrielle con una sonrisa—. ¡Si parecen melones! ¡Qué barbaridad!

Cuando faltaban pocos segundos para las doce de la noche, se apagaron todas las luces de la sala, salvo las velas doradas que se consumían sobre las mesas. Se hizo el silencio y un potente foco de luz alumbró el escenario.

—¡Atención, damas y caballeros! —anunció el director de orquesta por el micrófono—. Les comunico que al año 1943 le quedan quince segundos de vida. Y para seguir con la tradición, vamos a recibir el Año Nuevo con las uvas de la suerte.

Tras un prolongado redoble de tambor, y a golpe de bombo, que imitaba las campanadas de la Puerta del Sol, el público empezó a engullir las uvas, una a una. Al concluir la última, las luces se encendieron, una lluvia de globos cayó del techo y la gente estalló en aplausos y felicitaciones. Todo un festival de hipocresía en su grado extremo.

Gabrielle y Spatz no permanecieron mucho tiempo en el salón. Tenían que madrugar. A la mañana siguiente partían hacia París.

—¿Por fin encontraste un local adecuado? —preguntó Jeff a Gabrielle cuando se despedían; hasta el último segundo trataba de averiguar qué pintaba ella en Madrid.

—No, querido. Y te confieso que ya me he cansado de buscar. Por el momento, no abriré ninguna tienda en Madrid.

A Jeff le sonó aquella frase a simple excusa, y, por cierto, muy poco ingeniosa.

Por motivos evidentes, la modista le ocultó las verdaderas razones de su precipitado regreso a París. Por culpa de Vera, la embajada británica le negaba el visado para viajar a Londres. Además, Spatz se había enterado gracias a sus contactos de que los ingleses estaban elaborando una lista con todos los espías alemanes que operaban en Madrid. Pensaban entregársela en breve al Gobierno español para que procediese a su inmediata expulsión del territorio nacional. En esa lista quizá ya figurasen ellos. Por si acaso, lo mejor era poner tierra de por medio.

Al marcharse la pareja, Jeff se reunió con sus amigos, que no dejaban de beber y divertirse. No tardó en entablar amistad con una joven desconocida que ocupaba una mesa vecina en compañía de su marido, medio grogui por culpa de la bebida. Su indumentaria era de lo más barroca, propia de otras épocas. No le faltaba de nada. La joven le confesó que era portuguesa y que estaba en España de luna de miel.

Al final de la noche decidieron subir a su habitación. Jeff cargó con el marido, tan borracho que ni siquiera se enteró cuando lo metieron en la bañera con una manta. Ellos se acostaron en el lecho nupcial, como era de esperar. El problema surgió a la hora de desnudarse. La portuguesa llevaba tanta ropa encima, y tan complicada de desabrochar, que casi acaba con la paciencia de Jeff. Jamás había tardado tanto en desvestir a una dama.

64

Después de hacer el amor como un orangután enfurecido, Benito Mussolini se dejó caer en la cama junto a Clara
Petacci, agotado por el descomunal esfuerzo. Cada vez estaba más satisfecho de su virilidad, de su maestría en hacer
gozar a su joven amante. Cerró los ojos y se durmió.

No tardó en despertarse, alertado por la bocina de un
coche y unos bramidos femeninos. Se levantó y se acercó a
la ventana. Un Alfa Romeo deportivo acababa de aparcar
junto a la puerta de Villa Fiordaliso, la mansión de Clara.
Enseguida reconoció el vehículo: era el coche de su hija
Edda. Y las voces solo podían proceder de su garganta.

—¿Qué ocurre, Ben? —le preguntó Claretta, desde la
cama, medio adormilada—. ¿Qué pasa, mi mandril?

—Sigue durmiendo. No pasa nada, cariño —respondió
el Duce, tratando de tranquilizarla.

No sabía qué pintaba su hija en casa de Claretta. ¿Le
vendría a recriminar sus infidelidades? No lo creía. Sus hijos nunca se habían inmiscuido en su agitada vida amorosa. Además, Edda no era precisamente la persona más indicada para ese tipo de reproches. A pesar de estar casada
con el conde Galeazzo Ciano, contaba ya con una extensa
colección de amantes en su agenda.

Aturdido por el pánico, pues temía a su hija más que a
una serpiente pitón, Mussolini atrapó al vuelo el primer albornoz que encontró en su camino y salió disparado hacia

el salón. Agarró un periódico y se dejó caer en un sofá, justo en el preciso instante en que su hija Edda abría la puerta de par en par. No hizo falta que dijera nada. De un simple vistazo, el Duce enseguida detectó su estado de humor. Puños cerrados, pelo revuelto, ojos enrojecidos, mirada asesina. A su alrededor revoloteaba una atemorizada doncella que trataba de contener a la impulsiva mujer.

Edda entró en el salón. No podía negar quién era su padre. Tenía sus mismos ojos. Negros, grandes y centelleantes. Avanzó hacia él con los labios apretados y la mirada encendida. No se había maquillado y las ojeras delataban un insomnio permanente. A pesar de ello, conservaba su belleza intacta. El Duce se temió lo peor. El escándalo estaba asegurado. Por algo la llamaba la Potra Loca. Y sus hermanos, Sandokán, el Tigre de Mompracem.

Con un gesto, el Duce indicó a la doncella que saliera del salón y cerrara la puerta.

—¿Vas a permitir que asesinen a mi marido? —Edda escupió las palabras con toda la rabia del mundo—. ¡Dime! ¡Contesta! ¿Vas a ser capaz de dejar a tus nietos sin padre?

Mussolini, el todopoderoso dictador, sintió una punzada en el corazón. Edda sabía muy bien dónde atacar, había heredado su carácter. El Duce adoraba a sus nietos por encima de cualquier cosa. Le encantaba jugar y pasar las horas en compañía de los pequeños Fabrizio, Raimonda y Marzio, a los que llamaba cariñosamente Ciccino, Dindina y Mowgli, este último en honor al protagonista de *El libro de la selva*.

—¿Qué vas a hacer con él? ¡Vamos, padre! ¡Responde! ¿Qué vas a hacer con él?

—Será juzgado por un tribunal y se le impondrá una pena justa.

—¡Eso es mentira, y lo sabes! Eso no va a ser un juicio. ¡Eso va a ser un asesinato! La sentencia ya está dictada, ¿verdad, padre? Y es pena de muerte. ¿A que te la han redactado los alemanes? Porque tú solo eres su siervo. ¡Un pelele a su servicio!

Mussolini tragó saliva. Se sentía débil y abatido. Las palabras de su hija eran terribles y dolorosas. Y no podía rebatirlas. Edda tenía razón.

—¿Vas a consentir que los alemanes te digan lo que tienes que hacer? ¿Vas a seguir siendo su lacayo a cambio de que te mantengan en el poder? Mira, Duce, sabes que yo siempre he sido partidaria de la alianza con Alemania. ¡Pues me equivoqué! Me arrepiento de haber sido tan estúpida. Y tú, pobre necio, deberías recapacitar. Si solo puedes seguir en el poder con el apoyo de Hitler, es mejor que dimitas. ¿Me has entendido? ¡Dimite de una vez, padre! Ya no se trata de ser fascista o antifascista, sino de ser patriota. Italia está por encima de todo. Y debe ser salvada.

Resultaba paradójico ver los desesperados esfuerzos de Edda por salvar a Galeazzo cuando en los últimos años, si en algo habían destacado ambos cónyuges, era en la descarada colección de amantes que habían pasado por sus respectivas camas. Sus incesantes escarceos amorosos, que mostraban en público sin el menor recato, eran la comidilla de todos los italianos. Un amigo íntimo incluso se atrevió a reprochar a Edda: «¿Por qué te preocupas tanto por tu esposo si llevas años presumiendo de amantes?» A lo que ella contestó con firmeza: «He tenido muchos amantes. Pero hijos solo he tenido con mi marido.»

—Todo el mundo sabe que Hitler te ha exigido la cabeza de Galeazzo. Y que tú no has tenido el valor suficiente para oponerte. ¡Escucha bien lo que te digo, padre! Si le pasa algo a mi marido, jamás me volverás a ver ni a mí ni a tus nietos. Nos iremos de Italia, nos iremos al extranjero, y nunca sabrás de nosotros.

Lo que Edda no confesó es que desde hacía varios días sus hijos ya estaban en el extranjero, escondidos en Suiza.

—Galeazzo lleva mes y medio encerrado en la inmunda prisión de Scalzi. ¿Sabes cuántas veces me han permitido verle? ¡Dos! ¡Solo dos en mes y medio! Ni siquiera me permitieron visitarle el día de Navidad. ¿Qué me dices a eso? ¿Lo ordenaste tú, padre? ¿O ya nadie te hace caso?

Mussolini permanecía con la cabeza gacha, asustado y hundido. Escuchaba los duros reproches sin emitir una sola palabra en su defensa. Tenía que reconocer que Edda era muy valiente. En eso había salido a su madre.

—Y mientras mi marido se pudre en una prisión, tú aquí, escondido, bien protegido, en los brazos de tu querida Claretta Petacci. —No ocultó su desprecio al pronunciar el nombre de la amante—. ¡No tienes vergüenza, padre!

—No es asunto tuyo.

—¡Pues claro que es asunto mío! ¿Cómo puedes ser tan estúpido de no darte cuenta de lo que está pasando? ¡Los Petacci se están aprovechando de tu nombre! Y todo el mundo lo sabe. Menos tú, claro, que sigues embobado con esa mujer. ¿O es que nadie te ha contado los negocios turbios de la familia Petacci? ¿Sabías que el hermano de tu queridísima Claretta es el único italiano que dispone de gasolina sin ninguna limitación? ¿O que trafica con oro? ¿Y te han hablado de sus actividades ilegales en España? ¿Sabes, querido padre, que todos los Petacci, salvo tu Claretta, han solicitado visados para huir a Madrid?

—Edda, por favor...

—Mientras los Petacci se enriquecen y disfrutan a lo grande, mi marido sufre cautiverio en una asquerosa celda. ¿Cómo puedes permitirlo? ¡Mírame, Duce! ¡Mírame! ¡Soy tu hija!

Las palabras de Edda le laceraban el alma. Ella era su hija mayor, la más querida, la más amada. De pequeña, a pesar de ser delgada y hermosa, se comportaba como un chico. Como un chico valiente y fuerte. Luchaba con sus hermanos y siempre los vencía. Edda hubiese sido un buen soldado.

Nada más estallar la guerra, se alistó voluntaria como enfermera en un barco hospital, el peor destino que podía elegir. Podía haberse buscado un buen puesto burocrático y nadie se lo hubiese reprochado. Al fin y al cabo, era la hija del Duce y la esposa del ministro de Asuntos Exteriores. Pero no quería tratos de favor. Su barco fue hundido, y durante cinco horas sobrevivió en alta mar. Durante el naufragio fue un ejemplo a seguir por su coraje y su valor. En ningún momento se vino abajo.

—¿Sabes que mi marido está incomunicado? ¿Sabes que no le permiten salir al patio de la cárcel? ¿Y que el día de Navidad ni siquiera le dejaron asistir a misa? —Edda seguía con sus reproches. Pensaba desahogarse a conciencia y obligar al Duce a tomar una decisión—. Dime, padre, ¿qué vas a hacer? Porque el tribunal hará lo que tú digas. ¿Vas a dar un puñetazo en la mesa y plantar cara a Hitler?

El Duce alzó la cabeza y la miró a los ojos con ternura. Ella seguía de pie, con los brazos en jarras.

—Edda, como siempre te he dicho, he conseguido dominar Italia, pero no he conseguido dominarte a ti. Mi pequeña Potra Loca...

—¡Cállate! ¡Eso no viene a cuento! Dime, padre, ¿vas a hacer algo por Galeazzo o solo vas a cumplir las órdenes de tu amo Hitler? ¡Responde!

Al Duce le dolían sus palabras. Él siempre se había reído de Hitler, al que tildaba de paleto con bigotillo grotesco, carente de experiencia política, que pronto caería bajo su influencia. No dejaba de ridiculizar al líder alemán ante sus amistades. Incluso afirmaba que Hitler se maquillaba las mejillas con colorete para ocultar su palidez.

Se equivocó. El alumno no solo no cayó bajo su influencia, sino que terminó superando a su maestro. Y desde que Hitler le liberó de su cautiverio, estaba perdido, porque se encontraba en eterna deuda con él. Sin la intervención de Hitler, aún estaría preso, o tal vez bajo tierra. En cambio, gracias a su ayuda, había conseguido crear un Estado nuevo en el norte del país. La República Social Italiana o República de Saló.

La república... Una idea brillante pero que llegaba tarde. Ahora se arrepentía de no haber proclamado la república cuando conquistó el poder veinte años atrás. Por desgracia, mantuvo al rey, aunque no le gustaba. Lo que nunca se imaginó es que ese mismo rey, ese enano coronado que él había afianzado en el trono, le llegaría a traicionar y a ordenar su detención.

—Se hará justicia, Edda.

—¡No te creo!

Ignoraba Edda que no solo Hitler había pedido la cabeza de Ciano. Su propia madre también se lo había exigido a su padre. Rachele odiaba a su yerno con la virulencia propia de una campesina romañesa. Nunca le había tragado, tan estirado y repeinado, y con esos aires de señorito chulo de ciudad. Para una socialista como ella, su yerno representaba la viva imagen de todo lo que más odiaba, del burgués vividor que era preciso erradicar. Y desde la reunión del Gran Consejo Fascista le consideraba, además, un miserable traidor, culpable de la destitución de su marido. «Si Galeazzo se hubiese mantenido fiel, los demás fascistas no se hubiesen atrevido a votar contra el Duce», comentaba con frecuencia Rachele. Con su voto, animó a los demás a sublevarse contra Mussolini.

—¡Te has vuelto loco! —siguió Edda con sus reproches ante un Mussolini hundido—. ¡Todos os habéis vuelto locos! ¡La guerra está perdida! Los alemanes aguantarán unos pocos meses más, pero acabarán rindiéndose. ¿Te enteras? ¿Y en esta situación te empeñas en matar a mi marido? ¿No os basta con haber bañado toda Europa de sangre inocente? ¡Hitler y tú estáis locos, locos de remate!

Edda se acercó a su padre y le apuntó con un dedo amenazador.

—Escúchame muy bien. Si mi marido muere, te arrepentirás toda tu vida.

La mujer se dio la vuelta y se dirigió hacia la puerta. Antes de abandonar la sala, giró sobre sus talones y le taladró con la mirada.

—Y la próxima vez que te vistas deprisa, fíjate bien en la ropa que te pones. ¡Pareces un mariquita!

El dictador bajó la vista. Llevaba puesto un diminuto albornoz rosa que dejaba al aire sus gruesos y peludos muslos. Pertenecía a Claretta.

65

Enero, 1944

Jeff Urquiza llegó a Verona el mismo día que comenzaba el juicio contra Galeazzo Ciano y otros cinco dirigentes fascistas, acusados de traidores por votar en contra de Mussolini en el Gran Consejo Fascista. La vista se iba a celebrar en el salón de música de Castelvecchio, una fortaleza medieval que se levantaba a orillas del río Adigio. Era sábado, 8 de enero de 1944, y hacía un frío que congelaba el alma.

El público se agolpaba en la entrada de la sala. Faltaban pocos minutos para que abriera sus puertas. Abundaban los camisas negras, todos cortados por el mismo patrón: cabellos engominados, perillas recortadas, miradas altivas y ojos encendidos. Solo se oían comentarios soeces contra Ciano y sus compañeros de encierro.

Jeff detectó un pequeño grupo de periodistas extranjeros. Se acercó a ellos y se llevó una gran sorpresa cuando descubrió a su amiga Zoé.

—Pero, coño, Zoé, ¿qué haces tú aquí? —exclamó con los brazos abiertos; llevaban sin verse desde antes de Navidades.

—Lo mismo que tú —respondió Zoé con una sonrisa.

—¿Tanto dinero maneja el diario *Pueblo*?

—Más de lo que tú te crees.

—Menos mal que te he visto. Me vienes de maravilla.

—¿Por qué?

—Porque me servirás de intérprete.

—¿Tú siempre tienes que sacar provecho de las mujeres? ¡Qué cara más dura tienes! Anda, ven, sígueme, que te voy a presentar a alguien.

Zoé le llevó de la mano hasta un grupo cuyo centro de atención era un señor bajito y gordo, de aspecto desaliñado y glotón. Jeff enseguida lo reconoció: era Agustín de Foxá. Escritor, periodista y diplomático.

En esos instantes comentaba que, cuando se encontraba de camino hacia su nuevo destino en la embajada de España en Finlandia, llegó a sus oídos el comienzo del proceso de Verona. No necesitó más. Al instante cambió sus planes de viaje. Por nada del mundo se lo quería perder. Años atrás había trabajado en la embajada de España en Roma, y conocía bastante bien al conde y a sus compañeros de infortunio.

—Por culpa de Galeazzo Ciano tuve que abandonar Roma.

—¿Por qué motivo, don Agustín? —preguntó Zoé.

—Me acusó de espionaje.

—¿Espionaje? —repitió Zoé extrañada.

—El conde Ciano, que era ministro de Asuntos Exteriores en aquel entonces, llamó al ministro Serrano Suñer y le dijo que yo era un espía y que, o me sacaba con disimulo de Italia o ellos me expulsaban de malas maneras.

—No le veo en el papel de espía —apuntó Zoé.

—¡Pues claro que no! ¿Cómo voy a ser espía con esta pinta? Solo era una excusa. El conde me odiaba por muchas razones. Y todas ellas justificadas, por supuesto. —Sonrió como un niño travieso—. La gota que colmó el vaso ocurrió durante una fiesta. Yo estaba muy resfriado y no dejaba de toser. Ciano se acercó a mí y me dijo: «Foxá, a usted le va a matar el tabaco y el alcohol.» Y yo le contesté: «Conde, y a usted, Marcial Lalanda.»

El grupo soltó una sonora carcajada. Los cuernos de Galeazzo Ciano eran famosos, al igual que los de su mujer,

Edda Mussolini. Sus infidelidades mutuas eran bien conocidas por todo el mundo. Ciano siempre elegía damas de la aristocracia o artistas de cine. En cambio, Edda se decantaba por jóvenes atléticos y musculosos, como profesores de esquí o socorristas.

—¿Quién es Marcial Lalanda? —preguntó el único periodista italiano del grupo; el pobre no se había enterado de nada.

—Un torero de moda —contestó Zoé antes de que lo hiciera Foxá.

El italiano seguía sin enterarse.

—¡Un matador de astados, hombre! —aclaró Foxá, haciendo un gesto elocuente con la mano.

El italiano fingió una sonrisa de compromiso.

—Desde ese mismo día, Ciano no dejó de quejarse de mí ante su amigo y colega Serrano Suñer.

—¿Y qué pasó? —Zoé siguió con sus preguntas, encantada con las anécdotas de Foxá.

—Serrano al final me destituyó. Pero no por espía, sino por chistoso. Yo me fui de Roma tan contento. La Italia fascista empezaba a aburrirme.

El periodista italiano no parecía muy contento con las últimas palabras de Foxá. Llevaba camisa negra y el nuevo emblema fascista en el ojal de la chaqueta.

—Don Agustín, entonces, ¿ha dejado de ser fascista? —contraatacó el italiano.

Agustín de Foxá, amigo personal de José Antonio Primo de Rivera, había ingresado en la Falange antes de la guerra y era uno de los autores de la letra del «Cara al sol».

—Mire, joven, soy conde, estoy gordo y fumo puros. ¿Cómo voy a ser fascista? Yo solo puedo ser de derechas.

—Pero no hace mucho usted se declaraba falangista —insistió el italiano.

—Sí, ¿y qué? He pasado del lema falangista «Patria, Pan y Justicia» al mío propio.

—¿Y cuál es, señor Foxá?

—«Café, Copa y Puro.»

Los periodistas españoles tuvieron que aguantarse la risa para no ofender al colega italiano. El hombre era incapaz de comprender la ironía del diplomático.

Las puertas de la sala se abrieron y el público se distribuyó por los bancos de madera. Era un salón amplio y oscuro, de techos muy altos y apliques en forma de globo. En el escenario habían colocado la mesa y las sillas del tribunal. Y a sus espaldas se alzaba una enorme cortina de terciopelo negro con el nuevo emblema fascista bordado en rojo.

Las medidas de seguridad eran espectaculares. En cada esquina de la sala y en los pasillos laterales se habían situado camisas negras armados hasta los dientes. Temían que un comando pretendiera liberar a los acusados.

Un oficial se percató de que a los reos les habían asignado asientos de cuero. De inmediato los mandó cambiar por unas sillas viejas y desvencijadas: quería que la humillación fuese mayor.

Cuando el público terminó de ocupar sus asientos, hicieron pasar a los acusados. En total, seis de los diecinueve miembros del Gran Consejo Fascista que votaron en contra de Mussolini. Eran los únicos que la policía había podido detener. Los trece restantes serían juzgados en rebeldía.

Los acusados parecían tranquilos. Algunos tenían fe ciega en la justicia. Otros estaban convencidos de que aquello era puro teatro y que la sentencia ya estaba redactada. El más sereno de todos era, sin duda, el conde Ciano. Esbelto, atractivo, con el pelo engominado y planchado hacia atrás. Tenía la piel bronceada como si acabara de regresar de una estación de esquí de los Alpes. Se desprendió con garbo de su elegante abrigo beige de cachemira. Debajo llevaba una americana en color tostado y unos pantalones oscuros. Se estiró los puños de la camisa y paseó una mirada arrogante por toda la sala. De inmediato recibió los insultos y los abucheos del enfervorizado público.

No se amilanó. Sabía que iba a morir. Más no le podían hacer. La tarde anterior ya había redactado su testamento, en el que afirmaba que al día siguiente iba a ser injustamente condenado a muerte. No tenía escapatoria. Ni siquiera había podido conseguir un abogado defensor decente. Todos los letrados, muertos de miedo, habían declinado el encargo. Al final le asignaron uno de oficio, tan joven e inexperto que Ciano sospechaba, con fundamento, que no había acabado la carrera.

Entraron en la sala los nueve miembros del tribunal especial nombrado por Mussolini. Como no podía ser menos, todos lucían con orgullo sus camisas negras. La sala se puso en pie y guardó un respetuoso silencio. El tribunal tomó asiento y el público le imitó.

Un ligero murmullo empezó a circular, procedente de las últimas filas. Poco a poco se fue extendiendo como una ola por toda la sala. Un fascista de la fila posterior se inclinó y le dijo a Zoé algo al oído. Cuando terminó, la periodista le susurró a Jeff:

—Se está corriendo la voz de que los guardias tienen orden de disparar a los acusados si ven que el juicio puede acabar con una sentencia absolutoria.

—Es decir, no tienen escapatoria. O los fusila el tribunal o los ametrallan los guardias.

—Exacto, Jeff. Ten mucho cuidado. Me acaba de decir el fulano de atrás que si alguien grita «Al suelo» que todo el mundo haga caso y esconda la cabeza bajo los bancos. Es la contraseña acordada para empezar a disparar sobre los acusados.

Tras las advertencias legales de rigor, comenzó el interrogatorio de los procesados. Todos se declararon inocentes. La mayoría alegó que no sabía exactamente qué se votaba en el Gran Consejo Fascista la madrugada de autos. Uno de ellos incluso afirmó que no había oído bien lo que se debatía porque era sordo.

Ciano intervino por la tarde, tras un breve descanso de tan solo quince minutos para el almuerzo. El conde seguía igual de sereno que por la mañana. Miraba de frente, tranquilo, con voz firme y rotunda:

—Es absurdo pensar que nosotros, miembros del Gran Consejo Fascista, quisiéramos llevar al Duce a la ruina. Si el Duce caía, todos caíamos con él. Nosotros no dimos un golpe de Estado.

La sala estalló en rugidos.

—¡Traidor!

—¡Acabad con él!

—¡Miserable!

Durante unos instantes, Jeff temió que alguien gritara la contraseña y comenzara la matanza. Por suerte, nadie la pronunció. Cuando las voces se apagaron, Ciano continuó:

—El día de la reunión discutimos durante horas el futuro de la guerra. Y se creyó conveniente que, ante la gravedad de la situación, todos los italianos, absolutamente todos, tanto los fascistas como los no fascistas, se unieran bajo la figura del rey, que debería asumir el mando militar.

El público explotó en insultos contra Ciano, Badoglio y el rey Víctor Manuel. Cuando los ánimos se calmaron, Ciano prosiguió:

—Desde luego, si en aquel momento llego a adivinar lo que iba a ocurrir después, mi voto hubiese sido muy distinto.

De nuevo arreciaron las ofensas sin que el presidente del tribunal hiciera nada para silenciarlas. Una vez vuelta la calma, Ciano continuó. A pesar de encontrarse en una ratonera, no parecía asustado. Su voz era enérgica y firme:

—No soy un traidor y nunca lo fui. Lo he demostrado cientos de veces en el campo de batalla.

En verdad, razón no le faltaba. Ciano podía haberse escudado en su cargo de ministro para no ir a la guerra. En cambio, se presentó voluntario y ganó unas cuantas medallas como piloto de combate.

—Siempre he sido un leal servidor del Duce, al que le debo todo —concluyó Ciano su alegato—. Llamarme traidor atenta a mi honor como soldado, como fascista y como hombre.

Las burlas y los insultos estallaron de nuevo. Ciano se había convertido, para los italianos, en el gran traidor.

En realidad, nunca le habían querido, y siempre le habían criticado y odiado. Pensaban que era un chulo engreído, obsesionado con las mujeres, que había llegado a ministro a pesar de su juventud por el simple hecho de estar casado con la hija del Duce.

—Te apuesto una botella de vodka a que Ciano es condenado a muerte —susurró Zoé a Jeff.

—Tú quieres que pierda, ¿no?

Al finalizar la declaración de Galeazzo Ciano, el tribunal suspendió el juicio hasta el día siguiente.

Zoé y Jeff se fueron a despedir de Agustín de Foxá.

—¿A estas horas? ¿Tan pronto? ¿Y sin cenar? De eso nada, mis queridos amigos. Llevo todo el día encerrado en esta jaula, tengo un hambre de espanto, y detesto sentarme solo a la mesa. Los invito a cenar.

—Pero, don Agustín... —Zoé trató de excusarse.

—¡Nada de peros! Soy gordo, tengo el estómago del tamaño de un cachalote y estoy en ayunas desde hace muchas horas. Si aprecian un poco sus vidas, les aconsejo que no me hagan enfurecer.

Ante la gravedad de la amenaza, no tuvieron más remedio que acompañarle.

Foxá los llevó a un restaurante cercano, que conocía muy bien de otras visitas a la ciudad, situado frente a la iglesia de San Lorenzo. El local estaba abarrotado de petulantes camisas negras. Todos ellos habían estado presentes en el juicio. Bebían y comentaban a voces la sesión del día.

—Estos fanfarrones presumen mucho en la retaguardia —rezongó Zoé, incapaz de callarse ni debajo del agua—. Si son tan valientes, ¿por qué no están en el frente pegando tiros?

Buscaron una mesa lo más apartada posible del bullicio. Foxá se encargó de pedir por los tres. Al instante, el mantel se cubrió de sabrosas viandas. Foxá, con una servilleta atada al cuello, devoraba con ansiedad todo lo que le ponían delante. Su charla era amena y divertida, plagada de anécdotas y comentarios jocosos.

—Por desgracia, mañana no podré asistir al juicio —comentó con los carrillos llenos—. Me han dicho que a primera hora sale un avión desde Milán con destino a Hamburgo. Si lo pierdo, no se sabe cuándo será el próximo. Y no soporto atravesar en tren media Europa.

En una mesa vecina, cuatro individuos despotricaban contra los acusados. Al oír a Foxá hablar en español, empezaron a mirarle con escasa simpatía. Al final, uno de ellos, el único que no llevaba camisa negra, se levantó y se acercó a la mesa.

—¿Sois españoles?

Jeff enseguida reconoció la voz. Pertenecía a un locutor norteamericano, muy popular en toda Europa, al que llamaban Lord Haw-Haw. Noche tras noche, y a la misma hora, emitía un programa de radio llamado *Germany calling*, dirigido a sus compatriotas, con el fin de minar su moral. Un traidor en toda regla.

—Sí, amigo, somos españoles. ¿Algún problema? —respondió Jeff.

—He estado en vuestro país muchas veces y no me gustan los españoles. Siempre estáis despreciando a los norteamericanos, como si fuéramos indios salvajes, pero bien que os gustan nuestros dólares.

—Eso no tiene nada que ver —contestó Foxá con toda la tranquilidad del mundo.

—¿Cómo que no?

—Pues no, amigo. También nos gusta el jamón, y no por eso nos acostamos con los cerdos.

Los compañeros del americano, todos italianos, soltaron una carcajada. Les había hecho gracia la respuesta de Foxá. A Lord Haw-Haw no tanto, pero tuvo que aguantarse. Sus amigos pidieron disculpas a los españoles y los invitaron a una jarra de vino.

66

Benito Mussolini se paseaba nervioso por su despacho. Había ordenado que le avisaran en cuanto el tribunal hubiese tomado una decisión. Aún tenía esperanzas de no tener que ajusticiar a su yerno Galeazzo Ciano.

Sobre la mesa de trabajo descansaban varios periódicos extranjeros. No necesitaba que se los tradujeran. Mussolini hablaba francés, inglés, español y alemán a la perfección, casi tan bien como el italiano. La prensa foránea incidía en el gran dilema del Duce, en el conflicto entre el amor a su hija y la traición de su yerno, y en los esfuerzos de Edda para que su padre liberase a su marido. Con Verona como telón de fondo, aquello parecía un drama propio de Shakespeare.

De momento, el dictador no había hecho nada por su yerno. Ni a favor ni en contra. A pesar de las sospechas de su hija, no era cierto que hubiese llamado al presidente del tribunal para exigir mano dura con Ciano. Como ocurría con todas las cosas molestas que aparecían en su vida, Mussolini no las abordaba, y las dejaba pasar como si no fueran con él.

Pobre Edda... meditaba Mussolini. Tuvo mala suerte la niña de sus ojos. ¿Por qué se casaría con aquel petimetre vividor? Tenía que haberlo impedido. Nunca le gustó. El mismo día de la boda, le dio terror dejar a su hija sola con semejante individuo. Al finalizar el banquete, los novios se subieron a un coche para iniciar la luna de miel. Mussolini no lo dudó un segundo. Salto sobre su Alfa Romeo descapotable y siguió a la pareja durante bastantes kilómetros. Una escena entre cómica y patética. Hasta que por fin Rachele, su mujer, que a su vez le seguía en otro coche, le adelantó y le hizo parar. Con una gran dosis de paciencia, le convenció de que dejara a la niña en paz, que ya era mayor y sabía lo que hacía.

En realidad, no debía de saberlo muy bien. Edda se pasó la noche de bodas encerrada en el cuarto de baño del hotel, amenazando con tirarse por la ventana si Ciano se atrevía a entrar.

De repente, sonó el timbre del teléfono. Mussolini se estremeció. Quizá le llamaban para comunicarle la sentencia. Acudió veloz a su escritorio y descolgó el auricular. Escuchó en silencio, y un inquietante escalofrío recorrió su cuerpo. Luego colgó y se dejó caer en la butaca de su escritorio. Se tapó la cara con ambas manos y comenzó a temblar. Acababa de recibir la peor noticia que podía esperar.

No se trataba de la sentencia de Ciano. Ni de una nueva derrota militar. Ni de una crisis diplomática. Ni siquiera de un nuevo golpe de Estado contra su autoridad. Era algo mucho peor. Lo peor que en esos momentos le podía pasar: su mujer se acababa de presentar en Villa Fiordaliso, la residencia de su amante Clara Petacci.

Desde luego, no había sido una excelente idea que su amante y su esposa fueran vecinas. Y más aún sabiendo que su mujer era una auténtica romañesa de caderas robustas y manos poderosas. Y con un carácter endemoniado.

Le acababa de llamar Claretta, nerviosa y angustiada, para decirle que una mujer con muy mala pinta se había subido a la verja del jardín y no paraba de insultar y gritar. Por la descripción, Mussolini enseguida la identificó. Solo podía ser Rachele, su mujer.

Diez minutos más tarde, descolgó el teléfono y de nuevo se puso en contacto con Claretta.

—Dime, pequeña, ¿cómo siguen las cosas?

—Esa mujer continúa subida a la verja. ¡Está diciendo cosas horribles de mí! Por favor, ven.

—¿Te ha visto?

—No. Estoy escondida detrás de las cortinas.

—¿Está sola?

—No. Hay un hombre con ella. Me suena su cara. Creo que es Buffarini, el ministro del Interior. Y hay cuatro camiones cargados de policías. Benito, ¡ven, por favor!

Mussolini se quedó paralizado. ¿Qué pintaba el ministro del Interior allí? ¿Y por qué habían acudido los policías?

—¿Está contigo el jefe de tu escolta? —preguntó el Duce.

—No. Está en su hotel. Es su día de descanso. Aquí solo está un sargento y varios soldados.

—Llámale y que vaya de inmediato.

Claretta cumplió la orden. Llamó al jefe de su escolta, un teniente alemán de las SS. El Duce no se fiaba de sus propios compatriotas. Los italianos, incluidos los fascistas, odiaban a muerte a la Petacci. Por tal motivo, Mussolini había pedido a Hitler que soldados alemanes protegiesen a su amante.

El teniente de las SS escuchó con atención las palabras de la Petacci. Nada más colgar el teléfono, se subió a su vehículo y se dirigió a la mansión a toda velocidad.

Lo que vio al llegar no podía ser más grotesco. La mujer del Duce seguía en lo alto de la verja, pegando berridos. El ministro del Interior trataba de calmarla desde el suelo. Pequeño y nervioso, sudaba como si estuviera encerrado en una sauna. Mientras tanto, los policías contemplaban atónitos la escena desde los camiones.

—Excelencia, ¿qué ocurre? —preguntó el teniente de las SS a Rachele.

—¡No quiere abrirme, la muy zorra!

—Excelencia, si nadie abre la puerta, eso quiere decir que la residencia está vacía.

—¡Tonterías! Teniente, no me tome por idiota. Sé perfectamente que esa furcia está en la casa.

Después de una prolongada conversación entre el teniente de las SS y el ministro del Interior, este último ordenó a los policías que se marcharan. Rachele fue imposible de convencer. No pensaba moverse de allí sin hablar antes con la Petacci. Y de paso, si tenía ocasión, intentaría arrancarle los pelos de la cabeza.

El SS volvió a su hotel y llamó por teléfono a Mussolini. Le contó cómo estaba la situación en Villa Fiordaliso y requirió instrucciones.

—Está bien, teniente. Por mi parte, pueden verse —respondió un Duce abrumado y con voz temblorosa—. Por supuesto, no deje que lleguen a las manos. Y si alguna se atreve a chillar, o sube el tono de voz más de la cuenta, dé por finalizada la conversación de forma inmediata.

El SS colgó el teléfono y esbozó una amarga sonrisa.

—Estos italianos no tienen remedio —murmuró resignado.

El SS se montó en su vehículo y regresó a Villa Fiordaliso. Al llegar, presenció la escena más surrealista de su vida. Rachele, con la falda remangada y sus poderosas carnes a cuestas, intentaba saltar por encima de la verja. El pequeño ministro del Interior trataba de convencerla con buenas palabras, pero sin atreverse a retenerla. Las fornidas ancas de la romañesa, y su pesado bolso, imponían un profundo respeto.

—Por favor, Excelencia, haga el favor de bajar. Se va a hacer daño —le rogaba el sudoroso ministro una y otra vez.

Mientras tanto, Mussolini había telefoneado a Claretta para decirle que dejara entrar a su esposa.

—¡No! ¡Tengo miedo, Ben! ¡Mucho miedo! ¡Esa mujer me quiere matar!

Al final, después de muchas súplicas, la amante accedió. Aun así, hizo esperar un buen rato a Rachele. Quería arreglarse para la ocasión con su mejor traje y sus joyas más valiosas. Pretendía demostrar que ella no era una palurda de pueblo, sino la hija de uno de los médicos más respetados de Roma.

Cuando estuvo lista, Claretta llamó al teniente de las SS y le dijo que los dejara entrar, pero antes tenía que registrar el bolso de Rachele por si llevaba una pistola o un cuchillo. El SS fingió que obedecía la orden, que por supuesto no cumplió. ¡Cualquiera se atrevía a meter la mano en el bolso de la romañesa! En el acto, y de un certero zarpazo, le hubiera arrancado los ojos.

Los visitantes pasaron al salón. No se sentaron. Poco después, hacía acto de presencia Claretta. Por fin se encontraban las dos mujeres frente a frente. Durante unos instantes, se calibraron con la mirada, como si fueran a batirse en duelo.

Claretta enseguida comprendió que, en caso de enfrentamiento físico, tenía todas las de perder. Ella era una niña bien, de clase alta, con vocación de pintora y poetisa. Nunca había lavado un plato o manejado un plumero. Sus manos eran tan suaves y delicadas como la piel de un recién nacido.

Rachele pertenecía a otra raza. Una mujer dura, de origen muy humilde, con las manos ajadas de tanto lavar y fregar con agua helada. A los cuatro años ya cuidaba el gallinero, los pavos y los cerdos. Al cumplir los seis convenció a sus padres para que la dejaran acudir a la escuela. Todos los días caminaba doce kilómetros descalza, con los zapatos colgados del cuello. Y solo se los ponía al entrar en clase. No tenía otros y no podía permitir que se le estropearan.

Solo tenía siete años cuando murió su padre. Su madre no tenía dinero ni para el entierro. Su familia fue inscrita en el Registro de Pobres, y la única ayuda que recibieron fue un kilo de sal al mes durante tres meses. Rachele dejó la escuela y empezó a trabajar de criada.

Muy jovencita pretendió vivir con su amor, Benito Mussolini, sin estar casados. Las familias de ambos se opusieron. Benito reunió a su padre y a la madre de Rachele. Delante de ellos empuñó un revólver y dijo:

—Este revólver tiene seis balas. Una, para ella, y cinco para mí.

Ante tal amenaza, las familias acabaron por ceder.

La pareja tuvo una hija, Edda, y cinco años más tarde se casaban en contra de la voluntad de Rachele. Como buena socialista, no creía en la institución del matrimonio.

Durante los primeros años, la pareja vivió en la pobreza más absoluta. Cuando su marido por fin alcanzó el poder, Rachele no quiso cambiar su estilo de vida. Siguió viviendo con la misma austeridad de siempre, como una convencida socialista. Amasaba el pan con sus propias manos, cuidaba de los pavos y los conejos, y acudía al mercado todos los días con una vieja cesta. Se opuso a que sus hijos fueran bautizados y siempre los mandó a escuelas públicas. Se negó a llevar joyas o ropa elegante. Nunca asistía a actos protocolarios, siempre permanecía en un segundo plano y en veinte años solo visitó dos veces el Quirinal, la residencia del rey. A pesar de sus ideas avanzadas, para ella una esposa tenía por función cuidar de la casa y de los hijos. A lo que Mussolini añadiría: «y llevar los cuernos».

El Duce se empeñó en tener, al menos, una criada. Era el presidente del Consejo de Ministros. No podía vivir como cualquier mecánico de la Fiat. Tras mucho discutir, Rachele accedió. Solo impuso una condición: ayudaría a la criada en las labores del hogar. Y siempre lo cumplió. Ella no era más que nadie. Aunque su marido fuese el hombre más poderoso de Italia.

En mitad del salón de la casa, como dos gatas enfrentadas, Rachele y Claretta seguían valorándose con la mirada.

—¡Vaya con el Duce! —exclamó, por fin, Rachele, que siempre llamaba «Duce» a su marido—. A mí solo me ha comprado un abrigo de piel en toda su vida. En cambio, a su querida la cubre de joyas. ¡Qué suerte ser la mantenida del jefe de la nación! ¡Vive mejor que la propia esposa!

Aquellas palabras fueron el pistoletazo de salida. A partir de entonces empezaron los insultos y las amenazas. El ministro del Interior y el teniente de las SS miraban aterrados, sin atreverse a abrir la boca. En un momento dado,

Rachele se lanzó a por Claretta y los dos hombres tuvieron que intervenir para separarlas.

—¡Está loca! ¡Sáquenla de aquí!

Fue lo último que gritó Claretta antes de desmayarse. Al verla en el suelo, Rachele soltó una carcajada:

—¡Qué vergüenza! Ya no hacen mujeres como las de antes. ¡Qué mal gusto tiene el Duce!

El teniente de las SS llenó una copa de coñac y se arrodilló al lado de la Petacci. Intentó que bebiera unos sorbos.

—¡Deja de fingir, payasa! —Rachele seguía con sus provocaciones.

Cuando Claretta se recuperó, llamó por teléfono a Mussolini delante de todos.

—Esta mujer está loca. ¿Sabes cómo me ha llamado, Ben? ¡Me ha llamado puta! ¡Puta! ¡Y en mi propia casa!

El Duce no abrió la boca. Estaba bañado en sudor, con la camisa pegada al cuerpo.

—Dile al teniente que se ponga —dijo Mussolini a Claretta.

La joven le entregó el teléfono.

—Teniente, mantenga la conversación en un tono pacífico. ¡Es una orden!

—Duce, me encuentro en una situación muy incómoda. No sé cómo actuar. A mí me han preparado para la guerra, no para resolver problemas domésticos.

Benito Mussolini calló. No supo qué decir. Estaba abrumado. La situación le superaba. Tenía miles de problemas sobre la mesa, asuntos muy importantes que afectaban al futuro de Italia y que debía resolver con urgencia. Y en vez de atender a sus obligaciones, allí estaba él, perdiendo la mañana, tratando de apaciguar la lucha entre dos panteras salvajes. Colgó el teléfono sin despedirse.

—Por el bien de Italia, le ordeno que deje de ver a mi marido —exigió Rachele, muy teatral, a la Petacci.

—¡No! No pienso hacerlo —replicó Claretta—. Además, el Duce me necesita, me quiere a mí. ¡A mí! ¿Acaso no lo entiende? Aunque yo le dejara, él me buscaría y volveríamos a estar juntos. Me lo dice en todas sus cartas. ¡Me ama con locura!

En realidad, en las cartas no solo le decía que la amaba con locura. Eso era lo más cursi. En todas ellas Mussolini le hablaba de las ganas que tenía de penetrarla como si fuera una yegua en celo, con salvajes embestidas que le proporcionaran sufrimiento y placer en dosis iguales, y otras muchas lindezas por el estilo. En definitiva, de lo más romántico y cariñoso. Unas misivas tan subidas de tono que hubiesen avergonzado al estibador más bruto del puerto de Marsella.

—¿Cartas? ¿Qué cartas? ¡Quiero verlas! —bramó Rachele con los puños apretados, a punto de lanzarse de nuevo contra su rival.

Jamás el Duce había mandado una carta de amor a ninguna de sus anteriores amantes. Si esas misivas existían, la relación de su marido con la Petacci era mucho más profunda e intensa de lo que ella sospechaba. Tenía que acabar con aquello como fuera, o su matrimonio podría peligrar.

Claretta descolgó de nuevo el teléfono. Un Mussolini completamente desbordado se escuchó al otro lado del cable. Estaba tan angustiado que apenas podía articular palabra. Claretta le contó las pretensiones de Rachele.

—Pero ¿es absolutamente necesario que lea las cartas? —preguntó el Duce con un hilo de voz.

—Lo es, Ben.

—Entonces, que las lea. Pero solo las menos comprometidas, tú ya me entiendes. Y por favor, que no aumente la tensión. No quiero más escándalos. Dile al teniente que se ponga.

Claretta alargó el auricular al oficial alemán.

—¿Duce?

—Teniente, por nada del mundo permita que mi esposa se lleve las cartas. ¿Entendido?

Al colgar el teléfono, y al igual que había hecho en las veces anteriores, Mussolini limpió el auricular con un pañuelo. No se fiaba de la salud de un desconocido, como era el teniente de las SS. El Duce era tan escrupuloso e hipocondriaco que temía que los microbios pudiesen viajar a través de las líneas telefónicas.

Claretta se acercó a una librería acristalada y extrajo de su interior un buen puñado de cartas atadas con un lazo azul. A punto estuvo de tomar sus diarios, celosamente guardados en otro compartimento del mueble, y enseñárselos a aquella paleta. En ellos figuraban, de forma exhaustiva y detallada, todos sus pensamientos y todos sus encuentros con el dictador. No ocultaba nada. Una obra descomunal que comprendía varios volúmenes con miles y miles de páginas. Solo el correspondiente a 1938 abarcaba dos mil páginas de extensión. Al final, los dejó en su sitio. En aquellas hojas contaba intimidades muy escabrosas.

Claretta desató el lazo azul y empezó a leer párrafos sueltos de algunas cartas. Por supuesto, eligió aquellos en los que el Duce le ofrecía todo su amor. Y por supuesto omitió los más calientes, aquellos en los que le confesaba que quería ensartarla con su incandescente espada o arrancarle el pecho a mordiscos.

Al conocer las cariñosas declaraciones de amor de su marido, Rachele ya no pudo aguantarse más. Se lanzó contra la Petacci, dispuesta a darle su merecido. Quería arrebatarle las cartas y, de paso, clavarle las uñas. El ministro y el SS se interpusieron entre ambas tigresas. Una misión muy arriesgada ya que podían llevarse algún que otro arañazo.

Con mucho esfuerzo, después de minutos de forcejeo, consiguieron separarlas. El SS cogió las cartas y las guardó dentro de su guerrera.

—¡Teniente, entréguemelas!

—Excelencia, estas cartas no deben salir de aquí.

—¡Se lo ordeno!

—Lo siento, Excelencia, pero cumplo órdenes del Duce.

—¡Buffarini! —Rachele reclamó la intervención del ministro del Interior—. ¡Haga algo! ¡Exija al teniente las cartas! ¡Quíteselas!

—Pero, Excelencia... —tartamudeó el ministro.

—¡No quiero excusas! Ya me ha oído. ¡Las cartas!

Al final, después de varios minutos de discusión, Rachele se dio por vencida. La Petacci no era una amante más de las muchas que había tenido Mussolini a lo largo de su vida. Después de siete años de relación, la Petacci se había convertido en algo más que un entretenimiento pasajero. Debía rendirse a la evidencia y aceptar la realidad.

El ministro del Interior le ofreció el brazo, y ambos salieron de la casa derrotados. Rachele no quiso marcharse sin pronunciar la última palabra. Cuando aún no habían abandonado el jardín, se volvió y gritó con todas sus fuerzas:

—¡Usted va a acabar muy mal! ¡Se lo juro!

67

Jeff se despertó muy temprano, cuando aún no se había levantado el sol. Estaba agotado. Se había acostado a las cuatro de la madrugada. La noche anterior, después de cenar con Zoé y Foxá, había tenido que escribir la crónica del primer día del juicio contra Ciano y sus camaradas. No le costó mucho esfuerzo. El problema surgió a la hora de hacer llegar el texto a Madrid. Solo podía transmitirlo vía telefónica, y las comunicaciones con España eran desastrosas. Tardó varias horas en conseguir línea con su periódico.

Al dejar la llave en recepción, el conserje le entregó un telegrama.

—Lo acaban de traer hace unos minutos.

El periodista lo abrió. Procedía de la embajada de Alemania en París. Su amigo Otto Abetz le comunicaba que la entrevista con el conde Ciano había sido aprobada. Debía ponerse en contacto con el director de la prisión de Scalzi, que ya había recibido instrucciones al respecto. De nuevo Abetz no le había defraudado.

Se guardó el telegrama en el bolsillo del abrigo y salió del hotel. Era domingo, hacía frío y las campanas de las iglesias llamaban a misa. Caminó por una calle angosta, entre caserones medievales, hasta llegar al hotel de Zoé. El edificio estaba situado en un lugar privilegiado, frente al anfiteatro de la ciudad, la Arena de Verona. Zoé le estaba esperando en la puerta.

—¡Vaya, ya era hora! —gruñó, fiel a su estilo—. ¿Qué pasa, Jeff? ¿Te has pasado la noche de juerga con una fulana autóctona? ¿Todavía te queda alguna raza, etnia o religión por catar? ¡Hala, vámonos, que es tarde!

Llegaron a la sala de música de Castelvecchio poco antes de que se iniciase la sesión. Se sentaron en un banco, rodeados de camisas negras vociferantes, y esperaron a que los acusados y el tribunal entraran en la sala.

El juicio se reanudó con el turno de los testigos. Como era de esperar, todos declararon en contra de los reos. A continuación habló el fiscal. Se mostró inflexible, y acusó a los procesados de traición y colaboración con el enemigo. Sin el menor titubeo, solicitó la pena de muerte para cada uno de los enjuiciados.

La intervención de los abogados defensores fue lamentable. Parecían pipiolos recién salidos de la universidad, atemorizados por la presión del público que abarrotaba la sala. El abogado de oficio que le habían asignado a Ciano presentó una defensa patética. Tartamudeaba, perdía los papeles, confundía nombres y fechas, se embarullaba. Con frecuencia los asistentes, incluido el propio Ciano, estallaban en carcajadas ante las meteduras de pata del letrado. Más que defender, acusaba.

El presidente del tribunal preguntó a los acusados si tenían algo más que añadir. Cuando llegó el turno a Ciano, el conde se levantó, alzó orgulloso el mentón, y paseó la mirada por la sala. Su gesto, arrogante y despectivo, lo decía todo.

—Si a pesar de mi abogado no me fusilan, es que soy inmortal.

Dicho esto, se volvió a sentar. Un ligero murmullo se alzó por la sala.

A las siete de la tarde, el presidente levantó la sesión y el tribunal se retiró a deliberar. Jeff y Zoé abandonaron la antigua fortaleza y acudieron al mismo restaurante que la noche anterior, aunque esa vez sin la grata compañía de Foxá. Empezaba a nevar sobre la vieja ciudad.

Al terminar la cena, Jeff acompañó a Zoé hasta su alojamiento. Luego caminó por callejuelas oscuras bajo la nieve, hasta llegar a un viejo café medio vacío, junto a unas antiguas termas romanas. Buscó una mesa escondida, alumbrada por una vela, y empezó a escribir su crónica del día. Cerca de la medianoche regresó a su hotel y pidió una conferencia con España. Tardó una eternidad.

A la mañana siguiente volvió a Castelvecchio en compañía de Zoé. Las puertas de la sala permanecían cerradas. El tribunal continuaba con sus deliberaciones y no se sabía cuándo iba a terminar. Tuvieron que esperar a la intemperie, protegiéndose de las rachas de viento helado con la única ayuda de un termo de café y una petaca de aguardiente. La humedad del río Adigio calaba hasta los huesos.

Los rumores se sucedían sin descanso. Tan pronto se decía que todos serían fusilados como de repente se difundía la noticia de que nadie sería castigado. Los camisas negras se ponían frenéticos cada vez que alguien pronunciaba la palabra «absolución».

De nuevo comenzó a correr el mismo rumor que el primer día: si la sentencia no era de muerte, los policías que vigilaban la sala dispararían sus armas sobre los acusados. No podían dejarlos escapar con vida. Incluso se dieron instrucciones a los abogados para que mantuvieran siempre la cabeza gacha por si se abría fuego sobre los reos.

A la una del mediodía por fin se abrieron las puertas de la sala. El público se acomodó en los bancos y media hora más tarde, cuando se calmó el alboroto que armaban los camisas negras con sus voces y sus consignas, el presidente del tribunal leyó la sentencia. Los acusados fueron declarados culpables del delito de traición y condenados a muerte.

Solo uno de los reos no fue castigado con la pena capital. Y se debía a que, al día siguiente de la reunión del Gran Consejo Fascista, se arrepintió de su voto y envió una carta pidiendo perdón a Mussolini. Aun así, le cayeron treinta años de reclusión.

Los acusados escucharon la sentencia con gran dignidad, a excepción del mariscal Emilio de Bono, que se desmayó al oír la pena. A sus ochenta años, después de haber sido uno de los grandes líderes del *fascio*, le condenaban a muerte sus propios camaradas, acusado de alta traición. No se lo podía creer.

Los condenados asumieron la sentencia con resignación y en silencio, salvo el conde Galeazzo Ciano, que no se calló. Se alzó sobre sus zapatos y, rojo de ira, empezó a insultar a Mussolini y a los miembros del tribunal. Al ver su reacción, el público comenzó a gritar y maldecir. La voz de Ciano apenas se oía en medio del tumulto.

—Al menor ruido extraño, agacha la cabeza, que estos tipos se lo van a cepillar de un momento a otro —aconsejó Zoé a Jeff.

Al final, tras varios minutos de incertidumbre, se repuso el orden y el público abandonó la sala.

Los dos amigos se despidieron en la puerta del hotel de Zoé. La periodista regresaba a París esa misma tarde en compañía de unos colegas extranjeros.

—¿Seguro que te quieres quedar? —le preguntó Zoé.

—Sí. Permaneceré aquí hasta el final. Quiero saber cómo acaba todo esto. Tal vez Mussolini les conmute la pena de muerte en el último segundo.

—No te hagas ilusiones.

—¡Ciano es su yerno! ¿Tú crees que Mussolini es capaz de dejar viuda a su hija y huérfanos a sus nietos?

—Si se lo mandan los alemanes, no te quepa la menor duda.

Jeff comunicó la sentencia a Madrid desde el teléfono de su hotel. Ya entrada la tarde, se fue a la prisión de Scalzi. Aunque era el día más inoportuno, tenía que ver a Ciano. Quizás esa fuera su última noche en este mundo y no tuviera otra oportunidad de entrevistarle.

La prisión de Scalzi era un viejo convento de los carmelitas descalzos —de ahí su nombre—, construido en el siglo XVII, que empezó a utilizarse como prisión en el siglo XIX.

Lúgubre, húmedo y oscuro, parecía el presidio del conde de Montecristo.

Después de pasar estrictos controles policiales, Jeff fue conducido al despacho del director. Era un hombre de mediana edad, bajito y delgado, y con un bigotillo ridículo. Estaba muy nervioso y, a pesar del frío, tenía la camisa empapada en sudor. Le temblaban las manos y no paraba de fumar un cigarrillo tras otro. La misión que le habían encargado no podía ser más ingrata y desagradable. Sobre todo si tenía amistad con alguno de los reos.

—Hace un par de días me llamó el general Herder, jefe de la Gestapo de Roma —dijo el director en francés, idioma que utilizaron ambos para comunicarse—. Debe de ser usted un periodista muy importante, porque el general me dijo que atendiera todas sus peticiones, incluso entrevistarse con el conde Ciano, siempre que este último lo consintiera. Acabo de hablar con el conde, le he dicho su nombre y su nacionalidad, y ha aceptado el encuentro. Dispone de media hora, y no puedo darle ni un minuto más. Y solo se le permite llevar encima lápiz y papel. ¿Entendido?

Como era de esperar, el embajador Otto Abetz había cumplido su palabra. Un amigo fiel y leal con el que siempre se podía contar. Lástima que sirviera a una ideología que a Jeff se le atragantaba cada día más.

Un camisa negra registró a Jeff a conciencia y luego le acompañó a la celda de Ciano. En esos momentos el conde escribía unas cartas sobre una mesa destartalada. Al oír la puerta, alzó la vista y miró a los intrusos.

—¿Ya vienen a fusilarme? —preguntó con sorna—. ¡Sí que se han dado prisa!

—No, Excelencia —contestó el camisa negra; a Jeff le llamó la atención el trato respetuoso que dispensaba al detenido, tan distinto del recibido durante el juicio—. Le traigo al periodista español.

Ciano cambió de actitud y esbozó una sonrisa cercana. Se levantó de la silla y estrechó la mano de Jeff. Se le veía pálido y ojeroso, y algo despeinado para lo que solía ser habitual en él. A pesar de las circunstancias, se mostraba bastante locuaz.

—¡Oh, España, qué gran nación! —exclamó en castellano, idioma que dominaba a la perfección, al igual que el francés, el inglés y el portugués—. ¡Y qué mujeres tan bellas! ¿Sabe?, yo tenía planes... ¡Cuánto me hubiese gustado pasar allí los últimos años de mi vida! Pero, como todo el mundo conoce muy bien, nadie es dueño de su destino.

El camisa negra abandonó la celda y cerró la puerta con llave.

—¿Qué tal Franco?

—Me imagino que en El Pardo.

—Creo que el cargo le viene demasiado grande. Incluso ser general es mucho para él. Franco es un buen militar para mandar un batallón. Nada más.

El conde soltó una carcajada demasiado ruidosa para ser sincera. Era evidente que necesitaba una distracción, la que fuera, para poder afrontar sus últimas horas con cierto nivel de dignidad. Y la risa era un buen método.

—Es curioso. Mi mujer solo ha podido verme dos veces en todo este tiempo. Y nunca nos han dejado solos. Teníamos que permanecer a tres metros de distancia el uno del otro, y debían estar presentes el director de la prisión, un oficial de las SS y un guardia. Con usted es distinto. Eso significa que he dejado de ser importante, porque pronto abandonaré este mundo.

Ciano regresó a su silla y le indicó a Jeff que se sentara en el catre. No tenía más butacas.

—Se preguntará por qué he accedido a la entrevista. La razón es muy sencilla: espero que alguien diga la verdad de toda esta farsa, y defienda mi inocencia y mi memoria.

—He estado presente en el juicio.

—¡Ah! Interesante, ¿no? —Se echó a reír—. ¡Vaya circo! ¿Qué le ha parecido mi abogado defensor?

—Patético.

Ciano soltó una carcajada.

—¿Usted cree, sinceramente, que era abogado?

—Me temo que no.

El conde volvió a reír.

En realidad, a Jeff solo le interesaba preguntar por la carta de Daniela. Lo demás era secundario. Eso sí, serviría como buena exclusiva periodística y su director se pondría muy contento. Pero no podía abordar el tema de la carta sin antes justificar su presencia. Tomó lápiz y papel y se dispuso a escuchar.

—La guerra está perdida —meditó Ciano en voz alta—. Mejor dicho, la guerra estaba perdida desde el mismo día en que estalló. Lo sabíamos muy bien. Italia no estaba preparada. Para estar en condiciones, Alemania nos tenía que haber suministrado veinte mil trenes repletos de armamento y materias primas. A pesar de mis advertencias, el Duce se empeñó, contra viento y marea, en entrar en la contienda. Y así nos ha ido.

—¿Por qué votó a favor de la moción de Grandi en el Gran Consejo Fascista?

Ciano emitió un profundo suspiro y se tomó unos segundos antes de responder.

—Estimado amigo, se lo diré a usted: por no alargar el sufrimiento del pueblo. Esa fue la razón. Cuando una guerra está perdida, es de desalmados prolongar la lucha, ¿no cree? Italia necesitaba firmar la paz. Y el único obstáculo era la presencia de Mussolini. Mientras él siguiera en el poder, sería imposible llegar a un acuerdo con los aliados. Si no queríamos que Italia fuese totalmente destruida, con millones de muertos y heridos, había que echar al Duce. Así de simple. Eso es lo que me movió a votar a favor de la moción de Grandi.

—¿Se esperaba la pena impuesta?

—Señor Urquiza, yo soy hombre muerto desde el mismo día en que voté la moción. Es triste morir a los cuarenta años, no se lo voy a negar. Pero le aseguro que muero feliz porque sé que los alemanes van a perder la guerra.

—Pues usted siempre se manifestó como un fiel amigo de Alemania.

—Apariencia. Tan solo apariencia. No tenía más remedio. Éramos aliados, para desgracia nuestra. ¡Dios sabe cuánto me repugnaba esa amistad! Siempre le advertí al Duce que no firmase pactos con los nazis, que no eran leales con nosotros. Hitler y sus generales hacían planes por su cuenta, y los ejecutaban sin avisarnos. Nos enteramos de la invasión de Polonia por las noticias de la radio. Y lo mismo ocurrió con las demás campañas. ¿Usted cree que eso lo hacen los amigos? Mussolini ha convertido Italia en la ramera de los alemanes.

Entró en la celda una atractiva joven de pelo castaño y ojos claros. Portaba en una bandeja dos tazas de café. Sin decir palabra, las depositó sobre la mesa y abandonó la estancia con la misma discreción.

—No sabía que en las cárceles italianas hubiera servicio de camareras —comentó Jeff risueño; pretendía distraer un poco al condenado y relajar la tensión del momento—. ¡Y tan bellas!

Ciano soltó una carcajada.

—No es una camarera, señor Urquiza. Es, digamos... una amiga muy especial. Se llama Felicitas Beetz. Algún día conocerá su historia.

A Jeff le hubiese gustado indagar algo más sobre aquella misteriosa joven. Pero tuvo que vencer la curiosidad. No le quedaba mucho tiempo y quería acabar cuanto antes para poder preguntar por la carta de Daniela.

—¿Se arrepiente de algo?

—Sí, de no haber disfrutado más de mi mujer y de mis tres hijos. En los últimos meses, mi esposa me ha enseñado lo que es el verdadero amor, la lealtad por encima de la fidelidad. Ha luchado por mí frente a todos. Es valiente y tenaz. Es una gran mujer. La admiro.

Bebió unos sorbos de café antes de continuar. El recuerdo de su familia había empañado sus ojos.

—Eso es lo que más siento. No haber permanecido más tiempo con mi familia. Pero no pasa nada. En vida, he estado muchas veces lejos de mi mujer. Una vez muerto, estaré siempre a su lado.

Unas pisadas resonaron en el corredor. Los dos hombres dejaron de hablar en el acto y permanecieron en silencio, atentos a cualquier ruido. A pesar de la seguridad que pretendía aparentar, el conde se estremeció asustado. Un tinte de angustia se perfiló en su mirada.

—No temo a la muerte, pero sí a sus preludios. —Ciano trató de justificarse.

De repente, el conde se levantó de un salto. Corrió hasta su taquilla y empezó a revolver sus escasas pertenencias. Por fin encontró lo que buscaba: una pequeña ampolla de cristal con cianuro potásico. Se la metió en la boca y clavó la mirada en la puerta.

—¿Está seguro de lo que va a hacer? —preguntó Jeff, que no le quitaba el ojo de encima.

—Dios me perdonará. Cuando la muerte es segura, no es pecado suicidarse.

—¿Y si vienen a comunicarle que le han concedido el indulto?

Ciano miró a Jeff con gesto de sorpresa.

—El Duce jamás me perdonará —respondió, pero sin mucha convicción.

Jeff se dio cuenta de que los gestos grandilocuentes, los insultos a su suegro, formaban parte de una puesta en escena. En el fondo, Ciano todavía conservaba la vaga esperanza de salir de aquel embrollo. De hecho, aún no había mordido la ampolla.

—Aunque solo exista una posibilidad entre un millón, yo esperaría —le aconsejó Jeff.

El conde le miró y parpadeó varias veces. Se llevó la mano a la boca y escupió la ampolla de cristal. De inmediato la escondió bajo su ropa.

—Espero que esto quede entre nosotros.

—No se preocupe. No he visto nada. Si las cosas se ponen muy feas, ya tendrá usted tiempo de tomar una decisión.

Las pisadas se fueron aproximando. Cada vez estaban más cerca. De pronto se detuvieron delante de la celda.

Ciano sintió un escalofrío, y un ligero temblor empezó a sacudir sus manos y sus piernas.

La puerta se abrió y apareció el director de la prisión acompañado de dos carceleros. Ciano no perdía detalle de sus movimientos.

—¿Ha terminado ya? —preguntó el director a Jeff.

—Aún no.

—¿Sería tan amable de esperar un momento fuera?

Jeff salió de la celda y permaneció en el corredor. Se recostó contra la pared y encendió un cigarrillo. Desde donde estaba, podía seguir bastante bien la conversación.

—Señor, vengo a que me firme la petición de clemencia —dijo el director a Ciano.

—¿Pedir perdón? ¿Yo? ¿Al Duce? ¡Ni hablar! ¡Jamás! Es inútil. Mussolini es un cobarde y nunca hará nada por mí. Tiene demasiado miedo a los alemanes.

—Por favor, Excelencia.

El director extendió un papel sobre la mesa y le ofreció su pluma.

—¡Le he dicho que no! ¿De verdad cree que tengo miedo a morir?

—Si no lo hace por usted, hágalo por los demás condenados. Si la petición de clemencia está firmada por todos, hará más fuerza.

Ciano se quedó unos instantes pensativo, con la vista clavada en el papel.

—¿Han firmado todos? —preguntó el conde, bastante más calmado.

—Todos.

Tomó la pluma que le ofrecía el director y firmó con energía.

—Que conste que no lo hago por mí, sino por ellos.

—Se lo agradezco en nombre de los demás. ¿Puedo hacer algo por usted, Excelencia?

—Necesito un sacerdote. Quiero morir en el seno de la religión católica. Deseo confesar y comulgar.

Ciano se sorprendió de sus propias palabras. Unos meses antes, al producirse la destitución de Mussolini y lanzarse la gente a la caza de fascistas por las calles, Ciano había pedido asilo político para él y su familia en el Vaticano. Y a pesar de haber sido el último embajador de Italia ante la Santa Sede, y tener excelentes contactos al más alto nivel, se lo denegaron. Aquel día declaró la guerra al clero.

—Avisaré al *pater* —contestó el director.

Al salir de la celda, el director le recordó a Jeff que solo le quedaban cinco minutos. El periodista volvió junto a Ciano y ya no tuvo más remedio que abordar el tema que le había llevado allí.

—Le prometo que todo lo que me ha contado será publicado en España —le dijo Jeff, a sabiendas de que la censura no lo permitiría.

—Se lo agradezco.

—Antes de marcharme me gustaría hacerle una última pregunta: ¿le suena el nombre de Daniela de Beaumont? Una mujer francesa, muy guapa, alta, con los ojos verdes y el cabello negro.

—No. ¿Quién es?

—Una amiga mía. La asesinaron en París hace poco.

—Pues lo siento mucho, pero no le puedo ayudar. No conozco a esa mujer.

Su mirada era sincera, propia de un condenado a muerte que ya no tiene por qué mentir. El periodista le creyó.

Jeff abandonó la prisión y caminó hasta su hotel. No dejaba de pensar en la charla con Ciano. Se sentía defraudado. ¿Por qué Serrano Suñer le había dado una pista falsa?

68

Jeff se presentó en la prisión de Scalzi a las siete de la mañana. Una hora antes había recibido un mensaje urgente en el hotel a través de un motorista. Se le requería para que acudiese a la cárcel lo más rápido posible. Le extrañó el mensaje. No sabía para qué le llamaban, ni el motivo de tanta premura.

Según los últimos rumores, el Duce no se iba a atrever a fusilar a su yerno. Amaba demasiado a su hija como para dejarla viuda. Sin duda, indultaría a Ciano y, de paso, al resto de los condenados. Aunque ello supusiera enemistarse con Hitler.

A Jeff no le preocupó el madrugón. No había dormido en toda la noche. Otra noche más... En esa ocasión, su cabeza repasaba una y otra vez las últimas palabras de Ciano. Aseguraba que no conocía a Daniela. Entonces, ¿por qué Serrano le había metido en aquel lío? ¿Qué adelantaba con ello?

Se identificó en el control de acceso de la vieja prisión. Al ver su nombre en el pasaporte, un guardia le llevó al despacho del director.

—Esta madrugada me ha llamado el general Herder —dijo el director—. Usted va a ser uno de los pocos periodistas autorizados a presenciar la ejecución.

A Jeff le sorprendió la noticia. No se la esperaba.

—¿Al final los fusilarán?

—Desde luego.

—¡Pero los reos han pedido clemencia al Duce! El indulto puede llegar de un momento a otro.

—No lo creo.

El director acompañó la respuesta con una sonrisilla malévola. Jeff comprendió que aquel hombre jugaba a dos bandas. La tarde anterior se había presentado muy solícito en la celda de Ciano para rogarle que firmara la petición de indulto. Y ahora era evidente que se alegraba de su fusilamiento.

—¿Por qué está tan seguro de que no habrá perdón? —preguntó Jeff.

—El Duce es un hombre muy ocupado. No podemos entretenerlo con menudencias. Otras personas ya se han encargado de resolver este asunto.

—Y han decidido que se cumpla la sentencia, ¿me equivoco?

—¡Exacto! Esta ejecución es mucho más que un simple fusilamiento. El pueblo italiano necesita ser fuerte. Se avecinan tiempos difíciles, ¡muy difíciles! Si el Duce perdonase a su yerno, la fortaleza del pueblo se desmoronaría. Los italianos necesitan saber que los guía un líder capaz de hacer justicia por encima de todo, incluso por encima de su propia familia, sin importarle la sangre del condenado.

—Ya, entiendo.

—Aunque Ciano, siempre tan inoportuno, casi nos estropea el día.

—¿Por qué?

—Esta noche ha tratado de suicidarse.

A Jeff enseguida le vino a la cabeza la escena de la tarde anterior.

—¿Cómo ha sido? —preguntó el periodista.

—Alguien, aún no sabemos quién, le ha pasado una ampolla de cristal con cianuro potásico.

—¿Ha sobrevivido?

—Sí, no le ha pasado nada. Mordió la ampolla pero, en realidad, le habían engañado. No era veneno. Era clorato potásico. Cuando se dio cuenta, sufrió un fuerte ataque de nervios. Se ha pasado la noche maldiciendo a media humanidad. Sus insultos y juramentos se oían por toda la prisión. Y ahora, si me disculpa, tengo muchas cosas que hacer, como se puede imaginar. Un guardia le acompañará al autobús que le llevará al campo de ejecución.

El director dio una voz y un soldado apareció en la puerta. Poco después, Jeff se subía al autobús que esperaba en la entrada de la prisión. Estaba casi vacío. Tan solo lo ocupaban ocho pasajeros, todos ellos periodistas. Salvo Jeff, los demás eran italianos y alemanes.

Instantes después, el conductor arrancaba el motor y se dirigía a su destino. La ciudad de Verona transcurría ante los ojos de Jeff a través del sucio cristal. El cielo estaba cubierto y amenazaba lluvia o nieve. No había nadie por las calles, como si los habitantes temieran ser testigos de la tragedia que estaba a punto de comenzar.

El autobús no tardó mucho en llegar a una vieja fortaleza situada a las afueras de Verona. Un letrero anunciaba su nombre: el fuerte Procolo. El motor se paró y las puertas se abrieron. Jeff fue el último en bajar. Siguió a sus colegas, que caminaban en fila india por un estrecho sendero, detrás de un par de policías. La tierra estaba cubierta de escarcha, que crujía lastimera bajo los zapatos. Llegaron a una pequeña explanada que tenía toda la pinta de ser un campo de tiro.

El pelotón de fusilamiento estaba compuesto por treinta guardias, formados en dos filas. Llevaban chaquetones color beige, pantalones verdosos y gorras negras con el nuevo símbolo fascista. Frente a ellos, a unos quince metros, habían colocado cinco sillas de madera delante de un pequeño terraplén: los asientos de los condenados.

El público asistente, incluida la prensa, no llegaba a veinte personas. Un equipo de cine se había instalado en lo alto del techo de una furgoneta. Lo operaban dos soldados alemanes. Tenían orden de grabar todo y luego enviar la película a la guarida de Hitler. El Führer no quería perderse ningún detalle.

No se oía nada en todo el campo de tiro, ni siquiera el canto de los pájaros. Un periodista italiano le ofreció a Jeff una petaca plateada. Bebió un buen trago. Necesitaba entrar en calor. El aguardiente le quemó la garganta y le agujereó el estómago. Era de baja calidad, pero le supo a gloria. En compensación, Jeff le ofreció su paquete de Gitanes. Fumaron en silencio.

A las nueve y cuarto de la mañana llegó un furgón policial. Traía a los condenados. Se abrieron las puertas y se bajó un hombre muy mayor con perilla blanca. Era el mariscal De Bono, uno de los líderes más destacados del fascismo desde los tiempos de la Marcha sobre Roma. Le seguían los demás condenados. Todos vestían de paisano, incluido el mariscal.

Precedidos por un fraile y un sacerdote, los condenados caminaban en silencio hacia las sillas. Todos avanzaban con dignidad, menos Marinelli, que gritaba y gimoteaba sin cesar. Para que no hiciera el ridículo ante los verdugos, dos reos le llevaban de los hombros.

—¡No lo hagan! ¡No lo hagan! —chillaba el hombre con desesperación—. ¡Esto es un crimen! ¡Soy inocente!

El más tranquilo de todos era, sin duda, Galeazzo Ciano. Altivo, sereno, con las manos en los bolsillos. Como si aquello no fuera con él.

Al llegar a las sillas de madera, el conde señaló la primera y le dijo al mariscal De Bono:

—Esta es para usted. Es el de mayor rango de todos nosotros.

El anciano mariscal negó con la cabeza y respondió con voz cansada:

—Hijo mío, adonde vamos no importan ni los honores ni las precedencias de este mundo.

Los guardias pretendían sentar a los condenados a horcajadas en las sillas, dando la espalda al pelotón de fusilamiento. Ciano y De Bono se negaron. Querían morir de pie y de cara a los fusiles, y no sentados y por la espalda como si fueran unos traidores. No se lo permitieron. Los sentaron a la fuerza. Y para que ninguno se moviera, les ataron las manos al respaldo de las sillas. Luego les vendaron los ojos, menos a Ciano, que se negó en redondo.

Jeff no perdía detalle de toda la parafernalia. Quizás el viaje no hubiese servido para investigar el asesinato de Daniela, pero en cambio se trataba de una exclusiva de primer orden. El director del *Informaciones* seguro que sacaba provecho. Y sin costarle un duro.

A los guardias no les fue fácil sujetar a Marinelli a la silla. El hombre lloraba y suplicaba con desesperación.

—Calma, viejo. Ya verás cómo no es nada. Ni te vas a enterar —le dijo uno de los guardias con chulería.

Un oficial leyó la sentencia en voz alta. Marinelli seguía con sus chillidos y lamentos, y se convulsionaba como si estuviera bajo los efectos de un ataque epiléptico.

Llegó el turno del pelotón de fusilamiento. El oficial vociferó una orden y la primera fila puso rodilla en tierra. La segunda permaneció de pie. Los guardias alzaron los fusiles, sonaron los cerrojos y apuntaron a los reos. Uno de los condenados lanzó un grito desgarrador:

—¡Larga vida a Italia! ¡Larga vida al Duce!

Algunos respondieron a ese grito. Ciano, no.

El oficial aulló con todas sus fuerzas:

—¡Fuego!

Justo en ese instante, Ciano giró la cabeza y pudo mirar de frente a la muerte.

Una descarga atronadora rompió el frío silencio de la mañana. Los cuerpos cayeron al suelo, arrastrando las sillas con ellos, salvo uno, que siguió sentado e inmóvil. O estaba muerto o nadie le había acertado.

Los hombres que yacían en la tierra se retorcían y gemían entre fuertes estertores. Ninguno había muerto en el acto.

—¡Socorro! ¡Auxilio! —gritaba Ciano con cinco balazos en la espalda.

El jefe del destacamento no sabía qué hacer. Sus hombres, tampoco. Los guardias se miraban perplejos unos a otros en espera de una orden. Como nadie se decidía, y el sufrimiento de los condenados se prolongaba, los guardias empezaron a disparar a su antojo. Las detonaciones se sucedían sin orden ni concierto y los cuerpos se convulsionaban con los nuevos impactos como si sufrieran descargas eléctricas. El condenado que aún seguía en la silla por fin se derrumbó. Jeff jamás había visto una ejecución más caótica y chapucera. Una verdadera carnicería.

Cuando por fin se apagaron los disparos, todavía se agitaba algún cuerpo en la tierra. El oficial empuñó su pistola y disparó el tiro de gracia en la cabeza de cada uno de los ajusticiados.

—Esto parece una matanza de cerdos —musitó asqueado un general alemán que se encontraba muy cerca de Jeff.

Cuando todo terminó, un médico militar examinó los cuerpos. Al arrodillarse junto a Ciano comprobó que su corazón aún palpitaba. Llamó al jefe del destacamento. El oficial se acercó y le descerrajó dos tiros más en la cabeza. Por fin dejó de respirar.

Una hora más tarde, Mussolini montaba en cólera contra el prefecto de Verona. No le había remitido las peticiones de indulto de los reos. El prefecto temía que el Duce se ablandara y perdonara a los condenados.

69

Jeff Urquiza colocó la maleta sobre la cama y empezó a guardar la ropa. Abandonaba Verona. Al día siguiente partía muy temprano hacia Berlín. El doctor Goebbels había anunciado una importante rueda de prensa y el director del *Informaciones* quería que Jeff estuviese presente.

Al terminar de hacer el equipaje, se sentó en una butaca junto a la ventana y empezó a escribir la crónica del día. La narración de una jornada terrible que nunca podría olvidar. El fusilamiento de Ciano le había afectado de una forma muy particular. Se sentía triste, abatido. Un ajusticiamiento no es nunca algo heroico o sublime, pero el del conde solo podía calificarse de brutal carnicería, una escabechina atroz. Como había dicho el general alemán, una auténtica matanza de cerdos.

Alguien llamó a la puerta de la habitación poco antes de que el reloj del Ayuntamiento anunciase las siete de la tarde. A Jeff le extrañó. No esperaba visitas. Dejó el cuaderno y la pluma sobre la mesa, se acercó a la puerta y abrió con precaución. Se sorprendió al ver a un chaval de unos ocho años, con abrigo y bufanda, que le miraba con unos ojos grandes y oscuros. Sin mediar palabra, le entregó un pequeño sobre y salió corriendo escaleras abajo. Jeff lo abrió. Dentro encontró una cuartilla escrita a mano en perfecto español:

Necesito verle ahora mismo. Le espero a las 19 horas en la iglesia de San Antonio. Por favor, no falte. Es muy importante.

Era un mensaje anónimo, sin nombre ni firma. Jeff no tenía ni la más remota idea de quién podía ser su autor. No conocía a nadie en Verona, era su primer viaje a la ciudad. A pesar de todo, decidió acudir a la cita. Le atraían los retos y le fascinaban los misterios. Miró la hora y vio que faltaban pocos minutos para las siete de la tarde. Cogió el abrigo y el sombrero y salió de la habitación.

El conserje le indicó dónde estaba la iglesia de San Antonio. Por suerte, no se encontraba muy lejos. Antes de abandonar el hotel, se abrigó muy bien, con guantes y bufanda. Hacía una noche de perros.

Las calles estaban desiertas. Una profunda tristeza se masticaba en el ambiente. No circulaban vehículos, no se veían peatones, no se oía ni un ladrido. Las persianas de las casas estaban echadas y muy pocas farolas brillaban en la noche. Parecía que la ciudad estuviese de luto, avergonzada por la locura sangrienta de la mañana.

A pesar de la mísera iluminación, no le fue difícil encontrar la iglesia de San Antonio. Subió la escalinata de piedra y empujó la puerta. El interior sobrecogía. No podía ser más lúgubre. La oscuridad era casi absoluta. Tan solo lucían unas pocas velitas delante de las imágenes. No había nadie, no se veía ni un alma. Tal vez le habían gastado una broma pesada, pensó Jeff.

Caminó por la nave central. Sus pisadas rompían el inquietante silencio. El eco de sus pasos rebotaba contra los robustos muros. Las columnas de piedra parecían trepar hasta el cielo. Jeff se sentó en un banco y esperó con los ojos bien abiertos. Podía ocurrir cualquier cosa. Olía a incienso, a cera quemada, a humedad.

A los pocos minutos, alguien entró en la iglesia y avanzó a buen paso hacia el altar. Sus pisadas retumbaban en el suelo de mármol. Jeff se inquietó. No tenía miedo, pero le desagradaban las sorpresas. Podía tratarse de una trampa de la Gestapo. Poco a poco se fue perfilando la imagen de un individuo. Se trataba de un hombre mayor, con el pelo muy blanco. Cuando estuvo más cerca le pudo distinguir con mayor precisión. El desconocido llevaba sotana. Era un sacerdote.

El periodista no le prestó mayor atención. Pensó que se trataba del párroco y que no tenía nada que ver con el mensaje recibido. Se equivocó por completo. El sacerdote se detuvo en el banco de Jeff y se sentó a su lado.

—Buenas noches, hijo. Soy el padre Roberto —dijo el desconocido en un perfecto castellano.

—Le recuerdo, padre. Nos hemos visto esta mañana en el fuerte Procolo.

—Buena memoria.

—Está en mi sueldo. Padre, ¿me ha mandado esta tarde una carta al hotel?

—Sí, a través de un monaguillo.

—Pues aquí me tiene.

—Tengo un mensaje para usted.

—¿Para mí? ¿De quién?

—Del conde Galeazzo Ciano.

De inmediato Jeff puso en alerta todos sus sentidos.

—Esta mañana, antes de partir hacia el patíbulo, el conde quiso confesarse. Y después me rogó que hiciera llegar varios mensajes. Uno de ellos va dirigido a usted.

—Dígame, padre, ¿qué dice? —preguntó inquieto.

—¿Se acuerda de la mujer por la que le preguntó usted ayer?

—Sí, Daniela de Beaumont. Me dijo que no la conocía.

—Pues le mintió.

Jeff sintió un sobresalto. Por fin, cuando ya había perdido toda esperanza de resolver el misterio de Daniela, una luz se encendía al final del túnel. Serrano Suñer no le había tomado el pelo cuando le dijo que acudiera a Ciano. El sacerdote continuó:

—Como usted sabe, nada más producirse la destitución de Mussolini, los fascistas fueron perseguidos por sus enemigos. Ciano y su familia pidieron ayuda a los alemanes. Los subieron a un avión, pero en vez de aterrizar en Madrid, como estaba previsto, lo hizo en Múnich. Allí también se encontraba refugiada la mujer de Mussolini, mientras su marido sufría arresto en Italia.

La puerta de la sacristía se abrió y un monaguillo asomó la cabeza. El sacerdote le hizo un gesto brusco con la mano y el chaval desapareció.

—Se llevaron a Edda y los niños a la casa de la madre de Edda. A Ciano no lo aceptó su suegra por traidor, y fue alojado en una mansión perdida en mitad de un bosque. Vivía con gran lujo, pero no podía salir de la finca. Sufría una especie de arresto domiciliario, bajo vigilancia policial. A los alemanes les venía bien que Ciano estuviera solo.

—¿Por qué motivo?

—Para que pudiera disfrutar de compañía femenina. —El sacerdote no se ruborizó al pronunciar esas palabras.

—Un momento, padre, que me pierdo. ¿Me está diciendo que los alemanes querían que el conde se acostara con otras mujeres?

—Sí.

—¿Para qué?

—Ciano tenía algunas virtudes, pero entre ellas no estaba la castidad. Todo el mundo conocía sus devaneos amorosos y su interminable lista de conquistas femeninas. Los alemanes llevaban mucho tiempo estudiando a Ciano, y sabían que era un hombre apasionado y locuaz con sus amantes. Le buscaron una chica joven y hermosa para que consiguiera sonsacarle información.

—Y tantas molestias, ¿para qué? ¿Qué tipo de información buscaban?

—Querían saber dónde escondía Ciano sus diarios. Y la chica que eligieron para cumplir esa misión fue su amiga Daniela de Beaumont.

Jeff sintió un escalofrío al recibir la noticia. Cuanto más investigaba en la vida de Daniela, más sorpresas desagradables aparecían. Daniela, la dulce Daniela, era un verdadero cajón de sorpresas. Amante de una bailarina de cabaret, inmersa en el mundo sórdido de la pornografía y la prostitución, concubina de un dirigente italiano... No tenía desperdicio. Si lo supiera su hermano Víctor, seguro que se moría del disgusto.

—Veo que la noticia le ha afectado. Le hablo de estos hechos con absoluta franqueza, de hombre a hombre. Antes de ser sacerdote, fui militar, y conozco muy bien las debilidades humanas. Luché en la guerra de España con el Cuerpo de Tropas Voluntarias. Allí vi tanto horror que cuando volví a Italia dejé el uniforme y me fui a un seminario. Por eso hablo tan bien su idioma. ¿Quiere que siga?

—Sí, por favor.

—Su amiga reunía todos los requisitos para que Ciano se encaprichase de ella. Joven, hermosa, inteligente, divertida. Durante varias semanas convivió con Ciano en la villa de Múnich. Como los días pasaban y no conseguía la información, los nazis la despidieron y buscaron a otra. ¿Vio ayer en la prisión de Scalzi a una joven muy bella con el cabello castaño?

—Sí —respondió Jeff; enseguida recordó a la mujer que les llevó las tazas de café a la celda—. *Frau* Beetz creo que se llama.

—Sí, Felicitas Beetz. Fue la sustituta de Daniela. Es una espía alemana de las SS.

—¿Tan importantes son esos diarios para que los alemanes se tomen tantas molestias?

—Más de lo que se puede imaginar. Ciano fue ministro de Asuntos Exteriores durante siete años. Según me contó, siempre se opuso a cualquier tipo de alianza con Alemania. No se fiaba de Hitler ni de sus generales. Por desgracia, el Duce nunca le escuchó. En sus diarios recoge de forma detallada todas las traiciones y desplantes que ha cometido Alemania con Italia, y la opinión que le merecen los líderes de ese país. Es un documento demoledor, que deja en pésimo lugar a Hitler y su camarilla. Si esos escritos se publicaran, sería un escándalo a nivel mundial. El Tercer Reich caería en el desprestigio más absoluto, y perdería los pocos aliados que aún le quedan. La orden de Hitler fue terminante: había que hacerse con los dichosos diarios a cualquier precio.

Jeff escuchaba al sacerdote sin perder detalle. Como amigo de Daniela, le dejaba un amargo sabor de boca. Pero como periodista, aquello no tenía precio.

—¿Por qué el conde no me contó todo esto en la prisión? —preguntó Jeff con cierta suspicacia.

—No podía. Los alemanes habían instalado micrófonos en su celda.

—No le voy a preguntar dónde están esos diarios tan valiosos, pero todo parece indicar que ni Daniela de Beaumont ni Felicitas Beetz tuvieron éxito en su misión.

El sacerdote mostró una sonrisa traviesa.

—Señor Urquiza, se equivoca. Ambas obtuvieron la información que buscaban.

—Entonces, ¿consiguieron los diarios de Ciano y se los entregaron a los alemanes?

—No, señor Urquiza, yo no he dicho eso. Yo he dicho que ambas tuvieron éxito, es decir, que el conde les dijo dónde estaban los diarios, pero ninguna de las dos se lo contó a los alemanes.

—¿Por qué razón?

—En el caso de su amiga, no lo sé. En el caso de *Frau* Beetz, porque, a pesar de ser una espía de las SS, cayó rendida a los encantos del conde. Es la mujer más enamorada que he visto en mi vida. Desde que comenzó el juicio no ha dejado de llorar. Es como si Galeazzo la hubiese hechizado. Esta tarde han tenido que ingresarla en el hospital, presa de un ataque de nervios.

Mientras hablaba con el sacerdote, Jeff no dejaba de especular sobre los motivos que podían haber impulsado a Daniela a aceptar un trabajo de esas características. Estaba totalmente desconcertado. Le costaba trabajo creer que una mujer tan moderna, pero al mismo tiempo tan pudorosa, se hubiese podido degradar tanto en tan poco tiempo. Él, que se jactaba de conocer a las mujeres, se había llevado un buen chasco. Daniela había resultado ser una bomba de relojería. No solo había protagonizado películas pornográficas, no solo se había exhibido desnuda ante las cámaras, no solo se había dedicado a la prostitución, no solo se había convertido en amante de una bailarina de cabaret, sino que también había trabajado para la Gestapo para tender una trampa a un pobre desgraciado. Desde luego, toda una joya. No se podía caer más bajo.

El sacerdote continuó con sus confidencias:

—Los diarios de Ciano ocupan varios cuadernos. Muchos siguen escondidos en algún lugar. Los demás se encuentran ahora en Suiza. Los tiene en su poder Edda, la mujer del conde. Pretende entregárselos a la prensa para que se publiquen en todos los países del mundo. Es su particular venganza por la muerte de su marido.

—¿La hija de Mussolini se ha trasladado a Suiza, a un país neutral, con los diarios?

—Edda se ha fugado de Italia sin que se entere su padre. Hoy, a las tres de la madrugada, un amigo mío me llamó para decirme en clave que Edda acababa de cruzar la frontera suiza en perfecto estado. Inmediatamente se lo comuniqué al conde en su celda. La noticia le reconfortó y le ayudó a afrontar la muerte con mayor entereza y serenidad.

El sacerdote desconocía los detalles concretos de la rocambolesca huida. La hija de Mussolini, provista de pasaporte falso, había caminado sola durante horas bajo la nieve y por parajes inhóspitos hasta llegar a la frontera suiza. Los cuadernos de su marido los llevaba escondidos en el cuerpo, atados al estómago con varias vendas. Si alguna patrulla le daba el alto, debía fingir que estaba embarazada.

—Y usted, padre, después de todo lo que me ha contado, ¿no tiene miedo de que le denuncie a los alemanes?

—El conde confiaba en usted. ¿Por qué no iba a hacerlo yo? —El sacerdote dejó la pregunta en el aire; y a continuación, añadió—: Hijo, ¿alguna vez se ha preguntado por qué

Ciano le recibió a usted, y solo a usted, la tarde anterior a su fusilamiento?

—No, no me lo he preguntado.

—Hace unos días, el cónsul de España en Venecia me entregó una carta del señor Serrano Suñer para el conde. Eran muy amigos, y sé de buena tinta que el señor Serrano ha intercedido ante Franco para salvar la vida de Ciano. En la carta, el señor Serrano anunciaba que usted vendría pronto a Verona, y que era una persona de su absoluta confianza.

Al periodista le sorprendió esta última frase. No podía sospechar ese aprecio hacia su persona. Sin duda, la vieja amistad de Serrano con su padre había sido determinante.

Jeff abandonó la iglesia de San Antonio poco antes de las nueve de la noche. No se encontraba muy bien. Sentía un ligero mareo y un profundo agujero en el estómago. Desconocía el motivo. Tal vez se debiese a que no había probado bocado en todo el día o, más bien, al profundo malestar que le había producido conocer los nuevos secretos de su querida Daniela.

De camino al hotel encontró un pequeño restaurante servido por una bella camarera. Eligió una mesa cercana a la chimenea. Mientras devoraba un plato de salchichas con arroz, pensó en todo lo ocurrido hasta la fecha y en cómo una maldita carta había complicado su placentera vida parisina.

A pesar de las insinuantes caídas de ojos de la bella cantinera, aquella noche Jeff durmió solo.

70

Franco, con gesto angustiado, no dejaba de mover la comida dentro de la boca. Por fin hizo una mueca, como si fuera a silbar, y se llevó dos dedos a los labios. Con sumo cuidado extrajo la puntiaguda espina de una trucha. Soltó un leve gruñido y se limpió con la servilleta. Como buen gallego, le gustaba el pescado más que la carne, pero no soportaba las espinas.

—¿Está todo bien, Paco? —preguntó su esposa, doña Carmen.

—Sí, sí, tranquila mujer.

Franco bebió unos sorbos de vino blanco. No solía beber, pero nunca perdonaba un par de copas de vino por la noche. En la soledad del pequeño saloncito, el matrimonio continuó con la cena. En bata y zapatillas, como siempre.

—¿Qué te ocurre esta noche, Paco? Te veo muy callado. O, mejor dicho, te veo más callado que de costumbre.

—No me pasa nada, Carmina. Tan solo estoy concentrado en el pescado. Ya sabes cuánto detesto las espinas.

La Señora agitó una campanilla y al instante apareció el jefe de comedor.

—Por favor, retire el plato de Su Excelencia —ordenó con gesto severo—. Y dígale al cocinero que la próxima vez limpie bien el pescado antes de servirlo.

—Sus órdenes serán cumplidas de inmediato, Excelencia —contestó el hombre. Acto seguido, se dirigió a Franco—: ¿Desea Su Excelencia que le sirva otra cosa?

—¡No! No hace falta —respondió doña Carmen por su marido—. Retire también el mío y traiga los postres.

Un camarero se llevó el servicio en una pesada bandeja.

—Carmina, no era necesario retirar los platos. Ya casi no quedaban raspas.

—¡Calla, Paco! El servicio es cosa mía, y hay que enseñarle bien para que no ocurran estos fallos. ¿Te imaginas que hubiésemos tenido invitados? Y ahora, ¿quieres contarme qué te pasa?

—Carmina, no insistas. No me pasa nada.

—No te creo. Te conozco muy bien, llevamos muchos años juntos, y sé que estás preocupado. ¿Es por lo del viaje a Cataluña? ¿Sigue el ministro empeñado en que toméis un avión?

—Dice que es lo más apropiado, ya que vamos a inaugurar las nuevas instalaciones de un aeródromo.

—Pues niégate. Acuérdate de Sanjurjo y Mola. Y de tu hermano Ramón. Los aviones son muy peligrosos. Si Dios hubiese querido que voláramos, nos habría dado alas. Nada de aviones, Paco. Hazme caso y vete en coche.

Desde la muerte de los principales cabecillas de la sublevación en accidente aéreo, Franco nunca viajaba en avión.

El general siguió callado y con gesto de preocupación. Concentrado en sus pensamientos, jugueteaba con unos palillos con aire distraído, sin levantar la vista del mantel.

—Me temo que el viaje no es, en realidad, lo que te preocupa. ¿Me equivoco?

Franco no contestó.

—Me imagino que estarás intranquilo por el asunto del general Ochoa.

Franco levantó la vista del mantel y miró a su mujer.

—¿Qué le pasa al general Ochoa? —preguntó extrañado.

—¿No te has enterado?

—¿De qué me tengo que enterar?

—Su hija, Merceditas, está embarazada. ¡Y dicen que el padre es un sacerdote del internado!

Franco se puso tenso. No soportaba los chismes. Frío como el hielo, inalterable ante cualquier adversidad, tan solo se ponía nervioso cuando le contaban un cotilleo.

—¿Estás segura, Carmina?

—Sí, Paco. Estoy segura. Me lo ha dicho una persona de mi entera confianza.

Franco atribuyó el rumor a las infatigables reinas del cotilleo, Maruchi y Cuca, expertas en despellejar sin compasión a todo bicho viviente. En cualquier caso, no le gustaba lo que acababa de oír. El general Ochoa era un buen hombre, competente y trabajador, que desempeñaba un importante puesto en el Ministerio del Ejército. Si la noticia era cierta, se vería obligado a destituirle. No le gustaba que sus colaboradores tuvieran vidas o familias poco ejemplares. Sin duda, complejos de su juventud, cuando tuvo que soportar avergonzado a un padre bebedor, juerguista, maltratador y mujeriego.

Un camarero entró con una bandeja de plata y sirvió unos cuencos.

—¿Qué es esto? —preguntó doña Carmen con desagrado.

—El postre, Excelencia. Arroz con leche —contestó el camarero, asustado ante la mirada severa de la Señora.

—Haga el favor de avisar al jefe de comedor. ¡De inmediato!

El camarero salió disparado de la sala. Al instante entró el jefe de comedor.

—¿Ha visto el postre que han servido a Su Excelencia? —dijo doña Carmen de muy mal genio.

El hombre palideció en el acto. Sabía que Franco no soportaba el arroz con leche.

—Lo siento, Excelencia, lo siento mucho. Ha sido un error —se disculpó angustiado—. El camarero es nuevo y ha confundido los postres. Estos son los del servicio.

—Está bien, está bien —respondió doña Carmen displicente—. Retírelo y traiga otra cosa.

—¿Un flan?

—No. Compota. Mejor compota. Y poca cantidad.

Desde que Franco alcanzó los noventa kilos de peso, doña Carmen estaba todo el día pendiente de su dieta. A pesar del golf, del tenis y de la equitación, no conseguía que bajara de peso. Y, para mayor desgracia, el sastre de su marido era una calamidad. Lejos de disimular sus defectos, resaltaba su prominente barriga y su grueso trasero. Doña Carmen trató de convencerle de que acudiera al sastre de su cuñado Ramón Serrano Suñer, el mejor de Madrid. Y, por supuesto, el más caro. Franco, tacaño en el vestir hasta la saciedad, se negó en redondo. Ni por asomo pensaba dedicar un solo duro a gastos suntuarios o estéticos. Pensaba que los trajes debían durarle una eternidad, y si se rompían, se remendaban.

El mayordomo entró en la sala.

—Excelencia, el oficial de guardia quiere hablar con usted.

Franco se limpió con la servilleta y la dejó sobre el mantel.

—Dígale que pase.

No era frecuente que le molestaran después de las nueve y media de la noche, salvo que se tratara de un asunto muy urgente.

El oficial entró en el comedor y dio un taconazo.

—A las órdenes de Vuecencia. Llama por teléfono el excelentísimo señor don Ramón Serrano Suñer.

La Señora dio un respingo. Franco la miró y tardó unos segundos en contestar.

—Dígale que enseguida me pongo.

—A la orden de Vuecencia.

El oficial dio otro taconazo y salió del comedor.

—¿Para qué te quiere este ahora? —dijo doña Carmen en tono despectivo.

—Me imagino que será por lo de la carta.

—¿La carta de la francesita? —recalcó en tono mordaz—. ¿Aún estáis así?

—Es un tema muy delicado en el que está implicado el conde Ciano.

—¿Una francesita, el conde Ciano y Ramón? ¡Vaya trío!
—Doña Carmen soltó una carcajada ausente de gracia—.
Eso suena muy mal, perdóname que te lo diga.

Franco no contestó.

—¿Sabes lo que dicen mis amigas de Ciano y Ramón?
—Doña Carmen volvió a la carga.

Franco no contestó, pero se temía otro chisme. Doña
Carmen continuó:

—Pues dicen que, si no fuera por el historial de mujeriegos que tienen ambos, se diría que están liados.

—¿Liados?

—Sí, hombre, sí. Ya sabes, Ciano y Ramón. Tan guaperas, tan presumidos, tan arregladitos, tan finos y educados,
tan.... Vamos, que parecen de la otra acera.

—¡Qué majaderías se les ocurren a tus amigas! —Franco estaba a punto de reventar con tanto chisme.

—Ya sabes. Les gusta hablar.

El general salió del comedor y ordenó que le pasaran la
llamada a su despacho.

—Buenas noches, Ramón —dijo a través del teléfono.

—Paco, ¿has visto lo que ha pasado?

—¿A qué te refieres?

—¿Es que no lo sabes? —preguntó Serrano con sorna;
sabía que Franco se estaba haciendo el gallego—. Esta mañana han fusilado al conde Ciano.

—¡Ah!

—No me digas que no lo sabías.

—He estado todo el día muy ocupado.

—Paco, lo que hemos hecho no tiene nombre. Hemos
dejado morir a un amigo.

—Lo habían condenado a muerte.

—El conde siempre nos apoyó. Desde el primer momento. No hace falta que te recuerde que, al estallar el Alzamiento, tú estabas aislado con tus tropas en África, y Ciano,
precisamente Ciano, fue el que intercedió ante Mussolini
para que te mandaran aviones y así poder saltar a la península. Hemos sido unos desagradecidos.

—No podíamos hacer nada.

—¿Y la deuda con Italia por la ayuda en la guerra? ¿Ya la has olvidado? No solo dejaron seis mil hombres enterrados en nuestras tierras, sino que, además, les debíamos catorce mil millones de liras. ¿Y qué hizo el conde Ciano? Pues hablar con Mussolini para que la deuda se redujera a la tercera parte, y a pagar en cómodos plazos durante veinticinco años. ¿Te parece poco lo que hizo Galeazzo Ciano por España?

—Ramón, déjalo. Ya te he dicho que no podíamos hacer nada.

—No, Paco, eso no es cierto, y lo sabes. Yo no podía hacer nada, porque ya no soy nadie. Pero tú podías haber hecho mucho. Eres el jefe del Estado español. Podías haber hablado con el Duce. Él te hubiese hecho caso.

—¿Pedirle un favor a Mussolini? ¿En estos momentos? ¡Imposible! Mira, Ramón, Mussolini lleva meses esperando a que reconozca su famosa República Social. Y hasta ahora lo he esquivado como he podido. ¿Y sabes por qué? Porque Italia y Alemania tienen la guerra perdida. Y lo que menos le interesa a España es vincularse, aún más, a esta gente. Si lo hacemos, nos arrastrarán en su derrota.

Franco y su habitual astucia gallega. Jamás se comprometía.

—Paco, Ciano era un amigo leal de España. ¡Era nuestro amigo!

—Si le llego a pedir a Mussolini que perdonase a Ciano, ¿sabes cuál hubiese sido el precio que habría tenido que pagar? Reconocer su nueva República. ¡Lo que nos faltaba para tener contentos a los aliados!

—Paco, eres un desagradecido.

—No, Ramón, no soy un desagradecido. Tan solo soy un patriota que mira por el bien de España. Y tú deberías hacer lo mismo.

71

Febrero, 1944

Jeff Urquiza permaneció unas semanas en Berlín. No volvía por la capital de Alemania desde el inicio de la guerra. La encontró muy cambiada, apenas reconocible. La capital del Reich de los Mil Años, la ciudad de ensueño de Adolf Hitler, se había convertido en un lugar sombrío y arrasado. Barrios enteros habían desaparecido del mapa y en su lugar se elevaban gigantescas montañas de escombros. La gente caminaba triste, con la espalda encorvada y la cabeza hundida entre los hombros. Gente gris, tan gris como el polvo que flotaba en el ambiente. Tiendas cerradas, tranvías retorcidos, edificios en ruinas. Donde antes había bullicio y diversión, ahora solo quedaba miedo y dolor. Todas las noches, con puntualidad británica, una lluvia de bombas caía sobre la indefensa ciudad y machacaba sin compasión a sus pobres habitantes.

Nada más regresar a París, Jeff decidió hacer una visita a Monique, la amiga de Daniela. Quería apretarle un poco las clavijas. Después de lo averiguado en Italia, tenía la firme sospecha de que le había ocultado algo.

Viajó en metro hasta la casa de la joven. Al entrar en el edificio, la portera le dio el alto.

—¿Qué quiere usted? —preguntó con desconfianza; no se acordaba de la anterior visita de Jeff.

—Vengo a ver a la señorita Monique Latour.

La portera dio un respingo.

—No sabemos nada de ella desde hace dos semanas. Ha desaparecido.

Jeff soltó un bufido. Otro inconveniente más en la investigación. Cada vez que se abría una ventana, se cerraban diez puertas. ¿Tendría algo que ver la desaparición de Monique con el asesinato de Daniela? ¿Estaría Monique en peligro?

—¿Sabe el motivo de su desaparición?

—No tengo ni idea, señor. Solo sé que un día vino la Gestapo a buscarla y no la encontró. Me preguntaron dónde trabajaba y se fueron. Desde entonces no sé nada de ella. Me huele a mí que fueron al cabaret y allí la apresaron.

Jeff abandonó el edificio y tomó de nuevo el metro. Quería acercarse a El Enano Rijoso por si allí sabían algo de Monique. Llegó al cabaret poco antes de las ocho de la noche. El local estaba abarrotado de público y tuvo que conformarse con una mesa bastante alejada del escenario. En realidad, lo agradeció. De ese modo no tendría que soportar en todo su esplendor a la insufrible orquesta femenina, contratada más por sus escotes que por sus habilidades musicales. Tomó asiento y pidió una botella de Dom Pérignon.

—¿Sabe dónde está Monique? —preguntó al camarero cuando le trajo la cubitera con hielo.

—No, señor. Hace un par de semanas que no viene por aquí.

A Jeff le preocupó la misteriosa desaparición de la joven. ¿Dónde se había metido? ¿Por qué la buscaba la Gestapo? ¿Tendría que ver con los diarios de Ciano? El asesinato de Daniela, lejos de solucionarse, cada vez se complicaba más.

No sabía dónde buscar a Monique. Tal vez, a falta de otra pista mejor, fuera conveniente entrevistarse con Lulú de Montparnasse. Quizá Monique hubiese acudido al Monocle en busca de ayuda y protección entre sus amigas. Ahora bien, no le iba a ser fácil entrar en el Monocle y hablar con su propietaria. Lulú no permitía bajo ningún concepto la entrada de hombres en el local. Quería que las mujeres disfrutaran al máximo de su libertad sexual, lejos de la mirada lasciva de cualquier varón.

Abandonó El Enano Rijoso poco antes de que comenzara el toque de queda. Nevaba sobre París. La calle se había convertido en una alfombra blanca y esponjosa. Llevaba recorridos unos pocos metros por una calle oscura y silenciosa cuando de repente sintió un descomunal golpe en la cabeza. Se desplomó y una lluvia de patadas y puñetazos machacó su dolorido cuerpo. Aturdido y con la boca ensangrentada, sintió que unas poderosas garras se aferraban a sus tobillos y lo arrastraban a lo largo de la calle. Fue lo último que vio antes de perder el conocimiento.

—¿Quién es usted?

Jeff no reconoció la voz pastosa que le hablaba. No sabía ni dónde se encontraba ni cuánto tiempo había permanecido sin conocimiento. Estaba sentado en una silla, atado de pies y manos, y le habían tapado la cabeza con una capucha negra. Acababa de despertar, y lo último que recordaba era la brutal paliza que había recibido al salir de El Enano Rijoso.

—¿No me ha oído? ¿Quién es usted?

Sus secuestradores no podían ser alemanes. Los soldados no se hubiesen tomado tantas molestias. Tampoco unos ladrones, porque estos se habrían limitado a vaciarle los bolsillos. En definitiva, no sabía ni quiénes eran ni qué querían.

—Se lo repito por última vez. ¿Quién es usted?

—Jaime Urquiza. Periodista español.

Un fuerte puñetazo se clavó en mitad de su estómago.

—Eso ya lo hemos leído en su documentación. Queremos saber la verdad. Quién es usted y para quién trabaja. ¿Gestapo? ¿Abwehr? ¿SD? ¿Milicias? ¿Policía? ¿Carlinga? ¿O tan solo es un miserable confidente de los *boches*? ¡Conteste!

Sin duda, eran miembros de la Resistencia. Las preguntas no permitían otra interpretación. Sospechaban de Jeff, creían que era un espía nazi o un gestapista. El que fueran resistentes tenía su lado bueno y su lado malo, pensó Jeff. Lo bueno es que entendía mejor el francés que el alemán. Lo malo es que le iban a matar. La Resistencia, como es lógico, no podía hacer prisioneros.

—No sé de qué me habla. Le repito que soy periodista español. Creo que se han confundido de persona.

—¿Y qué coño hace preguntando aquí y allá por Monique Latour? ¿Por qué la busca?

Así que era eso... No se habían confundido. Sabían muy bien a quién secuestraban.

—Porque la conozco.

Llegó otro puñetazo. En el mismo sitio. Con el mismo sigilo. Con mayor dolor.

—Está claro que no quiere colaborar. ¿Tiene algo más que decir?

—Se lo repito: me llamo Jaime Urquiza, soy corresponsal del diario español *Informaciones*, fui al cabaret en busca de Monique Latour porque conocía a mi amiga Daniela de Beaumont. Y si no se lo cree, ese es su problema, pero a mí déjeme en paz.

—¿Qué tiene que ver usted con Daniela de Beaumont?

—Éramos amigos. Y además estaba casada con mi hermano.

Jeff no quiso informar que durante una época incluso habían sido amantes. Eso no le interesaba a nadie.

La voz pastosa se calló. Se oyeron unas pisadas y una puerta que se abría y se cerraba. Jeff dedujo que varias personas habían abandonado la habitación. Acto seguido, alguien se acercó al periodista, desató las cuerdas y le despojó de la capucha de un fuerte tirón. Al principio no vio nada. Tardó unos segundos en acostumbrarse a la luz. Frente a él se encontraban dos personas que enseguida reconoció: Monique y el enano Bruno.

—Y bien, señor Urquiza, aquí tiene a Monique —dijo de nuevo la voz pastosa; pertenecía a Bruno.

—¿Qué quieres de mí? —preguntó la joven sin más preámbulos.

—Me gustaría hablar a solas contigo —contestó Jeff.

—De eso, nada. Yo de aquí no me muevo —intervino el enano—. Hable todo lo que tenga que decir.

—Hace unos días estuve en Verona. El conde Galeazzo Ciano me habló de Daniela poco antes de morir.

Monique se removió inquieta en su asiento.

—¿Y qué te dijo?

—Que Daniela había sido contratada por los alemanes para sonsacarle información sobre el escondite de los diarios. Al final consiguió algunos cuadernos, pero no se los entregó a los alemanes porque se había enamorado de él.

En realidad, esa información no se la había proporcionado Ciano, sino el padre Roberto en la iglesia de San Antonio de Verona. Y lo del enamoramiento era pura fantasía de Jeff, pues no encontraba otra explicación al extraño comportamiento de Daniela.

—¿Te dijo eso Ciano? —preguntó la chica.

—Sí.

—Pues te mintió. En primer lugar, Daniela no fue contratada por los alemanes, sino *obligada* por los *boches* a realizar ese trabajo. Y en segundo lugar, no se enamoró de Ciano, y jamás permitió que le pusiera la mano encima.

—¿Dónde están los diarios?

—A buen recaudo. Y, por supuesto, no te lo pienso decir.

—¿De quién era la carta que entregué a Serrano Suñer? —Jeff conocía la respuesta, pero quería comprobar la sinceridad de Monique.

—De Daniela.

—¿Y qué quería Daniela?

—Que Serrano salvara a Galeazzo Ciano.

—¿Cómo?

—Ciano estaba incomunicado y bajo vigilancia, así que le pidió a Daniela que se pusiera en contacto con su gran amigo Serrano Suñer para que este se encargara de negociar con los nazis su liberación. Si los alemanes soltaban a

Ciano y lo trasladaban a España, a cambio recibirían sus diarios para que hicieran con ellos lo que quisieran.

Jeff se mantuvo callado unos segundos. Quería asimilar la información recibida. Todo apuntaba a que Daniela había sido asesinada por los alemanes con el fin de conseguir los malditos diarios. Si bien el *zazou* que se topó con los criminales afirmó que hablaban con acento parisino, eso, en realidad, no significaba nada. Muchos franceses trabajaban para los nazis. Tal vez se tratara de hombres de la banda de Bonny y Lafont.

—Ahora tengo un trato que ofrecerle —intervino Bruno que, hasta entonces, había permanecido en silencio—. Los alemanes están buscando los diarios como locos. La BBC ya ha anunciado que una parte de los mismos se encuentra en Suiza con la hija de Mussolini, y pronto verán la luz. Pero aún faltan algunos cuadernos, precisamente los más importantes. Y esos los tiene Monique. Se los entregó Daniela antes de ser asesinada.

—¿Y cuál es el trato?

—Monique corre mucho peligro en esta ciudad —continuó el enano—. La Gestapo ya está detrás de su pista. Los *boches* se imaginan que, muerta Daniela, los diarios están en poder de su única amiga. Ya han ido a su casa a buscarla. Si Monique no huye de París, tarde o temprano darán con ella. Y aquí es donde entra usted en la historia: si consigue llevar a Monique hasta Lisboa, le daremos los diarios y podrá publicarlos.

Jeff meditó la propuesta. Los diarios de Ciano, si eran tan demoledores como todo apuntaba, podían tener mucho valor. Lo único que le pedían a cambio era facilitar el viaje de Monique a Portugal.

—Me parece un buen trato.

—Y usted será responsable de que Monique llegue sana y salva a su destino —añadió Bruno—. La acompañará hasta Lisboa.

—¿Cómo? ¡Ah, no, no, alto ahí! ¡De eso nada! No me importa hablar con mis contactos y planificar la huida a

Lisboa. Pero yo no voy a ningún sitio. Por muy valiosos que sean esos diarios, yo me quedo en París.

—¿Tiene miedo, señor Urquiza? —preguntó insidioso el enano.

—¿Miedo, yo? No me haga reír.

Monique se adelantó y colocó su cara a un palmo de la de Jeff.

—Tú eres español y tienes muchos amigos entre los *boches*. Tú eres la única persona que me puede sacar de París. Y lo vas a hacer.

—Tengo a la Gestapo tras mis pasos y, sinceramente, no me voy a arriesgar por unos trozos de papel.

—No, no te vas a arriesgar por unos trozos de papel. Lo vas a hacer por la memoria de Daniela.

—¿La memoria de Daniela? ¡No me hagas reír! ¿A qué Daniela te refieres? Porque durante estas semanas he conocido a muchas Danielas. Y ninguna se parece precisamente a la que yo conocí.

—Te guste o no, Daniela formó parte de tu vida. Y, te guste o no, a Daniela la mataron por esos puñeteros trozos de papel, como tú los llamas. Si al final caen en manos de los nazis y son destruidos, la muerte de Daniela no habrá servido para nada.

Las palabras de Monique le hicieron reflexionar. La joven tenía razón. Daniela había muerto por algo importante. O, al menos, eso creía ella. Si los diarios se convertían en humo, Daniela se habría sacrificado por nada.

—Esto es de locos. —Jeff soltó una carcajada mordaz—. Si tanta gente está interesada en esos puñeteros diarios, por algo será. Soy periodista y no puedo evitarlo. Está bien, ¡qué coño! Lo haré, iremos a Portugal, pero con una condición.

—¿Cuál?

—Quiero todos los documentos que tengas de Ciano. ¡Hasta el último papel! ¡Todos! Y, por supuesto, los originales. Nada de copias.

—Trato hecho.

Desde luego, si se presentaba con esa documentación ante su director, se convertiría en un éxito informativo a nivel mundial.

—Mañana hablaré con mis contactos —anunció Jeff—. Lo primero que necesitamos es documentación falsa para los dos.

—Para los tres —puntualizó Monique.

—¿Qué tres? —preguntó Jeff extrañado.

—Mi hijo viene conmigo.

—¿Tienes un hijo?

—¿De qué te extrañas? ¿Acaso las mujeres como yo no podemos tener hijos?

—Sí, claro, me imagino que sí. ¿Qué edad tiene? Lo necesito saber para los documentos.

—Tres años.

—Así que el niño que te acompañaba el día del entierro de Daniela es tu hijo... El viaje va a ser muy duro. ¿Lo aguantará?

—De eso no tienes que preocuparte. Me encargo yo. René es un niño muy fuerte. Lo soportará.

—Urquiza, olvídese de cruzar por los puestos fronterizos —intervino Bruno—. Sabemos por nuestros contactos que la Gestapo y las comisarías de policía disponen de fotos de Monique.

—Entonces, ¿qué alternativas hay? ¿Cruzar los Pirineos a pie?

—Me temo que sí —contestó Bruno con frialdad.

—¡Imposible! ¡Es un locura con un niño tan pequeño y en pleno invierno!

—Tal vez, pero no hay más remedio.

Jeff resopló enfadado. Durante unos segundos añoró los tiempos pasados, los días de juerga y diversión, los días en los que no hacía falta pensar sino tan solo disfrutar. Desde el reencuentro con Daniela, su vida había dado un giro radical. Estaba acostumbrado a vivir sin grandes complicaciones. La única emoción consistía en engañar a algún comprador de arte o en esquivar algún que otro marido burlado.

Poco más. Y ahora se veía obligado a tener responsabilidades, a tomar decisiones incómodas, a asumir riesgos. Algo que nunca había hecho hasta entonces, y que no le apetecía en absoluto.

—Por cierto, Jeff, ahora que estamos obligados a confiar el uno en el otro durante un tiempo, ¿nos olvidamos de viejas rencillas? —propuso Monique en tono conciliador.

—Me parece una idea excelente.

—Antes de nada, me gustaría aclararte una cosa. —Monique se dirigió a continuación al enano—: Bruno, ¿te importaría salir un momento?

El hombre lanzó una mirada de desconfianza hacia Jeff. No le caía bien, y no le importaba demostrarlo. En cualquier caso, el cariño era mutuo.

—De acuerdo, Monique. Estaré detrás de la puerta por si necesitas algo.

Monique esperó a que Bruno abandonara el cuarto. Cuando se quedaron a solas, la joven continuó:

—Daniela no era mi amante. A ella no le gustaban las mujeres.

—Me dijiste lo contrario.

—Daniela estaba enamorada de ti.

—¿De mí? ¡Pero si me abandonó!

—Contigo no tenía futuro, Jeff. No tuvo más remedio que volver con su marido.

—¿Por qué te inventaste que eráis amantes?

—Por envidia y por venganza.

—No te entiendo.

—Yo sí estaba enamorada de ella. La quería de verdad, y estoy segura de que la hubiera hecho muy feliz. Por desgracia, a mí nunca me hizo caso. Solo pensaba en ti. Y eso me dolía. Por eso yo te odiaba, te odiaba con todas mis fuerzas. Ella te amaba a ti y no a mí, y eso no era justo. Por ello te dije que éramos amantes. Era la única forma de hacerte daño.

72

Jeff coincidió con Zoé en la capilla ardiente de un líder local del Partido Popular Francés, asesinado por la Resistencia en la estación de metro de Les Halles. Sus camaradas habían expuesto el cuerpo en la explanada del Ayuntamiento, rodeado de coronas de flores y estandartes. Numerosos parisinos hacían cola para despedir al fallecido.

Como represalia por el asesinato, el alto mando alemán había ordenado fusilar a diez rehenes elegidos al azar. En las esquinas más concurridas de París se habían pegado carteles con los nombres de los ejecutados. Además, y durante una semana, el toque de queda se adelantó dos horas.

Jeff consiguió entrevistar a Jacques Doriot, fundador del Partido Popular Francés. Un obrero metalúrgico que, antes de volverse fascista, fue un destacado dirigente comunista. Acababa de regresar de Rusia, en donde luchaba con la Legión de Voluntarios Franceses.

Al periodista le pareció un hombre demasiado vehemente en la defensa de sus ideales, casi un fanático, como le ocurría a la mayoría de los líderes fascistas que procedían del socialismo y del comunismo. Poseía la intransigencia y la agresividad de los conversos. La entrevista no duró mucho. Jeff no se sentía cómodo cerca de aquel individuo. Doriot enseguida se marchó en un automóvil negro.

—¿Qué vas a hacer ahora? —preguntó Jeff a Zoé mientras abandonaban el Ayuntamiento.

—Pensaba ir al cine Normandie, en los Campos Elíseos. Echan *Las aventuras fantásticas del barón Münchhausen*. ¿Te animas?

—¿Una película de la UFA? ¡Ni en broma! El cine alemán es espantoso.

—Ya lo sé. Pero al menos allí se está caliente.

—Te propongo cambio de planes. ¿Te puedo invitar a un café?

—¿Un café de verdad o ese mejunje oscuro, hecho a base de bellotas, que la gente llama con ingenio «café nacional»?

—¡Por Dios, Zoé! ¡Un café de verdad! Y luego, si te apetece, te invito al Moulin Rouge a escuchar a Yves Montand y Edith Piaf. ¿O prefieres a Maurice Chevalier en el Folies Bergère? ¡No me digas que no es un buen plan!

Zoé le miró con desconfianza.

—Te veo demasiado amable. Qué estarás tramando... Está bien. Acepto. ¡Pero solo el café! Y te advierto una cosa: como intentes flirtear conmigo te meto una patada en los huevos.

Zoé siempre tan diplomática.

Caminaron bajo las arcadas de la rue de Rivoli y entraron en un café situado en la pequeña place des Pyramides, frente a la estatua de bronce dorado de Juana de Arco. Buscaron una mesa junto a los ventanales.

—A ver, Jeff, ¿qué es lo que quieres? No creo que con todos los pendones desorejados que tienes en tu lista de espera hayas optado por perder la tarde conmigo.

—Cómo eres...

—Sincera. Solo sincera.

—Está bien, tú ganas. Necesito pasaportes falsos.

—¿¿Qué??

—Recuerdo que en cierta ocasión me comentaste que conoces a alguien en la embajada de España que está metido en estos negocios.

Zoé adoptó un gesto serio.

—Será caro —objetó la periodista.

—No importa.

—¿Cuántas personas?

—Una mujer, un crío y yo.

Zoé le miró asombrada, como si no se creyera sus palabras. Esbozó una sonrisa irónica.

—A ver, vamos por partes que no me entero. ¿Has tenido un hijo?

—No, nada de eso. Algún día te lo explicaré.

—Y, ¿por qué quieres documentación falsa también para ti?

—Prefiero viajar así.

—Bueno, como tú quieras, no haré preguntas. Si te metes en un lío, yo no te conozco. Ni se te ocurra mencionar mi nombre. ¿Entendido?

—Descuida. Y también necesito otra cosa.

—¿El qué?

—Cruzar la frontera española.

Zoé lanzó un silbido prolongado. Los parroquianos se volvieron y miraron asombrados. No se creían que una mujer fuese capaz de emitir semejante sonido. Hasta el pianista estuvo a punto de interrumpir su actuación.

—Jeff, eso te costará un riñón.

—¡Qué le vamos a hacer!

—Hablaré con mi conocido esta misma noche. Seguro que pide un adelanto. Mañana nos vemos a esta hora aquí mismo. ¿Te parece bien?

Al salir del café, Jeff se dirigió a El Enano Rijoso. Quería ver a Monique, y no sabía dónde se escondía. Allí podrían localizarla.

Encontró al Gran Bruno en su camerino, sentado frente a un espejo de bombillas. Se estaba preparando para la actuación. El pelo engominado, la cara empolvada, los ojos pintados, los labios de carmín.

—Quiero ver a Monique.

—¿Para qué? —preguntó Bruno sin apartar la vista del espejo.

—Necesito concretar los detalles del viaje.

El Gran Bruno se giró en el taburete y le miró a los ojos.

—Por si aún no se ha dado cuenta, le diré que no me cae bien. En realidad, me cae bastante mal. No me gustan las personas como usted, que se creen que vivir consiste solo en pasárselo a lo grande, de flor en flor y de fiesta en fiesta. La vida implica más, mucho más. Hay que comprometerse, tener ideales, y si lo requiere la ocasión, sacrificarse por los demás.

—Si le sirve de consuelo, de niño fui *boy scout*.

Bruno apretó los dientes y cerró los puños. Si hubiese medido un metro más, se habría lanzado al cuello del periodista.

—Le voy a llevar ante Monique. Y le advierto una cosa: como le pase algo y sospeche que ha sido por su culpa, le buscaré y le mataré con mis propias manos.

Se bajó del taburete de un salto y le hizo una señal para que le siguiera. Salieron del camerino y recorrieron un pasillo interminable hasta llegar a un patio interior. Lo cruzaron y entraron en otro edificio que parecía medio abandonado. Subieron hasta la última planta por unas escaleras de madera podrida. Bruno llamó a una de las puertas con un toque particular. Era la contraseña. Instantes después, abría Monique y les cedía el paso.

Jeff se sorprendió al ver cómo vivía la joven. Aquello no era un apartamento, sino un desván pequeño y cochambroso. En una esquina yacía un jergón y varias mantas. En la otra, una bandeja con platos sucios y una garrafa de agua. Las ventanas estaban tapadas con mantas y cartones para que no se detectase luz desde el exterior. La única iluminación era una raquítica vela encaramada en lo alto de una botella vacía.

—No es un palacio pero se puede vivir —se excusó Monique.

A Jeff enseguida le vino el recuerdo de la pequeña niña judía, condenada a vivir durante meses en un sucio trastero, sin ningún contacto con el exterior salvo la pobre Guillermina. Y cada vez se arrepentía más de su mundana vida anterior, de su insensibilidad ante el dolor ajeno, de no haber sido capaz de percibir la miseria y el sufrimiento que se vivía en el París de la ocupación.

Un niño de unos tres años correteaba por el suelo con un cochecito de latón en la mano.

—Este es René —dijo Monique.

El niño alzó la cara y sonrió. Era moreno, de ojos grandes y negros, y mostraba una simpática sonrisa. Jeff no sabía tratar a los niños. En realidad, nunca había tratado con niños. Se limitó a revolverle el flequillo con la mano. Como si saludara a un caniche.

—No tengo otra cosa. —Monique señaló con la mano a una pequeña banqueta, invitándole a que tomara asiento.

Jeff se acomodó en la banqueta y Monique se sentó frente a él, encima de la caja de madera que servía de mesa.

—Me voy. Tengo que actuar —anunció Bruno—. Luego subo.

—Espere un momento —le retuvo Jeff—. Necesitamos fotos para los pasaportes.

—En mi camerino tengo una Leica.

—Perfecto. Nos servirá. Cuando vuelva, tráigala con usted. ¿Conoce a alguien de confianza que pueda revelar las fotos en unas pocas horas?

—Por supuesto. Déjelo de mi cuenta.

Bruno cogió la bandeja de los platos sucios y abandonó el desván.

—Vamos a viajar a España con pasaporte español —explicó Jeff—. Es lo más seguro. Para no levantar sospechas, tú serás mi mujer. Y el niño, nuestro hijo.

—¿Que voy a viajar con pasaporte español? ¡Pero si yo no sé decir ni una palabra en tu idioma! ¿Cómo voy a fingir que soy española? Los *boches* nos descubrirán al momento.

—Tú, tranquila. Según las leyes de mi país, las extranjeras que se casan con un español se convierten automáticamente en españolas. En la documentación constará que nos hemos casado en el consulado de París hace poco, y por eso aún no sabes español.

—¡Pero el niño tiene ya tres años!

—Diremos que después del nacimiento nos separamos, y no hemos vuelto a juntarnos hasta ahora.

—Espero que salga bien.

Jeff echó mano de su cuaderno.

—¿Tienes unas hojas de papel en blanco?

Monique negó con la cabeza. El periodista arrancó varias páginas de su cuaderno y se las entregó. Luego le ofreció una de sus plumas y él tomó otra.

—Ahora nos queda lo más complicado. Tenemos que inventarnos una nueva identidad. Eso implica nombres, direcciones, lugares, fechas de nacimiento, celebraciones... Es mucho más difícil de lo que parece. Conservaremos lo intrascendente e inventaremos lo importante, así nos será más fácil recordar y no meter la pata. Tendremos que aprenderlo de memoria, tanto lo de uno como lo del otro. Si nos detienen y nos interrogan, no deben descubrir ninguna fisura en nuestras declaraciones, o lo pasaremos muy mal. ¿Entendido?

No fue un trabajo fácil. Era preciso almacenar muchos datos y prever infinidad de preguntas. Toda una vida. Desde la niñez hasta la actualidad. Sin el más mínimo error o contradicción. No descansaron en toda la noche.

La única interrupción la protagonizó Bruno y su Leica. Tomó fotos de Jeff y de Monique para los pasaportes, y de ellos dos con el niño para el libro de familia.

A las seis de la mañana, una vez finalizado el toque de queda, Jeff abandonó el desván.

—Memoriza bien tus anotaciones —aconsejó Jeff a Monique al despedirse—. Ten en cuenta que durante unos días, hasta que lleguemos a España, vamos a ser otras personas. Si aprendemos muy bien nuestros papeles, no nos pasará nada. ¿De acuerdo?

Al día siguiente, Jeff fue a recoger las fotos al cabaret de Bruno. Después acudió al café de la place des Pyramides. Tenía una cita con Zoé. No tuvo que esperar. La periodista ya había llegado.

—¡Por Dios, siempre apareces tarde! —protestó Zoé.

Jeff se sentó a la mesa y pidió al camarero una copa de coñac.

—Mi contacto quiere noventa mil francos.

—¿¿Cómo??

—Por cada uno.

—¿¿Qué??

—Y en dólares americanos.

—Pero ¿está loco? ¡Eso es una barbaridad!

—No olvides que no son pasaportes falsificados, sino auténticos, con el papel y los sellos del consulado. Lo único falso son los datos personales. Dentro del precio se incluye, por supuesto, el cruce de la frontera.

—¡Aun así, me parece un robo!

—Los precios han subido mucho en los últimos meses, Jeff. Cada vez es más difícil cruzar la frontera. Los alemanes están hartos de que se escapen judíos y pilotos aliados a través de los Pirineos. Yo te puedo prestar algo, aunque no creo que sea de mucha ayuda.

—¿De dónde voy a sacar tanto dinero en tan poco tiempo y en dólares americanos? Los alemanes no permiten que los particulares tengan divisas extranjeras.

—Tendrás que acudir al mercado negro.

—Llamaría la atención. La cantidad es muy elevada y en todas las esquinas pululan los confidentes.

—Pues no hay otra cosa. Son lentejas, Jeff.

—Está bien, está bien. Acepto.

Bajo la mesa contó unos billetes y los metió dentro de un sobre. Luego, se lo pasó a Zoé con disimulo.

—Ahí dentro van los datos que deben figurar en los pasaportes, las fotos y un pequeño adelanto.

—Quiere la mitad ahora.

—Pues le dices que, si quiere la mitad, tendrá que esperar.

73

A Jeff le resultaba imposible reunir tanto dinero. Con sus ahorros no tenía suficiente. No quiso acudir a sus amigos. No quería ponerlos en un compromiso. Sabía que sus economías, bajo la ocupación alemana, ya no eran tan boyantes. Si tenían algo ahorrado, seguro que lo guardaban por si las cosas se ponían peor.

Se presentó en El Enano Rijoso y le planteó el problema a Bruno. Fue inútil: Bruno y sus compinches decidieron no aportar nada, escudándose en las penurias de la Resistencia.

—Lo siento, Urquiza, pero necesitamos todo el dinero para las necesidades de nuestros camaradas presos y de sus familias —alegó Bruno en su defensa.

—Ustedes me han metido en esto y deberían colaborar en los gastos de Monique y del niño —replicó Jeff.

—Ya le he dicho que es imposible. Deberá aportarlo usted. Piense que es una inversión. Va a ganar mucho más con la publicación de los diarios de Ciano.

—Eso no es un negocio seguro.

—Pues entonces, hágalo por la memoria de Daniela.

La memoria de Daniela salía de nuevo a relucir. Aquellas simples palabras, lanzadas al aire como dardos certeros, siempre conseguían el efecto buscado. Tenían el poder de remover la conciencia de Jeff.

A partir de ese momento se tomó la salvación de Monique y de René como un reto personal. Lo haría por Daniela.

Se lo debía. Por el amor que un día sintió por ella. Por no haber sabido protegerla. Por no haber evitado su muerte. Y eso que le parecía una completa desconocida después de todo lo que había averiguado sobre su vida.

Además, no podía dejar a Monique y René en la estacada. Si lo hacía, seguro que se arrepentiría. Tarde o temprano, la Gestapo daría con ellos. Y si eso ocurría podían acabar como la hija de los Bercovitz. Asesinados de mala manera. El recuerdo de la niña judía le atormentaba tanto que su conciencia se sentía incapaz de añadir dos muertes inocentes más.

Con el dinero ahorrado no tenía ni para la mitad del adelanto. De España no podía esperar nada. La herencia de sus padres estaba compuesta por inmuebles. Bienes nada manejables y lentos de enajenar. En cualquier caso, aunque consiguiera venderlos, tampoco podría hacer nada con el precio obtenido. Estaba prohibido sacar dinero del país.

Desesperado por su situación, recurrió a los objetos de más valor de su casa. A través de sus contactos, vendió, a precio de ganga, los relojes de oro, los valiosos incunables y su espléndida colección de monedas antiguas. El Alfa Romeo lo conservó por si le podía hacer falta, al igual que la Cruz de San Andrés, su querido diamante.

Por fin pudo reunir, con gran esfuerzo, el dinero del adelanto. Ahora necesitaba convertir los francos en dólares. Y pagar el tipo de cambio abusivo que exigía el mercado negro. Al menos, para esta gestión se ofreció el enano Bruno y sus colegas. A los pocos días tenía el importe del adelanto en dólares.

—Procura reunir el resto cuanto antes —le aconsejó Zoé cuando Jeff le entregó el fajo de billetes—. Mi contacto me dijo que en una semana estaría todo listo.

Jeff estaba desesperado. Tenía que salvar a una mujer y a su hijo. El tiempo avanzaba inexorable y no encontraba una solución. Era imposible reunir en siete días tal cantidad de dinero. Sus cuentas bancarias estaban a cero y ya no le quedaban objetos valiosos que pudiese vender. Ahora se arrepentía de haber derrochado tanto dinero a lo largo de su vida.

Después de darle muchas vueltas a la cabeza, una noche decidió acudir al One Two Two. No veía a Dalban el *Argelino* desde que este le propuso vender las obras de arte de los judíos deportados. Le parecía una idea despreciable. Desde entonces no habían realizado ningún negocio juntos.

El Argelino le recibió en su despacho, con una de sus fulanas sentada en las rodillas. A diferencia de otras ocasiones, no le invitó a una copa de champán. Ni siquiera le ofreció asiento.

—Así que ahora quieres vender tus cuadros —dijo el Argelino, después de escuchar a Jeff, relamiendo el sabor de la venganza.

—Tengo preparadas varias falsificaciones. El Greco y el Bosco. Ya sabes que los alemanes se desviven por estos pintores.

El Argelino sonrió con desgana y paseó su lengua, gruesa y larga, por el cuello de la muchacha.

—Pues lamento decirte que no me interesan. Ahora ya no me dedico a las falsificaciones. He encontrado un socio menos remilgado que tú, que no hace ascos a la venta de obras de arte expoliadas a los judíos. Y ahora, si no te importa, deberías irte.

Jeff se dio la vuelta y se marchó sin despedirse. Con el Argelino no tenía nada que hacer. No le había perdonado su desplante.

Después de desechar todas las opciones que le vinieron a la cabeza, por fin encontró una posible solución. A la vista de los resultados obtenidos, solo quedaba una persona en todo París que le podía ayudar. Detestaba pedir favores, jamás lo había hecho, pero la memoria de Daniela se lo demandaba. Una mañana se presentó en el Ritz. Tenía que ver a Gabrielle Chantal.

—Jeff, mi bravo caballero español, ¡cuánto tiempo! —saludó la modista con su maravillosa sonrisa—. ¿A qué se debe tu grata visita?

El periodista sabía que la diseñadora no admitiría una mentira, pero tampoco podía ser sincero del todo. Buscó una fórmula intermedia.

—Me gustaría vender mis cuadros.

—¿Todos? —preguntó extrañada Gabrielle.

—Sí, todos. Necesito el dinero. Tengo unas deudas de juego que debo liquidar con urgencia.

El periodista conocía muy bien a Gabrielle. Sabía que si le pedía un préstamo jamás se lo daría, por muy amigos que fueran. La modista detestaba hablar de dinero, le parecía un tema despreciable. Jeff pensó que la falacia de la venta de cuadros podía dar resultado.

Gabrielle miró a Jeff durante un buen rato en silencio. El periodista no abrió la boca. Sabía que la diseñadora tramaba algo. Sin apartar la vista de su invitado, encendió un pitillo y lanzó una bocanada de humo al techo.

—¿Cuánto necesitas?

Jeff respiró tranquilo. La estrategia iba por buen camino.

—He reunido bastante, pero me faltan ciento treinta y cinco mil francos.

Gabrielle alzó las cejas. No se esperaba una cantidad tan desorbitada. Le sorprendió que Jeff hubiese perdido tal fortuna en el juego. Tenía fama de ser un maestro con los naipes. Y más aún le extrañó que hubiese acudido a ella. Se conocían desde hacía muchos años, y jamás le había pedido nada. Si ahora lo hacía, sin duda debía de estar muy agobiado.

—Jeff, ya sabes que te aprecio de verdad, que eres muy generoso y que nunca has tratado de aprovecharte de tus amigos. Cuenta con el dinero. Y no hace falta que me vendas tus cuadros.

—Te lo agradezco, Gabrielle. Te lo devolveré muy pronto.

Gabrielle le entregó una importante cantidad de francos en mano y extendió un cheque por el resto.

Al día siguiente, Jeff acudió al Banco de París de la place de l'Opéra. El empleado, al ver el importe del cheque, consultó al director antes de atender el pago. Jeff tuvo suerte: el director era un viejo conocido del club de tenis y no le planteó ningún problema. Sabía que el periodista era amigo personal de Gabrielle Chantal.

Nada más salir del banco, miró la hora. Le habían entretenido demasiado. Había quedado con Zoé y llegaba tarde. Los pasaportes ya estaban preparados y tenía que recogerlos. O se daba prisa, o Zoé le montaría un buen escándalo.

Por primera vez en su vida, se subió a un velotaxi. Le parecía ridículo y bochornoso viajar en un pequeño carricoche tirado por una bicicleta. Pero no había otra cosa en el París alemán. Después de haber presumido de Alfa Romeo por toda la ciudad, confiaba en que no le viera ninguna amiga montado en semejante cachivache. Perdería todo su encanto.

El velotaxi se detuvo en el Coliseo, uno de los mejores cafés de los Campos Elíseos. Zoé aún no había llegado. Hacía un poco de frío, pero lucía el sol, y la terraza aparecía abarrotada de clientes. Abundaban los uniformes alemanes y las chicas atractivas. El camarero le buscó una mesa libre y Jeff le pidió un Martini. Nada más traer la bebida, el periodista pagó su importe. Desde la ocupación, las consumiciones debían abonarse en el acto, por si sonaba la alarma aérea y la gente huía despavorida.

En una mesa vecina, un grupo de veinteañeras alemanas, vestidas con el uniforme femenino de la Luftwaffe, miraban con insistencia a Jeff y cuchicheaban entre ellas. El periodista estuvo a punto de invitarlas a su mesa. Por experiencia propia sabía que estas chicas solían ser muy cariñosas. Al fin y al cabo, eran jóvenes, estaban lejos de casa y corrían el peligro de morir en cualquier estación de metro. No era de extrañar que quisieran aprovechar cada segundo de su vida como si fuera el último.

Cuando estaban a punto de levantarse y acercarse a la mesa de Jeff, la aparición de Zoé, con los ojos enrojecidos y los labios prietos, les hizo desistir de cualquier intento de aproximación.

—¡Vámonos, tenemos prisa! —gruñó Zoé nada más llegar. Y mirando a las alemanas, añadió—: ¿Qué? ¿Coqueteando con esas putillas nazis mientras me esperabas?

—Buenos tardes, querida Zoé. ¿Te apetece tomar algo? —saludó Jeff con sorna.

—¡Déjate de leches, que no tenemos tiempo para tonterías! ¡Sígueme! Nos esperan.

Antes de abandonar la terraza, Jeff se acercó a las chicas de la Luftwaffe y dejó su tarjeta de visita sobre la mesa. Luego les sonrió, se llevó dos dedos al ala de su sombrero y se marchó.

—¿Me podrías decir, por lo menos, dónde has quedado? —preguntó Jeff.

—¡Tú sígueme!

Jeff caminaba con la vista al frente y las manos en los bolsillos. En los dedos sentía el frío tacto del acero de su pistola. Había decidido acudir armado a la cita. No le gustaban las sorpresas.

Subieron hasta el Arco del Triunfo, a esas horas bastante concurrido debido al cambio de guardia. Desde que los alemanes entraron en París, cuidaban con especial devoción que la llama del pebetero no se apagara y que las coronas de flores nunca faltaran.

—¿Quieres dejar de correr, Zoé? ¡Ni que fuéramos a apagar un incendio! —protestó Jeff.

—¡No me toques las narices!

Bajaron por la señorial avenue de Wagram. Dos soldados de la Legión de Voluntarios Franceses, ataviados con uniforme alemán, hacían guardia en el portal del número 39. Enseguida comprendieron el motivo: un enorme cartel cubría la fachada del edificio anunciando la exposición «El bolchevismo contra Europa». Numerosos parisinos se agolpaban frente a la entrada.

Se desviaron por una bocacalle y continuaron caminando durante un buen rato hasta llegar a una siniestra taberna escondida en un oscuro callejón. No había nadie en su interior, salvo el camarero, un tipo gordo y bigotudo con un delantal sucio atado a la cintura. Sin decir nada, como si ya se conocieran de otras veces, Zoé atravesó el local y salió a un pequeño patio interior abarrotado de cajas y botellas. Golpeó con los nudillos en una oxidada puerta metálica, y sin esperar respuesta, la abrió. Entraron en un cuarto húmedo y lóbrego, con pinta de almacén de vinos, iluminado por una escuálida vela.

—Buenas tardes —saludó alguien en castellano.

La voz pertenecía a un hombre de pelo lacio y bigotillo recortado. Un funcionario de la embajada española que se movía de maravilla en las cloacas del París alemán. Estaba sentado en un taburete, detrás de un barril, con un puro en la mano.

—Este es mi amigo. —Zoé señaló con el mentón a Jeff—. Si no le importa, mejor obviamos las presentaciones.

—Por mi parte, perfecto —respondió el hombre con una sonrisa falsa.

—¿Ha traído todo? —preguntó Zoé.

—¿Y ustedes el dinero?

—Por supuesto —contestó Zoé, que por ahora llevaba la voz cantante.

—¿Puedo verlo?

Jeff sacó del bolsillo un par de abultados sobres y los lanzó sobre el barril. Al desconocido se le iluminaron los ojos. Abrió el primer sobre y extrajo un fajo de billetes.

—Pero ¿qué es esto? ¡Son francos! —gritó enfurecido.

—Ha sido imposible encontrar tantos dólares en tan poco tiempo. —Jeff habló por primera vez, sin soltar la pistola dentro del bolsillo—. Usted se encargará de cambiarlos.

—¡Eso no era lo pactado!

—Pues no hay otra cosa.

El hombre lanzó una maldición. Pero no rompió el trato. ¿Qué adelantaba quedándose con una documentación falsa que no le servía para nada? Tomó los billetes y empezó a contarlos. La codicia se reflejaba en su rostro. Al terminar, levantó la vista.

—¡Falta dinero! —gritó lleno de ira.

—El resto, cuando yo compruebe el trabajo —respondió Jeff con frialdad.

El hombre metió la mano en el bolsillo de su chaqueta. El periodista estuvo a punto de sacar su pistola. Si el desconocido hacía el menor movimiento extraño, no dudaría en freírle a balazos. Sin embargo, el falsificador no extrajo un arma, sino un sobre de color sepia. Lo lanzó sobre el barril.

—Ahí está todo —gruñó el hombre con gesto desconfiado—. Pasaportes, libro de familia, salvoconductos... Todo lo que me ha pedido. Y un carné de excombatiente de la División Azul, regalo de la casa. Los documentos españoles no le plantearán problemas. He utilizado cartillas y sellos oficiales del propio consulado. En cambio, los papeles de la Kommandantur son falsos. He copiado el tipo de papel, la tinta y los sellos lo mejor que he podido, pero... Procuren no tener que enseñarlos.

Jeff echó un vistazo a la documentación. Parecía un buen trabajo.

—Y ahora, si no le importa, me gustaría recibir el dinero que falta. Los negocios son los negocios.

El periodista cumplió su palabra. Le entregó un nuevo fajo de billetes atados con una goma.

—¿Cuándo salimos? —preguntó Jeff.

—El viaje lo realizarán solos hasta Perpiñán —respondió el hombre sin dejar de contar el dinero—. Tomen el tren que sale dentro de dos semanas de la estación de Austerlitz.

—¿Dos semanas? ¿No puede ser antes?

—Imposible. La próxima expedición para cruzar la frontera está prevista para dentro de dos semanas.

—Y una vez en Perpiñán, ¿qué tenemos que hacer?

—Un contacto los esperará en la estación.

—¿Cómo le reconoceremos?

—No se preocupe. Él lo hará. Cuando se baje en la estación, no olvide llevar una bufanda blanca al cuello.

74

Marzo, 1944

Jeff se preparó para el largo viaje. No podía llevar nada que fuera pesado o voluminoso. Le esperaban unas jornadas muy duras a través de los Pirineos. En una maleta de cuero metió lo imprescindible: prendas de abrigo, unas botas de montaña y una pequeña mochila de lona. Le vendrían bien para el trayecto a pie.

No cubrió los muebles con sábanas. Tampoco cerró las contraventanas. No quería que nadie se enterara de su marcha. Le dijo a Colette que subiera de vez en cuando a limpiar la casa. Su intención era volver cuanto antes, una vez que Monique llegara a Lisboa. Aunque tampoco era una opción segura. Si conseguía publicar los diarios de Ciano y saltaba a la fama, no podría regresar a París. Al menos, mientras estuvieran los alemanes.

Antes de salir de su casa, comprobó por última vez que llevaba la documentación, la Cruz de San Andrés y la pistola. El diamante le podría servir en caso de apuro. Y la pistola le ayudaría a dormir tranquilo.

En la calle le esperaba Zoé al volante del Alfa Romeo.

—Cuídame el coche y la casa, por ese orden. En la despensa tengo escondidas unas garrafas de gasolina. Utilízalas si te hacen falta. Y si no vuelvo...

—Chsss. —Zoé le selló la boca con el dedo; aquel día se

mostraba especialmente cariñosa, como si temiera no volverle a ver—. Ni se te ocurra decir eso.

—Si todo sale bien, cuando llegue a España te mandaré un telegrama con el siguiente texto: «La tía Carmela se ha recuperado de la gripe.» ¿Entendido?

Se abrazaron como dos viejos amigos que no necesitan decirse nada. A pesar de su fama de mujer de acero, a Zoé se le escapó alguna lágrima que trató de disimular con la excusa de un supuesto resfriado. Enseguida se repuso al descubrir a un borracho orinando detrás de un árbol. Bajó la ventanilla y le dedicó un torrente de insultos en francés y español.

A continuación se dirigieron al cabaret El Enano Rijoso a través de calles tristes y solitarias. Era domingo, amanecía sobre la ciudad, y París parecía desierto. Aparcaron en la puerta del local y Jeff se bajó en busca de Monique. Le esperaba en el camerino de Bruno junto a su hijo René. El periodista saludó a los dos adultos y revolvió el cabello del crío con la mano. Seguía sin acostumbrarse a una cosa tan pequeña.

Monique llevaba una indumentaria apropiada para pasar desapercibida: un abrigo vulgar, de lana beige, bastante anticuado; unos zapatos toscos y planos, de piel consumida; un pañuelo a la cabeza, pasado de moda, y unas gafas de sol que le cubrían media cara. Además, para despistar a la policía, se había teñido el cabello de rubio ceniza, color que no le quedaba nada mal.

—¿Cómo quieres que te llame? ¿Edith Liancourt o «esposa mía»? —se guaseó Jeff. Quería que Monique se relajara, que no se mostrara tan tensa. De lo contrario, podría llamar la atención de la policía.

La joven sonrió. Era la primera vez que lo hacía en presencia de Jeff. El periodista se alegró de que empezara a haber algo de complicidad entre ellos. Les esperaba una dura prueba que solo unos pocos lograban superar.

—Y a ti, ¿cómo te llamo? ¿Jorge Gómez Sánchez o «maridito mío»?

Para sus nuevas identidades habían elegido nombres fáciles de recordar. Jeff adoptó el de un viejo compañero de profesión, muerto en la guerra. Monique combinó el nombre de su portera y el apellido de su mejor amiga de la escuela. Durante las últimas dos semanas se habían aprendido sus nuevas vidas de memoria. No podían tener el más mínimo fallo.

—¿Llevas los diarios? —preguntó Jeff.

—Sí, por supuesto.

—¿Y tu equipaje?

—Ahí está.

Monique señaló con el dedo un par de maletas de tamaño considerable.

—Pero ¿de dónde has sacado todo eso?

—Anoche Bruno se acercó a mi casa y me trajo algunas cosas. Por suerte, no estaba vigilada.

—Te dije que llevaras solo lo imprescindible.

—Para mí, eso es lo imprescindible.

—Pues tú verás cómo lo haces pero tendrás que reducirlo a la cuarta parte.

—¡No puedo! —Monique se encaró con Jeff—. Te he dicho que llevo lo imprescindible. No sobra nada.

—Monique, escúchame bien —dijo el periodista en tono conciliador; lo que menos le apetecía era iniciar el viaje con una mujer enfadada—. Vamos a cruzar los Pirineos en una de las peores épocas del año. Un infierno, créeme. De hecho, muy poca gente lo consigue. Si te empeñas en cargar con esas maletas, pueden ocurrir dos cosas: o que el guía te obligue a abandonarlas o que el guía nos abandone a nosotros en mitad de las montañas. Tú decides.

Monique fue a replicar, pero Bruno, que conocía muy bien el temperamento de la joven, se adelantó:

—Creo que Urquiza tiene razón. Deberías llevar solo prendas de montaña. Por ahora es lo único que necesitas.

—Pues de eso, precisamente, no tengo nada —contestó la joven—. Y René, tampoco.

—Tengo una idea —intervino Bruno—. En el piso de

arriba viven dos chicas de la orquesta aficionadas a los deportes de invierno. Subiré a ver qué te pueden prestar. Tienen tu misma talla.

Al rato, el enano bajó cargado de ropa. Monique guardó un par de pantalones de montaña, unas botas, un chaquetón grueso con capucha, manoplas y calcetines de lana.

—¿Y para el niño? —preguntó Jeff.

Los tres se miraron. No era fácil conseguir prendas de abrigo del tamaño del crío. Tras unos segundos de incertidumbre, todas las miradas se centraron en el enano.

—Está bien, está bien, ya he cogido la indirecta —gruñó Bruno alzando los brazos en señal de rendición; acto seguido se dirigió al armario del camerino—. A ver qué tengo por aquí...

En cinco minutos el equipaje de Monique quedó reducido a una pequeña maleta.

Se despidieron de Bruno y se subieron al Alfa Romeo. Zoé puso el motor en marcha y se dirigió a la estación de Austerlitz. Jeff permanecía callado mientras veía pasar la ciudad ante sus ojos. Tenía una extraña sensación. Una sensación triste y amarga. Le parecía que emprendía un viaje sin retorno, que jamás volvería a París.

El automóvil se detuvo en la puerta principal de la ostentosa estación de Austerlitz. Se despidieron de Zoé y entraron en el edificio. Monique llevaba al niño en brazos y Jeff cargaba con el equipaje de ambos. Al igual que una familia de lo más normal.

En la estación no solo había pasajeros. También pululaban rateros a la caza de víctimas y mendigos en busca de calor. Soldados alemanes, de mirada agria y desconfiada, acompañados por gendarmes franceses, vigilaban accesos y andenes. No se les escapaba ni un detalle.

Las pizarras anunciaban que el tren con destino a Perpiñán tenía prevista su salida en el andén número cuatro. Se dirigieron al lugar indicado y observaron con estupor que una larga fila de viajeros se identificaba ante un control de la policía situado en la entrada del andén. La pareja esperó impaciente su turno.

Mientras se acercaba el fatídico momento, Jeff estudió la posibilidad de escapar en caso de ser descubiertos. Por desgracia, las opciones eran mínimas. La estación estaba tomada por los alemanes, y cualquier acción desesperada solo podía acarrear su detención o incluso su muerte.

Monique seguía con el niño en brazos. Jeff empujaba el equipaje con el pie a medida que avanzaba la fila. Llevaba las manos dentro de los bolsillos. Con una mano acariciaba el pasaporte y los salvoconductos. Con la otra, la fría culata de la pistola. Por nada del mundo estaba dispuesto a dejarse capturar. Si le atrapaban con un arma de fuego o en posesión de un pasaporte falso, de la pena de muerte no le libraba nadie. Ni siquiera su amigo el embajador Otto Abetz.

Después de una espera que se les hizo interminable, llegaron por fin al puesto de control. Ante una vieja mesa de madera, un gendarme francés y un sargento alemán comprobaban la documentación de los viajeros. De pie, un agente de la Gestapo y una pareja de soldados vigilaban todos los movimientos.

—¡Documentación! —reclamó el gendarme francés con la mano extendida.

Jeff le entregó los pasaportes. El gendarme los examinó con gesto suspicaz.

—¿Españoles?

—Sí.

—¿Adónde se dirigen?

—A Perpiñán —contestó Jeff sin titubeos.

—¿Motivo?

—Laborales. Busco un nuevo trabajo.

El gendarme se incorporó a medias en su asiento y fijó la vista en las maletas.

—Pues para cambiar de ciudad, no llevan mucho equipaje.

—Con esto nos basta. Hemos vendido todo. No necesitamos más.

La locomotora emitió un prolongado silbido. El tren estaba a punto de partir. Los pasajeros que aún esperaban en la fila empezaron a impacientarse. El gendarme se dirigió a Monique.

—¿Y el niño?

—Es nuestro hijo —respondió Monique con bastante convicción.

Jeff le mostró el libro de familia. El gendarme ni lo miró.

—¿Salvoconductos?

Era el documento más comprometido. En principio, los pasaportes y el libro de familia no planteaban problemas, porque estaban expedidos en formato oficial. Resultaba imposible detectar una falsificación, salvo que se comprobase en el registro consular que esos nombres no existían. En cambio, los salvoconductos eran falsos en su integridad, imitando el tipo de papel y los sellos utilizados por la Kommandantur alemana.

Jeff se hizo el remolón. Empezó a buscarlos por los bolsillos con gesto impaciente. Mientras tanto la locomotora emitió el segundo silbido. Faltaban pocos minutos para partir. Los viajeros que esperaban en la cola empezaron a inquietarse y a protestar. Eso era lo que Jeff pretendía con la tardanza. Que las prisas impidieran al gendarme examinar con detalle los papeles y descubrir la temida verdad.

Y surtió efecto.

Jeff le entregó los salvoconductos, el gendarme los miró por encima y se los devolvió. Hizo un gesto con la cabeza para que los soldados los dejaran pasar. Todo estaba en orden.

A la carrera buscaron su coche a lo largo del andén. Por fin lo encontraron. Se subieron cuando la locomotora ya daba el último aviso. Nada más entrar en su compartimento, se dejaron caer en los asientos. Estaban agotados. La tensión los había dejado exhaustos.

Viajaban en un vagón de primera clase. La experiencia le había enseñado a Jeff que, en este mundo, la policía solo incordia a los pobres. No quería tener ningún percance durante el viaje.

En el compartimento viajaban tres personas más. Una señora mayor de aspecto distinguido y dos jóvenes pilotos alemanes. La mujer enseguida se encaprichó con el pequeño René. Le recordaba a su nieto. Desde el primer momento no le dejó de mimar. Le contaba cuentos, le hacía dibujos, le cantaba canciones. Estaba encantada con el chiquillo.

Cuando ya llevaban recorrido un buen trecho, se abrió la puerta y aparecieron dos hombres de la Gestapo con abrigos de cuero negro y sombreros de ala ancha.

—¡Documentación! —exigió el más mayor.

Jeff echó mano de su pasaporte y esperó a que Monique encontrara el suyo. La joven abrió el bolso y empezó a rebuscar con manos temblorosas. Antes de que el alemán se diera cuenta, Jeff posó su mano sobre las de ella.

—Yo te ayudo, cariño —dijo en castellano, sin que la joven entendiera nada.

—¿Españoles? —preguntó el agente.

—Sí —respondió Jeff, alargando los pasaportes, el libro de familia y el carné de antiguo divisionario.

El hombre examinó la documentación mientras su compañero se encargaba de los otros viajeros. Sonrió complacido al ver el carné de excombatiente. Le hizo unas preguntas sobre su estancia en el frente ruso. El periodista contestó con aplomo y sin titubeos. Nunca adivinó Jeff si aquellas preguntas estaban motivadas por la curiosidad, la simpatía o el simple recelo. En cualquier caso, el agente le devolvió la documentación y se llevó la mano al sombrero.

—Muchas gracias por su colaboración en la lucha contra el bolchevismo —le agradeció el agente de la Gestapo esbozando una sonrisa.

Cuando se disponían a salir del compartimento, el agente más joven se detuvo de repente y alzó la vista hacia el portaequipajes. Allí se alineaban las maletas de los pasajeros.

—¿Es suya? —preguntó el agente, señalando la maleta de Monique.

—Sí —contestó Jeff.

—¿Puedo verla?

Jeff se puso en pie y bajó la maleta. El agente la empezó a examinar por fuera con detenimiento. Dentro estaban los diarios de Ciano. Si los descubrían, acabarían frente a un pelotón de fusilamiento

—¿Dónde la ha comprado?

—En las Galerías Lafayette —respondió Jeff por decir algo; desconocía por completo el origen de la maleta.

—Su calidad es excelente. Buscaba una parecida. Muchas gracias por la información. ¡Buen viaje!

El agente se llevó dos dedos al sombrero a modo de despedida y se marchó. Jeff alzó de nuevo la maleta al portaequipajes. Se sentó, cogió la mano de Monique y le dedicó una larga mirada de complicidad. La joven tenía la blusa pegada al cuerpo.

75

El tren atravesaba con su monótono traqueteo las nevadas llanuras francesas. La mayoría de los pasajeros dormitaba en sus asientos. En cambio, Jeff no podía descansar. Viajaba con el corazón en un puño, pendiente del más mínimo ruido. La Gestapo podía volver en cualquier momento.

Si las cosas se complicaban, no dudaría en utilizar su pistola. No pensaba dejarse coger, no pensaba entregarse sin más. Ni tampoco iba a permitir que hicieran daño a Monique o a su hijo. Sabía muy bien el destino de los detenidos. Aún tenía muy recientes los asesinatos de la niña judía y de Guillermina.

El tren cruzó la línea de demarcación que dividía Francia en dos zonas: la ocupada y la no ocupada. Una separación más teórica que real. Desde que los alemanes invadieron también la zona no ocupada en noviembre de 1942, la división carecía de virtualidad, y ambas zonas se encontraban sometidas al poder del invasor.

A la hora del almuerzo los pilotos invitaron a sus compañeros de viaje a salchichas frías. La elegante dama aportó unos pequeños bollitos de manteca. Y Jeff, queso de oveja y pan.

En Lyon se apeó la señora mayor. Y en Montpellier, los dos pilotos. Nadie ocupó sus asientos y continuaron el viaje solos en el compartimento. A falta de distracción mejor, el niño empezó a lanzar una pequeña pelotita de goma a Jeff. Al principio, el periodista se limitaba a devolvérsela, no porque pretendiera hacer feliz al pequeño, sino más bien para que Monique no le considerase un ogro antipático. Jamás había jugado con un crío.

Pero tardó poco en contagiarse con las carcajadas del pequeño, que reía alborozado cada vez que recibía la pelota. Al final, se animaron tanto que incluso salieron al pasillo para poder jugar con mayor libertad. El niño daba patadas a la pelota y el periodista trataba de pararla con las manos. Jeff descubrió que jugar con un crío no era tan aburrido como él esperaba. Al contrario, podía ser divertido y gratificante. Nunca lo hubiese sospechado.

Cuando el pequeño se cansó, volvieron al compartimento y la madre lo acostó a lo largo de dos asientos.

—No sabía que te gustaban tanto los niños —dijo Monique.

—Ni yo. Si te soy sincero, nunca he tratado con niños.

—Es una pena. No sabes lo que te pierdes.

Las estaciones se sucedían ante sus ojos. Jeff seguía alerta ante cualquier eventualidad. Los agentes de la Gestapo continuaban en el tren, y no se podía descartar que volvieran a exigir la documentación de los pasajeros.

Jeff corrió las cortinillas del compartimento para que nadie los pudiera ver desde el pasillo.

—¿Tienes aguja e hilo? —preguntó Jeff.

—Pues sí, de casualidad.

El periodista extrajo del bolsillo de su chaqueta la Cruz de San Andrés, su famoso diamante.

—¡Madre mía! —exclamó Monique—. ¿De dónde has sacado ese pedrusco? Debe de valer una fortuna.

—Escóndelo en el abrigo de René. A él nunca le registrarán.

Monique le lanzó a Jeff una mirada de estupor. No le parecía bien utilizar al niño. A pesar de todo, no protestó. Tras una breve reflexión, comprendió que la idea no era, en el fondo, tan descabellada. Con mucho cuidado, descosió el forro del abrigo del pequeño y escondió dentro el valioso diamante.

En la estación de Narbona se apearon los dos esbirros de la Gestapo. Habían detenido a un pobre individuo, que gimoteaba desesperado con las manos atadas a la espalda. El periodista respiró tranquilo. Sin la presencia de la Gestapo, todo parecía más sencillo.

—René tiene hambre. ¿Queda algo de comida? —preguntó Monique.

—Nada —contestó Jeff; los pilotos alemanes habían devorado todo el queso a la hora del almuerzo—. Y este tren no tiene vagón restaurante. Compraremos algo cuando lleguemos a nuestro destino.

Al filo de la medianoche, y con bastante retraso respecto al horario previsto, el tren hacía su entrada en Perpiñán. Conforme a lo acordado en París, Jeff se anudó al cuello una bufanda de color blanco.

—Sígueme a cierta distancia —sugirió Jeff a Monique—. Si me detienen o detectas algo raro, escapa con el niño sin mirar atrás.

El periodista se apeó del tren. Al rato, le imitó Monique con el pequeño René en brazos. Jeff recorrió el andén y nadie se acercó a él. Lo hizo un par de veces más y el resultado fue el mismo. Al parecer, se habían olvidado de ellos.

La estación se fue quedando poco a poco vacía. Las luces del tren se apagaron y el revisor cerró con llave las puertas de los vagones. Allí no se presentaba nadie. Jeff y Monique no sabían qué hacer. Entraron en el vestíbulo y se sentaron en los bancos, cada uno por su cuenta, como si no se conocieran. Jeff, con las manos en los bolsillos, no dejaba de acariciar la culata de su pistola.

Un cuarto de hora más tarde, un hombre tosco y achaparrado, con pelliza marrón y boina negra, se presentó en el vestíbulo y lo recorrió con la mirada. Se acercó al tablón de anuncios situado a la espalda de Jeff. Mientras fingía leer los carteles, dijo entre susurros:

—Hay una patrulla de las SS en la calle. Tengan cuidado. Yo voy a salir ahora. No me sigan. Esperen un par de minutos. Luego, salgan con total normalidad y bajen la calle hasta el segundo callejón a la izquierda. Los espero allí.

El hombre desapareció. Poco después, ellos hacían lo mismo. En la puerta se encontraba aparcado un Kübelwagen con cuatro soldados de las SS medio adormilados. Ni los miraron.

Las farolas de la calle no funcionaban, y la única iluminación procedía de la escasa luz que se filtraba a través de las ventanas de las casas. Jeff llevaba del brazo a Monique, que no dejaba de temblar. No se sabía muy bien si de frío o de miedo.

—No me gusta este tipo —comentó Jeff por el camino, refiriéndose al hombre de la pelliza—. Tenemos que andar con mucho ojo.

Los guías de los Pirineos que se dedicaban a pasar gente de un lado a otro de la frontera recibían el nombre de «pasadores». Solían ser pastores o contrabandistas españoles o franceses. Y no siempre eran de fiar.

Llegaron al lugar indicado y allí los esperaba el hombre al volante de un pequeño camión.

—¿Sabe dónde podemos comprar algo de comida? —preguntó Jeff al conductor.

—No se preocupe. Nosotros le proporcionaremos de todo.

Se subieron a la parte trasera, cubierta por un toldo, y el motor se puso en marcha. El traqueteo despertó a René. El crío abrió los ojos, miró a Jeff y, sin decir nada, extendió las manos hacia él.

—Quiere que le cojas tú —señaló Monique.

Patoso y sin ningún estilo, tomó al pequeño entre sus brazos. A los pocos minutos, el crío dormía como un bendito.

—¡Quién lo iba a decir! —se sorprendió Monique—. Tienes mano para los críos.

—No digas tonterías —respondió Jeff, que trataba de disimular la satisfacción que le producía el descubrimiento de esa nueva faceta.

Veinte minutos más tarde, el camión se detenía con un fuerte chirrido de frenos.

—¿Dónde estamos? —preguntó Monique intranquila.

—No tengo ni idea. Por si acaso, no te separes de mí.

Alguien alzó el toldo del camión y la incómoda luz de una linterna los deslumbró. Jeff empuñó la pistola dentro del bolsillo. No dudaría en usarla en caso necesario.

—Ya hemos llegado. Pueden bajar —dijo el conductor.

Jeff saltó del camión. Luego ayudó a Monique y al niño. Hacía frío, mucho frío, y un viento gélido arañaba la cara. El suelo estaba embarrado y una hermosa luna plateada brillaba sobre sus cabezas. Jeff miró a su alrededor. Quería saber dónde estaba. Solo descubrió oscuridad, vegetación y una vieja masía en mitad de la nada.

El hombre de la pelliza les indicó con un gesto que le siguieran. Entraron en la casa a través de una puerta carcomida. La vivienda carecía de electricidad y se alumbraba con unos rudimentarios y malolientes candiles, que proyectaban una luz espectral. Olía a sudor y orín, a humedad y comida putrefacta. Caminaron por un pasillo de paredes enmohecidas y baldosas resquebrajadas hasta llegar a una sala amplia y sucia. Allí esperaban los demás fugitivos, sus futuros compañeros de viaje. Todos ellos se congregaban frente a la chimenea y apenas se podían distinguir sus rostros. Jeff contó quince adultos, cinco adolescentes y dos niños, todos vestidos con ajados abrigos negros que les llegaban hasta los pies. No hablaban, permanecían en silencio, y miraban a cualquier desconocido con antipatía y recelo.

Jeff saludó al entrar. Nadie le contestó.

—¿Quiénes son? —preguntó Monique.

—Nuestros compañeros de fuga —contestó Jeff.

—¿De dónde han salido?

—No lo sé. Me imagino que de toda Europa.

—¿Qué están lanzando a la chimenea?

—Las estrellas de David que se acaban de arrancar de sus ropas. Son judíos.

Monique les dedicó una mirada compasiva y apretó a René contra su cuerpo. Jeff acomodó a la madre y al niño en una esquina y buscó una manta por toda la sala. No encontró nada. Se quitó el abrigo y cubrió sus cuerpos.

—Nos espera un largo viaje. Es mejor que descanséis.

Una hora más tarde arribó a la casa un matrimonio nuevo con dos críos. Fue recibido con la misma frialdad. Se instalaron muy cerca de Jeff, el único que los había saludado, la única voz amiga que habían encontrado.

—¿Un cigarrillo? —Jeff le ofreció su pitillera al recién llegado.

El hombre sonrió y aceptó de buena gana. Enseguida entablaron conversación. Confesó que eran judíos holandeses.

—Cuando los alemanes invadieron mi país, me arrebataron todo. La joyería, la casa, los muebles. Tuve que mudarme a la casa de mi hermano. Empezaron los registros y las detenciones. La gente desaparecía sin dejar rastro. Tuvimos miedo. Según pasaban las semanas las cosas fueron empeorando. Construimos un cuarto falso, al que solo se podía acceder a través de un armario.

El hombre dio un par de caladas al pitillo. No pestañeaba, sus apagados ojos miraban al vacío. Le dolían los recuerdos como puñales de fuego, pero al mismo tiempo necesitaba soltarlos.

—Un día llegó la Gestapo. Me escondí con mi familia en el cuarto secreto. Mi hermano abrió la puerta. Se imaginó que a él no le buscaban. Su mujer no era judía, y pensaba que eso le protegía. Pero se equivocó. Iban a por él.

Con la manga del abrigo se limpió una lágrima.

—Mi cuñada trató de protegerle, alegando su condición de holandesa. De nada le sirvió. La insultaron por acostarse con judíos. Ella insistió. De repente oímos un disparo y los gritos de mi hermano. Luego, un portazo y el silencio. Esperamos callados durante más de media hora por si se trataba de una trampa. Cuando salimos del refugio, la casa estaba vacía. Se habían llevado a mi hermano y a mis sobrinos. Y mi cuñada yacía muerta en la cocina. Le habían disparado un tiro en la cabeza.

—David, ¡por favor! ¡Te pueden oír! —le regañó su mujer, señalando con el mentón a los dos niños, que trataban de dormir bajo sus abrigos.

El joyero bajó el tono de voz y continuó con su confesión.

—No podíamos quedarnos allí. Hubiésemos muerto de hambre. Teníamos que salir de aquella ratonera como fuera. Por fin pude contactar con un amigo que me habló de la posibilidad de escapar a España a través de los Pirineos. Me consiguió documentación nueva y me preparó el viaje. Salimos de Ámsterdam hace ya unos cuantos días, y aún no sé cómo hemos conseguido llegar hasta aquí.

Una mujer sucia y bigotuda, con el pelo pringoso y revuelto, apareció con un humeante barreño de latón en las manos. Lo sujetaba de las asas con dos paños. Era sopa de fideos, o, mejor dicho, agua muy caliente con algún fideo desamparado. Lo depositó en una mesa alargada y con un cazo empezó a llenar tazas y marmitas de soldado. Los refugiados se lanzaron sobre los recipientes y casi derriban la mesa. Jeff se encargó de recoger las raciones de Monique y René.

El pequeño se abalanzó sobre su taza. A pesar de que ardía, se bebió la sopa sin respirar. El pobre estaba hambriento. Apenas había probado bocado en todo el día, salvo el frugal almuerzo en el tren. Jeff, sin pensarlo un segundo, le ofreció su parte.

—¿Y tú? —preguntó Monique.

—No tengo hambre —mintió Jeff.

En unas pocas horas, aquel pequeño había conquistado su corazón.

Minutos después entró en la sala un tipo de aspecto chulesco, con el pelo ensortijado y el rostro curtido por el frío y el viento. Llevaba una boina ladeada y un grueso chaquetón de cuero negro. Del hombro le colgaba un fusil ametrallador alemán. Al ver su pinta, Jeff ya no albergó ninguna duda. Aquellos pasadores no eran simples pasto-res, sino contrabandistas. Gente muy peligrosa que los po-día vender a los alemanes o abandonar en mitad de la mon-taña sin el más mínimo remordimiento.

El tipo se subió a la mesa y recorrió la sala con la vista. No empezó a hablar hasta que se hizo el silencio más abso-luto.

—Soy Pascual, el jefe de la expedición. Si todo sale bien, dentro de dos días estaremos en Espinavell, al otro lado de la frontera. Nos espera una marcha muy dura, por lo que se hará siempre lo que yo mande. No lo olviden. ¡Lo que yo mande! No estoy dispuesto a que ninguno de ustedes me plantee problemas. Si camino, caminan; si bebo, beben; si como, comen; si duermo, duermen; si meo, mean, y si me sueno los mocos, se suenan los mocos. ¿Entendido? Les ad-vierto que no voy a tolerar que se incumplan mis órdenes. Y ahora, a dormir. Dentro de cinco horas partimos.

Los fugitivos se quedaron paralizados. Nunca, en toda su vida, les habían hablado de una forma tan grosera y chulesca como aquella noche.

El contrabandista se bajó de la mesa de un salto y aban-donó la estancia. Sus hombres apagaron todas las lámpa-ras. El salón se quedó iluminado solo por las llamas de la chimenea. Jeff arropó a la mujer y al niño. Al día siguiente les esperaba una larga y peligrosa jornada.

76

—¡Vamos! ¡Todos en pie!

Los gritos y las voces despertaron a Jeff. Procedían de un par de individuos que, con aires rudos y sin ningún respeto, recorrían la sala con sus linternas. El amasijo de cuerpos que cubría el suelo se estremeció bajo las mantas. Poco a poco, la masa humana se puso en movimiento.

La mujer que sirvió la sopa la noche anterior regresó con el mismo barreño. Esta vez, rebosante de agua. Todos los refugiados tenían que asearse en el mismo recipiente. Jeff ni se acercó, y Monique le imitó. A los pocos minutos, el agua, más que limpiar, ensuciaba.

El periodista buscó un cuartucho vacío para cambiarse de indumentaria. Luego hicieron otro tanto Monique y el niño. A ella le vino muy bien la ropa de las chicas de la orquesta. Bruno no se había equivocado: era de su talla. En cambio, René tuvo más problemas. Las prendas del enano le estaban grandes. La madre se preocupó de protegerle bien el cuello, los pies y las manos, las partes más delicadas. Cuando terminaron de vestirse, parecían rústicos habitantes de la montaña. Chaquetones de piel, pantalones gruesos y botas. El único que desentonaba era René, que conservaba su abriguito parisino. No podía desprenderse de él. Además de no tener otra prenda mejor, llevaba la Cruz de San Andrés cosida en el forro.

—¿Qué hacemos con la ropa que traíamos puesta? —preguntó Monique.

—Tirarla —contestó Jeff—. No podemos hacer otra cosa. Solo llevaremos lo imprescindible.

Jeff sacó de la maleta una pequeña mochila, y en su interior guardó ropa seca de repuesto. Ese sería su único equipaje. Monique también metió los diarios de Ciano. Todo lo demás quedó abandonado en la habitación, incluidas las maletas.

Volvieron a la sala. Los refugiados recogían con pereza sus pertenencias. Muy pocos habían sido tan previsores como Jeff. La mayoría seguía con sus abrigos de paño y sus zapatos de piel, como si se dispusieran a acudir a la sinagoga. Lo menos indicado para cruzar unas peligrosas montañas en invierno.

Nada más salir al exterior, una ráfaga de viento gélido les azotó la cara. Monique se estremeció y atrajo al niño contra su cuerpo. Jeff le pasó un brazo protector por los hombros y ella se lo agradeció con la mirada.

Amanecía y las brillantes estrellas que tapizaban el firmamento se fueron apagando poco a poco. La oscuridad de la noche anterior le había impedido a Jeff contemplar el paisaje. Ahora podía apreciar que la masía se encontraba enclavada muy cerca de una deslumbrante cadena montañosa de picos nevados y laderas boscosas. La visión era majestuosa, propia de una estampa navideña. A pesar de ello, no resultaba una imagen idílica. Aquellas montañas heladas imponían respeto y miedo.

Un par de camionetas viejas y destartaladas esperaban en el camino. Los contrabandistas alzaron los toldos y apremiaron a los fugitivos.

—¡Vamos, arriba! ¡Todo el mundo arriba!

Los refugiados obedecieron. Monique se sentó al lado de Jeff, y colocó al niño sobre sus muslos. El crío enseguida quiso abandonar la protección materna y echó los brazos hacia el periodista. Jeff lo acomodó sobre sus piernas.

—Lo siento, Jeff. Le gustas. Creo que te ha adoptado —comentó Monique con una sonrisa.

A Jeff le llamó la atención el voluminoso equipaje que

transportaban algunos fugitivos. Parecían turistas de vacaciones en la Costa Azul. Y protegían sus maletas con gesto huraño, como si temieran perderlas o que se las robaran.

Durante un buen rato, los fugitivos permanecieron dentro de las camionetas sin que estas se pusieran en marcha. Nadie sabía el motivo de la espera. De repente, el galopar de unos caballos alteró el frío amanecer. Jeff alzó la cabeza y vio llegar a un par de jinetes. Al principio no los distinguió bien, pero al aproximarse pudo comprobar que llevaban uniformes de color azul marino y capa. Se trataba de dos gendarmes franceses. Al detectar su presencia, la angustia se apoderó de los fugitivos. Algunos incluso pretendieron saltar de las camionetas y huir a la carrera. Pero los contrabandistas les hicieron gestos para que no se movieran de su sitio. Jeff metió la mano en el bolsillo y acarició su pistola. Al menor movimiento extraño, la utilizaría sin la menor dilación.

Los gendarmes se acercaron a las camionetas y, sin bajarse de los caballos, recorrieron la carga con la mirada, como si contaran cabezas de ganado. Luego, el gendarme más mayor, sin descender de su montura, cruzó unas palabras con el jefe de los contrabandistas. Por el tono que utilizaban, parecía que se trataba de una pequeña discusión.

—¿Qué ocurre, Jeff? —preguntó Monique, aterrorizada—. ¿Nos van a detener?

—No, tranquila. Se trata de una mera discusión comercial.

—¿Cómo? No te entiendo.

—Solo están negociando nuestro precio.

—¿Qué precio?

—La comisión que se van a llevar los gendarmes por hacer la vista gorda.

Al final, Pascual entregó al gendarme un fajo de billetes y los dos jinetes desaparecieron al trote. Los fugitivos respiraron tranquilos.

Bajaron los toldos y las camionetas se pusieron en marcha. Los refugiados temblaban de frío y miedo bajo sus abrigos. Se enfrentaban a una aventura peligrosa y desconocida. A partir de ese momento sus vidas dependían de los caprichos del destino. Y de la codicia de los pasadores.

Los vehículos empezaron a ascender por una carretera estrecha y sinuosa. A un lado se alzaban los pinos. Al otro, se perdía la vista en profundos precipicios. A las camionetas les costaba tanto trabajo avanzar que Jeff sospechaba que en cualquier momento tendrían que bajarse a empujar. Si continuaban a esa velocidad, tardarían una eternidad en hacer unos pocos kilómetros. En la cabina, los contrabandistas reían y bebían coñac, entre chistes verdes y comentarios soeces. A Jeff cada vez le gustaban menos.

Algunos fugitivos comían a escondidas. Mordisqueaban en silencio un poco de pan o un trozo de salchichón, que ocultaban recelosos entre sus manos. No ofrecían a nadie por temor a quedarse sin provisiones. René los miraba sin pestañear, en ayunas desde la noche anterior. A Jeff le dolía contemplar la cara del pequeño y la insensibilidad de los demás pasajeros. Aunque en el fondo los comprendía: luchaban por su propia supervivencia. Metió la mano en el bolsillo y ofreció dinero a cambio de comida a un viejo de barba blanca. El tipo ni siquiera le contestó. Aumentó la oferta, pero siguió inamovible. El dinero no le interesaba. Preguntó en voz alta a los demás fugitivos, y por fin una anciana belga aceptó el dinero y le entregó al crío unas galletas y un poco de mortadela. El niño devoró todo en un abrir y cerrar de ojos.

Jeff no se fiaba ni un pelo de los contrabandistas y con frecuencia levantaba un poco el cochambroso toldo y echaba un vistazo al camino. Solo se veían bosques y montañas. Ni una ciudad, ni un pueblo, ni siquiera una mísera aldea.

Después de más de una hora de tortuoso viaje por peligrosas carreteras embarradas, y al borde de escalofriantes despeñaderos, las camionetas se detuvieron y apagaron los motores. Se alzaron los toldos y los refugiados, azuzados por los contrabandistas, saltaron a tierra. Se encontraban a los pies de una montaña.

—¡Se acabó lo bueno, señores! ¡Ahora continuaremos a pie! —gritó Pascual, el jefe de los contrabandistas, desde lo alto de un pequeño promontorio.

Detrás de un guía, los fugitivos comenzaron a ascender la ladera de la montaña en fila india. El avance era lento, en ocasiones desesperante. En el grupo abundaban los ancianos y los equipajes pesados. Pascual no hacía más que gruñir y espolear para que avanzaran más deprisa. Tras dos horas de caminata, alcanzaron la cima de la montaña. El paisaje no podía ser más bello y, al mismo tiempo, estremecedor. Lo que acababan de recorrer tan solo era un pequeño cerro comparado con lo que les esperaba. Ante ellos se extendía una impresionante cadena montañosa en la que solo reinaba el frío y el silencio. El desasosiego se adueñó del grupo.

—¡No se detengan! —gritó Pascual—. ¡O seguimos o no llegaremos a tiempo al refugio!

La caravana prosiguió la marcha. Algunos refugiados comenzaban a acusar los efectos del esfuerzo y resoplaban como locomotoras a punto de estallar. Jeff empezó a inquietarse por Monique y el pequeño René. Una sensación nueva y extraña que no le disgustó, aunque sí le perturbó: era la primera vez que se preocupaba por alguien que no fuera él mismo.

Monique intentaba aparentar fortaleza, pero con escaso éxito. Se había empeñado en llevar al niño en brazos, y ya no podía más. Las semanas que había pasado en su escondite sin moverse, sin ver la luz del sol y con una mala alimentación, le estaban pasando factura. Jeff se acercó a uno de los contrabandistas y le pidió algo de comida para la joven. Fue inútil. Hasta la hora del almuerzo no se repartiría nada. Órdenes del jefe.

A pesar de las protestas de Monique, el periodista se echó el niño a la espalda y siguió la marcha. Atravesaron un precioso valle, tapizado de musgo y helechos, y descansaron junto a un manantial. El agua estaba helada, pero no importaba. Bebieron con ansiedad. A pesar del frío, tenían la ropa pegada al cuerpo, empapada de sudor. El alto fue breve, apenas veinte minutos. Enseguida Pascual dio la orden de reanudar la marcha.

—¡Vamos, vamos! Hay que avanzar más deprisa. —Pascual espoleaba a los refugiados.

Jeff llevaba a René sobre los hombros. Trataba de entretenerle con juegos y adivinanzas. Incluso consiguió que aprendiera alguna estrofa de una vieja canción popular española, que el pequeño repetía de forma mecánica sin entender una sola palabra. También le enseñaba los nombres de los animales que se divisaban a lo lejos. El crío disfrutaba con su nuevo amigo. Se le veía contento y sonriente. Para él, aquella caminata solo era un juego.

La columna avanzaba en fila india por caminos escarpados. Al frente marchaba el contrabandista que hacía de guía. Después, los refugiados. Cerraba la marcha el jefe y dos compinches más.

Los fugitivos, después de tantos años de vivir escondidos y mal alimentados, ya no podían más. La tensión y el cansancio estaban acabando con sus menguadas fuerzas. Y la travesía solo acababa de comenzar. A ese paso muy pocos soportarían la dureza del viaje.

Llegaron a un profundo desfiladero que separaba dos montañas muy altas. El guía se adentró en el tortuoso sendero que recorría una de sus paredes. La altura era tan elevada que apenas se distinguía el torrente que discurría al fondo de la sima. Los fugitivos se detuvieron en seco y se miraron unos a otros desconcertados. Continuar por aquel despeñadero era una locura, un suicidio colectivo.

—¡Vamos, sigan! —gritó Pascual desde la retaguardia.

Poco a poco, los refugiados comenzaron a moverse de nuevo. El sendero era tan estrecho que apenas cabía una persona. Cualquier paso en falso llevaría al desgraciado al fondo del abismo.

—Agárrate fuerte a mi cuello —dijo Jeff a René.

Monique caminaba detrás del periodista, cargada con la mochila, de la que no se separaba ni un instante. Dentro viajaban los preciados diarios de Ciano. Jeff le hizo un gesto para que se aferrara a su chaquetón y no se soltara bajo ningún concepto. La anchura del sendero y las fuertes ráfagas de viento convertían aquel camino en una auténtica pesadilla.

Una anciana resbaló y se precipitó al vacío. Su marido emitió un grito desgarrador mientras contemplaba impotente cómo se perdía el cuerpo de su amada en el abismo. Antes de que alguien pudiera reaccionar, el hombre dio un paso al frente y siguió la suerte de su esposa.

Todo ocurrió en un instante. Nadie pudo hacer nada. El pánico se apoderó del grupo, que se quedó petrificado ante la escena, incapaz de avanzar.

—¡Sigan! —bramó Pascual—. ¡No se detengan!

La columna se puso de nuevo en movimiento.

Mientras caminaba, Jeff no dejaba de pensar qué pintaba allí, tan lejos de sus fiestas parisinas, de los restaurantes de lujo, de sus atractivas amigas, del One Two Two. ¿Quién le mandaba a él meterse en aquella historia? Nunca había perseguido ideales nobles, nunca había creído en causas justas. Aun así, algo en su interior le animaba a continuar. En realidad, no lo hacía solo por Daniela, la única mujer que había amado en el mundo, sino también por Monique y el pequeño René. No los podía dejar en París con la Gestapo tras su pista.

El peligroso sendero terminaba en una pasarela formada por viejos tablones y cables de acero. Tenían que cruzar al otro lado del desfiladero. No era una decisión fácil. El pánico atenazaba los cuerpos y se reflejaba en el rostro de los refugiados.

—Vamos a pasar de uno en uno —ordenó Pascual—. No miren abajo y agárrense bien a los cables.

Un contrabandista inició la marcha sobre la débil pasarela. La cruzó con habilidad, con el fusil sobre la cabeza, como si fuera un trapecista de circo. Se veía que tenía mucha experiencia. Al llegar al otro lado, hizo una señal para que cruzara el siguiente.

Un hombre de mediana edad empezó a avanzar sobre los tablones con paso inseguro. Le temblaban tanto las piernas que con frecuencia tropezaba y perdía el equilibrio. Cuando el hombre llegó al otro lado de la garganta, se arrodilló y empezó a sollozar.

Le siguieron media docena de refugiados más. Los más ancianos se mostraban reacios a cruzar, y cedían su puesto a los demás, como si la simple espera pudiera aliviar su situación. Le llegó el turno a Jeff.

—Ahora te voy a enseñar un nuevo juego —dijo el periodista a René, que seguía subido a sus hombros—. Mientras cruzamos, tú te vas a encargar de mirar al cielo y contar los pájaros. Si consigues ver más que yo, ganas. ¿Entendido?

—Sí —respondió el crío, que aceptó el reto entusiasmado.

—Y ahora, agárrate muy fuerte, todo lo fuerte que puedas, y no te sueltes. ¿De acuerdo?

Jeff sintió cómo las manos del crío se aferraban a su cuello. Poco a poco, el periodista se adentró en la pasarela. Caminaba con lentitud, asegurando bien cada paso. Confiaba en que sus años de deportista hubiesen servido de algo. Los tablones estaban podridos y crujían peligrosamente bajo su peso. A cada paso, la pasarela parecía más próxima a desmoronarse en el vacío. El niño no se daba cuenta del riesgo, encandilado con el nuevo juego.

—Uno, cuatro, dos, seis...

René todavía no sabía contar y se limitaba a repetir los pocos números que había oído en casa.

Una fuerte ráfaga de viento sacudió a Jeff en uno de los momentos más delicados. Durante unos instantes la pasarela se balanceó peligrosamente, y Jeff estuvo a punto de caer al vacío. Por fortuna, no pasó nada. El aire se calmó, el periodista recobró el equilibrio y prosiguió la marcha hasta llegar a su destino.

Monique fue la siguiente. A pesar del cansancio, conservaba su agilidad de bailarina, y cruzó sin sufrir ningún percance. Después siguió el resto del grupo, incluso los más reacios. Al final solo faltaban por atravesar la garganta un matrimonio mayor y Pascual.

Los ancianos estaban aterrorizados. Eran incapaces de dar un paso al frente. Pascual los amenazó con todo lo imaginable. Incluso los apuntó con su pistola. Fue inútil. No se movían. Seguían en su sitio como dos estatuas de mármol. El contrabandista soltó una maldición y cruzó la pasarela. Los ancianos siguieron en el mismo lugar, cogidos de la mano y con el rostro desencajado.

Al llegar Pascual al otro lado, hizo un gesto a uno de sus hombres. El tipo carraspeó, lanzó un gargajo al abismo y alzó su rifle. Dos disparos rompieron el silencio de las montañas. Al otro lado del precipicio el matrimonio se derrumbó sin vida.

La trágica escena desató el pánico entre los refugiados. Se oyeron gritos y lamentos, y algún llanto aislado. Jeff dejó al niño junto a su madre y se fue a por Pascual, que ya había iniciado la marcha.

—¿Por qué ha hecho eso? —Jeff se encaró con el fulano.

El tipo se volvió y le miró con chulería.

—¿Qué es mejor, morir de un disparo o ser devorado por los lobos?

Pascual se dio la vuelta y siguió su camino. No hubo más palabras. Jeff no supo qué decir. Quizás aquel tipejo tuviera razón, pero acababa de presenciar un asesinato, y eso le asqueaba.

Después de una larga caminata, llegaron a un valle que se extendía plácidamente entre dos montañas. Lucía el sol, la temperatura era agradable, no había nieve y abundaba la vegetación. Un pequeño oasis en mitad del frío y el hielo. Una pequeña choza de madera destacaba en la lejanía.

—En esa cabaña hay leña y comida —anunció Pascual—. Allí pasaremos la noche.

Animados por las palabras del contrabandista, la columna avanzó a buen paso hasta llegar a su destino. Los refugiados se apelotonaron frente a la puerta del refugio con la intención de entrar los primeros y apoderarse del mejor sitio. Estaban hambrientos y tenían frío.

—Bien, muy bien —dijo Pascual a sus espaldas—. Ahora que hemos llegado a este punto, tenemos que hablar. Vamos a renegociar las condiciones de la huida.

—¿Cómo? Pero ¿de qué está hablando? —le increpó un judío polaco de elevada estatura—. Yo ya pagué en Marsella lo que me pidieron. No pienso dar ni un franco más.

El judío avanzó hacia el contrabandista. Los demás fugitivos empezaron a removerse alterados. Sin mediar palabra y sin inmutarse lo más mínimo, Pascual desenfundó su pistola y disparó al judío en la cabeza. El hombre se detuvo en seco. Durante unos instantes, permaneció de pie. Parecía que el contrabandista no había acertado. De repente, el hombre se derrumbó sin emitir un sonido. De su frente empezó a manar un pequeño reguero de sangre.

La mujer del fallecido lanzó un grito desgarrador y se abrazó a su marido. Pascual se acercó por la espalda y le descerrajó un tiro en la nuca. Ambos quedaron tendidos en la tierra, inmóviles, con los ojos muy abiertos, como si no terminaran de creerse lo que les acababa de ocurrir. Después de años de sufrimiento bajo dominio nazi, la muerte les había alcanzado en los Pirineos, cuando ya arañaban la libertad.

—¿Alguien más quiere discutir el precio del pasaje? —preguntó Pascual con sarcasmo.

Los contrabandistas apuntaron al grupo con sus fusiles. Surgieron gritos de desesperación y espanto. Monique cogió a su hijo en brazos y le tapó la cara contra su pecho. Jeff metió la mano en el bolsillo y se aferró a su pistola. No pensaba dejarse matar con tanta facilidad.

—Si no quieren acabar como sus amigos, más vale que obedezcan sin rechistar. —Pascual continuó con sus amenazas.

Los contrabandistas extendieron unas mantas sobre la tierra.

—Y ahora, si son tan amables, vayan dejando todo lo que tengan de valor sobre esas mantas.

Nadie se movió.

—Está bien, como quieran.

Pascual levantó la pistola y apretó el gatillo. Se oyó una fuerte detonación y una anciana se derrumbó junto a Jeff.

—¿Quieren que siga? ¿Quién quiere ser el siguiente? Hay balas para todos.

Los fugitivos se apresuraron a abrir sus maletas. Sobre las mantas fueron depositando sus pertenencias más valiosas. Ahora comprendía Jeff por qué no se separaban de su equipaje. Y por qué Pascual nunca protestó por ser tan voluminoso. Poco a poco las mantas se fueron llenando de piezas de oro, joyas, divisas y piedras preciosas. Una auténtica fortuna.

Jeff no se acercó a la manta. Se limitó a ponerse delante de Monique y René, y así protegerlos con su cuerpo. El niño sollozaba abrazado a su madre. Nunca había oído un disparo. Y nunca había presenciado un asesinato.

Pascual echó un vistazo a lo recolectado. Sin mediar palabra, disparó a la rodilla de un chico de unos quince años, que cayó al suelo entre alaridos de dolor. No permitió que sus padres le socorrieran.

—Vamos, vamos, que no soy tan tonto. Sé que aún no han soltado todo. Tienen otra oportunidad.

De nuevo empezaron a aparecer objetos valiosos procedentes de los forros de las maletas y de los escondrijos más insospechados. Monique fue a echar mano del abrigo de René. Lo único que tenían de valor era la Cruz de San Andrés. Jeff la detuvo con un gesto y negó con la cabeza. El periodista no dejaba de observar a los contrabandistas, sin apenas pestañear, pendiente de todos sus movimientos.

Las mantas se cubrieron con nuevos objetos, aún más valiosos que los anteriores.

—¡Eso está mejor! —exclamó Pascual con una sonrisilla sádica.

Jeff tuvo suerte: ninguno de los contrabandistas se había dado cuenta de que no había entregado nada.

—Y ahora, para celebrarlo, vamos a divertirnos un rato —anunció Pascual con mirada lujuriosa. Y dirigiéndose a sus hombres, ordenó—: Vosotros dos, separad a las chicas del grupo y llevadlas dentro. Nosotros nos encargaremos del resto.

Los dos individuos se colgaron los fusiles al hombro, y como si fueran alimañas en celo, se mezclaron en el grupo y empezaron a apartar a las mujeres más jóvenes. Chillidos y llantos de terror se alzaron en la fría mañana. Jeff sintió que Monique se pegaba a su espalda y empezaba a temblar. Todos sabían la suerte que les esperaba. Nadie saldría de allí con vida.

Jeff no se lo pensó dos veces. Sacó su pistola y disparó un par de veces a Pascual. El hombre se desplomó con las manos en la garganta. Chillaba como un cerdo en plena matanza. Los fugitivos aprovecharon la confusión para abalanzarse sobre los dos contrabandistas que pululaban entre el grupo. Una lluvia de patadas y golpes se desató sobre los matones. Por desgracia quedaba un sicario más, y se encontraba en una envidiable posición de tiro, a unos quince metros de distancia. Sin perder un instante, y sin importarle la vida de sus compinches, el tipejo comenzó a disparar con su fusil ametrallador.

El tableteo del arma rompió el silencio de la montaña. Los cuerpos empezaron a derrumbarse alrededor de Jeff, atravesados por las balas. Gritos y lamentos brotaban de sus gargantas. Jeff intentó apuntar al contrabandista, pero los empujones y las carreras de sus compañeros de fuga le impedían acertar.

De repente, un dolor punzante le atravesó el pecho, como si le abrasaran con un hierro candente. Le habían dado. La vista se le nubló y le fallaron las piernas. Poco a poco, como si se tratara de una película a cámara lenta, Jeff Urquiza cayó al suelo. Lo último que vio antes de perder el conocimiento fue al contrabandista desplomarse sobre la tierra. Alguien, no sabía quién, le había reventado la cabeza de un disparo.

77

Abril, 1944

Jeff Urquiza sacudió la cabeza aturdido. Un olor fuerte y penetrante le había despertado por completo. Abrió los ojos y descubrió sorprendido que yacía sobre una cama, dentro de una sala enorme con pinta de pabellón de hospital. Un dolor lacerante y profundo le atravesaba el pecho, y le obligaba a respirar con dificultad. Inclinado sobre su cara se encontraba un tipo que no había visto en su vida. Era un hombre mayor, calvo y con perilla, ataviado con una bata blanca. En la mano sujetaba un algodón impregnado en amoniaco.

—¿Me oye? —le preguntó en francés.

Jeff asintió. Intentó incorporarse, pero el dolor del pecho le obligó a seguir tumbado.

—No se levante. Aún no está recuperado del todo.

—¿Dónde estoy? —preguntó el periodista con voz cavernosa.

—En la enfermería de la prisión de Cherche-Midi.

A Jeff le sorprendió la noticia. Estaba de nuevo en París, en el presidio más siniestro y emblemático de la ciudad. Lo conocía muy bien porque había escrito un amplio reportaje sobre aquel lugar, que, por supuesto, la censura madrileña no aprobó. Situado en el número 54 del boulevard Raspail, a menos de cien metros del hotel Lutetia, sede del servicio secreto alemán en París, la cárcel ocupaba el antiguo solar del convento de las Hijas del Buen Pastor, un internado católico para chicas descarriadas.

Convertido en presidio militar en el siglo XIX, Cherche-Midi era la única prisión de París bajo mando alemán. Desde el director hasta el último carcelero, todos eran militares alemanes. Las demás prisiones o estaban bajo mando francés o los germanos solo tenían un pequeño destacamento de vigilancia.

Los clientes de Cherche-Midi no eran presos comunes, sino disidentes políticos y miembros de la Resistencia. Los internos no solían pasar mucho tiempo entre sus muros: una vez celebrado el consejo de guerra ante el Tribunal Militar alemán situado en la rue Boissy d'Anglas, los condenados eran fusilados o enviados a otras cárceles.

Jeff recorrió la estancia con la mirada. Era una sala rectangular, con ventanales enrejados, y camas a ambos lados del pasillo central. Todas estaban vacías, menos la de Jeff. Hacía frío, y olía a alcohol y a desinfectante. El colchón era blando y las sábanas parecían limpias, aunque demasiado ásperas. Arañaban la piel como si fuera papel de lija.

—¿Qué ha pasado?

—Le hirieron en el pecho. Ha tenido suerte. Por milímetros la bala no acabó con su vida.

—¿Cuánto tiempo llevo aquí?

—Una semana más o menos. Antes le atendieron en un hospital cercano a los Pirineos. ¿No se acuerda de nada?

—No, de nada. —Jeff enseguida pensó en Monique y René—. ¿Hubo más heridos?

—No tengo ni idea. Aquí, donde me ve, a pesar de esta bata blanca, solo soy un preso más. Médico, pero preso al fin y al cabo. Y no me meto donde no me llaman. Perdone que le haya despertado con el amoniaco. No he tenido más remedio. Han venido dos agentes de la Gestapo y quieren hacerle unas preguntas.

El médico salió y un minuto más tarde entraron dos tipos con abrigos de cuero negro y sombreros de ala ancha, la indumentaria habitual de la Gestapo. El jefe era bajito, con el pelo corto y rubio, y los ojos muy claros. El otro era moreno, grandote, con la frente estrecha y el mentón pronunciado. El jefe se sentó en una butaca junto al cabecero de la cama. El gigante permaneció de pie, recostado contra la pared, con las manos en los bolsillos.

El bajito cruzó las piernas y se colocó el sombrero sobre la rodilla. Luego sacó del bolsillo un pequeño cuaderno y una pluma estilográfica.

—¿Cómo se llama? —preguntó en francés, aunque con bastante acento.

A punto estuvo Jeff de contestar su verdadero nombre. Supo reaccionar a tiempo. Tenía que mantener la identidad de su documentación.

—Jorge Gómez Sánchez.

—¡Vaya, qué sorpresa! Así que es usted español —dijo en un aceptable castellano—. Teníamos nuestras dudas.

El hombre miró a su ayudante y ambos rieron. Jeff no le encontró la gracia.

—¿Seguro que se llama como ha dicho? —preguntó con sorna, mostrando una sonrisa diabólica.

Jeff no contestó.

—Mire, no sé quién es usted. Pero sí sé quién no es. Su salvoconducto es falso. Su carné de antiguo miembro de la División Azul es falso. Y su pasaporte también es falso. Nos hemos puesto en contacto con el cónsul español, y no consta ningún Jorge Gómez Sánchez en sus archivos. Así que, dígame cuál es su verdadero nombre de una maldita vez. Se me agota la paciencia.

Jeff no contestó.

—Está bien. Se niega a hablar —concluyó de mal humor—. Le contaré una historia por si le sirve para refrescar la memoria. Desde hace tiempo, el Ejército alemán vigila los Pirineos para evitar la fuga a España de judíos y pilotos aliados abatidos en territorio francés. El día que usted cayó herido, una patrulla de soldados oyó dos disparos. —Jeff recordó el asesinato de los dos ancianos por negarse a cruzar la pasarela—. No tardó en localizar al grupo de fugitivos y empezó a seguirlo. Al llegar a un valle, observaron que los contrabandistas disparaban sobre los refugiados para robar todas sus pertenencias, algo que suele ser muy habitual. Los soldados decidieron intervenir y mataron a todos, a los contrabandistas y a los fugitivos.

Jeff sintió un tremendo mazazo al oír esas palabras. Monique y René habían muerto. Y no había podido hacer nada para evitarlo. Al igual que había ocurrido con la niña judía o con Guillermina.

Desconocía si Monique y el niño habían caído por los disparos de los contrabandistas o de los soldados alemanes. Tampoco era importante y, en el fondo, daba lo mismo. Ya nada ni nadie los iba a resucitar.

—¿Y a mí por qué me dejaron vivir? —preguntó Jeff—. ¿Por qué no me mataron como a los demás?

—Por su aspecto.

—¿Qué le pasa a mi aspecto?

—No tiene pinta de judío. Y no nos equivocamos. Un médico le examinó y pudo comprobar que no está circuncidado. —El bajito emitió una risita sarnosa, propia de una hiena—. Los soldados sospecharon que usted podría ser un piloto aliado provisto de documentación falsa. Y una pieza de tal calibre es demasiado valiosa para dejarla perder. No se puede desperdiciar. Había que traerle a París, curarle las heridas y someterle a interrogatorio. Seguro que nos puede proporcionar información muy interesante.

—¿Y luego fusilarme?

—¡Exacto! —Soltó una sonora carcajada, que fue imitada por el grandullón—. Ahora que le hemos podido escuchar, sabemos que es español, o por lo menos habla el idioma sin ningún acento. Por tanto, todo apunta a que usted no es un piloto aliado, sino más bien un espía. Y los espías, como sabe muy bien, acaban en el paredón.

—Pues lamento desilusionarle. No soy un espía.

El agente soltó una risotada carente de gracia.

—Sentido de humor veo que no le falta. No le creo.

Las posibilidades de sobrevivir a un interrogatorio de la Gestapo eran, más bien, escasas, por no decir nulas. Decidió decir la verdad. Al menos, tendría una oportunidad, aunque remota, de salir con vida.

—Está bien, de acuerdo. Le voy a decir la verdad.

—Eso espero por su bien.

—Me llamo Jaime Urquiza, soy periodista español, y vivo en París desde hace diez años. Soy el corresponsal del diario madrileño *Informaciones*.

El bajito le miró con desconfianza.

—¿Un periodista español? Y si no tenía nada que ocultar, ¿por qué huía hacia su país a través de las montañas y con documentación falsa?

Jeff soltó lo primero que se le ocurrió.

—No huía. Quería escribir un reportaje sobre los pasadores y el cruce clandestino de los Pirineos.

—¿Por qué?

—Es un tema de actualidad. Todos los días cientos de refugiados atraviesan los Pirineos de forma ilegal.

El agente miró a Jeff con suspicacia.

—Para escribir sobre ese tema, no hace falta vivir la experiencia, ¿no cree?

—Pues permítame disentir. Se ve que no sabe mucho de periodismo. Si quieres llegar al público, debes vivir intensamente lo que escribes.

—¿Y por qué viajaba con documentación falsa?

Jeff siguió inventando sobre la marcha. Trataba de buscar excusas creíbles y no contradecirse.

—Para que nadie me descubriera. Si los pasadores hubiesen sospechado que era un periodista que pretendía escribir sobre ellos, me habrían liquidado en el acto.

—¿Dónde consiguió la documentación?

—En el mercado negro.

—¿Podría identificar al falsificador?

—No.

—¿Viajaba solo o en compañía de alguien?

—Solo.

Por nada del mundo pensaba confesar que viajaba con una mujer y su hijo. Se hubiese desmoronado por completo su coartada.

El agente repasó las anotaciones que había tomado. Luego cerró el cuaderno, lo ató con una goma elástica y lo guardó en el bolsillo de su abrigo.

—Muy bien, señor... ¿cómo dijo? ¡Ah, sí! Urquiza. Muy bien, señor Urquiza. Comprobaremos todo lo que ha dicho. Espero que sea cierto, por su bien.

El agente se puso en pie y se colocó el sombrero.

—Por cierto, hay algo que aún no me ha explicado.

—¿El qué? —preguntó Jeff.

—¿Por qué iba usted armado?

—Yo no iba armado.

—¡No mienta! Cuando le recogieron, usted tenía una pistola en la mano.

—Sí, eso es cierto, no lo niego. Pero la pistola no era mía. Era de uno de los refugiados que cayó abatido antes de que me hirieran. La cogí del suelo y disparé.

El agente de la Gestapo miró con inquina a los ojos de Jeff.

—Mire, estoy convencido de que miente —escupió las palabras con desprecio—. Me lo dice mi olfato, y mi olfato nunca falla. Comprobaré todo lo que me ha dicho, palabra por palabra, hasta la última coma. Y como encuentre el más mínimo fallo, acabará colgado de una soga. Me encargaré personalmente de ello.

—Haga lo que crea oportuno.

—Por cierto, ¿sabe que la misteriosa pistola que apareció en su mano pertenecía a un oficial alemán? Lo asesinaron hace tres años en un callejón mal iluminado de París. Espero que no tenga nada que ver con esa muerte.

78

Mayo, 1944

El médico de la prisión de Cherche-Midi consiguió retener a Jeff unas semanas más de lo necesario. Le caía simpático, y solían charlar y jugar a las cartas con frecuencia. Cuando no pudo prolongar su estancia por más tiempo sin levantar sospechas, le dio el alta. Jeff fue conducido a una celda diminuta, de metro y medio de ancho por dos metros y medio de largo. Su único mobiliario era un jergón de paja maloliente, una mesa, una banqueta y una lata oxidada que servía de retrete. Por las noches solo se podía abrigar con una manta tan fina que parecía de papel. Por suerte, el frío invernal ya había pasado, y en París reinaba una suave primavera.

A pesar de los sufrimientos y las privaciones, lo que más le dolía no era estar encerrado en la cárcel, ni recordar con añoranza su vida anterior. Vivía atormentado por el recuerdo de Monique y, especialmente, del pequeño René. Se culpaba de su muerte, de su asesinato en manos de unos malnacidos. Él había organizado el viaje, él había buscado los contactos. Y él era el único culpable de haberlos llevado al matadero. Tenía que haber reaccionado a tiempo, cuando empezó a sospechar de los contrabandistas. Tenía que haber sido más astuto, y haber acabado con ellos en un momento de descuido. Pero ¿cómo se podía imaginar entonces el horrible final que les esperaba?

Y sobre todo se sentía culpable de haber sobrevivido. Una extraña sensación, nueva y amarga, que no dejaba de torturarle. Él tenía que haber caído junto a los otros, allí, en mitad de las montañas. Hubiese sido un excelente broche de oro, un bonito punto final a una existencia alocada e insustancial de la que ahora renegaba. Pero no. No había muerto. No se lo habían permitido. El destino se burlaba de él. Y ahora tenía que justificar ante los muertos por qué él era mejor que ellos.

La vida en Cherche-Midi era insoportable. Le tenían incomunicado, por lo que nadie conocía su situación. No le permitían visitas, no podía recibir cartas, no le dejaban salir al patio. Tampoco podía leer libros o revistas, o trabajar en los talleres de la prisión. Se pasaba el día entero encerrado en su celda, sin nada que hacer. Y, según las normas internas, siempre de pie o sentado en el taburete. Solo estaba permitido tumbarse en el jergón desde el toque de silencio hasta el amanecer, aunque Jeff siempre incumplía esa orden.

La comida era escasa y nauseabunda, y la introducían en la celda a través de una pequeña ranura situada en la parte inferior de la puerta. El desayuno consistía en un tazón de agua caliente, con un lejano sabor a achicoria. El almuerzo se componía de coles hervidas con algún tropezón de carne de origen desconocido. Y la cena se limitaba a un caldo frío con sabor a bota de soldado, quizá su ingrediente secreto.

En realidad, nada se dejaba al azar en la prisión de Cherche-Midi y todo estaba estudiado. Un plan maquiavélico perfectamente orquestado para vencer las voluntades más resistentes. Aislamiento permanente, silencio absoluto, ausencia de entretenimientos, comida deficiente. El preso no moría de hambre pero acababa siendo un pelele carente de voluntad en manos de sus captores.

En ocasiones, Jeff se subía al taburete y, de un salto, se agarraba a los barrotes del tragaluz. Aferrado a las oxidadas rejas, trataba de vislumbrar algo interesante que le hiciera los días más cortos. Tan solo divisaba muros, reflectores y torres de vigilancia.

A falta de otra cosa mejor que hacer, se pasaba las horas muertas cazando chinches o leyendo los mensajes que los anteriores inquilinos habían grabado en las paredes. Los había de todo tipo. Junto a los patrióticos, con alusiones al honor francés, a De Gaulle y a la victoria final, también abundaban los divertidos y los lujuriosos.

A los reclusos no se les permitía hablar con sus vecinos de celda. Pronto descubrió Jeff que esa regla era vulnerada de forma sistemática. Entre susurros, y a través de la ranura inferior de las puertas, se organizaban entretenidas tertulias que duraban horas. Eso sí, en cuanto aparecía un carcelero, el recluso de la primera celda de la galería avisaba al grito de «¡Agua! ¡Agua!». Entonces, todos se callaban.

Por las noches, poco antes de apagar las luces, una melancólica canción se propagaba por todo el edificio. Era una voz femenina, muy dulce. Nada más oírse las primeras estrofas, los reclusos guardaban un escrupuloso silencio, pendientes del canto de la misteriosa mujer. Al principio, Jeff pensó que se trataba de una presa. Aunque pocas, Cherche-Midi también albergaba mujeres. Por los comentarios de sus compañeros de galería, terminó por enterarse de la historia de la cantante anónima.

Se trataba de la novia de un preso, miembro de la Resistencia, que había ingresado en Cherche-Midi en las últimas Navidades. Como no le permitían visitarlo, todos los días acudía a la vieja prisión al caer la noche. No importaba que hiciera frío o calor, que lloviera o nevara. Y allí se quedaba, de pie en la acera, frente al edificio, durante horas. Le hacía ilusión pensar que su novio podía observarla desde alguna de las ventanas enrejadas. Antes de marcharse le cantaba una canción de amor.

Los guardias nunca intentaron ahuyentarla. También ellos disfrutaban de su voz. Les hacía recordar viejos tiempos y épocas pasadas, de cuando vivían en paz en tierras lejanas.

Lo que no sabía la pobre mujer, y nadie se atrevía a decírselo, era que su novio ya no estaba en Cherche-Midi. A los dos meses de su ingreso, lo habían trasladado a la prisión de Fresnes. Y quince días más tarde caía fusilado frente a los muros del castillo de Vincennes. Un cobarde acto de represalia por el apuñalamiento de un soldado alemán a la salida de un prostíbulo de Pigalle, y que costó la vida a diez inocentes.

Todas las noches, antes de dormir, cuando la cárcel ya estaba a oscuras, una estudiante de la Sorbona que ocupaba una celda cercana, susurraba «¡Francia vencerá!». Y todos los presos de la galería respondían lo mismo al unísono.

De forma invariable, todas las semanas Jeff era conducido a la Sûreté. Y allí le interrogaban durante horas. No hacían más que preguntarle por qué llevaba documentación falsa, quién se la había proporcionado, de dónde había salido la pistola alemana y qué pintaba en los Pirineos. Al menos, los policías franceses no le pusieron las manos encima.

Al poco tiempo, todo cambió. Una vez confirmado su verdadero nombre, los interrogatorios dejaron de realizarse en la Sûreté, y empezaron a llevarse a cabo en la sede de la Gestapo de la avenue Foch. El mayor Wolf, *el Carnicero de París*, no quería perderse el espectáculo. Ahora Jeff se encontraba bajo su jurisdicción y podía hacer con él lo que quisiera. La hora de la venganza había llegado.

Jeff intuyó que a partir de entonces lo iba a pasar muy mal. No se equivocó. Los interrogatorios aumentaron en frecuencia y crueldad. Wolf siempre estaba presente, y cada vez que Jeff no contestaba a una pregunta, o no le gustaba la respuesta, le quemaba la cara con un cigarrillo encendido. Lo hacía con lentitud y estudiado esmero. Sabía muy bien cómo prolongar el sufrimiento. El SS era un sádico peligroso que disfrutaba con el dolor ajeno.

—Cuando termine con usted, ya no podrá presumir de conquistador —le decía con regodeo mientras le abrasaba el rostro.

Una mañana apareció por su celda el Carnicero de París, con su cabello engominado y sus gélidos ojos azules. Llevaba, como siempre, su impecable uniforme negro y sus brillantes calaveras plateadas en la gorra y el cuello. Jeff no sabía qué pintaba allí. Le veía en los interrogatorios de la avenue Foch, pero nunca había acudido a la prisión.

Los reclusos tenían la obligación de ponerse de pie cada vez que un alemán entraba en la celda. Jeff nunca cumplía esa regla. Y tampoco lo hizo cuando apareció el Carnicero de París. Siguió tumbado en su catre —lo que también estaba prohibido durante el día—, ignorándole por completo. El SS le lanzó una mirada llena de odio.

—Así que este es su nuevo apartamento —dijo el SS con sonrisa cínica.

—Es un buen lugar, se lo aconsejo. Y espero que tenga la ocasión de probarlo dentro de poco.

El SS sonrió con sus afilados dientes.

—Veo que no ha perdido su sentido del humor.

—Lamento no invitarle a que se siente y comparta una taza de té conmigo. Hoy he dado el día libre al servicio.

Wolf le miró con ojos fríos, como los de un caimán al acecho.

—Su situación no es nada envidiable. Se lo advierto, Urquiza: no tiente más a la suerte. ¡Confiese de una maldita vez que es un espía aliado!

Jeff se levantó del catre y se situó a un palmo del SS. Era la primera vez desde su encarcelamiento que veía a Wolf sin tener las manos atadas a la espalda.

—Escúcheme bien, Wolf. Usted no me va a asustar. Sabe muy bien que no soy un espía. Puede que haya cometido una torpeza al intentar cruzar la frontera de mi país de forma ilegal y con documentación falsa. Pero, como ya le he dicho una y mil veces, solo pretendía escribir un reportaje sobre los evadidos y sus rutas de escape.

El Carnicero de París golpeó con sus guantes el tablero de la mesa.

—¿Acaso nos toma por tontos? ¡Eso no se lo cree nadie!

—Me da lo mismo que se lo crea o no. Es la verdad. Y le aseguro que en cuanto la embajada española se entere de mi situación no tardará ni diez minutos en sacarme de aquí.

—Su embajada nunca intervendrá porque nadie sabe dónde está usted —replicó el SS—. Puedo hacer que desaparezca en cualquier momento sin que nadie se entere. Está usted en mis manos.

—Podrá seguir con sus torturas, podrá seguir utilizándome de cenicero para apagar sus apestosos cigarrillos, pero jamás conseguirá que confiese una cosa que no es cierta.

El SS le dedicó una sonrisa diabólica y se marchó.

Una vez solo, Jeff dio una descomunal patada al taburete, que salió despedido por los aires. Por mucho que le pesara, aquel individuo tenía razón. Estaba en sus manos y podía hacer con él lo que le diera la gana. Desde seguir quemándole la cara con los cigarrillos hasta hacerle desaparecer sin dejar rastro.

Una tarde lluviosa, con el sol oculto tras las nubes y la celda sumida en la penumbra, alguien susurró desde el exterior de la celda:

—¡Eh, tú! ¡El nuevo! ¡El nuevo!

Al principio no prestó atención. Pensó que llamaba a otro interno. Aunque aquel día, por alguna extraña razón, los reclusos llevaban más de dos horas sin decir palabra.

La misteriosa voz insistió varias veces más. Y siguió sin obtener respuesta. Jeff por fin decidió contestar. Se tumbó en el suelo junto a la puerta y acercó la boca a la ranura de la comida.

—¿Te refieres a mí? —preguntó.

—Pues claro, hombre. Me llamo Maurice, y soy tu vecino de celda. —Para confirmarlo, el hombre dio unos golpecitos en el muro de separación—. ¿Cómo te llamas?

Desde su encierro, era la primera vez que otro recluso le hablaba.

—Jeff.

—Hablas con acento. No eres francés, ¿verdad?

—Soy español.

Las demás celdas permanecían en silencio, como si estuvieran pendientes de la charla de Jeff.

—En esta cárcel hay varios españoles, pero ninguno en esta galería. A veces coincidimos con ellos en el patio a la hora del paseo. ¿Por qué estás aquí?

—Me acusan de espionaje.

Maurice soltó un silbido prolongado.

—¡Agua! ¡Agua! —susurró de repente una voz.

Jeff se calló, al igual que su vecino. Por debajo de la puerta vio pasar unas botas militares. Al rato, continuó la conversación:

—¿Necesitas algo? —preguntó Maurice.

—Sí. Salir de aquí. ¿Es mucho pedir?

Maurice rio por lo bajo.

—Eso lo veo un poco difícil. ¿Algo más?

—Necesito pasar un mensaje al exterior.

—Eso cuesta dinero. ¿Tienes?

—No. Me han quitado todo.

—Pues lo tienes un poco difícil... En fin, escribe el mensaje y me lo das. Veremos qué se puede hacer.

—No tengo papel.

—Utiliza el envoltorio de la naranja.

—Tampoco tengo lápiz.

—Yo te proporcionaré uno. El preso que reparte la comida es amigo mío.

A las cuatro de la tarde, al igual que cada día, sirvieron la repugnante cena. La bandeja apareció por debajo de la puerta y Jeff se abalanzó en busca de lo prometido por Maurice. Dentro del chusco de pan encontró un diminuto lapicero que no alcanzaría los cinco centímetros. Quitó el envoltorio de la naranja, rasgó un pequeño trozo y empezó a escribir con letra minúscula. Cuando terminó, se tumbó en el suelo junto a la puerta y llamó a Maurice. El resto de la galería continuaba en silencio, como si los demás presos hubiesen desaparecido.

—Maurice, ¿me oyes?

—Sí.

—Ya tengo preparado el mensaje. ¿Cómo te lo hago llegar?

—Déjalo en la bandeja, debajo de la escudilla. Mi contacto me lo dará.

No probó la cena, como ocurría con frecuencia. Esperó impaciente a que vinieran a por la bandeja. El mensaje iba dirigido a su amiga Zoé. Le decía que seguía vivo, que estaba encerrado en la prisión de Cherche-Midi acusado de espionaje, que lo tenían incomunicado y que fuera a la embajada de España a denunciar los hechos.

De repente un pequeño papelito se deslizó por debajo de la puerta. Jeff se quedó extrañado. No sabía quién lo había podido introducir. No tenía amigos en la prisión.

Se levantó del taburete y lo recogió. Era muy pequeño y estaba doblado en varias partes. Lo abrió con una mezcla de curiosidad y desconfianza.

Tenga cuidado. El que dice llamarse Maurice no es un preso. Es un gestapista. Lo han traído esta mañana para sonsacarle información.

Ahora comprendía Jeff por qué desde hacía horas reinaba un silencio sepulcral entre los reclusos. La Gestapo solía infiltrar en las cárceles a falsos presos que se dedicaban a espiar a sus compañeros. Para no levantar sospechas, los carceleros se portaban con ellos como con los demás. Con frecuencia los sacaban de las celdas, fingían que se los llevaban a la sala de interrogatorios, y regresaban con un ojo morado o la nariz rota. De esa manera se ganaban la compasión y, sobre todo, la confianza de los demás presos.

Jeff destruyó el aviso que había recibido en trocitos minúsculos y se los tragó. Lo mismo hizo con el mensaje que había preparado para Zoé. Luego, utilizó otro pequeño trozo del envoltorio de la naranja y redactó una nueva nota. La dejó en la bandeja, debajo de la escudilla, según lo acordado. Poco después el carrito de la comida se detuvo frente a la celda de Jeff, y la bandeja desapareció bajo la puerta.

El periodista se tumbó en el jergón con las manos bajo la nuca y esperó con una sonrisa en los labios. Quería escuchar la reacción de su vecino. Lástima que no dispusiera de un pitillo. Hubiese sido la espera perfecta.

No tuvo que aguardar mucho. Enseguida los gritos y los insultos de Maurice rompieron el silencio de la prisión. Aullaba como un demente y prometía todo tipo de castigos.

Al periodista le hizo gracia la reacción del gestapista, aunque no entendía por qué se había enfadado tanto. La nota era bien simple. Tan solo decía:

Ruego que, al recibo de la presente, se envíe a mi celda una bandeja de caviar y una botella de Moët & Chandon, servido por una joven camarera de cabellos dorados y pronunciadas curvas. Muy agradecido.

79

Jeff Urquiza se sentía cada día más abatido. Después de más de dos meses de aislamiento, privaciones y torturas, sus fuerzas estaban al límite. Seguía incomunicado, no podía salir al patio, ni recibir visitas, cartas o paquetes. Su vida se limitaba a permanecer todo el santo día tumbado en el jergón o sentado en el taburete, sin hacer nada, salvo engullir la escasa comida que le entregaban por debajo de la puerta. Y, cada tres o cuatro días, un interminable interrogatorio en la avenue Foch, en presencia del Carnicero de París y sus deplorables cigarrillos. Tenía la cara salpicada de quemaduras encarnadas.

Por las noches, después de disfrutar con añoranza de las melancólicas canciones de amor que la joven novia entonaba frente a la prisión, una profunda tristeza se adueñaba de Jeff. De forma invariable, acudían a su mente sus viejos y dolorosos recuerdos. Daniela, Monique, el pequeño René. Todos inocentes, y todos muertos por culpa de los malditos diarios de un fascista.

También se acordaba de su hermano, del tiempo perdido, de los años que no se habían tratado. Se lo imaginaba igual que él, encerrado en un mísero barracón, aislado del mundo exterior, vegetando como un animal en espera de la matanza. Tal vez ni siquiera se habría enterado del reciente asesinato de su mujer. Quizás hubiese llegado el momento de pedirle perdón. Al fin y al cabo, Víctor era su única familia.

De pequeños, Jeff no soportaba a su hermano. Le veía demasiado perfecto, demasiado formal. A su madre se le caía la baba cada vez que hablaba de Víctor. Sin duda era su hijo preferido, y no lo ocultaba. En cambio, Jeff era el rebelde, el conflictivo, el indisciplinado, el liante, el marrullero, el que siempre se metía en líos. Todos los días volvían del colegio, pero cada uno a su manera. Víctor, impecable, igual que se había ido; Jeff, en cambio, raro era el día que no traía el labio roto o una brecha en la cabeza. La diferencia de edad entre los dos hermanos no era mucha, y si bien al principio Jeff evitaba el enfrentamiento por razones obvias, en cuanto las cabezas se igualaron, comenzaron las peleas, casi siempre instigadas por el más pequeño.

Víctor estudió lo que su padre creyó oportuno, y enseguida se puso a trabajar en el banco. Jeff, por el contrario, no quería estudiar, quería vivir a lo grande, derrochar la fortuna paterna. Además, se le daban bien las mujeres, tanto las solteras como las casadas, gracias a su aspecto de galán de Hollywood y a una mirada traviesa capaz de derretir hasta a la dama más recatada.

Cuando estalló la guerra civil, Víctor, que comulgaba, como no podía ser de otra forma, con las ideas políticas de su padre, se alistó de inmediato. En cambio, Jeff vivió el conflicto con deportividad, y luchó en ambos bandos, como si se tratara de un juego. Al terminar la guerra, por uno de esos caprichos del destino, los dos hermanos coincidieron en París. Víctor, como refugiado político; Jeff, como corresponsal del *Informaciones*.

Jeff le presentó a sus amistades. Entre ellas, a Daniela. Víctor se enamoró de la modelo a primera vista, ella le correspondió, y no tardaron en casarse. No estuvieron mucho tiempo juntos. Víctor, como otros muchos exiliados, se alistó en la Legión Extranjera. Francia, que no se había comportado nada bien con los refugiados republicanos, ahora los recibía en sus cuarteles con los brazos abiertos para que sirvieran de carne de cañón frente a los nazis.

Antes de partir al frente, Víctor le rogó a Jeff que se ocupara de su esposa. A regañadientes, Jeff aceptó el encargo. No le gustaban las responsabilidades. Pero no tuvo más remedio. Todas las semanas acudía a la casa de su joven cuñada para ver si necesitaba algo. Eso sí, visitas cortas, nunca más de diez minutos. Siempre tenía algo más interesante que hacer.

Una tarde, Jeff encontró a Daniela sentada en el suelo, hecha un ovillo. Lloraba con desesperación. En la mano sujetaba un telegrama. Le anunciaba la muerte de Víctor en el frente.

Durante varias semanas, Jeff permaneció a su lado. Llegaba a su casa después del almuerzo, y no se marchaba hasta el anochecer. Intentaba distraerla, que estuviera siempre ocupada, que no pensara en Víctor. La llevaba al cine, a las salas de fiesta, a las carreras de caballos. Al principio, ella se negaba a salir. Lo consideraba una falta de respeto hacia su difunto esposo.

—Tienes que sobreponerte, Daniela. La vida sigue. A Víctor no le hubiese gustado verte así, hecha un mar de lágrimas. Eres muy joven y tienes toda la vida por delante —le decía Jeff para animarla.

Un noche, después de beber y bailar en Le Palace hasta altas horas de la madrugada, Jeff acompañó a Daniela a su casa. Llevaban algunas copas de más. Al entrar en la vivienda, Daniela le tomó de la mano, y sin encender la luz, le llevó hasta el dormitorio. Sus cuerpos se desearon durante horas. En silencio, sin decir una palabra, sin hacer el menor ruido.

A partir de entonces, durante el día se comportaban como dos buenos amigos, y al llegar la noche se convertían en amantes apasionados. Siempre igual. Sin encender la luz, sin decir una palabra. Y al día siguiente, vuelta a empezar, como si no hubiese pasado nada.

Nunca hablaron de sentimientos ni de un futuro común. Parecía como si los dos supieran de antemano que solo se trataba de un alto en el camino. Una alocada aventura que en algún momento llegaría a su fin.

Un día alguien llamó a la puerta. Daniela abrió y por poco se desmaya de la impresión. Era Víctor. Se había producido un error en la identificación. No estaba muerto, sino herido, y ya se había recuperado por completo. Daniela creyó enloquecer. No sabía si gritar de júbilo o llorar de remordimiento. No soportaba la idea de haber engañado a su marido, un hombre bueno por el que siempre había mostrado cariño y respeto.

Horas más tarde, cuando Jeff se enteró de la noticia, se le vino el mundo abajo. Sin darse cuenta y sin pretenderlo, se había enamorado de Daniela. Hasta ese mismo momento no había sido consciente de ello. Quedó a solas con ella en un café y le confesó que la amaba, que no quería separarse de ella, que deseaba estar a su lado.

—Tu hermano no se merece esto —respondió Daniela implacable—. Además, no te creo. Tú nunca te comprometerás. No das seguridad a una mujer. Cualquier día, cuando te canses de mí, me tirarás a la basura. Tú no sabes amar.

Las palabras no coincidían con su mirada. Sus ojos reflejaban amor y pasión. Y un gran remordimiento. Quería ser dura y desagradable. Temía que en cualquier momento no pudiese soportar más y se lanzase en los brazos de Jeff. Estaba loca por él, pero sabía que su amor era imposible.

Jeff se armó de valor. Estaba convencido de que ella le amaba, y si quería volver con su marido se debía exclusivamente al fuerte sentimiento de culpa que la corroía. O daba el impulso definitivo, o Daniela jamás abandonaría a Víctor.

Por su cuenta y riesgo, sin decir nada a Daniela, se presentó en casa de su hermano cuando ella no estaba. Jeff le contó lo que había ocurrido, que amaba a Daniela y que quería casarse con ella. Por primera vez en su vida estaba dispuesto a contraer matrimonio, a comprometerse de verdad. La idea de perder a Daniela le torturaba. Se había enamorado mucho más de lo que se imaginaba.

No tenía la menor duda de que su hermano, al conocer la situación, comprendería que ya no tenía nada que hacer con su mujer, y la dejaría libre. Un divorcio rápido y sin complicaciones. Pero se equivocó. Víctor no accedió. Al contrario, se revolvió como una fiera. Daniela no le había dicho nada y le pilló todo por sorpresa. Arremetió contra Jeff. Le insultó, le amenazó y, en un momento dado, se abalanzó sobre él con un cuchillo en la mano. Solo una rápida reacción de Jeff pudo evitar una tragedia. Al final, abandonó la casa completamente derrotado.

Víctor perdonó a Daniela. Al fin y al cabo, no tenía culpa de nada. Cuando ocurrieron los hechos, ella creía que era viuda. Al que nunca perdonó fue a su hermano. Días después, Víctor regresó al frente y fue hecho prisionero por los alemanes.

Desde entonces, desde hacía cuatro años, Jeff no sabía nada de su hermano. Tampoco de Daniela, hasta el reencuentro en la fiesta de la embajada alemana.

«Tú no sabes amar.» La última frase que pronunció Daniela en la despedida no podía ser más demoledora. Con frecuencia, Jeff pensaba en su significado.

En realidad, solo conoció el amor el poco tiempo que estuvo con Daniela. Por ella hubiese renunciado a todo. Pero la modelo no le acompañó. Decidió seguir con su marido y olvidarse de él para siempre. La pena, el remordimiento y el sentido del deber pudieron más que el amor.

Jeff se quedó solo y destrozado, con el corazón roto en mil pedazos. Pensó que todo había sido una gran mentira, que el amor no existía y que solo era una absurda falacia. Aquello le hizo tanto daño que decidió no volverse a enamorar jamás. Con una vez, bastaba.

En la soledad de su celda de Cherche-Midi, con frecuencia pensaba que el mayor enemigo del ser humano son sus recuerdos. Siempre vencen, porque nunca envejecen. Al ser inamovibles, no se puede hacer nada contra ellos.

80

Junio, 1944

Con el paso de las semanas, Jeff se fue ganando la confianza de los demás reclusos. Desconocía su aspecto físico, seguía sin poder salir al patio. Tan solo los distinguía por sus voces. Por las tardes solía tumbarse en el suelo, junto a la rendija de la puerta, y charlaba un rato con algún compañero cercano, hasta que alguien gritaba el consabido «¡Agua! ¡Agua!». Por desgracia, no siempre se detectaba la presencia de los guardias. Con frecuencia se quitaban las botas y caminaban descalzos para que nadie oyera sus pisadas. Y entonces llegaba el castigo: la reducción de la comida a la mitad o la retirada de la manta durante unos días.

De todos los carceleros, destacaba un tipo despreciable y grotesco, con aspecto de campesino retrasado. Los reclusos le llamaban «la Perra». Su presencia era inconfundible. Siempre silbaba «Las chicas de París», la canción de moda del Folies Bergère.

En una ocasión, la Perra sorprendió a Jeff en plena charla con el preso de la celda vecina. Abrió la puerta en compañía de otros dos soldados, y entre los tres le propinaron una paliza monumental, que el periodista soportó con entereza espartana. Peor suerte corrió su interlocutor, al que dejaron sin dientes.

Una mañana alojaron en una celda cercana a un recluso que había protagonizado una historia curiosa. No era francés, sino un soldado alemán llamado Klaus, que pertenecía a un regimiento acantonado a las afueras de París. Un día se le ocurrió la feliz idea de dibujar una caricatura de Hitler en las letrinas del cuartel. Pintó al Führer en ligas y con el culo en pompa, mientras Stalin le devoraba el trasero con ojos lascivos. No fue difícil encontrar al autor: Klaus era el mejor dibujante de la unidad. De inmediato fue encerrado en Cherche-Midi acusado de alta traición. Su futuro se presentaba muy negro. Con suerte, acabaría en un batallón de castigo, y en esas unidades los más afortunados solo sobrevivían un par de meses.

Una calurosa tarde de principios del mes de junio se produjo un gran revuelo en la prisión. Los reclusos gritaban y reían entusiasmados, sin que los guardias pudieran acallarlos.

—¡Ya están aquí!

—¡Nos vamos!

—¡Venganza, venganza!

Una reclusa empezó a cantar. De inmediato, toda la cárcel la siguió.

Allons enfants de la Patrie
Le jour de gloire est arrivé!
Contre nous de la tyrannie
L'étendard sanglant est levé...

Era «La Marsellesa».

Los cánticos de los reclusos se propagaban por todo el boulevard Raspail. El himno francés, prohibido por los alemanes, volvía a sonar en París. Y no solo una vez, sino varias veces seguidas.

Los soldados recorrían las galerías y golpeaban las puertas de las celdas con las culatas de sus fusiles.

—¡Silencio! ¡Silencio!

Nadie les hacía caso.

Jeff se asomó al tragaluz y su voz se unió a las demás. Después de diez años en París, era la primera vez que cantaba «La Marsellesa». Y se emocionó.

Después de unos cuantos minutos de euforia, el periodista pudo enterarse del motivo de tanto alboroto. Por todo París circulaba la noticia más esperada de los últimos cuatro años: los aliados acababan de desembarcar en las costas de Normandía. La alegría era indescriptible. Había comenzado la esperada liberación de Europa. Decenas de miles de soldados, principalmente americanos e ingleses, acababan de poner sus botas en Francia.

Cuando se calmaron los ánimos, comenzaron las represalias. Los alemanes no podían tolerar tal muestra de insubordinación. A partir de entonces, la prisión de Cherche-Midi se convirtió en un infierno aún mayor.

Cierto día, la Perra entró en la celda de Jeff acompañado de dos hombres de paisano.

—¡Tú, levántate! —chilló el carcelero.

Jeff siguió sentado en el taburete, vulnerando una vez más las normas de la prisión. Sin mediar palabra, los dos hombres le agarraron de las axilas y lo levantaron. Le sujetaron las manos a la espalda con unos grilletes y se lo llevaron.

En el patio de la prisión esperaba un furgón policial. Jeff se imaginó una nueva visita a la avenue Foch. Otro interrogatorio más. Pero no fue así. Veinte minutos más tarde se abrió la portezuela trasera del vehículo y le hicieron bajar. Conocía aquel lugar. El número 93 de la rue Lauriston. La sede de la temida Carlinga, la Gestapo francesa.

No le gustó el cambio de destino. La Carlinga era aún peor que la Gestapo de la avenue Foch, y podía esperar cualquier cosa de aquellos matones patibularios.

Le llevaron a una sala bastante oscura y sin muebles, salvo una vieja butaca de madera, clavada al suelo, situada en el centro. No hizo falta que le dijeran nada: sabía el lugar que tenía que ocupar. Le ataron las manos y las piernas a las patas de la butaca. Instantes después se apagaron todas las luces y se encendió un potente foco colocado justo encima de su cabeza. Unos hombres entraron en la habitación. El deslumbrante foco de luz le impedía verles las caras. Uno de ellos se acercó a él. Enseguida lo reconoció: era Wolf, *el Carnicero de París*. Su mirada era más sádica y diabólica que de costumbre. Disfrutaba del momento.

—Mira a quién tenemos aquí. Ni más ni menos que al famoso periodista Jeff Urquiza. ¿Qué tal, Urquiza? Me alegro de verle de nuevo.

—Pues lamento defraudarle. Yo no me alegro de verle a usted.

A Wolf no le hizo gracia la chulería de Jeff. Estaba dispuesto a doblegar a aquel españolito tan indómito al precio que fuera. Su prestigio iba en ello.

—Con un poco de suerte, a lo mejor no volvemos a vernos más. —Wolf siguió con sus chanzas.

—¿Piensa irse de viaje?

—Yo, no. Pero me temo que usted sí. Un viaje muy, muy largo. Aunque antes nos vamos a divertir un rato.

Sin apartar la sonrisa, aplastó lentamente un cigarrillo en la mejilla de Jeff. A pesar del lacerante dolor, el periodista no se quejó. Ni siquiera movió un solo músculo. Se limitó a mantener la mirada del SS con el mayor de los desprecios.

—¿Contestará hoy a mis preguntas?

Jeff no respondió.

El SS chasqueó los dedos y de la oscuridad surgió un tipo bajito con aspecto de boxeador en declive. Miró a Jeff con indiferencia, se remangó los puños de la camisa y le sacudió un puñetazo en el rostro. El golpe fue brutal. El periodista se tambaleó en el asiento. Si la butaca no hubiese estado anclada, sin duda habría caído al suelo.

—Le voy a hacer tres preguntas —le anunció el SS—. Si me dice la verdad, quizá le devuelva a la prisión. Si me miente, hoy será el último día de su vida. ¿Entendido?

Jeff sangraba por la nariz y tenía los labios partidos. A pesar de ello, miraba al SS desafiante, dispuesto a aguantar con entereza una buena paliza.

—¿Quién es Jorge Gómez Sánchez? —preguntó el SS.

—Me inventé el nombre.

—¿Dónde consiguió el pasaporte?

—En el mercado negro.

—¿Viajaba solo?

—Sí.

Wolf esbozó una sonrisa gélida.

—Bien, Urquiza, pero que muy bien. Tres respuestas. Y las tres, falsas. Creo que necesita que le refresquen la memoria.

A una señal de Wolf, el pequeño boxeador inmovilizó la cabeza de Jeff. El SS dio un par de caladas a su pitillo y lo acercó al rostro del periodista. De nuevo le fue quemando la piel con estudiada lentitud. El periodista se mordió con fuerza los labios. El dolor era tan insoportable como siempre. Pero aguantó el tipo, dispuesto a resistir.

—Veamos si ha recuperado la memoria.

El Carnicero de París repitió las mismas preguntas. Y recibió las mismas respuestas. Jeff sabía muy bien que, si cambiaba de versión, las consecuencias serían funestas. Hasta ahora la Gestapo solo tenía ligeras sospechas. Si mantenía sin variación cada una de sus palabras, quizás algún día, con un poco de suerte y con bastante ayuda divina, podría recobrar la libertad. En cambio, si modificaba lo más mínimo su declaración, su vida no valdría nada.

Llovieron los puñetazos sobre el cuerpo del periodista. Jeff suplicaba en su interior que llegara ya ese golpe brutal que le dejara inconsciente durante un buen rato. En un momento determinado, Wolf ordenó que cesara la paliza y que se encendiera la lámpara de la habitación. Por fin Jeff pudo ver, a través de sus hinchados ojos, a la gente que se ocultaba en la penumbra. Eran tres personas: dos hombres y una mujer. Y conocía a los tres.

Los hombres eran Bonny y Lafont, los jefes de la Carlinga. El primero, frío y calculador, recostado en la pared. El segundo, rudo y despiadado, sentado en el alféizar de una ventana tapiada. Observaban en silencio. El primero, con insensibilidad. El segundo, complacido con el espectáculo.

La mujer era su vecina, Madeleine Ladrede, *la Condesa de la Gestapo*. Sonreía con malicia mientras se mordía el labio inferior, como si estuviera en pleno orgasmo.

—Vamos a la otra habitación —ordenó Wolf.

Desataron a Jeff de la butaca y se lo llevaron en volandas a un cuarto de suelo ajedrezado. A Jeff se le heló la sangre cuando vio una bañera repleta de agua sucia. Sabía lo que significaba. Había oído rumores sobre la Carlinga y sus sádicas y refinadas torturas.

Intentaba mantener el tipo. Por nada del mundo estaba dispuesto a suplicar. Su orgullo se lo impedía. Desde joven había aprendido a pelear, a ser duro, a no callarse ante nada. Y esperaba poder mantener la dignidad hasta el final, cuando ya no le quedara ni un soplo de vida.

A base de golpes y empujones, consiguieron que se arrodillara junto a la bañera.

—¿Va a hablar, Urquiza? —bramó el SS.

—¡Que te jodan, Wolf!

Uno de los esbirros le agarró del pelo y le metió la cabeza bajo el agua. Estaba helada. Al principio sintió cierto alivio. Las quemaduras de los cigarrillos aún le abrasaban la cara. Pero pronto le faltó el aire. Empezó a convulsionarse, a agitar los pies sobre las empapadas baldosas. Se ahogaba.

Le alzaron la cabeza. Al fin pudo respirar entre toses y temblores. Había tragado bastante agua.

—¿Dónde consiguió el pasaporte?

Jeff no contestó. De nuevo hundieron su cabeza en la bañera. Esa vez aguantó menos. Enseguida notó que se ahogaba. Pataleó, se retorció, intentó zafarse de sus torturadores. No lo consiguió. Unas robustas manos se lo impedían.

Una vez más, en el último instante, le alzaron la cabeza. Empezó a toser con desesperación. Expulsaba agua por la nariz y la boca. Se asfixiaba.

Poco a poco, consiguió respirar de nuevo.

—¿Viajaba solo?

—Muérete —consiguió balbucir entre fuertes estertores.

Un silbido agudo cruzó el aire, seguido de un dolor lacerante en la cara. Le habían sacudido un fustazo. Todos los presentes soltaron una carcajada. Jeff ignoraba el motivo. Pronto lo descubrió: la Condesa de la Gestapo estaba a su lado con una fusta en la mano. Les hacía gracia que aquella fulana golpease a los detenidos.

—¡Ojalá te pudras en el infierno, zorra! —maldijo Jeff entre dientes.

La Condesa levantó la fusta y empezó a golpear a Jeff con todas sus fuerzas. El periodista aguantó con implacable fortaleza. Al fin y al cabo, los fustazos se soportaban mejor que la bañera.

Le volvieron a meter bajo el agua. Esa vez la inmersión se prolongó mucho más. A pesar de sus desesperadas convulsiones, le mantuvieron un buen rato sumergido.

De nuevo, sintió que le tiraban del pelo.

—Por última vez, ¿de dónde sacó el pasaporte?

Jeff no contestó. No dejaba de toser y apenas podía respirar. La Condesa de la Gestapo volvió a levantar la fusta y la descargó con rabia sobre Jeff. Sus carcajadas se oían por todo el edificio. Una risa sádica, enfermiza, propia de una desequilibrada mental.

Cuando la Condesa paró, un esbirro le volvió a agarrar a Jeff del pelo. Se preparó para lo peor. Cada vez le mantenían más tiempo bajo el agua. Y a él ya no le quedaban fuerzas. Se resignó a su suerte. Sabía que había llegado su final. De allí no saldría con vida. Dedicó un último recuerdo a Daniela, a su amiga Monique, al pequeño René. Y también, sin proponérselo, a su hermano Víctor.

Entonces alguien entró en la habitación. Por el rabillo del ojo, el periodista pudo ver que un motorista le entregaba un sobre a Wolf. El SS miró el remite y se le agrió el rostro. Lo abrió con premura y lo leyó. Durante unos instantes, permaneció callado. Luego, hizo un gesto a los gestapistas. Levantaron a Jeff por los hombros. Tenía la ropa empapada de sangre y agua.

—¡Llevadle a la prisión! —ordenó a sus secuaces.

—¿Por qué? —protestó la Condesa; se resistía a que el interrogatorio hubiese acabado tan pronto.

—¡Calla, mujer!

Bajaron a Jeff a la calle y lo metieron en el furgón policial. Antes de que la portezuela se cerrara, Wolf asomó su sádico rostro y le dijo cargado de odio:

—Tiene suerte, Urquiza, como siempre. Algún día su talismán dejará de brillar. Y ese día estaré yo allí, a su lado. Por mucho que lo intente, no se me escapará.

81

Devolvieron a Jeff a la prisión de Cherche-Midi. No curaron sus heridas. Tampoco le proporcionaron ropa seca. Según llegó del interrogatorio de la Carlinga, lo arrojaron al suelo de su celda, y allí permaneció boca abajo, en la misma posición, hasta la mañana siguiente.

Las horas pasaban con lentitud, como si no quisieran avanzar. Le ardían las quemaduras de la cara, le dolía todo el cuerpo, tenía mucho frío y le costaba trabajo respirar. Acurrucado en una esquina, con fiebre y temblores, Jeff permaneció cuarenta y ocho horas sin moverse. Durante esos dos días no recibió ningún tipo de alimento. Ni siquiera agua. Su cuerpo estaba cada vez más débil. Si seguía así, no tardaría en enfermar, o incluso morir.

Una semana más tarde, el soldado Klaus, su vecino alemán, le chistó desde su celda. No hablaba con él desde antes del último interrogatorio. Jeff gateó hasta la puerta y acercó la boca a la rendija inferior.

—Dime, Klaus —susurró.

—¿Cómo estás, amigo?

—Aún respiro.

Klaus le contó por qué le había soltado la Carlinga. Su novia era francesa, hija de un pez gordo del Gobierno de Vichy. En una de sus visitas rutinarias, Klaus le habló de Jeff. La joven se ofreció a ponerse en contacto con Otto Abetz, el embajador alemán. Fue a verle y le contó la dramática situación del periodista. Abetz no abandonó a su viejo amigo. De inmediato se presentó ante el general Von Stülpnagel, comandante militar de Francia, y le advirtió del grave incidente diplomático que podía surgir si un ciudadano de un país neutral moría durante un interrogatorio.

Von Stülpnagel, que a pesar de ser alemán odiaba a los nazis con todas sus fuerzas, no dudó en actuar. No podía decretar la libertad de Jeff Urquiza, porque los hechos imputados eran muy graves, pero sí podía exigir a las SS que no le causaran el menor daño hasta que fuera declarado culpable por un consejo de guerra. La intervención de Von Stülpnagel fue providencial. Detuvo al sanguinario de Wolf en el último segundo.

Jeff agradeció a Klaus la gestión realizada. Le había salvado la vida.

Pasaron las semanas, lentas, interminables, y Jeff empezó poco a poco a recuperarse. La Gestapo parecía haberse olvidado de él. Al menos, de momento.

Una tarde, la Perra abrió la puerta de su celda con su simpatía habitual.

—¡Vamos, sal! Te buscan en el locutorio.

—¿En el locutorio? —preguntó Jeff extrañado.

—¡Sal, he dicho!

No sabía quién podría ser. Tal vez se tratara de su defensor. No le conocía, aún no se había entrevistado con él. Por lo general, el nombramiento recaía en jóvenes oficiales alemanes con escasas nociones de Derecho. De esa manera la condena del consejo de guerra resultaba más sencilla.

Jeff nunca había estado en el locutorio. Al llegar a la sala se sorprendió de su amplitud. A un lado se sentaban los presos; en el otro, las visitas; y en medio, separando ambas zonas, un estrecho corredor enrejado por el cual se paseaba un guardia.

—Te esperan en el puesto quince —dijo el encargado del locutorio.

Se dirigió al lugar indicado, dispuesto a encontrarse con su defensor. Cuando se hallaba a escasos metros, una voz amiga se elevó sobre las demás.

—¡Jeff! ¡Jeff!

Aquella voz le sonó a coro celestial. Alzó la cabeza y vio a Zoé. Su amiga estaba de pie, con la cara estrujada entre dos barrotes, como si quisiera atravesarlos. Agitaba un pañuelo con la mano y lanzaba silbidos para llamar su atención. El vigilante le dijo que se sentara y no montara alboroto o la echaría a la calle.

Jeff sonrió al verla y se sentó frente a ella. Junto a Zoé se encontraba Luis. Tan inseparables como siempre.

—¿Cómo estás? —le preguntó Zoé con las manos aferradas a los barrotes.

—Ya me ves.

—No parece que te cuiden muy bien. ¡Estás horrible!

—Gracias, guapa.

—Llevamos dos meses buscándote por todas partes —intervino ahora Luis, que lucía un ojo a la funerala.

—¡Calla, idiota, que estaba hablando yo! —interrumpió Zoé, que siempre quería llevar la voz cantante—. Cuando vimos que no enviabas desde España el telegrama en clave, nos imaginamos que la fuga había fracasado. Desde entonces no hemos dejado de buscarte. Hemos acudido a cárceles, hospitales, campos de trabajo, manicomios... Incluso estuvimos un par de veces en esta prisión y la respuesta fue siempre la misma: no tenían a nadie con tu nombre.

—Entonces, ¿cómo me habéis encontrado? —preguntó Jeff.

—Denunciamos tu desaparición en el consulado de España —respondió Zoé, como no podía ser de otra forma—. Como no hacían nada, telefoneamos al director de tu periódico, que es amigo íntimo de José Félix de Lequerica.

—¿Habéis recurrido al embajador?

—Por ti, Jeff, recurrimos a quien haga falta. Peñalver enseguida llamó al embajador, y esta misma mañana nos han avisado que te habían localizado en Cherche-Midi. Y ahora, cuenta, Jeff, ¿qué coño haces aquí encerrado?

—Me acusan de espionaje.

—¡Joder! ¡Vaya putada! —exclamó Zoé, tan fina como siempre.

—¿Por qué motivo? —preguntó Luis.

—Una larga historia que ya os contaré cuando tengamos más tiempo.

—Bueno, no te preocupes, el embajador ha tomado cartas en el asunto y seguro que consigue sacarte de aquí muy pronto —dijo Luis con una sonrisa de aliento.

—Por cierto, ¿qué te ha pasado a ti? —Jeff se interesó por el ojo morado de su amigo.

—¡Las estupideces de este tontainas! —Zoé se adelantó sin dejar hablar al interpelado—. Un día pasó por París mi amigo Agustín de Foxá. ¿Te acuerdas de él?

—¿Cómo le iba a olvidar?

—Regresaba a Madrid de permiso, procedente de Helsinki. Fuimos a tomar algo a la terraza de un café, y nos bebimos una botella entera de coñac.

—Lógico en vosotros.

—Pasó una columna de camiones alemanes por delante de la terraza. Foxá le dijo a Luis que, si tenía huevos, se acercara a los camiones y les gastara una broma. Luis aceptó el reto. Foxá escribió algo en un cartón que había en el suelo y se lo dio a Luis. Le indicó que lo colocara en el último camión como si fuera un anuncio. Este tonto cogió una bicicleta y empezó a pedalear detrás de la caravana. Por fortuna, no le vieron acercarse. Salvo el conductor, nadie viajaba en el último camión. Cuando estuvo a su altura, y sin dejar de pedalear, encajó el cartón entre dos cables de acero, para que se viera muy bien lo que decía. Los alemanes se pasearon por todo París con el cartel a cuestas sin darse cuenta. Hicieron el ridículo y fueron el hazmerreír de todos los parisinos.

—¿Y qué pasó?

—El camarero era *collabo*, y no tardó ni cinco minutos en denunciarnos. Llegó una patrulla a la terraza y detuvieron a Luis. Se lo llevaron a un cuartel de la gendarmería alemana y le dieron tal somanta de palos que jamás se le va a olvidar. Y tuvo suerte. Si no llega a ser español, se lo cepillan allí mismo.

—Pero ¿qué decía el cartón? —preguntó Jeff intrigado.

—Ya sabes lo guasón que es Foxá. No se le ocurrió otra cosa que escribir: «Síguenos. Todos estamos con De Gaulle.»

82

Julio, 1944

En el último mes la vida en Cherche-Midi se había alterado por completo. Los reclusos vivían pendientes de una única noticia: el avance de los aliados por tierras francesas. Todos los días la estudiante de la Sorbona anunciaba, desde su celda, los progresos de las tropas amigas. Nadie sabía de dónde sacaba la información, pero todos creían firmemente sus noticias. Los aliados estaban cada vez más cerca de París, y ya se soñaba con la esperada liberación.

Pero también cada día que pasaba la angustia de los detenidos era mayor. Temían no llegar a ver el ansiado momento. Desde la invasión de Normandía, los alemanes no hacían más que trasladar, a marchas forzadas, contingentes de presos de Francia a Alemania. A diario partían trenes abarrotados de reclusos con destino desconocido. Todas las noches los internos formaban en el patio para el recuento, y un SS anunciaba en voz alta el nombre de los seleccionados para el siguiente traslado. Los elegidos salían de las filas entre llantos y lamentos. Había llegado su final. Y lo sabían.

Por el momento, Jeff se había librado del fatídico destino. Seguía en Cherche-Midi pendiente de juicio. Y ni le interrogaban ni le sometían a tormento. Como si se hubieran olvidado de él.

Una tarde llegó una reclusa nueva que no dejaba de llorar y proferir alaridos desgarradores. Más que un ser humano, parecía un animal malherido. Por las cosas que decía, y por los comentarios de los carceleros, Jeff pudo reconstruir su historia.

Acababa de ser detenida por la Gestapo en el mercado de Les Halles. Les rogó a sus captores que, antes de encerrarla, acudieran a su domicilio. Había dejado solo a su hijo, un pequeño de pocos meses, y quería llevarlo a la casa de algún familiar para que lo cuidara durante su ausencia. Los agentes no se lo permitieron. Ella lloró y suplicó hasta quedarse afónica. Vivía sola con el pequeño, su marido estaba preso en Alemania, y si no avisaba a alguien, el niño moriría de hambre. Todo fue inútil. La metieron en un coche y la encerraron en Cherche-Midi.

—No te preocupes. Algún vecino se dará cuenta y entrará a por él. —La estudiante de la Sorbona intentó tranquilizarla.

—¡No! ¡Nadie le oirá! —chilló desesperada la mujer—. ¡Morirá solo y abandonado, sin que nadie le ayude!

—Dime tu dirección. Mis amigos intentarán hacer algo.

Entre balbuceos, la mujer le dijo dónde vivía, y le suplicó que acudieran cuanto antes o el niño no resistiría.

Con el paso del tiempo, a Jeff le permitieron salir al patio y recibir correspondencia. A partir de entonces, y de forma invariable, cada semana le llegaba un paquete enviado por Gabrielle Chantal. La diseñadora se había enterado de su detención a través del embajador Otto Abetz, y ni por asomo estaba dispuesta a abandonar a un amigo. Gracias a su generosidad, Jeff pudo completar su alimentación con embutido, pan negro y frutos secos. Y, por supuesto, también recibió sus preciados Gitanes. Todo procedente del mercado negro, lo que le debía de costar a Gabrielle una fortuna. La diseñadora había demostrado ser una buena amiga, y algún día esperaba darle las gracias en persona.

Pocos reclusos podían recibir paquetes. Y tan solo una vez al mes. En cambio, Jeff gozaba de una situación privilegiada gracias a la intervención del embajador alemán. La sombra de Otto Abetz seguía siendo muy alargada.

La mejora en la alimentación fue providencial. Pronto recuperó los kilos perdidos. Y para que el encierro fuese más llevadero, ideó una tabla de ejercicios que no dejaba de practicar a todas horas. Se pasaba el día entero haciendo flexiones en el suelo o en los barrotes del tragaluz. Muy pronto sus músculos se endurecieron. No pensaba hundirse o rendirse ante sus captores. Quería vivir, necesitaba vivir. Al principio, creía que lo hacía por simple instinto de supervivencia. Pero pronto comprendió que se trataba de algo más: de un irrefrenable deseo de venganza. Dos mujeres y un niño habían sido asesinados, y él se sentía culpable de esas muertes. Si también desaparecía, nadie podría hacer justicia, aunque se tratara de la mera aplicación de la ley del Talión: ojo por ojo y diente por diente.

Una mañana de finales del mes de julio, Jeff fue conducido a los juzgados militares de la rue Boissy d'Anglas. Durante un par de horas prestó declaración ante el juez instructor, y repitió lo que siempre había dicho hasta entonces. A diferencia de los interrogatorios sufridos en la rue Lauriston y en la avenue Foch, en aquel edificio nadie le puso la mano encima.

A continuación se lo llevaron a la sede de la SD en la rue des Saussaies. Allí le esperaba un imberbe teniente de las SS, alto y desgarbado, que se identificó como su defensor. Lo recibió en su despacho, una pequeña sala regentada por un enorme retrato del Führer y un estandarte de las Juventudes Hitlerianas. Al periodista le llamó la atención que su defensor fuera un oficial de las SS. No era lo habitual.

Durante la reunión, el teniente se mostró frío, incluso descortés. Era evidente que no pensaba esforzarse lo más mínimo por defender la inocencia de Jeff. El periodista sospechó que la mano negra de Wolf se encontraba detrás de aquella designación. Con una defensa desastrosa, la condena estaba asegurada.

De repente, se oyeron unos disparos dentro del edificio.

—¿Qué diablos ocurre? —dijo el teniente, poniéndose en pie.

Antes de que pudiera reaccionar, la puerta se abrió de un fuerte patadón. Un grupo de soldados alemanes entró en tropel con las armas en la mano. Los mandaba un capitán.

—¿Quiénes son ustedes? ¿Qué está pasando aquí? —preguntó confuso el SS.

—Teniente, queda usted detenido —replicó el capitán con voz autoritaria.

—¿Cómo? ¿En nombre de quién?

—En nombre del general Von Stülpnagel, comandante militar de Francia.

—Pero... ¡yo no he hecho nada!

—El general ha ordenado el arresto de todos los miembros de las SS. Y no se hable más. ¡Entrégueme su pistola!

Jeff no salía de su asombro. Los soldados alemanes detenían a los hombres de las SS como si fueran sus enemigos. ¿Qué demonios estaba ocurriendo en París?

El teniente entregó su arma y salió de la habitación con los brazos en alto, escoltado por dos soldados. Entonces el capitán se fijó en Jeff.

—¿Quién es usted?

—Jaime Urquiza, periodista español. Recluso de la prisión de Cherche-Midi.

El capitán le miró, apretó los labios y asintió varias veces, como si aceptara su palabra. Luego se dirigió a un suboficial.

—Sargento, coja un par de hombres y devuelva a este hombre a Cherche-Midi.

Al salir del edificio, Jeff vio a un oficial manipulando una radio de campaña.

—La sede de la SD, en la rue des Saussaies, ha sido tomada. Repito. La sede de la SD, en la rue des Saussaies, ha sido tomada. Todos sus miembros se encuentran detenidos.

Jeff no tenía la menor idea de lo que ocurría. Desconocía que a esas horas se estaba desarrollando en París un ambicioso y meticuloso golpe de mano protagonizado por el Ejército alemán contra las SS. Al mismo tiempo, en Berlín se ponía en marcha la Operación Valquiria. Hitler había sufrido un atentado en su propio cuartel general, se le creía muerto, y los militares antinazis estaban decididos a ocupar el poder.

Metieron a Jeff en un vehículo y se lo llevaron a la prisión. Durante el trayecto detectó una mayor presencia militar en las calles. En el Arco del Triunfo, un carro de combate Panther taponaba la entrada de la avenue Kléber, en donde se encontraba el hotel Majestic, sede del general Von Stülpnagel. En los Campos Elíseos, los soldados alemanes abandonaban cines y cafés a la carrera y se dirigían raudos a sus cuarteles. En la place de la Concorde varios vehículos acorazados vigilaban el hotel Crillon, sede del Estado Mayor alemán. En las Tullerías, un grupo de soldados de infantería conducía detenidos a varios miembros de las SS con los brazos en alto. En la rue de Rivoli, otro carro de combate hacía guardia frente al hotel Meurice, baluarte del comandante alemán del Gran París. Desde luego, algo muy importante estaba ocurriendo en la ciudad, pensó Jeff, y él se lo estaba perdiendo. Como periodista, jamás se lo perdonaría.

En Cherche-Midi, los soldados de la Wehrmacht habían sustituido a los de las SS. Estos últimos permanecían en el patio de la cárcel, sentados en el suelo y desarmados.

En las galerías de la prisión se había formado un gran revuelo. La confusión era enorme, nadie sabía lo que pasaba y todo eran rumores. Los más optimistas afirmaban que la guerra había terminado y que se preparaba una gran depuración de nazis. Los más pesimistas decían que había estallado una guerra civil en Alemania. Y los más fantasiosos hacían volar la imaginación y difundían la noticia de que paracaidistas americanos se habían lanzado sobre París disfrazados de soldados alemanes para tomar la ciudad.

Los reclusos de su galería, ávidos de información, le preguntaron a Jeff qué había visto en la calle. Y escucharon con atención el relato del periodista. Cuando terminó, alguien empezó a cantar «La Marsellesa», y todos le siguieron.

Media hora más tarde, el soldado alemán Klaus, después de charlar con un carcelero, lanzó al aire una noticia increíble.

—¡No os podéis creer lo que ha ocurrido! ¡Es fantástico! ¡Hitler ha muerto! ¡Hitler ha muerto! Lo han matado en un atentado.

La galería estalló en una sonora explosión de júbilo. Jeff sintió una inmensa alegría y un gran alivio. La noticia podía significar muchas cosas: la libertad, el fin de la guerra, la detención de Wolf y sus secuaces... El final de ese largo invierno de París.

El rumor corrió como la pólvora por toda la prisión. «La Marsellesa» volvió a tronar por encima de los muros de Cherche-Midi. Algunos soldados alemanes trataban de imponer orden con sus silbatos. Los demás sonreían a escondidas y repartían cigarrillos por debajo de las puertas.

Solo una celda permanecía en silencio. Tras la puerta cerrada, una madre angustiada permanecía inmóvil, con la mirada perdida, ajena a todo lo que ocurría a su alrededor. Desconocía el destino de su hijo de pocos meses, abandonado a su suerte en su casa. No había nada que pudiera calmar su dolor.

Por desgracia, la alegría de los reclusos no duró mucho. Un par de horas más tarde, los soldados de las SS recuperaron el control de la cárcel sin pegar un solo tiro. El Führer no había muerto. Radio París, la emisora de las tropas alemanas en la capital francesa, lo anunciaba a bombo y platillo. De forma milagrosa, Hitler había sobrevivido al terrible atentado cometido por oficiales del Ejército en su cuartel general de la Guarida del Lobo en Rastenburg. Enseguida comenzaron las detenciones y las represalias. El futuro de los militares sediciosos se presentaba muy negro.

En la prisión de Cherche-Midi, tras la euforia inicial, llegó la decepción. Todas las ilusiones se volatilizaron en un instante. Para acabar con la fortaleza humana no hay nada peor que crear falsas esperanzas. Algunos reclusos lloraban en silencio, otros maldecían desesperados. La vida en la cárcel volvía a su rutina habitual.

Poco después del toque de silencio, la estudiante de la Sorbona alzó su voz:

—¡Oye! La nueva, ¿me oyes? ¿Estás ahí?

—¿Qué quieres?

—Tu hijo. ¡Se trata de tu hijo!

—¿Qué ocurre? —preguntó desesperada la mujer.

—¡Está a salvo! ¡El niño está bien! Unos amigos han entrado en tu casa y lo han rescatado sano y salvo. Me lo acaba de decir un enlace. Ahora vive con una camarada. No tienes que preocuparte por él.

El pabellón entero estalló en aplausos. El alboroto fue tan grande que ocultó los sollozos de alegría de la madre. Al menos, no todas las noticias de aquel día eran malas.

ZOÉ

«Nada es verdad, nada es mentira...»

Informe n.º 120 (APIS)

París, 1 de agosto de 1944

Excmo. Sr.:

Desde el desembarco aliado en las costas de Normandía el pasado 6 de junio, toda Francia vive pendiente de las noticias de la radio. Un desembarco en el que participaron, según la información recabada de diversas fuentes, más de diez mil barcos y aviones, con una fuerza expedicionaria cercana a los doscientos mil hombres, principalmente norteamericanos e ingleses. Hoy día, casi dos meses después, los aliados disponen en Francia de unos dos millones de soldados.

En otro orden de cosas, y una vez realizadas las pesquisas oportunas, a fin de cumplimentar su requerimiento, le comunico a V.E. que el señor D. Jaime Urquiza, más conocido como Jeff Urquiza, corresponsal del diario *Informaciones* en esta capital, permanece encarcelado en la prisión de Cherche-Midi desde el pasado mes de abril, acusado de espionaje.

La imputación carece de fundamento. Se puede afirmar sin temor a equivocarse que el señor Urquiza no ha tenido relación alguna con la Resistencia, los ingleses o los comunistas. Se trata de un hombre sometido a los placeres mundanos, muy dado a las conquistas femeninas. No constituye ningún peligro para el Régimen. Aunque sin ideas políticas definidas, fue piloto de caza de nuestro Glorioso Ejército durante la Cruzada de Liberación.

En cuanto a la situación en París, es de señalar que la Resistencia ha incrementado sus actividades en las últimas semanas, envalentonada por la cercanía de las tropas aliadas. Además de la proliferación de octavillas y periódicos clandestinos, comienzan a circular por la ciudad listados con los nombres de los colaboracionistas y se anima al populacho a su asesinato. Se avecinan tiempos terribles, con sangrientas venganzas entre hermanos.

Por otra parte, también se ha incrementado la propaganda en contra de nuestra España en los barrios obreros de París. A pesar de la estricta vigilancia de los alemanes, panfletos clandestinos circulan de mano en mano, y tildan a nuestro glorioso Caudillo de dictador, tiranuelo, pigmeo, inquisidor, enano y otros nombres que, por respeto, no me atrevo a pronunciar y mucho menos a escribir. Las alimañas ya huelen la pronta victoria aliada y añoran con volver a bañar de sangre nuestros campos y nuestras ciudades.

A la espera de las órdenes de Su Excelencia.

¡Quien como Dios!

S-212

Franco torció el bigote al leer los calificativos que le dedicaban sus enemigos. No salía muy bien parado, aunque en el fondo le importaba bien poco. Él había ganado la guerra, y ellos no. Y por mucho que se empeñaran, la historia nunca se podría cambiar.

83

Agosto, 1944

Después del agitado día del atentado contra Hitler, Cherche-Midi volvió a la calma. Una calma tensa en la que todos vivían pendientes de las noticias que llegaban del exterior. Jeff continuaba encerrado en la prisión en espera del consejo de guerra. Una vida lenta y aburrida, pero sin sobresaltos. Se levantaba a la misma hora, paseaba por el mismo patio, contemplaba los mismos muros. Sus únicos entretenimientos eran las visitas de sus dos amigos, los paquetes de Gabrielle Chantal, el ejercicio físico y las tertulias clandestinas con sus compañeros de galería.

El verano ya se había instalado en el París alemán. Los días eran calurosos, a veces agobiantes, y solo por las noches corría un poco de aire fresco. Al atardecer, Jeff se encaramaba al ventanuco y recibía los últimos rayos del sol en la cara mientras escuchaba las melancólicas canciones de la solitaria novia francesa.

La estudiante de la Sorbona seguía con sus partes diarios de guerra. Según informaba, los aliados estaban cada vez más cerca de París. Los reclusos soñaban con esa proximidad, y cada noche se acostaban con la esperanza de que fuera la última entre rejas. Pero un día todas las esperanzas se esfumaron de un plumazo: los americanos habían decidido no atacar París y, en su lugar, avanzar a toda velocidad hacia Alemania.

—¡Nos abandonan! —gritó furioso uno de los reclusos.

—¡Malditos bastardos! —maldijo otro.

—No pueden tomar París —sentenció un antiguo oficial del Ejército francés; sin duda, la voz más autorizada en la materia—. La ciudad tiene tres millones y medio de habitantes. Aunque quisieran, los aliados no podrían alimentar a una población tan numerosa. Sería su ruina.

La explicación tenía su lógica, pero los parisinos se negaban a aceptarla. Para ellos, el cambio de estrategia de los aliados solo tenía un nombre: alta traición.

Por aquellos días estalló la sublevación de Varsovia, una de las pocas capitales que los alemanes aún conservaban en su poder. Los polacos se levantaron en armas con los pocos medios que tenían a mano. La reacción germana no se hizo esperar. En represalia, Hitler ordenó que la ciudad fuera arrasada hasta que desapareciese del mapa. La orden se cumplió a rajatabla: cada día un barrio entero se convertía en una montaña de escombros y sus moradores eran encerrados o fusilados en masa. No tardó en circular el rumor de que París podía correr la misma suerte.

—¡Destruiremos París! ¡No dejaremos piedra sobre piedra! —amenazaban los carceleros al hacer sus rondas.

Una mañana calurosa de mediados del mes de agosto, la estudiante de la Sorbona anunció una noticia sorprendente que enseguida levantó una gran expectación: los trabajadores del metro y los gendarmes se habían puesto en huelga. Nadie comprendía tan valiente y temerario comportamiento. ¿Qué pretendían? ¿Ser fusilados por los alemanes?

Dos días más tarde, la huelga se extendió a los carteros. Y dos días después, el 18 de agosto, se declaró la huelga general. ¡Todo París estaba en huelga!

La estudiante relataba todo lo que ocurría en la ciudad. Nadie conocía sus fuentes de información. Más de uno sospechaba que se inventaba las noticias con el fin de animar a los presos.

Pero nadie dudó de su palabra cuando a las pocas horas anunció que había estallado la insurrección general en París y acto seguido se empezaron a oír disparos y explosiones por todos los distritos de la ciudad. Miles de parisinos se habían echado a la calle y combatían a las fuerzas alemanas con pistolas y fusiles robados al enemigo. Había comenzado la liberación de la capital. Y los protagonistas no eran soldados aliados, como hubiese sido lo lógico, sino los propios habitantes de la ciudad sin la ayuda de nadie.

Con aquella temeraria y heroica revuelta, los parisinos querían llamar la atención de los generales aliados para que cambiasen sus planes y acudiesen raudos en su ayuda. Ahora los mandos americanos eran conscientes de la dramática situación que se vivía en París. No podían ignorar que sus habitantes se habían levantado, que combatían por las calles en inferioridad de condiciones, y que si no llegaban pronto en su ayuda, los alemanes los aplastarían sin piedad, como ya había ocurrido en Varsovia. Si París era destruida y sus habitantes masacrados, Europa nunca se lo perdonaría a los americanos.

A la mañana siguiente, los guardias de Cherche-Midi no repartieron el desayuno. Estaban muy ajetreados trasladando cajas y quemando documentos en el patio.

—¡Se van! —Corrió el rumor por las galerías—. ¡Los *boches* hacen las maletas! ¡Se largan!

Los guardias empezaron a vaciar algunas celdas. Evacuaban la prisión y habían decidido llevarse con ellos a los presos más significados. Nadie dudaba de su triste final. Sin duda acabarían en una cuneta o en un campo de prisioneros en Alemania. Jeff Urquiza tuvo suerte. Nadie se acordó de él. Continuó dentro de su celda.

Una hora más tarde, los alemanes abandonaron la prisión, dejando a los internos a su suerte. Lo mismo había ocurrido unas horas antes en la prisión de Fresnes. En cambio, los judíos y gitanos del campo de concentración de Drancy no habían corrido la misma suerte: en vez de recobrar la libertad, habían sido trasladados en trenes a Alemania.

Durante un buen rato la cárcel de Cherche-Midi permaneció en absoluto silencio. Los reclusos no se atrevían ni a respirar, pendientes de cualquier ruido. Temían que algún guardia se hubiese quedado rezagado.

Después de una interminable hora de espera que se hizo eterna, entraron en la cárcel unos hombres de paisano y empezaron a recorrer las galerías.

—¡Estáis libres! ¡Libres! ¡Todos a la calle!

Las puertas de las celdas se abrieron y los reclusos comenzaron a salir a los corredores. Al principio, poco a poco, con recelo, por si se trataba de una trampa. Luego, con desbordante entusiasmo.

Los hombres de paisano recorrían la cárcel vociferando consignas y gritos de júbilo. Portaban armas robadas a los alemanes, y lucían brazaletes con la bandera francesa, la Cruz de Lorena y las siglas FFI —Fuerzas Francesas del Interior— bordadas en negro. Se abrazaban a los presos, besaban a las reclusas, repartían cigarrillos incautados a los alemanes. Eran los libertadores de París. Un Ejército sin uniformes, formado por hombres y mujeres de todas las edades y clases sociales. En él había sitio para todos, desde distinguidos aristócratas hasta humildes limpiabotas. Todos unidos por un objetivo común: expulsar a los alemanes de la ciudad. Había llegado la hora de la liberación. Había llegado la hora de la venganza.

Al salir de su celda, Jeff se abrazó a sus compañeros de infortunio. No localizó al alemán Klaus. Se lo habían llevado sus compatriotas. Pero sí encontró a la estudiante de la Sorbona. Desde luego, no era tan agraciada como él se la había imaginado en sus noches de soledad.

—¡Soy Jeff, el español!

Sin dudarlo un segundo, ella se colgó de su cuello y le plantó un apasionado beso en los labios. Jeff no sabía qué hacer. No podía quitársela de encima. Por fin logró separarse un poco.

—¿De dónde diablos sacabas la información? —le preguntó Jeff, con curiosidad, en medio del griterío.

—Me lo contaba la Perra.

—¿La Perra?

—Tú no sabes lo que es capaz de conseguir una chica mona con una simple caída de ojos —respondió con mirada pícara.

No pudo continuar la conversación. Otros presos también querían abrazar a la estudiante. Era su momento de gloria. Se lo había ganado a pulso.

Animados por sus libertadores, los reclusos se lanzaron escaleras abajo. Querían salir a la calle cuanto antes. Temían que los alemanes se arrepintieran de su huida y pudiesen regresar. Los hombres de los brazaletes los instaban a que se unieran a ellos y tomaran las armas contra el enemigo.

—¡Compañeros! ¡A las barricadas!

La mayoría de los presos no les hizo el menor caso. Solo tenían una cosa en mente: regresar a su hogar junto a los suyos.

Jeff salió a la calle. Se oían detonaciones y estampidos por toda la ciudad, y columnas de humo negro se elevaban hacia el cielo. Se combatía con fiereza en todos los barrios. Todavía quedaban veinte mil soldados alemanes en París. Y no estaban dispuestos a dejarse matar.

El periodista saltó sobre la primera bicicleta que tuvo a su alcance y empezó a pedalear como alma que lleva el diablo.

—¡Al ladrón! ¡Al ladrón! ¡Alto! ¡Alto o disparo!

Jeff no se detuvo. Muy al contrario, se inclinó sobre el manillar y aceleró la marcha, como si fuera un ciclista profesional. Ahora se alegraba de no haber vegetado en la cárcel, como el resto de los reclusos, y de haber adquirido una excelente forma física con la práctica de agotadores ejercicios. Avanzaba a toda velocidad por el centro del boulevard Raspail, sorteando árboles y bancos de madera. Sentía el aire limpio en la cara, sentía la libertad en su rostro. Las balas empezaron a silbar por encima de su cabeza. No le importó. Todo su afán se centraba en alejarse de la prisión lo antes posible.

Al final del bulevar se levantaba el famoso hotel Lutetia. Evitó pasar por la puerta. Quizás aún albergase alemanes del servicio secreto. Se desvió por una bocacalle y se dirigió a su casa. No estaba muy lejos.

A lo largo del camino se cruzó con una fauna urbana de lo más curiosa. Lo mejor y lo peor de París. Desde belicosos insurgentes hasta cándidas ancianitas que paseaban al caniche como si todo aquel alboroto no fuera con ellas. También se encontró con algún que otro fantasmón, individuos de aspecto fiero y armados hasta los dientes, que presumían como gallitos en corral ajeno. Y también con traidores, los antiguos gestapistas, fulanos que, para hacerse perdonar sus viejos pecados, se comportaban ahora con una crueldad excesiva, y asesinaban sin piedad a todo bicho viviente que oliese a alemán o colaboracionista.

Los insurgentes, cada vez que capturaban un edificio público al enemigo, arriaban la bandera roja con la esvástica e izaban, en su lugar, la enseña tricolor. Por fin en la ciudad del Sena ondeaba la bandera francesa, tan perseguida durante años por los ocupantes alemanes.

Al llegar a su domicilio, Jeff dejó la bicicleta en el portal y subió por las escaleras hasta su casa. Como no tenía llaves, intentó derribar la puerta con el hombro. Fue imposible. Era demasiado robusta. Una vecina se asomó al rellano, alarmada por el alboroto.

—¡Qué alegría, señor Urquiza! —exclamó al verle, aunque no pudo evitar cierto estupor al fijarse en su indumentaria de presidiario—. Pensábamos que le había pasado algo.

Conocía a la vecina de vista. Era joven y atractiva, de cabello oscuro y ojos encendidos.

—Lamento el escándalo, pero no llevo las llaves encima.

La mujer chistó y se llevó el dedo índice a los labios.

—Pase a mi casa, por favor —susurró misteriosa.

Jeff siguió a la mujer hasta un saloncito.

—Me imagino que no se ha enterado —le dijo nada más tomar asiento.

—¿Enterarme? ¿De qué?

—Cuando usted desapareció, la vecina del primero echó la puerta abajo y se instaló en su casa. Al parecer, le gusta más que la de los Bercovitz. Y como ese mal bicho se cree que todo lo puede hacer...

La Condesa de la Gestapo seguía empeñada en amargarle la vida. Todavía le escocían los fustazos que le había propinado en la guarida de la Carlinga.

—Ahora se ha mudado a su casa y ahí vive con su nuevo amante, el Carnicero de París.

Wolf y la Condesa de la Gestapo se cruzaban de nuevo en su vida. Ahora comprendía la estrecha compenetración de los dos cuando le torturaron en la sede de los gestapistas.

—Nos hace la vida imposible a todos los vecinos —continuó la mujer—. El otro día mi marido dejó abierta la puerta del ascensor y casi se lo come. Se puso histérica, le amenazó, incluso le arañó el rostro.

Según escuchaba la historia, a Jeff le empezó a hervir la sangre. Cuando la mujer terminó, volvió a su casa hecho una fiera, y de un descomunal patadón reventó la cerradura. Entró en la vivienda y recorrió todas las habitaciones. No había nadie. Los muebles seguían en su sitio. En cambio, su ropa había desaparecido.

Volvió al descansillo. La vecina le esperaba en la puerta.

—¿Podría dejarme una camisa y un pantalón? No puedo andar con esta pinta por la calle.

—Por supuesto, aunque no sé si le sentará muy bien. Usted es más alto y fuerte que mi esposo.

Le prestó un traje de su marido. Jeff regresó a su casa, se dio una abundante ducha de agua fría y jabón, y se probó la ropa del vecino. El resultado no podía ser más patético. Los puños de la camisa le llegaban a la altura de los codos. Y los pantalones le quedaban tan cortos que parecían bombachos.

—Igual que Tintín —rumió Jeff frente al espejo.

Volvió a la casa de la vecina.

—¿No tendría un mono de trabajo o algo parecido?

—Mi marido no usa esas cosas —respondió con cierto orgullo—. Pero, espere... Tengo pintores en casa, aunque hoy no han venido a trabajar, como es lógico. Déjeme mirar. Quizás encuentre algo que le sirva.

El periodista siguió a la mujer hasta un pequeño cuarto. En una esquina se amontonaban brochas y cubos de pintura. Unos monos de trabajo colgaban de una escalera de mano. Eligió el menos sucio. Al menos, no estaba tan mugriento como su uniforme de presidiario.

—No hace falta que se lo pruebe en su casa. Puede hacerlo aquí mismo —le propuso la vecina con ojos tiernos.

Antes de desnudarse, Jeff miró a la mujer en espera de que se diese por aludida y abandonara la habitación. No se movió. Muy al contrario, se recostó contra la pared, cruzó los brazos sobre el pecho, y se dispuso a presenciarlo todo. Su ligero vestido veraniego marcaba todas sus curvas. Jeff se encogió de hombros y se quitó la ropa. Ella le observaba en silencio, sin pestañear y sin perderse el más mínimo detalle. Su respiración era profunda y pausada.

—Le queda muy bien —comentó la mujer. Y, con voz insinuante, añadió—: En estos momentos me disponía a prepararme una taza de té. Tal vez le gustaría acompañarme. Mi marido aún tardará en llegar.

—Perdón, *madame*, en otra ocasión será. Ahora tengo prisa —se disculpó Jeff, que salió a la carrera escaleras abajo.

En otras circunstancias no hubiese desaprovechado la oportunidad. Su vecina no estaba nada mal. Meses atrás incluso la había añadido en su lista de posibles conquistas. Pero ahora tenía cosas más importantes que hacer. París estaba en guerra.

84

Después del desplante a la atractiva vecina, Jeff bajó a la calle y respiró una bocanada de aire fresco. No tenía ni un franco y no podía andar por la ciudad sin dinero y sin documentación. Decidió acudir a Gabrielle. Seguro que le ayudaría. Se montó en la bicicleta y pedaleó en dirección al Ritz.

Las calles estaban desiertas y silenciosas. La lucha parecía haberse detenido, y Jeff no sabía el motivo. Detrás de cada ventana, detrás de cada balcón, los parisinos observaban expectantes el desarrollo de los acontecimientos. Algunos, con esperanza; otros, con temor. A esas horas, miles de *collabos*, temerosos de la venganza de sus compatriotas, se agolpaban en las estaciones de París. Pretendían encaramarse a los pocos trenes que aún partían hacia Alemania.

Jeff intentó cruzar el Sena por el puente de la Concordia. Le fue imposible. Los alemanes habían montado fuertes controles y no dejaban pasar a nadie. Le llamó la atención la cantidad de soldados que en esos momentos exploraban los pilares del puente. Al principio pensó que buscaban algo. Cuando vio que manipulaban cables y cargas de explosivos, se temió lo peor. En efecto, no había duda. Tenían intención de volarlo por los aires para dificultar el avance de las tropas aliadas. El mismo panorama encontró en los demás puentes. Ante la imposibilidad de cruzar a la otra orilla, cambió de idea y decidió acudir a la casa de Zoé.

En el boulevard du Montparnasse, Jeff tuvo que ceder el paso a media docena de camiones sin toldo, ocupados por docenas de chicas del servicio auxiliar de las SS. Los franceses las llamaban «ratones grises» debido al color de sus uniformes. Sin miedo a los francotiradores, las jóvenes viajaban de pie en la caja del camión en medio de una gran algarabía. Parecían estudiantes en viaje fin de curso, con sus gafas de sol y sus cámaras fotográficas colgadas del cuello. Saludaban y sonreían a los pocos transeúntes mientras les decían adiós con la mano.

—¡Hasta pronto, París! ¡Te queremos! —gritaban entusiasmadas.

Al ver a Jeff, se armó un gran alboroto y empezaron a lanzarle besos con las manos. Bromeaban y le hacían gestos para que las siguiera con la bicicleta. Parecían colegialas en plena explosión hormonal.

—¡Guapo! ¡Ven! ¡Sube al camión! ¡Te hacemos un hueco!

Jeff sonrió al comprobar que había recuperado su viejo atractivo. En su cuerpo ya no quedaban huellas de las miserias y las torturas sufridas en los primeros meses de encarcelamiento. Y todo se lo debía al embajador Otto Abetz y a Gabrielle Chantal.

Les dijo adiós a las chicas con la mano y siguió su camino. Quería llegar cuanto antes a la casa de Zoé.

Desde hacía un buen rato, los disparos y las explosiones se habían apagado por completo. París estaba en calma. Al menos, eso aparentaba. Una calma tensa que se mascaba en el ambiente. El periodista pronto comprendió el motivo.

Al llegar a la avenue du Maine se cruzó con dos vehículos que circulaban muy despacio. En el primero, un Renault negro, viajaban cuatro insurgentes con fusiles y brazaletes. En el techo portaban dos enormes altavoces, y en las portezuelas habían pintado a brochazos las siglas FFI en color blanco. En el segundo vehículo, un Kübelwagen gris, viajaban tres militares alemanes de gesto sombrío.

—¡Alto el fuego! ¡Alto el fuego! —repetían sin cesar los altavoces del Renault—. ¡En nombre de las Fuerzas Francesas del Interior, alto el fuego! ¡Se ha pactado una tregua con el Alto Mando alemán! ¡Alto el fuego!

Conforme se propagaba la noticia, los vecinos empezaron a asomarse a los balcones. Al principio, con desconfianza; después, con entusiasmo. Enseguida se echaron a la calle entre vítores y aplausos. Poco a poco, la avenida se fue convirtiendo en un hervidero de gente bulliciosa, que deseaba celebrar el fin del enfrentamiento. Después de los duros combates de las últimas horas, la paz reinaba de nuevo en París.

A Jeff le agradó la noticia. Combatir al Ejército alemán con paisanos, carentes de preparación militar y de armamento adecuado, solo podía calificarse de suicidio colectivo.

En el boulevard Pasteur, un anciano de aspecto distinguido, armado con una vieja escopeta de caza, le salió al paso agitando los brazos.

—¡Alto! ¡Alto!

Su indumentaria no podía ser más inapropiada para la lucha callejera. Impecable traje de raya diplomática, corbata negra y sombrero. Tenía toda la pinta de haberle sorprendido la insurrección cuando se dirigía a su trabajo.

Jeff frenó en seco a la altura del anciano.

—¿Qué ocurre? —preguntó.

—No puede pasar.

—¿Por qué?

—¿Usted qué cree?

Jeff siguió la mirada del hombre hacia un lateral del bulevar. En esos momentos, un tipo fornido y descamisado daba el último hachazo al tronco de un enorme olmo. El árbol cayó con gran estruendo sobre la calzada, levantando una nube de polvo. A pesar de la tregua pactada, en las calles de París se estaban levantando docenas de barricadas. Jeff esquivó el obstáculo y continuó su camino.

Al llegar al domicilio de Zoé, la portera le indicó que la periodista no estaba en su casa.

—¿Dónde puedo encontrarla?

—No lo sé. Ya sabe usted lo inquieta que es la señorita. Seguro que está metida en algún follón.

Empezó a dar vueltas por los alrededores con la bicicleta. Al pasar por la rue de Vaugirard le pareció ver una cara conocida en lo alto de una barricada en plena construcción. Era una chica joven, ataviada con una blusa beige, pantalón caqui, botas de soldado y casco de acero. Jeff se acercó un poco más y enseguida la reconoció.

—¡Zoé! ¡Zoé!

La joven levantó la vista y sus ojos se iluminaron. Bajó a saltos de la barricada y se abrazó a Jeff. Luego se separó, sin soltarle las manos, y le miró de arriba abajo.

—Jamás te había visto con un mono.

—Ni yo a ti con un casco alemán.

Zoé se echó a reír.

—Se lo robé a un prisionero.

—¿Sabes dónde está Luis?

—¿Ese loco? Ayer abandonó la ciudad. Ha salido al encuentro de las tropas aliadas.

—Pero ¿por fin vienen hacia París?

—¡Ahora, sí! Los americanos, al conocer la insurrección, han cambiado de planes. No podían dejar que nos aniquilaran los *boches*. Dentro de poco entrarán en París y por fin seremos libres.

—¿«Seremos»? ¿Tú qué pintas en todo esto?

—Me he unido a la lucha.

—¿Y qué se te ha perdido a ti en esta guerra?

—Todo. Y tú también vas a luchar.

Antes de que Jeff pudiese replicar, Zoé sacó del bolsillo un brazalete de las FFI, con la Cruz de Lorena sobre la bandera tricolor, y se lo anudó a su amigo por encima del codo.

—¡Ya eres uno de los nuestros! —exclamó entusiasmada.

—¡Alto, Zoé! ¡Para, para! Esta no es mi guerra.

—Esta es la guerra de todos. ¿O piensas perdonar lo que te ha hecho la Gestapo?

—Busco mi venganza personal, no la justicia colectiva.

Zoé le miró como nunca lo había hecho antes.

—Escúchame bien, Jeff. Solo podrás vengarte de lo que

te han hecho si nos ayudas. Si actúas solo, no conseguirás nada.

Muy a su pesar, el periodista asintió. Su amiga tenía razón. Quería hacer pagar a Wolf todo lo que le había hecho. Quería hacer pagar a los alemanes todo lo que le habían hecho a Daniela, a Monique y al pequeño René. Y a Guillermina y a Tomás. Y a la pequeña niña judía. Si actuaba por su cuenta, no llegaría muy lejos.

—¡Venga, a trabajar, que hay mucho tajo! —Zoé le animó dándole un cariñoso puñetazo en el hombro.

Zoé le presentó al cabecilla del grupo, un conductor del metro que hacía llamarse capitán Duvall, aunque de militar tenía bien poco. Era un hombre bajito y escuálido, con pequeño bigotillo y cara de ratón. Su uniforme no podía ser más estrafalario, incluso cómico: camiseta blanca de tirantes, pantalón corto y enorme casco de la Primera Guerra Mundial. La prestancia y la marcialidad brillaban por su ausencia.

—Bienvenido —le saludó Duvall, estrechándole la mano—. No tenemos armas para ti. Ya te buscaremos algo.

Durante el resto del día, Jeff Urquiza participó en la construcción de la barricada, levantando adoquines con ayuda de una palanqueta de acero. Según pasaban las horas, comprobó que Zoé hablaba al resto de los insurgentes con una autoridad que nadie discutía, y sus órdenes eran obedecidas de inmediato. Parecía la lugarteniente de Duvall. En un descanso, tumbados bajo la sombra de un árbol, le preguntó a Zoé:

—¿Desde cuándo eres de la Resistencia?

La joven le miró con sonrisa traviesa.

—Desde siempre.

Hasta entonces creía que Zoé era de las pocas mujeres que no tenía secretos. Se había equivocado por completo.

Al caer la noche, un retén se quedó de guardia en la barricada y se establecieron turnos de vigilancia. Los demás se fueron a sus hogares a descansar. Zoé invitó a Jeff a su casa.

—Solo te dejo pasar si me juras que no me meterás mano cuando me quede dormida —le advirtió Zoé mientras abría la puerta de la vivienda.

—Estoy agotado, me sangran las manos, tengo las uñas rotas y no he probado bocado desde ayer. ¿Tú crees que hace falta que te lo jure?

La periodista se llevó las manos a la cabeza.

—¿No comes desde ayer y me lo dices ahora? Venga, date una ducha mientras preparo algo. Tengo patatas, salchichas y una botella de Burdeos. Reservaba el vino para una ocasión especial, y ese momento ha llegado.

—¿Y qué celebramos?

—Quizás esta noche sea la última de nuestras vidas. Mañana entraremos en combate. Y habrá mucha sangre. ¡Brindaremos por la victoria!

—Pero ¿no se ha firmado una tregua con los alemanes?

La periodista echó la cabeza hacia atrás y soltó una carcajada.

—Eso solo ha sido una treta para ganar tiempo. Y los *boches* se lo han tragado.

Jeff Urquiza cumplió su palabra y durante toda la noche no se movió del sofá.

85

Spatz, el amante de Gabrielle Chantal, conducía su Opel negro a gran velocidad por las solitarias calles de París. Tenía una cita y no quería llegar tarde. A su alrededor se oían disparos y explosiones. En todos los barrios se combatía al ocupante. Los parisinos habían respetado la tregua tan solo unas pocas horas. Las suficientes para levantar más de doscientas barricadas en las principales calles y avenidas de la ciudad. La Prefectura de Policía, frente a la catedral de Notre Dame, tomada desde el primer momento por los sublevados, se había convertido en el foco de resistencia más importante y en el principal baluarte de la insurrección.

En un solar abandonado, Spatz se acababa de entrevistar con un francés infiltrado en la Resistencia. Este le puso al corriente de las fuertes discrepancias que existían dentro del Consejo Nacional de la Resistencia entre los gaullistas y los comunistas. Los gaullistas preferían mantener la tregua para evitar una masacre, y aguardar a que los Ejércitos aliados tomasen París por su cuenta y riesgo. Por el contrario, los comunistas abogaban por romper la tregua y continuar el combate hasta el final, sin esperar la ayuda exterior.

En el fondo se trataba de la clásica lucha por el poder. Una pugna entre dos facciones por el control del futuro Gobierno del país. El general De Gaulle, cabecilla indiscutible de la Francia Libre desde su refugio en Londres, pensaba asumir todo el poder de la nación, sin ceder nada a los comunistas. Si estos últimos se apuntaban el éxito de la liberación de París, el liderato de De Gaulle ya no estaría tan claro.

Después de acaloradas discusiones entre los dirigentes de los dos bandos, los comunistas no cedieron. Decidieron continuar la lucha, aunque no los acompañara nadie. Entonces los gaullistas se vieron obligados a seguirlos en el combate. Si no lo hacían, los comunistas se llevarían toda la gloria de la liberación. Y los gaullistas no estaban dispuestos a eso.

Spatz bajaba con su Opel a toda velocidad por los Campos Elíseos cuando de pronto avistó el Grand-Palais envuelto en llamas. Se quedó atónito, no se lo podía creer. Adoraba París, y le dolía contemplar uno de los edificios más bellos de la ciudad, construido para albergar la Exposición Universal de 1900, asolado por el fuego. Unos soldados alemanes presenciaban el incendio con indiferencia, recostados en un viejo coche calcinado. Spatz frenó en seco a su lado.

—¿Han avisado a los bomberos? —preguntó a un sargento de zapadores que llevaba el uniforme cubierto de barro.

—¿Para qué? —contestó con desgana—. ¿Qué más da que se queme hoy o que lo destruyamos nosotros mañana? Dentro de poco, París solo será un montón de escombros.

Spatz sintió un escalofrío. Sus peores presagios se acababan de confirmar. Hitler estaba empeñando en arrasar París. Indignado, metió la marcha, aceleró a fondo y salió disparado. No tenía tiempo que perder.

Cien metros más adelante tuvo que dar un volantazo para no atropellar a un animal en plena carrera. Al principio pensó que era un perro gigante. Poco después comprobó estupefacto que no se trataba de un perro, sino de un tigre. ¡Un tigre suelto por el centro de París! Jamás lo hubiese imaginado. El animal corría detrás de una cebra que intentaba buscar refugio en los muelles del Sena.

Spatz detuvo el coche y se quedó mirando la escena durante unos instantes. No se lo podía creer. Le parecía un sueño surrealista, una burla del destino. ¿Qué clase de pesadilla era todo eso? ¿Había visto, en realidad, a un tigre y a una cebra correr por las calles de París? ¿O estaría sufriendo alucinaciones por culpa del estrés y del insomnio de los últimos días?

Y la cosa no quedó ahí. Poco después pasó por delante de sus narices un payaso soltando todo tipo de juramentos. ¡Un payaso correteando por el centro de París en mitad de una insurrección! Aquello era una locura, un auténtico disparate. El *clown* trotaba detrás de los animales, con su cara empolvada, sus pantalones anchos y sus zapatones desproporcionados. Lanzaba alaridos al aire y en las manos empuñaba una escopeta de dardos.

Entonces cayó en la cuenta...

El circo Houcke, el único gran circo que aún sobrevivía en la devastada Europa, tenía previsto realizar varias representaciones en el Grand-Palais. La verdad, no había podido elegir época peor, en plena insurrección general. Y para mayor desgracia, se había declarado un incendio en sus instalaciones. Para que los animales pudieran escapar de las llamas, habían abierto las jaulas, y ahora corrían despavoridos por las calles de la ciudad, perseguidos por los empleados del circo.

Spatz se secó el sudor de la frente con el puño de la camisa y continuó su camino. Esquivó con habilidad las avenidas taponadas por las barricadas y, después de dar un gran rodeo, llegó a la embajada de Suecia. Tocó el claxon y un viejo portero abrió la cancela del jardín. Avanzó con el coche por un camino de grava y aparcó junto al automóvil del embajador. El coche exhibía en el techo una gran bandera de Suecia con el fin de protegerse de los ataques aéreos, como si una simple tela fuera suficiente amparo frente a las bombas.

Un funcionario sueco le acompañó al despacho del embajador.

Raoul Nordling estaba sentado en un sillón, con una copa de coñac en una mano y un habano en la otra. Era un hombre de pelo cano, pequeño bigotillo y anchas quijadas. Tenía aspecto pacífico y bonachón, de abuelito incapaz de negar un capricho a sus nietecillos. Al ver a Spatz, Nordling dejó la copa sobre el escritorio, se levantó y le estrechó la mano.

—Le agradezco que haya venido, mi estimado amigo —saludó el embajador—. No sé si conoce al general.

Entonces Spatz se dio cuenta de que Nordling no estaba solo. Sentado en otro sillón, y de espaldas a la puerta, se encontraba un hombre joven, de ojos negros y mirada decidida. Era Jacques Delmas, conocido en los círculos de la Resistencia como general Chaban. Abogado, periodista, y famoso jugador de tenis y rugby, representaba al general De Gaulle en la Francia ocupada.

—No, no le conozco —respondió Spatz.

El francés y el alemán ni se saludaron ni se estrecharon la mano.

—Por favor, tome asiento —dijo el embajador a Spatz—. ¿Le apetece beber algo?

Spatz negó con la mano. Los momentos iniciales fueron de tensa espera. La situación era muy embarazosa. Nadie tomaba la palabra. Al final, el embajador, como buen diplomático, supo salvar la situación.

—Como pueden comprender, mi único interés en este asunto es proteger vidas humanas y evitar que París sea destruido. Herr Von Dincklage, me gustaría que escuchara lo que tiene que decir el general Chaban.

El embajador cedió la palabra al representante de De Gaulle.

—Voy a hablar con absoluta sinceridad. París, lo quiera admitir o no, será liberado en los próximos días. Los habitantes se han lanzado a la lucha y los Ejércitos aliados ya están a las puertas de la ciudad. ¿Está de acuerdo conmigo?

Spatz no respondió. El francés continuó:

—Hemos constatado que, en los últimos días, soldados alemanes han colocado explosivos en los edificios y en los monumentos más emblemáticos de la ciudad: la Torre Eiffel, los Inválidos, el Senado, el Ministerio de Asuntos Exteriores... Y lo mismo han hecho en todos los puentes del Sena. Es evidente que el alto mando alemán quiere hacer saltar París por los aires. —El general Chaban guardó silencio unos instantes para resaltar lo que iba a decir a continuación—: Le quiero advertir que, si París es destruido, ningún alemán saldrá vivo de la ciudad. El pueblo los linchará por las calles sin la menor compasión.

—El general Von Choltitz es plenamente consciente de esa posibilidad —respondió Spatz, aludiendo al comandante alemán del Gran París.

—Y a pesar de ello, ¿dará la orden? ¿Tiene la intención de destruir París como ya ha ocurrido con Varsovia?

—El general Von Choltitz es un militar. Y como militar, está obligado a cumplir las órdenes de sus superiores. Si el Führer le ordena destruir París, no tendrá más remedio que hacerlo.

—¿No hay más opciones? —preguntó el resistente con cierto retintín—. ¿Está usted completamente seguro de lo que dice?

—En tiempos de guerra, la desobediencia se considera traición, y se paga con la propia vida. Además, la mujer y los hijos del general viven en Alemania. Si no obedece, ellos también pagarán las consecuencias, ¿lo entiende? Von Choltitz tendrá que cumplir las órdenes que reciba, le gusten o no.

—Si eso es así, entonces usted y yo no tenemos nada más que hablar.

El general Chaban hizo amago de levantarse, pero Spatz le detuvo con un gesto.

—Tan solo hay una posibilidad de salvar París —sentenció el alemán con voz grave.

El francés y el embajador sueco se intercambiaron una mirada de extrañeza y se dispusieron a escuchar al atrevido agente del Abwehr.

—¿Cuál? —preguntó impaciente Nordling.

—Que los americanos entren en París ya.

—¿Cómo dice? —Chaban creía no haber entendido bien.

—Si la ciudad es liberada en las próximas horas, el general Von Choltitz tendría que rendirse antes de dar la terrible orden de destrucción. Esa es la única forma de salvar París, y, al mismo tiempo, proteger al general y a su familia.

—¿Me está diciendo que el general Von Choltitz se rinde?

—No, ahora mismo no se puede rendir. Ya le he dicho que, si lo hiciera, su familia moriría. Solo insinúo que si los americanos entran pronto en París, el general Von Choltitz se vería obligado a rendirse antes de cumplir la orden de destruir la ciudad.

El francés y el sueco volvieron a intercambiar miradas de perplejidad. No acababan de creerse las palabras del alemán.

—Los aliados deben llegar a París cuanto antes —continuó Spatz—. Ahora mismo les puedo asegurar que la resistencia de las tropas alemanas será, más bien, testimonial. Pero quiero que sepan que dentro de pocos días llegará a la ciudad una División de las SS. Cuando esto ocurra, ya no será posible la rendición. Les aseguro que la lucha será encarnizada y París será destruido sin que podamos hacer nada por evitarlo.

El embajador lanzó un suspiro prolongado.

—Creo que su mensaje ha sido recibido y no hace falta añadir nada más —concluyó el sueco.

Los tres hombres se levantaron de sus asientos. El general Chaban se acercó a Spatz.

—¿Es usted militar?

—Sí. Soy oficial de caballería.

—Entonces, permítame estrecharle la mano.

Los dos hombres se saludaron bajo la mirada complacida del embajador.

Nordling acompañó a Spatz hasta el patio.

—¿Le puedo hacer una pregunta?

—Por supuesto, señor embajador.

—¿Por qué se ha metido en esto? ¿No teme que le consideren un traidor?

—Vivo en Francia desde hace veinte años, antes incluso de que Hitler llegara al poder. Amo esta ciudad con toda mi alma. A pesar de ello, si alguien me asegurara que Alemania ganaría la guerra con la destrucción de París, ahora mismo yo no estaría aquí, sino colocando explosivos bajo los puentes y los edificios con mis propias manos. Pero la guerra está perdida desde hace mucho tiempo. Si Alemania destruye París, el mundo entero jamás se lo perdonará.

86

—Excelencia, ha ocurrido un accidente en la carretera de El Pardo —informó Carrero Blanco a Franco nada más entrar en su despacho.

—¿Un accidente? ¿Qué ha pasado?

—El vehículo del capitán general de Madrid se ha estrellado contra un árbol.

A Franco enseguida le vino a la cabeza el grave accidente de automóvil que sufrió en la provincia de Salamanca un año antes de comenzar la guerra, cuando se dirigía a Asturias a pasar unos días de descanso. El coche patinó, invadió el carril contrario, arrolló a dos ciclistas, y al final volcó en mitad del campo. El resultado fue trágico: un ciclista muerto y el otro herido de gravedad. También sufrieron heridas el chófer y doña Carmen. En cambio, él resultó milagrosamente ileso. Su buena suerte, la célebre *baraka* que le atribuían los moros, nunca le abandonaba.

—¿El capitán general se encuentra bien? —preguntó Franco con gesto de preocupación.

—Él no iba en el coche. Viajaban su mujer y una amiga.

—¡Ah, ya! No me diga más. Maruchi y Cuca. Vienen todas las tardes de visita. ¿Cómo se encuentran?

—Al parecer, no muy bien. Se las han llevado al hospital.

Franco recibió la noticia sin inmutarse, con su frialdad habitual, como si le acabaran de comentar el resultado de un campeonato regional de bolos en Laponia. En realidad, no soportaba a esas dos cacatúas, malas y feas como demonios. Si al menos fuesen tan guapas como la profesora de inglés que tuvo en Canarias... Pero doña Carmen no iba a cometer otro desliz así.

—¿Y el soldado que conducía? ¿Cómo está?

Franco siempre se preocupaba por la tropa.

—Pues... eso es lo curioso, Excelencia. No sabemos nada de él.

—¿Qué quiere decir?

—Ha desaparecido. Como si se lo hubiera tragado la tierra.

—Esto es muy raro. ¿No habrá sido un atentado del maquis? ¿Se sabe algo de los antecedentes políticos del soldado?

—Según me acaba de comunicar el capitán general, es el hijo de su guardés y le conoce de toda la vida. Un chico que goza de su plena confianza y al que llaman cariñosamente Manolín.

—Eso no significa nada. Hasta el espíritu más noble puede ser corrompido. Quiero una investigación exhaustiva y completa. Que la Guardia Civil se ponga manos a la obra de inmediato.

—A sus órdenes, Excelencia.

Pulsó el timbre y entró el ayudante de servicio. Se cuadró ante Franco.

—Por favor, diga a Su Excelencia la Señora que venga.

El ayudante dio un taconazo y poco después entraba doña Carmen.

—Buenas tardes, Carrero. —La mujer saludó al subsecretario de Presidencia.

Si Franco o su esposa llamaban a alguien por el apellido, eso era un honor y una buena señal. En cambio, si solo le decían «señor», o mencionaban su empleo militar o su cargo, el aludido debía andarse con cuidado.

—Carrero me acaba de informar de que la esposa del capitán general y la del marqués de Valdecastrillo han sufrido un accidente —comunicó Franco a su mujer, con una voz tan monótona como si leyera un telegrama anodino.

—¡Por Dios, qué desgracia! ¡Pobres Maruchi y Cuca! Me traían unos pisapapeles de cristal para mi colección. ¿Están bien, Carrero?

—Se las han llevado al hospital.

—Me refería a los pisapapeles.

—¡Ah! Pues... Aún no tenemos noticia de los desperfectos, Excelencia.

—Cuando sepan algo, háganmelo saber.

Doña Carmen abandonó el despacho y Franco continuó a solas con Carrero.

—Hablando de otro tema: ¿ha llegado algún nuevo informe de APIS desde Francia?

—No, Excelencia. Las comunicaciones se encuentran muy dañadas. Es probable que estemos algunos días sin recibir nada.

—Tengo que felicitarle por la gran labor que está realizando la red. Le confieso que al principio tuve mis dudas, cuando me comentó que el servicio estaría compuesto solo por mujeres. A la vista del resultado, reconozco que no puedo estar más satisfecho.

—Gracias, Excelencia. Según mis informes, APIS es el único servicio de inteligencia en el mundo compuesto solo por mujeres.

—Unas patriotas dignas de admiración, que velan desde la sombra por el bien de España. Muchas de ellas son monjas, al igual que su jefa.

—Así es, Excelencia. Unas monjas un tanto especiales. Desde luego, no se parecen en nada a las que se ven dentro de un convento.

—¿Y qué se ve dentro de un convento, Carrero? —replicó Franco con socarronería gallega—. Porque a mí nunca me han dejado entrar. ¡Y eso que soy el Caudillo!

A Carrero le pilló la broma a contrapié y no respondió con agilidad. Aún se agarrotaba mucho ante su admirado Caudillo.

—Pues... Excelencia, ya me entiende. Mujeres mayores que nunca salen de sus rezos. En cambio, las componentes de la red APIS son chicas jóvenes y modernas, de gran cultura y formación, que saben manejarse muy bien en el mundo actual. Visten de paisano, hablan varios idiomas y saben pasar desapercibidas en cualquier ambiente.

Franco asintió complacido. La red APIS era, en realidad, tan de Carrero como suya. Él mismo había elegido el nombre —APIS, abeja, el símbolo personal de su admirado Napoleón—; y él también había elegido su lema, del que se sentía muy orgulloso: «Quien como Dios», las palabras que el arcángel san Miguel lanzó a los demonios sublevados contra el Señor.

La red APIS se había creado para investigar las actividades de la masonería española en el exilio. Sin embargo, poco a poco fue ampliando sus cometidos hasta convertirse en uno de los servicios secretos más eficaces del nuevo Régimen. De eso, a Franco no le cabía la menor duda.

87

Jeff Urquiza llevaba toda la mañana apostado en la barricada de la rue de Vaugirard, junto a su amiga Zoé y los demás insurrectos. No tenían armas para todos. Tan solo unos pocos disponían de fusiles o pistolas. Los demás, entre ellos Zoé y Jeff, esperaban impacientes el momento de poder conseguir armamento del enemigo.

Los franceses habían roto la tregua, y desde entonces se luchaba en los barrios de París. Hasta allí les llegaba el inconfundible fragor de la batalla. Los disparos, los cañonazos y las explosiones se sucedían sin descanso. En cambio, en la rue de Vaugirard la calma era tan absoluta que se hacía insoportable. Algunos combatientes empezaban a impacientarse y proponían acudir a las zonas de combate más comprometidas. El capitán Duvall trataba de imponer orden y disciplina para que nadie se moviera de su puesto. Según las órdenes recibidas, ningún alemán debía atravesar la calle, ni para entrar ni para salir de la ciudad.

Después de varias horas de calor y somnolencia, salpicadas con algún que otro chaparrón veraniego, el rugido de un motor delató la llegada de una motocicleta a gran velocidad. A lo lejos se divisó una BMW de la Wehrmacht con un soldado alemán a bordo. Corrió la voz de alarma. Los hombres que disponían de fusiles se prepararon para abrir fuego.

—Que nadie apriete el gatillo hasta que yo lo diga —gruñó Duvall, un conductor del metro que desde que se había puesto el casco de acero ya se creía el heredero legítimo de Napoleón.

Cuando el motorista quiso darse cuenta, ya era demasiado tarde. Una descontrolada lluvia de balas arreció contra su cuerpo. Perdió el control de la moto y se estrelló contra un árbol. El soldado quedó herido en el suelo. Duvall no lo dudó. Saltó de la barricada, corrió hasta el alemán y le disparó un par de tiros en la cabeza. Luego regresó hecho un basilisco.

—¡Cabrones! ¡Hijos de perra sifilítica! ¿Quién ha dado la orden de disparar? ¡Sois unos mierdas! ¡Unos aficionados! ¡La próxima vez os mando fusilar por desobediencia!

Duvall ordenó a dos hombres que retirasen el cadáver del soldado. Cada uno le agarró de un brazo y de una pierna y se lo llevaron a una librería cercana, propiedad de un *collabo*. Balancearon el cuerpo a un lado y otro, y cuando alcanzó suficiente impulso, lo soltaron contra el escaparate, que saltó hecho añicos. El muerto quedó tendido sobre una montaña de libros, con el uniforme empapado de sangre. Uno de los insurrectos arrancó la fotografía del mariscal Pétain que adornaba la puerta del local y la arrojó sobre el pecho del muerto.

Zoé y Jeff se apoderaron de las armas del motorista fallecido. Al periodista le sorprendió la habilidad de su amiga en el manejo del fusil. Según le confesó, desde muy pequeña había acompañado a su padre de montería.

Pasaban las horas, y mientras en el resto de la ciudad proseguían los combates, en la rue Vaugirard la calma no podía ser mayor. A la hora del almuerzo, unas chicas repartieron bocadillos de mortadela entre los combatientes. Zoé y Jeff se sentaron en un banco de madera, a la sombra de un castaño, y empezaron a devorarlos. Tenían hambre después de tantas horas de tensión.

—No me gusta Duvall —confesó Jeff entre bocado y bocado—. Lo del soldado alemán ha sido un crimen. Al enemigo caído hay que curarlo, y no rematarlo como a un perro malherido.

—Estamos en guerra, y en la guerra todo vale. A su hijo lo fusilaron hace una semana los nazis. Tenía diecisiete años. Obligaron a Duvall a presenciarlo.

A media tarde, Duvall se subió a lo alto de la barricada y pidió atención.

—¡Camaradas! Lo he pensado mejor y al final me habéis convencido. En esta calle estamos perdiendo el tiempo mientras en el resto de la ciudad se lucha sin tregua ni cuartel. Nuestros compañeros nos necesitan. Si no acudimos en su ayuda, pronto los aniquilarán. ¡Recogemos velas! ¡Nos vamos a la Prefectura!

Todos los insurgentes se presentaron voluntarios. La Prefectura de Policía era el símbolo de la revuelta, y ante sus puertas se desarrollaban los combates más fieros. Duvall solo eligió a veinte, entre ellos a Zoé y Jeff, y dejó al resto a cargo de la defensa de la barricada.

Iniciaron la marcha encabezados por el conductor del metro, que presumía como un pavo real al frente de su tropa. Al verlos pasar, algunos vecinos se asomaban a los balcones y aplaudían con entusiasmo. Los demás permanecían escondidos detrás de los visillos, temerosos de significarse en momentos tan delicados.

A escasos metros de la estación de metro de Volontaires, una ametralladora alemana abrió fuego sobre la columna. Sin pérdida de tiempo, Jeff y Zoé se lanzaron bajo un banco de madera mientras las balas silbaban sobre sus cabezas.

—¡Al suelo! ¡Al suelo!

La ráfaga había sido mortal. Media docena de resistentes yacían muertos sobre la acera.

—¡Allí, en la buhardilla! —gritó una chica desde una ventana, señalando con el dedo la mansarda del edificio de enfrente.

Jeff clavó la vista en el lugar indicado. Enseguida vislumbró el amenazante cañón de la ametralladora. Jeff y Zoé se arrastraron hasta llegar junto a Duvall.

—Vamos a quedarnos aquí hasta la noche —ordenó Duvall—. Cuando todo esté a oscuras, nos escapamos.

—¿Y esperar tantas horas viendo cómo nos liquidan uno a uno? —replicó Jeff—. Hay que acabar con esos *boches* cuanto antes.

Duvall le miró con recelo. No le había gustado que Jeff no alabase en el acto sus excelsos conocimientos del arte de la guerra, propios del mejor estratega de la Escuela de Saint-Cyr.

—Tenemos que dividirnos en dos grupos —propuso Jeff.

—¿Y a ti quién narices te ha dado vela en este entierro? —gruñó Duvall en tono despectivo.

—¡Duvall, cállate! —le cortó Zoé—. Jeff fue oficial en la guerra de España, y sabe de lo que habla.

El líder del grupo soltó un gruñido propio de animal avinagrado.

—Sigue, Jeff —le instó Zoé.

—Un grupo se dedicará a entretener a los *boches* desde el edificio que tenemos a nuestras espaldas. Mientras tanto, el otro cruzará la calle, subirá a la mansarda y acabará con la ametralladora.

Duvall seguía callado y con gesto adusto, enfurruñado como un niño pequeño al que acaban de birlarle la merienda. De mala gana, y ante la coactiva mirada de ave rapaz de Zoé, Duvall terminó por aceptar.

La orden circuló entre los supervivientes. A una señal de Duvall, el primer grupo, con Zoé y Jeff a la cabeza, se puso en pie de un salto y salió corriendo hacia el portal más cercano situado a sus espaldas. Subieron las escaleras hasta llegar a la última planta. Llamaron a todas las viviendas. La única que abrió fue la de un vecino de mediana edad y entrado en carnes, que sujetaba en brazos un caniche peinado al estilo Luis XIV. El hombre solo llevaba encima un diminuto batín rojo y unos mocasines de cocodrilo. Tenía los labios pintados de color rosa y una redecilla cubría su cabello recién teñido de caoba. Apestaba a perfume femenino.

—Adelante, caballeros —saludó con voz delicada—. Tengan la amabilidad de pasar. Están en su casa.

Los insurgentes cruzaron la puerta en tropel.

—¿Dónde están los balcones? —preguntó Jeff.

—Al final del pasillo.

Corrieron en la dirección indicada y desembocaron en un amplio salón. Tumbado en un sofá de raso descansaba un mancebo en ropa interior.

—Será mejor que se vayan a otra habitación. Aquí corren peligro —les aconsejó Zoé.

Desde la vivienda se disfrutaba de una magnífica vista sobre el puesto alemán. Se colocaron los hombres en posición y, a una señal de Zoé, abrieron los postigos de los balcones y empezaron a disparar. La ametralladora cambió de ángulo y comenzó a escupir fuego sobre la casa, momento que aprovechó el grupo de Duvall para cruzar la calle a toda velocidad y penetrar en el edificio ocupado por el enemigo.

El intercambio de disparos duró unos minutos más. La fuerte explosión de una granada acabó con la ametralladora y sus servidores. Desde su puesto, Jeff pudo ver cómo Duvall agarraba de la guerrera a un alemán malherido y lo lanzaba al vacío. El hombre se precipitó contra la acera con un golpe sordo. Un charco de sangre se formó bajo su cuerpo.

El periodista agradeció al dueño de la casa su valiosa colaboración. El hombre, pálido como una sábana e incapaz de articular una sola frase coherente, miraba horrorizado el estropicio que las balas alemanas habían causado a su salón.

A continuación bajaron a la calle y se juntaron con el otro grupo. De los veinte hombres que habían iniciado la marcha, tan solo quedaban ocho. Los demás estaban muertos o heridos. Unos sanitarios se encargaron de atender a estos últimos.

A pesar de su escasa fuerza, Duvall ordenó seguir adelante. Para evitar más incidentes, decidieron continuar su camino por las vías del metro.

Para entrar en la estación de Volontaires, tuvieron que forzar las puertas, cerradas a cal y canto desde la huelga general. Descendieron a las vías y se internaron en el túnel, alumbrados por la débil luz de una linterna.

Caminaban con precaución, atentos al menor ruido. Las ratas chillaban enloquecidas y corrían en manadas delante de sus pies, asustadas por la invasión de intrusos. Al llegar a la estación de Montparnasse, sorprendieron a dos soldados alemanes dormidos en un banco. Al ver a los insurrectos, tiraron las armas y levantaron los brazos. De poco les sirvió. Duvall les hizo arrodillarse y los degolló con su puñal.

—¡Duvall, basta! —protestó Jeff, que ya no aguantaba más—. Esto es una guerra, no una carnicería.

—No me haga reír —respondió el interpelado mientras limpiaba la sangre del puñal en los uniformes de los muertos—. Si no está conforme con lo que ve, no sé qué pinta aquí. Puede largarse cuando quiera.

A regañadientes, Jeff continuó en el grupo.

Después de más de una hora de caminata por túneles angostos y oscuros, plagados de cucarachas y roedores, llegaron a la estación de metro de Cité. Subieron las escaleras con la intención de salir a la calle, pero no pudieron ni asomar la cabeza. En esos momentos se encontraba en pleno apogeo un encarnizado asalto de los alemanes a la Prefectura, con el apoyo de carros de combate.

—Será mejor esperar hasta la noche —opinó Duvall, que enseguida miró a Jeff por si le contradecía de nuevo; pero esta vez el periodista no puso objeciones.

Volvieron tras sus pasos y se refugiaron en el despacho del jefe de estación, un pequeño cuartucho acristalado con vistas al andén. Agotados por el cansancio, se dejaron caer rendidos en el suelo. A pesar de no haber probado bocado desde hacía muchas horas, no tenían hambre. Tan solo sed, una sed agobiante. La sed del combate, la sed del miedo. Por desgracia, las cantimploras estaban vacías.

Unas horas después surgió en los túneles la misteriosa luz de una linterna. Tras ella avanzaba un grupo de hombres con sigilo. Un inconfundible ruido metálico anunciaba que iban armados. Los resistentes empuñaron las armas y se prepararon en silencio para el combate.

Al pasar los desconocidos por delante del despacho acristalado, Duvall vio que no llevaban uniforme alemán, sino ropas de paisano. Entusiasmado por el descubrimiento, salió del escondite y fue a su encuentro con los brazos abiertos:

—¡Camaradas! ¡Viva la Francia libre!

Los desconocidos le enfocaron con la linterna, y sin decir palabra, alzaron sus armas y abrieron fuego. Duvall agitó los brazos en el aire, y cayó al suelo. Tenía el pecho acribillado a balazos.

De inmediato los hombres de Duvall respondieron al ataque. La linterna se apagó y la confusión fue terrible. No se veía nada, tan solo los fogonazos que producían los disparos. De repente, la intensidad del fuego arreció. Se oían gritos y detonaciones detrás de los desconocidos, como si los atacaran por la espalda. Minutos después volvió el silencio y la oscuridad. El enemigo había dejado de disparar. O estaban todos muertos o habían huido.

—¿Quiénes sois? —preguntó alguien en francés; la voz procedía de detrás de los enemigos abatidos.

—¡Combatientes del FFI! —respondió Zoé.

—¡Viva el general De Gaulle!

—¡Viva Francia!

Se encendieron las linternas y unos y otros se abalanzaron para fundirse en abrazos. Se presentó el cabecilla, un joven pelirrojo con un gran mechón de pelo sobre la frente. Tenía toda la pinta de ser un *zazou*. Según les confesó, pertenecían al grupo de defensores de la Prefectura. A través de un pasadizo secreto tenían acceso al metro y a las cloacas de la ciudad. Habían aprovechado la noche para salir en busca de alimentos y municiones. En el metro habían visto a unos hombres de paisano con pinta sospechosa. Fueron tras ellos con sigilo, y al ver que respondían al grito de Duvall con disparos, no dudaron en atacarlos por la espalda.

—¿Quiénes son estos tipos? —preguntó Zoé, señalando con la barbilla los cuerpos esparcidos por las vías.

—No lo sé —respondió el *zazou*—. Lo vamos a averiguar ahora mismo.

Alumbrado por las linternas, el *zazou* se arrodilló junto a un cadáver. Le rasgó la camisa hasta dejar al descubierto la axila del brazo izquierdo. En ella aparecía un pequeño tatuaje. Era el grupo sanguíneo del muerto. Una marca que solo llevaban los soldados de las SS.

—Son alemanes —sentenció el *zazou*—. Trataban de huir sin sus uniformes. Esto es una buena señal. Las ratas abandonan el barco.

No todos los SS habían muerto. En el suelo se retorcían algunos heridos. A una señal del *zazou*, sus hombres los degollaron sin piedad. Jeff fue a protestar pero Zoé le detuvo a tiempo.

—Esta gente es peligrosa, Jeff. Ha llegado su hora de la venganza. No te interpongas en su camino.

El periodista estaba harto de tanta muerte absurda y cruel. Había visto salvajadas en los alemanes. Había visto salvajadas en los franceses. ¿Cuándo pararía aquella locura sangrienta? ¡Maldita guerra!

88

Spatz conducía su Opel negro a una velocidad endiablada por las desérticas calles de París. Un mecánico había manipulado el motor para convertirlo en el automóvil más veloz de la ciudad. De vez en cuando, le disparaban desde los tejados o desde las barricadas que trataba de eludir.

Al girar en la rue de Richelieu, encontró la calle cortada por una hilera de bidones colocados por los insurrectos. Delante de ellos, unos carteles escritos en alemán advertían: «¡Atención! ¡Minas!» Frenó en seco. Tras unos instantes de incertidumbre, Spatz no se lo pensó dos veces. No tenía tiempo para ello. En los balcones ya comenzaban a asomarse los cañones de los fusiles. Pisó el acelerador un par de veces, el motor rugió, y sin perder un segundo se lanzó contra la barrera. Si el cartel era cierto, no tendría escapatoria. Saltaría por los aires hecho un guiñapo.

El golpe contra los bidones fue brutal, pero consiguió seguir adelante sin ningún problema. Los letreros eran falsos. Tan solo trataban de asustar.

Entró en la place Vendôme con el pie clavado en el acelerador. Con un fuerte chirrido de frenos se detuvo delante del Ritz. Se apeó de un salto y se dirigió a la puerta. Un sargento alemán salió de detrás de los sacos terreros que protegían la entrada. Varios soldados contemplaban la escena con los fusiles preparados. El terror se reflejaba en sus rostros. Su futuro se presentaba muy negro. Temían ser linchados en cualquier momento por los parisinos.

—¡Alto! ¡Alto! ¡Aquí no se puede aparcar! —increpó el sargento a Spatz—. ¿Quién es usted?

Spatz le mostró su documentación. El sargento se agitó dentro de su uniforme, dio un taconazo y saludó con marcialidad.

—Perdón, señor, no le había reconocido.

Spatz le dio las llaves del Opel.

—Si molesta, diga a uno de sus hombres que lo aparque un poco más lejos. Yo no puedo entretenerme. Asunto oficial. Máxima urgencia.

El vestíbulo del Ritz era un hervidero de gente. Oficiales alemanes se mezclaban con soldados, botones y camareras, que correteaban nerviosos de un lado a otro con baúles y maletas a cuestas. Los alemanes evacuaban el hotel y querían llevarse todas sus pertenencias, tanto las propias como las ajenas, requisadas a los judíos. Generales de la Wehrmacht, acompañados de sus queridas francesas, se preparaban para huir de París a toda velocidad. Spatz les lanzó una mirada de desprecio. No soportaba a los cobardes.

Subió a la suite de Gabrielle y llamó con los nudillos. Enseguida la doncella asomó la cabeza. Estaba asustada, con los ojos desorbitados y las manos temblorosas.

—¿Dónde está *mademoiselle*?

La mujer no tenía valor ni para hablar. Se apartó a un lado y miró hacia la puerta del saloncito. Spatz entró como un torbellino, sin detenerse a llamar. Encontró a la diseñadora recostada en el sofá, con un libro en las manos y un pitillo en la boca. Al verle entrar, Gabrielle cerró el libro y escondió bajo un cojín sus odiadas gafas de miope. No permitía que nadie la viera con ellas puestas. Su coquetería se lo impedía.

—¿Qué te pasa? ¿Ocurre algo? —preguntó Gabrielle con una tranquilidad pasmosa.

Hacía cinco días que no se veían, desde que estalló la

insurrección. Spatz se arrodilló junto al sofá y tomó las manos de Gabrielle entre las suyas.

—Pero, cariño, ¿no te has dado cuenta?

—¿De qué tengo que darme cuenta?

Spatz no salía de su asombro. En París se luchaba por las calles y Gabrielle parecía estar de vacaciones en la Costa Azul. No mostraba el más mínimo signo de preocupación.

—Los americanos se encuentran a las puertas de la ciudad. Y los parisinos se han echado a la calle, han levantado barricadas y disparan a todo bicho viviente que huele a alemán o a colaboracionista.

—¡Ah! ¿Te refieres a eso, querido? No pasa nada.

Spatz estaba cada vez más perplejo. Jamás había visto una mujer tan fría y valiente. O tan insensata y alocada. En realidad, no sabía bien qué pensar, ni tampoco tenía tiempo para elucubraciones.

—Pero ¿no tienes miedo?

—¿Miedo? ¿Yo? Querido, yo no sé el significado de esa palabra.

—¡Gabrielle! ¡Despierta! ¡Vuelve al mundo real! No seas así. Hay sed de venganza. Matan a la gente por las calles. He visto terribles linchamientos. No se detienen ante nada ni ante nadie.

—¿Y qué quieres que haga? —preguntó con las cejas en alto y una sonrisa mordaz—. Soy Gabrielle Chantal, no tengo adónde ir, no me puedo esconder en ninguna parte. Todo el mundo me conoce.

—¡Te pueden matar!

—Yo no he hecho nada malo, y no me arrepiento de nada. Si me quieren matar, aquí los espero.

El alemán soltó un resoplido de desesperación.

—¿Has escuchado la BBC? —preguntó Spatz.

—¡Yo no escucho tonterías!

—Todos los días leen una lista de gente sospechosa de colaboracionismo y que deberá rendir cuentas ante la justicia. Ayer añadieron nombres nuevos. Entre ellos, el de tu amigo Serge Lifar. En cualquier momento puede aparecer el tuyo.

—¿El mío? —preguntó extrañada—. ¡Qué disparate! ¡Eso es una estupidez! Te repito que yo no he hecho nada malo, por lo que no tengo que arrepentirme de nada.

Spatz se puso en pie y comenzó a dar vueltas por la habitación. Empezaba a perder la paciencia al ver que sus intentos eran inútiles. No conseguía que Gabrielle entrara en razón, y eso le desesperaba. Se sirvió un vaso de whisky del mueble bar y se sentó junto a ella.

—La situación es crítica, Gabrielle, y te aseguro que no exagero. No tenemos tropas suficientes para contener una revuelta popular. La guarnición de París no llega a veinte mil hombres, y la mayoría son soldados muy mayores y sin experiencia en el combate: oficinistas, mecánicos, cocineros, asistentes. ¡Toda la morralla del Tercer Reich! Frente a ellos hay tres millones y medio de parisinos ávidos de venganza. Y en las afueras, más de cien mil soldados aliados. ¿Te haces una idea, Gabrielle? ¿Lo comprendes? En esas circunstancias, ¿cuánto tiempo crees que podremos aguantar?

—Bien, querido. ¿Y qué me propones?

—Llevarte a un lugar seguro ahora que todavía hay tiempo. Cada vez se levantan más barricadas en las calles. Dentro de poco será imposible salir de la ciudad. Y cuando eso ocurra, París se convertirá en una ratonera y entonces nos darán caza como a conejos.

Gabrielle dedicó a Spatz una larga mirada. Parecía valorar sus palabras. Por unos instantes, el hombre se sintió esperanzado de que por fin aquella mujer tan terca hubiera captado el mensaje. La modista era muy cabezota y costaba mucho trabajo que entrara en razón.

—Dime, Spatz: ¿y tú qué vas a hacer? —preguntó Gabrielle con una ceja en alto—. ¿Vendrías conmigo?

—Gabrielle, sabes que no puedo. Soy militar y me debo a mi patria.

—¿Eso significa que te quedarás en París?

Spatz bajó la vista. Luego alzó la cara y miró a Gabrielle a los ojos. Estaban a un palmo de los suyos.

—Me quedaré en París hasta nueva orden —respondió Spatz con voz apagada.

—Es decir, que te arriesgas a que te maten de un disparo o te linchen en mitad de la calle, ¿no?

—Es mi deber.

—¿Y quieres que me marche de París tan tranquila y te deje aquí solo? ¡Ni lo sueñes!

La doncella subió de las cocinas del Ritz una bandeja con una botella de vino, queso, *foie-gras* y un diminuto pastel de chocolate. El comedor del hotel llevaba dos días cerrado y no quedaban muchas provisiones. Eso sí, el vino seguía siendo de excelente calidad. La bodega era lo único que todavía funcionaba a la perfección.

Spatz se disculpó. No podía quedarse a almorzar. Tenía que volver a su puesto. Antes de salir se fijó en el pastel que había traído la doncella. Lo coronaba una velita aún sin encender. Enseguida se arrepintió de su mala memoria. Se acercó a la diseñadora y le dio un suave beso en los labios.

—Perdóname, cariño. Se me había olvidado por completo. ¡Feliz cumpleaños, cielo!

Gabrielle acababa de cumplir sesenta y un años.

—No te preocupes, querido. Comprendo tu olvido.

A pesar de sus prisas, Spatz no tuvo el valor de dejarla sola. Se sentó a la mesa frente a Gabrielle. Quizá fuera su último encuentro en esta vida. Comieron y bebieron en silencio. La doncella cerró las ventanas para mitigar el estruendo de las descargas y de las explosiones. Los combates arreciaban en la Cité y en el Barrio Latino. También en los distritos del norte de la ciudad.

Cuando terminaron de almorzar, Spatz se levantó. Tenía que irse. Fue a decir algo, pero Gabrielle se adelantó:

—No, no insistas. No intentes convencerme porque no pienso cambiar de idea. No voy a huir de mi ciudad, porque no he hecho nada malo.

—Pero las masas, cuando huelen sangre, enloquecen.

—Spatz, por favor, no sigas. La decisión está tomada. No me moveré de París.

Gabrielle tomó entre sus manos un pesado león de cristal. Su amuleto de la suerte.

—Querido, los leones somos muy valientes y nunca retrocedemos ante el peligro. No olvides que yo soy Leo.

89

En el edificio de la Prefectura de Policía, cuartel general de los insurrectos, todo eran carreras, órdenes y juramentos. Desde hacía días se combatía sin piedad. Desde hacía días los alemanes intentaban conquistar el edificio a cualquier precio. Ni siquiera la descomunal tormenta veraniega que se desató sobre París, y que a punto estuvo de inundar la ciudad, los hizo decaer en su empeño.

Se luchaba por toda la ciudad, pero en ningún lugar con tanta virulencia como en la Prefectura de Policía. Los alemanes estaban muy furiosos con los gendarmes parisinos. Los consideraban unos traidores despreciables. Después de tantos años de amistad, colaborando activamente en la detención de miles de judíos franceses, ahora de repente cambiaban de chaqueta y se unían a la Resistencia. Desde luego, los alemanes no estaban dispuestos a consentirlo, y pretendían hacerles pagar un alto precio por su felonía.

De vez en cuando una avioneta aliada sobrevolaba París y lanzaba miles de octavillas sobre sus calles. En ellas el carismático general Leclerc, jefe de la 2ª División Blindada de la Francia Libre, anunciaba que se dirigía con sus tropas a París y animaba a los habitantes a resistir con todas sus fuerzas. Pero la espera, sin apenas comida ni municiones, se estaba haciendo demasiado larga.

Jeff y Zoé se incorporaron a la defensa de la Prefectura. Les entregaron cócteles Molotov y munición para sus armas, y les asignaron la protección de uno de los ventanales de la primera planta, frente a la place de Notre Dame. Sin duda, la zona más peligrosa. Los alemanes habían desplegado tres carros de combate en la explanada y no dejaban de disparar contra la fachada del edificio.

Una tarde sonó el teléfono de la centralita y contestó la operadora.

—Al habla la Prefectura de Policía.

—Soy el capitán Bonnet, de la División Leclerc. Llamo desde un café de la ciudad de Antony. ¡Mañana estaremos en París!

La telefonista sufrió un desmayo y tuvo que ser atendida. Aunque resultara paradójico, los teléfonos funcionaban a la perfección y se podían entablar conversaciones entre un lado y otro del frente.

Cuando la mujer se recuperó y repitió la conversación, la Prefectura entera estalló en ovaciones y gritos de júbilo.

—¡Están en Antony! ¡Leclerc está en Antony! —se jaleaban unos a otros con los brazos abiertos—. ¡Ya están aquí! ¡Por fin!

Ya no había ninguna duda. Los aliados se encontraban a tan solo diez kilómetros de la Prefectura.

Al día siguiente, 24 de agosto, decenas de prismáticos oteaban el horizonte desde los tejados de la Prefectura. Buscaban con ansiedad la entrada de las tropas amigas en París. Los alemanes, como si presintieran su próximo fin, apenas les habían hostigado en las últimas horas. A media mañana los soldados enemigos empezaron a retirarse ante la mirada atónita de los resistentes. No se lo podían creer. Tan solo se quedaron de guardia, protegiendo el repliegue, los carros de combate situados en la place de Notre Dame. Cuando los blindados cumplieron su misión, se dieron la vuelta y se marcharon por uno de los puentes del Sena.

En la Prefectura se armó un gran alboroto. Los combatientes se abrazaban entre risas y llantos de alegría. Por todas partes empezaron a aparecer botellas de vino y de champán. Borrachos de euforia, los combatientes brindaban por Francia, por los generales De Gaulle y Leclerc, y, sobre todo, por la victoria.

—¿No se habrán alejado porque nos piensan atacar con aviones? —dijo de repente, con voz temerosa, un pastelero que defendía la misma ventana que los periodistas españoles.

La alegría del momento desapareció como por ensalmo.

—Esos salvajes no se atreverán —gruñó un cartero de avanzada edad.

—¿Por qué no? —preguntó Jeff.

—¿Qué pasaría si los aviones, con su mala puntería, destruyen la catedral de Notre Dame o la Sainte-Chapelle? ¡Están ahí al lado!

—¿Y tú crees de verdad que eso les importa? ¡Un carajo! Eso es lo que les importa. ¡Un carajo! —replicó un fornido carnicero del mercado de Les Halles, que había acudido a la Prefectura sin quitarse el mandil—. Hace una semana fusilaron a un grupo de estudiantes por el simple hecho de leer un pasquín que la Resistencia había pegado a un muro. No tuvieron la menor compasión. ¡Eran unos críos!

—¡Perros del infierno! Algún día pagarán por todo esto. Y será muy pronto —profetizó un zapatero con el puño en alto y la mirada perdida en el Sena.

Las horas fueron pasando y, a pesar de los temores de los resistentes, no hubo bombardeo aéreo. Tampoco se veía a ningún alemán por la zona. En cualquier caso, no podían bajar la guardia. Por el ruido que les llegaba de otros barrios, todavía se luchaba en la ciudad.

Un par de estudiantes aprovecharon la tensa calma para saltar a la calle desde una de las ventanas. Uno de ellos llevaba una enorme bandera francesa enrollada sobre el pecho. Cruzaron la plaza a toda velocidad y se metieron en la catedral de Notre Dame. Minutos después aparecían en lo alto de la torre sur. Desplegaron la bandera y la izaron en un mástil. La tricolor empezó a ondear sobre la catedral. Los combatientes de la Prefectura, que no habían perdido detalle de la hazaña, lo celebraron con vítores y aplausos. Otro edificio emblemático se sumaba a la sublevación.

Jeff pasó el resto de la tarde sentado en el suelo junto a Zoé, con el fusil entre las piernas, escuchando las aventuras de sus compañeros. En realidad, no les atendía. Estaba demasiado inmerso en sus propios pensamientos. Aún no comprendía muy bien cómo se había metido en aquella historia. Tan solo unos meses antes se hubiese reído a carcajadas si alguien le hubiera dicho que iba a participar en la liberación de París junto a la Resistencia. Pero habían ocurrido tantas cosas en su vida en tan poco tiempo que cuando se miraba al espejo no se llegaba a reconocer.

—Me voy a las letrinas —dijo el carnicero al tiempo que recogía del suelo un retrato del mariscal Pétain—. No queda papel. Espero que esto me haga un apaño.

Al anochecer pudieron percibir un gran bullicio al norte de la Cité. Nadie sabía qué pasaba. En todo caso, no debían de ser malas noticias. No se oían disparos ni gritos de pánico, sino cánticos y ovaciones.

—Salgamos de aquí —propuso Jeff a Zoé—. Vamos a ver qué ocurre en la ciudad.

No hicieron caso a sus compañeros de combate, que les aconsejaban precaución. Los alemanes no se habían rendido, seguían en París, y se sentían acorralados. Y eso los hacía aún más peligrosos. Jeff se guardó en el bolsillo una pistola y un par de granadas de mano. Zoé hizo lo mismo.

Saltaron desde la ventana, atravesaron la place de Notre Dame y avanzaron hacia el norte por la rue d'Arcole. Los vecinos se habían asomado a los balcones y miraban hacia el Ayuntamiento, que se alzaba majestuoso al final de la calle. La euforia se reflejaba en sus rostros. Exhibían banderas, lanzaban vítores, agitaban pañuelos. Los dos periodistas aceleraron el paso. Algo importante estaba ocurriendo y no querían perdérselo. Poco a poco la calle se fue llenando de parisinos que se dirigían al mismo lugar.

Cruzaron el Sena y llegaron al Ayuntamiento. En el balcón principal ondeaba una inmensa bandera tricolor, que indicaba que el edificio había sido tomado por los insurrectos. Sin embargo, no era eso lo que llamaba la atención de los parisinos. Sus miradas se dirigían hacia la explanada de la alcaldía. Allí se encontraban aparcados dos carros de combate y una docena de vehículos blindados de color verde oliva. Los dos periodistas se llevaron una inmensa sorpresa. No eran alemanes, sino americanos. ¡Por fin estaban allí! ¡Por fin los aliados habían entrado en París!

Zoé se abrazó a Jeff y le cubrió de besos. No podía contener las lágrimas. La pesadilla había acabado. Era la hora de la liberación.

Los soldados, encaramados en lo alto de los vehículos, saludaban sonrientes a la enloquecida multitud, que los aclamaba como si fueran los héroes de las Termópilas. El entusiasmo en la plaza era desbordante. Los parisinos reían y lloraban, se abrazaban unos a otros, daban saltos de alegría. Los cuatro años de ocupación habían terminado. Aquel largo invierno de oscuridad y terror llegaba a su fin.

Los libertadores tenían pinta de estar agotados, de no haber dormido desde hacía días. Estaban sucios, con los uniformes manchados de barro y grasa, y las caras tiznadas como si acabaran de salir de una mina de carbón. Sonreían y agradecían las muestras de cariño de la población. Las chicas trepaban a los vehículos y les besaban en los labios sin ningún pudor. Las madres alzaban a sus críos para que saludaran a sus nuevos héroes. Las señoras les regalaban flores y botellas de vino. Y los hombres aplaudían con los ojos cubiertos de lágrimas. La plaza del Ayuntamiento era un hervidero de gente. Zoé y Jeff intentaron acercarse a los soldados, pero fue imposible.

Por el puente de Arcole llegaron otros dos tanques Sherman y cinco vehículos más. Al pasar un blindado por delante de Jeff, algo le llamó la atención. Al principio creyó que se trataba de un espejismo, de una mera alucinación. Para salir de dudas, se acercó más. Y entonces pudo distinguirlo con absoluta claridad. No daba crédito a lo que veían sus ojos. El blindado llevaba escrito, en letras blancas, la expresión «España cañí».

—¿España cañí? —repitió intrigado Jeff—. ¿De dónde diablos ha salido esta gente?

Zoé, que no se separaba de su lado, también se quedó atónita. Los dos periodistas se abrieron paso a codazos hasta llegar junto a los recién llegados.

—¿Sois americanos? —preguntó Zoé a un soldado en inglés.

—No, guapa. Somos españoles —respondió el interpelado en castellano con un notable acento catalán.

Los dos periodistas se quedaron estupefactos. No se lo esperaban. Entonces se fijaron en los demás vehículos. Todos habían sido bautizados con nombres españoles: Madrid, Guadalajara, Ebro, Brunete, Quijote... Y en el fuselaje llevaban pintada, junto a la enseña francesa y la Cruz de Lorena, la bandera republicana española.

La alegría de encontrar compatriotas en un lugar tan alejado de España, y en momentos tan emotivos, fue indescriptible. Jeff se abrazaba a los recién llegados y se intercambiaban noticias y cigarrillos. Por su parte, Zoé los besaba y lloraba de emoción. Les costaba trabajo creer que la vanguardia aliada en la toma de París estuviese compuesta por soldados españoles.

La entrada en París de las tropas aliadas no fue la única alegría de la noche, al menos para Jeff y Zoé. Del último jeep que acababa de llegar se apearon tres hombres de paisano. Uno de ellos era Luis; los otros dos, periodistas de las agencias United Press y Associated Press. El reencuentro de los tres amigos fue emocionante. A pesar de los duros combates de los últimos días, lo habían conseguido: los tres seguían vivos.

Luis les contó, a grandes rasgos, su increíble aventura. A escasos kilómetros de París había logrado pasarse a los americanos en compañía de dos reporteros franceses. Y ahora, varios días después, regresaba a la ciudad con las primeras tropas que se habían atrevido a entrar en París.

—¡Son españoles! —gritó Zoé a Luis, entusiasmada—. ¿Lo sabías?

—¡Pues claro! ¿Cómo no voy a saberlo? Llevo tres días conviviendo con ellos. Pertenecen a la novena compañía del Regimiento de Marcha del Chad, dentro de la División Leclerc. Una unidad compuesta casi al completo por españoles, y que todos conocen como «la Nueve», así, tal y como suena, en castellano. ¡Nunca me he alegrado tanto de conocer a estos rojillos!

—¡Anda, cállate, imbécil!

—¿Dónde están los demás? —intervino Jeff para imponer paz.

—¿Qué otros? —preguntó extrañado Luis.

—¡Coño! ¿Qué otros van a ser? El resto de la División Leclerc, los americanos, los ingleses... No sé, ¡todos los demás!

Luis se echó a reír.

—Estos tipos son los únicos soldados aliados en París. Ciento cincuenta hombres. Nada más.

—¡Qué coño dices, Luis! —saltó Zoé.

—Lo que oyes.

—¿Y cuándo llegarán los demás?

—¡Quién sabe! El general Leclerc ha mandado a la Nueve para animar a la población y que no decaiga la lucha. Estos soldados son unos valientes. Sin la ayuda de nadie han atravesado, ellos solos, la ciudad a toda pastilla. Por suerte, nadie les ha disparado. Cuando los alemanes se enteren de que son cuatro gatos, se los merendarán en dos minutos. ¿Qué van a hacer ciento cincuenta hombres frente a veinte mil alemanes?

En los balcones del Ayuntamiento instalaron unos enormes altavoces que emitían, en directo, Radio Francia. La voz del locutor resonaba firme y vibrante: «¡París ha sido liberada! ¡París ha sido liberada!»

De repente, el tañido profundo y vigoroso de una campana comenzó a oírse no muy lejos. Su sonido se fue propagando por toda la ciudad.

—¡Es Emmanuel! —gritó un anciano, y enseguida corrió la voz.

Emmanuel era la campana mayor de Notre Dame. Una de las más grandes del mundo con sus quince toneladas de peso. La única campana de la catedral que no fue destruida durante la Revolución de 1792. Durante cuatro años, desde el mismo día en que los alemanes pisaron las calles de París, había permanecido callada en lo alto de su torre. Ahora, para celebrar la liberación, había recuperado la voz. Su solemne y rotundo tañido anunciaba la libertad.

Las demás iglesias la imitaron. Minutos después, un impresionante concierto de campanas se elevaba hacia el cielo. Todo París estalló de alegría. Sin embargo, aún era pronto para cantar victoria: en la Torre Eiffel todavía ondeaba la esvástica.

Por los altavoces se oía al locutor de Radio Francia emitir en directo desde el interior del Ayuntamiento.

«¡Parisinos, compatriotas! Junto a batallas como Austerlitz, Jena o Friedland, la Historia deberá incluir un nuevo nombre, el nombre de nuestra querida capital, el nombre de París. La ciudad ha sido liberada por unos valientes, por unos audaces, por unos héroes anónimos a los que debemos todo, hasta nuestras propias vidas. Tengo a mi lado a un auténtico soldado francés, a un digno heredero de los Ejércitos de Napoleón, al orgullo de una nación y de un pueblo. Un bravo soldado que, sin miedo a la muerte, no ha dudado en acudir a la llamada de la patria. Él ha sido el primer soldado en pisar el Ayuntamiento de París. Ahora mismo toda Francia, todo el mundo civilizado, agradece su hazaña, y está pendiente de escuchar sus palabras a través de Radio Francia. ¿Podría decirme su nombre, valiente soldado?»

«Eulogio Expósito Sánchez. Lo siento, señor, pero no soy francés. Soy español, natural de Burriana. Y si es tan amable, no me hable muy deprisa. No domino su idioma.»

El locutor se quedó mudo. Durante unos segundos, no articuló palabra. No sabía qué decir. Había metido la pata hasta el corvejón. Cambió de tema al instante.

«Y ahora, estimados radioyentes, volvamos a escuchar de nuevo en Radio Francia el himno de nuestra amada patria. *Allons enfants de la Patrie...*»

Aquella noche nadie pudo dormir. La ciudad del Sena era un hervidero de rumores y emociones. En el Ayuntamiento, la muchedumbre no paraba de cantar «La Marsellesa», de besar a los soldados, de regalarles todo tipo de objetos. Jeff charló durante un buen rato con el teniente Granell, el español de mayor graduación dentro de la unidad. El hombre estaba emocionado y, al mismo tiempo, intranquilo. Le gustaba el recibimiento, pero si los alemanes atacaban, sus hombres, rodeados de tantos civiles, serían incapaces de maniobrar con los blindados. Por fortuna, no ocurrió nada de eso, y los únicos incidentes que se produjeron esa noche fueron los desmayos de algunos parisinos, fruto de los nervios y de la excitación del momento.

Al día siguiente entraron en París el general Leclerc con el resto de la División y varias unidades norteamericanas, que se fueron expandiendo, como una mancha de aceite, por todos los barrios de la ciudad. Su recibimiento fue apoteósico. La gente se echó a la calle con pancartas y banderas. Los españoles de la Nueve ya no eran los únicos soldados aliados en la capital.

Ese mismo día el general alemán Von Choltitz, comandante del Gran París, firmó la rendición de sus tropas. Por fortuna, no le dio tiempo de cumplir la orden de destruir la ciudad. Cuando estampó su firma en el documento de rendición, no llevaba su reloj de pulsera. Se lo había regalado al primer soldado aliado que entró en su despacho en el hotel Meurice. Radio Francia lo atribuyó, de nuevo, a un bravo soldado francés. Aunque se llamase Gutiérrez y hubiese nacido en Carabanchel.

Unas horas después llegó el general De Gaulle a París. Estaba impaciente por entrar en la capital. Pretendía imponer su autoridad, tan discutida dentro y fuera de Francia. Con su presencia quería dejar claro que la toma de la ciudad había sido obra del Ejército francés, y no de los co-

munistas. Cuando se enteró de que la rendición de Von
Choltitz había sido firmada, por parte francesa, por el general Leclerc y el comunista Rol-Tanguy, líder de la Resistencia parisina, montó en cólera. No quería compartir la
victoria con nadie, y mucho menos con los comunistas.

En esos momentos, a los parisinos les importaban bien
poco todas esas menudencias. Tan solo querían disfrutar
de la liberación. París era una fiesta.

90

A pesar de la rendición de Von Choltitz, la calma en París no era total. Todavía continuaban los combates en algunos enclaves del norte de la ciudad. Grupos aislados de soldados alemanes se negaban a obedecer a su general, al que tildaban de traidor, y no pensaban rendirse y entregar las armas al enemigo. A su lado luchaban también hombres de la Milicia Francesa, que se enfrentaban a sus compatriotas con uñas y dientes. Para ellos la rendición era impensable. Sabían que si eran capturados, serían linchados sin piedad.

Salvo esos incidentes, en el resto de la ciudad se vivía la euforia de la capitulación, una alegría desbordante y contagiosa que aumentaba según pasaban las horas. De la noche a la mañana, desaparecieron de París las esvásticas, los uniformes grises, los desfiles al paso de la oca. Los cines en alemán, los letreros de las calles en alemán, las emisiones de radio en alemán. Las alarmas aéreas, los toques de queda y los controles callejeros. Los registros de las casas, las detenciones arbitrarias y las redadas en el metro. Las torturas, las deportaciones y los fusilamientos. La ciudad trataba de recobrar su viejo esplendor a marchas forzadas.

El sábado 26 de agosto, menos de cuarenta y ocho después de que los chicos de la Nueve tomasen el Ayuntamiento, De Gaulle anunció un gran desfile para esa misma tarde por los Campos Elíseos. Y eso que la ciudad aún no estaba totalmente limpia de enemigos.

Como suele ocurrir en todas las guerras, en el mismo instante en que cesaron los combates, comenzó la represión. Y empezó, como por desgracia suele ser habitual, por las mujeres. Los vecinos asaltaron los domicilios de las chicas sospechosas de colaboración horizontal. Muchas no se habían acostado con los invasores, y su único pecado era haber acudido al cine o a una verbena en compañía de un soldado alemán. Sin ningún miramiento, las sacaron de sus casas, las arrastraron de los pelos hasta la calle, y allí fueron desnudadas en público, entre los insultos y las burlas de la muchedumbre. Luego les afeitaron la cabeza al cero y las obligaron a tragar garrafas enteras de aceite de ricino. Con cuchillos y navajas, incluso con hierros al rojo vivo, grabaron esvásticas en sus frentes. Unas cicatrices que nunca podrían ocultar. Para que la infamia fuera mayor, las subieron en camiones y las pasearon por toda la ciudad. Cada vez que alguna de esas infelices intentaba esconder la cara, un matón le colocaba la punta de su pistola bajo la barbilla y la obligaba a levantar la cabeza. El populacho exigía un escarnio popular.

Desde el reencuentro con Luis en la explanada del Ayuntamiento, los tres amigos no se habían separado ni un solo instante. Como las comunicaciones con España estaban cortadas, tomaban nota minuciosa de todo lo que veían con la intención de enviar sus crónicas más adelante, en cuanto tuviesen ocasión. A Jeff le venía bien tanta actividad. Así no tenía tiempo para pensar en los que ya no estaban, en los que se habían quedado por el camino. Todo aquello resultaba tan apasionante que ni siquiera se había preocupado de regresar a su casa y expulsar a la Condesa de la Gestapo, si es que aún seguía en París.

El día del desfile, a primera hora de la mañana, Zoé se separó de sus amigos. A través de sus contactos en las altas esferas de la Resistencia, se las había ingeniado para conseguir una entrevista en exclusiva con el general Chaban, el líder gaullista de París.

—Esta tarde os veo en el desfile. Estaré junto al Arco del Triunfo —dijo Zoé al despedirse—. Si por un casual no nos vemos, quedamos mañana en la embajada a eso de las doce.

Jeff y Luis robaron unas bicicletas y se acercaron a la embajada española en la avenue Marceau. Jeff carecía de documentación, y no podía circular sin papeles por París. Necesitaba un pasaporte nuevo. Al llegar al elegante edificio les llamó la atención ver la puerta cerrada a cal y canto. Llamaron al timbre y un viejo conserje les abrió.

—¡Rápido, pasen, pasen! ¡No se queden ahí!

Entraron en la sede diplomática y el conserje volvió a cerrar la puerta con mil cerrojos.

—Pueden asaltar el edificio en cualquier momento —añadió aterrado—. Los franceses odian a España. No nos perdonan nuestra amistad con Hitler.

Dentro de la embajada la actividad era frenética. Los funcionarios vaciaban los archivadores y quemaban los documentos en el patio. Las claves y los sellos hacía tiempo que habían sido destruidos. En el edificio no se encontraba ningún pez gordo. Se habían trasladado a España o Suiza días atrás: sus vidas corrían serio peligro.

—En unas horas estaremos preparados para abandonar París en caso necesario —les dijo un secretario al que conocían de vista de Los Cuatro Muleros—. Las relaciones con las nuevas autoridades francesas son muy tensas. Anoche, los generales De Gaulle y Leclerc pasaron revista a los españoles que habían tomado el Ayuntamiento. Los soldados exhibían una bandera republicana. Hemos presentado una queja formal, pero me temo que no nos van a hacer ni puñetero caso.

Un funcionario del consulado expidió un nuevo pasaporte a nombre de Jaime Urquiza. Después, los dos amigos abandonaron la sede diplomática y se dirigieron a la casa de Jeff en la rue Bonaparte. A bordo de las bicicletas robadas, recorrieron el centro de París, atestado de parisinos vestidos de domingueros, que celebraban la liberación con frenético entusiasmo.

Al llegar a la rue Bonaparte, los dos amigos observaron extrañados que un enjambre de personas se agolpaba frente al portal de Jeff. No sabían qué pasaba. Le preguntaron al dueño de un café cercano, que contemplaba el espectáculo desde la puerta de su negocio.

—Han cogido a otra puta de los *boches* —respondió con satisfacción; y acto seguido, escupió al suelo, como si la palabra «*boche*» hubiera contaminado su boca.

A Jeff le llamó la atención la respuesta. Conocía bastante bien aquel café. Durante cuatro años había sido un local muy frecuentado por los alemanes. Y el dueño nunca se había quejado. Al contrario, siempre los trató con toda la simpatía y amabilidad del mundo. Incluso llegó a colgar un retrato del mariscal Pétain en la puerta. Ahora, para que le perdonaran sus muchos pecados, se mostraba intolerante y cruel con sus antiguos amigos. Por desgracia, tipos como ese abundaban en el París de la liberación.

A empujones y bofetadas sacaron del portal de Jeff a una pobre muchacha. Caminaba completamente desnuda, abrazada a su pequeño, un niño de corta edad, al que trataba de taparle los ojos apretándolo contra su pecho. A pesar del afeitado de su cabeza, y de la sangre que manaba de la esvástica que habían tatuado a cuchillo en su frente, se veía que era una chica joven y guapa. El crío se agarraba al cuello de su madre y lloraba con desesperación. No comprendía nada.

A punta de bayoneta, la obligaron a recorrer la calle. El populacho la insultaba, la escupía, se burlaba de ella con movimientos obscenos. Una mujeruca cogió una boñiga de caballo y se la restregó a la chica por la boca. Las carcajadas de la chusma, amenazantes y groseras, causaban pavor.

—¡Matad a esa puta! —gritó el dueño del café.

Un tipo bajito, con pinta de carterista del metro, ataviado con una camiseta de tirantes y pantalón corto, se acercó a la chica y le pasó una soga por el cuello.

—¡Antes de ahorcarte te vamos a arrancar los pezones por zorra! —aulló un barrendero enarbolando unas tenazas.

—¡Se está meando de miedo, la muy cerda! —chilló una vieja desdentada.

Al llegar la infeliz a la altura de los periodistas, Jeff se pudo fijar mejor en su rostro. Un escalofrío le sacudió todo el cuerpo. A pesar de la cabeza afeitada, a pesar de la terrible herida de la frente, a pesar de la sangre que cubría su cara, enseguida la reconoció. Era Colette, la hija de Guillermina y Tomás, sus porteros.

Un gordinflón grasiento, con pinta de matarife, avanzó hacia ella y trató de arrebatarle el niño.

—¡Trae acá a ese hijo de puta! ¡Te lo voy a reventar contra la pared! —gritaba como un poseso, tirando de una pierna del pequeño.

Sin pensárselo dos veces, Jeff se abrió pasó entre la turba a base de empujones y codazos. Colette le vio llegar y, al reconocerlo, un débil rayo de esperanza iluminó sus ojos. Por fin veía una cara amiga. El periodista se acercó al gordo por la espalda y le propinó un descomunal puñetazo en la nuca. El tipo se tambaleó. Antes de que pudiera reaccionar, Jeff le golpeó dos veces más. El fulano cayó de rodillas como un verraco malherido.

Sin dudarlo un segundo, la chusma se le echó encima y le empezaron a llover golpes por todas partes. A partir de entonces, no se enteró de nada más.

Cuando recobró el conocimiento, la calle ya estaba vacía. Le ardía la cabeza y le dolían todos los huesos del cuerpo. Estaba sentado en la acera, con la espalda apoyada en un muro. A su lado, Luis sostenía una copa de coñac en la mano.

—Anda, bebe, don Quijote.

—¿Qué ha pasado?

—Pues que casi te muelen a palos. ¡A quién se le ocurre! Si no llega a ser por tu brazalete y mis credenciales de corresponsal de guerra de la División Leclerc, ahora mismo estarías flotando en el Sena.

—¿Y Colette y el niño?

—Se los han llevado. No he podido hacer nada para evitarlo.

—¡Malditas hienas! ¡Bastardos! Los más serviles con los nazis son ahora los peores, los más crueles.

—El ser humano es así... Un cerdo miserable.

Jeff se incorporó tambaleándose. Tenía la ropa destrozada y le había desaparecido la pistola que llevaba en el bolsillo. Apoyado en el hombro de su amigo, continuaron juntos hasta su casa.

Al entrar en el portal se dieron de bruces con una pareja que en esos momentos abandonaba el edificio a la carrera. Enseguida los reconoció: eran Wolf y la Condesa de la Gestapo. El SS ya no llevaba su impecable uniforme negro con calaveras plateadas, sino una simple camisa con el brazalete de las FFI y un pantalón viejo. La Condesa vestía ropas baratas, nada de joyas ni maquillaje, y ocultaba su pelo rubio platino bajo un pañuelo. Cada uno portaba una pesada maleta de cuero negro.

Antes de que los periodistas pudieran reaccionar, el SS sacó una pistola del bolsillo del pantalón y disparó. Una fuerte detonación retumbó en el portal. Luis abrió la boca como si se ahogara y se llevó las dos manos a la garganta. Miró a Jeff con gesto de estupor, como si no creyera lo que le estaba pasando. Wolf volvió a disparar. Luis agitó los brazos en el aire y cayó al suelo.

—¡Maldito hijo de perra! —gritó Jeff mientras se dirigía hacia él con paso titubeante.

Después de la paliza recibida, Jeff era un enemigo fácil de eliminar. El SS apuntó al periodista con toda la frialdad del mundo. Una sonrisa diabólica afloró a sus labios. Por fin iba a acabar con Jaime Urquiza. Por fin iba a terminar con aquel periodista tan entrometido.

—¡Vete al infierno, Urquiza! —rechinó entre dientes.

El Carnicero de París apretó el gatillo. En vez de sonar una fuerte detonación, se oyó un escalofriante clic metálico. El arma se había encasquillado.

El SS no perdió el tiempo. Se lanzó sobre Jeff y le golpeó la cara con la pistola. El periodista cayó aturdido al suelo. Wolf no se entretuvo en rematarlo. Tenía mucha prisa. Temía que la turba regresara y alguien lo reconociera. La pareja echó a correr con las maletas a cuestas.

Jeff no estaba dispuesto a dejarlos escapar. Su amigo Luis yacía en el suelo, inconsciente, tal vez muerto. Registró sus bolsillos en busca de un arma. En París, en aquellas horas tan peligrosas, todo el mundo iba armado. Encontró una pequeña pistola de origen norteamericano. La empuñó y salió tras los fugitivos.

La pareja se montó en un Citroën con las siglas FFI pintadas a brochazos en la carrocería. Wolf arrancó el motor, dio un par de acelerones y el vehículo salió a toda velocidad. El periodista apuntó con la pistola y disparó varias veces al coche.

—¡Alto! ¡Alto!

Una bala reventó una de las ruedas. Wolf perdió el control del vehículo. El Citroën empezó a dar bandazos de un lado a otro hasta que al final se estrelló contra el tronco de un castaño. Jeff corrió pistola en mano hasta el lugar.

La Condesa estaba muerta. Tenía la cabeza abierta como una sandía reventada. Wolf seguía vivo y trataba de salir del vehículo. No podía. Tenía las piernas apresadas bajo el motor.

—Está bien, Urquiza. Ha ganado. Me rindo —dijo el SS con sonrisa cínica; lentamente, puso las manos sobre el volante.

Poco a poco, un reguero de gasolina empezó a extenderse por debajo del coche.

—¿No va a sacarme de aquí? Me he rendido. No puede hacerme nada. Soy su prisionero.

Jeff no contestó. Seguía callado, apuntando al alemán, con la mirada cargada de odio. Por fin le había cazado. Todas las noches, en la soledad de su celda de Cherche-Midi, había soñado con aquel momento. Y ahora que por fin había llegado, se sentía incapaz de acabar a sangre fría con aquella alimaña que tanto dolor le había producido.

—¿Qué le ocurre, Urquiza? No quiere liberarme pero tampoco se atreve a apretar el gatillo. —Rio como una hiena sarnosa—. Esa es la gran diferencia entre usted y yo. ¿No me ha visto antes? He sido capaz de disparar a su amigo y ni me he inmutado. No he sentido el más mínimo remordimiento. Y lo volvería a hacer mil veces más. Disfruto con la sangre ajena.

La mancha de gasolina cubría ya toda la parte inferior del vehículo. El SS había llenado el depósito hasta arriba con la intención de escapar muy lejos.

—Urquiza, usted es un romántico y sabe muy bien que no va a disparar a un hombre herido y desarmado. ¿Quiere hacer el favor de sacarme de aquí? Tengo oro, mucho oro en esas maletas. Puede quedarse con una de ellas. ¿Qué le parece el trato?

Los ojos de Jeff se posaron en el equipaje que viajaba en el asiento trasero. Una de las maletas se había abierto por culpa del golpe. Estaba repleta de joyas, diamantes y piezas de oro, desde anillos y cadenas hasta candelabros de siete brazos. Su origen era evidente. Procedía del expolio a los judíos.

—Tiene razón, Wolf. No soy capaz de disparar a un hombre desarmado. Pero sí puedo ofrecerle algo.

El SS le miró con un rayo de esperanza. Quizás Urquiza hubiese picado el señuelo de las maletas y ahora le soltara.

—¿Sabe lo que más me dolió en sus interrogatorios? No fueron ni sus palizas ni las quemaduras de sus cigarrillos.

—Entonces, ¿qué fue? —preguntó el SS confuso.

—Que usted fumara y nunca tuviera el detalle de ofrecerme un cigarrillo.

Jeff sacó el paquete de Gitanes del bolsillo, extrajo dos cigarrillos y depositó uno en los labios del SS. Sin decir palabra, se dio la vuelta y caminó unos pasos con cuidado de no pisar el charco de gasolina. Cuando llevaba recorridos unos diez metros, se detuvo y prendió su pitillo. Aspiró el humo y reanudó la marcha. Sin dejar de caminar y sin volver la vista atrás, le dijo a Wolf:

—¡Ah, perdone! Se me olvidaba ofrecerle fuego. Sírvase usted mismo.

Y sin girar la cabeza, le lanzó el encendedor por encima del hombro. Una fuerte llamarada estalló a sus espaldas, seguida de una intensa ola de calor. Durante unos segundos se pudieron oír unos alaridos desgarradores. Jeff ni se inmutó y continuó su camino.

Volvió al portal. Luis seguía inconsciente, tumbado sobre un gran charco de sangre. Sin perder un segundo, salió a la calle en busca de ayuda. En esos momentos pasaba por delante de la casa una ambulancia con la bandera de la Cruz Roja.

—¡Alto! ¡Alto! —gritó Jeff—. ¡Aquí, rápido! Hay un hombre herido.

La ambulancia se detuvo en seco y asomó la cabeza la enfermera que viajaba en el asiento del copiloto.

—En el coche también puede haber heridos —replicó la mujer, señalando con el dedo el Citroën de Wolf.

—Allí no quedan supervivientes.

—¿Y cómo lo sabe usted?

—Eran alemanes. Y los he matado yo.

En realidad, solo Wolf era alemán, pero Jeff no se molestó en aclararlo.

Los sanitarios entraron en el portal. La enfermera se arrodilló junto a Luis. Le tomó el pulso y luego miró a Jeff. No hizo falta que dijera nada. Su rostro lo decía todo. Luis había muerto.

91

Jaime Urquiza convenció al conductor de la ambulancia para que llevara el cadáver de Luis a la morgue. Se sentía abatido. Luis era para él mucho más que un amigo. Y ahora yacía sin vida sobre una fría plancha de mármol.

Después de los duros combates de los últimos días, el depósito estaba abarrotado de cadáveres de los dos bandos. Los forenses no daban abasto ante tanto trabajo. Jeff rellenó mil instancias y formularios, fruto de una burocracia inoperante y absurda, y abandonó el edificio. Caminó sin rumbo hasta llegar a un frondoso parque. No había ni un alma. Se sentó en un banco de madera y las lágrimas humedecieron sus mejillas. Los viejos recuerdos se le agolpaban en la cabeza sin orden ni concierto. Luis... Otra pérdida más que añadir a la larga lista.

Roto por el dolor, regresó a su casa. En las escaleras se cruzó con algunos vecinos. No respondió a sus saludos, no les perdonaba su cobardía. Tenían que haber protegido a Colette de la chusma.

Abrió la puerta de su vivienda de un patadón. Aún apestaba al perfume de la Condesa de la Gestapo. Descolgó el teléfono y solicitó una conferencia con Madrid. Tenía la vaga esperanza de que se hubiesen restablecido las comunicaciones. Mientras esperaba, aprovechó el tiempo para abrir todas las ventanas y vaciar los armarios. Quería oxigenar la casa y que desapareciese cualquier rastro de la Condesa de la Gestapo y de Wolf.

Se dio una prolongada ducha de agua helada con abundante jabón. Quería limpiar toda la podredumbre que le corroía por dentro y por fuera. También le hubiera encantado darse un buen afeitado, pero no pensaba utilizar la navaja de Wolf.

Necesitaba ropa limpia. El mono que le había prestado su vecina estaba sucio y destrozado después de tantos días de combate. Rebuscó por toda la casa. Por fin encontró en un altillo una bolsa con ropa pasada de moda que él había desechado hacía tiempo. Por alguna extraña razón, no había acabado en la basura, como el resto de sus efectos personales. Tal vez la Condesa de la Gestapo no había descubierto su existencia. Se puso unos pantalones y una camisa, y no olvidó colocarse su brazalete de las FFI. En caso necesario, aquella simple tela le podía sacar de algún apuro.

En la despensa encontró comida suficiente para surtir una tienda de ultramarinos durante meses. Mientras los parisinos pasaban hambre y agotaban los cupones de sus cartillas de racionamiento, Wolf y la Condesa de la Gestapo se habían agenciado alimentos suficientes para aguantar un asedio medieval.

En el dormitorio descubrió cuatro maletas similares a las que portaban Wolf y su querida. No estaban allí en su última visita a la casa, cuando huyó de la prisión de Cherche-Midi. Las abrió y todas contenían lo mismo: joyas, diamantes y piezas de oro. Tal vez por las prisas, o por su elevado peso, las habían dejado abandonadas. Sin la menor vacilación, guardó todo en un lugar seguro. También encontró un sobre con una importante suma de dinero en francos y marcos. Cogió un puñado de billetes y se los metió en el bolsillo. Le vendrían bien para sus gastos.

La Condesa de la Gestapo había conservado su Hispano-Olivetti. Se sentó frente a la máquina y metió un folio en el carro. Necesitaba escribir, necesitaba concentrarse en algo que le distrajera y desviase su atención de lo vivido en las últimas horas. No conseguía quitarse de la cabeza la muerte de Luis.

Con pulso acelerado, golpeando las teclas con energía, empezó a redactar su primera crónica sobre la liberación de París. Quería hacerlo en caliente para no olvidarse de nada. Cuando terminó, encendió un cigarrillo, se recostó en la butaca y puso los pies sobre la mesa. Justo en ese instante sonó el timbre del teléfono. Lo descolgó y descubrió, sorprendido, que había conseguido línea con Madrid. Todo un milagro.

—¿Que ya no estás en la cárcel? ¿Que has combatido con la Resistencia? ¿Cómo? ¿Españoles con Leclerc? ¿Que han liberado París? ¿Un periodista español muerto? ¿Un desfile triunfal por los Campos Elíseos?

Agustín Peñalver, el director del *Informaciones*, repetía atónito todo lo que le decía Jeff.

—¡Rápido! ¡Esto es una bomba! ¡Mándame ahora mismo un reportaje completo! ¡Y con fotos! ¡Con muchas fotos!

—Yo nunca hago fotos, y tú lo sabes.

—¡Por Dios, Jeff, no seas así! ¡Hazme ese favor, te lo suplico de rodillas!

Justo en ese instante se cortó la comunicación y ya fue imposible restablecer la llamada. Miró la hora. Aún tenía tiempo. Según anunciaba Radio Francia sin cesar, el desfile empezaría a las tres de la tarde con la ofrenda floral del general De Gaulle ante la Tumba del Soldado Desconocido. Cogió su Leica, que por suerte la Condesa no había tocado, y un puñado de carretes sin estrenar. Salió a la calle y decidió acudir al periódico *Le Matin*. Quería mandar a Madrid su primera crónica desde el París liberado. Aún le dolía todo el cuerpo después de la paliza recibida, pero por nada del mundo pensaba quedarse en casa.

Miles de personas, procedentes de todos los barrios de la capital, se dirigían a pie o en bicicleta hacia los Campos Elíseos. Portaban banderas francesas, inglesas, americanas y rusas. La alegría era desbordante y contagiosa. Gente desconocida, de todas las clases sociales, se saludaba y se abrazaba con lágrimas en los ojos.

La marea humana le recordó a Jeff la visita del mariscal Pétain a la ciudad, ocurrida tan solo unos meses atrás. También entonces la gente se lanzó a la calle para aplaudir enfervorizada a su viejo mariscal. Jeff no tenía la menor duda de que muchos habían estado presentes en los dos acontecimientos. Y ahora gritaban «Muera el mariscal» cuando hasta hacía poco lanzaban flores a su paso.

En la rue de Rivoli se cruzó con una columna de oficiales alemanes capturados en el hotel Meurice. Caminaban con la guerrera desabrochada y los brazos en alto. Los soldados americanos que los custodiaban apenas podían contener la rabia y el rencor de los espectadores. No se conformaban con escupirlos o insultarlos, sino que intentaban agredirlos con palos y piedras. Los alemanes estaban aterrados ante tal demostración de odio y violencia. Temían ser linchados en cualquier momento. Jeff empuñó la Leica y comenzó a pulsar el disparador.

De repente, un individuo salió de la muchedumbre con un revólver en la mano. Con toda la tranquilidad del mundo, apoyó el cañón en la sien del primer oficial alemán que tuvo a su alcance y apretó el gatillo. Se oyó una fuerte detonación y los sesos del infeliz saltaron por los aires, salpicando a sus compañeros en desdicha. Los prisioneros se apiñaron aún más, como ovejas camino del matarife, horrorizados por lo que acababan de presenciar. En cualquier momento les podía ocurrir lo mismo.

Nadie hizo nada por detener al agresor. Al contrario, la turba, encantada con el macabro espectáculo, lo vitoreó como si fuera un héroe. La impunidad del asesinato incitó a las masas. La violencia se desató, y los puñetazos y las patadas llovieron sobre los cautivos. Los soldados americanos se vieron desbordados por la caterva. Jeff tomó unas cuantas fotos más y se marchó. Después de lo que había vivido los últimos días, no tenía ningún interés, ni siquiera periodístico, en presenciar más carnicerías. No le gustaban las masas, siempre proclives a la barbarie.

La rue de Rivoli presentaba un aspecto nuevo. Después de haber estado durante cuatro años engalanada con banderas nazis, ahora por fin volvía a lucir la tricolor. Aquella calle había soportado los combates más encarnizados al haber albergado los principales cuarteles generales de las fuerzas de ocupación. Aún no habían sido retirados los restos de la batalla, ni siquiera los muertos. Unos prisioneros alemanes, vigilados de cerca por soldados negros del Regimiento del Chad, recogían los cadáveres y los lanzaban con desidia dentro de un camión como si fueran muñecos de trapo. Jeff disparó la Leica y siguió su camino.

Al llegar al edificio del periódico *Le Matin*, Jeff se llevó una gran decepción: el local estaba cerrado y en la fachada alguien había pintado «Cerdos *collabos*». Un vecino de la zona le contó que el diario no se publicaba desde hacía dos semanas. Ante tal imprevisto, Jeff tendría que enviar la crónica por teléfono, si es que conseguía comunicarse de nuevo con Madrid.

A continuación se dirigió a los Campos Elíseos. Una riada humana caminaba en la misma dirección. Nadie se quería perder el desfile triunfal. Al cruzar una avenida presenció un espectáculo dantesco. Colgado de una farola se balanceaba el cuerpo sin vida de un chico muy joven. No tendría más de dieciséis años. Le habían clavado en el pecho un ejemplar del periódico colaboracionista *Le Petit Parisien*.

El odio y el rencor andaban sueltos por París en busca de nuevas víctimas. Se había pasado, en cuestión de horas, del terror a los *boches* al horror de la depuración. Los linchamientos y las ejecuciones sumarias se propagaban por toda la ciudad. Nadie podía considerarse a salvo ante la proliferación de denuncias, muchas de ellas falsas, motivadas por la envidia o por viejas rencillas personales. Se asesinaba a todo sospechoso de colaboracionismo, se asaltaban las casas, se saqueaban los comercios. Había comenzado la caza del *collabo* con una crueldad inusitada.

Cientos de miles de emocionados parisinos se agolpaban en los Campos Elíseos. Radio París hablaba de dos millones de personas. Nunca se había congregado tanta gente y con tanto entusiasmo en la principal avenida parisina.

Jeff había quedado con Zoé en el Arco del Triunfo. Pero ni por asomo pudo acercarse al monumento. La masa humana era infranqueable. Decidió presenciar el desfile a lo largo de la carrera. Gracias a su seductora sonrisa, unas encantadoras jovencitas le ofrecieron un hueco entre ellas en la primera fila. Un lugar privilegiado para tomar fotos del acontecimiento.

El desfile lo presidía el general De Gaulle. Caminaba al frente de sus tropas, alto e imperturbable, con su quepis y su pequeño bigotillo. Los parisinos por fin lo veían en persona, después de haberle escuchado a escondidas durante años a través de la BBC.

A la cabeza del desfile marchaba un jeep de la Nueve con la bandera republicana. Lo conducía el teniente Granell. De Gaulle había ordenado que el desfile lo abriera un oficial de esa unidad por haber sido la primera en entrar en París. Jeff se imaginó que la presencia de la bandera republicana provocaría una nueva protesta formal de la embajada española.

Detrás de los vehículos blindados marchaban, agarrados del brazo, policías, insurrectos y soldados. Una marea humana carente de orden y uniformidad. No parecía una parada militar, sino, más bien, una manifestación. Tras las fuerzas francesas, desfilaban los soldados norteamericanos, que eran los únicos que conservaban cierta marcialidad.

El público no dejaba de aplaudir y lanzar vítores a sus héroes. «La Marsellesa» y «La Madelon» se repetían sin descanso. Aquella hermosa avenida que durante cuatro años había sufrido todos los días el desfile implacable del Ejército alemán, ahora por fin regresaba a sus legítimos propietarios.

A pesar de la rendición oficial, aún quedaban pequeños grupos aislados de soldados enemigos que seguían empeñados en combatir hasta el último cartucho. Desde la azotea de un edificio, unos francotiradores comenzaron a disparar sobre la multitud. El pánico se extendió entre la muchedumbre. La gente se lanzaba al suelo o corría despavorida de un lado a otro en busca de refugio. Las potentes ametralladoras de los blindados aliados empezaron a barrer los tejados.

El intercambio de disparos no duró mucho tiempo. Los francotiradores no tenían escapatoria y enseguida se entregaron. Se trataba de un par de chavales de la Milicia Francesa, que aún conservaban sus uniformes azules y sus enormes boinas negras. Los sacaron del edificio a golpes y culatazos. Y allí mismo, en mitad de la calle, los lincharon sin piedad. Nadie hizo nada para evitarlo.

Antes de terminar el desfile, Jeff tomó el camino de regreso a su domicilio. Al pasar por delante del número 252 de la rue de Rivoli, alguien le llamó desde los balcones del edificio. Alzó la mirada y vio a José María Sert agitando los brazos.

—¡Jeff, sube! ¡Vamos!

El periodista se llevó una gran alegría al ver a su compatriota sano y salvo. No se lo pensó dos veces. Sin perder un segundo, entró en el elegante edificio y subió los escalones de dos en dos.

En la mansión de Sert no cabía un alma. El pintor había congregado a algo más de cincuenta personas para presenciar el desfile desde los balcones. Vivía muy cerca de la place de la Concorde, en donde estaba previsto el broche final de la parada militar. Entre los invitados, Jeff encontró caras conocidas y amigos, como Gabrielle Chantal, Misia Sert o el bailarín Serge Lifar.

No todos los presentes se mostraban eufóricos con la entrada de los aliados. Aunque trataban de disimular, algunos no podían evitar cierta inquietud y preocupación en su mirada. Su conducta durante la ocupación había sido, cuando menos, sospechosa. Ahora podían tener serios problemas.

El más angustiado era, sin duda, Serge Lifar. A pesar de su sonrisa, que más bien parecía una mueca de dolor, le temblaban las manos y la camisa no le llegaba al cuello. Permanecía sentado junto a la condesa Olinska, una mujer que se había enriquecido durante la ocupación gracias al tráfico de drogas. A pesar de la reconocida homosexualidad de Lifar, la dama se había encaprichado del bailarín hasta límites obsesivos y peligrosos. Al principio, Lifar había conseguido esquivar a la mujer, pero al final optó por trasladarse a su mansión, atraído, según las malas lenguas, por la inmensa fortuna que atesoraba la condesa. A pesar de que habían anunciado su próxima boda, nadie daba un franco por aquel matrimonio imposible.

Lifar, después de haber propagado el rumor de que se había acostado con Hitler y que nadie le había acariciado como él —salvo Diáguilev, el fundador de los Ballets Rusos—, ahora, temeroso de su suerte, se apresuraba en aclarar que, en realidad, lo había hecho con la única intención de asesinar al Führer alemán.

Después de saludar a Misia, Jeff se acercó a Gabrielle Chantal. La modista estaba sentada en un cómodo sillón, con un cigarrillo en una mano y una copa de vino blanco en la otra. Con su mirada inquisitiva, enseguida clavó la vista en el brazalete que portaba Jeff con la tricolor y las siglas FFI, Fuerzas Francesas del Interior.

—¡Jeff, no me digas! ¿Ahora te has vuelto *fifí*? ¡Qué desilusión!

El periodista mostró una sonrisa de compromiso.

—Esto solo es un buen salvoconducto para poder circular por la ciudad sin problemas.

El periodista le agradeció su infinita generosidad. Gabrielle no solo le había prestado dinero para pagar la frustrada huida a España, sino que, además, gracias a ella había podido sobrevivir los últimos meses en Cherche-Midi.

La diseñadora parecía alegre y relajada. Astuta y hábil como ella sola, para evitar problemas con las nuevas autoridades, aquella misma mañana había mandado colocar un cartel en su tienda de la rue Cambon anunciando perfume gratis para todos los soldados aliados. Lo que jamás había hecho con los alemanes. Enseguida se formó una larga cola delante del local.

José María Sert avisó a sus amigos de que el general De Gaulle acababa de llegar a la place de la Concorde. Todos los invitados se asomaron a los balcones. Jeff pudo apreciar que Gabrielle miraba con escasa simpatía al general De Gaulle. Incluso le pareció ver que le dedicaba entre dientes algún que otro comentario despectivo.

De pronto, sin que nadie se lo esperara, sonaron unos disparos justo debajo de la casa de José María Sert. Los invitados entraron corriendo en el salón y se protegieron bajo las mesas. Solo Jeff y el anfitrión permanecieron en los balcones, atentos a lo que ocurría en la calle. Jeff, por su profesión; Sert, por su incorregible curiosidad.

Los disparos procedían de un hombre que pretendía asesinar a De Gaulle. Vació todo el cargador de su pistola sin conseguir su objetivo. Cuando se le acabaron las balas, tiró el arma al suelo y levantó los brazos. De poco le sirvió. No tardó en ser abatido por los soldados aliados. El desfile continuó como si no hubiese pasado nada. Los invitados de Sert salieron de nuevo a los balcones.

Cuando la parada militar terminó, el general De Gaulle se subió a un coche descubierto y pasó por delante de la casa de Sert camino del Ayuntamiento. Le rodeaba una fuerte escolta de motoristas y vehículos blindados. No quería más sorpresas.

Después del desfile, Sert ofreció a sus invitados una suculenta cena con productos españoles, que nadie sabía de dónde los había sacado. Durante la velada, el anfitrión contó con todo lujo de detalles la toma del hotel Meurice, refugio del general alemán Von Choltitz, situado a escasos metros de su vivienda. Lo había presenciado todo desde los balcones de su casa, sin temor a las balas que se cruzaban los combatientes. La historia que narraba hubiese parecido en cualquier otro una fanfarronada. En cambio, al tratarse de Sert, nadie dudaba de su veracidad.

—Jeff, amigo, ahora te toca a ti —dijo el anfitrión levantando una copa del mejor champán.

—Me toca a mí, ¿el qué?

—¡Pues tu turno, hombre! —respondió Sert, impaciente—. Tienes que contarnos qué has hecho en las últimas horas y cómo has vivido la liberación de la ciudad.

—No he hecho nada interesante. Me soltaron de la cárcel y me refugié en mi casa. Fin de la historia. Siento decepcionaros, pero no tengo nada relevante que contar.

A Jeff no le apetecía revivir lo que había visto. No quería recordar malos momentos, que era mejor olvidar. La muerte de su amigo Luis o la humillación pública de Colette todavía le dolían demasiado.

Al terminar la cena, Jeff acompañó a Gabrielle hasta el Ritz. La diseñadora se lo agradeció con una sonrisa afable. Aunque el hotel no estaba lejos, París no era todavía una ciudad segura.

Caminaron por la rue de Rivoli bajo un cielo estrellado. Una agradable noche estival, como la de cualquier otro verano, si no hubiese sido por el fuerte olor a pólvora y a gasolina quemada. El largo invierno parisino por fin había terminado. Solo había durado cuatro años.

—¿Qué tal Spatz? —preguntó Jeff durante el paseo.

—No sé nada de él desde hace unos días. Espero que haya podido escapar a un lugar seguro.

En el Ritz reinaba la desolación más absoluta. El *glamour* de épocas pasadas había desaparecido por completo. En sus elegantes salones, antes rebosantes de petulancia y pedantería, ahora solo regía la penumbra y la soledad. Los alemanes, por supuesto, habían desaparecido. Y los pocos huéspedes que aún permanecían en el edificio deambulaban con la mirada triste y apagada, temerosos de las represalias.

—¿Nunca te has preguntado por qué vivo en el Ritz teniendo un apartamento fabuloso justo enfrente del hotel?

Jeff guardó silencio.

—Por miedo, mi querido amigo, por miedo. No puedo dormir sola en una casa, aunque estén cerca mis doncellas. Necesito saber que hay mucha gente despierta a mi alrededor. Y eso solo lo puedo encontrar en los hoteles.

Desde que su padre la abandonó en un orfelinato, Gabrielle sentía pánico a la soledad.

—¿Te importaría quedarte un rato conmigo? No me apetece subir a la habitación tan pronto. Necesito una copa.

Entraron en Le Petit Bar, a esas horas tan vacío y deprimente como el resto del edificio. No había ningún cliente. Se sentaron en unos silloncitos de terciopelo rojo y pidieron al camarero dos Arcoíris. La mayoría de los empleados del hotel eran de origen suizo, por lo que seguían en sus puestos como si nada hubiese ocurrido.

—¿Te has dado cuenta, Jeff? Solo han pasado ocho meses desde que celebramos el Año Nuevo en Madrid —comentó Gabrielle con nostalgia—. ¿Cómo han podido cambiar tanto las cosas en tan poco tiempo?

Esa pregunta, precisamente esa, no había dejado de atormentar a Jeff desde hacía meses.

—La vida es un misterio, mi querido amigo.

En ese momento apareció Serge Lifar en el bar. El bailarín estaba pálido y angustiado. Al terminar la cena en casa de Sert, no había sido capaz de regresar a su domicilio con la condesa Olinska. Había visto muchos linchamientos de *collabos* a lo largo del día y temía ser el siguiente.

—Serge, ¿qué ocurre? ¿Qué haces aquí?

—No quiero volver a mi casa, Gabrielle. ¡Tengo miedo! Pueden presentarse a por mí en cualquier momento.

—Vamos, amigo mío, un poco más de dignidad —le recriminó Gabrielle—. ¡Arriba ese ánimo!

—¿Tú no tienes miedo? —replicó el bailarín.

—¿Miedo? ¿Yo? ¡Nunca! Y además, ¿miedo de qué?

—Pero Gabrielle, los alemanes...

—¡No sigas, Serge! Yo no he hecho nada y, por tanto, no tengo nada que temer.

—Yo tampoco, yo tampoco. Si enseñé la Ópera Garnier a Hitler fue porque me obligaron. ¿Me oyes? ¡Me obligaron! Y en Alemania intenté matar a ese tirano, pero no pude cumplir mis planes. ¿Lo entiendes? ¿A que lo entiendes, Gabrielle? ¡Dime que sí, por favor!

El bailarín se aflojó la corbata. Parecía que se iba a desmoronar de un momento a otro.

—Anda, Serge, vete a casa. Es muy tarde y la condesa estará preocupada —le aconsejó Gabrielle con voz maternal.

—¡No, ni hablar! Allí podrían localizarme. Me gustaría pedirte un favor: ¿me permites vivir en tu tienda hasta que todo esto se tranquilice?

Gabrielle fue a contestar, pero en ese mismo instante se formó un gran revuelo en el hotel. Parecía proceder del vestíbulo. Lifar no se lo pensó dos veces. Se levantó de un salto, salió corriendo y desapareció por la puerta del jardín.

—No me gusta la gente miedosa —comentó Gabrielle—. En esta vida hay que tener dignidad y afrontar los peligros de frente.

Segundos después entraban en tromba en el bar unos tipos sucios y descamisados, armados con fusiles y pistolas. Llevaban brazaletes con la bandera tricolor y las siglas FFI. Al ver a Gabrielle, se fueron decididos hacia su mesa. Jeff se temió lo peor. Se levantó y se interpuso en su camino.

—¿Qué quieren? —espetó al que parecía ser el cabecilla.

—¡Tú, cállate!

Uno de los hombres pretendió propinarle un culatazo en la cara, pero Jeff lo esquivó a tiempo. Otro individuo le clavó el cañón del fusil en el estómago y le empujó contra la pared.

—¿Quién eres tú? —le preguntó el cabecilla con sus dientes negruzcos.

—¡Pégale un tiro! Tiene pinta de *collabo* —gritó otro.

Un vozarrón se alzó desde atrás:

—¡Alto! ¿Qué hacéis? ¿No veis que lleva un brazalete como nosotros?

—Lo habrá robado —respondió el que le apuntaba.

El hombre del vozarrón se abrió paso entre sus compañeros hasta llegar a Jeff. El periodista enseguida lo reconoció. Era el carnicero del mercado de Les Halles que había luchado a su lado en la Prefectura. El forzudo posó su manaza en el hombro de Jeff y se dirigió a sus camaradas.

—Por este hombre respondo yo. ¿Entendido? ¡Y que a nadie se le ocurra llevarme la contraria o le descerrajo un tiro! Es un tipo duro y valiente. Lo sé muy bien porque hemos luchado juntos en la Prefectura de Policía mientras vosotros os escondíais debajo de las faldas de vuestras mujeres.

El grandullón le palmeó la espalda para certificar su amistad.

—¿Te llamas Gabrielle Chantal? —El cabecilla se dirigió a la diseñadora, omitiendo a propósito el tratamiento.

—Sí, yo soy *mademoiselle* Chantal —respondió con gallardía; Gabrielle tenía pánico a la soledad, pero no a los hombres—. ¿Qué quiere usted?

El cabecilla se quedó un poco traspuesto. Llevaba varios arrestos ese día, todos de mujeres, y siempre habían reaccionado de la misma manera: o llorando o suplicando clemencia.

Aquella mujer era de otra raza. Los miraba con arrogancia y descaro, de arriba abajo. Jeff, que la conocía muy bien, sabía que estaba muy enfadada. Más que por el arresto en sí, por la pinta estrafalaria de sus captores. Ella se merecía algo mejor.

—En nombre del Comité de Depuración, quedas detenida —anunció el cabecilla con voz titubeante. La mirada de Gabrielle le amedrentaba.

Jeff fue a protestar, pero Gabrielle le indicó con un gesto que guardara silencio.

—No te preocupes, Jeff. No tengo nada que temer —dijo Gabrielle con una tranquilidad pasmosa.

—¿De qué se la acusa? —preguntó Jeff, que aún no había perdido la esperanza de poder salvar a su amiga.

—¡De acostarse con un *boche*! —gritó un tipo bajito y maloliente.

—¿Es verdad eso? —El cabecilla se dirigió a Gabrielle.

—Mire, como comprenderá, una mujer de mi edad, si tiene la oportunidad de acostarse con un hombre más joven, no se entretiene en pedirle el pasaporte. ¿No cree?

Gabrielle Chantal en su más pura esencia. Y sin inmutarse lo más mínimo. Más de uno en el grupo tuvo que taparse la boca para no soltar una carcajada.

La diseñadora abandonó el bar con la cabeza bien alta, rodeada por sus captores. Jeff se dejó caer en el silloncito y se terminó el cóctel en silencio. No sabía a quién acudir para proteger a Gabrielle. Sus amigos más influyentes habían caído en desgracia o desaparecido. Pensó en José María Sert. Disponía de pasaporte diplomático. Años atrás, había sido embajador de España en el Vaticano. Quizá todavía lo fuera, aunque con la mala fama que tenía España ante las nuevas autoridades francesas, casi era mejor no tocar el tema. Tal vez a través de Sert pudiese llegar hasta el arzobispo de París, aunque tampoco parecía una buena opción. El arzobispo también figuraba en la lista negra de la Resistencia. Tan solo unos meses antes había recibido con todos los honores al mariscal Pétain en la catedral de Notre Dame.

Nada en el mundo le hubiese gustado tanto como poder ayudar a su amiga. Pero, por más vueltas que le daba, no encontraba la forma. Gabrielle estaba en un serio aprieto, y él no podía hacer nada. Abatido y triste, se levantó de su asiento, dejó un billete sobre el velador y abandonó el bar.

92

Era una noche oscura, una noche sin estrellas. Una noche de lamentos y muerte. El viento gélido de la venganza azotaba con violencia la ciudad de París. A Jeff le atormentaba el destino incierto de su buena amiga Gabrielle Chantal. A lo largo del día ya había presenciado demasiadas palizas y demasiados linchamientos. Demasiadas cabezas afeitadas y demasiadas esvásticas tatuadas en la frente. Esperaba que con Gabrielle no se atrevieran a tanto. Su fama era mundial, el gran icono de la alta costura femenina. Pero no podía estar seguro de que la respetaran. Cuando se despierta el animal que dormita en los hombres, la brutalidad se impone a cualquier razonamiento.

Al salir del hotel Ritz, Jeff se detuvo unos instantes bajo la marquesina y encendió un Gitanes. La place Vendôme permanecía solitaria y en silencio. No había sufrido daños importantes durante la liberación de la ciudad. Las únicas huellas de la batalla eran los impactos de bala en las fachadas y un par de vehículos calcinados. Lo demás se conservaba en su sitio.

El viejo portero del Ritz se acercó a Jeff.

—Perdone que le moleste, señor Urquiza. Esta noche he visto que se llevaban detenida a *mademoiselle* Chantal.

—No se preocupe, no hay que temer nada. *Mademoiselle* sabe cuidarse muy bien sola.

—De eso no tengo la menor duda. ¿Sabe dónde está?

—No, no tengo ni idea.

—Acaba de venir su secretaria y cuando le he dicho lo que le ha pasado a su jefa se ha echado a llorar. ¡Pobre mujer! Está desesperada y quería saber dónde podía localizarla.

Jeff miró al portero con extrañeza.

—¿Su secretaria? ¿Qué secretaria?

—Pues... aquella.

El portero dirigió la mirada al otro extremo de la plaza. Jeff hizo lo mismo y a lo lejos vislumbró a una solitaria mujer sentada en un banco de madera. Miraba hacia el suelo y no podía ver su rostro. Parecía que estaba llorando.

Jeff no sabía quién podía ser. Gabrielle no le había dicho que hubiese contratado a una nueva secretaria. Espoleado por la curiosidad, echó a andar hacia el banco. Al principio, con paso normal; pero según avanzaba, aceleró la marcha. Comenzaba a albergar un extraño presentimiento. A pesar de tener la cara oculta, aquella mujer... Pero no podía ser, era absolutamente imposible. Sin duda, la fatiga y el agotamiento de los últimos días le estaban jugando una mala pasada. Incluso llegó a pensar que tenía visiones por culpa de los golpes recibidos de la chusma. Sentada en aquel banco de la place Vendôme, Jeff creía ver a... Daniela. Una auténtica locura, un verdadero disparate. Daniela llevaba nueve meses muerta. Y él no creía en fantasmas.

—¿Daniela? —preguntó con timidez, cuando estaba a unos quince metros del banco, convencido de que sus ojos o su cerebro le engañaban.

La mujer levantó la vista. Por desgracia, el rostro no se le veía muy bien. El banco estaba enclavado en una zona demasiado oscura.

—¿Daniela? —repitió sin dejar de avanzar—. ¿Eres tú, Daniela?

La mujer se puso en pie, dio un par de pasos, se detuvo, y tras unos instantes de vacilación, salió corriendo a su encuentro. Al verla venir, Jeff se quedó paralizado. No se lo podía creer. Sintió tal golpe de alegría que casi se le para el corazón. ¡Era Daniela!

La joven se abalanzó sobre Jeff y le abrazó con fuerza, casi con desesperación, como si le fuera la vida en ello. Daniela no decía nada, ni una sola palabra, tan solo le cubría de besos mientras le acariciaba la cara con las manos. No dejaba de temblar y de sollozar, presa de un ataque de nervios.

Jeff también estaba emocionado. Jamás la presencia de una persona le había hecho tan feliz. No se creía lo que estaba viviendo en esos momentos. Después de todo lo que había pasado, de tantos meses de angustia y sufrimiento, Daniela seguía viva.

La notó algo cambiada. La sentía entre sus brazos tan delgada que parecía flotar en el aire. Recordaba muy bien su cuerpo y, desde luego, se había quedado en los huesos. Cuando por fin se tranquilizó, Jeff intentó separarse un poco para verla mejor.

—¡No, no me mires! ¡Tengo una pinta horrible! —suplicó avergonzada, ocultando la cara con las manos.

—¿Esto es un sueño o eres real? ¿De dónde sales?

—Ahora te cuento. ¿Podemos sentarnos en algún sitio? Estoy desfallecida. No he comido en todo el día.

—Volvamos al Ritz —propuso Jeff—. Allí podremos hablar tranquilos.

El bar ya había cerrado, pero el conserje, gracias a una suculenta propina, les abrió la sala de lectura y les proporcionó algo de embutido y una botella de vino. La joven devoró los alimentos con desesperación, como si llevara toda la vida sin probar bocado. Jeff se limitaba a contemplarla mientras fumaba un cigarrillo.

—Y ahora, cuéntame —preguntó Jeff cuando Daniela terminó de cenar.

—La noche que me dirigía a la Ópera, unos tipos de la Gestapo me detuvieron en el metro y me llevaron a la avenue Foch. Durante tres días me interrogaron sin parar. Querían los diarios de Ciano. ¡Ah, perdón! Voy muy deprisa. Creo que antes de nada, tengo que ponerte en antecedentes. Unos meses atrás, el conde Ciano, el yerno de Mussolini, me confió...

—No, no hace falta que sigas —interrumpió Jeff—. Conozco tu historia con Ciano.

Daniela le miró sorprendida, y al instante abortó una pequeña mueca de tristeza.

—No sé qué te habrán dicho, pero me gustaría contártelo yo misma.

—Está bien. Sigue, por favor.

—Los alemanes conocían muy bien las debilidades de Ciano. Era un conquistador insaciable, un hombre apasionado. No podía vivir sin tener a una mujer bella a su lado.

—O muchas —apostilló Jeff.

—O muchas —confirmó Daniela—. Antes de que estallara la guerra, Ciano visitó un día la Casa Chantal. Quería comprar un vestido a su mujer, o tal vez a una de sus amantes, ni lo sé ni me importa. El caso es que me tocó a mí realizar el desfile privado. Nada más verme, le brillaron los ojos de una forma muy especial. Yo me daba cuenta de que no hacía caso al modelo, y que solo estaba pendiente de mi cuerpo y de mis movimientos. A partir de entonces se encaprichó conmigo hasta límites enfermizos. Me mandaba flores, me enviaba regalos, me escribía cartas de amor todas las semanas. Cada vez que viajaba a París, quería verme a solas, a lo que yo siempre me negué. Cuando Chantal cerró la casa de modas, se las ingenió para averiguar mi domicilio particular y continuar con su insoportable acoso.

—No sabía nada de esta historia.

—Nunca se lo conté a nadie, ni siquiera a Víctor. ¿Para qué? Ciano solo era un pesado más de los muchos que he conocido a lo largo de mi carrera.

—¿Y esa obsesión cuánto duró?

—Hasta poco antes de su fusilamiento. Y duró tanto porque no aceptaba una derrota. A Ciano le encantaba conquistar mujeres, pero una vez conquistadas, se olvidaba de ellas por completo. En mi caso, como no me plegaba a sus deseos, su vanidad y su amor propio le impulsaban a seguir y seguir insistiendo. Si hubiese accedido a sus pretensiones, a los dos minutos me habría olvidado. La última carta que me mandó fue a los pocos días de llegar a Múnich. Vivía en una mansión aislada en mitad de un bosque. Su mujer y sus hijos estaban con su suegra. En la carta me decía que no le permitían salir de la mansión, que se encontraba muy solo, que fuera a verle y que estaba dispuesto a abandonar a su esposa.

—Muy convincente. Sigue, por favor.

—La Gestapo, que vigilaba a Ciano desde hacía años, conocía muy bien sus debilidades y mi existencia. La carta les ofreció una oportunidad de oro. Como sabes muy bien, la Gestapo no se anda con tonterías cuando quiere una cosa, y hace lo que sea para conseguirla. Aparecieron por mi casa dos agentes y me dijeron que o trabajaba para ellos o me encerraban en un campo de concentración el resto de mi vida. No tenía otra salida. Así que no me quedó más remedio que aceptar.

Daniela bebió unos sorbos de vino y se limpió los labios con una servilleta. Le temblaban las manos y su rostro reflejaba amargura y desolación. Jeff le ofreció un Gitanes. La modelo lo encendió y continuó con su historia.

—Ciano se asombró al verme llegar. No se esperaba que aceptase su invitación. Era la primera vez que lo hacía. Para parecer convincente, le dije que estaba de paso, que tenía que viajar a Italia para un desfile y que solo podía quedarme unos días. Y que estaba allí solo para hacerle un poco de compañía, porque sentía lástima de su situación, después de haber sido el hombre más poderoso de Italia. Como era de esperar, desde el primer momento trató de seducirme. Se comportaba como un cazador detrás de su presa. Pero yo me sentía incapaz de estar a su lado, no le permitía ni que se acercara. Estaba allí en contra de mi voluntad, y la situación me repugnaba. No podía confesárselo porque sabía que la casa tenía micrófonos en todas las habitaciones. Un día aproveché el paseo por el jardín para contarle la verdad. Se quedó sorprendido y disgustado. Reaccionó mal al engaño, pero debo reconocer que se portó bien conmigo. Más que eso: se comportó como un caballero. A partir de ese momento jamás intentó ponerme la mano encima.

El ulular de una sirena anunció un ataque aéreo. El portero del Ritz entró en la sala y les aconsejó que bajaran a los sótanos. Pero ni Daniela ni Jeff se movieron de sus asientos. La antigua modelo continuó con su confesión:

—A pesar de que vivía en una jaula de oro, Ciano estaba aterrado, temía que los alemanes lo mataran en cualquier momento. Por suerte, disponía de una importante baza para comprar su libertad: los famosos diarios. En ellos relataba con todo detalle la verdadera cara oculta de Hitler y el nazismo. Si esos diarios veían la luz, Alemania podía salir muy malparada.

—Continúa, por favor.

—En esos días, yo era su única amiga, su único contacto con el exterior. Vivía totalmente incomunicado y sus cartas estaban sometidas a una censura muy rigurosa. Cuando los alemanes vieron que después de varios días yo no conseguía nada, buscaron a otra mujer, a una alemana muy guapa, y a mí me devolvieron a París. Antes de marcharme, Ciano me confió el lugar donde escondía parte de sus diarios. El resto lo tenía su mujer. Me pidió que recogiera los cuadernos y se los hiciera llegar a un buen amigo suyo, que haría todo lo posible por salvarle.

—Y ese buen amigo era Serrano Suñer.

—En efecto. Serrano Suñer, como tú sabes muy bien. Le escribí una carta, que tú te encargaste de entregar.

—¿Por qué me dijiste que era de una amiga?

—No quería involucrarte. Cuanto menos supieras, mejor para ti.

—Sigue, te lo ruego.

—Ciano me pidió que le dijera a Serrano que le salvara, que intercediera por él, que acudiera a sus excelentes contactos en Italia y Alemania. Serrano se encargaría de entregar los diarios de Ciano a cambio de su libertad.

—¿Le dijiste a Serrano dónde estaban los diarios?

—No, no soy tan tonta. Debía velar por mi situación. La Gestapo me había utilizado una vez, y nadie me aseguraba que no lo volviese a hacer. Incluso podía acabar conmigo para silenciar testigos molestos de sus fechorías. ¿Sabes lo que es vivir con miedo permanente?

—¿Y qué hiciste?

—Quería abandonar París, quería vivir lejos de la Gestapo y sus secuaces. En la carta le dije a Serrano que le diría dónde estaban los diarios si salvaba a Ciano y me sacaba a mí de Francia.

—¿Serrano Suñer contestó a tu carta?

—No lo sé. Al poco tiempo de entregártela me detuvo la Gestapo y, como te comentaba antes, me llevaron a su sede central de la avenue Foch, en donde me interrogaron durante tres días seguidos. Por razones que desconozco, empezaron a sospechar que les había engañado. Creían que tenía en mi poder los diarios o que, al menos, sabía dónde estaban. Me mantuve firme y siempre lo negué, de manera que al final dudaron si decía la verdad o mentía. Por si acaso, me encerraron en la prisión de Fresnes, y me dijeron que solo me soltarían cuando les entregara los malditos cuadernos. Durante todos estos meses he estado incomunicada, en una celda de castigo, sin poder hablar con nadie. Por eso me fue imposible avisar dónde me encontraba.

—Una chica apareció muerta en las vías del metro con tu bolso y tu documentación.

—¡Qué horror! —exclamó Daniela; ni por asomo se imaginaba algo así.

—A saber quién sería esa pobre infeliz... Tal vez alguien de la Resistencia o una judía del campo de Drancy. Sus asesinos eran gestapistas.

—¿Qué necesidad había de eso, Jeff? ¿Por qué los alemanes fingieron mi muerte?

—No lo sé. La Gestapo tiene una mente demasiado retorcida. Quizá fuera una trampa para vigilar mis movimientos. Pensarían que yo, al ser tu amigo, podía saber dónde estaban los diarios, y que, al conocer tu muerte, quizá tratara de recuperarlos.

—¿Y por qué me mantuvieron viva todo este tiempo?

—Porque si sus sospechas se confirmaban, tú eras la única persona que conocía el paradero de los cuadernos. Si te eliminaban, jamás los encontrarían. En cambio, si te sometían a mucha presión, tal vez acabaras confesando.

—Es probable —respondió Daniela con la mirada baja—. Mi estancia en Fresnes ha sido un infierno. No me hicieron daño físico, pero sí mental. Todos los días me amenazaban con fusilarme o mandarme a un campo de concentración de Alemania.

—¿Cómo conseguiste escapar?

—Hace unos días llegó a la prisión el cónsul de Suecia. Había pactado con el general Von Choltitz nuestra liberación. Los alemanes abrieron las celdas y nos dejaron marchar. Así, sin más. Fue un auténtico milagro salir de allí con vida.

—¿Y qué has hecho desde entonces?

—No sabía adónde ir. Los alemanes todavía dominaban París y no quería cruzarme de nuevo con la Gestapo. No me atreví a volver a mi casa por si estaba vigilada. Me quedé a dormir en un portal, muy cerca de la prisión. Una vecina, al verme, sintió lástima y me refugió en su casa. Y allí he pasado estos días. Hoy, por fin, con la ciudad ya liberada, he decidido venir al centro. Primero he ido a mi casa, y he encontrado todo sucio y revuelto. Se ve que la registraron a fondo. Luego fui a casa de una amiga mía llamada Monique, pero nadie me abrió. La noche se me echó encima y entonces, desesperada y sin saber qué hacer, se me ocurrió acudir a *mademoiselle* Chantal. Ella me podría ayudar. Al menos, a pasar la noche en el hotel. Al llegar al Ritz, el portero me ha dicho que ha sido detenida. ¡Qué horror, Jeff, todo esto es una locura! ¿Por qué se la han llevado? ¿Qué ha hecho?

—No lo sé. Quizá por ser amiga de los alemanes.

—¿Y alguien no lo ha sido en estos cuatro largos años?

Jeff no contestó. Durante unos segundos se dedicó a fumar en silencio. Las sirenas volvieron a quebrantar el silencio de la noche. El peligro del ataque aéreo había pasado. Solo se trataba de una falsa alarma.

—Por cierto, conozco a tu amiga Monique. Me puse en contacto con ella tras tu desaparición.

—¿La conoces? ¿Tú la conoces? ¿Tienes idea de dónde puede estar? —preguntó bajo una gran excitación, como si Monique fuese para ella la persona más importante del mundo.

—No, no tengo ni idea. La última vez que la vi fue hace meses en un cabaret que se llama El Enano Rijoso.

Jeff mintió como un bellaco. No se atrevía a confesar que Monique y su hijo habían muerto cuando intentaban cruzar los Pirineos. Si no tenía más remedio, ya buscaría un momento más oportuno para decírselo. Aquella noche no quería entristecer, aún más, a Daniela. Demasiado había sufrido ya.

—¡Qué idiota he sido! —exclamó Daniela—. ¡Cómo no se me ha ocurrido acudir a Bruno! Puede que él sepa dónde está Monique. ¿Me acompañarás mañana al cabaret?

—Por supuesto.

Daniela sonrió complacida al conocer la predisposición de Jeff. La alegría iluminó su bello rostro. A pesar de la palidez y de las pronunciadas ojeras, seguía siendo una de las mujeres más hermosas de París.

—¿Por qué tienes tanto interés en encontrar a Monique? —preguntó Jeff.

—Somos amigas desde niñas. Es la hija del encargado de las cuadras de mi padre. Hace unos años se mudó a París, y siempre ha estado a mi lado cuando la he necesitado. Para mí es mucho más que una hermana.

Jeff no dijo nada. Tan solo deseaba no tener que ser él quien le diera la mala noticia de la muerte de su amiga.

—Y ahora, Jeff, cuéntame tú. ¿Qué ha sido de tu vida durante estos meses? —preguntó Daniela.

Jeff le comentó a grandes rasgos su experiencia carcelaria en Cherche-Midi, pero sin entrar en detalles desagradables ni explicar los motivos reales de su detención.

Ya de madrugada, decidieron abandonar el Ritz. Daniela no tenía adónde ir. Jeff la invitó a su casa y ella aceptó encantada.

Caminaron agarrados del brazo por las solitarias calles de París. Cruzaron los jardines de las Tullerías y se internaron en el puente del Carrousel. Antes de llegar a la otra orilla, se detuvieron a mitad de camino y se acodaron en el pretil de piedra. En silencio, sin haberse puesto de acuerdo, querían contemplar la belleza de París, de un París que despertaba de nuevo a la vida, de un París que quería recuperar el tiempo perdido. Las nubes habían desaparecido y millones de estrellas iluminaban el cielo de la ciudad. Olía a tierra húmeda, a hierba mojada, a paz, a libertad. A la izquierda se alzaba el Museo del Louvre, y a lo lejos se divisaba la isla de la Cité, con sus cúpulas y sus torres. Por fin la ciudad del Sena podía descansar tranquila. Por muy poco se había salvado de su destrucción.

—Tengo que confesarte algo —dijo Jeff con la vista perdida en el horizonte.

Daniela giró la cabeza y le miró expectante. Jeff se armó de valor. Tenía que hablar de un tema incómodo, y no le apetecía nada.

—¿El qué, Jeff? —preguntó Daniela al ver que el periodista no arrancaba.

—No comuniqué a Víctor tu supuesta muerte.

Daniela pestañeó y le fue a interrumpir, pero Jeff levantó la mano para que le dejara terminar.

—Ni sé en qué campo de prisioneros está encerrado, ni me parecía muy oportuno que yo, precisamente yo, le anunciase tu fallecimiento. Se podía creer que habíamos vuelto a las andadas. Y eso le hubiese destrozado.

Daniela volvió a dirigir la mirada hacia la Cité.

—Yo también tengo que confesarte algo.

—¿El qué? —preguntó intrigado Jeff.

—Tu hermano y yo nos separamos hace mucho. En realidad, a los pocos días de terminar tú y yo nuestra relación.

Jeff la miró sorprendido. No se lo esperaba.

—¿Separados? ¿Y por qué no me dijiste nada? ¿Por qué no me buscaste?

—¿Para qué, Jeff? Lo nuestro no podía ser.

El periodista encendió un pitillo y lanzó la cerilla al Sena. Lo compartieron en silencio.

—¿Y qué vas a hacer, Daniela? Tarde o temprano, Víctor saldrá del campo de prisioneros, regresará a París y quizá quiera intentarlo de nuevo. ¿Volverás con él?

Antes de contestar, Daniela le reclamó el cigarrillo y dio un par de profundas caladas.

—Víctor murió en el campo de prisioneros hace dos años.

Jeff se estremeció al oír esas palabras. Otra desgracia más que añadir al día. A la muerte de Luis y la detención de Gabrielle Chantal, se unía ahora el fallecimiento de su hermano.

No se hablaba con Víctor desde hacía mucho tiempo, y la última vez que se vieron cara a cara casi se matan. Ahora, al conocer su fallecimiento, un sentimiento amargo se aferró a su corazón. No sabía si era tristeza o remordimiento. Quizás ambas cosas a la vez. Su hermano había muerto, y él no le había pedido perdón.

La noche había traído demasiadas sorpresas y confesiones. El resto del camino lo hicieron en silencio.

Llegaron a la casa de Jeff y lo primero que hicieron fue darse una prolongada ducha con abundante agua y jabón. Después, cambiaron las sábanas del dormitorio principal y del cuarto de invitados. Hubo suerte: la Condesa de la Gestapo tenía un almacén de ropa limpia sin estrenar. Después, cada uno ocupó su cuarto.

En la soledad de su habitación, Jeff no dejaba de pensar en los acontecimientos de las últimas horas. La humillación de Colette, la muerte de Luis, el final del Carnicero de París y de la Condesa de la Gestapo, el asesinato del oficial alemán, el desfile de los Campos Elíseos, los disparos de los francotiradores, la cena en la casa de Sert, la detención de Gabrielle Chantal, el reencuentro con Daniela... Y para rematar el día, acababa de conocer el fallecimiento de su hermano Víctor, ocurrido dos años atrás, en un campo de prisioneros alemán. La única familia que aún le quedaba, ahora había desaparecido para siempre. Por primera vez en su vida se sintió solo. Solo de verdad.

Estaba tan cansado que no tardó en dormirse. Un sueño tan profundo que ni siquiera se dio cuenta cuando, poco después, un cuerpo femenino se deslizó entre sus sábanas. No tardó en despertarse. Los besos y las caricias de Daniela habían conseguido su objetivo.

Jeff se había acostado con muchas mujeres a lo largo de su vida. Pero nunca había hecho el amor. Hasta esa noche.

93

El domingo 27 de agosto, al día siguiente del gran desfile triunfal de los Campos Elíseos, todos los campanarios de las iglesias de París llamaron a misa como si se tratara de una gran fiesta. Era la primera vez en cuatro años que lo hacían al unísono.

Nada más despertarse, Jeff giró la cabeza y miró a su lado. Temía que todo hubiese sido un sueño agradable. Y comprobó satisfecho que no era así. Daniela dormía plácidamente a su lado, con el brazo y la pierna sobre su cuerpo, como si lo quisiera apresar para que no se fuera muy lejos. Con sumo cuidado, para evitar que se despertara, se levantó y se fue a su despacho. Quería escribir un reportaje sobre la toma de París mucho más amplio que el redactado a vuelapluma el día anterior.

Se sentó delante de la Hispano-Olivetti y comenzó a teclear. Pensaba contar lo que había ocurrido en los últimos días y no callarse nada. La lucha en las barricadas, los combates en la Prefectura de Policía, los españoles de Leclerc, los linchamientos despiadados, el apoteósico desfile de los Campos Elíseos... Preveía muchas páginas, los acontecimientos eran abundantes y notables, y no pensaba limitar la extensión. Ya lo harían en Madrid. Si les parecía demasiado largo, pues que lo acortaran o hicieran varias entregas.

También sospechaba que algunos episodios no pasarían el filtro de la censura, como ocurriría sin duda con la gesta de los muchachos de la Nueve. A pesar de ello, dejó que sus manos volaran, que volcaran sobre el papel todo lo vivido y sufrido. Y que los demás hicieran su trabajo.

Una hora más tarde, alguien se le acercó por la espalda. Las suaves manos de Daniela se posaron en sus hombros. La joven apoyó la barbilla en la cabeza de Jeff y empezó a leer.

—¿Me lo traduces? —preguntó al comprobar que no entendía nada.

—Son cosas que ya conoces, la mayoría desagradables —respondió Jeff con una sonrisa—. ¿Te apetece desayunar? Esos cerdos han dejado la despensa llena.

—No, Jeff. Quiero ir al cabaret de Bruno cuanto antes. Necesito saber dónde está Monique.

Jeff no entendía las prisas de Daniela por encontrar a su amiga. Sin duda, debían de quererse mucho. Y se sentía mal. Él sabía dónde estaban Monique y su hijo: enterrados en algún valle perdido de los Pirineos, o tal vez devorados por las alimañas. Pero no se atrevía a confesarlo. Nunca le resultó fácil ser portador de malas noticias.

—Antes tenemos que ir a la embajada de España —propuso Jeff.

—¿Por qué?

—Por dos motivos. En primer lugar, porque he quedado allí con Zoé a las doce en punto. Y en segundo lugar, y más importante, porque no tienes documentación, y no puedes andar por la calle sin papeles. Además, nos vamos a Madrid. Con un pasaporte español no tendrás problemas a la hora de cruzar la frontera.

Daniela levantó las manos y le lanzó una mirada suspicaz.

—¡Alto ahí, Jeff! ¡Alto ahí! ¿Quién te ha dicho a ti que voy a viajar a España?

—Aquí no pintas nada. Se avecinan tiempos muy malos. Además, yo ya no quiero permanecer aquí más tiempo después de todo lo que he visto. Prefiero quedarme con el recuerdo del viejo París. En España viviremos más tranquilos.

—¿«Viviremos»?

Jeff se levantó de la butaca y la estrechó entre sus brazos.

—Daniela, no pienso perderte otra vez. Ni por asomo voy a dejarte escapar de nuevo. Quiero tenerte a mi lado para siempre. Durante estos meses no he dejado de pensar en ti ni un solo instante.

Daniela se estremeció contra su pecho. Jeff nunca le había hablado así. Parecía otro hombre, muy distinto al juerguista y conquistador que había conocido tiempo atrás, especialista en rehuir cualquier cosa que pudiera sonar a compromiso.

—No sabes muchas cosas de mí de estos últimos años, y que te pueden hacer cambiar de opinión —replicó Daniela.

Jeff se imaginó que se refería a su incursión en el mundo de la prostitución y la pornografía.

—Debería contarte mi secreto antes de que decidas algo —agregó Daniela.

—Está bien, ya me lo contarás, pero te aseguro que no cambiaré de parecer. En cualquier caso, vengas o no a España, no está de más que tengas un pasaporte español por si las cosas se ponen feas y necesitas salir del país.

De la bolsa del altillo cogieron ropa limpia para los dos. Daniela eligió una camisa y unos pantalones. Como era de esperar, la ropa de Jeff le quedaba demasiado holgada. No le importó. A Daniela todo le sentaba bien. Les dio un par de vueltas a los bajos de los pantalones, hasta dejar los tobillos al aire. Con una cuerda fabricó un gracioso cinturón, que ató a su estrecha cintura. Y con los faldones de la camisa se hizo un coqueto nudo a la altura del ombligo, dejando parte del estómago al aire. Estaba espectacular.

Antes de abandonar el edificio, Jeff pulsó el timbre de la vivienda de los porteros. En el bolsillo llevaba un buen puñado de billetes por si encontraba a Colette y su crío. Nadie abrió la puerta. Insistió un buen rato más, y el resultado fue el mismo. Un vecino que pasaba por el portal le dijo que, desde que la chusma la sacó de su casa, la joven no había vuelto por allí. Jeff se temió lo peor.

Salieron a la calle y buscaron un medio de transporte. No era un tema fácil. El Alfa Romeo había desaparecido y el metro seguía sin funcionar. En un momento de descuido de sus propietarios, robaron un par de bicicletas que se encontraban aparcadas en la puerta de un café, y salieron disparados calle abajo. El hurto de bicicletas se había convertido en una especie de deporte nacional, aunque bastante peligroso, al ir todo el mundo armado. Después de varios minutos de pedaleo intenso, llegaron a la embajada de España.

El edificio presentaba un aspecto lamentable. La noche anterior había sido asaltado por una turba enloquecida. Las ventanas tenían los cristales rotos y en la fachada proliferaban las pintadas contra España y el dictador. Jeff llamó al portalón de entrada, chamuscado por culpa de los cócteles Molotov. El asustadizo conserje asomó la cabeza por una rendija. Enseguida reconoció a Jeff.

—Pasen, pasen, por favor, y no dejen las bicicletas fuera. Hay mucho chorizo suelto —dijo con voz temblorosa—. Ha sido una noche terrible. Creíamos que el populacho nos iba a linchar. Por los pelos no consiguieron entrar en el edificio.

—¿No llamaron a la policía?

—¿Para qué? ¿Para que se uniera a los manifestantes?

Zoé no había llegado. Aún faltaba bastante para la hora acordada. Mientras tanto, Jeff preguntó por varios conocidos. Solo localizó a uno de ellos en el edificio. Pasó a su despacho.

—Quedamos cuatro gatos —advirtió preocupado el funcionario.

—¿Y Lequerica?

—Ya no es el embajador. Le acaban de nombrar ministro de Asuntos Exteriores.

—¿Y quién está al frente de la embajada de Vichy?

—Nadie. Se ha cerrado.

—¿Y eso? ¿Por qué motivo?

—Nuestro Gobierno considera que ha terminado su misión al haber dejado de actuar el Gobierno ante el cual estaba acreditada. La sede de París vuelve a recuperar su función. Al menos, por ahora. Los franceses no nos quieren, nos consideran unos aliados de Hitler, y en cualquier momento nos pueden expulsar del país.

—¿Podemos ver al cónsul?

—Ha desaparecido. Nadie sabe dónde está. Si te puedo ayudar yo... ¿Qué necesitas?

—En realidad, tres cosas.

—Pues, tú dirás... Te escucho.

—En la morgue se encuentra el cadáver de un periodista español llamado Luis Susaeta. Aquí tienes todos los papeles. Me gustaría que el consulado se encargase de repatriar el cuerpo. Era un gran patriota y nunca encontraría descanso en tierras extranjeras. Por supuesto, correré con todos los gastos.

—Será muy difícil, pero lo intentaremos. ¿Qué más quieres?

—¿Podrías mandar todo esto a España en valija diplomática? —Jeff le entregó el reportaje que acababa de escribir y varios carretes de película.

—Cuenta con ello, aunque, según están las cosas, no sé si llegará a su destino.

—Por último, necesito un pasaporte a nombre de ella. —Jeff miró a Daniela.

—¿Es española?

—No.

—Entonces, ¿cómo voy a hacer eso? —protestó asustado el funcionario—. Puedo meterme en un buen lío.

A Jeff enseguida le vino a la cabeza la treta que había utilizado con Monique.

—Haz constar en el Registro que nos hemos casado aquí, en el consulado. ¿Te parece bien? De esa manera, por el simple hecho de casarse con un español, ella se convierte en española de forma automática, y ya tiene derecho a su pasaporte.

Después de una breve reflexión, el funcionario asintió. No le hacía mucha gracia cometer una ilegalidad, pero no estaban los tiempos como para andarse con exquisiteces burocráticas. Además, a lo largo de los cuatro años de ocupación, el consulado había expedido miles de pasaportes a favor de judíos perseguidos por los alemanes, aludiendo a un supuesto origen sefardí que no era cierto.

Jeff y Daniela esperaron a Zoé en el vestíbulo de la embajada. La periodista llegó una hora más tarde de lo previsto. Cuando vio a Daniela, ni se inmutó. Fiel a su estilo, la ignoró por completo. Ni el menor gesto de sorpresa. Como si no existiera. Le importaba bien poco si estaba viva o muerta. Ni siquiera preguntó de dónde había salido o si se trataba solo de un fantasma. Su rechazo se mantenía implacable.

Jeff necesitaba hablar a solas con Zoé.

—¿Nos disculpas un minuto? —dijo Jeff a Daniela.

Ahora venía el momento más difícil. Jeff tenía que contarle a Zoé la muerte de Luis. Le pasó el brazo por el hombro y se alejaron unos metros. Cuando Zoé recibió la noticia, no pudo aguantar las lágrimas y rompió a llorar. No se lo esperaba.

Permanecieron abrazados varios minutos mientras ella sollozaba con desesperación contra su pecho. Esa muerte no era justa, repetía la periodista entre balbuceos. A pesar de sus rifirrafes constantes, Luis era su mejor amigo y su más leal compañero. Le iba a echar mucho de menos. La vida sin él ya nunca sería lo mismo.

—¿Qué vas a hacer ahora? —le preguntó Jeff cuando ella dejó de llorar.

—En primer lugar, voy a mandar a Madrid, a través de la embajada, la entrevista que le hice ayer al general Chaban. Por ahora, no hay otro medio de comunicación con España.

—¿Y después? —Jeff no quería dejar sola a Zoé.

—Gracias a mis contactos, he conseguido una acreditación como corresponsal de guerra en el Ejército del general Patton. Por fin he alcanzado mi sueño. Esta misma tarde marcho para el frente.

Al despedirse, Jeff la estrechó entre sus brazos y le dio un beso en la mejilla. Ambos tenían la extraña sensación de que jamás se volverían a ver. El periodista regresó junto a Daniela y ambos abandonaron el edificio.

Zoé permaneció un buen rato en la puerta de la embajada viendo cómo se alejaban calle abajo. Por unos instantes sintió rabia. Y envidia. Envidia de aquella mujer. De buena gana se hubiese cambiado por ella. Desde hacía tiempo estaba locamente enamorada de Jeff. Un amor imposible, que nunca le había confesado, ni siquiera insinuado, y que, por supuesto, jamás pensaba revelar.

Con la nueva documentación en el bolsillo, Daniela y Jeff se dirigieron a El Enano Rijoso. Ella estaba muy nerviosa. Quería llegar al cabaret cuanto antes y localizar a Monique. Durante el trayecto, Jeff estuvo tentado varias veces de parar las bicicletas y confesarle lo que le había ocurrido a su amiga y al niño. Al final no se atrevió.

El Enano Rijoso aún no había abierto sus puertas. Para congraciarse con la nueva clientela, en la fachada ondeaban las banderas de Estados Unidos, Inglaterra y la Unión Soviética. Una mujer de pelo apagado, ataviada con un guardapolvo gris, limpiaba con un paño los cristales del local. Le preguntaron por Bruno.

—Creo que está en su camerino —contestó sin quitarse el cigarrillo de los labios.

Entraron en el cabaret. Su única iluminación era el foco que apuntaba al escenario. Sobre la tarima, una cantante en bata y rulos berreaba delante del micrófono. Trataba de aprenderse «Lili Marleen» en inglés. Era la misma chica que durante cuatro años lo había interpretado, noche tras noche, en alemán. Por más que ensayaba, con frecuencia confundía un idioma con otro. Si metía la pata ante los nuevos espectadores, estos no dudarían en arrasar el local sin la menor vacilación.

Daniela y Jeff recorrieron el oscuro corredor que conducía al camerino de Bruno.

—Déjame darle una sorpresa. Entra tú primero —propuso Daniela a Jeff.

El periodista golpeó la madera con los nudillos.

—Adelante —contestó la voz de Bruno desde el interior.

Jeff abrió la puerta mientras Daniela permanecía oculta entre las sombras. Bruno se encontraba sentado frente al espejo de bombillas.

—¡Urquiza! ¡Está usted vivo! —exclamó impresionado al verle entrar—. Le daba por muerto en el tiroteo de los Pirineos.

Jeff se quedó de piedra al oír esas palabras.

—¿Cómo sabe lo que pasó en los Pirineos?

—Por Monique.

—¿Monique? Pero ¿acaso sigue viva?

—Sí, claro. Logró escapar con René, el hijo de Daniela.

—¿Qué? ¿Qué ha dicho? ¿El hijo de quién?

De pronto, Daniela apareció en el umbral de la puerta con el ceño fruncido.

—¿Qué es eso del tiroteo de los Pirineos? —bramó Daniela enfurecida.

—¿¿Daniela?? ¿Estás viva? —exclamó Bruno atónito.

—¿René es tu hijo? —preguntó Jeff estupefacto.

Durante unos instantes los tres se miraron perplejos, clavados en su sitio, sin saber qué decir.

—Vamos a sentarnos, que esto va para largo —aconsejó Bruno tras la primera impresión.

Se acomodaron en unas butacas de madera.

—Vayamos por partes —propuso Daniela.

—¿René es tu hijo? —insistió Jeff, que no salía de su asombro.

—Pues claro. ¿Por qué te crees que tuve que aceptar el trabajo de espiar a Ciano? Si me negaba y la Gestapo me mandaba a un campo de concentración, ¿qué hubiera pasado con mi hijo?

Bruno levantó las manos pidiendo calma.

—No nos liemos, no nos liemos. Como ha dicho Daniela, vayamos por partes. Cada uno solo conoce una parte de la historia. Creo que ya ha llegado el momento de juntar las piezas.

El enano comenzó a hablar. Contó los problemas que había tenido Monique con la Gestapo, al sospechar que escondía los diarios de Ciano, por ser la mejor amiga de Daniela, hasta el punto de tener que abandonar su casa y buscar refugio en el cabaret.

—Tenía miedo de que en cualquier momento la pudieran encontrar. Jeff se ofreció a llevarla a Lisboa con el niño.

Con un gesto que solo Bruno entendió, Jeff le agradeció su silencio, pero no quería más mentiras en su vida.

—Gracias por su discreción, Bruno, pero no quiero ocultar nada a Daniela. —A continuación, Jeff se dirigió a la antigua modelo—: No fue una ayuda gratuita. Me comprometí al viaje a cambio de los cuadernos del conde Ciano. Quería publicarlos en España.

Daniela premió su sinceridad con una leve sonrisa. En épocas pasadas, Jeff no se hubiese molestado en aclararlo.

Bruno continuó:

—Al cruzar los Pirineos, fueron asaltados por sus propios guías. Justo en ese momento apareció una patrulla alemana y se produjo un enfrentamiento con los contrabandistas. Monique vio caer a Jeff, pensó que lo habían matado, y huyó con el niño y un par de supervivientes antes de que los alemanes los apresaran. Durante dos días estuvieron perdidos en las montañas, hasta que por fin encontraron a un pastor. Por un módico precio, el hombre los ayudó a pasar a España.

—¿Dónde están ahora Monique y René? —preguntó Daniela impaciente.

—En Madrid. No tienes que preocuparte de nada. Están muy bien, y tienen cuanto necesitan, gracias a un diamante que llevaba el niño escondido en el abrigo.

Daniela miró a Jeff con el ceño fruncido.

—¿La Cruz de San Andrés? —preguntó estupefacta.

El periodista asintió y Daniela meneó la cabeza con una sonrisa en los labios. Sabía lo importante que era ese diamante para Jeff. No solo lo consideraba su salvoconducto para abrir muchas puertas, sino también su talismán de la suerte. Y ahora se había desprendido de él por salvar la vida a unos desconocidos.

Daniela estaba gratamente sorprendida. Ese no era Jeff, o, al menos, el Jeff que ella había conocido en el pasado. El hombre que ahora se presentaba ante sus ojos no tenía nada que ver con el juerguista y mujeriego de otros tiempos. Y eso le gustaba cada vez más.

—¿Qué ha hecho Monique con los diarios de Ciano? —preguntó Jeff.

—Nada —contestó el enano—. No ha hecho nada porque no los tiene.

—¿Los perdió en los Pirineos?

El enano sonrió con cara traviesa.

—No. En realidad, nunca los tuvo. No nos fiábamos de usted, y le hicimos creer que los llevaba encima porque era la única forma de asegurarnos de que cumpliría su parte del plan.

—¡Pero si yo vi cómo los guardaba dentro de una mochila antes de cruzar los Pirineos!

Bruno sonrió aún más.

—Esos cuadernos estaban en blanco.

—Pues me engañaron de verdad. Entonces, ¿dónde están los malditos diarios?

Los dos hombres miraron a Daniela.

—En Italia. Siempre han estado allí. Nunca los he visto, pero Ciano me confesó dónde estaban escondidos —contestó la antigua modelo.

Jeff guardó silencio durante un buen rato. Tenía que digerir el torrente de información que acababa de escuchar.

—¿Cómo sabe que Monique y René están bien? —preguntó Jeff a Bruno.

—Tengo un primo en España. Es el representante oficioso del general De Gaulle en Madrid. Antes de partir, le di a Monique su dirección por si necesitaba algo. Al verse sola en España, acudió a él. Mi primo ayudó a Monique en la venta del diamante, y la convenció para que se quedara en Madrid y no huyera a Lisboa.

—¿Y tú cuándo pensabas contarme que habías tratado de cruzar los Pirineos con Monique y el niño? —recriminó Daniela a Jeff.

—Creía que habían muerto. La Gestapo me contó que los soldados habían matado a todos los supervivientes menos a mí. No era capaz de decírtelo porque no quería darte un disgusto —se disculpó el periodista. Y enseguida contraatacó—: ¿Y tú cuándo pensabas contarme que tienes un hijo?

—Nunca.

—Por Dios, Daniela, díselo de una maldita vez —protestó Bruno alzando sus pequeños brazos.

Daniela le lanzó al enano una mirada asesina.

—¿Decirme qué? —preguntó Jeff, algo aturdido ante tanta novedad.

—¡No hay nada que decir! —respondió Daniela con enojo.

—¿Cómo que no? ¡Ya estoy cansado de tanta farsa y tanta tontería! —protestó Bruno. A continuación clavó la vista en Jeff y le dijo con voz muy seria—: René es su hijo.

—¿Mi hijo?

Jeff miró a Daniela con los ojos muy abiertos. Ni por asomo se hubiese imaginado algo así.

—Mejor me voy un rato afuera —anunció Bruno, levantándose de un salto de su butaca.

—Sí, mejor vete. Está visto que eres un bocazas —masculló Daniela muy enfadada.

Cuando por fin se quedaron solos, Jeff no se contuvo más:

—¿Por qué nunca me dijiste que teníamos un hijo?

—¿Para qué? ¿Qué hubieses hecho? ¿Salir corriendo? Si no podías ser un buen marido, menos aún podías ser un buen padre.

—¡Pero era nuestro hijo! ¡No tenías que haber vuelto con tu marido!

—Sí, volví con Víctor. Y no porque le amase, sino porque me daba seguridad. Y eso nunca lo podría tener contigo. Al menos, con el Jeff que yo conocí, el alocado vividor que solo pensaba en divertirse y pasárselo bien con todas las mujeres que se pusieran a su alcance, huyendo de compromisos y responsabilidades. ¿Qué futuro teníamos un bebé y yo a tu lado? Ninguno. Pensé que lo mejor para mi hijo era tener un padre de verdad. Y por eso decidí volver con Víctor. Al fin y al cabo, era un hombre bueno.

Daniela encendió un pitillo y dio un par de caladas antes de continuar. Hablaba con la vista clavada en el techo, sin mirar a Jeff. Temía que si bajaba la mirada las lágrimas pudiesen inundar sus ojos. Y no quería llorar más.

—Volver con Víctor no fue una decisión acertada. Me equivoqué, lo reconozco. Esos días me encontraba muy nerviosa y deprimida, a punto de tirar la toalla. Sin buscarlo, me encontré de repente con un bebé en mis entrañas y con un marido engañado en casa. Estaba desesperada y me precipité. Tenía que haber buscado otra solución.

Las lágrimas habían brotado solas, silenciosas, sin hacer el menor ruido. A Jeff le hubiera gustado abrazarla, estrecharla contra su cuerpo, pero dejó que se desahogara.

—Cuando desapareciste de mi vida y me quedé a solas con Víctor, fui incapaz de mirarle a la cara. Ni siquiera soporté que me pusiera un dedo encima. Cada día era peor. Una noche no pude más y me fugué de casa. Cogí mis maletas y me fui al apartamento de Monique, que acababa de instalarse en París. A los pocos días me enteré de que Víctor había regresado al frente, y tiempo después me avisaron de que había caído prisionero. Le mandé alguna carta, como simples amigos, para darle ánimos, pero nunca me contestó. Para él, yo había muerto. Hace dos años me comunicaron, como viuda, su fallecimiento.

Jeff le ofreció un pañuelo. Daniela se lo agradeció con la mirada y se limpió las lágrimas que surcaban sus mejillas.

—Monique se portó muy bien conmigo. Me permitió vivir en su casa hasta que nació el bebé. Luego busqué trabajo, y tuve mucha suerte. Me contrataron en una famosa boutique, pero no duró mucho. Luego llegó mi desagradable experiencia con el conde Ciano. Y cuando volví de Alemanía conseguí trabajo con Chantal. Necesitaba el dinero para mi hijo. Busqué un pequeño apartamento para vivir. No me fiaba mucho de *mademoiselle*. Le gustaba hurgar en mi vida privada, y si se hubiese enterado de que vivía con una mujer que trabajaba en un cabaret me habría despedido sin pensarlo un minuto.

Daniela apagó el cigarrillo, encendió otro, y continuó con su confesión.

—Como Monique trabajaba en un cabaret, podía quedarse todo el día con el niño en su casa. Al llegar la noche, me acercaba a su apartamento a buscarlo, aunque la mayoría de las veces me quedaba a dormir allí por miedo a que me sorprendiera el toque de queda en mitad de la calle.

Ahora comprendía Jeff por qué el portero de Daniela le había dicho que pocas noches dormía en su casa.

—Esta mañana, cuando te he propuesto vivir juntos, me has contestado que no me precipitara, que tenías un secreto que quizá me hiciese cambiar de opinión. ¿A qué te referías?

Cuando Daniela le hizo tal confidencia, Jeff se imaginó que se refería a su incursión en el mundo de la pornografía y la prostitución.

—Me refería al niño, a nuestro hijo. Temía que si te lo contaba, tratarías de huir. Jamás te hubiese dicho que es nuestro hijo si Bruno no llega a meter la pata.

El periodista insistió. Quería aprovechar esos instantes de sinceridad para aclarar todo y no dejar nada en el tintero. Por experiencia propia sabía que los asuntos turbios que no se esclarecían a tiempo se enquistaban, y tarde o temprano acababan por estallar.

—¿No trabajaste para un fotógrafo? —preguntó Jeff.

—¿Para un fotógrafo? ¡Claro! He sido modelo, he posado para muchos fotógrafos, pero no sé a qué te refieres.

—Películas pornográficas.

Daniela bajó la mirada y apretó los labios.

—¡Adrian Lezay! Te refieres a él, ¿verdad?

—Sí.

—¡Maldito bastardo! ¡Todo lo que te haya contado ese cerdo es mentira!

—Me enseñó unas fotos tuyas.

—¡No soy yo! ¡Es un montaje!

—¿Un montaje? ¿Por qué lo hizo?

—Ese puerco me odia a muerte. Fuimos amigos hace muchos años, cuando acudía a fotografiar los desfiles de moda de la Casa Chantal. También se dedicaba a dirigir películas pornográficas, aunque yo lo ignoraba en aquel entonces. Al llegar los *boches*, se dedicó en cuerpo y alma al cine. Era un negocio muy boyante y ganaba mucho dinero con los gerifaltes nazis. Monique, en sus ratos libres, trabajaba para él, y varias veces la acompañé a su estudio. Lezay estaba loquito por mí, pero yo no le hacía caso. Una noche intentó forzarme, me resistí y no lo consiguió. Le denuncié a la policía por tentativa de violación, se celebró el juicio y no le pasó nada.

—¿Cómo lo consiguió?

—El muy canalla me presentó como una prostituta barata, deseosa de venganza por no haber cobrado lo que esperaba después de haber rodado una de sus películas cerdas. Aportó al juzgado unas fotografías trucadas, que seguramente también te enseñó a ti. La mujer de las fotos no soy yo. Utilizó mi cara en el cuerpo de una chica desnuda. Un montaje muy sencillo para un profesional como él. Tampoco tuvo que esforzarse mucho. Gracias a su amistad con los mandos alemanes, sabía que el juez aceptaría su palabra y todas sus pruebas sin rechistar. Por supuesto, fue absuelto a costa de mi reputación.

Ahora todas las piezas encajaban. Daniela no se había dedicado ni a la pornografía ni a la prostitución. Las fotos eran falsas. Y la información que le había proporcionado la policía sobre sus antecedentes como prostituta procedía de los hechos declarados probados en el juicio por violación. Daniela no había cambiado nada y seguía siendo la misma de siempre.

La joven tomó las manos de Jeff entre las suyas y le dio un beso suave en los labios.

—¿Qué vas a hacer ahora? —preguntó Jeff.

—Ahora sí que quiero viajar a España. —Daniela le guiñó el ojo—. Una personita muy especial nos espera en Madrid.

Milán, domingo 29 de abril de 1945

Poco a poco la muchedumbre empezó a abandonar la piazzale Loreto de Milán. Volvía a sus casas extasiada ante el espectáculo de sangre y crueldad que acababa de presenciar. En la marquesina de la gasolinera, colgados cabeza abajo, se balanceaban mutilados y ultrajados los cuerpos sin vida de Benito Mussolini, Clara Petacci y diecisiete dirigentes fascistas. Parecían reses en el matadero.

Jeff escuchaba, junto a un grupo de periodistas, a un partisano engreído que en esos momentos se regodeaba facilitando detalles escabrosos sobre el asesinato de Mussolini y Clara Petacci. Jeff decidió marcharse. No soportaba tanta petulancia en un pobre diablo. Además, la barbarie gratuita le asqueaba.

El periodista se dio la vuelta y se dirigió a pie hacia el centro de la ciudad. Lucía el sol y corría una brisa muy agradable, propia de un alegre día primaveral. Después de diez minutos de caminata, apenas se veían transeúntes por la calle. La ciudad había vuelto a la calma tras la locura colectiva de primeras horas de la mañana.

Jaime Urquiza llevaba dos meses en Italia como corresponsal de guerra. Era el único periodista español que había conseguido credenciales para acompañar a las tropas americanas en su imparable avance por la península. Y todo gracias a su estrecha amistad con el embajador de Estados Unidos en Madrid, el profesor Carlton Hayes, con el que jugaba al tenis todas las semanas en el club Puerta de Hierro.

Se sentó en la terraza de un bar y pidió un Martini. El espectáculo de la piazzale Loreto le había dejado muy mal sabor de boca. Además, estaba cansado, llevaba más de treinta horas sin dormir, y quería disfrutar un poco del reconfortante sol de la mañana.

Mientras tomaba el Martini, Jeff observaba a las pocas chicas que paseaban por la calle. Más de una le sostuvo la mirada con descaro. Tenía que reconocer que las italianas eran unas mujeres de una belleza salvaje. Pero él ya no tenía ojos ni para ellas ni para ninguna otra. Se sentía muy feliz junto a Daniela y René en Madrid, y no pensaba estropearlo todo por culpa de un desliz pasajero.

Unos periodistas americanos ocuparon una mesa vecina en medio de un gran alboroto. Charlaban y reían, y se gastaban bromas entre ellos. Aquella imagen le hizo recordar viejos tiempos, tiempos difíciles y oscuros con sus amigos Zoé y Luis en el París de la ocupación. De Zoé no sabía nada desde que abandonó París. Según el periódico *Pueblo*, había desaparecido en la ofensiva de las Ardenas. Y el cuerpo de Luis jamás fue repatriado, y descansaba en medio de cientos de tumbas desconocidas en el cementerio de Père-Lachaise.

Al pagar la consumición le preguntó al camarero el camino hacia el convento de Santo Stefano. El hombre acompañó la explicación con elocuentes movimientos de manos. Al más puro estilo italiano. Unos gestos teatrales y generosos que le recordaban a su amiga Gabrielle Chantal. No sabía nada de ella desde su detención en París.

Agradeció al camarero las explicaciones y se dirigió con paso decidido al convento. Por el camino se cruzó con una monja vestida con hábito negro y toca blanca. Durante unos instantes la siguió con la mirada. Aquel cuerpo y aquellos andares le resultaban familiares. Jeff sonrió por lo bajo y meneó la cabeza. Imposible. No podía tratarse de una de sus viejas conquistas. En su extenso listado no figuraba ninguna religiosa.

No le fue difícil localizar el convento de Santo Stefano, un caserón de piedra de aspecto austero, con un pequeño campanario medio derruido. Jeff llamó a la campanilla y un fraile gordinflón abrió la puerta. El periodista preguntó por el prior. Instantes después, se encontraba en un despacho muy sobrio, frente a un hombre alto y huesudo, de piel cetrina y barba crecida.

—¿En qué puedo ayudarle? —le preguntó el prior con gesto severo; no le gustaban las visitas.

—Rimini, café Livorno, 15 de octubre.

El fraile palideció en el acto. Jeff acababa de pronunciar la contraseña apalabrada entre Ciano y el prior. Hacía referencia a la ciudad, el café y el día en que se habían conocido.

—Pe-pero... no es po-posible —tartamudeó el prior—. ¡Por Dios, por Dios! ¡No es posible!

—¿Qué le ocurre, padre?

—¿Viene a por los diarios del conde?

—Así es.

—¡Santo Cielo! No puede ser... ¡No puede ser! Pero, entonces, ¿quién era esa monja?

—¿Qué monja?

—Acabo de entregar los diarios a una monja.

Jeff se estremeció al oír esas palabras. Desde que Daniela le contó dónde estaban escondidos los diarios y la contraseña para conseguirlos, no había dejado de pensar ni un solo instante en cómo hacerse con ellos. Incluso había arriesgado su vida uniéndose como corresponsal de guerra a los ejércitos aliados en Italia. Quería ser de los primeros en entrar en Milán y rescatar los famosos cuadernos. Y cuando por fin los tenía al alcance de la mano, una monja se los había birlado delante de sus narices.

—Pero ¿cómo es posible? ¿Por qué se los ha dado? —protestó Jeff.

—¿Y cómo iba a desconfiar de una monja? Traía una carta manuscrita de Edda Mussolini, la esposa del conde.

Me escribía desde Suiza y me pedía que entregara los cuadernos a la portadora del mensaje.

El periodista se quedó lívido, incapaz de reaccionar. No se esperaba algo así. Llevaba muchos meses detrás de los diarios de Ciano, y ahora, justo cuando estaba a punto de conseguirlos, se habían volatilizado como por arte de magia.

—¿Una carta de Edda Mussolini? ¿Y cómo sabe que no es falsa?

—¿Por quién me ha tomado? —replicó el fraile enfadado—. Conozco a Edda desde que tenía doce años y sé muy bien cómo es su letra.

—¿Dónde está la monja?

—No lo sé. Se acaba de marchar hace unos minutos. Por poco coincide con ella.

A Jeff le vino a la cabeza la religiosa con la que se había cruzado en mitad de la calle. No perdió el tiempo. Se levantó como un resorte y, sin despedirse, abandonó el convento a toda velocidad. Quería localizar a la misteriosa monja. Necesitaba dar con ella a cualquier precio.

Durante el resto del día la buscó por toda la ciudad. Un esfuerzo inútil. Jamás la encontró. Había desaparecido del mapa. Como si nunca hubiese existido. Como si se tratara de un fantasma.

Y la historia continuó...

Nada más producirse la Liberación de París, dio comienzo la Depuración. Una violencia salvaje y despiadada se desató sobre sus calles y sus plazas. Tan cruel y feroz como la época del Terror de Robespierre. Miles de personas fueron ejecutadas, encarceladas o deportadas.

En los primeros momentos de la Liberación, proliferaron los linchamientos y los asesinatos sin juicio previo. En algunos casos, las víctimas eran gestapistas con las manos manchadas de sangre. En otros, el único pecado del fallecido consistía en tener unas ideas que resultaba preciso erradicar.

La venganza popular se cebó especialmente con las mujeres acusadas de colaboración horizontal. Tanto ellas como los hijos nacidos de sus relaciones con los alemanes fueron objeto del más cruel escarnio público. En su mentalidad atávica, el hombre consideraba a la mujer un objeto de su propiedad, y no podía consentir que se entregase voluntariamente a otro hombre, y más si este era su enemigo. La que se hubiera atrevido a tanto tenía que pagar muy cara su osadía. Se calcula que unas dos mil francesas fueron fusiladas por colaboración.

En cambio, las prostitutas apenas fueron perseguidas, por más que se hubiesen acostado con cientos de alemanes.

Para los franceses, su comportamiento estaba justificado. Lo hacían por dinero, no por placer, como «las otras».

La represión sobre los intelectuales resultó brutal. Muchos fueron encarcelados, como Louis-Ferdinand Céline, o incluso fusilados, como Robert Brasillach. Otros decidieron quitarse la vida, como Drieu La Rochelle, o se escaparon a tiempo y se exiliaron, como Paul Morand.

Gabrielle Chantal fue liberada a las pocas horas de ser detenida en París por los combatientes de las FFI. Se desconoce el motivo de su pronta liberación. Al parecer, Winston Churchill, al enterarse del arresto, ordenó que la soltaran de inmediato. Según algunos, por la amistad que los unía. Según otros, porque Gabrielle conocía demasiados secretos del duque de Windsor, hermano del rey Jorge VI, el rey tartamudo. Si salían a la luz los coqueteos del duque con Hitler, la monarquía británica correría un grave peligro y podría desaparecer.

La diseñadora abandonó Francia y se instaló en Suiza con su amante Spatz. Y allí permaneció hasta 1954, año en que acabó su relación con el alemán. Regresó a París y decidió dedicarse de nuevo a la alta costura.

Su primer desfile se celebró, cómo no, el 5 de febrero de 1954. Y resultó ser un fracaso absoluto, como nunca se había visto en París. Al final de la presentación no hubo ni un solo aplauso. La prensa la criticó sin piedad. Afirmaba, en tono despectivo y humillante, que era una moda vieja, que Chantal no había evolucionado nada en los quince años que había permanecido inactiva, y que estaba acabada. En realidad, estas críticas tan solo querían castigar a Gabrielle por su amistad con los alemanes durante la ocupación. La Casa Chantal estuvo al borde de la ruina.

Gabrielle no se rindió, ni mucho menos. No estaba en su naturaleza. No hizo caso a los comentarios demoledores, y siguió con su trabajo. Y un año más tarde, alcanzó, con su nueva colección, un éxito apoteósico en Estados Unidos. Ante el aplauso unánime de la crítica norteamericana, Europa olvidó su oscuro pasado, y Gabrielle Chantal recuperó el puesto que le correspondía. De nuevo volvió a ser la número uno de la alta costura femenina a nivel mundial.

La fama de Gabrielle permaneció inalterable el resto de su vida. A pesar de su incalculable fortuna, no dejó de trabajar ni un solo día de su vida. Y con la misma energía y pasión que en su juventud. Por desgracia, jamás encontró el amor, y siguió soltera hasta su muerte.

Falleció el 17 de enero de 1971, a los 88 años de edad, en su suite del Ritz, con la única compañía de su secretaria y de una doncella. Siempre infatigable, en aquellos días preparaba con entusiasmo su próxima colección primavera-verano 1971, que se iba a presentar al público dos semanas más tarde, el 5 de febrero.

Hans Gunther von Dincklage, alias Spatz, vivió en España los últimos años de su vida. Falleció en Mallorca en 1974.

En 1945, Vera Lombardi obtuvo permiso de la embajada británica para viajar a Italia y reunirse con su marido. Faltaban unos pocos meses para que acabara la guerra. Murió al año siguiente. No se tiene constancia de que Gabrielle y ella volvieran a ser amigas.

José María Sert falleció en 1945, y Misia Sert en 1950. Cuando Gabrielle se enteró de la muerte de Misia, se sumió en una profunda tristeza. Era su amiga, su única amiga en el mundo. Lloró ante su cadáver como nunca lo había hecho antes. No quiso que nadie la tocara. Ella misma la lavó, la vistió y la maquilló. Sin duda, fue su mayor pérdida desde la muerte de Edward. Corrió con todos los gastos del entierro.

El general de las SS Walter Schellenberg fue condenado a siete años de prisión al acabar la guerra. Fue liberado antes de cumplir la pena debido a problemas de salud. Falleció en Italia en 1952. Hasta el día de su muerte, Gabrielle atendió todos sus gastos. Según algunos, para comprar su silencio. Si revelaba a la prensa la Operación Modellhut, Gabrielle podía aparecer ante todo el mundo como una traidora.

El bailarín Serge Lifar fue sometido a depuración. Su versión sobre su supuesta relación homosexual con Hitler con la intención de asesinarlo nunca fue creída. Se le prohibió ejercer su profesión durante un año. Cuando cumplió la condena, intentó volver a París, pero no pudo. El público no le perdonaba su pasado. Aceptó el puesto de director artístico del Ballet de Montecarlo, y dos años más tarde regresó a París como director del Instituto Coreográfico de la Ópera. Murió en 1986.

El embajador Otto Abetz fue condenado a veinte años de trabajos forzados. Fue liberado en 1954. Murió en 1958 en accidente de tráfico, aunque algunos lo atribuyeron a un atentado.

Henri Lafont y Pierre Bonny, líderes de la Gestapo francesa o Carlinga, fueron juzgados y ejecutados en 1944. Al parecer, Bonny se desmoronó ante el pelotón de fusilamiento. En cambio, el despiadado Lafont rechazó al sacerdote y pidió, en su lugar, que le mandaran una mujer hermosa. Por supuesto, no le hicieron caso.

De Colette y su hijo nunca más se supo. Jamás volvió por la portería, ni siquiera a recoger sus escasas pertenencias. En 1994, al cumplirse medio siglo de la Liberación de París, se publicó un libro sobre la Depuración con bastantes fotos inéditas. En una de ellas aparecía Colette, con el niño en brazos, desnuda y con la cabeza afeitada, camino de los muelles del Sena.

Monique Latour volvió a París al terminar la guerra y continuó su carrera profesional en el mundo del espectáculo. En 1950 se marchó a Indochina, y tras varios años de trabajo agotador consiguió tener su propia sala de fiestas. Murió en 1969 cuando unos milicianos del Vietcong colocaron una bomba en su local, en aquel entonces frecuentado por marines norteamericanos.

Jeff siguió en el periódico *Informaciones*. En 1974 se trasladó con Daniela y René a Angola para seguir de cerca la independencia de la colonia portuguesa. Los tres desaparecieron juntos cuando Jeff pilotaba una avioneta entre Angola y Mozambique que nunca llegó a su destino. No se supo más de ellos.

Zoé, o, mejor dicho, sor Inés Larrazábal, agente S-212

de la red APIS, abandonó el servicio de espionaje en 1945. Su última misión fue recuperar los cuadernos del conde Ciano escondidos en Italia. No le costó mucho trabajo engañar a los frailes que los custodiaban, gracias a una supuesta carta manuscrita de Edda Mussolini, elaborada por el mejor falsificador del servicio de información de Carrero Blanco. Más difícil le resultó mantener la sangre fría cuando se cruzó con Jeff Urquiza en una calle estrecha de Milán. Al regresar a Madrid cambió de opinión en el último instante, y no entregó los cuadernos de Ciano a su jefe. Alegó que se los habían robado durante el viaje. Sería su última mentira. Se sentía cansada y hastiada de tanta crueldad y de tanta muerte. Aquellos diarios estaban manchados con demasiada sangre inocente. Lo mejor era olvidarlos.

Decidió alejarse del mundo, tomar los hábitos de nuevo, y regresar, esa vez para siempre, al silencio del convento. Durante el resto de su vida trató de compensar, con la oración y la clausura, la depravación y la crueldad del tiempo que le tocó vivir.

El 10 de diciembre de 2015 apareció muerta en su celda. Su vida siempre fue un auténtico misterio, a nadie le contó su pasado. Solo se dedicaba a rezar, a cultivar una pequeña huerta y a cuidar con mimo la vieja biblioteca del convento. Al morir se encontraron escondidos, entre los viejos libros, diez misteriosos cuadernos escritos en italiano. La superiora no supo identificar ni su origen ni su significado. No conocía el idioma. Ante el escaso interés que presentaban, fueron arrojados a la chimenea. Al igual que la arrugada foto de un hombre apuesto, moreno y de ancha sonrisa que la monja guardaba entre las páginas de su misal.

Advertencia del autor

Como ya habrá podido advertir el lector, el personaje de Gabrielle Chantal está inspirado en la famosa diseñadora Gabrielle Chanel, más conocida por Coco Chanel, y su azarosa vida en tiempos de la ocupación alemana.

Aunque gran parte de los hechos aquí narrados son verídicos, esto no es ni una biografía, ni un ensayo, ni un libro de historia. Esto es tan solo una novela, y por tanto, pura ficción. Ni todos los personajes existieron, ni todo lo que se describe sucedió en la vida real. El autor se ha permitido las licencias propias de su oficio con la única intención de hacer pasar un rato agradable al lector.

Agradecimientos

A mis hermanas Paloma y Rocío Ángela, a mis sobrinos Rafa y Ángel, y también a Rafael, Cristina y Sara, por su apoyo incondicional y su paciencia.

A Anne-Marie Vallat, fundadora de la Agencia Literaria AMV, por creer en mí desde el primer momento. Siempre te estaré agradecido. Muchas gracias por tu amistad.

A mi agente literario, Eduardo Melón, por luchar con tesón para que esta novela fuese publicada en una gran editorial.

A mis amigos de las tertulias literarias de la librería de Javier. Gracias por su cariño y afecto.

A mis amigos de la Asociación de la Novela Histórica de Cartagena, por su entusiasmo y su gran labor.

A Carmen Romero, mi editora, por su excelente y meticuloso trabajo, y por sus inteligentes observaciones. Sin ella todo hubiese sido muy distinto. Gracias, Carmen.

Y, por último, a todos y cada uno de mis lectores, porque ya forman parte de mi vida.

Índice